제국의 호구를 구원하기 위하여

✶ 류주연 장편소설 ✶

제국의 호구를 구원하기 위하여 I

초판 1쇄 인쇄일 | 2023년 10월 10일
초판 1쇄 발행일 | 2023년 10월 23일

지은이 | 류주연
펴낸이 | 조승진
펴낸곳 | 데이즈엔터

출판등록 | 제2023-000050호
주소 | 서울특별시 강서구 양천로 570 NH서울축산농협 NH서울타워 19층 (등촌동)
전화 | (070)8826 - 4508
팩스 | (02)337 - 0668
E - mail | bear6370@hanmail.net

정가 | 13,000원

ISBN 979-11-93420-64-5 (04810)
979-11-93420-63-8 (set)

ZERO
제국의 호구를
구원하기 위하여
류주연 장편소설
I

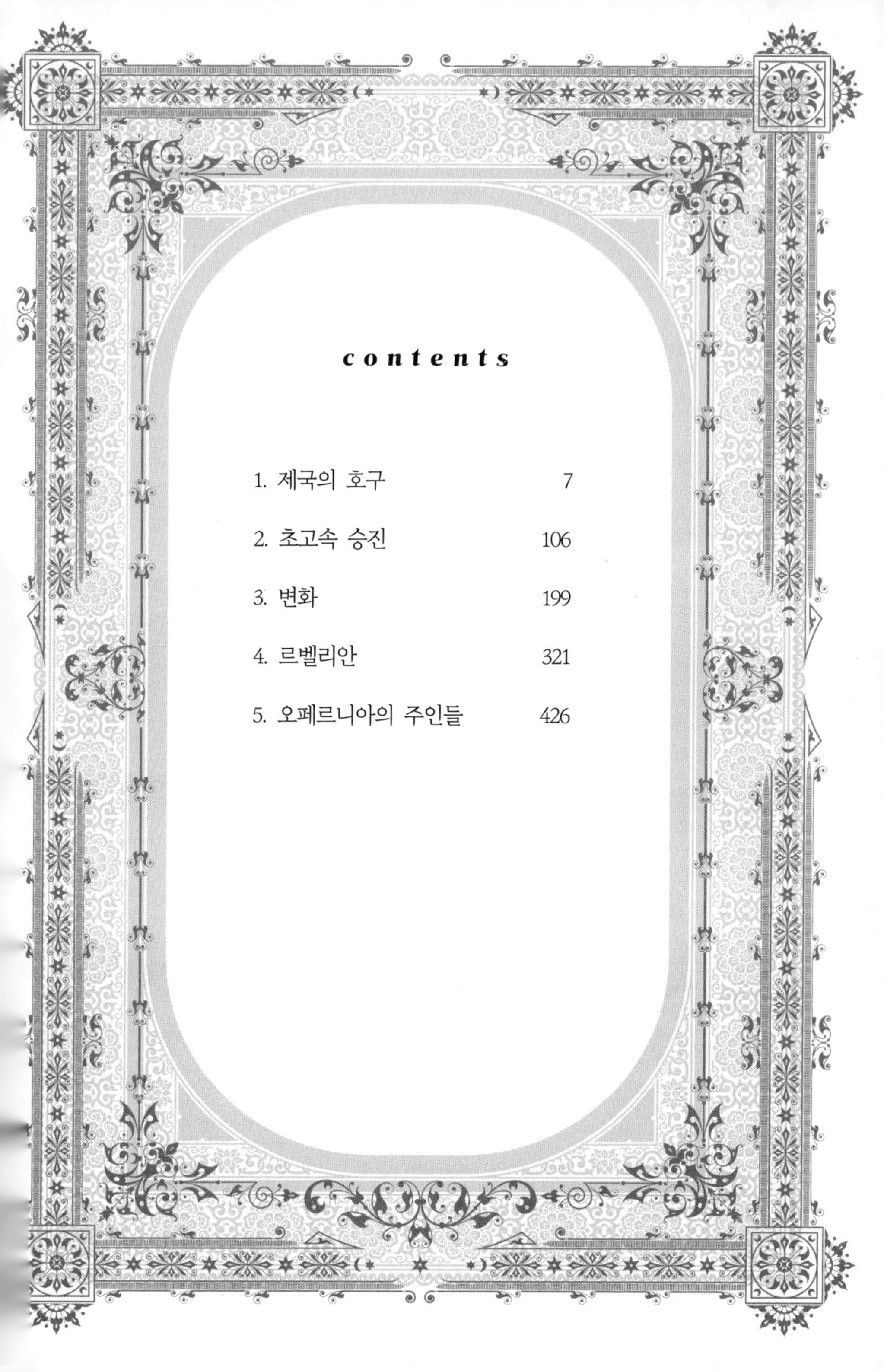

contents

1. 제국의 호구 7

2. 초고속 승진 106

3. 변화 199

4. 르벨리안 321

5. 오페르니아의 주인들 426

1. 제국의 호구

“자아, 너희들은 이제 자유인 신분이다. 공작 부인께서 몸값을 전부 지불하셨거든.”

우와아, 하는 함성이 쏟아졌다. 시종은 뿌듯한 얼굴로 말을 이었다.

“오늘부터는 이곳, 오페르니아 공작저에서 사용인으로 머무르도록.”

우오오오오, 하고 또 한 번 함성이 울렸다.

“들어서 알겠지만 일은 하나도 안 힘들고 돈은 무척 후하지. 오늘 일정은 십 골드씩 받고 푹 쉬기다.”

크으으으으! 하는, 벅찬 감탄사가 여기저기서 터져 나왔다. 기쁨의 눈물을 흘리는 이들도 있었다.

그래, 그럴 만도 하지.

어제까지는 노예상에게 붙잡힌 채 비참한 삶을 살던 우리 모두에게, 지금 이 순간은 마치 달콤한 꿈 같았다.

……그냥 꿈이었어도 괜찮았을 텐데.

"리라, 넌 기쁘지 않냐? 노예 신분을 벗어났는데!"

"노예가 다 뭐야? 오페르니아의 사용인 자리가 얼마나 좋은데. 평생 놀고 먹을 수도 있다고!"

지하 감옥에서 친해진 바런 아저씨와 미리엄 아주머니가 양쪽에서 내 어깨를 두드리며 호들갑을 떨었다.

"아……. 네."

난 건성으로 대답하며 눈 앞에 펼쳐진 대저택을 바라보았다.

희귀한 꽃들만 모아 놓은 사치스러운 정원, 천사 모양의 황금상을 둘러싼 분수, 최고급 대리석에 보석까지 박은 저택의 기둥들.

보기만 해도 눈이 멀 것 같은 부귀였다. 하지만.

"봐라, 리라. 오페르니아 사람들은 천 년 동안 먹고 놀기만 해도 가산을 다 쓰지 못할걸."

아니에요, 바런 아저씨.

"이 정도 재산이면 다 쓰는 게 더 어렵겠다. 호호……."

아뇨, 미리엄 아주머니. 그 어려운 걸 그들이 해냅니다.

누구냐고? 바로 오페르니아 공작가의 가족들이다.

그들은 모두의 기대를 뛰어넘어, 앞으로 몇 년 안에 멋지게 가산을 탕진하고 멸문까지 당한다. 물론 천 명이 넘는 식솔들도 그 가문과 함께 망한다.

웃음꽃이 피어오르는 따스한 분위기 속에서, 나는 주변에 서 있는 사람 한 명 한 명의 얼굴을 살폈다.

너도 데드 플래그, 너도 데드 플래그, 바런 아저씨랑 미리엄 아주머니도 데드 플래그, 나도 데드 플래그…….

아, 물론 오페르니아 공작가의 구성원들도 죽는다. 전부 다. 각자의 끔찍한 방식대로.

"에휴……."

나는 손에 쥔 십 골드를 만지작거리며, 땅이 꺼져라 한숨을 쉬었다.

여러분, 우리 다 망했어요.

* * *

내가 이 몸에 빙의한 건 이 개월 전의 이야기였다.

빙의 전의 내 이름은 '윤재희'. 대한민국에서 변호사라는 직업을 가지고 멀쩡히 살던 나는, 큼직한 이혼 사건 하나를 성공적으로 마무리했다.

"당신 때문에 내가 이혼당했어!"

"……칭찬으로 듣겠습니다."

가진 것을 탈탈 털린 의뢰인의 전남편은, 법정을 나서기 직전 핏발 선 눈으로 나를 노려보았다.

"내 부인, 자식, 재산 다 물어내! 당신이 내 가정을 파탄 냈어!"

"바람을 안 피우셨다면 되지 않았을까요?"

나는 차갑게 대꾸했다. 유책 배우자 주제에 유독 적반하장으로 나오던 이 인간 때문에 내가 얼마나 피곤했던가.

"닥쳐! 가만두지 않을 거야! 죽여 버릴 거라고!"

고래고래 욕설을 지껄이던 그를 겨우 떠나보낸 나는 지친 몸을 이끌고 집으로 돌아왔다.

맛있는 음식을 먹으면서 소설이나 보면서 자려고 했는데 오피스텔 문 앞에서 거슬리는 목소리가 들려왔다.

"어머, 딸! 돌아왔니? 네 오피스텔 찾느라 한참 걸렸다, 얘."

"이제야 왔냐? 부모가 왔는데 마중도 안 나오고……."

"어머니, 아버지?"

반갑지 않은 얼굴들이 집 앞에서 기다리고 있었다. 휴식을 기대했던 내 얼굴이 흐려졌다.

"오신다고 말씀 안 하셨잖아요. 저 오늘 피곤해요."

"그래그래, 우리 재희가 피곤하겠지."

두 사람은 내 허락을 기다리지 않고 열린 문틈으로 비집고 들어왔다.

평소보다 친절한 어머니의 말투에 불길한 생각이 스멀스멀 차올랐다. 이 집 가족이 내게 친절할 때는 오직 돈 달라고 얘기할 때뿐이었으니까.

"네 동생이 사업해 본다고 돈 투자했다가 다 잃었다더라. 일단 천만 원만 줘 보렴."

아니나 다를까, 어머니는 본색을 드러냈다.

"말릴 때 안 들은 걸 어떡해요? 못 도와드려요."

나는 딱 잘라 거절했다. 반년 전, 그 애가 아무것도 모르면서 쇼핑몰을 해 보겠다고 설칠 때부터 나는 이 순간이 올 것을 알고 있었다.

"동생을 위해 그것도 못 해? 네가 그러고도 언니야? 끝까지 말리지 못한 네 책임도 있어!"

두 사람의 표정이 대번에 표독스러워졌다. 나는 물러서지 않고 차갑게 그들을 쏘아보았다. 하도 많이 겪은 일이라 이제 마음이 아프지도 않았다.

"저는 말리지 '못한' 거지만 어머니 아버지는 말리지 '않으'셨죠. 대박이 날 거라고 바람을 넣은 분들의 책임이야말로 커요."

"허! 그럼 네가 우리 집에서 먹고 잔 값이라도 다 내놔라."

이번에는 아버지가 나서며 따지듯 말했다.

"고아원에 있던 너를 주워다 키운 공이 있으니 그 정도는 받아야겠다."

"잠자리와 음식 제공은 보육원에서도 해요."

나는 씁쓸하게 웃었다. 은혜를 갚으라는 말이 내게 얼마나 무거운 족쇄였던가.

진심 어린 사랑을 받은 적은 없어도, 과거 나는 가족이라는 울타리를 만들어 준 그들에게 감사했다. 그들을 위해 나를 희생하는 것이 당연하다고, 가진 것을 내놓지 않으면 나쁜 사람이라고 스스로를 세뇌하기도 했었다.

이러한 마음가짐은 내 돈만 노리는 두 사람의 태도 앞에서 점차 사라져 갔다.

어머니는 내가 변호사가 된 후 얼마 지나지 않았을 때도 자신이 희귀병에 걸렸다며 찾아왔다. 나는 할 수 없이 전 재산을 내주었다.

그러나 병이 거짓말이었음을 확인한 날, 나의 부채감은 아주 희미해졌다.

"두 분을 만나 제가 받은 혜택이 없는데 왜 갚아야 하나요? 게다가……."

나는 독하게 말을 쏟아 냈다.

"스무 살부터 변호사 된 후까지 제가 드린 생활비를 전부 합치면 총 칠천이백사십사만 원. 먹다 남은 음식값이며 난방도 안 되는 방에서 재워 주신 비용은 넘을 텐데요. 아, 아동 학대 위자료는 빼 드렸습니다."

"뭐야? 이 배은망덕한……!"

"예, 저 배은망덕합니다. 할 말 다 하셨으면 경찰 부르기 전에 가세요."

나는 싸늘하게 대꾸했다. 가슴 한구석이 아려 오는 것을 애써 무시하면서.

"네, 네가 그러고도 사람이야?"

"이래서 검은 머리 짐승은 거두면 안 된다더니, 네가 누구 덕분에……!"

쾅.

고래고래 고함을 치는 그들을 겨우 내보낸 나는 문에 기대 한숨을 쉬었다.

'차라리 보육원에서 살게 내버려 두지…….'

갓난아기도 아니었던 나를 그들이 굳이 입양해 간 건, 고아를 데려다 키우면 친자식이 생길 거라는 점쟁이의 말 때문이었다.

용한 점쟁이였는지 입양된 지 얼마 안 되어 정말 동생이 생겼고, 그때부터 내 물건은 모두 그 아이의 차지가 되었다. 그리고 스무 살이 되자마자 나는 집을 나와야 했다.

'언니 그래도 운 되게 좋다. 우리 집에서 십몇 년간 공짜로 산 거잖아? 내가 일찍 안 태어난 덕분이니까 나한테 감사해야겠다.'

라는 해맑은 몇 마디가 동생의 마지막 인사였다.

'아르바이트에 장학금에 대출까지 받아서 겨우 공부했는데……. 이제는 좀 제대로 살아 보나 했더니.'

몇 년이 지나 가세가 기운 가족들은 잊을 만하면 찾아와 돈을 요구했다. 지치고 지친 내가 결국 연을 끊겠다고 선언할 때까지.

"이럴 때가 아니지."

나는 불쾌한 기분을 떨치기 위해 휴대폰을 켰다. 얼마 전부터 쭉 봐 오던 노란 창에는 익숙한 제목이 쓰여 있었다. 전날 보던 웹소설의 제목이었다.

〈오페르니아의 눈물〉

딱 봐도 우울한 제목에 내 취향도 아닌 로맨스 판타지.

인기도 없어 순위는 밑바닥이었지만, 무언가에 홀린 듯 꽂혀 클릭했던 소설이었다.

무엇이든 몰두할 거리가 필요했던 나는 꾸역꾸역 연재를 따라가며 이 소설을 읽고 있었다. 나름대로 애정이 가는 캐릭터들도 있었다.

'뭐야, 이 끝도 없는 고구마는.'

답답한 설정에도 불구하고, 나는 휴대폰을 손에서 놓지 못한 채 그동안 보지 못한 회차를 쭉 읽었다.

"하, 끝까지 답이 없네."

완결이 다가올수록 나의 과몰입은 심해졌다.

"주인공들 다 왜 이래? 이렇게 죽는다고? 다 죽어?"

다음 날, 외출을 하면서도 내 눈은 여전히 화면에 고정되어 있었다. 그래서 주변을 보지 못한 것이 화근이었다.

꽉 막힌 전개며 사이다 없는 엔딩에 허탈해하느라, 근처에서 차를 대고 밤을 새워 나를 기다렸던 남자를 보지 못했으니까.

끼이이익-

'당신이 내 가정을 파탄 냈어! 가만두지 않을 거야! 죽여 버릴 거라고!'

법정에서 나 때문에 이혼당한, 눈에 핏발 선 그 남자는 복수심 가득한 얼굴로 차를 몰아 그대로 내게 돌진했다.

쾅!

'왜 나에게는 잠깐의 평화도 없는 걸까.'

죽기 전 했던 마지막 생각이었다.

* * *

눈을 떠 보니 어두웠던 내 인생은 더욱 심각하게 다운그레이드되어 있었다.

'무해한 힐링 소설을 읽을걸.'

빙의 후 몇 번을 자책했던가.

'좋은 침대에, 따뜻한 가족들도 있는 귀족 영애면 얼마나 좋아.'

눈을 몇 번이나 깜빡여도 나를 둘러싼 것은 노예상들의 지하 감옥, 그리고 함께 갇힌 사람들의 얼굴이었다. 머릿속에는 내 것이 아닌, 혼자 길거리를 헤매며 자라던 아이의 기억이 흘러들어왔다.

"자, 자. 부잣집 노인네의 첩이 될 수 있도록 기도나 하고 있으라고."

창살 너머의 깨진 거울 속에서 밝은 금발에 녹안을 가진 열네 살 소녀를 보았을 때, 무언가가 머리를 스쳤다.

미리엄 아주머니가 내 이름을 부르는 것을 들었을 때, 비로소 내가 죽기 직전 읽었던 소설의 조연 몸에 빙의했다는 사실을 확신했고.

여기서도 고아인 난 곧 노예상으로부터 팔려 주인공 가문의 하녀가 되었다가, 궁극적으로는 죽음을 향해 나아갈 운명이라는 사실도.

'망했다. 이번 생도 망했어.'

공작 영애 빙의, 황녀 빙의, 악역 누구누구의 첫사랑 빙의도 아니고. 지하 감옥 노예 빙의가 뭐냐고.

이 소설의 내용을 한마디로 요약하자면.

제국 최고의 대부호 가문이 바닥을 뚫고 지하까지 몰락하는 과정.

그리고 내가 빙의한 캐릭터는…….

'고래들의 헛짓거리에 등 터진 와중에 스스로도 힘찬 헛발질을 하며 끝내 신세를 망치는 새우.'

오페르니아 가문은 제국의 개국 공신이었다. 3대 공작가 중에서도 최고의 거부인 그들의 손은 대륙 모든 사업에 닿아 있다고 해도 과언이 아니었다.

문제는, 그들이 제국에서 가장 화려하면서 동시에 바보 같은 생활을 했다는 사실이었다. 어마어마했던 그들의 부는 몇 대 전부터 조금씩 조금씩 휘청거리기 시작했다.

가세는 몇 년 전 공작과 그 장남이 죽은 후 더욱 빨리 기울어지기 시작했다. 그나마 가문을 엄하게 관리하려 애썼던 사람이 장남이었던 것이다.

소설은 이 무렵 시작되어 쭉 암울하게 이어진다.

황실조차 혀를 내두를 정도의 사치와 향락을 즐기다가 가산을 반은 탕진하고 반은 사기당한 공작가는, 엎친 데 덮친 격으로 역모에 휘말리기까지 했다.

탈탈 털려서 증인을 매수할 돈조차 없었기에, 가문은 결국 늙은 공작 부인의 목숨을 희생시킴으로써 가까스로 명맥을 유지한다.

결과적으로는 의미 없는 희생이었다. 각자의 삽질을 계속하던 자손들은 결국 하나씩 하나씩 그녀를 뒤따라갔으니까.

아, 소설 중간에 작은 희망이 있긴 있었다.

바로 작중 최고 미남이자 공식 주인공, 공작 부인의 장남이 남긴 외아들 루시안 오페르니아.

'그러면 뭐 해.'

소설 남주답게 루시안은 많은 역경을 딛고 이름만 남은 가문의 가주가 되어 이런저런 활약을 한다.

약혼녀에게 배신당해 음독하고 죽을 때까지는.

그럼 약혼녀는 어떻게 되냐고?

얘도 죽는다. 원래 그런 소설이니까.

'나만 무사했다면 아무래도 좋았겠지만.'

나, 리아넬라 셀레스는 엑스트라 하녀치고 오래 살았는데, 막판에 공작가의 보물 따위를 훔쳐서 도망치다가 결국 다른 귀족의 손에 죽는다.

소설은 그렇게 끝난다. 독자들에게 한 모금의 사이다도 허락하지 않은 채로.

인기도 없던 소설을 의리로 따라가던 한 줌의 독자들이 혹평을 퍼부었음은 당연한 일이었다.

'이러고 끝난다고? 작가 매장해야 하는 수준 아닌가.'

'캐시 사기 친 수준 아님? 서술 설명 지겹게 계속 나오는 거 참고 꾸역꾸역 봤더니…….'

'웹소설 왜 보는지 모릅니까? 작가야 웹소설 본 적 없어?'

'앞으로 필명 거름.'

'수고 많으셨습니다, 작가님.'

찰랑거리는 악플의 바다에서 그나마 내가 수고 많았다는 마지막 선플을 남겨 줬던 걸로 기억하는데, 왜 하필 빙의는 내가 한 건지 알 수 없는 일이었다.

"전생, 아니, 전전생에 연쇄살인범이었나."

나는 배정된 방 침대에 누워 중얼거렸다. 이놈의 집구석은 어찌나 사치스러운지, 사용인한테 오리털 이불을 주고 난리다. 심지어 이 좋은 방을 나 혼자 쓴다.

"신이 있다면 따지든가 할 텐데……."

다만, 이 지경이 되어서도 한 가지는 다행이라는 생각이 들었다.

이제 전생의 어머니와 아버지는 다신 볼 일이 없다는 것.

그 뻔뻔한 얼굴들을 보면서 싸늘한 거절의 말을 뱉었지만, 마음 한편에서 내가 잘못하는 건가 하는 죄책감을 느끼지 않아도 된다는 것.

"하암."

머리가 복잡하던 와중에 졸음이 쏟아졌다.

잠부터 잘까.

깨어 있는다고 망할 운명이 바뀌는 건 아닐 터. 나는 본능에 몸을 맡기기로 했다.

자는 동안은 평화롭겠지.

탈 많았던 전생, 거기다 노예 생활 이 개월까지 청산한 내 눈은 어느새 스르르 감기고 있었다.

"야."

평화는 개뿔. 잠이 들자마자 누가 나를 툭 건드렸다.

"여긴 어떻게 왔어? 어? 나 어떻게 불렀어?"

몽롱한 정신으로 눈을 뜨자 끝없이 넓은 검은 공간에 흰옷을 입은 형체 하나가 보였다. 미역 줄기 같은 구불구불한 녹색 머리에 창백한 피부를 가진, 독특한 외모의 남자였다.

"……꿈?"

나는 입을 열어 겨우 중얼거렸다. 그러자 형체가 하! 하며 머리를 흔들었다.

"공작가에 성물이 많아서 반응한 건가……. 벌써 날 만나? 적응은 좀 했나? 이제 속이 시원해?"

나는 눈을 번쩍 떴다. 적응이라니, 그 말은 마치 내가 다른 세상에서 왔다는 걸 알고 있는 것 같지 않은가.

"어, 어떻게 알았어요? 내가 다른 곳에서 온 걸 알아요?"

미역 줄기 머리 남자는 멍한 표정으로 나를 바라보더니 어이가 없다는 듯 헛웃음을 지었다.

"허, 참. 허, 참."

"허, 참?"

"네가 시켰잖아. 무려 이 세상의 조물주인 이 몸에게. 속 편하게 싹 까먹으셨네."

남자는 수치스럽다는 듯 이글거리는 눈빛으로 따졌다. 그럴수록 나의 질문은 더 많아졌다.

조물주라니. 신이 있다고?

신의 능력을 가지고 저런 머리 스타일을 한다고?

그리고 시키다니?

"저 여기서는 노예 경력밖에 없는데……. 언제요?"

"네가 협박……! 됐다, 됐어. 오늘 만날 것도 아니었는데."

억울하고 분한 표정으로 중얼거리던 그는 결국 손을 휙 내저었다.

"납득이 가지 않아요."

나는 석고상처럼 핏기 하나 없는 얼굴을 보며 고개를 저었다. 정신이 한층 뚜렷해진 느낌이었다.

애매한 것은 짚고 넘어가야 하는 성격인지라, 나는 말을 계속했다.

"제가 그쪽을 협박했다는 주장을 하셨으니 근거를 말씀해 주세요. 적어도 듣는 이가 이해할 수 있도록 앞뒤 설명을 해 주시거나요."

"뭐야? 쪼끄만 게 신한테……."

"조물주라면 더더욱 의사를 명확하게 표현해 주셨으면 합니다. 피조물로서 드리는 요청이라 생각해 주세요."

신이면 어떤가, 권한이 큰 사람이면 제 행위를 설명할 책임도 있는 법.

신이 말만 명확하게 했어도 인류의 전쟁 역사 절반은 없어졌을지도 모른다.

"너!"

남자가 버럭 소리쳤다.

"왜 성격이 하나도 안 바뀐 거냐고? 입 안 다물어? 너 여기서는 변호사 아니거든?"

"화제를 바꾸는 걸 보니 할 말이 없으시군요."

미역 머리 남자는 입이 쭉 튀어나온 채 입 속으로 무언가 중얼거렸다.

"설마 교통사고를 일으킨 것도 그쪽인가요? 대체 왜……."

"됐어. 이제 갈 거야. 버르장머리 없는 건 그대로군."

보이지 않는 무언가에 걸터앉았던 그는 주섬주섬 일어나 돌아섰다.

"너, 나중에 까먹지 말고 약속 지켜라."

"전 아무것도 약속한 적이 없는데……."

"있어. 꼭 지켜야 해."

미역 머리 남자는 몇 초 동안 나를 지그시 바라보았다. 순간적으로, 맹했던 시선은 나를 꿰뚫을 것처럼 번뜩였다.

"지켜. 지키라고."

이해 안 가는 개꿈에서, 남자가 남긴 마지막 말이었다.

* * *

"르벨리안 제국에는 세 개의 공작 가문이 있지. 다들 이름을 알고 있니?"

다음 날, 어린 신입들을 안내하던 상급 하녀가 물었다.

스스로를 니콜이라고 소개한 그녀는 젊은 나이에도 하녀 경력이 꽤 긴 듯했다.

교육을 위해 니콜을 따라 사용인용 복도를 걷던 나와 내 또래의 소년, 소녀들은 작게 고개를 끄덕였다.

전날 꾸었던 개꿈 따위는 잊어버린 나는, 잠을 잘 잔 덕분에 니콜의 소개에도 귀를 기울일 수 있었다.

"수많은 천재 기사를 배출한 '제국의 검', 세이든 공작가가 있습니다."

"제국을 시작한 신으로부터 신성력을 받았다는 '제국의 가호', 파벨 공작가요."

"좋아, 그럼 이곳 오페르니아의 칭호는 뭘까?"

내 옆의 두 명이 대답하자 니콜이 다시 물었다.

"그……."

처음 대답한 아이들이 순간 서로를 마주 보며 말을 흐렸다.

오페르니아 가문의 공식 별칭은 오랫동안 불리지 않아 잊어버린 사람이 많았다. 대신 다른 별명이 자리를 잡아 버렸으니까.

내 앞에 서 있던 귀여운 외모의 자그마한 단발머리 소녀가 입을 벌렸다.

"아! 저 들었어요! 오페르니아 공작가는 제국의 호구……."

"'제국의 보고'입니다."

다들 경악하려던 찰나, 내가 마지못해 입을 열어 그 소녀의 말을 끊었다.

멸칭에 해당하는 '제국의 호구'를 공작가에서 당당히 말하려 하다니. 눈치가 없어도 심하게 없는 거 아닌가.

다 같이 죽을 운명이라 해도 꼭 지금 죽을 필요는 없을 텐데.

"온 대륙의 보물을 모아 놓은 가문이기 때문입니다."

"정답. 그런 곳의 사용인으로 살 수 있는 건 행운이겠지? 잘 기억하도록 해, 카밀. 앞으로 같은 질문에 멍청한 대답을 하면 벌을 주겠어."

니콜은 카밀이라 불린 단발 소녀에게 경고의 눈빛을 쏘더니 고개를 끄덕였다.

"이곳의 월급은 다른 귀족 가문의 두 배가 넘는다. 꾸준히 일하면 수도에 집 한 채 사는 것도 꿈이 아니지."

신입들은 눈을 반짝이며 고개를 끄덕였다.

월급을 모아 수도에 집 장만이라니, 어린 하인 하녀들에게 이보다 야심 찬 꿈은 없을 터였다.

생각해 보면 나도 전생에 못 이뤘던 꿈 아닌가.

"뭐, 멍청하면 그것도 어렵겠지만……."

니콜이 오만한 미소를 띠며 덧붙였다.

'본인은 성공한 모양이네.'

나는 감탄하는 대신 눈을 가늘게 뜨고 니콜을 바라보았다.

얼핏 듣기에 그녀의 말은 당연했다.

그러나 이 집안의 사용인이 월급을 고스란히 모으는 것은 말처럼 쉬운 일이 아님을 나는 알았다.

'이곳에서 돈을 모았다는 말은 결국…….'

"저기, 귀 좀……."

한참 머리를 굴리던 중, 스물이 조금 안 돼 보이는 하인 한 명이 나타나 니콜에게 무언가를 속삭였다.

"잠시 실례. 주방에서 나를 찾는다고 한다."

그녀는 짧게 설명하고 갑자기 하인과 함께 자리를 떴다.

묘한 불안감에, 나는 미간을 좁히고 두 사람의 뒷모습을 바라보았다.

'주방에는 주방 하녀들이 있는데, 굳이 저 사람을?'

"수, 수도에 집이래! 우리 운 진짜 좋지 않아?"

니콜이 사라지자마자, 볼살이 통통한 남자아이 하나가 흥분한 듯 소리쳤다.

"지금도 꿈꾸는 것 같아. 여기 들어오려고 얼마나 애를 썼는데."

"신의 직장이 따로 없다니까?"

아이들은 희망찬 목소리로 시끌벅적하게 떠들었다.

누구 하나 니콜의 부재를 의심하는 사람은 없었다.

하긴, 원작에 따르더라도 오페르니아의 신입 사용인들은 제 처지를 꽤 자랑스러워했었다. 겉보기에는 그럴싸했으니까.

……모든 것이 환상임을 깨닫는 데는 이틀도 채 걸리지 않았다. 사용인들의 불행은 가문의 최후를 더욱 비참하게 만들었다.

중요한 건 이 부분이었지만, 그 사실을 아는 사람은 나뿐이었다.

“두고 봐, 이제 고향 사람들은 다 나를 부러워할 거라고.”

빰이 통통한 아이가 재잘거리며 품속에서 금화 주머니를 꺼내 짤랑짤랑 흔들었다.

얼마나 쓰다듬었는지, 손때가 꽤 묻어 있었다. 나는 본능적으로 눈을 찌푸렸다.

“……그런 건 잘 간수하는 게 낫지 않을까?”

내가 조용히 말하자 아이는 코웃음을 치며 보란 듯이 주머니를 위로 던졌다가 받았다.

“무슨 이상한 소리야? 이 오페르니아 공작저에서 내 돈을 노리는 사람이라도 있다는 거야?”

그 애는 어이없다는 듯 킥킥거리고 웃었다.

“아, 너 혹시 그…….”

그는 갑자기 묘한 얼굴로 말을 흐렸다.

어색함, 동정심, 의심, 우월감이 한데 섞인 표정.

난 저 표정의 의미를 잘 안다.

전생에서는 내가 보육원 출신이라는 사실을 알았을 때 사람들이 보였던 얼굴이었다.

“흠, 노예상에 팔린 입장이라 모르나 본데.”

여기서는 노예 출신이니, 딱히 더 존중받을 일은 없을 터였다.

“여긴 네가 보고 겪었던 것과 차원이 다른 가문이야. 너야 먹을 것, 입을 것만 있어도 천국이라고 생각하겠지만…….”

여기저기서 킥킥거리는 웃음소리가 들려왔다. 카밀만 대화를 놓친 듯 맹한 표정이었다.

“이렇게 말하면 미안한데, 노예 티 벗고 싶으면 입을 다물고 눈치 좀 보는 게 어떨까? 안절부절못하는 꼴이 좀 촌스러워서.”

끼어든 내가 퍽 기분 나빴는지, 남자아이는 양옆의 아이들을 보며 말을 이었다. 주머니를 던지고 받는 손은 쉬지 않았다.

“벌써 살 것도 다 생각해 뒀다고.”

아이 뒤쪽, 직각으로 꺾이는 통로 뒤에서 몇 개의 그림자가 나타난 것은 그때였다.

왔네.

조언이 무의미하다고 느낀 나는 입을 닫았다.

애초에 난 그다지 앞장서서 남을 챙기는 성격도 아니었다. 돈을 받고 하는 일이라면 모를까.

“도착한 첫날부터 십 골드 받았다고 편지에 쓰면 우리 동생이…….”

짤랑- 착.

“뭐, 뭐야?”

허공을 향해 올라간 돈주머니는, 이번에는 내려오지 않았다.

“오, 묵직한데?”

“크……. 신입들 아주 신나셨군?”

주머니는 다시 짤랑거렸다. 다만 다른 사람의 손안에서.

“뭐야?”

조금 전까지 들떠 있던 아이들은 갑자기 나타난 이들을 향해 고개를 돌렸다.

그 자리에 서 있는 것은 사용인 복장을 한 세 명의 소년들이었다. 나이는 우리와 비슷한 십 대 중반이지만 키는 거의 성인처럼 컸고, 풍기는 분위기도 왠지 더 험악해 보였다.

“십 골드? 또 올랐네. 나 때는 칠 골드였는데.”

그들은 마치 제 돈이라도 되는 듯 돌아가며 주머니를 들여다보았다.

“도, 돌려줘. 무슨 짓이야?”

순식간에 돈을 빼앗긴 아이가 울상을 지으며 따졌다. 하지만 그 소리는 큭큭거리는 웃음소리에 묻혔다.

"북쪽 모피 사업이 망했네, 어쨌네, 해도 이런 집은 아무렇지 않다니까. 신입 하인 하녀한테 이렇게 퍼 주고."

"오늘은 도박 크게 할 수 있겠는데?"

"돌려달라니까!"

돈 주인이 씩씩거리는 소리에, 셋 중 한 명이 천천히 고개를 들었다.

"……이름이 뭐냐, 너?"

그 애가 그제야 물었다. 이목구비는 번듯한 편이지만 찢어질 듯 치켜 올라간, 뱀을 닮은 눈매가 꽤 위험해 보이는 소년이었다.

나머지 두 사람보다 좋은 옷을 걸치고 있는 그는 돈 주인의 참견이 거슬린다는 표정이었다.

"알피……."

"알피? 이름도 멍청하네."

삼인조는 서로를 보며 실실거렸다.

나를 비롯한 신입들은 굳은 분위기에 침을 꿀꺽 삼켰으나 알피는 여전히 흥분한 채 씩씩거렸다.

이윽고 눈 찢어진 녀석이 알피에게 성큼 다가갔다.

"고, 공작가에서 행패를 부리면 안 되잖아."

"고옹작가에서~ 행패를 부리면 안 되잖아~"

뒤에 두 명 중 한 명이 말을 따라 하며 조롱하자 알피의 얼굴이 새빨개졌다.

"행패를 부리면 정말 안 될까?"

뱀을 닮은 얼굴이 비열한 웃음을 흘렸다.

"뭐?"

"볼래?"

짜아악-

경고 한마디도 없이, 그 애는 알피의 뺨을 있는 힘껏 후려갈겼다.

'……내 이럴 줄 알았다.'

"아악!"

어찌나 세게 때렸는지, 알피는 고개가 휙 돌아간 채 딱딱한 벽에 부딪혔다.

무거운 정적이 내려앉았고, 알피는 입술을 덜덜 떨며 제 뺨을 감쌌다.

"더 말해 봐. 이 돈이 누구 거라고?"

눈이 찢어진 소년은 씩 웃으며 다시 물었다.

"너, 너는 대체 누구……."

"앨버트. 앨버트 님이라고 불러."

"님이라니, 우린 같은 하인이잖아!"

빠악!

앨버트라 불린 그의 팔이 다시 한번 큰 호를 그리며 움직였다. 이번에 때린 것은 뒤통수였다.

"타격감 좋은데? 다시 불러 보라고."

"애, 앨버트 님……."

"맞아. 내 돈이야. 그리고 너희들은……."

앨버트는 만족한 듯 돈주머니를 허리춤에 차더니 고개를 슥 돌려 우리들을 바라보았다.

몇몇 사람들이 침을 꿀꺽 삼키는 소리가 들렸다.

"봐줬다. 다들 십 골드 중 딱 팔 골드씩만 내놔. 삼 일 안에 내 방으로 가져와."

"무, 무슨 소리를……."

"귓구멍이 막혔나 봐? 한 대씩 때리면 뚫리려나?"

조금 전 들떴던 분위기는 흔적도 남지 않은 듯, 숨 막히는 침묵이 흘렀다.

나는 한숨을 쉬며 원작을 떠올렸다.

올 것이 왔다.

"앞으로 여기서 일하는 동안 매달 상납해."

"매, 매달? 계속?"

높은 임금. 호구 같은 주인들. 웬만하면 잘리지 않는 환경.

모두 사실이지만, 그럼에도 불구하고 오페르니아의 사용인들은 대부분 가난했다.

"그래. 계속. 떼먹을 생각 하면 손가락을 하나씩 부러뜨릴 거야. 알아들었어?"

뼛속까지 부패한 이곳에는 버는 족족 돈을 뜯어 가는 다른 사용인들이 수두룩했으니까.

"사용인이라고 다 같은 게 아냐. 너희는 밑바닥 중의 밑바닥. 버러지나 비슷한 것들이란 말이야. 한 명, 한 명 전부."

나는 다시 눈을 가늘게 뜨고 앨버트를 보았다.

다른 두 명에 비해 조금 더 좋은 옷차림. 거들먹거리는 태도.

'앨버트, 앨버트가 누구더라…….'

원작에서 한두 번 본 듯한, 어딘가 익숙한 이름.

일반 하인은 아니고, 가문의 누군가와 연줄이 닿아 있는 놈인데.

"니, 니콜에게 이르겠어요."

카밀이 더듬거리며 상급 하녀를 거론했다. 나는 흠칫 놀라 그 애를 쳐다보았다.

유독 순진하게 생긴 이 아이는 아까부터 참 용감한 얘기를 하고 있었다.

"크하하하하핫!"

앨버트는 노골적으로 비웃으며 그 애에게 다가갔다. 다른 두 명도 함께였다.

"야, 일러 봐. 일러 보라고. 아무 데나 가서 다 얘기하라니까?"

"우리가 이 일을 하루 이틀 한 줄 아나 봐?"

"니콜을 주방으로 부른 사람이 우리야."

세 사람은 카밀의 어깨를 툭툭 밀치며 빈정거렸다.

그랬다. 그들은 말하자면 큰 먹이사슬을 구성하고 있었다.

부패한 몇몇 집사들, 바깥의 어두운 세력과 결탁한 몇몇 상급 사용인들, 그 외 더럽게 얽힌 온갖 기사들, 심지어 몇몇 주인들이나 멀고 먼 방계들조차도.

앨버트는 이런 식으로 돈을 뜯어 제 뒤를 봐주는 이와 나누고 있을 것이고, 니콜도 아마 비슷한 조건으로 그들에게 협조하고 있을 터였다.

'속까지 썩은 가문이었던 거지.'

돈을 펴 주는 가문에 돈 밝히는 놈들이 몰린 건 당연한 일이었으니까.

안타깝게도 그들의 말은 사실이었다. 그 먹이사슬의 최하단에 위치한 것이 바로 우리들이었다.

"안 되겠다. 넌 지금 다 내놔야겠다. 한 달 동안 거지로 살아 봐."

앨버트가 냅다 카밀의 허리춤으로 손을 뻗었다.

"꺅!"

손이 닿는 순간, 카밀은 반사적으로 앨버트를 밀어 냈다.

"계속 까부네?"

앨버트는 인상을 찌푸리며 그 애를 힘껏 밀쳐 버렸다.

짜증이 치밀었지만, 일단은 참아야겠다고 생각한 순간.

"까불면 어떻게 되는지 더 보여 줘? 옷 한 벌만 걸치고 쫓겨나고 싶나 봐? 너 부모도 없지?"

멀쩡했던 내 얼굴이 순간 찌푸려졌다. 앨버트가 내뱉은 말 한마디가 신경을 자극했다.

'옷 한 벌만 걸치고 쫓겨나고 싶어? 친부모도 없는 게.'

전생에 많이 겪은 협박이었다. 부모라는 작자들이 틈만 나면 해 대던 소리.

물론 그만큼 참는데도 이골이 나 있었으나, 문제는 지금 내 나이가 십 대 중반이라는 사실이었다.

혈기 왕성하고 패기 넘치는, 참는 것을 좋아하지 않는 나이. 한국으로 치면 중학생.

"……해."

이놈의 어린 몸은 내 의사와 상관없이 입을 열어 버렸다.

"뭐?"

"그만하라고."

"어라? 얘 혹시 그 노예 아냐? 밝은 금발이라고 들었는데."

삼총사 중 홀쭉한 체형을 가진 아이가 고개를 갸웃하며 물었다.

나는 굳은 표정으로 그를 노려보았다.

"노예? 설마……."

앨버트는 나와 홀쭉이를 번갈아 보더니 천천히 입꼬리를 올려 기분 나쁜 미소를 지었다.

"너구나? 노예 시장에서 왔다는 그 '물건'."

더 재미있는 사냥감을 찾았다는 눈빛이었다.

"너 안 팔려서 불쌍하다고 공작 부인이 주워 온 거라며? 물건 중에서도 싸구려 아냐?"

그는 가까이 다가와 집요하게 나를 바라보며 빙글거렸다.

"짐승이랑 비슷한 걸 하녀로 고용했네? 목에 줄을 매서 마구간에 가둬야지. 타고 놀기라도 하게."

"……글쎄."

공격이 너무 하찮고 저질스러웠기에, 나는 참으려는 노력을 그만두었다.

"그 만큼에도 안 팔리는 물건들도 있는데."

깡패 같은 녀석한테 찍힌 이상, 물러나든 받아치든 결과는 비슷하다.

그렇다면 참는 것보다 들이받는 게 낫겠지.

"뭐?"

기분 나쁜 웃음이 흐려졌다.

"너처럼 제 분수도 모르고 멍청하게 이리저리 쑤시고 들이받는 것들 말이야."

나는 거침없이 내뱉었다.

전생에서 나는 나보다 말발 센 사람을 본 적이 없었다.

직장에서도, 가족들과도 쉴 틈 없이 싸워서 내 걸 지켜야 했으니까.

법정에서 치열하게 다투다가 오십 살 넘은 상대편 변호사를 울린 적도 있었다.

"같이 놔두면 보기 안 좋다고 장에 내놓지도 않고 근처 돼지우리에 격리했었거든."

"부, 분수? 격리?"

"응. 격리라기보다는 갖다 버린 거지만. 일종의 폐기물 처리랄까."

앨버트는 충격을 받은 듯 눈만 끔뻑거렸다.

험한 말을 많이 안 들어 봤는지, 신입 하녀가 자신을 노골적으로 모욕했다는 사실을 받아들이기 어려운 듯했다.

입고 있는 옷이 고급일 때부터 멘탈 약한 건 알아봤지.

공작가 도련님은 아니더라도, 나름대로 스스로 잘났다고 믿으며 살아온 모양이었다.

"못 알아들었어? 너 말이야, 너. 어디 갖다 팔지도 못할 쓰레기라고. 무식하게 손부터 올리면서 낄낄거리는 꼴 하고는. 머리가 텅텅 비어서 다른 수단은 생각을 못 하나 보지?"

나머지 두 명의 소년들도 경악한 얼굴로 눈을 크게 떴다.

상대방 변호사에게 휴지를 건네던 판사도 비슷한 표정을 했었지.

그땐 법정이라고 조목조목 따지기만 했는데, 여기서는 마음대로 욕을 해도 되니 편했다.

"계속 말해 줘? 너 같은 거 유통하면 그 노예상은 망하는 거야. 식료품점으로 치면 썩은 감자 같은 것. 냄새나서 지렁이도 안 파먹을 것. 비료로도 못 쓰는 것."

"뭐, 뭐야?"

"아, 반품으로도 안 받아 주겠지."

환불도 못 할 하자품 취급을 당한 앨버트의 눈에 눈물이 그렁그렁했다. 알피의 뺨을 후려칠 때의 기세는 사라지고 없었다.

'별거 아니었네.'

"너, 너 앨버트가 누군 줄 알고……."

"렉스턴 가문은 공작가의 친척이란 말이야!"

그의 안색을 살피던 두 녀석이 동시에 외쳤다.

"렉스턴 가문?"

나는 그제야 원작에서의 앨버트를 기억해 냈다.

앨버트 렉스턴. 그러니까 미래의 렉스턴 경.

그는 원래 공작가의 멀고 먼 친척이다.

촌수조차 셀 수 없는, 사실 핏줄 확인이 제대로 되지도 않을 사이.

그러나 호구답게 워낙 사람을 잘 거두고 먹이는 공작 부인은 평민 신분인 렉스턴가를 사용인으로 들였다.

어린 하인들에게 스스로를 몰락한 귀족이라고 소개하며 횡령과 강탈을 일삼으며 사용인들 위에 군림했고, 나중에는 부인의 손자 중 한 명을 도왔다고 기사 작위까지 받지만…….

'그렇게 도운 손자가 바로 반역에 일조한 노르만이었지.'

즉, 이놈은 오페르니아 가문을 말아먹은 많은 사람 중에도 주범이었던 셈이다.

"들었으면 당장 엎드려서……."

앨버트가 이 사이로 으르렁거렸다.

"어쩌라고?"

나는 어깨를 으쓱했다. 그러자 앨버트가 다시 멍청한 얼굴로 눈을 끔뻑였다.

내게 고구마를 퍼먹였던 녀석의 신분에 감탄할 생각은 없었다.

기사가 되는 건 미래의 일이고, 그때까지 여기 있을 생각은 없었으니까.

지루할 만큼 디테일했던 원작 덕에 나는 이 세계의 신분 체계를 잘 알고 있었다.

'공작가의 친척'은 결국 그저 허울 좋은 포장이다. 다른 이들의 공포심을 자극하기 좋지만 실제로 의미 있는 명칭은 아니다.

그저, 양옆의 얼간이들 같은 이들이 그 사실을 모르고 한 수 접어 주고 있을 뿐.

"나랑 같은 평민이잖아. 귀족이었으면 가문의 문장이 있었을 거 아냐? 몰락한 귀족도 문장 박힌 물건 정도는 가지고 있어."

"문……장?"

홀쭉한 소년이 고개를 갸우뚱했다.

"그래. 백합 문양이 박힌 검, 독수리가 수놓아진 셔츠 같은 거. 그게 뭔지 모른다면 귀족의 핏줄은 진작 희석됐거나 애초부터 없었던 거겠지."

툭 던진 말에 홀쭉이의 눈이 커졌다.

"그러고 보니 외가 쪽 고조부가 남작이었다던 지크도 제비꽃 문양으로 된 벨트를 차고 다녔는데……."

보기보다 쉽게 휘둘리는 성격인 듯, 그가 중얼거렸다.

"진짜? 앨버트, 너넨 뭐 없어? 고향에서는 도련님이라고 불렸다며."

촉새 같은 말투를 구사하는 다른 한 명이 물었다. 자연히 신입들의 시선도 앨버트를 향했다.

"나, 나도……."

갑자기 공격당한 앨버트는 얼굴이 시뻘게진 채 말을 더듬었다.

"우리 가문도 문장이 있어! 가져오지 않았을 뿐이다."

"있다고? 정말?"

나는 일부러 눈을 동그랗게 떴다.

설마 더 넘어올까 하는 생각이 들었지만, 내 입은 이미 함정을 파고 있었다.

"렉스턴 가문의 문장……. 설마 남부의 '그' 렉스턴인 거야?"

"바, 바로 그거야! 이제 생각났어?"

앨버트는 내 말에서 희망을 찾은 듯 눈을 번뜩였다.

조금 전까지는 말도 제대로 못 했던 주제에, 녀석은 의기양양하게 턱을 치켜들었다.

나는 당황한 표정으로 말을 이었다.

"그, 그럼 가문의 상징은 눈을 감고도 감각으로 사냥할 수 있는 회갈색의 맹수."

"그렇다."

"날카로운 이빨은 물론 맹독까지 품은, 인간은 닿기 어려운 땅속까지도 거침없이 파헤치는."

"우린 그 거친 피를 타고났다는 전설도 있지."

나는 일부러 헉, 소리를 내며 두 손으로 입을 막았다. 앨버트의 눈에 만족감이 어렸다.

"아귀처럼 무자비하게 먹이를 사냥해 산 채로 먹는 모습을 본 자가 있다는……."

"몰락했지만 나도, 아버지도 그 맹수를 닮았지."

"……땃쥐?"

나는 일부러 느릿하게 그 동물의 이름을 말했다.

"바로 그거……. 뭐, 뭐라고?"

신나게 고개를 끄덕이던 앨버트가 멍청하게 입을 벌렸다.

씩 웃는 나를 본 그의 얼굴이 다시 시뻘겋게 달아올랐고, 주변에선 웃음이 터졌다.

심지어 홀쭉이와 촉새조차 풉, 하는 소리를 냈다.

"그런 짐승이 땃쥐 말고는 없잖아."

"그, 그건……."

그는 거의 울 것 같은 표정으로 더듬거렸다. 지금껏 고개를 끄덕였으니 부정할 수도 없을 터였다.

"앨버트, 너 땃쥐의 후예였어?"

"진작 말하지……. 나 어제 그거 잡아서 사육원에 있는 뱀한테 줬는데."

의리 없는 두 부하 놈들이 중얼거리는 소리에, 앨버트의 주먹이 불끈거렸다.

"이, 이 건방진 노예 계집애가!"

그가 씩씩거리며 나를 향해 주먹을 치켜들었다.

'막상 맞으면……. 아프겠지.'

냅다 튀어야 하나 고민하며 퇴로를 확인하던 순간이었다.

멀리서 한 무리의 발소리가 들려왔다.

홀쭉이와 촉새가 그의 팔을 붙들었다.

"앨버트, 이제 가자. 페피토 집사가 보면 또 한 소리 들을걸."

"니콜도 잠깐밖에 시간 못 비운다고 했어. 내일 아침 녹번 골목에 갈 준비도 해야 하잖아. 음식이 늦으면……."

아무리 개판인 집이라도 대낮에 오랜 시간 소란을 피우는 것은 한계가 있는지, 나머지 두 명은 열심히 그를 뜯어말렸다.

앨버트는 상한 자존심을 주체하지 못하고 숨을 훅훅 내뱉었다.

"너……. 두고 봐."

"미안."

나는 정말 미안한 말투로 사과했다.

그리고 다음 순간, 당황한 앨버트의 눈을 똑바로 보고 싱긋 웃었다.

"찍찍거리는 소리밖에 안 들려."

"두고 보라고! 내가 절대로 가만히 안 둬. 네 삶을 지옥으로 만들어 줄 거야. 가진 거 탈탈 털릴 준비해!"

끝까지 유치하게 녀석을 조롱하자, 그는 시뻘게진 얼굴로 버럭버럭 소리를 지르며 사라졌다.

"너…… 괜찮아?"

호리호리한 남자아이 하나가 동그랗게 뜬 눈으로 나를 보며 물었다.

"머, 멋있다."

그 옆에 있던 여자아이가 감탄 섞인 목소리로 말했다.

"나 뒷골목에서 자랐는데, 너처럼 말을 못되게 하는 사람은 처음 봤어."

"사람을 못 먹게 된 식물에 비유하는 것도 처음 봤어."

아이들은 묘한 존경이 섞인 듯한 표정으로 나를 보았다.

조금 전까지 나를 무시하던 알피만 빼앗긴 돈 때문에 혼자 울상을 짓고 있었다.

"……어."

나는 천천히 대답했다.

뜨거웠던 머리가 식고 현실을 자각하면서도, '안 괜찮다'는 대답은 나오지 않았다.

'기분 좋은데?'

스스로도 깜짝 놀란 만큼 기분이 상쾌했다.

'바보 같은 녀석들을 말로 쥐어 패는 건 즐거운 일이었어.'

새삼 스스로의 천성을 다시 한번 깨달았다.

빙의 전이나 후나, 나는 성격이 더러웠던 것이다.

내가 혼잣말을 하거나 말거나, 아이들은 똘망똘망한 눈으로 부담스럽게 나를 바라보았다.

"공작가……. 역시 괜히 온 건 아닐지도 모르겠어."

"나 조금 희망이 생겼어. 저기, 기분 나쁜 말만 골라서 하는 방법을 가르쳐 줄 수 있을까?"

의도한 것은 아니었으나, 나는 신입 사용인들 사이에서 떠오르는 태양 같은 존재가 된 것 같았다.

"……마음대로 해."

즐길 수 있을 때 즐기자는 생각으로, 나는 아무렇게나 대답했다.

* * *

반격이 들어올 때까지는 시간이 별로 걸리지 않았다.

"더럽고 치사한 놈이……."

다음 날 아침, 잠에서 깬 나는 이마를 짚었다.

"방에 들어와서 도둑질을 해?"

내가 머물던 사용인 건물에 도둑이 들었다. 모두가 당했고, 내 피해는 심각했다.

옷장에 있던 새 옷, 리본과 모자가 흔적도 없이 사라진 것이다.

"이불이 폭신하지만 않았어도!"

이부자리가 불편했다면 작은 소리에도 깼을 것이다.

사용인에게 오리털을 퍼 주는 호구 주인을 둔 폐단이었다.

그게 다가 아니었다. 허리춤을 더듬어 본 나는 이를 갈았다.

"내…… 돈."

어제 받아서 주머니 깊은 곳에 넣어 두고 건드리지도 않았던 십 골드. 내 소중한 돈이 만져지지 않았던 것이다.

부티가 좔좔 흐르던 실크 주머니는 다른 것으로 바꿔치기 되어 있었다.

펜섬의 소금- 일반 소금보다 삼십 배 강함.

향신료 따위가 담긴, 무게감만 비슷한 누더기 주머니로.

원작에 따르면 이는 소매치기들이 자주 쓰는 수법이었다. 작은 덩어리로 뭉쳐진 펜섬의 소금은 겉에서 만지면 동전 같았으니까.

그래, 역시 이곳은 범죄의 소굴이었다.

미련한 주인을 둔 덕에 웬만한 잘못으로는 처벌받지 않는 무법 지대였으니까. 치안이 최악인 것은 너무나도 당연했다.

“그렇단 말이지.”

다른 방을 둘러본 나는 범인이 전날의 그 삼총사라고 결론 내렸다.

‘딱 봐도 도둑놈처럼 생긴 녀석들이었지.’

뭘 어떻게 해야 할지 생각하는 데는 긴 시간이 걸리지 않았다.

“빼앗긴 것은 빼앗아 올 수밖에.”

전생처럼 뜯기고 살 생각은 없었다. 내 머릿속에서는 앨버트를 쓰러뜨릴 갖은 꼼수가 떠오르기 시작했다.

방문을 나와 복도를 지나며, 나는 점점 더 차분하고 치밀하게 머리를 굴렸다.

물론 당장 녀석들을 찾아서 무식하게 달려들 생각은 없었다.

참고 참다가 어떻게든 약점을 틀어쥐고, 세 명의 집사들 중 가장 부패한 자의 코앞에 그것을 내밀 것이다.

적당한 뇌물까지 곁들이면, ‘그 집사’는 간단히 앨버트를 쫓아내 줄 테니까. 앨버트가 횡령해둔 돈을 가로채게 해 준다면 그는 기꺼워하고도 남을 것이다.

당장 할 일은 명확했다. 앨버트와 그 일행의 동선을 파악하는 것.

‘지금이야말로 횡령범들이 활발하게 활동할 타이밍이지.’

지금은 아침 식사 시간.

공작 부인은 호구들의 수장답게 진수성찬을 베풀어 줄 테지만 이 동물의 세계에서 그 음식이 제대로 사용인의 입에 들어갈 리 없었다.

‘내일 아침 녹번 골목에 갈 준비도 해야 하잖아. 음식이 늦으면…….’

앨버트의 일행 중 하나가 했던 말이었다.

'녹번 골목은 유독 범죄나 장물 처리가 빈번한 거리였지.'

즉, 음식을 빼돌리는 자들은 바로 앨버트 일행이었다. 그리고 형편없는 무언가로 바꿔치기했겠지.

재산을 노리는 자들의 속은 뻔하다.

'그럼 유통 경로는?'

원작에는 어느 사용인이 어디에 배치되었었는지에 대한 자세한 설명이 있었다.

내용 전개에 필요했던 건 아니고, 순전히 작가가 설정 하나하나에 집착하는 성격이기 때문이었다.

독자들이 지루하다고 투덜거리면 작가는 그에 반발하듯 더욱 쓸데없는 설정들을 풀어 댔다.

문지기를 매수했다면 후원 뒤로 작게 난 서문일 것이다. 식당과 가깝고, 보는 눈도 없으니까.

'게을러터진 게 아닌 이상, 지금 바로 음식이 나가고 있을 터.'

수많은 복도를 지나 중앙 건물을 벗어난 나는 겨우 잎이 무성한 나무들로 가득한 후원을 찾아냈다.

보는 눈이 적고, 트여 있지 않고, 이래저래 작당하기 좋은 공간.

아니나 다를까, 사용인 복장을 한눈에 익은 소년들이 보였다.

여기저기 놓여 있는 상자와 자루들, 그리고 음식 나르기 딱 좋게 생긴 수레 몇 개도.

중간에 눈 찢어진 얼굴을 발견한 순간, 나는 씩 웃었다.

'찾았다.'

이 나쁜 횡령범들.

……이라기에는 나도 원작에서 절도범이었지만.

아직 저지르지 않았으니 나는 다르다고 스스로를 토닥이며, 나는 일단 나무 한 그루를 골라 그 뒤로 몸을 숨기고 그들을 지켜보았다.

눈에 보이는 소년은 어제의 셋을 포함해 총 네 명, 그들은 범죄 도중에 할 일이라도 생긴 듯, 들고 있던 음식 상자를 여기저기에 내려놓은 채였다.

"……앨버트, 우리 가야 하는 거 아니야?"

"입 다물고 있어 봐, 로이. 지금 더 중요한 일이 있잖아."

"아, 늦으면 값 깎으려고 난리 치는데……. 어제 잃어버린 거 회복해야 하잖아. 어떤 자식이 대담하게 우리 돈에 손을 댔는지."

로이라고 불린 홀쭉이의 말에 나는 눈을 가늘게 떴다.

'도둑이 아니었어……?'

치안이 안 좋다 못해 형편없는 이곳에는, 사용인들의 돈을 노리는 도둑이 한둘이 아닌 모양이었다. 앨버트 삼총사는 돈을 가져간 게 아니라 같이 털렸고.

"걱정할 거 없어. 신입들 다음 달 월급을 먼저 털면 다 해결되니까."

계획을 철회할까 잠시 고민하던 나는 앨버트의 한 마디에 마음을 굳혔다.

도둑도 괘씸하지만, 삼총사를 해결하지 않으면 내 앞날은 어차피 암담하다.

"동쪽 숙소가 다 털렸으니 어제 그 금발 계집애도 당했겠지?"

촉새 같은 녀석이 호기심 어린 얼굴로 중얼거렸다.

"그, 얼굴은 반반한데 문장 이야기 같은 걸로 앨버트 속을 긁었던……."

"아아, 맞아."

로이가 무언가 생각난 듯 앨버트를 향해 입을 열었다.

"근데 앨버트 넌 진짜로 없냐? 가문 문장 같은 거. 나 구경 좀……."

"시끄러워! 문장 새겨진 물건은 집에 있다고 했잖아."

"하지만 귀족 상징이 땃쥐라는 말은 처음 들었는걸."

"너, 너는 아무것도 몰라! 땃쥐는 새끼 뱀도 사냥하는 무서운 짐승이란 말이야!"

앨버트가 얼굴을 확 붉히며 소리치더니 다시 원래 보고 있던 곳으로 시선을 옮겼다.

"흠."

그가 헛기침을 하고 목소리를 깔았다. 전날 똥폼을 잡던 표정이 돌아왔다.

"그나저나 어차피 시키는 대로 할 거면서 왜 질질 시간을 끄시는지……."

어제도 그랬듯, 앨버트를 제외한 두 명은 녀석의 뒤에서 간신배처럼 껄렁거리고 있었다.

그리고 또 한 명, 어제 보지 못했던 아이는…….

나는 자연스럽게 마지막 한 명을 눈으로 찾아냈다.

그는 앨버트와 정면으로 마주한, 조금 더 어려 보이는 흑발의 소년이었다.

내 쪽에 등을 지고 서 있어서 얼굴은 잘 보이지 않았다.

"도련님, 이거 보시라고요. 보시다시피 도련님은 좋은 옷을 입으셨고 저희는 아니잖아요. 이거 불공평하죠? 그렇죠?"

앨버트는 씩 웃으며 흑발의 아이를 향해 빈정거렸다. 나머지 두 명이 위협적으로 아이를 노려보았다.

"그럼 좀 내놓아야 하지 않겠어요?"

아이는 대답 없이 가만히 서 있기만 했다.

"아니, 아니. 끄덕이셔야지."

꽈악-

그는 소년의 양쪽 뺨을 우악스럽게 잡아 억지로 고개를 끄덕이게 만들었다. 형식만 존댓말이지, 녀석은 사실상 협박을 하고 있었다.

나는 눈을 크게 뜨고 그들의 대화에 집중했다.

'도련님'이라니, 그 말은 흑발 꼬맹이가 공작 부인의 핏줄이라는 말이었다. 방계한테는 그런 호칭을 붙이지 않았다.

하지만 돌아가는 분위기를 보아하니, 앨버트와 그 무리는 꼬맹이로부터 삥을 뜯고 있었다.

"하, 또 신발까지 뺏기고 싶어요? 맨발로 터덜터덜 처소까지 가는 꼴을 한 번 더 보여 주고 싶어요? 하긴, 그렇게라도 하면 존재감은 좀 생기겠네."

이거 습관성 삥이네?

나는 다시 원작을 열심히 떠올렸다.

신입 사용인들은 그렇다 쳐도, 대체 성인도 안 된 소년 몇 명에게 협박당할 정도로 호구 같은 주인이 누구란 말인가?

공작 부인의 차남 레너드의 아이들은 성격이 불같은 데다 오냐오냐 커서 저택 안에서는 하늘 같은 존재였다.

레너드와 그 가족은 심지어 공작 부인 몰래 사용인들의 뺨을 후려치고 침을 뱉는 습관까지 있었다.

공작가에서 쫓겨날 작정을 한 게 아니라면 그들에게 저런 태도를 보일 수는 없었다.

하지만 공작 부인의 딸인 클로에에게는 딸밖에 없는데.

그렇다면 답은 하나였다. 나는 나도 모르게 침을 꼴깍 삼켰다.

"하지만……."

소년이 반박하려 하자 앨버트가 목소리를 위협적으로 낮추었다.

툭-

힘이 바짝 들어간 검지손가락이 반대편에 있는 소년의 이마를 건드렸다.

"루시안 도련님."

그의 입에서, 내 귀에 너무나도 익숙한 이름이 흘러나왔다.

"억지로 다리 사이를 기게 만들어 드려요?"

루시안 오페르니아.

이 소설의 남주였다.

"몇 번을 당해도 똑같아요. 도련님을 도와줄 사람은 이 저택에 아무도 없어요."

앨버트가 잔인하게 지껄였다.

"공작 부인조차도 피하는 손자, 제 부모를 죽게 만든 불행 덩어리를 누가 신경 써요?"

나는 눈을 동그랗게 떴다.

새까만 머리통만 보였지만 분명하게 알 수 있었다.

눈앞에 있는 것은 루시안 오페르니아, 열두 살의 남주였다.

"하긴, 대답도 제대로 못 하는 바보이니 친할머니에게 버림받는 건 당연한 건가. 어찌 됐건 자기 탓이죠, 뭐."

어릴 때 유독 몸이 약했다더니, 그는 사용인들 앞에서 목소리 한 번 크게 내지 못했다.

푸른 벨벳 로브 자락을 쥔 작은 손은 조금씩 떨리고 있었다.

괴롭힘을 당하는 데 익숙한 듯, 도망치려 하거나 놀라지도 않았다.

힘겹게 버티고 있을 뿐이었다.

'어린 시절에는 돌봐 주는 이가 없다는 게 사실이구나.'

루시안의 부모와 친할아버지, 즉 오페르니아 공작은 함께 별장에 있다가 강도의 습격을 당해 죽었다.

그들, 특히 루시안의 아버지의 탈출이 늦어진 것은 루시안을 구하기 위해서라고도 했다.

한때 그를 아꼈던 공작 부인은 그 사건 이후 남편과 자식 부부의 죽음에 연루된 루시안을 의도적으로 멀리했다.

공작위를 승계할 후계자 지정을 거부함은 물론, 가문의 대소사도 거의 내팽개치다시피 했다.

루시안을 대신 돌봐 줄 사람이야 붙여 뒀겠지만, 대부분은 제 일을 팽개치고 노는 데 바빴다.

그 결과, 사용인들에게조차도 무시당하는 힘없는 도련님이 되어 버린 거고.

'그래도 자기 집에서 이렇게까지 무례한 취급을 받을 줄은 몰랐는데.'

나는 속으로 한숨을 쉬었다.

앨버트는 높으신 공작가 도련님이 자신에게 겁을 먹은 것이 무척 즐거운 듯 빙글빙글 웃으며 루시안을 내려다보고 있었다.

"대답이 없으면 승낙한 걸로 알게요. 로브는 제가 가져갑니다."

그가 양손을 뻗어 루시안의 옷깃을 잡았다.

곧게 서려 애쓰는 작은 어깨가 순간 안쓰러워서, 나도 모르게 손에 힘이 들어갔다.

'아니지, 무슨 생각을 하는 거야.'

나는 세차게 고개를 흔들었다.

지금 끼어드는 건 의미가 없다. 도와줘서 뭐 하겠다고.

어린 루시안은 원래 실세와 멀었고 그가 장성할 때까지 공작가에 남을 생각도 없었다. 그에게 잘 보여 무엇하겠는가.

"잠깐만……!"

침을 꿀꺽 삼키며 마음을 다잡는데, 앨버트가 마지막 반항을 하는 소년에게 으르렁거렸다.

"벗으라니까, 공작가의 찌꺼기 따위한테 이런 게 어울리는 줄 알아?"

그는 반말로 지껄이며 루시안의 어깨를 우악스레 밀치고 로브를 기어이 벗겨 냈다. 그걸로 모자라 루시안의 머리를 움켜잡아 홱 하고 밀쳤다.

"윽!"

셔츠 차림이 된 루시안은 힘없이 옆으로 쓰러졌다.

'그만 가자.'

차마 더 보고 있기 어려워 고개를 돌리려던 순간이었다.

휘청-

나를 등지고 있던 소년의 상체가 흔들리면서, 쭉 보이지 않던 그의 옆얼굴이 드러났다.

나는 나도 모르는 사이에 움직임을 멈추었다.

인형처럼 오밀조밀한 이목구비, 귀엽게 휘어진 눈썹과 조금 쳐진 눈매, 단정하게 자리 잡은 채 꾹 다문 입술, 뽀얗고 동그란 뺨.

이 모든 것들이 조화를 이루며 동시에 내 눈에 들어왔다.

'귀엽다.'

속마음이 튀어나오지 않은 것이 다행이었다.

'생명체가 저렇게 예쁘게 생길 수 있나?'

그는 정말로 눈이 부시도록 귀여웠다. 마치 명화 속 천사를 보는 듯, 막 태어난 아기 동물 앞에 선 듯 묘하게 무장 해제가 되는 기분이었다.

전생의 어느 책에서, 나는 갓 태어난 동물이 귀여운 외모를 갖춘 건 생존에 유리하기 때문이라는 이론을 접한 적이 있었다. 귀여워서 포식자들도 못 건드릴 때가 있다 했던가.

찰나의 순간이었지만 나는 아기 동물을 건드리지 못하는 맹수의 기분을 알 것만 같았다.

아이의 외모는 없던 동정심을 유발할 정도였으니까.

그게 끝이 아니었다.

또륵- 툭.

보석처럼 반짝이던 푸른 눈이 한 번 깜빡이더니, 눈물 한 방울이 동그란 뺨을 타고 흘러내렸다.

'……울어?'

투둑.

심장이 찌릿하고 저렸다. 조금 전과 비교도 되지 않을 정도로.

신기한 경험이었다. 태어나서 처음 느끼는 강한 연민.

나는 입술을 꾹 깨물었다.

아이의 외모가 문제만이 아니었다. 내가 원작을 너무 몰입해서 읽은 게 더 큰 일이었다.

아니면 빙의하는 과정에서 머리가 어떻게 됐는지도 몰랐다.

열두 살의 루시안이 후드득 눈물을 떨어뜨리는 순간, 비극으로 얼룩진 루시안의 삶이 내 눈앞에 다시 펼쳐지는 것 같았다.

부모를 잃고 나락으로 처박힌 삶, 단두대에 선 공작 부인을 두 눈으로 지켜보며 느낄 비참함, 마물과 싸우다가 망가져 버릴 정신과 신체, 연인에게 배신당함으로써 마감될 삶.

"하아……."

나는 이마를 짚고 한숨을 내쉬었다.

망해 가는 공작가에 정은 눈곱만큼도 안 붙이려 했는데.

무력한 예쁜 꼬맹이의 눈물이 이렇게 강력할 줄은 미처 예상하지 못했다.

한 번, 딱 한 번만 도와줄까.

실리만 따지는 냉정한 본능과 새로 피어오른 동정심 사이에 갈등하는 사이, 야비한 목소리가 또다시 들려왔다.

"아, 뭐야. 지금 울고 있는 거야?"

역겹다는 듯한 앨버트의 목소리가 나의 상념을 깨뜨렸다.

나는 두 손으로 주먹을 꽉 쥐었다.

열넷의 몸은 역시 다혈질이라, 어떻게 해야 할지에 대한 판단이 미처 끝나기도 전에 또다시 움직이고 있었다.

"으하하하하! 울었어! 진짜 울고 있어! 이건 처음 아냐?"

앨버트는 넘어질 것처럼 휘청이며 루시안을 비웃었다.

곧 상황을 알아차린 다른 아이들도 끼어들었다.

"크하하하하! 울보래요!"

"우리가 그렇게 무서우셨어요? 오줌 지린 건 아니겠죠?"

"누가 영상구 좀 구해 와 봐. 이거 어디 팔 수 없나?"

그들은 한참 동안 루시안을 둘러싸고 시원하게 웃어 댔다.

휙-

둥글고 물컹한 무언가가 허공을 가르고 앨버트의 얼굴로 날아갈 때까지.

퍼억-

"꽥!"

지저분하게 으깨진 채 주르륵 흐르는 파란 즙.

녀석의 얼굴을 강타한 것은 블루베리 파이였다.

"쿨럭! 뭐, 뭐야! 누가 그랬어!"

"나."

나는 순순히 그들에게 사실을 알려 주며 모습을 드러냈다.

마음보다 먼저 움직인 내 손에는, 녀석들이 방치해 두었던 자루 하나가 들려 있었다.

"이…… 미친 계집애가! 너 뭐……. 어억?"

휙- 퍽.

이번에는 아이스크림이 날아가 앨버트의 코 주변에 철퍽 붙었다. 나는 살짝 웃었다.

자루 속에 던질 만한 것들은 넘치게 많았고, 그것들이 앨버트에게 명중할 때마다 쾌감이 느껴지는 건 어쩔 수 없었다.

전생에서 성격 더러운 변호사를 상대로 승소할 때 느끼던 쾌감과 비슷했다.

게다가 오페르니아 저택의 아침 식사는, 듣던 대로 다양하고 종류가 많았다. 손을 뻗을 때마다 훌륭한 무기가 잡히는 셈이었다.

"콜록! 컥!"

앨버트는 입에 가득 물었던 블루베리 파이를 꾸역꾸역 뱉어 내며 기침을 해 댔다.

"커헉!"

"큽……."

으깬 감자, 잼 덩어리, 그리고 수프를 뒤집어쓴 다른 아이들의 사정도 크게 다르지 않았다.

"저, 저 신입 계집애……. 누가 좀 잡아! 가만 안 둘 거야!"

"누구 맘대로?"

나는 가장 가까이 있다가 수프를 뒤집어쓴 로이의 젖지 않은 로브 끝자락을 슬쩍 당겨 내 손을 닦으며 약을 올렸다.

"으아아악! 이거 비싼 거야!"

어쩌겠는가. 열네 살의 미성숙한 머리는 일차원적 복수를 좋아하는 것을.

빙의하던 순간 이어받은 기억에 따르면, 몸 주인의 성격도 크게 다를 바가 없었던 것 같았다.

즉, 내 탓이 아니다.

"주, 죽여 버릴 거……."

"그러든가."

"시끄러! 내가 못 할 것 같……."

"응. 못 할 것 같아. 근데 너희들 이럴 시간 있는 건 맞니?"

나는 부글부글 끓는 듯한 앨버트의 말을 싹둑 자르며 끼어들었다.

"뭐?"

한 번 당해 본 경험 때문인지, 나를 보는 그의 얼굴이 흐렸다.

"이 음식 당장 날라야 하는 거지?"

겨우 소스를 닦아 낸 앨버트의 눈앞에서, 나는 가지런히 놓인 음식 상자들을 발로 툭툭 건드렸다.

다양한 내용물들이 흔들리고 출렁거렸다.

나는 씩 웃었다.

약점 잡았다 이거야.

"뭐 하는 거야!"

"아이고, 쏟았다."

나는 다분히 고의적으로 상자 중 큰 것 하나를 넘어뜨렸다. 철퍽 소리와 함께, 곱게 자른 햄 조각들이 쏟아져 나왔다.

"흐, 흙 묻으면 책임질 거야? 멈춰!"

소년들은 사색이 되어 외쳤다.

"아니. 안 질 거야."

"뭐, 뭐라고?"

"어차피 사고 쳐도 잘릴 일은 없는걸. 소란이나 피우지, 뭐."

오페르니아가의 사용인 관리는 제국에서 가장 허술했다. 호구 같은 공작 부인은 웬만한 잘못은 다 용서했고, 그렇기 때문에 사용인 사이에는 도덕보다는 힘의 논리가 우선이었던 것이다.

나는 옆의 다른 상자를 발로 툭 건드렸다. 이번에는 휘청이는 것을 소년 중 한 명이 몸으로 끌어안았다.

"그만! 알겠으니까 그만해! 이거 납품 못 하면 어떻게 되는지 알아?"

"그렇겠지. 횡령한 식품을 배달받는 음식점이라면 아무래도 어두운 세력과 관계가 있겠지, 그치?"

나는 사악하게 웃으며 또 다른 상자를 위태롭게 밀었다.

"히이이익!"

삼총사의 얼굴이 새파랗게 질렸다.

그 가운데에서, 조용히 고개를 돌린 루시안과 나의 시선이 짧게 마주쳤다. 변호사 시절 범죄가 안 되는 선에서 상대방을 협박한 경험이 몇 번이던가.

나는 다른 이의 약점을 파고드는 데 도가 튼 사람이었다.

"다 쏟아서 손해를 끼치면, 그냥 배상으로 안 끝나겠지? 팔다리 하나 부러질 것 같지?"

"이, 이 피도 눈물도 없는 악마 같은!"

"빨리 배달이나 신경 써야 할 것 같지? 로브가 문제가 아닌 것 같지? 갑자기 막 사라지고 싶지?"

"아, 알겠어! 알겠다고! 사라지면 되잖아!"

내가 거침없이 몰아붙이자 앨버트는 시뻘게진 얼굴로 씩씩거리더니 들고 있던 로브를 바닥에 떨어뜨렸다.

그러고는 다른 소년들과 함께 상자를 집어 들고 후다닥 뒷문으로 빠져나가 버렸다.

녀석들이 사라진 것을 완전히 확인한 후에야, 나는 다시 눈앞의 자그마한 아이에게 눈을 돌릴 수 있었다.

"루시…… 도련님, 괜찮으세요?"

나는 떨어져 있는 로브를 주워 흙을 털어 내고, 루시안에게 내밀며 말을 꺼냈다.

주저앉았던 소년은 천천히 고개를 돌려 나와 마주 보았다.

물빛으로 빛나는 맑은 벽안이 나를 뚫어져라 바라보았다. 그 안에 여전히 고여 있는 물기가 다시 한번 내 가슴을 자극했다.

"……너 누구야?"

소년이 한쪽 눈을 슥 닦으며 물었다.

차분했지만 한편으로는 잠긴 듯한 목소리가 애처로웠다.

"리아넬라요."

"……."

"괜찮으세요?"

나는 무심코 그의 젖어있는 다른 한쪽 눈을 소매로 닦아 주었다. 스스로 닦기 위해 움직이던 작은 손이 허공에 멈추더니 파르르 떨렸다.

"왜…… 이런 짓을 했어?"

"도련님 도와주는 거요?"

그는 다른 표현이 떠오르지 않는지 얌전히 고개를 끄덕였다.

간단한 질문인데, 순간 말문이 막혔다.

그러게, 왜 도왔다고 해야 할까. 한참을 고민하던 난 그냥 솔직하게 말하기로 했다.

"도련님이 상처받는 걸 보고 싶지 않아서요."

루시안의 작은 미간이 살짝 찌푸려졌다. 내 말을 이해하기 어려운 듯한 표정이었다.

"도련님이 행복한 모습을 보고 싶거든요."

진심이었다. 잠깐 읽은 소설이었지만 그는 주인공이 아닌가. 그것도 고생만 실컷 하다가 죽어 버린.

책의 내용 그대로 펼쳐지는 것을 내 눈으로 꼭 확인하고 싶지는 않았다.

그래도 어린 시절에는 행복한 모습을 보고 싶은 게 독자로서의 욕심이었다.

"거짓말."

그렇게 읊조리는 루시안의 얼굴에는 아이답지 않은 피곤함과 묵직한 슬픔이 배어 있었다.

"할머니가 나를 잊으셨는데."

"……."

"이 저택 안에 날 신경 쓰는 사람은 없어."

나는 다시 한번 가슴이 저릿한 경험을 해야 했다.

"저 애들 말이 맞아. 날 챙겨 줘 봤자 얻는 것은 없어. 오히려……."

그는 주저앉은 상태로 천천히 손을 뻗어 내가 내민 로브를 받더니, 다시 눈을 들어 음식물이 묻은 내 손과 옷깃을 바라보았다.

쓰윽

"……도련님? 뭐 하세요?"

루시안은 내 몸값보다 비쌀 것 같은 실크 로브로 내 손을 닦고 있었다.

"닦고 있잖아."

"손은 씻으면 돼요."

"더러워졌어. 나 때문에 손해 보는 건 싫어."

그는 내 말을 못 들은 것처럼 중얼거렸다. 나는 어쩔 수 없이 입술을 꽉 깨물었다.

아, 그랬지.

부모님과 조부를 동시에 잃은 루시안은, 자신을 지키려다가 죽은 부모의 영향으로 성격이 조금 이상하게 바뀌어 버렸다.

그는 다른 이가 자신과 엮여서 피해를 입는 것을 강박적으로 싫어했다.

식솔들이 그를 돕지 않는 데는 그 이유도 컸다. 루시안이 자꾸 모두를 밀어 냈으니까.

물론 가장 큰 이유는 공작가 차남이자 루시안의 작은 아버지인 레너드가 그를 미워했기 때문이었지만.

"도련님."

"소매에도 묻었어. 다 나 때문이야."

아직 덜 자란 작은 손이 내 옷자락을 반복적으로 쓸었다. 하도 힘을 줘서 손에 상처가 날 지경이었지만 그는 아랑곳하지 않았다.

"루시안 도련님."

"다음부터는 내버려 둬. 내 편을 들면 이렇게 돼."

우는 모습을 먼저 보아서인지, 루시안의 말투는 생각보다 훨씬 침착하고 어른스러웠다.

"아무것도 바뀌지 않아. 저 아이들 말이 다 맞아."

나는 깊게 한숨을 쉬었다. '저 아이들 말'이 가리키는 것은 명확했다.

'제 부모를 죽게 만든 불행 덩어리를 누가 신경 써요?'

열두 살 어린 나이에 그가 배운 것은 체념과 자기혐오였다.

"도련님. 잘 들으세요."

나는 묵묵하게 내 팔을 닦던 손을 꽉 잡았다. 그리고 루시안과 눈을 맞추기 위해 잔디 위에 털썩 앉았다.

"도련님의 부모님은 도련님 때문에 돌아가신 게 아니에요."

나는 진지하고 단호하게 말했다.

나와 상관없는 일이라 해도, 아이의 트라우마를 그냥 두고 싶지 않았다.

기계적으로 움직이던 손을 내게 붙잡힌 그는 당황한 표정으로 고개를 들었다.

"그게 무슨……."

"잡지는 못했어도 범인이 따로 있는 사건이에요. 피해자인 도련님을 탓하는 건 사실 왜곡이라고요."

힘없던 눈빛이 순간 흔들렸다. 처음 듣는 말이라는 듯한 표정이었다.

"논리적으로 얘기해 볼까요?"

무작정 아니라고 해 봤자 소용없을 것이다. '도련님 탓이 아니다'는 말만으로는 설득이 되지 않을 터.

나는 내가 가장 자신 있는 접근을 하기로 했다.

"도련님의 아버지가 도련님의 어머니를 구하다가 돌아가셨다면, 어머니가 아버지를 죽게 만들었다고 하셨을 거예요?"

"……아니."

루시안이 고개를 휙휙 저었다.

"제 소매를 닦다가 지금 도련님 손바닥이 조금 벗겨졌는데, 그럼 제가 도련님을 다치게 한 건가요? 제 탓일까요?"

"그런……. 그런 뜻이 아니야."

그가 혼란스러운 얼굴로 다시 고개를 저었다.

"그거 봐요. 다 말도 안 되는 끼워 맞추기예요. 도련님도 알고 있잖아요. 그냥 스스로에게만 엄격하다는걸."

"……."

"앞으로 그런 말은 귀담아듣지 말아요. 사람이 아니라 썩은 감자가 떠드는구나, 하고 생각하란 말이에요."

나는 손에 더욱 힘을 준 채 그를 바라보았다. 보드라운 뺨에는 아직 눈물이 완전히 마르지 않은 채였고, 덕분에 파란 눈동자는 한층 더 반짝였다.

"……제가 원하는 걸 말하라고 하셨죠?"

나는 조금 더 부드러운 목소리로 말하며 주제를 돌렸다. 예상대로, 내게 진 빚을 당장 갚고 싶어 하는 루시안의 올곧은 눈이 진지하게 깜빡였다.

"그럼 일단 제 소매 닦는 거 멈추세요."

"그래도 내가 아니었으면……."

"도련님 탓도 그만하세요. 말 들어요."

명령에 가까운 말투에 놀란 듯, 그는 눈을 동그랗게 떴다.

그도 그럴 것이, 루시안의 기준에서 공작저에는 오직 세 종류의 사람만 있었다.

그의 말에 순종하는 사용인들, 앨버트나 레너드를 비롯해 그를 미워하고 괴롭히는 사람들, 그리고 그에게 무심한 다른 사람들.

즉, 누구도 그를 붙잡고 어린아이를 대하듯 지시를 내린 적이 없었다. 특히 열네 살 먹은 하녀 중에는 더더욱 없었다.

"내, 내게 지금 뭐라고……."

하지만 어쩌겠는가. 오늘 그를 발견한 사람이 나인 것을.

"그리고 도련님을 신경 쓰는 사람이 없다는 건 사실이 아니에요. 바보 같은 소리잖아요."

"바……보?"

나는 눈만 깜빡거리는 그에게 가르치듯 말했다. 무시당하면서도 머리 나쁘다는 소리는 못 들어 봤을 그는 꽤나 서러워 보였다.

"대체 누가……."

"저요. 저는 도련님이 좋거든요."

나는 가장 간단한 대답을 내놓았다. 아니라고 더 우기지 못하도록.

루시안의 뺨이 살짝 붉어졌고, 그의 눈동자는 무언가 신기한 것을 본 듯 내게 고정되어 움직이지 않았다.

"……왜?"

의심이 어린 목소리가 물었다.

"날 왜 좋아해?"

나는 한숨을 내쉬었다. 부모와 조부를 잃고 할머니의 눈 밖에 나는 바람에 순식간에 입지를 잃어버린 그는, 하루아침에 공작저의 사람들이 자신으로부터 등을 돌리는 모습을 고스란히 지켜봐야 했다.

단순한 칭찬 하나 그대로 믿지 못하는 것이 당연했다.

"이유가 있어야 해요?"

나는 일부러 웃으며 그에게 말했다.
"나 때문에 옷이 더럽……."
"제 말을 잘 들어서 좋아요."
나는 날름 그의 말을 끊고 말했다.
"도련님 탓 하지 말라고 하니까 바로 그만하셨잖아요? 이제 안 하실 거잖아요?"
"그, 그랬지."
막 다시 스스로를 탓하려던 루시안이 당황한 표정으로 말을 멈추었다.
어린애는 어린애라니까.
"하지만 그래도……."
"제 이름이 뭐라고 했죠?"
"리아넬라."
"이름을 기억해 줘서 좋아요."
루시안은 부끄러운 듯 잠시 침묵하며 시선을 피했다.
"그게 뭐라고."
"공작저에 오고 나서 제 이름을 불러 준 사람이 거의 없었거든요."
사실이다. 요즘 이놈 저놈 다 날 '노예 출신'이라고 불렀으니까.
"도련님을 좋아할 이유가 이렇게 많아요."
"으응."
내가 진심을 다해 그를 부둥부둥 칭찬하자 루시안은 더 이상 반박하지 않았다.
"그러니까 다른 사람들 앞에서는 쉽게 울지 마세요. 약하다고 생각하면 못된 사람들은 더 심하게 괴롭히거든요."
나는 음식물이 닿지 않았던 손으로 그의 눈물 자국을 닦아 주며 말했다.
루시안이 다시 한번 멍하게 굳었다. 천사 모양의 조각상이라도 된 것 같았다.

"……운 건 아니야."

한참이 지난 후 그가 겨우 다시 입을 뗐다.

"그럼요. 당연하죠. 제가 잘못 봤나 보네요."

그래, 너무 대놓고 울었다고 하면 자존심이 상할 터였다.

나는 간단하게 수긍하며 고개를 끄덕였다.

"다른 사람들 앞에서 울지 않을게."

그가 조용히 중얼거렸다. 너무나 순종적인 태도에, 나는 마음이 아팠다.

서러운 일투성이인 열두 살 소년이 어떻게 안 울고 살겠는가.

"……리아넬라 앞에서는?"

잠깐의 정적이 흐른 후, 루시안이 문득 입을 열었다.

"네?"

"'다른 사람들' 앞에서 울지 말라고 했잖아."

그가 자신 없는 말투로 말했다.

"리아넬라, 네 앞에서는…… 울어?"

조심스레 묻는 루시안의 표정은 참으로 순수했다.

"아, 그건……."

겨우 울음을 그쳤는데, 여기서 '아니요. 여기서 '다른 사람'은 도련님을 제외한 모두입니다' 하고 대답하는 건 인간의 도리가 아닌 것 같았다.

"그래요. 제 앞에서는 울어도 돼요."

나는 결국 고개를 끄덕였다.

"제가 위로해 드릴게요. 저는 도련님을 좋아하니까요."

이 한마디가 내 인생에 얼마나 큰 영향을 끼치게 되는지 깨달은 것은 아주아주 먼 미래의 일이었다. '위로해 주겠다'는 것은 전생에 의뢰인들에게 자주 했던 영업용 멘트였다. 다만 이번만큼은 진심도 섞여 있었다.

부드러운 머리칼을 한 번 쓰다듬어 주자 루시안이 작게 고개를 끄덕였다.

물기 묻은 뺨이 미세하게 떨렸다.

얘 아직도 무서운가 보네.

"……녀석들이 앙갚음하려고 할 텐데."

역시, 루시안은 앨버트네가 다시 찾아와 복수하는 것을 두려워하고 있었다.

대체 얼마나 당하고 산 건지.

"너무 신경 쓰지 마세요."

내가 말했다.

"걔네 앞으로 좀 바쁠 거예요. 한동안은 오늘처럼 도련님을 괴롭히기 어려울걸요."

나라고 보복을 계산하지 못했을 리가.

나는 어느새 비어 버린, 펜 섬의 소금이 담겼던 주머니를 내려다보았다.

내가 음식물 담긴 상자들을 괜히 하나씩 건드리고 다닌 건 아니거든.

그 녀석들은 이번 일의 뒷수습을 아주 오래 해야 할 거다. 끝난다 해도 루시안을 건드려 귀찮은 일에 휘말리고 싶지 않게 될 거고.

"나 말고."

루시안이 낮게 중얼거렸다. 아까보다 한층 진지해 보이는 두 눈은 나를 향해 있었다.

"응? 그럼 누구요?"

그가 조용히 덧붙였다.

"리아넬라."

"아……."

의외였다. 소설 속, 성인이 된 그는 차갑고 냉혹하다고 묘사되어 있었으니까.

유일하게 애정을 보인 대상은 여주인공인 약혼녀였다고 하지 않았나.

어릴 때는 다정했나 보구나.

크면서 너무 역경을 많이 겪어서 성격이 망가진 모양이었다. 볼수록 짠한 인생이었다.

"저는 알아서 대처를……."

"……이거."

그는 무언가 단단히 결심한 듯, 쥐고 있던 푸른 로브에서 무언가를 떼 나의 손에 쥐여 주었다.

"가지고 있어. 녀석들이 찾아오면……. 그거 주면 갈 거야."

"이게 뭔데요?"

내 손바닥 위에 놓인 것은 은색 브로치였다. 얼핏 흔해 보이는 물건이었지만 중앙의 분홍빛 진주가 눈길을 끌었다.

어디서 들어 본 것 같은 생김새였다.

"가이아네스의 눈동자라는 거야. 별로 쓸데없는 물건이기도 하고……. 네가 아니었으면 어차피 빼앗겼을 테니까."

"……아까 그 녀석들이 이걸 빼앗으려고 한 거예요?"

루시안의 설명을 듣는 순간 내 귀를 의심했다.

가이아네스의 눈동자. 분명히 원작에서 언급됐던 물건이었다.

"이거 사촌이신 노르만 님의 물건 아니었어요?"

언뜻 쓸모없어 보였던 가이아네스의 눈동자는 원작에서 가장 짜증 나는 악역이자 레너드의 아들인, 노르만 오페르니아의 소유였다.

제 마력 각성을 위해 흑마법의 재물로 사용했다던가.

아무 데도 두각을 못 나타내던 그는 흑마법을 건드리면서까지 겨우 오러 사용법을 터득했고, 덕분에 공작가의 기사단을 이끌 수 있는 지위를 받았다.

물론 오용된 보석이 흔히 그렇듯 가이아네스의 눈동자는 부작용을 일으켰다.

후에 노르만은 악령에게 잠식되어 더 큰 사고를 친다.

그래서 나는 거대한 고구마를 꾸역꾸역 먹었고.

"아니. 할아버지가 나한테 주신 물건이야."

루시안이 대답했다.

"바다의 정령을 구하고 받은 거라고 하셨어. 물론 노르만은 그게 다 거짓말이라고 했지만."

오페르니아 공작 본인도 몰랐던 사실이지만, 그가 구한 것은 사실 정령이 아니고 신이었다. 그래서 진주의 힘이 컸던 것이다.

"노르만 님이 그러셨어요? 가이아네스의 눈동자가 쓸모없는 거라고?"

내가 되물었다. 무언가 짚일 것만 같았다.

원작에는 노르만 오페르니아가 마력을 각성했다고만 나왔지, 그 핵심이 된 보석이 어디서 나온 건지는 설명하지 않았다.

"으응. 쓸모없으니까 달라고 했어. 안 주니까 화를 내면서 녀석들을 보낸 거야."

루시안이 고개를 끄덕였다.

"그러니까 아까 그 녀석들은……."

"노르만이랑 어울리는 녀석들이야. 며칠 사이에 자주 찾아와."

루시안은 특별할 거 없다는 듯한 목소리로 대답했다.

"주지 않겠다고 하면 아까처럼……."

"하, 그냥 삥이나 좀 뜯는 줄 알았더니."

황당해서 헛웃음이 다 나왔다.

그러니까, 앨버트와 노르만의 주종 관계는 어려서부터 이어진 모양이었다.

무려 공작가의 장손인 루시안을 집단으로 괴롭히는 녀석들은 사실 노르만의 하수인이라니.

노렸던 건 로브가 아니라 그 위에 달린 가이아네스의 눈동자였고. 원작에서는 기어이 그것을 빼앗아 버린 것이었다.

"하지만 너무 걱정하지 말아. 이걸 주면 얌전히 돌아갈 거야. 네가 다치게 하지 않을게."

쑥스러운지 시선을 피하고 있었지만, 제 물건을 내게 쥐여 주는 작은 손은 나름대로 결연해 보였다.

마음이 찡했다. 스스로를 지킬 줄 모르는 이 아이는, 누군가에게 민폐를 끼치기 싫어서 조부의 소중한 유품을 포기하려 하고 있었다.

아무 상관 없는 나더러, 더 이상 얽히지 말라고 본능적으로 벽을 세우는 의미도 있을지 몰랐다.

표정을 보아하니, 그는 내가 이 분홍빛 진주를 지켜 낼 가능성은 없다고 생각하는 듯했다.

"걱정 마세요, 도련님."

나는 작게 한숨을 쉬며 대답했다.

당연히 이 물건을 앨버트와 그 부하들에게 빼앗길 생각은 없었다.

원작의 흐름은 그렇다 치더라도, 내 손에 들어온 물건을 짜증 나는 놈들의 손에 어떻게 쥐여 주겠는가.

"빼앗기지 않을 거니까요."

나는 루시안의 한쪽 뺨에 손을 가져다 댔다.

신뢰를 주기 위한 행동이었지만 말랑말랑한 뺨이 만져지는 순간 묘한 충동이 들었다.

"……리아넬라."

"네?"

"나 꼬집었어?"

공격인지 아닌지 헷갈리는 듯, 루시안이 혼란스러운 표정으로 물었다. 양쪽 귓바퀴가 살짝 붉어져 있었다.

나는 본능에 충실한 엄지와 검지를 통제하기 위해 입술을 꾹 깨물었다.

"아, 아니요. 아프게 하려던 게 절대로 아니에요."

"그래?"

그는 조금 안심한 얼굴로 나를 올려다보았다.

"……아프지 않아."

그가 속삭이듯 말했다.

"이런 거 하나도 안 아파."

무해한 아기 동물 같은 얼굴이, 드디어 나를 보며 살며시 웃었다. 사람을 녹이는 미소였다.

나는 또다시 오해를 사기 전에 재빨리 손을 그의 얼굴에서 떼어 냈다.

"잘 지내요, 도련님."

우리 두 사람이 아직까지도 잔디밭에 앉아 있었다는 사실이 떠올랐다. 나는 루시안을 먼저 일으켜 주고 따라서 일어났다.

"가이아네스의 눈동자는 잘 보관할게요. 도련님이 찾을 수 있는 곳에."

손안에 쥔 바다의 보물이 무겁게 느껴졌다.

이 무법 지대에서, 영롱한 바다의 보물은 한 번 잃어버리면 끝장이었다.

전생에나 지금이나 계략에 특화된 나의 머리는 다시 바쁘게 움직이고 있었다.

* * *

"어? 도련님 돌아오셨어요?"

"응."

짙은 푸른색의 머리칼을 가진 열다섯 살 정도의 소년이 고개를 들고 루시안을 위아래로 훑었다.

"막 찾으러 나갈 생각이었는데……."

거짓말은 아닌 듯, 그는 외출복을 갖춰 입고 엉거주춤 문밖에 한 발을 걸치고 있었다.

루시안은 그를 지나쳐서 방 안으로 들어갔다.

"됐어, 알로."

"됐다뇨? 오늘 그 새끼들 또 왔다면서요? 결국 진주는……."

알로라 불린 소년은 루시안을 이리 보고 저리 보며 계속 조잘거렸다. 딴에는 걱정하는 듯한 표정이었다.

"도련님, 너무 속상해하지 마세요."

그가 한숨을 쉬며 루시안의 등에 손을 얹었다.

괴롭힘과 무시에 익숙한 작은 주인은 아마 힘없이 침대로 돌아갈 것이다.

아무 희망도 없는 표정으로, 어떤 원망도 하지 않으면서, 그저 어제를 참아 냈듯 오늘도 참아 낼 것이다.

언제나 그랬듯이.

"빼앗긴 건 잊어버리고, 오늘은 제가 직접 식사를 가져왔으니까 많이 드시고……. 응?"

알로가 말을 하다 말고 고개를 갸웃했다.

"도련님, 볼에 자국은……."

"아, 이거."

루시안은 고저 없는 목소리로 뺨에 남은 눈물 자국을 닦았다.

"그, 그놈들이 눈을 찔렀다거나……."

알로가 주먹을 불끈 쥐며 말했다.

신입 사용인이었다면 안절부절 루시안을 안고 달랬을지 모른다. 하지만 알로는 제 주인을 잘 알았다.

루시안은 울지 않았다.

마지막 자존심인지, 모든 것을 체념했기에 감정이 메마른 것인지는 알 수 없었다.

이유가 무엇이든, 루시안에게는 애초에 흘릴 눈물이 존재하지 않는다는 것이 알로의 생각이었다.

그렇기에, 루시안의 볼에 남은 눈물 자국은 감정과 무관하다는 그의 결론은 당연했다.

"아니면 눈꺼풀을 억지로 까뒤집고 놀렸습니까? 별 창의적인 괴롭힘을……."

"펜섬의 소금 냄새를 맡아서……. 요즘 들어 점점 예민해지는 것 같아."

"아아."

역시. 알로의 생각이 맞았다. 그는 별거 아니었다는 얼굴로 어깨를 으쓱했다.

"체질 때문이에요. 돌아가신 공작님이랑 첫째 공자님도 딱 도련님만 했을 때 시각, 미각, 촉각, 후각이 갑자기 발달하셨대요."

그가 대답했다.

"언젠가 검술에 도움이 되는 것들이고, 크면서 지금처럼 불필요한 반응은 조절이 되는 거라고 아버지가 그러셨어요."

루시안은 고개를 끄덕였다.

실제로 강한 향료 때문에 눈물이 흐르는 건 처음 있는 일이 아니었다.

"언젠가라……. 정말 그럴까."

루시안의 말에 알로가 고개를 갸웃했다.

평소 같으면 주인은 대화조차 거부하고 침상으로 갔을 상황에서, 루시안은 대답을, 심지어 작은 희망을 담은 듯한 대답을 하고 있었다.

그를 감싼 공기가 묘하게 다른 듯했다.

"……그러고 보니, 로브는 그대로 있네요?"

알로가 기억하는 한 언제나 공허했던 푸른 눈동자가 어렴풋한 이채를 띄고 있었다.

"그놈들이 가이아네스의 눈동자만 가져가고 곱게 놔줬어요?"

"아니."

생각에 잠긴 듯한 표정으로, 루시안이 말했다.

"누가 구해 줬어."

알로의 눈이 커졌다.

"구해 줘요? 도련님을?"

그가 참지 못하고 질문을 쏟아 냈다.

"대체 누가요? 앨버트의 뒤를 봐주는 게 누군지 모르는 사람이 없을 텐데."

"리아넬라."

루시안은 조용한 목소리로 조금 전 들었던 이름을 읊조렸다.

"리아넬라, 리아넬라……. 며칠 전에 신입 명단에서 본 것 같기도……. 혹시 새로 온 하녀예요? 얼마 전에 노예상들한테서 샀다는?"

알로는 혼자 중얼거리다가 고개를 번쩍 들었다. 루시안은 아무 대답도 하지 않았다.

"맞아요?"

알로는 더욱 알 수 없다는 듯한 표정을 지었다.

"상식적으로 신입 하녀가 도련님을 구해 낸다는 건 말이 안 되는데……."

"……맞아."

"맞는데 어떻게……. 어라?"

알로는 순간 입을 벌린 채로 멍하게 굳었다.

"도련님, 지금 웃으신 거예요?"

"……."

알로는 현실을 믿기가 어려웠다.

"양쪽 입꼬리가 살짝 움직였는데요. 눈도 미세하게 휘어지고."

황폐했던, 모든 것을 포기한 채 숨만 쉬는 인형 같았던 루시안의 얼굴.

아름답지만 텅 빈 듯했던 눈에 옅디옅은 미소가 서려 있었다.

* * *

"……그런 짓을 당하고 그냥 물러났다고요? 신입 하녀 하나 때문에?"

이야기를 들은 알로는 경악한 표정으로 되물었다.

"어마어마한 신입인데요."

그는 진심으로 감탄했다.

"그 짧은 시간에 음식을 빼돌려서 어디다 쓰는지 추측해 내고, 그걸 또 약점으로 잡아서 그놈들을 휘둘렀다라."

루시안이 고개를 끄덕였다.

"그리고……."

"그리고? 또 뭐라고 했어요?"

루시안은 잠시 생각에 잠겼다.

리아넬라가 한 말은 한마디 한마디가 다 귓가에 남아, 울리고 또 울렸다.

'도련님의 부모님은 도련님 때문에 돌아가신 게 아니에요.'

"부모님에 대한 이야기를 했어."

"가스팔 님과 엘리오노라 님 이야기를요?"

알로는 낯빛이 창백해졌다.

"도련님, 그 일은 그만 생각하시라고 제가 몇 번이나 얘기했어요? 이미 지난 과거를 생각해 봤자……."

"그런 말을 하는 게 아니야."

루시안이 낮게 말했다.

그의 귓가에 또다시 리아넬라의 목소리가 울렸다.

'도련님도 알고 있잖아요.'

그렇다. 그도 알고 있었다.

죄책감에, 그를 질책하는 주변의 시선에 차마 제 입으로 뱉지 못했을 뿐.

"어쩌면 내 탓이……."

루시안은 말하는 것이 익숙하지 않은 사람처럼 힘겹게, 그러나 힘주어서 내뱉었다.

"내 탓이 아닌 것 같아."

"예?"

알로가 멍청한 얼굴로 루시안을 쳐다보았다.

루시안의 입에서 들을 수 있을 거라고는 생각지도 못했던 말이었다.

자책이 뼛속 깊은 습관으로 배어 버렸기에 어떤 위로도 설득력 있을 것 같지 않았다.

알로가 할 수 있는 것은 루시안이 깊이 생각하기 전에 화제를 돌리는 것뿐이었다.

매번 죽은 공작가의 장남 가스팔과 그 부인의 이야기가 나올 때마다 흠칫 떨리는 루시안의 어깨에 알로도 얼마나 마음을 졸였던가.

"다, 당연하죠!"

그가 감격해서 외쳤다.

"당연하다고요! 전 진작부터 그렇게 생각 안 했어요. 레너드 님이나 노르만 님이 흘리는 말 따위는 무시하면 되는 것을……."

알로는 반쯤 기쁘고 반쯤 놀란 기분이었다.

무언가가 달라졌다. 영혼이 몸을 떠난 듯, 그저 시키는 대로 숨을 쉬고 최소한의 음식만 먹으며 삶을 유지하던 루시안에게서 작은 빛이 보이는 것 같았다.

"알로."

잠깐의 시간이 지난 뒤, 루시안이 문득 입을 열었다.

"네?"

"넌 내가 좋아?"

"예에? 갑자기 무슨 말씀을……."

알로의 눈이 충격으로 흔들렸다.

미세하게 활력을 찾더니, 도련님이 혹시 무언가 자각해 버린 건 아닌가?

아니면 설마 이것 때문에 활력을 찾은 건가?

그럼 고백을 받아 줘야 하나?

"아니, 싫다기보다……. 그렇다고 그렇게 고백을 하시면……."

그는 어떻게든 루시안에게 상처를 주지 않기 위해 말을 골랐다.

신분은 도련님이라고 해도 알로의 눈에 루시안은 동생이나 마찬가지였다.

자라나는 몸과 마음을 최대한 지켜 줘야 했다.

"도련님, 아직 도련님은 많이 어리십니다. 이런 문제는 조금 더 고민을 해 보시고…….”

“……리아넬라는 내가 좋대.”

알로의 검은 눈동자가 두 배 크기로 확장되었다.

“여, 여자애가요?”

그의 얼굴이 붉어졌다. 조금 전과는 다른 의미로 당혹스러운, 반쯤 부러운 표정이었다.

루시안보다 세 살이나 더 먹은 그조차도 해 보지 못한 경험인데, 겨우 열두 살밖에 안 된 외톨이 도련님이 또래 여자아이의 고백을 받다니.

“그리고 볼을 꼬집었어. 아프게 하려는 건 아니라고 했다.”

“볼? 보오올?”

그의 목소리가 더욱 커졌다.

“도, 도련님 볼이 말랑말랑해 보이기는 하지만……. 또 뭐 했어요?”

부러움으로 두 주먹을 꾹 쥐었던 알로는 그 와중에 호기심을 누르지 못하고 물었다.

“……눈물을 닦아 줬어.”

루시안이 천천히 대답했다.

평정심을 잃은 게 아니라 예민한 감각 때문에 흐른 눈물이었다.

리아넬라가 무언가 착각하고 있다는 사실은 처음부터 알았지만, 그녀가 거리낌 없이 다가와 눈물을 닦아 주었을 때 루시안은 머리가 멍해졌다.

누구에게서도 기대한 적 없는 행동이었다.

공작 부인의 눈 밖에 난 고아, 실질적 권력을 잡은 작은 아버지의 눈엣가시.

처음 부모를 잃었을 때는 그도 쉽게 울었다. 하지만 공작 부인이 반응을 보이지 않자 주변인들은 곧 비아냥거리기 시작했다.

‘부모와 공작이 저 때문에 죽었는데……. 서러울 사람은 다른 가족들이겠지.’

‘정신 차리고 공작 부인을 위로하기는커녕…….’

그래서 다시는 울지 않았다. 그때도 공작 부인은 아무 반응이 없었고, 사람들은 그를 피했다.

'부모와 조부를 사고로 잃었는데 너무 멀쩡한 표정 아닌가요? 어린아이가 어쩜 저렇게 정이 없을까.'

유일하게 곁에 붙어 있는 알로는 간혹 그를 안쓰러워하는 듯했지만, 그조차도 감정이 없는 루시안을 이상하게 생각하는 것을 알고 있었다.

하지만 리아넬라는…….

"사기네!"

알로가 씩씩거리며 루시안의 사념을 깨뜨렸다.

조금 전까지 일었던 그의 동정심은 질투에 밀려 사라지고 없었다.

'누구는 아직 짝사랑도 못 해 보고 일만 하는데…….'

"감각이 예민해져서 눈물이 났다면서요!"

"……그건 착각한 것 같아."

"그렇겠죠! 도련님 얼굴이 귀엽잖아요! 순수하고! 밀가루 반죽 같고!"

"그래?"

"인정할 건 해야죠. 가만히 있어도 잘생겼는데 아무것도 모르는 척 울고 있으면 당연히 동정심이 막 들죠."

"나, 잘생겼구나."

"그러는 거 아닙니다. 진짜로 운 것도 아니면서 그렇게 사람을 속여 가지고 사기를 치고……. 순진한 하녀한테 그러면 못 써요."

"동정심이라……."

루시안은 종알거리는 알로를 세워 둔 채 혼자 생각에 잠겼다.

동정심. 루시안은 그 말이 싫지 않았다. 불쌍해서든 안타까워서든, 리아넬라는 그의 행복을 바라고 있다는 거 아닌가.

따스한, 그리고 한편으로는 낯선 느낌이 루시안의 머릿속을 맴돌았다.

햇살처럼 밝은 금발, 웃으면 반짝반짝 빛나던 녹색의 눈동자, 눈물을 닦아 주던 보드라운 손.

'저는 도련님이 좋거든요.'

사용인 무리와 마주하고 씁쓸하게 제 위치를 되새기던 그를 일으켜 주었던, 너무나도 오랜만에 접하는 계산 없는 선의.

그는 천천히 눈을 감았다. 귓가에는 쉬지 않고 리아넬라의 목소리가 울리는 것 같았다.

'울게 되면 제가 위로해 드릴게요.'

'…….'

'저는 도련님이 좋거든요.'

* * *

"에휴."

부지가 높은 중앙 정원에서 서성이던 나는 새삼 오페르니아의 드넓은 저택을 보며 한숨을 쉬었다.

아직은 재정이 괜찮은 상태지만, 머지않아 사기꾼들이 이곳을 어떻게 요리할지 나는 알고 있었다.

물론, 결정을 내리는 것은 어차피 주인들이기에 내가 할 수 있는 것은 없을 터였다. 그저 아까울 뿐.

"딴생각할 때가 아니지."

나는 내 일에 집중하기로 했다. 루시안을 아주 조금만 도와주고, 안전하게 급료를 모아 적시에 탈출하는 것.

그를 위해서, 오늘 나는 누군가를 만나야만 했다. 매일 세 시에 이곳을 산책하는 그 사람을.

저벅, 저벅.

온다.

기다렸던 발소리가 들렸고, 나는 주방에서 털어 온 로베니아산 고급 초콜릿을 주머니에서 꺼냈다.

짙은 금발, 큰 키에 생김새가 단정한, 어딘가 연약해 보이는 이십 대 중반 가량의 청년이 모습을 드러냈다.

나는 빙긋 웃었다. 한참 전부터 기다렸던, 공작가의 3등 집사 알폰스였다.

미형의 얼굴은 무언가 거슬리는 일이 있는 듯 찌푸려져 있었다.

“되는 일이 없군. 하다못해 주방에 초콜릿조차도…….”

그가 괴로운 표정으로 중얼거리며 고개를 휘휘 저었다.

저 표정을 안다.

야근이 힘들어서 치킨이라도 시키려는데 배달이 안 된다는 메시지를 받았을 때의 허탈함. 배고파서 물까지 끓였는데 마지막 남은 라면을 가족이 먹어 버렸다는 사실을 알았을 때의 안타까움.

“하필 주방에 초콜릿은 또 왜 없는 거야!”

이 경우는, 매일 같은 시간에 먹어야 하는 간식이 없을 때 나오는 진심 어린 아쉬움이었다.

똑.

내 손이 한 번 움직이자 그의 걸음이 멈추었다.

또옥. 똑.

“이 소리는……?”

알폰스의 고개가 휙 하고 돌아 나무 그늘 아래에 앉아 있던 나를 발견했다.

내 손에서 먹기 좋게 부서진 초콜릿 조각들을 본 그의 눈이 동그래졌다.

“너, 너…….”

“안녕하세요, 알폰스 집사님.”

“흠. 그래. 신입인가 보군.”

알폰스는 헛기침을 하며 고개를 돌렸다. 눈은 여전히 내 손에 고정되어 있었지만.

“그……. 간식을 먹고 있군.”

"네. 마지막 걸 집었는데 너무 많아서 버릴까 했어요."

"버려?"

그는 당혹스러운 얼굴로 소리쳤다.

"그거 하나 남은 걸 네가 집었다는 거 아니냐?"

나는 속으로 빙긋 웃었다.

공작가 3등 집사 알폰스.

그는 오페르니아의 사용인 중 드물게 고지식하고 의심도 많아 뇌물이 잘 통하지 않는 인물이지만, 딱 하나 없이는 못 사는 것이 로베니아산 초콜릿이었다.

마침 오늘의 마지막 재고가 내 손에 있었고.

"음……. 같이 드실래요? 나눠 드릴까요?"

나는 욕심 없는 아이처럼 순진하게 물었다.

"정말이냐? 나 준다고?"

"그럼요."

"고맙구나."

그는 구세주라도 만난 표정으로 활짝 웃었다.

"난 스트레스를 받을 때 초콜릿이 없으면 일을 못 하거든."

"저도 그래요."

어느새 내 옆에 앉은 그에게, 나는 통 크게 초콜릿 절반을 건네며 자연스럽게 말했다.

"최근에는 숙소에 도둑이 들어서 스트레스거든요."

"아. 신입들의 동쪽 숙소 절도 사건에 대해서는 들었다. 아쉽지만 내 소관이 아니라서 뭘 해 줄 수가 없구나."

헤실헤실한 표정과 달리 그는 청탁을 하지 못하도록 철벽을 쳤다. 물론 예상한 일이었다.

알폰스는 자신에게 주어진 일을 제외하면 어떤 일에도 나서려 하지 않는, 주인의식 없는 직장인이었으니까.

나는 순순히 고개를 끄덕이며 말을 돌렸다.

"아저씨는 뭐가 스트레스예요?"

"아……. 나도 비슷한 일이라고나 할까. 물건이 자꾸 사라지고 있으니까."

그가 씁쓸하게 웃으며 중얼거렸다.

직장인답게, 그는 자신이 맡은 일에서 구멍이 나는 것은 잘 견디지 못했다. 오페르니아의 직원치고 드물게 청탁도 받지 않아서 미움도 많이 샀다.

다행히 그의 업무는 누구에게나 알려져 있었다.

"아저씨는 저택의 보석을 관리하는 사람이라면서요?"

내가 쿡 찌르자 그는 잠자코 고개를 끄덕였다.

"그렇지. 내가 보석 관리인이다."

"공작님이 남기신 유산……. 아저씨, 진짜 중요한 일 하시네요."

"그렇단다. 이번 대에서 구매한 게 점점 많아지고 있지만."

아이의 흔한 호기심이라고 생각했는지, 그는 대수롭지 않게 대답해 주었다.

됐다. 맞게 잘 찾았어.

그를 조금만 구워삶으면, 가이아네스의 눈동자는 절대로 노르만에게 빼앗기지 않는다.

"보석이 자꾸 사라지면 걱정이 많이 되겠네요."

내가 이해한다는 듯 고개를 끄덕이자 그는 허탈하게 웃었다.

"허, 잘 알아듣는구나. 물건이 자꾸 사라진다고만 했는데."

그가 말했다. 대단한 비밀은 아니었는 듯, 별로 당황한 모습은 아니었다.

"그렇다고 마법을 썼다거나 그런 얘기는 아니다."

"알아요."

내가 픽 웃으며 알폰스를 올려다보았다.

난 똑똑한데, 굳이 멍청한 척 시간 낭비할 생각은 없었다.

"가져가는 사람이 주인님들이라 막지 못하는 거죠?"

"호오……."

알폰스는 어린 하녀가 별걸 다 안다는 표정으로 나를 바라보았다.

당연한 일이었다. 신입 하녀는 그가 지키는 중앙 홀 보석 전시장에도, 밀실에도 접근할 수 없었으니까. 원작에서 상황 설명이 없었다면 나도 몰랐을 사정이었다.

공작가 3등 집사 알폰스, 그러니까 오페르니아의 보석 관리인인 그는 오랜 시간 제 직업에 회의를 느끼고 있었다.

값이 하늘을 찌르는 공작가의 보석들을 이리처럼 노리는 자들 때문이었다.

알폰스의 눈치조차 보지 않으면서 말이다.

'오, 저거 푸른 다이아몬드군. 알 굵은 반지로 만들면 위엄 좀 살겠어. 내가 끼다가 동업자들에게 선물하면 몸 둘 바를 모르겠지. 가져가겠다.'

허세 넘치는 공작 부인의 차남 레너드.

'어머! 내가 찾던 사파이어 팔찌, 나의 리하르트에게 선물하겠어! 이리 줘.'

남자에게 홀려 호구처럼 선물을 퍼 주는 공작 부인의 딸, 클로에.

'도박장에 외상을 좀 달아 둬서 말이야. 현금으로 바꾸기 귀찮으니 자수정 원석을 하나 가져가겠어. 다음 달 것도 준비해 둬.'

'좀 봐주게, 알지?'

레너드의 싹수 노란 아들, 노르만.

그리고 그를 데려와서 미안한 척 웃음만 지으며 자수정 옆의 오팔 보석함을 집어 가는 레너드의 부인 마리안느.

'투명 마력석 브로치. 가져갈게.'

설명도 뭣도 없이 제일 비싼 것으로 집어 가는 클로에의 딸, 로잘린.

명단은 여기서 끝이 아니었다. 3등 집사 따위는 만만하다는 듯, 공작 부인의 친인척들은 보석 전시장을 당당하게 털어 갔다.

그때마다 알폰스는 장부에 보석이 분실됐다고 억지로 기재해야 했다.

몸이 아픈 공작 부인도, 그들을 고발하거나 제재할 권한을 가진 1등 집사 및 다른 집사들도 아무런 조치를 취하지 않았다.

'아예 모른 척할 수도 없고.'

뉘예, 뉘예- 다 가져가십쇼! 하고 그들의 비위를 맞춰 주자니 뒤탈이 두려웠다. 언제 그에게 분실된 보석에 대한 책임을 지라고 할지 모르니까.

무엇보다 원칙주의자인 그의 성격에 맞지 않았다.

결과적으로 알폰스는 속수무책으로 당하고만 있었다. 배탈과 두통을 달고 살면서.

"신입치고 소식이 빠르구나. 그건 여기서 살아남는 데 중요한 재주란다."

알폰스가 나를 바라보며 다시 말했다. 다행히 순수한 감탄일 뿐, 의심하는 눈초리는 아니었다.

"못 가져가게 밀실로 옮기면 안 되나요? 귀한 고서나 중요한 서류들은 그런 곳에 있잖아요."

중앙 건물의 밀실은 공작가의 몇 안 되는, 보안이 잘된 공간이었다.

열쇠만 쏙 빼 가면 되는 진열장과 달리, 밀실은 복잡한 구조며 암호까지 알아야 하기에 간단한 협박 몇 마디로 드나드는 것은 불가능했다.

그의 눈이 조금 커졌다가 다시 원래대로 돌아왔다.

"하하, 나라고 그 생각을 못 했겠니? 네 말대로 밀실에 보관하면 누가 접근하지는 못하지. 그곳에 보관된 물건은 나조차 함부로 꺼내 올 수 없고 말이야."

그는 허탈하게 웃었다.

"하지만 보석을 중앙 홀에 전시하라는 건 선대께서 과거에 명령하신 일이라서 말이다."

"공작가의 위엄 때문에요?"

"똑똑하구나. 맞아. 밀실에 보관된 보석들도 있지만……. 진열장에 빈자리가 있으면 우리의 재력이 약해 보이지 않겠니? 그러니 누가 뭐래도 진열장은 꽉꽉 채워 둘 수밖에 없단다."

역시. 오페르니아의 허영심은 선대부터 이어졌던 모양이었다.

"어쩔 수 없는 일이란다. 차라리 남들처럼 손을 놔 버릴까 해."

그는 지친 얼굴로 어깨를 으쓱했다.

"어차피 주인들이 가져간 보석을 가지고 설마 누가 내 책임을 묻겠니?"

자신의 직무가 의미 없음을 아는 듯, 자포자기하기 직전이었다.

"사람이 그럴 수는 없겠지."

아니, 사람은 그럴 수 있다.

원작에서 그는 꽤 초반에 자살로 생을 마감했었다.

그를 귀찮아하던 레너드의 부인 마리안느가, 사라진 금관 하나를 가지고 알폰스에게 소임을 다하지 못했다는 누명을 씌웠던 것이다.

그 금관을 가져갔던 것은 제 아들 노르만이었고.

"나도 오랫동안 머리를 많이 굴려 봤지만 다른 방법은 절대로 없……."

"저 알아요."

"아는구나. 방법이 없으면 나도 뭘……."

"그거 말고, 다른 방법을 안다고요."

알폰스는 몇 초 동안 눈을 깜빡였다.

"지금 생각났거든요."

꼼수를 모르는 입장에서는 오래 고민해도 떠오르지 않을 수 있지. 하지만 나는 다르다.

나는 얼빠진 듯 나를 보는 그를 기다리지 않은 채 말을 이었다.

"저를 진열장으로 데려가 주시면 제가 해결해 드릴게요."

전생에도 이렇게 해 주고 싶었거든.

"뭐, 뭐라고……?"

"대신 제 소원도 하나만 들어주세요."

나는 알폰스의 손을 잡아 일으키며 말했다. 여전히 벙찐 표정이었다.

"말도 안 되는 소리……."

"직접 보세요."

소심한 사람을 다룰 때는 그냥 닥치고 끌고 가야 한다. 설명보다는 눈으로 보여 줘야 빠른 거니까.

알폰스는 얼떨결에 내 손을 잡고 몸을 일으켰다. 그러면서도 고개를 절레절레 흔들며 웅얼거렸다.

"게다가 난 그냥 보석 지키는 사람이야. 그런 소원을 들어줄 능력 같은 건……."

"있어요."

"있다고?"

"그럼 약속이에요."

나는 연약하고 소심한 그 꺽다리의 손을 잡아끌고 중앙 홀로 향했다.

위치를 너무 잘 알면 의심받을 테니 중간에 멈춰 서서 두리번거리는 것도 잊지 않았고, 그는 얼떨결에 앞장서서 중앙 홀의 진열장으로 나를 안내했다.

과연 오페르니아.

진열장에 이르자, 백 가지쯤 되는 희귀한 보물들이 보기 좋게 열린 벨벳 상자에 모셔진 채 위엄을 뽐내고 있었다.

제국의 보고(寶庫)라는 옛 별명답게, 오페르니아 저택 중앙 홀의 보석들은 하나하나가 천금의 가치를 지니고 있었다.

"하, 함부로 손대면 큰일이다."

"보석에 손 안 대요."

나는 알폰스의 윗주머니에서 빼낸 열쇠로 진열장을 열었다.

봉변을 당한 듯한 그의 얼굴을 보자, 주인들 입장에서 알폰스를 얼마나 만만하게 봤을지 짐작이 갔다.

오색의 빛이 쏟아져 나왔다.

"악! 조심하란 말이다!"

거, 사람 참 답답하네.

갑자기 도진 스트레스성 복통 때문에 배를 움켜잡는 그를 뒤로하고, 나는 보석들을 향해 몇 번 손을 뻗었다.

"너……. 너 대체 무슨 짓을……."

울상을 짓다 못해 눈물이 그렁그렁한 그가 원망의 눈초리로 나를 보았다.

이제 어린 하녀조차 내 눈앞에서 물건을 훔치는구나, 서럽다, 뭐 이런 얼굴이었다.

그러나 다음 순간 그의 눈빛은 의아함으로 바뀌었다.

"보증서? 보석은 안 건드리고 보증서를 뺀 거냐?"

"네. 상자에 같이 들어 있던 보증서예요."

나는 빙긋 웃으며 대답했다.

"'보석'을 전시하라고 했지, 보증서를 진열장에 둬야 한다는 명령은 없었잖아요?"

나는 직접 빼낸 고급스러운 종이 들을 그의 손에 꼭 쥐여 주고 나머지 상자들을 향해 다시 손을 뻗었다.

"그건 그렇지만……. 이걸 빼서 어쩌려고?"

"밀실로 옮겨야죠. 보증서만."

"대체 왜……. 아!"

멍했던 알폰스의 눈이 순간 반짝거렸다.

나는 고개를 끄덕였다.

"팔든, 선물하든, 직접 착용하든, 누군가에게 보여 줄 때는 진품이라고 자랑부터 해야 하잖아요?"

"그, 그렇지!"

흔한 보석 도둑이라면 보증서가 빠졌다고 귀한 물건을 그냥 두지는 않을 것이다.

황금인지 똥인지 정도만 구분하고 장물아비에게 가져가는 게 먼저다.

하지만 공작가의 귀족들은 다르다.

허영심 빼면 시체인 귀하신 분들이 어찌 그 보석의 가치를 증명하는 수단을 놔두고 가겠는가. 심지어 오페르니아의 보물을.

“클로에 님이나 레너드 님이 다른 이에게 보증서 빠진 선물을 하실 리가 없지. 의심의 눈빛이라도 보내면 견디지 못할 텐데.”

“도박 빚을 갚거나 팔더라도 보증서가 없으면 값은 한참 후려쳐지겠죠. 그걸 눈 뜨고 보자니 자존심이 상할 테고, 가져가는 의미도 없을 테고요.”

나는 간단하게 설명했다.

소설을 볼 때부터 떠올렸던 방법이었다. 나는 변호사고, 변호사는 본능적으로 물건보다 서류를 중시하니까.

넋을 쏙 빼놓을 만큼 번쩍거리는 보물이라 해도, 그 가치를 온전히 나타내는 것은 보증서였다.

그리고 ‘보증서를’ 전시해 둬야 한다는 명령은 어느 선대도 내린 적이 없었다.

“그, 그런 방법이.”

알폰스는 꿈이라도 꾸는 듯한 표정으로 내가 건네는 보증서를 받아 들었다.

“너…… 보통 아이가 아니구나.”

마침내 수거를 완료했을 때, 그는 앓던 이가 빠진 듯 흐뭇한 미소를 지었다. 나는 굳이 부정하거나 사양하지 않았다.

칭찬은 누릴 수 있을 때 누려야 하는 법.

“누가 오기 전에 일단 몸을 피해요.”

보증서를 모두 옮겨 놓고, 설레는 얼굴로 밀실에서 돌아온 그를 보며 내가 말했다.

이제 마무리였다.

“알게 되면 화풀이부터 할 거예요. 가라앉을 때까지는…….”

“에이, 그럴 필요 없단다.”

그는 아이처럼 웃으며 고개를 저었다.

“네?”

잘하다가 마지막에 뭐라는 거지?

"규칙도 명령도 어기지 않은 나에게 뭘 어쩔 수 있겠니."

희망찬 그의 말을 듣는 내 신경이 묘하게 곤두섰다.

사용인들은 종종 희망을 품고는 했다. 희망은 피어나자마자 짓밟혔지만.

지나치게 순진한 그의 얼굴을 보자 원작의 구절이 갑자기 떠올랐기 때문이었다.

"다 내 권한 안에서 처리된 일이다. 사람이라면 이걸 가지고 내게 화를 낼 수는 없지."

아니야. 그럴 수 있어요.

순간적으로 내 표정이 흐려졌다.

원칙주의자인 줄 알았더니. 이 인간은 답이 없는 이상주의자였던 것이다. 그러니까 일찍 죽는 거지.

"아저씨."

내가 무슨 말을 하려던 순간, 홀의 반대편에서 저벅저벅 발소리가 울렸다.

늦었다.

나 혼자서라도 어디로 피할까 고민하는 사이, 구둣발 소리의 주인들은 우리 코앞까지 다가와 있었다.

"3등 집사 알폰스, 주인님을 뵙습니다."

알폰스는 후다닥 예를 취하며 내 머리를 잡아 눌렀다. 덕분에 시야에는 신발 두 쌍밖에 들어오지 않았다.

"봐. 집사들이 내 앞에선 고개도 제대로 못 든다고 말했잖아, 미엘라."

"어머, 정말이네요."

열다섯, 열여섯 살 정도밖에 안 됐을 것 같은 두 남녀의 목소리가 들려왔다.

"여기 있는 미엘라 르웰린 영애가 부탁을 해서 말이야."

껄렁껄렁한 말투가 말하는 것이 들렸다.

"오팔 반지 하나 없다기에, 그냥 굴러다니는 거 아무거나 골라 보라고 했지."

노르만 오페르니아, 원작에서 내게 가장 많은 고구마를 선사했던 인물.

금방 제거될 줄 알았는데 자꾸 살아왔던, 주변 사람을 다 희생시키며 설치다가 막판에 부하에게 배신당해 죽었던 그.

살짝 고개를 들자, 씩 웃는 흑안이 무섭게 빛나고 있었다.

"어머, 정말 눈부시게 예뻐요."

미엘라라 불린 영애가 꿀 떨어지는 눈빛으로 진열장과 노르만을 번갈아 바라보았다.

"르웰린 자작가에는 보석 광산 하나 없다더니, 이런 걸 처음 보는 모양이군."

같은 말도 재수 없게 하는 재주가 있는 노르만이 턱을 치켜들며 말했다.

"아무거나 골라 봐. 이쪽 진열장의 물건은 내 증조할아버지가 모스 왕가로부터 받은 것들이지. 모스 왕가의 오팔은 제국에도 몇 개 없어."

"저기, 도련님. 전에도 말씀드렸지만 그건 무척 곤란……."

"미엘라는 이게 좋아요!"

두 사람은 알폰스가 존재하지도 않는 것처럼 말을 이어 갔다.

미엘라의 말이 끝나기 무섭게 노르만은 조금 전 내가 그랬던 것처럼 알폰스의 주머니 속 열쇠를 빼앗아 진열장을 열었다.

그는 알 굵은 오팔 반지가 든 벨벳 상자를 빼내 미엘라에게 툭 건넸다.

오다 주웠다, 뭐 이런 컨셉인가.

"미엘라는 너무 행복해요, 노르만 님. 왕가의 오팔이라니……. 응?"

"왜 그러지?"

"모스 왕실 소유 상단의 장미 표식이 아무 데도 안 보여서……. 보증서는 다른 곳에 있나요?"

그녀는 궁금하다는 듯 고개를 갸웃거렸다.

왕가든, 장인의 상품이든, 세공된 보석의 진짜 가치는 빛깔만 가지고는 증명할 수 없었다. 중요한 내용은 보증서에 있었다.

"거기 없어?"

노르만의 미간이 살짝 찌푸려졌다. 그가 귀찮다는 표정으로 알폰스를 보며 물었다.

"집사, 이거 뭐지? 설마 제일 중요한 보증서를 잃어버린 건가?"

"아닙니다, 도련님."

알폰스는 긴장한 미소를 띠며 대답했다.

"보증서는 다른 곳에 옮겨서 보관하고 있습니다."

"당장 가져와."

노르만이 딱 잘라 명령했다. 알폰스는 물러나지 않고 고개를 저었다.

"안 됩니다. 밀실에 있는 물건은 1등 집사님의 허가 없인 밖으로 뺄 수 없으니까요."

"밀실?"

상황을 파악하는 듯 어리둥절하던 노르만의 표정이 천천히 굳어졌다. 티는 덜 났지만 미엘라도 마찬가지였다.

"이…… 멍청한 것."

그가 이를 으드득 갈며 말했다. 날 선 목소리에서, 나는 내 작전이 잘 먹혀들었음을 알 수 있었다.

"보증서를 왜 밀실에 보관하지?"

"도련님."

"보증서 없는 반지를 보면 미엘라가 뭐라고 생각하겠나? 엉?"

"하, 하지만……."

알폰스는 뒤늦게 식은땀을 흘리며 말을 더듬었다.

"말해 봐. 이 몸이 밖에서 장물아비 취급이라도 당해야 하는 거야? 설마……."

노르만은 누구라도 잡아 죽일 듯한 기세로 그를 쏘아보았다.

"다른 보증서들까지 전부 빼돌렸나?"

"말씀드렸지만 1등 집사님과 공작 부인의 허락 없이 가문의 재화로 사적 선물을 하시면……."

탕-

노르만이 발을 굴렀다. 그걸로 부족했는지 제 가슴을 퍽 하고 쳤다.

"할머니는 지금 병상에 누워서 쓸데없는 기부, 기부, 기부만 하고 있다고! 이딴 일로 찾아갈 상황이 아니잖아! 감히 멋대로 이런 짓을 해? 내가 가만히 둘 것 같아?"

그가 씩씩거리며 알폰스를 노려보았다.

알폰스는 그제야 스스로의 순진함을 완전히 깨달은 듯 안색이 창백해졌다.

"알폰스, 너는 공작가의 명예를 실추시켰다. 너로 인해 나는 이미 뱉은 약속을 지키지 못하게 됐어."

나는 속으로 혀를 내둘렀다.

헛소리를 저렇게 진지하게 뱉을 수 있다니, 소설 속 빌런은 역시 달랐다.

"그러면…… 저는 오팔 반지를 못 갖게 되는 건가요?"

미엘라가 끼어들자 노르만의 표정은 더욱 험악해졌다.

그는 대답 대신 나에게 손짓했다.

"거기, 너."

"예, 도련님."

"알폰스의 뺨을 후려쳐라."

"네?"

"그렇게라도 미엘라의 마음을 풀어 줘야겠으니까."

그가 비열하게 웃으며 말하자 알폰스의 입술이 떨리기 시작했다.

나왔다. 노르만의 비겁한 복수.

그는 어린 하녀나 하인을 시켜 상급 사용인에게, 심지어는 만만한 귀족에게 수치심을 안겨 주는 것을 즐겼다.

이용당한 어린 사용인은 추후 맞았던 이에게 보복을 당했는데, 이것조차도 노르만에게는 유흥이었다.

"……."

내가 곧바로 말을 듣지 않자 노르만은 눈썹을 치켜올리며 내 쪽으로 고개를 돌렸다.

"잠깐, 너."

처음으로 눈이 마주친 순간, 그의 흑안이 조금 커졌다.

"네…… 이름이 뭐냐?"

"리아넬라입니다."

"예쁜 이름이군."

잠깐의 정적이 흘렀고, 미엘라의 얼굴이 구겨졌고, 나는 노르만이 왜 갑자기 내 이름을 물었는지 알 수 있었다.

가끔 잊어버리지만, 내 얼굴은 예쁘다. 이 얼굴로 엑스트라였다는 게 신기할 정도로.

처음 빙의했을 때는 지하 감옥 창살 너머로 거울을 보는 것을 멈추지 못할 정도였다.

그리고 노르만은 난봉꾼인 제 아버지를 닮아 미인을 좋아한다.

"저……. 저 천한 것이요? 노르만 님의 취향이 실망스러워요."

"리아넬라."

그는 미엘라의 말에 대답하지 않은 채 입가에 다시 한번 비겁한 미소가 떠올렸다.

"예, 도련님."

"여기 있는 알폰스를 때려서 내 명예를 회복시켜라."

그가 나를 향해 한 걸음 다가섰다.

"예?"

"그렇게만 해 주면 너를 내 전속 시녀로 들이지. 험한 일은 하지 않고,

밤낮으로 내 시중만 들면 된다."

내 얼굴이 미엘라와 비슷한 모양으로 구겨졌다.

눈 딱 감고 시키는 대로 알폰스를 한 대 딱 때릴까 고민하고 있었는데.

이제 그 옵션은 물 건너가고 말았다.

노르만 오페르니아는, 공작가 핏줄답게 얼굴이 조금 봐줄 만하다는 걸 제외하면 장점이라고는 눈을 씻고 봐도 없는, 폭력적인 허세 덩어리였으니까.

"그렇게 되면 네 하녀복을 남대륙에서 수입한 실크로 바꿔 주지. 먹고 마실 것은 물론 금과 은도 내려 주겠다."

정정하겠다. 그의 장점은 얼굴과 돈, 두 가지이다.

그래도 내 마음이 바뀐 것은 아니었다. 전속 시녀들이 눈에 거슬리면 그가 종종 손찌검을 하고 돈으로 입을 막는다는 사실을 알고 있었으니까.

그렇게 맞으면서 버티다가, 시간이 지나면 침실로 끌려가는, 마음대로 그만둘 수도 없는 끔찍한 자리가 노르만의 전속 시녀직인 것이다.

"곤란합니다, 도련님."

내가 조금 전 알폰스와 비슷한, 하지만 훨씬 차분한 말투로 대답했다.

"뭐야?"

"이자를 보세요."

"무슨 말을 하고 싶은 거냐."

"창백한 얼굴이며 근육 하나 없이 마른 연약한 몸이 아닙니까. 이런 자를 차마 때릴 수가 없습니다."

최대한 그럴싸한 핑계를 댄 것뿐인데, 나를 보는 알폰스의 얼굴이 왠지 감동에 젖어 있었다.

"그, 그렇습니다, 도련님. 저는 사실 지병도 있습니다. 건강한 청소년에게 맞으면 죽을 수도 있어요."

"핑계 대지 말아."

노르만이 싸늘하게 식은 눈빛으로 나를 보며 대답했다.

"다시 명한다. 내 명예가 회복되지 않으면 둘 다 사육장의 검은 하이에나 떼에게 던져 줄 거다."

"……."

깊은 한숨을 쉬며, 나는 노르만에게 밉보이지 않고 상황을 끝낼 수 없다는 사실을 받아들였다.

그렇다면 이 상황을 빠져나갈 방법인 하나뿐이었다.

'협박에는 협박으로 맞설 수밖에.'

"꼭 모스 왕실의 오팔을 구해야 한다면, 방법은 있습니다."

내가 다시 입을 열자 노르만의 눈이 번쩍 빛났다.

"뭐야?"

"듣자 하니 최근 진열장의 오팔이 몇 차례나 분실됐다고 해서요. 다른 곳도 아닌 오페르니아에서, 뭐 하나 문서로 남기지도 않고 보석만 사라졌다면 이는 절도라고 봐야겠지요."

"……뭐야?"

노르만의 말이 느려졌다. 표정을 보아하니 앞서 사라진 오팔도 대부분 이놈의 소행인 듯했다.

"관리자가 관리를 못 한 탓이겠지. 네 말이 정말 사실이라면 알폰스는 하이에나 우리에 던지는 정도로는 안 되겠구나."

"예, 던지십시오. 물러 터지고 순수해 빠져서 제 소임을 다하지 못하는 관리자는 벌 좀 받아도 됩니다."

나는 거침없이 말을 이었다.

"헉?"

알폰스는 배신감 가득한 얼굴로 나를 보았다.

"중요한 건 사라진 물건을 찾는 것 아니겠어요? 반지 하나에 마차 한 대 값이 넘는다면, 아무리 세탁해도 그 흔적이 다 지워지지는 않았을 거예요."

노르만의 얼굴이 흐려졌다.

"근위대에 정식 수사를 의뢰해 사라진 보석을 찾도록 하지요. 범인을 찾아내 오팔을 돌려받고, 공작 부인과 1등 집사님께 보고드리고, 그 후 허락을 구해 영애께 선물하면 되지 않을까요?"

내가 읊은 것은 공작가 내부의 정확한 업무 절차였다.

물론 노르만이 그런 처리를 원할 리가 없었다. 뻔뻔한 범인 중 상당한 지분을 제가 차지하고 있었으니까.

"조, 조금 복잡하지만 미엘라는 기다릴 수 있어요!"

미엘라가 손뼉을 치며 말했다. 노르만의 얼굴은 더욱 굳어졌다.

내 제안에 따르지 않으면 미엘라에게 할 말이 없을 터였다. 그럼에도 찬성할 수는 없을 터.

"……근위대를 함부로 움직일 수 없다."

그가 이를 으득 갈며 말했다. 나는 빙긋 웃었다.

"이 일은……. 하아……. 여기서 끝내도록 하지."

협박이 먹혔다. 노르만이 포기한 것이다.

겨우 공작가의 재화를 지켜 낸 나와 알폰스가 작게 미소 지으려는 순간이었다.

"그러면 미엘라는……."

옆에 있던 미엘라가 슬픈 목소리로 말했고, 노르만의 눈썹이 꿈틀거렸다.

나는 소설 속 그의 모습을 다시 한번 떠올렸다.

거친 성정이지만, 한편으로는 이용하기 좋은 멍청이.

눈빛을 보아하니 미엘라는 그 사실을 너무나 잘 알고 있었다.

노르만이 내 이름을 칭찬했을 때 썩어들어 갔던 표정은 어느새 가련해져 있었다.

나는 눈을 크게 뜨고 꿈틀거리는 노르만의 눈썹을 노려보았다.

'이 와중에 선물을 뜯기려고?'

공작가의 재화를 안전하게 보관한 지금, 선물을 한다면 노르만의 사재에서 나올 터였다.

"……미엘라, 그런 얼굴로 보지 마."

노르만의 물건이 아깝지는 않았다. 다만 그가 설마 이렇게까지 멍청하다는 사실을 믿기 힘들었다.

"누, 누가 안 준대? 선물은 이걸로 대신하지."

와, 설마가 맞았네?

탁.

노르만은 자신이 달고 있던 화려한 브로치들 중 황금으로 된 것 하나를 신경질적으로 뗐다.

체면 때문이겠지만 눈동자는 미세하게 떨리고 있었다.

당연했다. 그는 멍청하면서 한편으로는 속 좁고 탐욕스러웠으니까.

지금까지는 아무런 부담도 없이 생색만 잔뜩 냈는데, 이제는 자신의 재화를 털어야 하는 것이다.

즉, 노르만은 태어나서 처음으로 여인에게 주는 선물이 아깝다는 생각을 하고 있었다.

'그럼 손을 멈춰야 할 거 아니야, 멍청이가.'

나는 해탈한 채 상황을 계속 지켜보았다. 미엘라의 연기가 대단해서인지 알폰스와 나는 본능적으로 몰입하고 있었다.

"아, 황금 브로치……. 오팔 못지않게 귀한…… 거겠지요."

미엘라는 아쉽다는 듯 말했다.

나는 양쪽 눈썹을 치켜올렸다. 그녀의 탐욕은 허영 넘치는 노르만보다 훨씬 전략적이었다.

"알리바스 영애의 생일에는 사파이어 목걸이를 주셨다고 들었지만……. 제게는 황금 브로치만 주실 수도 있겠죠."

그녀는 한눈에 봐도 실망과 아쉬움이 뚝뚝 떨어지는 표정으로 노르만을 바라보았다.

철 안 든 소년의 허세를 자극하기에 충분한 눈빛이었다.

"지난번에 블리에트 영식이 샤만 영애에게 주었던 은 브로치와 비슷한 느낌이네요. 두 분 취향이 비슷하신……."

"내 말 안 끝났어!"

노르만이 버럭 짜증을 냈다.

"이, 이것도 가져가."

구겨지는 자존심을 참지 못한 듯, 노르만은 신경질적으로 끼고 있던 반지 중 녹색으로 반짝이는 것 하나를 빼내 그녀에게 던졌다.

물건을 확인한 나와 미엘라의 눈동자가 동시에 요동쳤다.

표정은 비슷할지언정, 우리 두 사람은 정반대의 생각을 하고 있었다.

"역시 공작가는 달라요!"

선물 두 개를 받아 들고 활짝 웃는 미엘라.

'바보 멍청이 호구 같은 놈.'

속으로 한숨을 푸욱 쉬는 나.

이거구나.

이런 성정이 가문을 말아먹은 거야.

알고는 있었지만, 그의 한심한 짓을 직접 보니 원작을 읽으며 맛보았던 고구마가 다시 목에 걸리는 것 같았다.

'겨우 이런 자가 루시안을 밀어 낼 뻔했었다니.'

새삼, 원작에서 어린 루시안이 노르만의 방해를 뿌리치고 차기 공작으로 자리를 굳히지 못한 것이 안타깝다는 생각이 들었다.

'조금만, 아주 조금만 그를 도와주는 사람이 있었다면…….'

공작가의 몰락을 일찍 막았을 수도 있었을 텐데.

노르만은 보통 물건을 빼앗긴 게 아니었다.

가운뎃손가락에 끼고 있던 반짝이는 녹색 보석은 에메랄드로, 원석 자체가 아주 희귀한 것은 아니었다. 문제는 반지의 출처였다.

노르만 오페르니아는 어려서부터 여색을 탐했다. 다만 실속 없이 선물만 안겨 주는 연애를 했던바, 선물 중 하나는 제 외가에서 물려받은 '신록의 빛'이었다.

이는 그의 외고조부인 브라카스 라만 백작이 전공을 세우고 황실에서 하사받은 물건이었다.

어느 귀족 영애의 손에서 그 반지가 발견된 후 라만 백작가는 하사품을 소홀히 관리했다며 황제의 질책을 들어야 했으며, 이 일을 계기로 오페르니아와 연을 끊었다.

다른 귀족 가문과의 불화는 결국 오페르니아의 몰락을 앞당겨서…….

지루할 정도로 디테일한 원작의 묘사를 떠올리는 내 귓가에 미엘라의 목소리가 쩌렁쩌렁 울렸다.

"예쁜 연녹색의 반지라니, 당장 껴 봐야겠어요!"

"미, 미엘라."

노르만은 이미 제 행동을 후회하는 표정이었지만 때는 늦었다.

'귀한 물건을 함부로 굴리다니.'

나는 얼굴을 찌푸렸다.

낭비에 예민한 나는 본능적으로 이 상황에 거부감을 느꼈다.

쇼핑몰을 열어 집안 돈을 다 말아먹은 동생을 보았을 때의 기분과 비슷했다.

"미엘라가 좋아하는 모양에 커팅이 정교해요!"

그녀는 노르만의 상한 속을 달래듯 그의 팔짱을 끼고 돌아섰다. 노르만의 입가에 슬슬 바보 같은 미소가 돌아왔다.

'하아, 저럴 거면 다른 데 쓰지. 미엘라는 저게 어떤 물건인지도 모를 텐데.'

나는 이마를 짚으며 사라지는 두 사람의 뒷모습을 바라보았다.

'예를 들어 나한테 준다든가……. 잠깐.'

나는 눈을 몇 차례 깜빡였다.

번개처럼 머리를 스치는 아이디어 때문이었다.

'남에게 호구라면 나에게도 호구일 테지.'

그거였다. 나는 여태껏 이 모든 것이 남의 일이라고만 생각했는데.

"……내가 이용할 수도 있어."

상황은 보기에 따라서 얼마든지 달라질 수 있었다.

나는 모든 것을 다시 점검하기 시작했다.

내게 불리하다고 생각했던 모든 요소들은 어쩌면 그렇지 않았을지도 몰랐다.

"저기, 아이야?"

사악한 계략을 세우던 나에게 알폰스의 목소리가 들려왔다.

창백했던 얼굴에 혈색이 조금 돌아온 그는 감격한 표정으로 나를 보고 있었다.

마치 구세주를 보는 듯한 얼굴이었다.

그래, 아직 이 일이 덜 끝났지.

"고맙다. 때리지 않아 주어서, 그리고 아까 상황을……."

"고마워할 필요 없어요. 대가를 받을 거니까."

나는 닥친 일부터 마무리하기로 했다. 그의 얼굴에 돌던 핏기가 다시 사라졌다.

"얘야, 아무리 그래도 공작가의 물건은 네가 빼돌릴 수가……."

"난 도둑이 아니에요. 물건을 달라는 게 아니라 맡기겠다는 거예요."

나는 쓸데없는 걱정을 하는 그의 손에 분홍빛으로 반짝이는 물건을 쥐여주었다.

"가이아네스의 눈동자라는 거예요."

"분홍 진주? 네가 어떻게……."

"루시안 도련님의 물건이에요."

눈이 동그래진 알폰스에게 나는 빙긋 웃어 보였다.

"밀실 안에 또 다른 금고가 있죠?"

"……어디서 들었는지 잘 아는구나. 이 중, 삼 중으로 된 금고들이 있는 건 사실이다."

"귀족 가문은 원래 그렇다고 들었어요."

귀한 물건을 보관하는 밀실 안에도 더 귀한 물건을 보관하는 장소가 따로 있다.

황실에서 하사한 물건, 선대에서부터 전해진 가보나 성물 등을 보관하는 용도였다.

무질서한 오페르니아에서도 그 금고 안의 물건들은 철저하게 보관했다.

그 안의 물건을 잃어버린다는 것은 그 자체로 가문의 명예가 훼손됨을 뜻했다.

"가이아네스의 눈동자를 밀실 속 삼 중 금고에 보관해 주세요."

이거였다. 금고지기인 3등 집사 알폰스에게 붙은 이유가.

강도와 도둑이 득실거리는 오페르니아 저택에서, 루시안의 물건을 단단히 지킬 수 있는 장소는 그곳뿐이었다.

알폰스가 눈을 크게 떴다.

"그거였니? 네 부탁이라는 게."

"아저씨는 할 수 있으니까요. 절차와 서류가 복잡해서 쉽게 부탁을 들어주지는 않겠지만."

하지만 내 부탁은 들어줘야지. 얼마나 큰 도움을 줬는데.

"한 번 금고에 들어간 물건은 내 마음대로 꺼낼 수 없다."

"주인이 직접 내달라고 하면 가능하지요."

"……."

"언젠가 루시안 도련님이 물건을 찾으러 오면, 그때 돌려주세요."

그 물건의 주인은 거의 항상 가주였으므로, 가주 본인의 허락, 그것도 후대에서 납득할 만한 이유를 댄 아주 복잡한 서류를 동반한 허락이 없으면

빼낼 수 없었다.

하지만 가이아네스의 눈동자는 루시안의 물건이었다.

창고지기인 알폰스만 구워삶으면, 가장 안전한 곳에 보관했다가 루시안이 원할 때 찾아올 수 있는 것이다.

"……그렇구나. 네 말이 맞다."

한참 생각에 잠겼던 알폰스는 드디어 고개를 끄덕였다.

"아무도 훔쳐 가지는 못할 거다."

그가 나직하게 말했다. 의외로 질문은 없었다.

그는 내가 왜 이런 부탁을 하는지 어렴풋이 눈치챈 듯했다.

기댈 곳 없는 루시안의 손에 있는 보석은 여기저기서 노려지기 쉬운 게 당연했으니까.

됐어.

한 가지는 해결했다.

그의 물건이 소중하게 보관되어 있다는 사실이 언젠가 그에게 작은 위로가 되기를 바라며, 나는 빙긋 미소 지었다.

'루시안의 비극적인 운명을 바꾸지는 못하겠지만.'

그래도 한순간의 기쁨을 줄 수 있어 다행이었다.

"그럼 가 볼게요."

나는 매의 눈으로 알폰스가 장부를 적는 것을 지켜본 후 몸을 돌려 후원으로 향했다.

남의 재산을 지켰으니, 이제 내 몫을 좀 챙겨 볼까.

* * *

미엘라를 발견한 것은 붉은 꽃이 흐드러지게 핀 장미 정원에서였다.

나는 멀찍이 서 있던 사용인 하나에게 무언가를 속삭였다.

"……부인께서?"

사용인은 미심쩍은 표정으로 나를 흘깃 보더니 노르만에게 다가가 무언가를 보고했다.

화들짝 놀란 표정의 노르만이 사용인과 사라지는 것을 확인한 뒤, 남겨진 미엘라에게 다가갔다.

"영애를 뵙습니다."

"……아까 그 아이?"

미엘라는 조금 놀란 듯, 경계의 눈빛으로 나를 바라보았다.

말아쥔 손바닥 안에서 녹색 반지가 반짝 빛났다.

"네가 왜……."

"반지 때문에 왔어요. 영애께서 생각하시는 것보다 조금 더 중요한 물건이라서요."

"설마 노르만 님이 지시하신 거니? 치사하게 벌써 후회하신대?"

그녀가 한 걸음 물러서며 물었다.

'여색을 좋아해도 실속은 없었다더니.'

목소리만 들어도 알 수 있었다. 그녀는 노르만의 실체를 잘 알았고, 그에 대해 조금의 애정도 없었다.

"이미 주신 걸 다시 돌려달라고 하는 건 신사의 매너가 아니라고 전해. 오팔 팔찌도 여러 번 약속해 놓고 못 주셨으면서 이깟 에메랄드 반지 가지고……."

"아닙니다, 영애."

나는 상상의 나래를 펼치는 그녀의 말을 멈추었다.

"아니라고?"

미엘라의 표정이 밝아지려는 찰나, 내가 냉정하게 내뱉었다.

"노르만 도련님이 아니라 제가 말씀드리는 겁니다. 반지 이리 내놓으세요."

나는 또렷한 목소리로 말하며 미엘라의 코앞에 손바닥을 내밀었다.

"노르만 도련님도 그 어머님을 만나고 나면 다시 돌려달라는 서신을 보내시겠지만요."

빙의한 지 몇 달. 나는 꽤나 뻔뻔하고 대담해졌다. 과거의 기억을 잃지는 않았지만 어려진 덕분인지 도덕적 잣대는 조금 흐릿해져 있었다.

"뭐?"

미엘라가 어이없다는 듯 코웃음 쳤다.

"너 미쳤니? 오페르니아에서는 아랫사람을 대체 어떻게 가르치는 거야?"

"딱히 가르치지 않는다고 해야 할까요."

나는 어깨를 으쓱했다. 잘 보일 생각은 없었다. 내가 하려는 건 협박이니까.

"가, 감히 하녀 주제에 내 물건을 갈취하려 해? 근위대를 불러야 물러나겠니?"

그녀는 팔짱을 끼며 나를 노려보았다.

세게 나오네?

하지만 협박은 내가 한 수 위였다. 전생에 숨 쉬듯 당하곤 했었으니까.

"부르시지요."

"뭐야?"

나는 한층 뻔뻔한 눈으로 그녀의 부릅뜬 눈을 바라보았다.

"저는 영애가 그 반지를 훔쳤다고 말할 테니까요. 3등 집사도 저와 말을 맞출 겁니다."

"감히 누구를 도둑으로 몰겠다는 거야!"

휙-

미엘라의 손바닥이 허공을 갈랐다. 나는 맞지 않기 위해 몸을 뒤로 뺐다.

뺨을 맞을 뻔했던 일들은 전생에도 꽤 있었고, 내 본능은 그때의 경험을 기억하고 있었기에 어려운 일은 아니었다.

"피, 피했어?"

"영애, 영애께서 걸고 계신 그 목걸이, 오페르니아 전시장에서 나온 루비죠?"

나는 침착하게 미엘라의 목을 가리켰다. 핏빛 보석이 반짝였다.

"그게 무슨 상관……."

맞구나. 그럴 줄 알았다.

그녀가 몸에 걸친 다른 물건들에 비해 곱절은 비싸 보였으니까. 게다가 그 목걸이는 노르만의 커프스링크와 한 쌍인 듯 같은 모양이었다.

"영애께서도 아셨을 겁니다. 노르만 도련님은 사재도 아닌 물건을, 가문의 결재 없이 내주었다는 것을요. 이를 부추긴 영애가 도둑과 다를 것이 있나요?"

"……."

나는 냉정하게 말을 쏟아 냈고, 미엘라는 한순간 말이 막힌 듯 얼굴을 붉혔다.

그래, 이것도 내가 뻔뻔할 수 있는 이유였다.

미엘라와 노르만이 지금까지 함께 털어 갔을 물건들을 생각하면, 협박을 하면서도 양심의 가책이 하나도 안 느껴졌달까.

오페르니아 가문은 결국 이런 자들이 여럿 있는 탓에 망했다.

공작 부인, 레너드, 노르만, 미엘라, 원작 여주……. 등장인물 중 누구 하나 멸문에 기여하지 않은 자가 없었다.

루시안을 제외하면.

"노르만 님이 너를 가만히 둘 것 같아?"

미엘라가 버럭 소리쳤다.

"예. 노르만 님도 그 반지를 주신 걸 후회하고 있을 테니까요. 영애께서 훔쳤다고 하면 은근히 좋아하실 테지요."

"뭐, 뭐라고?"

미엘라의 얼굴이 새파래졌다.

그 반응을 통해, 나는 노르만이 그 정도의 배신은 아무렇지 않게 하는 자임을 알 수 있었다.

미엘라와 노르만 사이에 쥐꼬리만 한 신뢰도 없다는 사실도 확신할 수 있었다.

"르웰린 자작가의 딸에게 이런 모욕을……."

"자작가에서는 영애와 노르만 님의 친분에 많은 공을 들였겠지요."

내가 말했다. 르웰린 자작가의 미엘라 영애가 어떤 조연이었는지 나는 기억하고 있었다.

가문의 이익을 위해 노르만에게 접근한 많은 여자들 중 하나.

그녀를 압박한 장본인은 바로…….

"그러나 공작가의 자산을 절차에 맞지 않게 빼돌렸다는 사실이 공식화되면 부친께서 가장 먼저 영애를 내치실 겁니다. 자작께는 여섯 영애가 더 있는걸요."

"……!"

미엘라가 눈을 부릅떴다.

"부친께서는 나를 사랑하신다! 노르만 님과 만나고 온 날은 언제나 나를 칭찬하셨어! 선물을 주신 건 노르만 님이지, 난……."

"노르만 님과의 친분을 다지다가 공작가에 피해를 입힌 것을 좋아하실 리가요."

내가 그녀의 말을 끊었다.

"여섯째, 일곱째 영애의 어머니이신 새 자작 부인께서는 반가워할 소식일지도 모르겠지만요."

미엘라는 입술을 꾹 깨물었다.

그녀의 얼굴이 붉으락푸르락하며 나를 노려보았다.

"너, 진심이구나."

미엘라의 목소리가 차갑게 깔렸다.

나는 속으로 빙긋 웃었다.

고작 열네 살의 하녀에게 모욕을 당한 셈이니, 평균적인 이 나이의 귀족 영애였다면 이미 울고 소리치며 사용인을 불렀을 것이다.

그러나 미엘라는 보기보다 인내심이 강한 사람이었다.

머릿속으로 나를 두들겨 패고 있을 터였으나 함부로 손을 다시 들지도 않았다.

'원작에서도 그렇게 살아남았지.'

가진 자원이라고는 자식들 뿐인 르웰린 자작의 셋째 딸인 그녀는 어려서부터 자매들과 경쟁하며 자랐다. 덕분에 눈치가 빠르고 사람 보는 눈이 좋았다. 그렇게 노르만이라는 호구를 잡았던 거고.

오페르니아가 아직 건재할 무렵, 그녀는 레너드와 노르만의 소행을 보고 가문의 멸문을 직감했다. 그러고는 파벨 공작가의 한 공자와 노르만 사이에 양다리를 걸치다가, 마지막 순간에 파벨 공자의 정부로 들어가 살아남았다.

간사하고, 머리가 좋고, 재물을 향한 촉이 발달했고, 본능적으로 생존할 줄 아는 여자. 성격은 그다지 좋지 않음.

작가는 미엘라 르웰린을 그렇게 묘사했었다.

그런 미엘라는 나의 말뿐 아니라 표정에서, 목소리에서, 태도에서 읽어냈을 것이다.

내가 하는 말이 모두 진심이라는 것을.

"네가 무슨 짓을 하는지는 알고 있는 거니?"

그녀의 목소리가 떨리고 있었다. 이성으로 화를 누르지만, 어린 하녀 하나에게 이렇게 휘둘리는 것이 퍽 자존심 상할 터였다.

"난 오늘의 일을 절대로 잊지 않을 거야."

"잊지 않으시길 바라요. 저는……."

나는 이쯤에서 그녀에게 살짝 손을 내밀기로 했다.

"언젠가 영애께 반지의 대가를 드릴지도 모르니까요."

원작에서는 멸문에 일조하는 조연이었지만 이번 생은 아직 제대로 시작하지 않았다.

반지를 그냥 강탈해 깊은 원한을 남길 생각은 없었다. 난 분명하게 계산해 손해를 보전해 줄 생각이었다. 막을 수 있다면 뒤탈을 막자는 게 내 신조였으니까.

겸사겸사 귀족 인맥을 하나 만드는 것도 나쁘지 않고.

게다가 난 훗날 미엘라를 도울 방법을 알고 있었으니까.

"……대가?"

미엘라가 어이없다는 듯 코웃음을 쳤다.

"그렇게 정신 승리라도 하라는 거니? 일개 하녀가 자작가의 딸에게 대가를 줘? 오페르니아의 사용인이라고 콧대가 높아진 모양이구나."

"정신 승리라고 생각하는 게 편하시다면 그렇게 생각하세요. 믿기 싫으시다면 안 믿으면 됩니다."

"그건……."

"근위대를 부르고 싶으면 부르라고 말씀드렸지요. 어느 쪽이 나을진 직접 판단하시면 됩니다."

나는 고개를 들어 미엘라의 눈을 똑바로 쳐다보았다.

허공에서 우리 둘의 시선이 강하게 부딪혔다.

"……."

의연한 척하려 해도, 미엘라는 이미 기세에서 밀리고 있었다.

몇 초의 시간이 흐른 후, 먼저 얼굴을 돌린 것은 그녀였다.

"……네 이름이 뭐라고 했지?"

그녀가 시선을 떨어뜨리며 물었다.

"리아넬라, 리아넬라 셀레스요."

"리아넬라 셀레스……."

미엘라가 입술을 꽉 깨물었다. 미묘하게 차분해진 말투에서, 나는 내가 그녀를 설득했음을 알 수 있었다.

"우리 가문은 자산이 많지 않아. 그렇기 때문에 남이 르웰린 가문에 진

빚은 잊지 않고 받아 내지."

"바람직하다고 생각합니다."

오페르니아도 배워야 할 텐데.

"그러니까……. 그러니까 함부로 약속을 뱉으며 날 기만할 생각은 하지 않는 게 좋을 거야."

"영애께선 옳은 판난을 하신 거예요."

나는 싱긋 웃었다. 그러고는 여전히 분한 듯한 그녀의 손을 잡고 손가락을 하나하나 펴서 반지가 드러나게 했다.

"후회하지 않으실 거예요. 어차피 다른 선택지는 없었지만."

"너!"

발을 탕 구르는 그녀를 두고, 나는 휙 하고 몸을 돌려 장미 정원을 빠져나왔다.

'신록의 빛'이 내 손 안에서 반짝였다. 전생에서도, 이번 생에도 쥐어 본 적 없는 화려한 사치품.

물건을 어떻게 처리할지는 이미 정해 놨지만, 그것으로 할 수 있는 수많은 일들이 떠올랐다.

짧은 순간이었지만, 루시안의 얼굴도 머리를 스쳤다.

가문에서 고립된 채, 앞으로도 한참을 외로이 버텨야 할 아이의 얼굴은, 내가 다음 목적지에 도착할 무렵 다시 머리에서 지워져 있었다.

* * *

"마님, 노르만 도련님 오셨습니다."

저택 뒤편의 연못가에서 차를 마시던 마리안느가 고개를 돌렸다.

그녀의 시선이 향한 곳에는 흑발의 소년 하나가 불안한 표정으로 걸어오고 있었다.

"부르셨습니까, 어머니?"

그가 대충 인사를 하며 말했다.

"급한 일입니까? 손님이 있을 때는 부르지 마시라고 했잖아요."

"내가?"

마리안느가 눈을 몇 번 깜빡였다.

"누가 그러던? 난 안 불렀는데."

"예? 어린 하녀 하나가 말을 전했다고 했는데요."

노르만이 이맛살을 찌푸렸다.

"소식을 전한 놈이 실수를 한 모양이군요. 가서 혼내 주고 오겠습니다."

"아니다, 노르만. 안 그래도 네게 할 말이 있었단다."

마리안느는 바로 돌아서려는 노르만을 돌려세웠다.

"무슨 일입니까?"

"문지기가 조금 전에 그러더구나, 미엘라 르웰린이 네 물건을 착용하고 저택을 나섰다고."

"……예?"

노르만이 사색이 되어 되물었다.

"새 모양의 황금 브로치 말이다. 내가 네 생일에 선물한 물건이 맞지? 선물이 필요하면 홀에서 가져가지, 왜 어미의 선물을 내준 거니?"

마리안느는 속상한 듯 한숨을 쉬었다.

값진 물건이 다른 이의 손에 들어갔다는 사실보다는, 자신의 선물을 아들이 다른 곳에 줘 버린 것이 안타까운 듯했다.

"아, 그, 브로치요."

노르만은 조금 안심이 된 듯 어색하게 웃었다.

"그래. 사재를 내주다니, 그 애가 그렇게 특별하니?"

"특별하지 않습니다. 미엘라는 그저……."

"브로치는 세 개를 더 사 줄 테니 신경 쓰지 않아도 된다. 하지만 르웰린 가문의 셋째 딸은 너와 정혼하기엔 부족해."

마리안느가 혀를 쯧 하고 차며 말했다. 노르만은 속으로 안도의 한숨을 내쉬었다.

"정혼이라뇨, 당치도 않습니다. 그냥 다른 여자들처럼 데리고 노는 것이 즐거울 뿐입니다."

노르만이 헛웃음을 지었다. 실제로 그는 여러 여자를 데리고 노는 것을 좋아했다.

주로 성질을 조절하지 못해 사소한 일로 발끈하다가 값진 선물과 함께 용서해 달라고 비는 걸로 만남이 마무리되었지만, 노르만은 내심 스스로를 꽤 대단한 바람둥이로 여기고 있었다.

"정말 그런 거니?"

의심으로 찌푸려져 있던 마리안느의 얼굴이 그의 설명에 천천히 펴졌다.

결혼 생각만 없다면, 아들이 누구를 만나고 다니든 그녀가 신경 쓸 바는 아니라는 것이 마리안느의 생각이었다.

"다, 다른 얘기는 못 들으셨죠?"

그가 한쪽 손을 뒤로 숨기며 물었다. 에메랄드 반지가 빠진 가운뎃손가락이 허전하게 느껴졌다.

"여기까지 왔으니 아들과 차나 한잔하시지요, 어머니."

그는 헛기침을 하며 말을 돌렸다. 대충 수다나 들어 주며 상황을 무마하고 자리를 뜰 생각이었다.

"안 그래도 권하려고 했다. 네 손님은 이미 떠났다고 하니까."

그녀는 멀리 트레이를 끌고 서 있던 하녀 하나에게 손짓했다.

"마침 네가 좋아하는 금가루가 뿌려진 케이크가 있어."

"뭐……. 바쁘니까 잠깐만 있다가 가겠습니다."

노르만은 의심을 피하기 위해 아무렇지 않은 척 자리에 앉았다. 사실 그는 미엘라에게 뭘 갖다주면 반지를 돌려줄까 고민 중이었다.

"케이크와 차입니다."

그가 고민하는 사이, 밝은 금발을 길게 늘어뜨린 소녀가 트레이를 밀고 두 사람 가까이로 걸어왔다.

"여기 두……. 어어?"

그녀를 본 노르만의 눈이 커졌다.

"너, 아까 그 계집애!"

그가 씩씩거리며 외쳤다.

"네가 왜 여깄어?"

왜 여기 있긴, 담당 하녀에게 뇌물을 약속했으니까 그렇지.

가진 돈은 도둑맞고 없었기에, 나는 다음 달 급료의 절반을 주기로 약속하고 각서까지 써야 했다.

지저분한 뒷거래에 익숙한 차 담당 하녀는 만족스러운 미소를 띠며 내게 트레이를 건넸다.

"아는 아이니?"

마리안느가 고개를 갸웃하며 나를 바라보았다.

"처음 보는 얼굴인데……. 최근에 사서 고용했다던 노예들 중 하나니?"

그녀가 물었다.

인신매매가 불법인 제국에서 '노예'라는 말은 맞지 않았지만 나는 놀라지 않았다.

마리안느는 원작에서도 말버릇이 좋지 않았으니까.

"예, 마님. 공작 부인께서 저를 자유인으로 만들고 고용해 주셨어요."

나는 싱긋 웃으며 주전자를 들어 티 테이블 위로 꺼냈다.

"차를 따라 드릴게요."

교육받은 내용대로, 나는 왼손으로 주전자를 받치고 오른손으로 손잡이를 잡아 차를 따랐다.

반짝.

엄지손가락에 낀 '신록의 빛'이 햇빛을 받아 빛났다. 그 순간, 마리안느의 눈이 동그래졌다.

"너…… 그 반지."

"마님? 무슨 일이신가요?"

"반지 어디서 났느냐? 이건 분명……."

뒤늦게 그녀의 시선을 따라간 노르만의 얼굴도 하얗게 질렸다.

"가, 가짜 에메랄드 반지군요!"

그가 내 손에서 주전자를 빼앗으며 끼어들었다.

대체 이 반지가 왜 내 손가락에 있는지 파악해 보려 안간힘을 쓰는 듯, 그의 동공이 사방으로 흔들렸다.

"그러니까……. 딱 봐도 어린아이들이 좋아할 가품입니다."

일단 수습이나 하고 보려는 듯 그가 말했다.

"가품?"

그러나 마리안느의 시선은 이미 내 손을 좇고 있었다.

친정에서 받아 아들에게 준 반지를 몰라볼 리 없는 그녀였다.

"가품이 맞느냐? 어디서 난 물건이지?"

"가품인지는 모르겠고……."

나는 아무렇지 않게 대답했다.

"이름이 '신록의 빛'인 것은 알고 있습니다. 노르만 도련님께서 미엘라 영애에게 주신 선물인 것도요."

미처 내 입을 막지 못한 노르만이 입을 쩍 벌렸다.

"미엘라 영애가 정문까지 바래다주어 고맙다며 제게 주었고요."

나는 아무것도 모르는 듯 크게 미소를 지으며 자랑스레 대답했다.

"정말 좋은 분이세요."

"마, 말도 안 되는 소리!"

"예?"

"미엘라는 보석 반지를 공짜로 선물할 사람이 아니야!"

그가 진땀을 흘리며 소리쳤다.

"그 반지가 '신록의 빛'이라는 것도 모른단 말이다!"

"노르만, 그럼 설마……."

마리안느가 미간을 찌푸리며 말했다.

"'신록의 빛'을 네가 미엘라에게 준 것은 사실이라는 말이냐?"

"아, 아닙니다. 그럴 리가요. 미엘라가 무언가 장난을 친 모양입니다!"

그는 필사적으로 내 팔을 후려치며 마리안느의 시야에서 숨기려 했다.

"그럼 진짜 '신록의 빛'은 어디에 있느냐?"

"바, 방에 있습니다."

노르만이 침을 꿀꺽 삼키며 변명했다.

"이 아이는 거짓말을 하는 겁니다. 아니, 미엘라가 이 아이를 속였는지도 모르지요."

"속였다고요? 미엘라 영애가 저를요? 하지만 그렇게 친절한 분이셨는데……."

나는 상처받은 눈으로 물었다. 노르만이 세차게 고개를 끄덕였다.

"바로 그거야! 그 반지는 길거리에서 파는 장난감이 분명하다."

"정말 그런 거라면……."

나는 믿을 수 없다는 듯 입술을 떨다가, 우울한 표정으로 손가락에 낀 반지를 빼내 한 손에 쥐었다.

"이건…… 별 가치가 없는 물건이군요."

"그렇다! 어디서 쓰레기를 가지고 '신록의 빛'에 비교하는 거냐. 미엘라가 너를 가지고 논 거야."

노르만은 드디어 해결됐다는 표정으로 천천히 미소 지었다.

"그럼."

나는 실망한 듯 중얼거렸다.

"그럼 이 쓰레기는 버려야겠네요."
"그렇지. 자, 내가 버려 줄 테니 이리……."
"작은 반지이니 연못에 던져 버리겠어요."
"뭐?"
그가 말릴 틈도 없이, 나는 손에 쥐었던 작고 빛나는 물체를 연못으로 던졌다.
휙- 풍덩.
"잠깐!"
"으아아아악!"
마리안느와 노르만이 동시에 외쳤다. 후자의 외침은 비명에 가까웠다.
"이 미친 것! 저건 외가의 가보인데!"
노르만은 나를 휙 밀치고는 연못으로 달려가 몸을 날렸다.
첨벙!
허리까지밖에 오지 않는 얕은 연못이었으나, 노르만은 요란하게 뛰어들더니 머리를 물속에 처박았다.
"노, 노르만!"
"푸핫! 어디야? 어디다 버린 거야? '신록의 빛'이 어딨냔 말이다!"
"그거……."
나는 물에 푹 젖은 채 팔다리를 휘적거리는 노르만을 보며 입을 열었다.
"당장 말해! 어디로 떨어졌는지 보았느냐?"
마리안느가 내 어깨를 쥐고 세차게 흔들었다.
"잃어버리면 아버지가 가만두지 않을 거야! 그렇게 되면 너부터……."
"여기 있습니다."
나는 왼손을 위로 해서 펼쳐 보였다. 그 안에는 물기 한 점 묻지 않은 에메랄드 반지가 찬란하게 빛나고 있었다.
"뭐, 뭐야?"

마리안느가 정신없이 내 손을 잡아챘다. 다음 순간, 그녀의 얼굴이 멍해졌다.

"이건…… 라만 백작가의 반지가 맞다."

"푸우우! 너, 너 지금 뭐라고……."

노르만이 뒤늦게 물을 뱉어 내며 나를 노려보았다. 여전히 하체는 연못에 빠진 채였다.

"던지기 직전에 마님이 '잠깐'이라고 하셔서……. 저는 허공에서 팔을 멈추었답니다."

반쯤은 거짓말이었다.

애초에 난 반지는 그대로 쥔 채, 가지고 있던 비슷한 색의 돌멩이를 던졌다. 그래야 노르만이 제대로 속을 것 같아서.

"그러면 이 반지가 '신록의 빛'이 맞는 거예요?"

"……."

노르만은 붉어진 얼굴로 눈알만 굴리며 아무 말도 하지 못했다.

반지를 찾는답시고 연못에 뛰어들어 추태를 부린 지금, 그 반지가 장난감이라고 어떻게 더 말하겠는가?

"노르만. 또 어미에게 거짓말을 했구나."

마리안느가 싸늘한 얼굴로 노르만에게 말했다.

"여자에게 선물을 해도 정도가 있지. 감히 가보를 건드려?"

"어, 어머니, 그게 아니라 전시장이……."

"조용히 해!"

그녀가 날카롭게 소리쳤다.

평소에는 눈에 넣어도 아프지 않은 아들이었지만, 그녀와 친정의 관계를 위험하게 한 것은 그야말로 큰 죄였다.

노르만은 찍소리도 하지 못하고 목을 움츠렸다.

한참 자신의 아들을 노려보던 마리안느가 나를 향해 천천히 시선을 돌렸다.

"아이야, 그 반지 이리 내렴. 그래도 오페르니아 저택 밖으로 나가지 않아 수습이 됐구나."

그녀는 맡긴 물건을 찾는 것 같은 자세로 내게 손을 내밀었다.

"죄송하지만 드릴 수 없습니다."

나는 고민 없이 고개를 저었다.

반지의 가치를 두 눈으로 확인한 지금, 순순히 돌려줄 생각 따위는 없었다.

"뭐야?"

마리안느가 미간을 잔뜩 찌푸렸다. 나는 숨을 깊이 들이마셨다.

이제는 쫄지 않고 버티면 되는 게임이다.

"왜 못 준다는 거냐?"

"……제가 선물 받은 거니까요."

나는 반지를 소중하게 쥐고 품에 안았다.

귀족 영애와의 우정을 믿는 순진한 하녀.

그게 내 콘셉트였다.

"선물? 미엘라 르웰린 따위의 선물이 내 명령보다 중요하다 이거야?"

마리안느는 기가 막힌다는 듯 되물었다.

나는 입을 꾹 다물고 대답하지 않았다.

"당장 이리 내."

"……."

"얘가?"

침묵.

"그 보석은 라만 백작가의 가보다! 네 신의 따위가 라만과 오페르니아의 우정보다 중요할 것 같아?"

"그, 그런가요?"

"당연하지!"

"그러면…… 제가 라만 백작가에 직접 돌려드리겠어요."

내가 납득하려 애쓰듯 천천히 말하자 마리안느의 낯빛은 사색이 되었다.

"잃어버린 물건을 찾아 드린다면, 미엘라 영애도 이해해 줄 수 있겠지요. 그건 선물 받은 물건을 함부로 남에게 주는 게 아니니까……."

"자, 잠깐."

내가 무언가 생각하며 중얼거리자 마리안느가 세차게 고개를 저었다.

그럴 만하지. 외손자에게 선물한 귀한 반지가 르웰린 영애를 통해 노예 출신 하녀에게까지 흘러간 사실이 드러나면, 라만 백작은 외손자가 자신을 모욕했다고 생각할 것이다.

부녀의 관계는 그렇게 단절돼 버릴 위험이 있었다. '신록의 빛'은 그만큼 상징하는 바가 컸다.

"……이름이 무엇이라고 했지?"

마리안느는 화를 눌러 참는 듯 깊은숨을 들이마시고 내쉬기를 반복하다가 내게 물었다.

"리아넬라라고 합니다."

"리아넬라."

"예, 마님."

마리안느의 말투가 조금 부드러워져 있었다. 나는 고개를 번쩍 들었다.

그녀의 얼굴에는 짜증과 우려, 그리고 무엇보다 귀찮음이 잔뜩 묻어나고 있었다.

나는 속으로 활짝 웃었다. 성공의 냄새가 났다.

"말 길게 하지 않겠다. 돈을 주마."

"예?"

"너와 미엘라 르웰린의 우정이 과연 돈에도 끄떡하지 않을 만큼 대단한지 보자꾸나."

그녀는 순수한 마음을 시험하는 마녀 같은 표정으로 말했다.

"얼마면 되겠니? 얼마면 네 우정을 팔아넘길까?"

동화 속에 없는, 호구 마녀.

2. 초고속 승진

마리안느 오페르니아는 스스로를 냉정하고 치밀한 전략가이자 협상가라고 생각하는 경향이 있었다.

게다가 승부욕이 넘쳐서 한 번 누군가와 대립하면 수단과 방법 -주로 돈이었지만-을 가리지 않고 자신의 고집을 관철하고자 했다.

다른 귀족들, 공작가의 사용인들, 심지어는 가문의 다른 인물들조차도 그 점을 이용해 그녀의 주머니를 탈탈 털어 갔다.

원작의 묘사는 정확했다. 마리안느는 내가 신념을 지킨답시고 자신과 대립한다 판단했다.

"삼백 골드?"

그렇기에 돈으로 그 신념을 꺾어야겠다고 결심했고 말이다.

"오백 골드?"

그녀는 내 대답도 듣기 전에 제안 금액을 거의 두 배로 올렸다.

나는 다시 침묵했다. 이번에는 머리를 굴리기 위해서였다.

"네 이놈! 감히 나를 속여?"

노르만이 뒤늦게 첨벙거리며 물에서 나와 나를 노려보았다.

"노르만, 어미가 알아서 한다니까."

"어머니야말로 일단 물러서세요. 저는 일단 저 천한 것을 물에 처넣어야……."

"아이고, 손이 미끄러졌네."

휭-

나는 반지를 쥔 손을 연못 방향으로 휘둘렀다. 노르만의 동공이 확장되었다.

"어머! 또 물에 빠뜨……."

"으어어엇! 안 돼!"

첨벙.

"……릴 뻔했네."

나는 뻗었던 팔을 쏙 회수하고 다시 손바닥을 폈다.

반지는 멀쩡했지만, 또 한 번 연못으로 몸을 날린 노르만은 다시 흠뻑 젖어 버렸다.

이를 악물고 나를 노려보는 그를 무시하며, 나는 다시 마리안느를 향해 시선을 돌렸다.

"자, 육백 골드."

마리안느는 제 아들을 향해 고개를 젓더니 다시 나를 보며 말했다.

육백 골드는 내 오 년 치 급료였다. 반지와 그 원석의 가치만 고려하면 마리안느가 부른 가격은 말도 안 되게 높았다.

"아직도냐? 얼마짜리 우정이기에……."

반 푼짜리도 안 된다.

그러나 나는 솔직한 마음을 숨긴 채 마리안느를 향해 입을 열었다.

"사실……."

마리안느의 눈이 반짝 빛났다. 협상이 먹히고 있다고 판단한 모양이었다.

"무엇이냐?"

"혹시 돈 외에 다른 것도 주실 수 있나요?"

나는 조심스럽게 물었다.

내가 원하는 건 돈만이 아니었다. 더 장기적이고 큰, 마리안느가 쉽게 줄 수 있는 것이 있었다.

"물론이다. 돈 말고 보석도 원하느냐?"

나는 침을 꿀꺽 삼키며 고개를 저었다. 다음 대사를 위해서는 약간의 자기 최면이 필요했다.

'난 순수하다. 순수한 소녀다.'

"……그런 것이 아니라 연모하는 사람이 있습니다."

"연모하는 사람?"

갑작스러운 말에 마리안느가 황당한 얼굴로 물었다.

"가까이하고 싶은데 신분 때문에 그럴 수가 없어서……. 도와주실 수 있으신가요?"

"하, 도와줄 수 있다마다. 결국 그 우정이라는 것도 사내 하나만 못한 모양이다마는."

그녀는 의기양양하게 말했다.

"이름을 말해 보아라. 신분 때문에 가까이 못 한다는 사내가 누구냐? '신록의 빛'을 포기할 만한 남자라면……."

이번에는 물속에서 멍청하게 서 있던 노르만이 눈을 번뜩였다.

"신분이라면……. 설마 너 아까 내 제안을 진지하게 받아들여서……."

"앨버트 님입니다."

내가 그의 멍청한 목소리를 끊으며 말했다.

"앨버트 렉스턴이요."

"뭐?"

노르만과 마리안느가 동시에 되물었다. 그중 노르만은 특히 황당한 표정이었다.

"저는 겨우 3급 사용인이지만 그분은 2급이에요. 게다가 공작가의 먼 친척이시라고 들었어요. 그래서 한 번 얼굴을 보기도 어려운걸요."

나는 머릿속으로 준비한 말을 줄줄 읊었다.

공작가에는 총 1, 2, 3급의 사용인이 있었다.

1급은 집사들, 그리고 경력이 오래됐거나 뒷배가 있는 성인 사용인들이었다.

2급은 경력이 길지만 1급으로 승진하지 못한 성인 사용인들, 또는 뒤를 봐주는 주인이 있는 십 대의 사용인들이었다. 그리고 나머지가 잡일을 하는 3급이었다.

앨버트는 노르만의 수하이니 2급, 나는 노예 출신 신입이니 3급이었다.

이는 나름대로 큰 차이였다. 내 입장에서 앨버트를 동경하는 것은 이상할 게 없었다.

"겨우 그것이었느냐? 앨버트 렉스턴을 옆에 두고 보고 싶다고?"

마리안느가 코웃음을 쳤다.

"옆에 두고 보고, 제가 뭔가 부탁하면 들어주고, 제 일도 도와주면 좋겠어요."

나는 수줍게 용기를 내는 듯한 표정으로 말을 이었다.

"불가능할 거라고 생각하지만……."

"어렵지 않구나."

"예?"

나는 신이라도 본 듯한 얼굴로 마리안느를 올려다보았다. 반지를 돌려받을 수 있겠다 싶어서인지, 그녀도 얼굴이 부드러워져 있었다.

"네 주 업무가 무엇이냐?"

"현관 청소와 잔심부름입니다."

"그럼 앨버트의 업무도 같은 것으로 바꾸어 주마."

"저, 정말인가요?"

"그래. 그리고 그 애가 네 일을 도울 수 있도록……."

그녀가 뜸을 들이며 말을 이었다.

"앨버트를 네 종속 사용인으로 만들어 주지."

"와아, 그렇게 해 주실 수 있는 거예요?"

됐다. 성공이다.

나는 쾌재를 불렀다.

종속 사용인은, 말하자면 사용인이 서로 부릴 수 있는 제도 같은 것이었다.

윗등급의 사용인 중 특히 잘나가는 몇 명은 아래 등급 사용인 중 특정 몇 명을 종속 사용인으로 삼아 제 심부름을 시킬 수 있었다.

종속 사용인을 둔 윗등급 사용인의 권력은 꽤 막강했다.

제 종속 사용인들을 벌하거나, 심지어는 중간에서 급료를 차감할 수도 있었으니까.

"어머니, 앨버트는 제 종복입니다."

"입 다물어, 노르만. 더 이상 끼지 말아라."

노르만이 억울하다는 듯 항변했지만 마리안느는 더 이상 아들의 멍청한 얼굴을 보고 싶지 않은 듯했다.

"하지만 마님, 저는 겨우 3급이에요."

나는 마리안느가 까먹지 않도록 알려 주었다.

"2급인 앨버트 님을 부리려면……."

"네 등급을 바꾸면 그만 아니냐. 별 미련한 걱정을 하는구나."

마리안느가 말했다.

"내 권한으로 바꾸어 주마. 너는 오늘부터 2급, 앨버트는 3급이다."

"정말인가요?"

나는 활짝 웃으며 손바닥을 마주쳤다.

권력을 아무렇게나 휘두르는 마리안느는 사용인 간의 형평성이나 앨버트 무리의 반발에 대해서는 역시 고려하지 않았다.

호구 가문의 며느리답게, 생각이 깊지 않았던 것이다.

"마님의 말을 듣겠어요."

"역시 굴복하는구나. 돈과 권력 앞에서 소녀들의 우정은 아무것도 아닌……."

"딱 하나만 더 들어주시면요."

"무엇이냐?"

마리안느가 어서 말해 보라는 듯 재촉했다.

"앨버트가 혼자 제 종속 사용인이 되면 너무 외로울 것 같아서……. 항상 붙어 다니는 친구들을 빼앗고 싶지는 않아요."

나는 짐짓 안타까운 척 입술을 깨물었다.

"어려울 것 없다."

마리안느가 턱을 치켜들며 대답했다.

겨우 물 밖으로 나온 노르만이 상황을 파악하기도 전에, 그녀는 다시 입을 뗐다.

"로이 볼린과 알렌 게르트도 함께 보내 주면 될 일 아니냐."

"어, 어머니! 안 됩니다! 그 아이들은 제……."

"시끄러워, 노르만. 앞으로 너는 그 아이들을 부릴 수 없을 줄 알아라."

노르만이 헛소리를 해 댄 덕에, 마리안느는 내가 속마음으로 바라던 대사를 먼저 술술 읊어 주었다.

"너, 어서 반지를 내놓아라."

"네! 마님."

망연자실한 노르만의 표정을 구경하며, 나는 한 치의 아쉬움도 없이 녹색 반지를 손가락에서 빼냈다.

"소중한 반지, 돌려드리겠어요."

육백 골드, 초고속 승진, 그리고 세 명의 졸개들.

환생 후 첫 거래에서 내가 얻은 것들이었다.

* * *

"도련님."

"……."

"도련님?"

"……."

"아, 도련님!"

알로가 답답하다는 듯 빽 소리쳤다. 루시안은 그제야 고개를 들었다.

"몇 번을 읽으시는 거예요. 종이 다 찢어지겠어요."

"……."

"물품 보관증이잖아요. 누가 보면 연애편지인 줄 알겠네요."

"……편지는 맞지 않을까? 나한테 전하는 말이 있는데."

루시안은 하도 많이 접었다 폈다 해서 꼬깃꼬깃해진 종이를 다시 펼쳤다.

알로는 한숨을 쉬며 그의 손에서 종이를 쏙 가져갔다.

"뒷면에 몇 글자 적힌 거 말씀하시는 거예요?"

알로는 종이를 뒤집더니 그 위에 적힌 글씨를 큰 소리로 읽었다.

"오러를 사용할 수 있게 되는 날, 밀실에서 가이아네스의 눈동자를 찾아가세요. 이렇게 한 줄, 끝!"

알로가 답답해하든 말든, 루시안의 입가에는 희미한 미소가 번졌다. 알로는 고개를 절레절레 흔들었다.

"알폰스를 구워삶아 도련님의 물건을 공식적으로 대리 보관하게 만든 건 대단하지만……."

"알로, 그 애는 약속을 지켰어."

루시안이 혼잣말처럼 중얼거렸다.

"예?"

"그냥 가져가도 아무 말 하지 않으려고 했는데……. 보관한다는 약속을 지켰어. 안전한 곳을 찾아 줘어."

그가 고개를 들어 알로를 똑바로 바라보았다.

"나를 지켜 주고……. 가이아네스의 눈동자도 지켜 줘어. 약속한 대로."

깊은 청안은 평소보다 반짝이고 있었다.

"알로."

"예, 도련님."

루시안의 눈에 희미한 생기가 돌았다.

"목검을 어디에 뒀어?"

* * *

휙-

루시안은 알로가 가져다준 목검을 꽉 잡은 팔에 힘을 주었다.

검이 시원하게 허공을 갈랐다. 굳은살이 다 빠진 손에도 감각은 살아 있는 듯, 검은 한 치의 오차도 없이 루시안이 의도한 선을 그렸다.

"와……. 싫다. 힘만 없어졌지, 기세는 그대로네."

알로가 혀를 내둘렀다.

삼 년이었다. 루시안이 검을 잡지 않은 시간은. 그럼에도 목검의 끝에는 예리함이 살아 있었다.

알로는 새삼 루시안의 재능이 떠올랐다. 조그마한 꼬마는 검을 시작한 지 다섯 달 만에 자신을 넘어섰었다. 학문에 있어서도 마찬가지였다.

휙- 휘익-

루시안은 벽을 노려보며 검을 몇 번 더 휘둘렀다.

두 번, 세 번, 다섯 번, 아홉 번.

한 번 한 번 휘두를 때마다, 루시안의 목검은 정확성과 힘을 더했다.

알로는 감탄했다.

며칠 사이에 루시안은 달라져 있었다. 단순히 검 때문이 아니었다.

눈에는 생기가 돌았고, 목소리에도 힘이 생겼다. 식사량이 늘었고 간혹 미소를 지었다.

그 아이를 만난 후부터.

후우우웅-

루시안은 열 번째로 검을 휘두르더니 무심코 창밖으로 고개를 돌렸다.

그의 눈이 커졌다.

"……리아넬라?"

"아, 이젠 헛것까지 보시나 본데……."

루시안은 알로를 무시하고 창가로 다가갔다.

"지금 현관 청소 시간이에요. 그쪽에는 아무것도 없다니……. 어라?"

알로의 눈도 동그래졌다.

보기 드문 밝은 금발에 녹안을 가진 소녀의 외양은 그가 들은 바와 같았다.

리아넬라 셀레스.

"저 애구나!"

"……."

"활발해서 그런가? 옆에 친구들이 있는……. 엥?"

알로가 말을 멈추었다. 루시안도 대답을 그만두고 미간을 찌푸렸다.

"쟤네들 저기서 뭐 한대요?"

리아넬라를 둘러싼 것은 그녀의 친구들이 아니었다.

앨버트, 로이, 알렌. 공작가의 세 무뢰배였다.

그리고 그 뒤에서 인상을 한껏 구긴 채 위협적으로 다가오는 흑발의 소년은…….

"노르만 님?"

벌컥-

알로의 말이 떨어지기도 전에, 루시안은 말없이 방문을 열고 있었다.

한때 황폐했던 청안 속에는 작지만 뚜렷한 감정의 소용돌이가 일었다.

* * *

조금 전.

"이 개자식들! 그래서 그 계집애의 종속 사용인이 되겠다고 했어?"

퍽.

노르만의 발길질이 앨버트의 정강이로 날아들었다.

앨버트는 윽, 하고 신음을 하면서도 움직이지는 않았다.

"마님의 명령이라 어떻게 할 방법이……."

"방법이 없으면 찾으란 말이야! 말을 안 듣겠다고 저항이라도 해 보든가, 내 종복이니 내 말만 듣겠다고 해 보든가."

퍽.

발길질은 이번에는 로이의 허벅지로 날아들었다.

화를 못 참고 씩씩대는 그는 자신도 마리안느에게 찍소리 못하고 종복을 빼앗겼다는 사실을 망각한 듯, 앨버트, 로이, 알렌 세 사람에게 실컷 화풀이를 하고 있었다.

"게다가 가이아네스의 눈동자를 못 찾아와? 이제 내 말은 말 같지도 않은 거냐?"

그가 짜증스럽게 물었다.

미련하게 연못에 몸을 던져 마리안느의 꾸중을 들은 그는 분을 풀 대상이 필요했다.

가이아네스의 눈동자는 사실 그에게 대단한 물건이 아니었다.

그저 루시안에게 주어졌던 할아버지의 유품, 그래서 빼앗아 차지하고 싶었던 물건일 뿐이었다.

"도련님, 그건 이상한 계집애가 뛰어들어서 어쩔 수 없었어요."

"맞아요. 도련님의 명령을 수행하느라 으깬 감자로 얻어맞기까지 했다구요."

"이젠 밀실에 있어서 저희도 찾아오기가……."

노르만의 눈이 사납게 번뜩였다. 근 며칠, 그는 '밀실'이라는 말만 들어도 버럭 화를 냈다.

"다들 입 다물어!"

노르만은 가장 가까이에 있던 앨버트의 멱살을 움켜쥐었다.

"윽……!"

앨버트는 본능적으로 인상을 찌푸렸다. 그는 알게 모르게 짜증이 쌓여 있었다.

노예 출신 계집애에게 조롱당하고 파이로 얻어맞은 것도 서러운데, 제 잘못도 아닌 일로 3급 사용인으로 강등됐다.

그런데 강등시킨 장본인의 아들이자 원인 제공자인 노르만은 미안해하기는커녕 앨버트 무리를 탓했다.

제 명령을 듣다가 일어난 일임에도 보상이나 사과는 없었다.

'그 와중에 정강이까지……. 아파 죽겠네.'

"어쭈? 무슨 표정이지?"

짧은 순간 얼굴에 스친 불만을 읽었는지, 노르만이 앨버트의 멱살을 더 바짝 틀어쥐었다.

"……아무것도 아닙니다."

"말해. 지금 내 잘못이라는 표정이었지? 이제 주인도 몰라봐?"

"……."

"한 대 더 맞아야겠어?"

노르만이 한쪽 손을 말아 쥐고 앨버트를 노려보았다. 앨버트가 맞을 준비를 하고 이를 꽉 깨문 순간이었다.

"도련님께 인사드립니다."

등 뒤에서 익숙한 목소리가 들려왔다.

"너……."

노르만이 앨버트의 그의 등 뒤를 노려보았다. 앨버트도 몸을 돌렸다.

"리아넬라 셀레스입니다."

그 계집애였다.

"네가 뭐라고 여기 끼어드느냐? 썩 꺼지지 못해?"

"도련님이 잡고 계신 멱살은 제 부하의 것이라서요."

그녀는 노르만의 거친 반응을 예상했다는 듯 싱긋 웃었다.

"놔주시겠어요?"

"뭐야? 누구 맘대로 내 종복을……."

"'마님께서' 오늘 세 명의 3급 사용인을 데려가 일을 가르치라고 하셨답니다."

빈정 상한 노르만이 얼굴을 확 구겼지만 리아넬라는 여상하게 말을 이었다.

"마. 님. 께. 서. 오늘부터는 저들이 저의 종속 사용인이라고 하셨지요. 마님의 말씀에 따라 더는 도련님의 심부름을 할 수가 없고, 현관 청소 담당이 되었답니다."

"……아주 잘 왔구나."

노르만이 잡았던 멱살을 놓고 이를 으득 갈았다.

"신록의 빛, 가이아네스의 눈동자, 전부 네가 가져갔었지."

리아넬라는 다시 한번 빙긋 웃었다.

"오해하셨습니다. 신록의 빛은 무사히 마리안느 마님의 손에 있고, 가이아네스의 눈동자는 공작가 밀실에 안전하게 보관된 것으로 압니다."

"그 말이 아니잖아!"

"……."

"……너, 혹시 루시안을 좋아하나? 그 애를 도와줬다며."

노르만이 대뜸 물었다. 리아넬라는 무슨 개소리냐는 듯, 뚱한 표정으로 그를 쳐다보았다.

"아니겠지. 녀석은 내가 무슨 짓을 해도 반항 한마디 못 하는 찌질한 놈이니까."

그는 혼자 픽 웃으며 고개를 저었다.

"앨버트 놈이 좋다는 것도 순간의 생각이었겠지. 지금은 어떻지?"

"예?"

"여기서 다시 기회를 줄까?"

그가 목소리를 낮게 깔며 물었다.

"혹시 모든 것이 내 관심을 끌기 위한 수단이었다면 용서해 줄 수도 있다."

"……."

"보석을 좋아하는 아이라면 역시 내 시녀가 되는 것이 상책이다."

느끼한 두 눈이 리아넬라를 보았다.

'가지가지 하네.'

단순히 느끼함만이 아니었다. 그의 얼굴에는 복수심과 욕망이 뒤섞여 있었다.

순수한 호감과는 거리가 멀었다. 그러니까, 노르만은 한 마디로 리아넬라를 제 앞에 복종시키고 싶은 것이었다.

"지금 대답해. 내 시녀가 되겠다고. 아침마다 무릎 꿇고 내 발을 씻겠다고. 그럼 한 번은 봐줄 수도 있다."

"……."

"내 말에 대꾸 한마디 못 하는 루시안 놈에게 관심을 주는 것보다는 백배 나을 거다."

'후우.'

리아넬라는 심호흡을 하며 전생에 갈고 닦은 인내심을 찾았다. 그러고는 노르만의 짜증 나는 얼굴을 올려다보았다.

"……못 하는 것이 아닙니다."

잠깐의 정적이 흐른 후 리아넬라가 입을 열었다.

"뭐야?"

"루시안 도련님이요. 말을 못 하는 게 아니라 안 하는 것이겠죠."

그녀가 낮게 대답했다. 노르만의 말 때문에 몇 가지 전생의 기억이 떠올라 버렸다.

"말을 해도 들어 주는 이가 없으니까요."

'제 탓이 아니에요, 어머니.'

'네가 아니면 누구 탓이야? 동생이 넘어질 것 같으면 네가 잡아 줘야 할 거 아냐?'

아이는 말을 몇 번 무시당하면 입을 다물어 버린다.

'오냐오냐했더니 고마운 줄을 모르고. 어버이날 선물 하나 없어?'

'그 선물, 동생이랑 제가 같이 산 거예요. 돈은 제가…….'

'그럼 네 동생이 거짓말을 했다는 거냐?'

어느 순간부터 나는 생각을 속으로 삼키는 버릇이 생겼다. 주변에서는 내가 말이 없어서 그런다고 생각했다.

정작 내 머릿속은 집안을 탈출할 계획으로, 가족들에게 쏘아 주고 싶은 대답들로, 진정으로 독립할 미래로 가득 차 있었는데.

노르만을 보자 루시안을 이해할 것 같았다.

주인공인 그가 왜 소설 초반에는 존재감이 없었는지. 왜 그를 괴롭히는 사용인들에게 한마디 반박도 못 했었는지.

"긴말하지 않겠습니다. 시녀는 거절하겠습니다. 노르만 님의 발보다는 현관을 닦는 게 즐거울 것 같아서요."

나는 딱 잘라 말했다. 돌려 말하는 게 통할 녀석이 아니라는 사실은 이제 간파했다.

"제 부하들 이리 넘겨주실 수 있을까요?"

노르만을 포함한 네 소년들이 동시에 이마를 찌푸렸다. 노르만은 비아냥 섞인 내 말투가, 나머지 셋은 '부하'라는 표현이 거슬리는 듯했다.

'익숙해져야지, 앞으로는 자주 들을 건데.'

앨버트나 노르만이나 같은 과의 인간들이었다. 부드럽게 나가면 더 얕잡아 본다.

"너, 벌을 받아야겠구나."

노르만이 험악하게 인상을 구기며 으르렁거렸다.

"앨버트, 로이, 알렌, 너희에게 마지막으로 명령을 내리지. 저 계집애의 버릇을 고쳐 줘라."

"예, 도련님."

명령이 떨어지는 순간, 알렌이 뒤에서 내 두 팔을 붙잡았다.

앨버트는 노르만을 잠시 응시했다가 천천히 내 목덜미를 붙잡아 움직이지 못하게 했다.

'일차원적인 녀석들.'

아무리 십 대 소년들이라고는 하지만 하는 짓이 뻔했다.

'한 번은 거쳤을 일이지.'

신입 하녀가 부하 셋을 부리는 게 쉬울 거라고 생각하지는 않았다. 그러니 대낮에 세 사람을 한꺼번에 데리러 온 것이다.

"어, 저기 도련님, 그래도 되는 게 맞을까요?"

한 명쯤은 겁 많은 놈이 있을 테니까. 시선을 이리저리 방황하는 로이처럼.

"저희는 3급 사용인인 데다 저 애한테 종속됐는데요……. 지나다니는 사람도 많은데 마님의 명령을 무시하기도……."

"내 명령은 안 들려? 지금 여기 서 있는 건 나야. 저 계집애를 발로 뻥 걷어차란 말이야!"

로이는 한숨을 내쉬더니 천천히 나를 향해 손을 들었다.

"어쩔 수 없다. 너 입 꽉 다물……."

"다물긴. 엄청나게 크게 비명을 지를 건데."

"뭐, 뭐야?"

내 말에 로이가 눈을 끔뻑였다.

"때리기만 해 봐. 가만히 안 있을 거야."

가만히 당해 주면 괴롭힘이 심해진다는 사실을 너무 잘 알거든.

"너, 너 감히 도련님에게 반항할 생각이야?"

"넌 마님의 명령도 안 듣는데 나라고 못 할 건 뭐야?"

"하, 어이없네. 도련님을 건드리면 마님은 널 봐줄 줄 알아?"

"누가 도련님을 건드린대? 너희를 건드릴 거라고."

난 대답을 기다리지 않고 로이의 발을 꽉 밟았다.

"아흡!"

"이거 봐. 넌 이 소동이 마님 귀에 들어갈까 봐 소리도 제대로 못 지르잖아."

"이 계집애가……."

뻑.

이번에는 무릎을 걷어찼다. 로이가 "컥!" 하고 비명을 지르더니 한 발로 펄쩍펄쩍 뛰었다.

"종속 사용인이 상급 사용인과 육탄전을 하면 처벌을 받겠지? 그때 노르만 도련님이 방패막이가 되어 줄 것 같아?"

사실이었다. 아무리 오페르니아의 체계가 개판이라 한들 기본적인 위계질서는 있었다.

그 질서를 뒤집는 것은 공작가의 근본을 무시하는 일이었다.

평소 같으면 노르만이 처벌을 막아 줬을지 모르나, 지금 그는 마리안느로부터 근신을 명령받은 상태.

막무가내로 제가 옳다고 떼를 쓸 때가 아님은 그도 잘 알고 있을 터였다.

무엇보다, 노르만은 원래 의리 없고 이기적인 인간이었다.

원작에서나 지금이나.

"너, 흡……."

로이는 무릎을 감싼 채 눈을 부라렸다. 그러면서도 섣불리 나를 때리지는 못했다.

목덜미며 팔을 잡은 두 명의 손에서도 힘이 풀리는 것이 느껴졌다.

"비켜, 쓸모없는 것."

노르만의 목소리가 낮게 깔리고, 로이가 옆으로 휙 밀쳐졌다.

고개를 들자 분노에 찬 흑안이 나를 노려보고 있었다.

"내가 직접 매를 때려도 그 입을 놀리나 보자."

노르만이 이를 으득 갈았다. 나는 자신도 모르게 꿀꺽 침을 삼켰다.

'한 대는 맞겠구나.'

어쩔 수 없었다.

아무리 그가 망나니짓을 하고 있어도 일개 하녀인 내가 노르만의 발을 밟아 줄 수는 없었으니까.

'곧 집사들이 근처를 지나갈 테니까…….'

나는 목청을 가다듬었다.

딱 한 대만 맞으면 있는 힘껏 비명을 지를 참이었다.

"이 꽉 깨물어라. 너 오늘 내 손에……."

휙-

바람 소리가 났다. 나는 노르만의 조언대로 이를 꽉 깨물고 눈까지 감았다.

1초, 2초, 3초.

'어?'

이상했다. 분명히 바람 소리를 들었는데 아무리 기다려도 고통이 느껴지지 않았다.

"……끅."

대신 노르만의 신음 소리가 들리는 것 같았다. 나는 감았던 눈을 떴다.

"이, 이 자식이, 어디서 튀어나온 거야?"

'……?'

나는 눈을 크게 떴다. 노르만의 오른쪽 목은 긴 목검 끝에 눌려 있었다.

그리고 그 다른 끝을 쥔 사람은…….

"루시안, 너 미쳤어? 돌아 버렸냐고!"

노르만이 나보다 먼저 목검 주인의 이름을 외쳤다.

* * *

노르만은 제 눈을 믿을 수가 없었다.

검은 머리칼. 푸른 눈동자. 볼살이 빠지지 않은, 인형처럼 생긴 앳된 얼굴.

분명히 루시안 오페르니아였다. 그럼에도 그 얼굴은 노르만이 알던 모습과 조금 달랐다.

'때리면 맞고, 차면 채이고, 나랑은 눈도 못 마주치던 자식이…….'

평소 그는 심심하면 루시안을 찾아내 괴롭히고는 했었다.

앨버트 등을 시켜 툭툭 밀치거나, 고아 자식이라며 말로 조롱하는 것은 일상이었다.

두어 번, 땅에 넘어진 루시안의 어깨를 한쪽 발로 잘근잘근 밟아 준 적도 있었다.

그 상태로 루시안을 내려다보면 어깨가 으쓱해졌다.

더 어렸던 시절, 한참 어린 주제에 무엇을 하든 자신보다 조금 앞섰던 재수 없는 사촌 동생에게 복수를 하는 기분이 들었던 것이다.

그럴 때면 루시안은 무생물이라도 된 듯 가만히 있었다.

저항도, 그만하라는 애원도 하지 않고 그저 텅 빈 눈동자로 모든 것이 끝나기를 기다리는 듯했다. 그런데…….

'지금은 눈빛이 왜 저래?'

그의 시선은 노르만을 향해 똑바로 고정되어 있었다. 조금의 망설임도, 평소와 같은 공허함도 없었다.

흔들리지 않는 눈동자 속에 잔잔한 분노가 느껴지는 것 같았다.

"치워."

노르만이 툭 하고 루시안의 목검을 밀쳤다.

그러나 목검은 조금도 움직이지 않고 그 자리에서 노르만의 목을 압박했다.

"치우라고!"

"싫어."

노르만은 제 귀를 의심했다. 그러나 루시안의 목소리는 또렷했다. 그는 감히 노르만에게 거절을 표시하고 있었다.

"너야말로 손을 내려, 노르만."

"……뭐?"

"리아넬라를 건드리지 마."

루시안의 시선이 노르만 앞에 있는 금발의 하녀를 향했다.

"루시안, 네놈이……."

"검, 치우지 않을 거야."

그는 다시 한번 고개를 돌려 노르만을 응시했다. 차가운 눈빛에는 한 번도 느낀 적 없는 한기가 어려 있었다.

"약속했거든."

"뭐?"

"약속했어. 다치게 하지 않겠다고."

"……."

"한 말은 지킬 거야."

"……."

"리아넬라가 그랬으니까."

'지금 무슨 일이 일어나고 있는 거지?'

나는 믿을 수 없어 눈만 깜빡였다.

단단하게 뻗은 루시안의 검은 여전히 노르만의 목을 겨냥하고 있었다.

'이런 아이가 아니었는데.'

원작 〈오페르니아의 눈물〉 속 전개는 이렇지 않았다. 열두 살인 루시안의 나이를 고려하면 그는 앞으로 육 년은 더 무기력하게 지내야 했다.

노르만은 물론이고, 사용인들조차도 똑바로 보지 못하는 아이였으니까.

"손을 내려, 노르만."

그의 변화는 미묘했다.

앓던 병이 나은 것도, 힘이 갑자기 세진 것도, 없던 능력이 마법처럼 생겨난 것도 아니었다.

변화는 날카로워진 푸른 안광에, 그리고 힘이 실린 목소리며 곧아진 자세에 있었다.

마치 어떤 목적을 찾은 것처럼.

'원작에서도 각성은 있었지.'

원작의 각성은 지금으로부터 육 년 후, 여자 주인공인 아스트리드와의 교류가 시작될 무렵 일어난다.

그전까지는 루시안이 달라질 다른 어떤 계기도, 그를 지지해 주는 사람도 없었다.

어린 루시안은 이유 없이 스스로 무기력을 떨치지는 못했었다. 도망치거나 저를 짓누르는 이들을 뿌리치지도 못했다.

전생의 나처럼.

'하지만 지금은…….'

"미친 자식! 감히 날 그렇게 째려봐? 꺼져! 당장 꺼지란 말이야!"

노르만의 고함 소리가 나의 생각을 방해했다. 그러나 루시안은 여전히 움직이지 않았다.

"리아넬라를 다치게 하지 마."

'……!'

한결 더 진지해진 목소리 때문이었을까, 루시안을 가만히 보고 있던 나는 순간적으로 무언가를 깨달았다.

'그런 건가? 어쩌면…….'

"저 자식을 잡아!"

노르만이 씩씩거리며 세 소년들에게 명령했다.

그러나 앨버트, 로이, 알렌은 모두 얼떨떨한 얼굴로 그와 루시안을 번갈아 볼 뿐이었다.

그들은 노르만과 마찬가지로 루시안의 서늘한 기세에 위축되어 있었다.

세 사람의 눈동자가 바쁘게 움직이는 것이 보였다.

'루시안 도련님을 노르만 도련님으로부터 떼어 내야지, 뭐 하냐?'

'그러는 넌? 목검 들었다고 쫄았어?'

'둘 다 눈 없냐? 오늘따라 좀 이상한 거 안 보여? 건드리면 가만히 안 있을 것 같은데?'

'손대려면 제대로 붙어야 할 것 같은데……. 두들겨 패면 얌전해지지 않을까? 네가 때려, 로이.'

'저게 얌전해질 사람의 표정이냐? 사람이라도 부르면? 노르만 도련님이 지금도 우릴 지켜 줄 거라고 믿냐?'

'…….'

'너네 아까 덜 맞았어? 이제 우리 개털이고 지금 공작가 직계를 건드렸다가는…….'

대략 이런 대화가 오가는 듯했다.

"이익!"

앨버트, 로이, 알렌이 움직이지 않자 노르만은 제 손을 휘둘러 목검을 쳐내려 했다.

따악-

그러나 목검은 쉽게 움직이지 않고 그 자리에 있었다. 즉, 충격을 입은 것은 검이 아니라 손이었다.

노르만은 "악!" 소리를 내며 제 손목을 움켜잡았다.

"뼈……. 뼈 맞았어! 아오……."

"도련님!"

개중 눈치 빠른 로이가 노르만에게 다가갔다.

"제가 의사에게 모셔다드릴게요."

"놔 봐! 놓으라고!"

로이는 버둥거리는 노르만의 말을 듣는 대신 그를 억지로 부축해 자리를 피했다.

더 이상 남아 봤자 불편할 일만 생긴다는 사실을 깨달은 것 같았다.

"너희도 가 보는 게 어때?"

나는 앨버트와 알렌에게 말했다.

"가, 가 봐?"

"물론이지."

나는 얼떨떨하게 묻는 두 사람을 향해 씩 웃었다.

나를 향해 묻는 걸 보면, 저들은 알게 모르게 종속 사용인이라는 스스로의 위치를 받아들여 버린 듯했다.

"현관 청소는 오후에 해. 늦으면 다음 달 급료는 싹 차감이니까 알아서 하고."

"이, 이 피도 눈물도 없는……!"

알렌은 나를 보며 외치더니 주춤주춤 멀어졌다. 얼굴이 확 구겨진 앨버트도 다른 대꾸를 하지 않고 시야에서 사라졌다.

툭.

문득 고개를 돌리자 아래로 내린 루시안의 팔이 보였다. 나는 비로소 고개를 들어 그와 눈을 마주쳤다.

"괜찮아? 리아넬라."

그가 조심스럽게 물었다.

나를 살피는 얼굴에는 예기가 걷힌 대신 걱정스러움이 어려 있었다.

'달라졌어.'

처음 보던 날, 무력하게 울던 모습이 아니었다.

"저 괜찮아요, 도련님. 도련님이 도와줘서 하나도 안 다쳤어요."

"정말?"

"네! 진짜 대단했어요."

푸른 눈이 살짝 휘었다. 조금 부끄러운, 하지만 뿌듯함을 숨길 수 없는 미소가 보였다.

그는 더 이상 죽지 못해 사는 아이가 아니었다.

목적을 가진, 희망과 기대, 뿌듯함을 아는 소년이었다.

"나…… 잘했어?"

"그럼요!"

내가 머리칼을 쓰다듬자 루시안은 다시 한번 약하게 웃었다.

'칭찬을 좋아하는구나.'

가슴이 아팠다. 동시에 전생의 기억이 다시 떠올랐다.

어린 시절, 나를 이렇게 칭찬해 주는 사람이 있었다면 어땠을까. 한 명이라도 나를 믿어 주는 이가 있었다면 어땠을까.

간절하게 바라고 바랐었다. 누구든 나타나서 내게 위로를 건네주기를. 내가 노력하면 삶은 나아진다는 믿음을 주기를.

'그랬다면 집에서 일찍 나왔을 텐데.'

아니, 집에서 나오기 전, 한참 어렸을 때부터 목표를 세우고 공부에든 일에든 매진했을 것이다.

어머니와 아버지의 학대에도 그만큼 상처받지 않았을 것이다.

내 세상은 완전히 달랐을 것이다.

나는 루시안의 아기처럼 순수한 얼굴을 다시 들여다보았다. 그는 부끄러운지 살짝 시선을 돌렸다.

어쩌면 그도 나와 같을지 모른다는 생각이 들었다. 그래서 변화한 것일지도 몰랐다.

"리아넬라 덕분이야. 지난번에 도와주지 않았다면 난 저 녀석들을 마주 보지도 못했을 거야."

'이번 생에는…… 내가 그 사람인가?'

겨우 한 번 루시안을 도왔다. 그럼에도 그에게 발생한 변화는 놀라웠다.

나는 고개를 돌려 정원을 슥 둘러보았다. 보석과 은으로 장식된 곳곳의 조각상들, 잎사귀 하나하나까지 잘 손질된 나무들, 색색의 꽃이며 멀리서 울리는 악사들의 연주, 햇빛을 받아 찬란하게 반짝이는 분수.

아름다운 저택이었다. 멸문한다는 사실이 뼈저리게 안타까울 정도로.

'하지만 바꿀 수 있다면?'

미래가 바뀐다면 이 모든 것들은 무너지지 않을지도 모른다는 생각이 들었다.

수많은 사람들이 죽지 않을 수도 있었다. 나와 루시안을 포함해서.

오페르니아는 멸문을 피할 수도 있었다.

오페르니아를 이끌 후계자의 각성이 육 년이나 앞당겨진다면.

그렇게 얻을 수도 있는 것이었다.

루시안의 행복, 그에게 어울리는 지위.

그리고 나의 안전한 미래.

덥석.

나는 무심코 루시안의 양쪽 뺨을 두 손바닥으로 감싸고 꾹 눌렀다.

"리아넬라?"

루시안의 눈이 커졌다. 당황한 뺨이 붉어진 것 같았다.

"도련님, 절 믿으세요?"

"……."

루시안은 내 질문을 확인하듯 나를 빤히 바라보더니 작게 미소 지었다.

"응."

그가 망설임 없이 대답했다. 투명하고 푸른 눈동자가 아름답게 반짝였다.

"리아넬라를 믿어."

"잘 생각하셨어요."

나는 씨익 웃으며 다시 그의 머리칼을 쓰다듬었다.

'앞으로 계속 저를 믿으면 돼요.'

제가 곁에서 잘 키워 드릴 테니까요.

그렇게 나의 '오페르니아 후계 육성 프로젝트'가 시작됐다.

그 첫걸음은 간단했다.

'졸개들 훈련 시키기.'

* * *

"여기 먼지."

쓱.

"여기도."

쓱쓱.

한 걸음 걷고 대충 손가락질을 하면 먼지가 눈앞에서 사라졌다.

"저기부터 저기까지 더 청소해야 하는데."

"후우……."

로이가 애써 무언가를 참는 듯 한숨을 내쉬었다.

"와아. 대단해, 리아넬라."

"그러게, 벌써 2급 사용인이 됐어."

"종속 사용인을 부리는 건 재밌고 편리한 거구나."

"부럽다. 나도 부하가 있었으면……."

함께 청소하던 카밀과 알피가 존경의 눈으로 나를 바라보았다.

"입 안 다물어?"

알렌이 두 사람에게 으르렁거렸다. 카밀과 알피는 목을 움츠리며 내 옆으로 걸음을 옮겼다.

세 사람은 내 명령에 따라 현관을 청소하는 중이었다.

속에서 울분이 치미는 것이 보였지만, 일단은 다른 방법이 없다는 사실을 깨달은 듯했다.

'뒷배가 없어졌으니까.'

그들이 지금껏 설칠 수 있었던 것은 노르만의 수족 노릇을 해 온 덕분이었다.

그러나 노르만은 지금까지도 마리안느의 명으로 근신 중이었다.

"자, 다 닦았다."

앨버트가 방만한 태도로 나를 내려다보았다.

"청소가 처음이라 모르나 본데 얼룩이 남지 않아야 끝이야."

"잘난 척 받아 주는 것도 한계가 있어."

"친절한 가르침이겠지. 바닥에 있는 얼룩은 어떻게 닦아야 하더라?"

나는 호기심 어린 큰 눈을 깜빡이는 카밀을 보며 물었다.

"네 발로 엎드려서 손걸레질로 닦아야 한다고 배웠어."

기대한 대로, 그녀는 눈치 없이 성실한 대답을 내놨다. 심지어는 친절하게 앨버트의 허리를 잡아 자세를 도와주려고까지 했다.

"들었지? 바로 착수하지 않으면 일 초에 일 골드씩 급여 차감."

"야, 이……!"

"너 인간 맞냐?"

알렌과 로이가 주먹을 쥐고 부들부들 떨었다.

"……안 해."

두 사람이 내 말을 들을지 고민하기 시작한 순간, 앨버트가 이를 으득 갈았다.

"이럴 시간이 있는 줄 알아?"

휙-

그는 들고 있던 걸레를 내가 서 있는 쪽으로 던졌다. 가까스로 피했지만 걸레 한쪽 끝이 내 머리칼을 스쳤다.

"방금 걸레 던진 놈은 화장실 청소도 담당."

나는 빙긋 웃으며 말했다.

"시끄럽다고!"

앨버트는 걸레통을 퍽 하고 차 버렸다. 먼지와 물이 섞인 회색 액체가 바닥을 더럽혔다.

"저녁 시간이 다 됐는데 한낱 노예 출신 계집애가 내 발목을 잡아?"

"배달이 문제구나?"

내 말에 앨버트가 움찔 놀랐다.

"3급 사용인들의 저녁 식사를 빼돌려서 외부로 배달해야 하는 거지? 지난번처럼."

"……."

"가지 마. 포기해. 이제 너희는 못 할 거야."

"뭐야?"

"지금 가면 뒷일도 직접 책임져야 할 거야. 안 가는 게 나을 거라고 약속할 수 있어."

"건방 떨지 마."

우리 두 사람은 몇 초 동안 서로를 쏘아보았다.

그러다 앨버트는 더 이상 못 참겠다는 듯, 신경질적으로 걸레통을 다시 한번 걷어차고 현관을 떠나 버렸다. 나머지 두 사람도 당황하며 그의 뒤를 쫓았다.

"이래도 되는 거야?"

카밀이 걱정스러운 얼굴로 물었다.

"현관 우리가 닦을까?"

알피도 덧붙였다.

"아니, 됐어."

나는 평온한 얼굴로 고개를 저었다.

"그보다 내가 부탁한 건 어떻게 됐어?"

"저기 세 명이 3급으로 강등됐다는 소문 퍼뜨리는 거? 응. 난 아는 사람들한테 다 말했어."

"으응, 나도 마찬가지야."

성실하게 고개를 끄덕이는 두 사람을 보며 나는 속으로 미소 지었다.

마리안느의 명령이 떨어진 지 삼 일.

소문은 사용인들 사이에 순식간에 퍼졌을 것이다. 과장이 조금씩 붙어서.

독재자들의 몰락만큼 신나는 일이 어디 있겠는가.

"그럼 일단 기다리면 돼."

세 사람은 곧 알아서 기어들어 올 테니까.

* * *

"이게 뭐……."

앨버트는 얼빠진 얼굴로 중얼거렸다.

식당에서는 오랜만에 훈훈한 분위기가 연출되고 있었다.

"우와! 꾸덕한 치즈 수프!"

"빵이 너무 부드럽잖아. 이런 건 고용된 첫날 먹어 보고 구경도 못 했는데."

"바보들아, 사람은 고기를 먹어야지, 고기를."

사용인의 음식으로서는 최고급이라 할 수 있는 각종 음식들이 식탁 위에 보기 좋게 차려져 있었다. 즉, 앨버트 등 삼인방이 빼돌려야 할 아까운 음식들이 사용인들의 배 속으로 들어가고 있었다.

탕!

앨버트가 가까이 있는 식탁을 한 손으로 내려치자 소년, 소녀들이 동시에 그를 향해 고개를 돌렸다.

"이 자식들이 나랑 장난해?"

"……."

"그 음식들을 누구 마음대로 입에 처넣어?"

"……누구 마음대로긴, 공작 부인이 할당해 주신 음식이니 공작 부인 마음대로지."

조용하던 식당에서 누군가가 깐족거렸다. 평소 같으면 상상도 하지 못할 반응이었다.

앨버트, 알렌, 로이는 비로소 식당의 공기가 전과 다르다는 사실을 깨달았다.

"뭐야? 이 개자식이……."

"원래 우리가 먹어야 하는 거 맞잖아?"

"우린 차려 준 대로 먹은 건데?"

"맞아. 지금까지 못 먹은 것만 해도 억울한데."

다른 이들이 기다렸다는 듯 끼어들었다. 조용히 있는 이들도 지금의 상황이 고소하다는 표정이었다.

앨버트의 얼굴이 벌게졌다. 나머지 두 사람도 마찬가지였다.

"다들 미쳐 버렸나? 후회하지 않을 자신은 있는 거……."

퍽.

앨버트가 처음 입을 연 소년을 찾아내 손을 뻗으려는 순간, 그의 뒤통수로 질퍽한 무언가가 날아왔다.

"케, 케이크?"

앨버트는 천천히 뒤통수에 묻은 갈색 덩어리를 닦아 냈다. 험악했던 얼굴이 충격과 수치심으로 물들었다.

"너희 이제 우리랑 똑같은 3급 사용인이라며?"

앨버트의 뒤에서 다른 목소리 하나가 외쳤다.

"마리안느 마님이 직접 내린 명령이라며. 진짜 공작가의 친척이라면 그런 명령 안 내리셨겠지."

"노예 출신이었던 여자애의 종속 사용인이라고 들었어."

"종속 사용인? 그건 사실상 우리보다 낮은 거 아니야?"

"아침에 로이는 그 여자애한테 걷어차이기까지 했대."

"어딜 까불어? 그동안 쌓인 게 얼마나 많은데."

퍽- 퍽.

감자와 샐러드 같은 것들이 휙휙 날아와 세 사람의 얼굴과 어깨에 맞았다.

"읍!"

"아악!"

"아오, 또 음식이야!"

세 사람은 싸움을 시작할 겨를도 없이 주방으로 몸을 피해야 했다. 그러나 예기치 못한 상황은 주방에서도 이어졌다.

"콜레트? 밖에 어떻게 된 거야?"

앨버트는 지나가는 주방 하녀를 붙잡고 물었다.

"왜 우리가 배달할 음식을 저것들이 먹고 있어? 주제 모르고 음식물 던지는 건 또 뭐고?"

"아아."

평소 세 사람에게 잘 보이려 자발적으로 음식을 바꿔치기해 주던 콜레트가 눈을 흘겼다.

"난 또 누구라고. 음식 없으니까 어서 나가. 지저분하게 뭘 묻히고 들어온 거야?"

"뭐야?"

"인상 구기면서 협박하는 버릇 좀 고쳐, 앨버트. 노르만 도련님이 더 이상 뒤를 봐주지 못한다는 얘기 진작 들었어."

"콜레트!"

"마님이 직접 말씀하셨다며? 더 이상 노르만 도련님은 너희를 부리지 않을 거라고."

"……."

"원래는 귀족 가문이 아니라든가, 가문은 있는데 상징이 땃쥐라든가 하는 소문도 있더라. 그럼 우린 왜 네 말을 들어야 해?"

"빼돌린 음식값 중 일부는 너도 가져갔잖아? 늦지 않았으니 남은 음식이라도……."

"돈이고 뭐고, 앞으로 너랑은 위험한 일 안 해. 좋게 좋게 마무리하자고."

콜레트는 세 사람을 주방 바깥의 후원까지 밀어 내더니 주방 문을 쿵 하고 닫아 버렸다.

"말도 안 돼."

알렌이 망연자실한 표정으로 중얼거렸다.

"아무리 그래도, 누가 작정하고 퍼뜨리지 않은 이상 어떻게 소문이 이렇게 빨리 퍼질 수가……."

"작정하고 퍼뜨린 거 맞아."

후원 한쪽에서 명랑한 목소리가 들려왔다. 익숙한 목소리에 세 사람이 동시에 고개를 돌렸다.

"내가 말이지."

후원 구석, 뒷골목으로 이어지는 서문 앞에는 생글생글 웃는 리아넬라가 서 있었다.

"이 계집애가!"

화가 머리끝까지 오른 앨버트가 성큼성큼 리아넬라에게 다가갔다.

"네가 무슨 짓을 했는지 알아?"

"그럼, 잘 알지."

"이게!"

앨버트는 팔을 휙 휘두르자 리아넬라는 뒤로 물러서며 몸을 피했다.

두 사람은 서문 바깥으로 두어 걸음씩 빠져나갔다.

알렌과 로이도 그들을 쫓아 나갔다.

"배달에 실패하면……."

"뒷골목 식당을 운영하는 무서운 아저씨들이 너희를 가만 안 둔다고?"

리아넬라가 이어진 골목 한쪽을 손으로 가리켰다.

"저기 오네."

그녀가 가리킨 곳에서는, 거대한 덩치를 가진 험상궂은 남자 두 명이 쿵쿵거리며 서문을 향해 걸어오고 있었다.

세 소년의 얼굴이 흙빛으로 물들었다.

* * *

녹번 거리.

오페르니아 저택과 거의 붙어 있는, 공작령 최고 번화가에서 멀지 않은 골목.

겨우 몇 블록 차이였지만, 번화가와 이곳의 분위기는 완전히 달랐다.

잿빛 거리의 사람들은 거칠고, 눈치가 빠르고, 신원이 불분명하다는 공통점이 있었다.

그곳은 온갖 범죄와 뒷거래의 온상이었다.

번화가의 부자들을 도와 금전을 세탁해 주는 자.

도박장을 열어 금전을 불릴 수 있다는 환상을 심어 주는 자.

정체 모를 독한 술을 팔고 손님의 주머니를 터는 자.

원작에 따르면 녹번 거리는 그런 자들에 의해 굴러갔다. 소설 뒷부분에는 그곳에서 나고 자란 제국 최고의 도둑 "위장의 마법사"가 등장하기도 했다.

물론, 그 안에는 공작가에서 횡령한 고급 음식을 파는 자들도 있었다.

주로 귀족 흉내를 내고 싶은 뒷세계의 인간들이 대상이었다.

저 앞에서 다가오는 거구의 두 남자가 바로 그런 음식점의 운영자였다.

"여기예요."

나는 손을 흔들며 활짝 웃었다.

조금 전, 문지기가 자리를 뜨고 세 소년은 식당에 있을 때, 나는 서문 바깥에서 두 사람에게 말을 걸었었다.

'듀크와 볼터 아저씨죠?'

'어린 아가씨가 무슨 볼일이지?'

'제안드리고 싶은 게 있어서요.'

나는 간단하게 두 사람에게 몇 가지를 사실을 털어놓았다.

앨버트는 음식을 구하지 못했고, 앞으로도 못 한다는 것.

그러니 약속한 장소에서 기다려 봤자 바람맞는다는 것.

공작가의 서문 앞까지 직접 오면 내 말을 바로 확인할 수 있다는 것.

그리고 문지기가 자리를 비운 사이에 세 사람을 두들겨 팰 기회가 있을 거라는 것도.

"여, 앨버트."

왼쪽의 남자, 듀크가 입을 열었다. 날카로운 눈은 소년들의 손을 스캔하고 있었다.

음식이 없다는 사실을 확인하자 그의 눈이 더욱 가늘어졌다.

"사실이냐?"

"뭐, 뭐가요……."

앨버트가 침을 삼키고 대답했다.

"사실이군. 이 아가씨의 말이."

오른쪽의 남자 볼터가 차갑게 결론 내렸다.

"자, 잠깐만."

알렌과 로이는 항복하듯 양손을 치켜들었다.

"우, 우리는 노력했어요!"

"우리 잘못이 아니에요!"

"일을 더 못 하게 된 건 그럴 수도 있다. 너희 따위가 길게 해낼 수 없을 거라는 건 알고 있었으니까."

볼터가 낮게 으르렁거렸다.

"그러나 못 하게 된 사실을 제때 파악해서 알려 주지 않은 멍청함, 일을 제대로 해낼 수 있는 이들에게 인계해 주지 않은 무책임함은 쉽게 용서하지 않아."

녹번의 음식점들은 모두 위험한 거래를 한두 가지씩 했다. 횡령하거나 훔친 음식을 팔고, 마물을 요리하기도 했다.

역설적으로 장사의 기반은 신뢰와 이름값이었다. 누가 더 안정적으로, 뒤탈 없이 오랫동안 '위험한 거래'를 하는가. 그것이 관건이었다.

오페르니아의 음식은 그런 의미에서 좋은 재료였다. 그 주인은 영원한 호구였으니 음식 조달에 문제가 없었던 것이다.

배달원들이 사고를 치지 않는 이상.

"갑자기 음식 배달이 펑크 나면 우린 바로 고객을 잃는다. 손해가 얼만줄은 알아?"

두 사람이 입을 모아 윽박질렀다.

"시작할 때 경고했었지. 값은 비싸게 쳐 주겠지만, 우리 신뢰에 영향을 주면 손가락을 전부 부러뜨린다고."

세 소년들의 이가 딱딱 부딪혔다.

"준비는 되셨을까?"

듀크가 두둑 하고 손가락 마디를 꺾었다.

삼총사는 재빨리 몸을 돌려 서문 안쪽으로 들어가려 했으나 문과 그들 사이의 거리가 조금 멀었다.

"이, 이 계집애가……."

앨버트의 찢어진 눈이 나를 노려보았다. 나는 몸을 살짝 기울여 그의 귀에 속삭였다.

"도와줄까?"

"뭐?"

"원한다면 이번 위기 정도는 넘기게 해 줄 수도 있어."

"너 따위가 무슨."

"패턴이 참 반복된다, 그치?"

"……."

"내가 경고하고, 너희는 안 듣고, 나중에 후회하고."

"이게……."

"나 도와줄 수 있어. 진짜야. 물론……."

나는 어깨를 으쓱했다.

"무릎 꿇고 나한테 복종하기로 약속하면."

"건방진 것!"

나는 씩 웃었다.

협상을 하는 데 태도가 좀 건방질 수도 있지.

불리한 쪽이 숙이고 들어와야 하는 것은 당연한 진리였다.

"가만 안 둘 거야!"

"가만 안 둘 사람은 이쪽이지."

앨버트가 소리를 빽 지르려는 순간 두 거구 중 한 명이 그의 한쪽 어깨에 손을 올렸다.

알렌과 로이는 이미 나머지 한 명에게 멱살을 붙잡힌 채였다.

지금.

나는 다시 한번 입 모양으로 말했다.

지금 빌라고.

앨버트의 눈이 잘게 떨렸다.

충격, 공포, 불신, 수치심이 번갈아 가며 그의 얼굴을 스쳤다.

그러나 남자의 손에 힘이 들어가면서, 결국 승기를 잡은 것은 공포였다.

“아, 알겠어! 네 말이 맞아.”

앨버트가 간절하게 외쳤다.

“네 말을 안 들으면 곤란해진다는 거, 알겠다고.”

“그래서?”

“뭔지 몰라도 도와달라고.”

“높아서 안 들리는데.”

털썩.

앨버트는 결국 주저앉았다. 알렌과 로이의 눈이 동그래졌다.

“도, 도와줘. 진짜 도와주면 앞으로는…….”

“충실하게 내 개가 된다?”

“……그래.”

앨버트는 꽉 다문 이 사이로 대답했다. 자존심과 멀쩡한 사지 사이에서, 그는 결국 후자를 택한 듯싶었다.

‘이 정도면 진심이겠지.’

나는 씩 웃었다.

그리고 서문 안쪽을 향해 고개를 까딱거렸다.

“알폰스 아저씨, 저 좀 도와주세요.”

잘생겼지만 왠지 비실비실해 보이는 남자가 문 뒤에서 나타났다.

사전에 섭외해 둔 3등 집사, 창고지기 알폰스였다.

“여기였구나.”

그는 감회가 새롭다는 듯 근처를 둘러보았다.

"음식을 이쪽으로 빼돌리는 거였어. 뭐, 서문 말고는 어려울 거라고 생각하긴 했다."

이번에는 세 소년들과 두 거구가 동시에 움찔했다.

"되게 아무렇지 않아 보이시네요."

내가 허허 웃으며 말했다.

"주방 비품과 음식 관리도 담당이라면서요."

"윗분들이 관심 갖지 않는 업무는 안 중요하니까. 무엇보다."

그의 눈이 반짝 빛났다.

"이 일은 틀어져도 책임을 전가할 사람이 많지."

"직접 횡령한 주방 하녀 같은 사람이요?"

"맞아. 더 직접적으로는……."

그의 시선이 앨버트, 알렌, 로이를 향했다가 듀크와 볼터에게 머물렀다.

"음식을 빼돌려서 이익을 취한 사람들이겠지?"

다섯 남자가 침을 꿀꺽 삼켰다.

그들의 얼굴이 파랗게 질려 있었다.

당연한 일이었다. 공작가의 비품 관리인에게 딱 걸린 횡령범들이 아닌가.

"그, 근위대를 부를 겁니까?"

오른쪽에 있던 듀크가 눈치를 살피며 물었다. 뒷골목에 살면서 각오는 했겠지만, 막상 식당을 비우고 체포될 생각을 하니 막막했을 것이다.

'역시 집사는 좋은 거구나.'

나는 속으로 감탄했다.

주인들에게는 당하기만 해서 눈에 안 보였지만, 그럼에도 공작가 집사의 권위는 건재했다.

비리비리한 알폰스에게 잔뜩 겁을 먹은 두 거구의 모습은 기이해 보이기까지 했다.

"글쎄요. 중범죄를 보았으니 신고하긴 해야 하는데."

알폰스는 짐짓 고민되는 듯 내 얼굴을 바라보다가 연습한 대사를 했다.
"너는 어떻게 생각하지?"
"저요?"
"네 말이라면 들어 주마."
어색한 발 연기를 그새 다듬었는지, 그는 세상 다정하게 보였다.
범죄자들에게는 가혹하고, 이유는 모르지만, 오직 나 리아넬라에게 따뜻한 반전 있는 남자.
그게 오늘 알폰스의 컨셉이었다.
듀크와 볼터가 대번에 나를 바라보았다. 삼총사도 나를 향해 눈을 끔뻑거렸다.
"꼬마 아가씨의 의사가 중요한 거요?"
"신세를 좀 진 적이 있어서 말이죠."
꿀꺽. 다섯 남자가 동시에 마른침을 삼켰다.
나는 대범하게 웃으며 알폰스의 어깨를 툭툭 쳤다.
"다음부터는 안 할 것 같아요. 이 아저씨들은 착해 보이거든요."
"그래?"
"근위대를 안 부르면, 아마 많이 고마워할 거예요."
"그, 그렇소! 우린 착한 사람들이지."
"근위대를 피하게 해 주면 내 잊지 않으리다. 또 감옥에 가는 건 싫다고."
듀크와 볼터는 눈치 빠른 녹번 거리의 사나이들답게 고개를 주억거렸다.
그게 다였다.
비품 관리자 알폰스의 말 한마디로 상황은 종결되었다.
기존의 횡령에 대한 기록까지 싹 지워 준다는 약속까지 하자, 듀크와 볼터는 나를 향해 손 하트를 만들어 보이더니 식당으로 돌아갔다.

하루 뒤.

"거, 걸레 다 빨았어!"
"현관을 더 많이 닦은 건 나야!"
무릎을 꿇고 걸레질을 마친 알렌과 로이가 앞다투어 내게 보고했다.
"아, 그래? 급여는 세 달 치만 차감하면 되겠네? 수고했어."
"세, 세 달……. 흡."
"많이 깎아 준 거 알지? 일 초에 일 골드라고 분명히 얘기했었어."
두 사람은 서러운 얼굴을 하면서도 입을 다물었다.
"넌?"
나는 삼총사 중 마지막 한 명을 향해 물었다.
"……나도 끝냈어. 나도 삼 개월로 봐줘."
"뭘 얼마나 끝냈다고?"
앨버트는 큼, 하고 목청을 가다듬더니 대답했다.
"변기 오십 개, 오늘치는 다 닦았다."
나는 속으로 웃었다.
오페르니아의 호구는 주인들뿐만이 아니었던 것이다.

* * *

"루시안 도련님."
"리라!"
루시안이 나를 보며 활짝 웃었다.
"많이 바빠? 어제는 왜 안 왔어?"
"어제는 신입 점검하는 날이라서요. 그래도 오늘은 일찍부터 왔는걸요."
"뭘 가져왔어?"
"책 다섯 권, 그리고 케인즈 거리 베이커리의 빵과 쿠키요."
나는 가지고 온 것들을 루시안 앞에 늘어놓았다.

쿠키 하나를 건네자 그는 입을 아, 하고 벌리며 덥석 받아먹었다.

'은근히 단 걸 좋아한다니까.'

볼록해진 볼살이 그렇게 귀여울 수가 없었다.

"여기. 도련님이 볼 만한 역사책 세 권, 검술서 한 권, 그리고 머리 식히라고 연애소설 하나도 가져왔어요."

나는 전날 외출해서 사 온 물건들을 하나하나 짚으며 말했다.

마리안느가 지불한 육백 골드로 인해 내 주머니 사정은 매우 넉넉해져 있었다.

덕분에 가까운 사용인이 없는 루시안에게 필요한 물건들을 사다 나를 수도 있었다.

부패한 사용인들 때문에 루시안은 제 몫의 내탕금을 제대로 받지 못했다.

나는 그를 위한 교육비를 아낌없이 투자하기로 마음먹었다.

"마음에 드세요?"

"응. 리라가 주는 거니까."

루시안은 눈을 반짝이며 책들을 집어 들었다.

"다 외울 때까지 안 잘 거야."

"그러면 못 써요. 수면은 중요하다고 했잖아요."

"……그러면 리라가 자라는 만큼만 자고 나머지 시간에 외울래."

내가 본격적으로 돌보기 시작한 몇 주 동안, 루시안은 많이 달라져 있었다.

지금까지 얼마나 고립됐었는지, 음식만 좀 가져다 먹였는데 얼굴 때깔부터 달라진 것 같았다. 심지어 키도 커진 듯한 느낌이었다. 푸석하던 머릿결은 좋아졌고, 괴롭히는 사람이 없어져서 표정이 밝아졌다.

'아직 사용인들을 쉽게 다루지는 못하지만…….'

시간은 많았다. 그는 곧 주인으로서 사용인을 부릴 수도 있을 것이다.

깍듯한 사용인들에게 익숙해지도록 만드는 중이었으니까.

"도련님, 걔네 또 왔어요."

마침 알로가 방문을 열며 말했다. 녀석의 뒤로 앨버트, 알렌, 로이가 주춤거리며 따라 들어왔다.

"……."

루시안이 순간적으로 미간을 찌푸렸다. 다행히 두려움의 신호는 보이지 않았다. 본능적으로 나를 제 뒤에 숨기려 하는 걸 보면 삼총사를 대하는 것이 무섭지는 않은 듯했다.

"흠, 네 말대로 12세용 새 목검 가져왔어. 어제 점검도 빼먹고 나가서 사 온 거야."

앨버트가 나를 보며 말했다. 나는 눈썹을 치켜올렸다.

"예의가 아직도 몸에 안 익었네?"

"뭐?"

"지난번에 두들겨 맞아 놓고도 정신을 못 차렸어?"

알로가 끼어들었다.

세 사람의 얼굴이 흐려졌고, 알로는 나를 보며 좋아 죽겠다는 표정으로 싱글싱글 웃었다.

며칠 전까지 귀찮은 티를 팍팍 내며 심부름을 대충 하던 그들은, 쌓일 만큼 쌓인, 그리고 무서울 것이 없어진 알로로부터 결투 신청을 받았다.

'내가 지면 너희들 업무 중 변기 청소는 내가 대신 한다.'

'어쭈? 후회하지 마라.'

퍽- 퍼퍽.

'악!'

'윽.'

'꽥.'

노르만 곁에서 검 한번씩 잡아 봤다는 그들은 눈이 벌게져서 신청에 응했지만, 결투의 승리자는 알로였다.

평소에는 노르만의 눈치를 봐 왔지만, 대련장에 올라선 그는 삼총사와 비교가 되지 않는 검술을 구사했다.

그날, 알로는 벼르고 별렀다는 듯, 세 사람을 오랫동안 시원하게 두들겨 팼다.

루시안은 애초에 세 사람에게 관심이 없었다는 듯, 마지막까지 나에게 제 음식을 나누어 줄 뿐 뜯어말리지 않았다.

"루시안 도련님께 목검을 바쳐 올립니다."

세 사람은 마지못해 무릎을 꿇고 공손한 자세로 목검을 들었다.

"전에 쓰시던 것이 작다고 하셔서 키에 맞는 것으로 주문했습니다."

루시안은 머뭇거리지 않고 자연스레 검을 받아 쥐었다. 그러고는 한 손으로 검을 들어 공기를 휙 갈랐다.

그 모습에 삼총사가 침을 꿀꺽 삼키는 소리가 들렸다.

'당연하지. 나도 놀랐는데.'

대련하는 모습은 보지 못했지만 루시안의 검술 실력은 분명히 상당했다.

'저 능력으로 반항 한번 안 하고 살았었다니.'

얼마나 삶이 의미 없게 느껴졌던 걸까 싶어 마음 한구석이 시큰했다.

"마음에 드세요?"

"리라가 선물하는 거야?"

그가 삼총사와 나를 번갈아 보며 물었다. 나는 픽 웃으며 대답했다.

"맞아요. 저 애들은 제 수족으로서 검을 사 온 거니까요."

"마음에 들어."

그는 다시 한번 검으로 공기를 휙 가르며 말했다.

"저기, 그럼 혹시 목검 비용은……."

"아주 뻔뻔하네?"

쭈뼛쭈뼛한 로이에게 내가 대꾸했다.

"그간 갈취한 돈이나 토해 내고 비용을 청구하지 그래."

"우, 우리 요즘 돈 없단 말이야!"

로이가 울상이 되어 말했다.

"숙소에 도둑 있는 거 몰라? 있던 거 다 털리고…… 앨버트는 음식 배달 실패한 날 소매치기를 또 당하기까지 했어."

거짓말은 아닌지, 앨버트와 알렌도 비통한 표정이었다.

세 사람이 끈 떨어진 연이 되었다는 사실이 세간에 알려져서인지, 그들은 최근 숙소 도둑의 메인 타겟이 되어 있었다.

이곳은 약육강식의 무법 지대였으니까.

"봐준다."

내가 헛기침을 하고 말했다.

"정말? 그럼……."

"중앙 건물 이 층 변기 청소 실시."

"뭐? 말도 안 되는……."

"변기 삼십 개에 일 골드씩 보상. 못 하면 차감."

"넵!"

급여 통제권은 실로 대단한 권력이었다. 나는 주어진 권력을 마음껏 남용하며 그들을 쫓아 보냈다.

"쿠키 맛있으셨으면 빵도 드세요, 루시안 도련님."

나는 다시 한번 루시안을 향해 활짝 웃었다.

그는 삼총사의 등장과 퇴장에 별 감흥이 없는 듯, 반듯한 자세로 검을 매만지고 있었다.

스스로는 느끼지 못했겠지만 사용인을 대하는 태도는 전보다 자연스러워져 있었다.

필요할 때 눈을 맞추고, 필요하지 않을 때는 적당히 대기 시키고, 불필요하게 눈치를 보지 않았다.

'괴롭힘당하다 울었다는 게 믿기지 않을 정도네.'

나는 목검을 가지런히 치우고 크루아상을 반듯하게 자르는 루시안을 바라보았다.

'이 정도면 됐고, 다음은…….'

나는 머릿속을 정리했다.

음식을 먹이고 책 몇 권 읽힌다고 루시안의 미래가 보장되는 것은 아니었다.

'보호자가 필요해.'

"알로."

나는 남은 크루아상으로 슬금슬금 손을 뻗는 알로를 불렀다.

"응, 리아넬라!"

그가 활짝 웃으며 대답했다. 삼총사를 졸개로 삼아서인지, 그는 내게 무척 호의적이었다.

'진짜 강아지 같네.'

원작에서 강아지를 연상시킨다고 묘사됐던 그는 루시안의 가장 충성스러운 수하였다.

"공작 부인을 만나려면 어떻게 해야 해?"

"공작 부인? 그건 왜?"

그가 의아하다는 표정으로 되물었다.

"병상에만 누워 계셔서 일개 하녀가 마음대로 만날 수는 없어."

"도련님이 만나는 건?"

"도련님은 피하고 싶어 하시니 더 어려울 거고…… 요즘은 레너드 님조차도 바인즈 집사를 통과하기가 어렵다고 들었어."

"……."

"그나마 자선사업가들만 가끔 만나 주신다고 해."

"바인즈 집사라."

나는 익숙한 이름을 되뇌었다.

1등 집사 헨리 바인즈.

그는 원작에서 수차례 언급되었던 인물이었다. 알로가 루시안에게 충성했듯 공작 부인에게 충성했던 자. 그래서 처형장까지 함께했던 자.

그는 1등 집사답게 현명하고 속도 깊었다.

문제가 없었던 건 아니었지만.

"근데 바인즈 집사도 요즘 바빠. 레너드 님이랑 같이 사업 논의한다고 들었어."

"레너드 님?"

나는 미간을 찌푸렸다.

노르만과 붕어빵인 그의 아버지이자 공작 부인의 망나니 차남.

그자와 바인즈는 죽이 잘 맞지 않았다. 두 사람이 함께 사업을 벌였던 적은 원작에 단 한 번이었던 것 같은데…….

"나무를 사서 심는다던데? 신성수."

알로가 툭 뱉은 말에 나의 눈이 커졌다.

"맞아. 신성수를 천 그루 사서 심는다고 그랬어. 심어 두면 공작 부인의 병에도 좋고, 수익성도 있을 거라고."

……이거였다. 원작에서 두 사람이 힘을 합쳤던 작업이.

"하아, 진짜."

그리고 두 사람의, 아니 오페르니아 가문 전체가 가진 고질적인 문제가 만천하에 드러난 사업도.

'신성수는 개뿔.'

거지 같은 사업이었다. 아니, 사기였다.

'신성수 천 그루 사업'은, 오페르니아의 부끄러운 역사 안에서도 손에 꼽는 호구 짓이었던 것이다.

제국에는 전설이 있었다.

멀고 먼 섬, 신들의 산에서 자라는 '신성수'라는 것이 있으며, 그 기운을 받으면 모든 병이 낫고, 열매를 먹으면 큰 축복을 받는다는.

신성수의 모습은 책에 대략 기록되어 있었으나 정확한 것은 제국인에게 알려지지 않았다.

간혹 나타나는, 신성수의 열매를 먹었다고 주장하는 사람들은 서로 말이 조금씩 달랐다.

'그야 전설, 즉 거짓말이니까.'

어느 날, 입지 있는 상단의 상인이 오페르니아가를 찾아와 신비로운 모습의 나무 몇 그루를 보여 준다. 공작가는 그 나무가 신성수라고 판단, 천 그루를 주문함과 동시에 제국에 '우리가 신성수를 가졌다'는 소문까지 낸다.

그 후, 공작저 이곳저곳에 나무들이 심어졌고, 거금을 들여 나무를 들여온 레너드는 놀라운 사업가라고 칭송받았다.

'하지만.'

간단히 정리하면, 모든 것은 거대한 거짓말이었다.

공작가는 천문학적인 돈을 사기당했고 온 제국의 비웃음을 샀다.

이 사건으로 공작 부인의 좋지 않던 건강은 한층 더 상하고, 결국 가문이 망하는 데 크게 기여했다던가.

'지금이 그때로구나.'

나는 이마를 탁 짚었다.

나무를 들여온 것은 레너드 외에도 바인즈 집사가 있었다.

뻔했다. 충성에 돌아 버린 그는 공작 부인의 병을 고치고자 레너드의 헛소리에 넘어간 것이었다.

"표정이 왜 그래? 좋은 소식 아냐?"

알로가 고개를 갸웃거렸다.

"알로, 넌 그 말을 믿어?"

"음, 처음에는 못 믿었지. 전설 속 나무가 천 그루나 나타나는 건 이상하니까."

"그런데?"

"그 나무 때문에 병을 고친 사람들이 진짜 있대."

"……."

"그중 몇은 사용인들의 가족이라는 거야. 와병 중이던 노모가 나았다는 말을 직접 들으니까 그런가, 싶더라고."

알로가 어깨를 으쓱했다.

이 순진한 자식이.

나는 속으로 허, 하고 한숨을 내뱉었다.

"도련님은…… 어떻게 생각하세요?"

내 시선이 책상 의자에 걸터앉은 루시안을 향했다.

그는 알로와 달리 조용했다. 곰곰이 생각에 잠긴 듯한 표정이었다.

"정말 만병통치의 나무일까요?"

"아니."

루시안의 나이를 감안하면 믿을 수도 있을 거라 생각했는데, 의외로 그는 단호하게 고개를 저었다.

"상단이 정말 순수했다면 한 그루만 가져와서 할머니의 병부터 고쳤을 것 같아."

뿌듯한 미소가 나왔다.

역시 루시안, 역시 오페르니아의 희망이었다.

눈치가 빨라서든, 낙천적일 수 없는 성장 환경 때문이든, 그의 사고는 또렷했다.

"천 그루나 되는 나무를 기르는 동안 소문이 안 퍼졌다는 것도 이상하고……."

그는 말하다 말고 나를 올려다보았다.

"리라는 그 나무들에 관심이 있어?"

"네?"

"호, 혹시 병이 있는 거야?"

똑똑하게 말을 잇던 그는 퍼뜩 생각난 듯 내 안색을 살폈다.

뭐라고 설명할지 고민하는 나의 침묵을 긍정으로 받아들인 듯, 그는 더욱 걱정스러운 얼굴로 말을 이어 나갔다.

"걱정 마. 내가 꼭 고칠 방법을 찾아 줄 거야. 가진 걸 팔아서 좋은 의사를 부르면……."

"저 건강해요, 도련님."

나는 그의 손을 꼭 잡으며 대답했다.

"정말이야? 하나도 안 아픈 거지?"

원작 여주인 제 약혼녀가 다쳤을 때 이런 표정이었을까.

진심 어린 걱정으로 흔들리는 순수한 눈망울을 보자 마음이 찡했다.

그래서 나는 다시 결심했다. 미래에 루시안의 것이 될 오페르니아의 부(富)를, 멍청하게 잃게 두지 않겠노라고.

미래의 루시안에게는 돈이 필요했다.

할머니인 공작 부인의 보살핌도.

그리고 헨리 바인즈 집사의 도움도.

* * *

"다시 봐도 신기하군요."

바인즈 집사는 외 알 안경을 눈 가까이 대고 묘목을 살폈다.

"고동색 기둥, 붉은색 세 갈래 뿌리에 푸르스름한 빛이 도는 잎사귀라니."

"그러게 내가 뭐랬나."

레너드가 껄껄 웃으며 그의 말을 받았다.

"그렇습니다. 학자 가르투스의 책에서 묘사된 모습과 똑같습니다."

그들과 함께 서 있던 메빌 상단주가 손바닥을 비비며 말했다.

"처음에는 상단주의 말을 의심했지만……."

바인즈 집사는 지금도 신기하다는 듯 고개를 내저으며 말했다.

"마구간지기의 노모가 일어나 걷는 모습을 직접 보니 뭐라고 할 말이……."

"바로 그거야! 곧 자네가 그렇게 걱정하는 어머니도 그렇게 될 걸세."

레너드가 바인즈 집사의 어깨를 툭툭 치며 말했다.

"게다가 메빌 상단이 어딘가, 파벨 공작가의 파벨 상단, 그 휘하에 있는 유서 깊은 상단일세. 이름만으로도 충분히 믿을 수 있는 곳이지."

"……."

세 사람은 메빌이 계약차 가져온 다섯 뿌리의 묘목을 심는 것을 감독하고 있었다. 위치는 저택 내부 과수원의 남쪽 담장 앞, 저택 안에서도 가장 기름진 토양이 있는 곳이었다.

"계약금은 내 사비로 지급했네. 이 정도 자금이야 별거 아니니까."

레너드와 메빌이 눈을 마주 보며 씩 웃었다. 메빌의 팔목에는 레너드가 보너스로 건넨 금붙이가 번쩍이고 있었다.

"일주일 후, 묘목에 문제가 없다는 사실이 밝혀지면 나머지 구백구십오 그루를 들여온단 말이지요?"

"그래, 자네 말처럼 그때 정식 계약을 체결하자고. 원, 사람이 의심도 많아."

"집사님을 나무라지 마십시오. 이 정도는 당연한 것 아니겠습니까."

메빌이 후훗 웃으며 계약서를 펼쳤다.

"자, 체결 이후에라도 문제가 생긴다면 저희 상단에서 백 배를 보상한다는 내용입니다. 이 정도면 탄탄하지요."

"확실히 그렇군요."

바인즈 집사는 고개를 끄덕였다. 여전히 기이한 일이었으나, 더 이상은 믿지 않을 수가 없었다.

'기적이란 것이 있는 걸까. 공작 부인께서 이번에는 정말 일어나실까.'

그때.

"와, 사과나무!"

명랑한 소녀의 목소리가 세 사람의 등 뒤에서 울렸다.

"제가 제일 좋아하는 종류예요."

세 사람은 동시에 고개를 돌려 목소리의 주인공을 찾았다.

"빨리 열어서 먹을 수 있으면 좋겠다."

밝은 금발에 녹색 눈동자, 열서넛쯤 돼 보이는 키, 공작가의 이름이 수놓아진 메이드복.

어린 하녀였다. 레너드의 미간에 주름이 팍 잡혔다.

"넌 뭔데 헛소리를 지껄이는 거냐?"

"네?"

"사과나무라니! 무엄하지 않느냐! 이건 신들의 산에서 온 신성수다."

"신성수요?"

소녀, 그러니까 리아넬라는 무슨 말인지 모르겠다는 듯 눈을 깜빡였다.

"어려서 뭘 모르는 거겠지요."

메빌이 사람 좋은 얼굴로 말했다.

"꼬마 아가씨, 신성수가 사과나무와 비슷하게 생겼지?"

"비슷한 정도가 아니라……."

"하지만 사과나무는 신성수에 비해 훨씬 커. 묘목인 걸 감안해도 차이가 있지."

"……."

"게다가 신성수는 뿌리의 색이며 모양, 잎사귀의 푸르스름한 빛이 특징이지. 그런 사과나무를 본 적이 있나?"

"……."

"죄송합니다, 하녀가 교육을 잘못 받은 모양이군요. 제 불찰입니다."

바인즈 집사가 정중하게 고개를 숙였다. 그는 날카로운 눈으로 리아넬라를 보며 명령했다.

"돌아가거라. 나중에 찾아서 책임을 묻겠다."

"……어요."

"무려 백만 골드 규모의 계약이다. 이미 검증도 됐고, 누군지 모르겠지만 네가 끼어들 자리가 아니야."

"본 적 있어요."

리아넬라가 또렷하게 말했다. 그녀의 팔을 잡아 데려가려던 바인즈 집사가 멈칫했다.

"뭘 말이냐?"

"불그스름한 세 갈래 뿌리, 푸르스름한 잎사귀, 키가 보통보다 작은 '사과나무'요."

"뭐, 뭐야?"

메빌의 얼굴이 붉어졌다.

"그런 것이 있을 리가 없다! 제국의 모든 사과나무를 봤지만 없어. 그런 것이 세상에 존재할 리가……."

"제국의 나무가 아니니까요."

리아넬라가 고개를 저으며 대답했다.

"공작저에 들어오기 전, 저를 거래하던 노예상은 라트바니아에서 들여온 사과나무를 가지고 있었어요. 딱 저렇게 생겼던데요."

"말도 안 되는 소리!"

레너드가 발을 탕 하고 굴렀다.

"라트바니아는 날이 더워서 사과가 자라지 않아. 네가 잘못 본 거겠지."

"드물지만 북부 지방에 자라요. 저는 먹어 본 적도 있는걸요. 다음 날 노예상에게 두들겨 맞은 걸 보면 축복의 힘은 없었어요."

리아넬라가 강조했다. 말은 레너드를 향해 하고 있었지만, 그녀의 시선은 바인즈 집사를 향해 있었다.

"신에게 맹세할 수 있어요."

"너……."

"저건 라트바니아의 사과나무예요."

그녀의 목소리는 단단했다. 눈동자는 조금의 흔들림도 없었다.

'당연하지.'

리아넬라가 빙긋 웃었다.

'변호사는 원래 허풍도 잘 떨어야 한다고.'

"……그렇게 됐어요. 그게 이틀 전이에요."

나는 과수원에서 있었던 일을 간략하게 설명했다.

"아가씨의 말을 들으니 나도 이상한 것 같더군."

"대규모 거래를 많이 해 본 오페르니아가 쉽게 속는다는 건 참 신기하긴 하지만……."

듀크가 어깨를 으쓱했다.

"그러니 우리에게도 털렸던 거겠지."

"그렇게 생각할 수도 있겠군요."

알폰스는 조금의 타격도 없다는 듯 담담하게 말했다.

나와 알폰스는 녹번 거리의 '자로크 음식점'에 있었다. 듀크와 볼튼이 함께 운영하는, 얼마 전까지만 해도 오페르니아의 음식을 받아서 쓰던 음식점이었다.

며칠 전 삼총사로부터 위치를 알아낸 나는 몇 차례 이곳을 드나들었다.

'은인 아가씨에게 식사를 대접할 기회를 주다니 고맙소!'

둘 중 요리를 담당하는 볼튼은 매번 거대한 냄비 속 정체 모를 수프를 대접했다. 의외로 맛이 좋아 나는 더욱 자주 오고 있었다.

"하긴, 네가 없었더라면 지금까지도 공작가의 음식이 이곳으로 사라지고 있었겠지."

알폰스가 내 머리를 쓰다듬었다. 그 또한 듀크, 볼튼과 다른 방식으로 나에게 고마움을 표시하고 있었다.

지난번 삼총사 사건을 해결해 준 건 물론이고, 날마다 자신이 좋아하는 로베니아산 초콜릿을 내게 나누어 주기까지 했으니까.

"그래서 오늘은 지난번 말씀드렸던 일을 여쭤보러 왔어요."

내가 듀크와 볼튼을 번갈아 보며 입을 열었다.

"녹번 거리에서 라트바니아산 사과나무를 찾는 사람이 있었나요?"

"안 그래도 기다리고 있었지. 벌써 한 명 다녀갔다더군."

듀크가 씩 웃었다.

"옆집 전당포에도, 건너편에도 같은 자가 다녀갔다는 소식을 들었어."

"……."

"은인 아가씨를 잡았던 노예상은 알다시피 노예 경매 직후에 근위대에게 털렸지. 남은 물건은 녹번 거리에 있을 거라고 판단한 모양이야."

일반적으로 노예상이 정부에 걸려 잡혀가면 가지고 있던 금전은 국고로 환수된다. 하지만 별다른 가치 없는 옷가지 등 잡동사니를 환수하는 자는 없다.

즉, 노예상이 남긴 물건은 줍는 자가 주인이고, 범죄자의 물건을 주운 자는 당연히 그것들을 뒷골목의 전당포에 파는 것이다.

"사과나무를 찾았대요?"

"애매하게 물었다고 하더군. '발타 노예상이 가지고 있던 물건이 있소?' 하고. 그런데 다른 잡화를 보여 주자 관심을 보이지 않고 '식물은 없소? 묘목이라든가.'라고 묻더라는 거야."

"역시."

메빌 상단에서 보낸 것이 분명했다. 라트바니아산 사과나무가 신성수처럼 생겼다는 말도, 노예상들이 이를 가지고 있었다는 말도 처음부터 거짓말이었다.

그러니 메빌 상단 외에는 이를 알 사람도, 찾을 사람도 없었던 것이다.

"그 사람이 또 나타나면 뒤를 밟아 달라고 부탁해 줄 수 있나요?"

"그건 좀 어려운데……."

"돈 줄게요."

"암, 은인 아가씨 부탁인데 가능하고말고."

나는 금화 몇 개를 꺼내 아낌없이 그들에게 넘겨주었다.

이틀 전 바인즈 집사와의 대화를 생각하면 이 정도는 작은 투자였다.

'내기하실래요?'

'뭐야?'

'계약 전까지 저 나무가 신성수가 아니라는 사실이 증명되면 소원 하나만 들어주세요. 거짓말이라면 메빌 상단주님께 엎드려 빌게요.'

'확실히 이런 무례를 사과드리려면 당사자가 엎드려 빌어야겠군. 좋아. 증명할 방법은 네가 찾아야 할 것이야.'

이틀 전, 레너드가 나를 미친 사람 취급하며 상단주를 배웅할 무렵, 나는 바인즈 집사로부터 약속을 받아 냈었다.

알폰스에게 사용했던 방법과 똑같은, 소원권 받아 내기.

헨리 바인즈에게 할 수 있는 부탁은 알폰스에게 할 수 있는 부탁과는 차원이 달랐다.

'소원은 이미 정해 뒀지만, 보너스로 금화 정도는 주겠지.'

"그게 다인가?"

"한 가지만 더요."

나는 듀크를 보며 말했다.

"혹시 주변에 손재주 좋은 사람이 있나요?"

"손재주?"

"여러 재료를 가지고 실물 같은 가짜를 만드는 기술을 가진 사람이요. 조각가라든가, 연극 분장을 하는 사람이라든가."

"그건……."

"완벽할 필요까지는 없어요."

듀크와 볼튼은 고개를 갸웃하며 서로를 마주 보았다.

"아가씨가 두세 달 전에 공작가로 들어갔다고 하지 않았나?"

"맞아요."

"그럼 동기 중에 카밀라, 아니, 카밀이라는 아이가 있지 않소?"

볼튼이 툭 물었다.

"카밀? 입사 동기인데요."

그 애가 왜?

"그럼 뭐 하러 바깥에서 찾나? 우리가 아는 사람들 중 손재주가 가장 좋은 것이 카밀인데."

"……그걸 어떻게 아시는데요?"

나는 눈을 크게 떴다.

두 사람 입에서 카밀의 이름이 나온 것이 신기해서.

그리고 눈치 없는 걸 빼면 별 특징이 없어 보이는 카밀에게 그런 재주가 있다는 사실이 놀라워서.

"왜는. 녹번 거리 빈민가에서 자란 아이니까 그렇지."

"어린 시절부터 봐 왔던 아이요. 그 애가 뭘 잘하는지는 우리가 다 알지."

그랬구나.

나는 고개를 끄덕였다.

왜 동기인가 했더니, 그 애도 나와 같은 시기에 비슷한 전형으로 입사한 하녀였던 것이다.

한 명은 노예, 한 명은 빈민가의 아이.

그러니까, 더럽게 불쌍해서 공작 부인의 마음을 자극한 소녀들.

"등잔 밑이 어두웠네."

나는 빙긋 웃으며 혼잣말을 했다.

이렇게 되면 이야기는 더 쉬웠다.

전생과 달리, 이번 생은 어쩐지 일이 잘 풀리고 있었다.

그로부터 삼 일 동안 삼총사는 더 바빠졌다.

자기 일, 내 일, 거기다가 카밀의 일까지 도맡아 해야 했으니까.

녀석들의 비명을 뒤로하고, 나는 카밀과 함께 내 방에서 단 한 가지 프로젝트에 매진했다.

* * *

닷새 후.

"어떻습니까?"

메빌 상단주가 의기양양하게 물었다. 겨우 일주일밖에 지나지 않았지만, 신성수의 뿌리는 비옥한 토지에 단단히 자리 잡고 있었다.

잎사귀의 푸른 빛이 짙어졌고, 왠지 모를 독특한 향도 느껴졌다.

"역시."

레너드가 흐흐흐, 웃음을 흘렸다. 제국에 울려 퍼질 자신의 명성이 벌써 귀에 들리는 것만 같았다.

"제가 뭐랬습니까. 책에 나온 신성수 그대로라니까요."

"물론, 난 한 번도 의심한 적이 없었네."

"참고로 라트바니아의 사과나무가 뭔가 하고 알아봤는데 역시 그런 건 없다고 하더군요. 전에 그 하녀 아이가 뭘 잘못 알았던 모양입니다."

"내가 아주 혼쭐을 내도록 하지."

만족스럽게 웃는 메빌과 레너드 사이에서, 바인즈 집사는 생각에 잠겨 있었다.

'거짓말이라면 메빌 상단주님께 엎드려 빌게요.'

바인즈 집사는 허풍 떠는 아이들을 많이 보았다. 노회한 성인이면 모를까, 어린아이들은 그를 잘 속여 넘기지 못했다.

'그런 커다란 거짓말을 하고도 나를 똑바로 봤단 말인가.'

한 치의 흔들림도 없는 눈빛이었다.

그 눈빛이 바인즈 집사의 마음 한구석에 메빌 상단에 대한 의심을 심어 놓았다.

"저, 레너드 님."

"왜 또?"

"아직 검증이 끝나지 않았습니다. 옮겨 심은 후에도 효능에 이상 없는지 한 번 더 실험해 보기로 했었지요."

"그게 뭐?"

"토양에 적응하는 시간이 일주일이라 하여 기다린 것 아닙니까."

레너드는 혀를 쯧 찼다.

"거, 사람이 융통성이 없구만. 자네가 아랫사람 관리를 못 한 덕분에 내 체면이 이미 말이 아닌데 계속 이래야 하나?"

"집사님을 나무라지 마십시오, 레너드 님."

메빌이 겸허하게 웃으며 레너드를 타일렀다.

"검증은 저희에게도 중요한 절차입니다. 이미 다 얘기가 된 것이니 개의치 않습니다."

"하……. 다리 다친 하녀 아이가 낫는지 보기로 했던가?"

"예. 한 달 전, 계단에서 굴러 다리가 낫지 않던 아이입니다. 나무를 만져서 호전된다면 계약서에 서명하기로 하지요."

바인즈 집사는 메빌이 보여 주었던 계약서의 손해 배상 조항을 떠올렸다.

레너드가 짜증을 내는 통에 계약서의 다른 부분은 확인하지 못했지만, 그가 확인한 문구는 똑똑히 설시하고 있었다. '하자가 있을 시 백 배로 손해를 배상한다'라고.

심지어 메빌 상단은 이미 날인을 한 채 공작가의 결단만 기다리는 상황이라고 했다.

"좋아, 좋아. 어차피 다 준비되어 있으니 말이야."

레너드가 코웃음을 치며 고개를 끄덕였다.

"하녀 아이를 불러오게."

바인즈 집사가 레너드의 명령에 따르기 위해 뒤돌던 순간이었다.

"집사님!"

큰 키에 마른 몸을 가진 하녀 하나가 멀리서 그를 향해 달려오고 있었다.

"집사님, 이것 보세요! 제 다리가……."

바인즈 집사와 레너드의 눈이 동시에 휘둥그레졌다.

"집사, 저 애가……. 내 기억으로는 저 애가……."

"예. 저 아이가 확실한데……."

두 사람은 눈을 의심했다.

다리가 부러졌다면서. 그래서 신성수로 치료해야 한다면서. 아직 나무는 보여 주지도 않았는데 왜 벌써 걷고 뛰는 건데?

"다리가 나았어요! 다 그 신기한 나무 덕분이에요!"

"대체 무슨 소리를 하는 거냐?"

애니는 어느새 세 사람 앞까지 뛰어와 숨을 고르고 있었다. 전날까지만 해도 붕대를 칭칭 감고 있던 그녀의 다리는 누구보다 건강해 보였다.

"헉……."

순간, 메빌의 얼굴이 흐려졌으나 레너드와 바인즈 집사는 그 사실을 깨닫지 못했다.

"아침에 2급 하녀를 보내셨잖아요? 과수원 서쪽, 비어 있던 화단에 심어진 신성수로 저를 안내하라고."

애니는 뭐가 문제냐는 듯 두 사람을 번갈아 보았다.

"먼저 검증을 끝내고 오후에 상단주를 만나신다고 들었어요. 그래서……."

"뭐?"

"아아, 가까이 가자마자 그 신력을 느꼈어요."

그녀는 자랑스럽게 다쳤던 쪽 다리를 내밀며 덧붙였다.

“보시다시피, 나무를 만지자마자 불구가 될 뻔했던 다리가 씻은 듯 나았답니다! 다 메빌 상단 덕분이에요! 신성수를 구입하시면 오페르니아가는 분명 더 큰 부자가 될 거예요!”

긴 정적이 흘렀다.

레너드, 상단주, 그리고 바인즈 집사는 당혹스러운 표정으로 서로를 바라보았다.

“서쪽…… 화단?”

“그곳에는 아무것도 심지 않았는데…….”

“허허, 이 하녀분이 꿈을 꾸신 게 아닌지…….”

“꿈이라뇨. 애니는 분명히 서쪽 화단의 나무를 만져 보고 일어나 걸었답니다.”

집사와 레너드가 고개를 갸웃거리고 있을 때, 또 하나의 목소리가 들려왔다.

리아넬라였다.

메빌의 얼굴이 한층 더 굳었다.

“무슨 헛소리를 하는 게냐?”

레너드가 인상을 팍 쓰며 물었다.

“서쪽 화단은 비어 있다니까.”

“그랬죠. 어제까지는.”

리아넬라는 메빌과 애니, 그리고 애초에 부러진 적이 없었던 애니의 다리를 차례차례 바라보며 씩 웃었다.

‘다 끝났다, 이 사기꾼들아.’

* * *

한마디로 요약하면, 난 애니에게 뺑을 쳤다.

메빌 상단이 가져온 가짜 신성수가 심어진 장소는 과수원 남쪽의 담장 앞.

비싸고 소중한 나무들이었기에, 심은 직후부터 일주일이 지난 시점까지 나무들을 둘러 결계를 쳐 놓은 것은 물론, 사용인들에게는 나무가 심어진 자리는 비밀로 했었다.

덕분에 오페르니아 저택의 사용인들 사이에는 온갖 병을 낫게 한다는 신성수가 과수원에 있다는 소문이 퍼졌을 뿐, 그 정확한 위치를 아는 자는 무척 드물었다.

그래서 나는 가짜 나무를 만들어 심기로 했다.

'세 갈래로 갈라진 붉은 뿌리, 고동색 기둥, 푸른 빛이 도는 잎사귀.'

카밀의 손재주는 들은 것 이상이었다.

내 말을 귀 기울여 듣더니, 죽은 나무의 껍질과 사과나무 잎사귀, 물감 같은 것들을 사용해 설명에 기가 막히게 들어맞는 가짜 나무를 만들어 낸 것이다.

나는 그렇게 만든 다섯 그루의 가짜 나무들을, 전날 밤 서쪽의 빈 화단에 차례차례 심었다.

그리고 아침이 밝자 점검 대상이었던 애니를 불렀다.

'바인즈 집사님이 나를 보내셨어. 너를 신성수로 데려가라셔.'

'어머나, 드디어 신성수를…….'

절뚝거리며 나무 앞까지 간 애니는 기적이 일어났다며 감격적인 명연기를 펼쳤다.

그렇게 우리는 메빌 상단주가 방문할 시간에 맞추어 세 사람이 대기 중이던 과수원 남쪽까지 온 것이다.

"……그렇게 됐어요."

내가 모든 설명을 마치자 바인즈 집사는 한참 동안 멍하게 서 있었고, 레너드는 콧김을 뿜으며 메빌을 노려보았다. 메빌과 애니는 경악한 얼굴로 입술을 짓씹고 있었고.

"그, 그런 말도 안 되는……. 저는 모르는 일입니다."

“어린아이가 손으로 만든 나무에 신성수와 같은 효력이 있다는 말입니까?”

바인즈 집사가 가라앉은 목소리로 물었다.

“집사님, 그건…….”

“……아니면 애초에 애니는 다친 적이 없고, 상단주는 그 사실을 알고 한 달 전부터 오늘을 위해 저 애를 매수해 다친 척 연기하도록 시켰던 것입니까?”

집사는 눈을 매섭게 뜨고 애니 쪽으로 시선을 돌렸다.

“네가 말해 보아라. 정말 다쳤던 다리가 나았어?”

“저, 저는, 그러니까…….”

“네가 만졌다는 서쪽 화단의 신성수에서 신비한 힘이 느껴졌냐는 말이다.”

“…….”

“바른대로 설명하지 않으면 목숨을 부지하기 어려울 줄 알아라.”

그는 한 번도 본 적 없는 험악한 얼굴을 하고 있었다.

이런 일이 너무 잦아서 오페르니아의 사업에 손대는 일을 포기했던 거니까.

레너드를 뜯어말리려다 실패한 적이 수차례, 그는 희망을 버리고 공작 부인의 간호에만 매진했었다.

게다가 이번 일에서는 공작 부인의 건강 때문에 판단이 흐려졌기도 하고. 와병 중인 공작 부인이 완쾌되리라는 희망을, 메빌 상단에서 제대로 이용한 것이었다.

“잘못했습니다!”

애니는 마침내 압박을 이기지 못하고 털썩 무릎을 꿇었다.

메빌이 제 얼굴을 감싸 쥐었다.

“메빌 상단주가 점검을 통과하면 크, 큰돈을 주겠다고 해서……. 적당히 계단에서 구르고 다친 척을 하라고 했어요.”

“이, 입 다물어!”

“의사를 소개해서 치료를 받고 있는 척하게 해 주겠다고……. 불구가 됐다는 진단서도 끊어 주겠다고 했어요."

"내, 내가 언제!"

"신성수를 보여 주면 그때 나은 것처럼 연기를 하라고 했어요."

"아닙니다! 저희 상단과는 상관없는 이야기입니다."

메빌이 간절하게 변명해 보았지만 이미 바인즈 집사의 얼굴에는 깊은 분노가 서려 있었다.

"다른 환자들도 다 마찬가지겠지?"

"마, 맞아요! 길라덴 마을의 장애인 부부, 딩켈 마을의 어린아이, 마구간지기 소여의 어머니도 다 원래 멀쩡한 사람들이에요."

"……."

"레너드 님이 계신 이상 점검은 그렇게 엄격하지 않을 거라고 해서……."

"입 닥쳐!"

메빌 상단주가 빽 소리쳤다.

"즈, 증거 있어? 증거 있냐고! 레너드 님, 저 하녀 혼자서 꾸며 낸 말입니다."

"있어요, 증거."

적당한 타이밍이라고 판단한 내가 끼어들었다.

"헛소리 마라! 감히 여기가 어디라고 끼어들어서……."

"메빌 상단에서 라트바니아산 사과나무를 찾아 뒷골목을 헤매고 다녔다면서요?"

"무, 무슨 소리를 하려고 그러는 거야?"

"녹번 거리의 전당포 다섯 개, 그러고도 불안했는지 달로아거리의 전당포도 뒤졌다고 들었어요. 신성수가 진짜라면 있지도 않은 사과나무에 위협을 느낄 필요도 없었겠죠."

"……!"

"전당포 주인 중 한 명이 상단원의 얼굴을 알아봤어요. 못 믿는다면 그 전당포로 안내할 수도 있어요."

나는 바인즈 집사를 향해 빙긋 웃었다.

"이 정도면 증거가 될까요?"

"……."

메빌은 대답하지 못했다. 하지만 표정만으로도 내 말이 사실임은 명확하게 드러났다.

바인즈 집사는 대답이 생각나지 않는다는 듯, 조용히 깊은숨을 들이쉬었다. 이윽고 그가 입을 열었다.

"계약서를."

그가 감정 없는 눈으로 레너드를 바라보았다.

"계약서를 이리 내십시오, 레너드 님. 정확히 뭐라고 적혀 있는지 처음부터 끝까지 봐야겠습니다."

"그, 그래! 계약서!"

레너드가 얼빠진 얼굴로 박수를 짝 쳤다.

"계약서가 탄탄하단 말일세. 손해 배상을 백 배나 한다고 쓰여 있는 것을 자네도 보지 않았나. 그런 계약서를 봐 놓고 누가 안 속을 수가……."

"이리 넘겨주십시오."

바인즈 집사가 목소리를 낮게 깔았다.

"잊으셨을지 모르나, 공작 부인이 안 계실 때는 대규모 계약에 제 동의가 필요합니다. 어서 이리 건네주십시오."

"여, 여기."

레너드가 품속에서 종이 한 장을 꺼내 바인즈 집사를 향해 내밀었고, 집사는 미친 사람처럼 눈을 움직이기 시작했다.

나는 호기심에 까치발을 하고 그의 어깨 너머로 계약서의 내용을 슬쩍 보았다.

'아아.'

나는 눈을 가늘게 떴다.

'개판을 쳐 놨구만.'

계약서의 내용이 처음부터 끝까지 다 이상한 건 아니었다. 있을 건 다 있었다. 손해 배상을 크게 한다는 조항도 제대로 적혀 있었다.

문제는 가장 중요한 곳에 있었다.

문득 고개를 들자 여전히 입술을 달싹이며 계약서를 뒤지는 바인즈 집사의 얼굴이 보였다.

"……여기요."

친절하게 손가락으로 문제의 그곳을 짚어 주자 집사는 눈을 부릅떴다.

"……미친."

그가 나지막이 내뱉었다. 황당함과 분노에 찬 목소리였다.

"왜, 왜 그러지?"

레너드가 더듬거렸나.

"분명히 거기 다 적혀 있지 않나. 나, 나는 잘못한 게 없어."

"레너드 님."

"아니, 계약을 끝까지 체결했어야지! 그랬더라면 백 배의 손해 배상을 받았을 거 아닌가!"

"레너드 님! 눈이 있으면 똑똑히 보십시오!"

바인즈 집사가 버럭 소리치자 레너드가 목을 움츠렸다. 얼굴을 보아하니 그는 여전히 문제를 모르는 듯했다.

집사는 허탈한 웃음을 흘리더니 문득 나를 바라보았다.

"너는 아느냐? 뭐가 문제인지 말이다."

"네, 알아요."

"그럼 네가 설명해 드려라."

나는 레너드를 향해 돌아서서 말했다.

"신성수의 매도인, 그러니까 계약을 누구와 체결하고 있는지 보세요."

"메, 메빌 상단 아닌가."

"아뇨. 정확히는 아놀드 메빌, 메빌 상단주 개인이에요. 인장에 상단의 문양이 없으니까요."

"뭐? 그게 무슨 차이가……."

미치겠네.

미련한 건 알았지만 이렇게 답답할 줄이야.

"상단이든 상단주든 손해 배상을 한다고 되어 있지 않느냐! 그게 그거……."

"메빌 상단의 약정에 무게가 실렸던 건 그 상단이 파벨 공작가의 휘하에 있어서였다면서요."

"그, 그렇다. 파벨 공작가가 보장하는 상단이야. 메빌 상단의 재산도 넉넉하지만 배상을 하지 못하면 파벨 가문에서……."

"하지만 개인은 다르지요. 파벨 공작가는 아놀드 메빌을 보장하지 않아요. 아놀드 메빌의 빚을 메빌 상단에서 갚아 줄 의무도 없습니다."

"뭐, 뭐?"

"배상을 약속한 저 상단주는 배상할 능력도 뭣도 없는 깡통일 거라는 얘기죠."

기업이 파산해도 대표 이사는 떵떵거리고 살 수 있다. 반대로 대표 이사가 빚을 져도 기업의 돈으로 갚아 줄 필요는 없었다.

이 기본 원칙은 제국에서도 그대로 적용되었다. 그렇기에 메빌 상단주는 교묘하게 레너드를 속인 것이다.

"가지고 있던 개인 재산은 빼돌렸을 거고, 신성수의 대금을 받으면 들고 튈 생각이었을 거고요."

정확히는 파벨 공작가와 뒤로 수익을 나누어 먹었을 것이다. 원작에 따르면 그들은 기회만 되면 오페르니아를 등쳐 먹는 가문이었으니까.

오페르니아의 소중한 백만 골드는 그렇게 찢어져 사라지고, 파벨 공작가의 도움으로 메빌은 새 신분을 얻어서 떵떵거리며 살았겠지.

“상단은 멀쩡하게 다른 가족의 손에서 계속 운영됐을 거고, 파벨 공작가에 따질 방법도 없었겠죠.”

“…….”

“어린아이도 설명할 줄 아는 것을, 레너드 님은 모르셨습니까?”

바인즈 집사가 숨을 깊이 내쉬며 물었다.

“계약서를 샅샅이 검토하셨다 하지 않았습니까! 믿으라고 하지 않으셨습니까! 검증 절차에 아무런 문제가 없도록 직접 확인하고 또 하셨다 하지 않았습니까!”

“지, 집사.”

“이번 일이 끝나면, 공작 부인이 기뻐서라도 병상에서 일어나실 거라 하셨잖습니까!”

레너드는 어버버거리며 두어 걸음 뒤로 물러섰다.

툭.

몇 걸음이나 물렀을까, 등 뒤로 무언가가 닿았다 싶었는지 그는 고개를 돌렸다. 메빌 상단주가 움직이지도 못한 채 자리에서 벌벌 떨고 있었다.

“네, 네 이놈!”

철썩-

“으윽!”

레너드의 노성과 함께 메빌의 고개가 휙 돌아갔다. 레너드는 계속해서 거칠게 손을 움직였다.

철썩, 철썩, 철썩-

“감히 나를 속여?”

“자, 잘못했습니다!”

몇 대나 맞았을까, 더 이상 버틸 수 없다고 판단한 듯한 메빌 상단주는 애니 옆에 털썩 무릎을 꿇었다.

“도, 돈에 눈이 멀어 감히 레너드 님께 사기를 쳤습니다!”

드디어 그가 모든 것을 실토했다. '신성수'는 사실 책이며 전설에 따른 모습을 참고하여 사과나무를 개량한 것이었다고.

기존에 몇 차례나 거래를 해 본 바에 따라, 레너드가 계약서를 꼼꼼하게 보지 않을 것도 알고 있었다고.

평소 같으면 큰 거래를 거절했을 바인즈 집사도, 공작 부인의 건강을 생각하면 받아들였을 거라 판단했다고.

"……두 사람을 끌고 가 근위대에 넘겨라."

바인즈 집사는 사용인을 불러 고저 없는 목소리로 명령했다.

"사기에 가담했던 모든 자들을 함께 잡아다 넘겨라. 백만 골드 사기의 공범들이니 이번 생에는 다신 빛을 보지 못할 것이다."

그의 서늘한 명령에 두 사람의 얼굴이 더욱 창백해졌다.

1등 집사는 뭐가 달라도 다르구나.

제국의 호구라는 별명이 무색할 정도의 기세였다.

역시 공작 부인과 그 자식들이 문제였던 거야.

오페르니아에는 인재가 없는 것이 아니었다. 주인들의 무능 때문에 그저 빛을 발하지 못하고 있었을 뿐.

"레너드 님."

메빌과 애니가 비명을 지르며 끌려간 후, 그는 노기가 가시지 않은 목소리로 말을 이었다.

"왜, 왜 그러나. 일이 잘 해결됐으니 화내지 말……."

"1등 집사로서 선언합니다."

"……."

"공작 부인께서 일어나실 때까지, 레너드 님은 오페르니아의 이름으로 단 하나의 계약도 더 체결하지 못하십니다."

"집사!"

"돌아가신 공작께서, 그리고 공작 부인께서 제게 부여하신 권한입니다!

가주의 권위를 무시하지 마십시오!"

"이익……."

레너드는 주먹을 꽉 움켜쥐었다가 그대로 몸을 돌려 과수원을 떠나 버렸다.

"후우……."

바인즈 집사는 다시 한번 땅이 꺼져라 한숨을 쉬었다.

"그래서 무엇이냐?"

십 년은 늙은 듯한 얼굴로 그가 나를 보았다.

"네?"

"네 소원 말이다."

그가 말했다.

"내기하지 않았느냐? 네 소원을 말해라."

역시 헨리 바인스. 끝까지 책임을 잊지 않는 자였다. 깊은 실망감으로 속앓이를 하는 상황에서도 나와의 일이 끝나지 않았다는 사실을 기억하고 있었다.

"……공작 부인이요."

"뭐?"

"공작 부인께서 직접 루시안 도련님을 돌봐 주시는 게 제 소원이에요."

"……루시안 도련님?"

그는 내 말이 이해가 안 간다는 듯 미간을 찌푸렸다.

"도련님께 무슨 문제가 있느냐? 어떻게 지내고 계시길래 그런 소원을 말하는 거지?"

"벌써 문제가 보이지 않으세요?"

"무슨 말이냐?"

"도련님이 어떻게 지내시는지 전혀 모르시잖아요. 공작 부인도, 집사님도."

"설마……."

"도련님은 잘 지내지 못해요."

"……!"

집사는 한 대 얻어맞은 얼굴로 그 자리에 굳어 있었다. 충격, 자책, 우려, 혼란, 수많은 감정들이 그의 주름진 얼굴을 스치고 지나갔다.

장남을 잃고 후계가 불안해진 공작가의 미래, 공작 부인의 건강, 자꾸 사고를 치는 주인들.

그러한 문제들에 휩싸인 동안, 루시안은 홀로 고립될 수밖에 없었다. 무질서한 공작가에서, 거친 사촌의 영향력과 충성심 없는 사용인들 틈에서, 고립된 소년이 어떤 생활을 했을지는 뻔했다.

부모를 잃은 충격이 가장 큰 것은 루시안이었음에도, 그는 누구로부터도 위로받지 못했다.

집사가 그 사실을 깨닫는 데는 많은 설명이 필요하지 않았다.

"……미안하구나."

한참의 정적이 흐른 뒤, 그가 힘없이 말했다.

"그럼 공작 부인을 설득해 주시는……."

"불가능하다."

"네?"

"너무 어려운 일이야."

나는 인상을 팍 썼다.

책임감 있다는 말 취소.

거짓말쟁이였네.

"왜 안 되는데요?"

"심약해진 공작 부인께…… 도련님에 대한 이야기를 차마 꺼낼 수가 없어."

집사는 고개를 떨구고 나직하게 말했다. 목소리에서 그의 진심이 느껴졌다.

"네가 나를 어떻게 생각할지 안다. 1등 집사라는 사람이 이것도 못 들어주느냐고 원망하겠지."

잘 아네.

"하지만 공작 부인을 가장 힘들게 하는 것은 큰아들의 죽음이다."

"……."

"루시안 도련님은 그분을 쏙 빼닮으셨고."

나는 잠시 할 말을 잃었다.

"조금만 더 건강이 회복되면 괜찮을지 모른다. 하지만 지금은 아니야. 얼굴만 마주해도 아마 부인은 크게 상심하실 거다."

"루시안 도련님은요?"

나는 헛웃음을 지으며 물었다. 공작 부인의 이야기를 할 때마다 어딘가 풀이 죽었던 그의 얼굴이 떠올랐다.

"어른은 아이를 돌볼 책임이 있어요. 공작 부인의 심기가 어떻든, 루시안 도련님을 돌봐야 할 의무가 있다고요."

"얘야, 말을 조심하거라."

집사가 부드럽게 경고했지만 나는 듣지 않았다.

"심약해졌으면 알아서 추스르셔야죠! 공작 부인께서 약해졌다는 이유로 도련님을 방치하면, 도련님이 그사이에 입는 피해는 어떻게 되는데요?"

보호자인 어른이 아닌가. 아이가 선택한 삶이 아닌 이상, 어른은 제가 데리고 있는 아이의 인생을 책임져야 했다. 방치하거나, 내 전생의 부모처럼 쫓아내는 것이 아니라.

"네 말이 틀렸다고는 하지 않으마."

바인즈 집사가 내 어깨에 손을 얹으며 대답했다.

"그러니 약속하마."

"무엇을요?"

"루시안 도련님은 더 이상 방치되지 않을 것이다."

그는 내 눈을 똑바로 들여다보며 말을 이었다.

"공작가 살림의 총책임자이자 1등 집사인 내가 그분을 돌볼 테니까."

"……부인은요?"

"네 생각을 부인께 전하마. 다만."

"……."

"다만 부인이 회복할 때까지 조금 기다려 줘야겠다."

더 이상 항의해 봤자 소용없을 것을 깨달은 나는 입을 다물었다.

반쯤의 성공이었다. 최소한 루시안은 이제 함부로 대해지지 않을 테니까.

"그러니 다른 소원을 말하거라."

"네?"

"네가 원하는 것 말이다. 루시안 도련님을 위한 것이 아니라."

집사는 진지하게 내게 말했다.

"내 권한 내의 일이라면 무엇이든 들어주마."

"필요 없……."

"돈은 어떠냐?"

"좋아요."

정정하겠다. 반쪽의 성공이 아니라 나의 큰 승리였다. 루시안을 챙기느라 까먹을 뻔했는데, 나는 돈을 아주 좋아한다.

"그럼 말하렴. 얼마가 적당할까?"

바인즈 집사가 싱긋 웃으며 내게 물었다.

"금화……."

"나는 오페르니아의 1등 집사다. 내 능력을 과소평가하지는 않는 것이 좋을 거야."

우리의 시선이 허공에서 부딪혔다. 나는 그 순간 무엇을 요청해야 할지 알았다.

한 달 후, 나는 뿌듯한 마음으로 무언가를 바라보았다.

내 집. 그것도 수도에 있는 내 집.

두 번의 생애를 통틀어 처음 가져 보는 내 명의의 부동산이었다.

그냥 집도 아니지.

지금은 평범한 집이었지만 몇 년 후에는 아니었다. 황명으로 그 근처가 최대의 상업 지구로 발전하게 되는, 수도 최고의 노른자 땅 중간에 위치한, 나의 보물단지였으니까.

"여기야."

나는 조용히 읊조렸다.

"루시안이 다 크면, 여기 와서 살 거야."

그 다짐을 실행하는 일이 생각보다 어렵다는 사실을 깨달은 것은 먼 훗날의 일이었다.

* * *

"도련님, 맛있으세요?"

"응, 리라."

루시안이 한층 더 보들보들해진 뺨을 부풀린 채 웃었다.

"리라가 준 건 다 맛있어."

"그건 오페르니아의 요리사가 한 음식들이 다 맛있기 때문이랍니다."

우리는 화기애애하게 웃으며 샌드위치를 먹었다.

"나도 맛있게 잘 먹고 있는데."

알로가 옆에서 외로운 목소리로 툴툴거렸다.

"도련님, 여기 쿠키도 먹어 봐요. 저는 초콜릿 쿠키가 제일 좋아요."

"냠."

"아이, 진짜."

나와 루시안이 본 척도 하지 않고 계속 과자만 먹자 알로가 다시 한번 짜증을 냈다.

어쩌겠는가. 루시안이 과자를 먹는 모습이 이렇게 귀여운데.

"너도 와서 먹든가."

"진작 말하지. 아."

내가 선심 쓰듯 버터 쿠키 하나를 건네자 녀석은 냉큼 입을 벌려서 받아 먹었다.

"오, 진짜 맛있는……."

알로는 감탄을 하다 말고 루시안의 눈치를 살폈다. 어느새 알로를 바라보고 있는 루시안의 눈매가 묘하게 매서워 보였다.

"앞으로는 제가 직접 먹겠습니다."

알로는 마른침을 꿀꺽 삼키고 말했다.

어린애라 잠깐 관심을 빼앗기는 것도 불안해하는구나.

어린 루시안은 열네 살의 나를 보호자로 느끼는 모양이었다. 다른 곳에 관심을 주는 모습을 싫어하는 걸 보면.

'뭐, 앞으로는 점점 나아지겠지.'

나는 빙긋 웃으며 루시안의 새 방을 둘러보았다.

한 달 사이에 그의 생활은 많이 달라져 있었다. 더 넓은 방, 더 좋은 음식, 더 평화로운 삶이 주어졌다.

'루시안 도련님은 출신에 걸맞은 생활을 누리게 될 것이다. 내가 보장하지.'

바인즈 집사가 약속을 지킨 덕분이었다.

한편, 루시안에게 주어진 가장 큰 선물은 따로 있었다.

"칼, 루, 쿠키 먹을래?"

"아니."

"임무 중에는 음식을 먹지 않아."

바로 늠름한 호위 둘.

칼과 루는 내가 집사에게 가장 먼저 요청했던 것이었다. 그들은 루시안에게 검술을 가르쳐 주고, 유사시에 그를 지켜 줄 수 있는, 루시안보다 다섯, 여섯 살 정도 많은 소년들이었다.

"안 먹는대. 걔네는 원래 딱딱하다니까."

알로는 내가 그들에게 내밀었던 쿠키를 쏙 빼가더니 제 입에 집어넣었다.

"그나저나 호위가 그렇게 중요했던 거야? 바인즈 집사에게 부탁할 만큼?"

알로가 물었다. 그는 내가 집사에게 좋은 호위를 붙여 달라고 조를 때부터 의아한 태도였다.

"응."

"노르만 님 때문에?"

"그것도 있지. 뇌물에 안 넘어갈 만한 사람을 내가 구해 올 수는 없으니까."

"……."

"하지만 더 중요한 이유가 있어."

"내가 검술을 연습하는 거?"

이번에 물은 것은 루시안이었다.

"그것도 중요하죠."

나는 웃으며 루시안의 머리칼을 쓰다듬었다.

"하지만 당장 닥친 과제는 따로 있답니다."

"……."

나는 문득 창밖을 바라보았다. 나무마다 파릇파릇한 새싹이 돋았고, 사방에서 크고 작은 꽃이 피어났다.

"도련님."

"응, 리라."

"날씨도 좋은데, 같이 피크닉 갈까요?"

"피크닉?"

나는 다시 시선을 루시안에게 돌리며 빙긋 웃었다.

"어디로?"

"저택 북쪽에 있는 링클산이요."

"……좋아."

루시안은 내 말에 거절하는 법을 모르는 듯 고개를 끄덕였다. 푸른 눈이 기대에 차 반짝였다.

"거긴 왜?"

알로는 토부터 달았고.

"찾을 게 있거든."

나는 반쯤 혼잣말로 나직하게 대답했다.

"지금 가면 찾을 수 있을 것 같아."

따스한 바람이 부는, 루시안 십이 세의 봄날.

나는 공작 부인의 치료제를 찾기로 결심했다.

* * *

공작 부인이 앓던 병은 룸푸르 병이었다. 가만히 있어도 기운이 빠지고 의식이 흐려지며 의지가 약해지는 병으로, 거의 불치로 알려져 있었다.

약초는 딱 한 가지였지.

바로 백령화라는 꽃. 다만 대륙 전체에서도 보기가 드물고, 꽃을 꺾으면 하루도 되지 않아 시들어 버리는 것이 문제였다.

심지어 치료제 한 병을 만드는 데 신선한 백령화 수십 송이가 필요했기 때문에 백령화로 룸푸르 병을 치료하는 것은 거의 기적이었다.

그러나 원작에서는 그 기적 같은 일이 진짜로 일어났다.

공작 부인의 병이 나은 것은 제국력 238년의 봄. 링클산에 토끼 사냥을 갔던 노르만 오페르니아가 우연히 멧돼지 마물을 잡은 덕분이었다.

그가 끌고 온 멧돼지 마물의 목뒤에는 백령초 꽃잎이 붙어 있었고, 이를 발견한 바인즈 집사가 링클산을 다 뒤져서 백령초가 만발한 장소를 찾아낸 것이다.

이 일을 계기로 노르만은 바인즈 집사와 공작 부인의 신임을 받게 되었으며……

바로 이 시기였어.

나는 쏟아지는 햇살을 손으로 가리며 생각했다.

느긋하게 시작한 오후 열두 시. 피크닉 하기 딱 좋은 시간이었다.

"이거 진짜 필요한 거 맞아?"

알로가 틱틱거리며 내게 말을 걸었다.

"왜 그러는데?"

"마물 퇴치 연고 말이야. 질척거리는데 꼭 발라야 해?"

그는 내가 고집해서 가져온 하얀 연고를 손에 잔뜩 묻힌 채 얼굴을 찌푸리고 있었다.

"바보. 그러니까 우리들처럼 출발 전에 적당히 바르라니까."

내가 말했다.

루시안과 나, 칼과 루는 모두 출발 전에 준비를 마쳤다. 덕분에 피크닉 장소에 도착한 지금은 몸이 보송보송하게 말라 있었다.

"링클산에는 원래 마물이 없단 말이야."

알로가 툴툴거리며 제 팔에 연고를 발랐다.

"있을 수도 있어. 멧돼지 마물 같은 거."

책에 나왔거든.

신성수 사건을 겪은 후로, 원작에 대한 나의 신뢰도는 많이 올라가 있었다.

"다 발랐다. 나도 사과 줘."

나는 픽 웃으며 그에게 가지고 온 사과 한 쪽을 건넸다.

우리 다섯 사람은 링클산에서 두 번째로 낮은 봉우리와 동쪽 계곡 사이쯤에 천을 깔고 앉은 채 도시락을 먹고 있었다. 오페르니아 가문의 주방장이 바인즈 집사의 명을 받아 만든 샌드위치, 케이크, 수프, 그리고 각종 과일이 바구니에서 나왔다.

여기쯤이었는데.

나는 주변을 둘러보았다. 아직 백령화의 흔적은 보이지 않았다.

“리라는 꽃을 찾는다고 했지?”

루시안이 나를 보며 물었다. 나와 피크닉을 하는 것이 즐거운지, 오늘따라 눈이 더욱 초롱초롱해 보였다.

“맞아요, 도련님.”

내가 대답했다.

“새하얗게 빛나는, 꽃잎이 여섯 개 달리고 잎이 뾰족한 꽃을 찾는답니다.”

“꽃잎이 여섯 개 달린 빛나는 꽃…….”

“책에서 그림을 봤는데 정말 예뻤거든요.”

“제국에 그런 꽃은 없을걸.”

알로가 끼어들었다.

“내 위로 누나가 몇인데. 여자애들이 좋아하는 꽃 종류는 빠삭하다고.”

“있다니까.”

“차라리 장미 같은 게 낫지 않아? 아니면 오페르니아 정원에 있는 다른 꽃들이나.”

“싫어. 난 잎 여섯 개짜리 하얀 꽃이 좋아.”

“도련님, 제 편 좀 들어 주세요.”

“리라가 있다면 있을 거야.”

루시안이 알로의 믿음을 깨버리며 말했다.

“신성수도 그랬는걸.”

알로의 눈썹이 배신감으로 축 처졌다.

“서운해서 못 살겠네. 아무것도 못 찾았구만…….”

“도련님, 저기 뭔가 찾았습니다.”

알로가 말을 마치기도 전에 루시안의 호위인 칼이 입을 열었다. 알로의 얼굴이 한층 더 짜부라졌다.
"꽃이야?"
루시안이 기대에 차 물었으나 칼은 고개를 저었다.
"멧돼지 마물의 흔적입니다."
"멧돼지 마물?"
"진짜 있었어?"
내가 눈을 동그랗게 뜨며 물었다. 알로의 눈도 커져 있었다.
"그렇다. 원래 링클산에는 없다고 알려져 있었는데……."
"그쪽으로 가자."
나는 벌떡 몸을 일으켰다.
원작에서 백령화는 멧돼지 마물의 몸에 붙어 있었지.
즉, 마물은 백령화가 피는 곳에 출몰한다는 의미였다. 게다가 지금 우리가 있는 곳은 동쪽 계곡 근처.
원작에서 노르만이 멧돼지 마물을 잡았다는 장소가 바로 이 근방이었다.
"마물을 따라가자고?"
"멀리서라도 구경하고 싶어. 멧돼지 마물은 민가에서 키우는 돼지보다 작고 빠르다며."
붉고 고운 털에 동그란 몸을 가진 멧돼지 마물은 원래 민가에 해를 끼치는 동물이었지만, 귀족들 사이에서는 그 생김새 때문에 관심의 대상이 되기도 했다.
"너 자연에 관심이 정말 많구나."
알로가 혀를 내둘렀다.
"뭐……. 퇴치 연고를 발랐으니 웬만한 마물은 가까이 오지 못하겠지만……."
칼과 루가 어깨를 으쓱하며 루시안의 눈치를 살폈다.
"도련님은 어떻게 생각하십니까?"

“발자국이 절벽 쪽으로 이어졌어.”

루시안이 발자국을 보며 몸을 일으켰다.

“가자, 리라. 내가 지켜 줄게.”

그는 나를 향해 손을 뻗었다.

나보다 키도 작으면서.

순수하게 웃는 뺨을 꼬집어 주고 싶은 충동을 누르며, 나는 루시안의 손을 잡았다.

흔적을 따라간 지 한 시간 정도 지났을까.

“헉……. 아직 아무것도 안 보여?”

알로가 헥헥거리며 엄살을 부리기 시작했다.

“잠깐만.”

나는 숨을 크게 들이마셨다. 아까부터 분명하게 느껴지는 것이 있었다. 민트와 비슷한, 하지만 더 달콤하고 독특한 향.

원작에서 묘사된 향과 정확히 같았다.

백령화가 가까이에 있어.

“저쪽을 찾아볼래.”

내 시선이 계곡 위 절벽을 향할 때였다.

“위험해!”

루시안의 갑작스러운 외침이 공기를 갈랐다.

“도련님?”

세 가지 일이 동시에 일어났다.

두두두두 하는 발소리가 산을 울리기 시작했고.

루시안이 나와 알로를 잡아 뒤로 크게 물러났고.

칼과 루가 등을 맞대며 검을 뽑았다.

“멧돼지 마물입니다!”

칼의 검 끝으로 가리킨 곳에는 처음 보는 괴물이 서 있었다.

"으르릉-"

나와 알로, 루시안의 눈이 커졌다. 붉은 털과 동그란 몸. 분명히 책에서 묘사된 것과 같은 모습이었다.

하지만 왜…….

"저 덩치는 뭐야? 말도 안 되잖아!"

알로의 말이 맞았다. 우리 앞에 나타난 마물의 크기는 일반적으로 알려진 멧돼지 마물의 세 배 정도였다.

말도 안 돼.

링클산은 저 덩치의 마물이 살기에는 민가와 너무 가까웠다. 갑자기 무언가에 이끌려 온 것이 아니라면 녀석이 나타난 것은 설명이 되지 않았다.

"마, 마물 퇴치 연고가 듣지 않는 것 같습니다."

루가 말했다. 괴물의 덩치 때문인지, 녀석은 우리 몸의 향이 조금도 신경 쓰이지 않는다는 듯 쿵쿵거리며 이쪽으로 다가왔다.

"대체 링클산에 저런 괴물이 왜……."

"도련님을 지키는 게 우선이다, 루."

두 사람은 검을 뽑은 채 동시에 괴물을 향해 돌진했다.

"기다려!"

"으르릉!"

루시안과 내가 동시에 외쳤지만 때는 늦어 있었다. 칼과 루에게 자극받은 괴물은 그들에게 돌진했고, 두 사람은 그대로 녀석의 몸에 부딪혀 멀리 날아가 버린 것이다.

"히…… 히익."

알로가 마른침을 꿀꺽 삼켰다. 나도 꽉 쥔 주먹에 땀이 나는 것이 느껴졌다.

두두두두-

우리 세 사람을 발견한 멧돼지 마물은 방향을 바꿔 이쪽으로 돌진하기 시작했다.

"리라!"

괴물의 움직임을 기민하게 읽은 루시안이 내 몸을 감싸고 옆으로 굴렀다. 괴물은 우리 두 사람을 스치더니 절벽 바로 앞에 멈추어 섰다.

"으르릉- 컹!"

"자, 잠깐만."

불행히도 녀석이 멈춰 선 곳 가까이에 자리한 것은 잔뜩 굳은 알로였다.

탁, 탁, 탁.

마물은 알로를 노려보며 발을 몇 번 굴렀다.

조금 전과 달리 곧바로 그를 향해 달려들지는 않았다. 나는 곧 이유를 알 수 있었다.

"연고……. 연고의 향이 강해서 그런 거야."

마지막으로 약을 바른 알로는 나머지 네 명보다 강한 퇴치 향을 머금고 있었다.

"컹-"

괴물은 잠시 머뭇거리다가, 결심한 듯 알로를 향해 머리를 숙이고 달려들 준비를 했다. 나는 그 틈을 타 들고 있던 피크닉용 천을 펼치고 다른 한 손으로 남은 연고를 짜냈다.

"이쪽이거든!"

괴물이 알로를 향해 달려가려는 찰나, 나는 들고 있던 천을 공중으로 던졌다.

펄럭-

"꾸웨엑!"

괴물은 불쾌한 소리를 지르며 몇 걸음 물러섰고, 알로는 그사이에 무사히 나와 루시안 옆으로 도망쳐 왔다.

"허억, 헉……. 고맙……. 근데 이제 어떡하냐."

안도의 순간은 잠깐이었다. 우리 셋은 절벽을 등지고 있었고, 천을 반쯤 뿌리친 멧돼지 마물은 이미 한쪽 눈으로 우리를 보고 있었으니까.

"으르릉!"

괴물이 우리를 향해 한 걸음씩 다가왔고, 우리 셋은 절벽 가까이로 천천히 물러났다.

"리라, 알로, 내 뒤로 가."

"도련님?"

"신호하면 옆으로 뛰어. 알로가 리라를 데려가."

어느새 루시안의 손에는 땅에서 주운 듯한 나뭇가지가 들려 있었다.

괴물의 상대가 될 리 없었다.

"안 돼요, 차라리 절벽 밑으로 구르는 게……."

"알로, 빨리!"

때는 늦었다. 괴물은 벌써 천을 벗어 던지고 우리를 향해 돌진하기 시작했다. 루시안이 땅을 박차고 녀석을 향해 뛰어들려던 순간이었다.

쉬익-

괴물의 뒤에서, 날카로운 은빛의 무언가가 큰 궤적을 그리며 허공을 갈랐다.

"끼에에엑-"

귀가 찢어질 것 같은 비명이 들려왔고, 괴물의 몸이 공중에서 발작하듯 떨렸다.

쿠웅-

거대한 몸이 한쪽으로 쓰러지며 산 전체가 울렸다. 쓰러진 멧돼지 마물의 목에는 붉은 핏줄기가 흘러나오고 있었다.

저벅.

괴물의 시체 뒤에서 누군가가 이쪽으로 걸음을 내디뎠다.

"……사람을 만날 줄은 몰랐네."

달빛을 녹여 만든 것 같은 은빛 머리칼.

독특한 자색 눈동자.

핏물이 묻은 검을 한쪽으로 털며 나타난 것은 아름다운 외모를 가진 열다섯, 열여섯 가량의 소년이었다.

제국에서는 드물게 검 두 개를 쓰는지, 소년의 허리춤에는 진검 한 자루가 더 준비되어 있었다.

"바보들이냐? 멧돼지 마물 앞에서 피크닉을 하게?"

"……키르시안 세이든."

루시안이 중얼거렸다.

"오랜만이야, 오페르니아 꼬마. 바깥을 돌아다닌다는 말이 사실이었나 보군."

은발의 소년이 싱긋 웃었다. 그는 한쪽 손을 들더니 뒤에 있는 누군가에게 신호했다.

"알리사, 나와."

"네, 도련님."

기척 없이 조용히 대기하다 나온 것은 소년보다 두어 살 많아 보이는 바지 차림의 여자였다.

"가져가자. 가죽을 벗겨서 네게 코트를 선물하지."

"……감사히 받겠습니다."

소년은 루시안을 바라보며 눈을 찡긋했다.

"내 시녀야. 뭐, 첩이라고 볼 수도 있고. 예쁘지 않나?"

"……."

루시안은 듣기 불쾌하다는 듯 얼굴을 찌푸렸다.

나는 눈을 가늘게 뜨고 두 사람을 바라보았다.

은발 자안, 키르시안 세이든…….

익숙한 이름이 머릿속을 울렸다.

공작가의 친척이었지. 정확히는 공작 부인 친정 조카의 아들이자, 제국 3대 공작가 중 하나인 세이든 공작가의 방계 혈족이었다.

그의 설정을 한마디로 요약하면.

세이든에서 내놓고 오페르니아가 거둔 망나니.

부모 없이 자라더니 열두 살부터 술과 여자를 가까이했다. 게다가 툭하면 싸움판에 끼어들어 사람을 때리고는 했다.

세이든 가문에서 겉돌다가 결국 어머니 쪽 친척인 공작 부인이 그를 거뒀다. 그가 오페르니아 저택 한쪽에서 거주하는 것은 그 때문이었다.

잘난 얼굴을 막 쓰다가, 누군가에게 암살당하는 엔딩이었던가.

자의든 타의든 오페르니아와 연관이 되면 좋은 결말을 맞이할 수 없나 보다 하고 넘겼던 부분이었다.

"아무튼 말이야, 남의 사냥터에서 놀면 위험할 수 있다는 걸 알아 두라고."

"사냥터?"

루시안이 날카로운 목소리로 되물었다.

"그래. 멧돼지 마물을 사냥하러 며칠째 오고 있었거든. 드디어 가죽을 찾아서……."

슥.

키르시안의 눈이 커졌다. 루시안이 들고 있던 나뭇가지로 그의 목을 겨눴기 때문에.

"……너 미쳤냐?"

"네가 일부러 끌어들인 거야."

"뭐?"

"여긴 원래 멧돼지 마물이 없는 장소다. 저 정도의 괴물이 갑자기 나타나는 건 말이 안 되지."

"……."

"약이든, 향이든, 네가 마물을 유인한 거야. 코트 따위를 만들기 위해서. 그리고……."

루시안의 눈이 분노로 빛났다.

"멋대로 그런 짓을 해서, 리아넬라가 다칠 뻔했어."

두 사람의 시선이 허공에서 강하게 부딪혔다.

"……꼬마, 그런 위험한 물건을 들 때는 상대를 봐 가면서 덤벼."

"부인하지 않는 걸 보니 잘 본 것 같은데."

키르시안은 들고 있던 검을 다시 한번 휙 휘둘러 남은 피를 털었다. 나와 알로가 동시에 움찔하고 몸을 떨었다.

"……뭐, 좋아."

그러나 키르시안은 더 위협적인 행동 없이 검을 검집에 집어넣었다.

"사실이긴 해. 내가 조각난 동물 사체를 뿌려서 녀석을 유인했지. 하지만 어린아이들이 여기까지 소풍 올 줄은 몰랐지 뭐냐."

그는 눈의 힘을 풀고 무해하게 눈꼬리를 접었다.

"내가 너희를 구했으니 사과는 않도록 하지."

"……."

"감사의 인사도 받지 않을게. 네 시녀가 저 이상한 천을 던져 녀석의 주의를 끈 덕분에 쉽게 잡았으니까."

"감사할 생각 없었다. 그리고 리라는 내 시녀가 아니야."

"마음대로."

키르시안은 어깨를 으쓱하더니 등 뒤에 있던 시녀를 불렀다.

"알리사."

"네, 도련님."

"준비됐으면 가지고 가자. 가죽 벗기려면 한참 걸리겠는걸."

그는 휙 돌아서서 시녀의 어깨에 팔을 걸더니 루시안에게 다시 한쪽 눈을 찡긋했다. 나는 다시 한번 눈을 가늘게 떴다.

알리사.

아는 이름, 아는 얼굴이었다.

내 기억이 맞다면 그녀와 나는 같은 노예상 밑에 있었다.

하지만 저 애는…….

내가 생각을 마치기 전에, 키르시안은 멧돼지 마물의 사체를 끌고 알리사와 함께 시야에서 사라져 버렸다.

"리라."

"……."

"리라?"

루시안의 목소리가 생각에 잠겼던 나를 깨웠다.

"도련님."

나는 그를 향해 돌아섰다.

"……나 찾았어."

어느새 나뭇가지를 떨어뜨린 루시안이 나를 향해 무언가 내밀었다. 키르시안 때문에 많이 예민해졌던 그의 목소리가 사뭇 달라져 있었다. 긴장이 풀리고, 화가 가라앉고, 약간의 기대감이 찬 것 같은 말투.

"어? 그거……."

굳어 있던 알로가 눈을 크게 떴다. 루시안의 손에 든 것을 본 순간, 나는 그 이유를 알 수 있었다.

"꽃잎 여섯 개, 잎사귀가 뾰족한 하얀 꽃."

"……."

"이거지? 리라가 가지고 싶었던 거."

백령화였다. 루시안이 꺾은 꽃은.

"여기 많이 있어. 전부 리라에게 줄게."

그는 보일 듯 말 듯 한 미소를 지으며 말했다.

나는 스스로의 얼굴이 환해지는 것을 느꼈다. 루시안의 발치에는, 대륙 전체에서 한 송이를 찾는 것도 어렵다는 백령화 수백 송이가 피어 있었다.

* * *

모든 것은 일사천리로 진행되었다.

칼과 루가 의식을 회복한 뒤 우리는 백령화 백 송이 정도를 따서 저택으로 돌아갔고, 루시안을 기다리던 바인즈 집사는 자연스레 백령화를 발견했다.

'이, 이건…… 분명 주치의가 말한 그 꽃입니다.'

'와, 책에서 보긴 했는데 그게 의학서였어요?'

나는 쓸데없는 의심을 피하기 위해 약효를 알고 있었다는 사실은 숨겼다.

덕분에 사실 관계는 간단하게 정리되었다. 내가 우연히 들여다본 의학서에서 예쁜 들꽃을 보았고, 링클산에서 우연히 그 꽃을 발견해 따 왔고, 그 꽃은 사실 공작 부인의 병을 치료할 수 있는 귀한 약초였다.

-라고.

그렇게, 약초는 공작 부인 주치의의 손에 들어갔다. 루시안이 나를 위해 말려 준 한 송이만 제외하고.

"많이 회복하셨습니다. 전과 달리 의식이 또렷하십니다."

공작 부인 침실 바깥에서 초조하게 기다리는 바인즈 집사에게 주치의가 말했다. 집사가 깊은 한숨을 내쉬었다.

"하늘이시여, 감사합니다……."

그는 얼떨결에 함께 기다리던 나와 루시안을 바라보더니 천천히 입을 열었다.

"……아이야, 생각보다 빠르게 약속을 지킬 수 있게 됐구나."

"네?"

그는 처음 보는 환한 미소를 지었다.

"도련님, 들어가서 문안 인사를 드리시지요. 리아넬라도 따라 들어가도 좋다."

"정말요?"

나는 자리에서 벌떡 일어났다.

"물론. 공작 부인의 회복은 모두 두 사람의 덕분이니까."

집사가 성호를 그었다.

"이 일은 절대로 잊지 않겠습니다, 도련님. 공작 부인께도 거듭 말씀드렸습니다."

"……."

"들어가 보시지요. 부인께서 기다리고 계실 겁니다."

루시안은 천천히 의자에서 일어나 나를 바라보았다.

"같이 들어갈 거지?"

"네, 도련님."

나는 살포시 그의 손을 잡았다.

"괜찮으시겠어요?"

"응."

"연습했던 인사, 잘 기억하고 계세요?"

"응."

우리 두 사람은 조심스럽게 공작 부인의 침실로 들어갔다. 깨끗하고 고급스러운, 태어나서 처음 보는 넓은 침실이 눈앞에 펼쳐졌다.

촛불은 켜져 있지 않았으나, 방 한쪽의 커튼이 걷혀 햇살이 쏟아져 침대를 비추고 있었다.

공작 부인은 그곳에 있었다. 몸을 반쯤 일으켜 베개에 기댄 채로.

이 사람이 오페르니아 공작 부인이구나.

새하얀 머리칼과 주름진 얼굴에는 병마와 싸우던 흔적이 보였지만, 루시안과 같은 푸른색은 눈동자는 힘있게 빛났다.

나는 그녀가 건강을 완전히 회복했음을 알 수 있었다.

"……가스팔."

그녀가 천천히 입을 열었다.

"……예?"

"아니, 루시안."

나는 헉 하고 숨을 들이마셨다. 그녀가 처음 부른 이름은 자신의 장자, 그러니까 루시안의 아버지 이름이었다.

"……닮았구나."

공작 부인의 목소리가 떨리고 있었다.

"오랜만에 보아도, 내 아들을 똑같이 닮았어. 내 아들은 내 남편을 닮았고 말이다."

"……."

"너를 보고 싶지 않았다. 하지만 약초를 구해 온 게 너라고 하니 어쩔 수 없구나."

그녀가 고개를 들었다. 놀랍게도 눈에는 투명한 액체가 고여 있었다.

"왜 왔느냐?"

"……무슨 말씀이십니까."

"나를…… 탓하러 왔느냐?"

루시안의 눈이 커졌다. 부인의 말이 조금도 이해가 가지 않는다는 표정이었다.

"날마다 그날을 떠올렸다."

부인은 한 손에 얼굴을 반쯤 묻으며 말을 이었다. 병으로 가냘픈 어깨가 떨렸다.

"강도의 습격을 당해 죽은 네 할아버지, 그리고 네 아버지와 어머니……."

"……."

"사람을 더 딸려 보내지 않았던 것을 얼마나 후회했는지 너는 모를 것이다."

"할머니."

"내 탓이다."

액체는 그녀의 볼을 타고 툭 떨어졌다.

"마리노가 죽은 것도, 가스팔이 죽은 것도, 그리고 엘리오노라도……. 내 탓이야. 내가 더 조심시키지 않았던 탓이야."

혹시라도 루시안에게 모진 말을 할까 생각했던 내 걱정은 기우였다.

가슴이 조금 아려왔다.

공작 부인은 내가 처음 봤을 때의 루시안과 비슷한 표정을 하고 있었으니까.

"너를 마주할 수가 없더구나, 루시안."

"……."

"나는 너의 부모를 지켜 주지 못했다. 너를 볼 때마다 그 사실이 떠올라."

그녀는 결국 양손에 얼굴을 묻었다. 눈물은 손가락 사이로 계속 흘러나왔다.

"네가 그 일로 나를 원망할까 항상 두려웠다."

나는 비로소 바인즈 집사의 말을 이해할 수 있었다. 루시안과 마주치기에는 공작 부인이 너무나 심약하다는 그 말은 사실이었다. 마주칠 때마다 그녀는 남편과 아들, 그리고 며느리의 죽음을 마주해야 했던 것이다.

"저는……."

루시안이 입을 열었다.

"저는 할머니를 탓하러 오지 않았습니다."

"아니라고?"

"예."

"그럼, 혹시 비웃으러 왔을까?"

공작 부인은 쓰게 웃었다.

"너를 고아로 만든 내가, 결국 네가 준 약초로 목숨을 부지했으니 말이다."

"그것도 아닙니다. 그리고……."

루시안이 다시 한번 심호흡을 하고 말을 이었다.

"틀리셨습니다."

잠깐의 정적이 방 안을 채웠다. 공작 부인이 천천히 고개를 들었다.

"틀렸다고?"

"그분들의 죽음은 할머니의 탓이 아니니까요."

루시안이 힘주어 말했다.

"범인이 명확히 있는 사건이었습니다. 달리 말하는 것은 사실 왜곡이라 배웠습니다."

"루시안……."

"제 탓이 아닌 것처럼, 할머니의 탓도 아닙니다. 그분들은 강도를 만났던 것, 그뿐입니다."

공작 부인은 머리를 한 대 얻어맞은 듯한 얼굴로 루시안을 바라보았다.

"저와 할머니는 모두 피해자입니다."

멍해진 것은 나도 마찬가지였다.

'잡지는 못했어도 범인이 따로 있는 사건이에요. 피해자인 도련님을 탓하는 건 사실 왜곡이라고요.'

루시안은 내가 그에게 했던 말을 그대로 부인에게 해 주고 있었으니까.

루시안이 시선을 돌려 나와 눈을 마주쳤다. 나는 그를 향해 고개를 끄덕였다. 그는 심호흡을 하고 공작 부인 앞에 한쪽 무릎을 꿇었다.

"제가 여기 온 것은, 할머니를 걱정했기 때문입니다."

"루시안……."

"그리고 무엇보다."

그는 고개를 들어 공작 부인과 눈을 마주쳤다.

"할머니가 뵙고 싶어서 왔습니다."

가슴 한편이 울리는 것 같았다. 잘게 떨리는 루시안의 목소리에서 그의 진심이 느껴졌다.

공작 부인이 루시안을 향해 손을 뻗었다. 주름진 손은 차마 그의 얼굴에 닿지 못하고 허공에서 떨렸다.

"뵙고 싶었습니다, 할머니."

그는 천천히 그녀의 손을 잡아 자신의 뺨에 가져다 댔다.

"많이…… 그리웠습니다."

"루시안, 내 아이야."

그녀는 팔을 뻗어 루시안을 포옹했다. 공작 부인의 눈물이 걷잡을 수 없이 흘렀다.

"다시는, 다시는 너를 내 곁에서 떼어 놓지 않겠다."

그녀가 흐느끼듯 말했다.

"내가 살아 있는 한……. 너를 위험하게 두지 않을 것이야."

"……."

"미안하구나, 루시안."

"……아닙니다."

"사랑하는 손자야, 내가 미안하다."

두 사람은 한참 동안 서로를 포옹한 채 그대로 있었다.

깊었던 오해가 모두 풀려 사라질 때까지.

* * *

"리라."

공작 부인의 침실을 나서며, 루시안이 나직하게 리아넬라의 이름을 불렀다.

리아넬라는 말없이 그의 손을 꼭 잡았다. 부드러운 손에서 시작된 온기가 루시안에게 전해져 왔다.

"괜찮으세요?"

"……아직도 내 걱정을 해?"

"당연하죠."

루시안은 걸음을 멈추고 리아넬라를 향해 몸을 돌렸다. 그러고는 천천히,

그녀의 어깨에 머리를 폭 기댔다.

안고 싶어서인지, 안기고 싶었던 건지 그조차도 알 수 없었다.

"도련님."

리아넬라가 조심스럽게 그의 등을 토닥여 주었다.

"모두가 나를 잊었을 때, 리라가 나를 바라봐 줬어."

"……."

"이제 진짜로 마음을 비운 것 같아."

"그런가요?"

"응. 내 탓 안 할래. 할머니가 그런 말씀을 하는 모습을 보니 나도 괴로웠어."

"당연한 거예요. 공작 부인은 도련님에게 소중한 사람이니까. 물론……."

리아넬라는 잠시 말을 멈추었다가 다시 이었다.

"저는 도련님을 소중하게 생각하고요."

"나도 그렇게 생각할게."

루시안이 대답했다.

"나도……. 나를 소중하게 생각할게. 리라가 그렇게 한다면."

"잘 생각하셨어요."

리아넬라는 루시안의 머리를 쓰다듬었다. 그녀의 등을 감싼 루시안의 손이 가늘게 떨렸다.

톡.

루시안의 눈에서 눈물 한 방울이 떨어졌다.

삼 년 만에 처음으로 흘리는, 진짜 눈물이었다.

3. 변화

그렇게, 공작 부인과 루시안은 영원히 행복하게 살았다.

나는 더더더 많은 재물을 받고 일을 때려치운 후 돈 많은 백수가 되어 더 행복하게 살았다.

……이렇게 끝날 줄 알았는데.

모든 것이 나의 크나큰 착각이었다는 사실을 깨닫는 데는 오랜 시간이 걸리지 않았다.

루시안의 삶이 나아진 것은 사실이었다. 바인즈 집사의 얼굴이 훤해진 것도 마찬가지였다.

그래서 괜찮은 줄 알았는데.

문제를 깨달은 것은 공작 부인을 만나고 일주일쯤 지난 날이었다.

"바인즈 집사님?"

"리아넬라, 마침 잘 왔다. 공작 부인께서 너를 불러 상을 주라고 하셨거든."

바인즈 집사는 바쁜 일이 있는 듯, 빠른 속도로 내게 인사했다. 양손 가득 들고 있는 실크 주머니와 번쩍이는 상자들이 눈에 띄었다.

"상은 지난번에 주셨어요."

사실이었다. 나는 공작 부인의 병을 고치는 데 기여했다는 이유로 쾌적하고 넓은 방으로 거처를 옮겼다. 두둑한 돈주머니를 받은 것은 물론이었다.

"더 주라고 하셨단다."

집사는 대충 손에 잡히는 대로 반짝이는 무언가를 집더니 던져 주었다.

"……황금?"

"그래. 금화로는 이백 골드 정도 될 거다. 잘 쓰거라."

"하지만 전에도……."

본능적으로 손을 뻗어 날름 돈을 받기는 했지만, 불안한 기운이 스멀스멀 피어오르는 것은 무시하기 어려웠다.

"미안, 내가 오늘 바빠서 말이다. 밀린 심부름을 해야 하거든."

집사는 안주머니에서 할 일이 잔뜩 적힌 수첩을 꺼내 슥 훑었다.

"밀린 심부름이요?"

"밀린 기부 말이다."

집사는 별거 아니라는 듯 대답했다.

"고아원에 천만 골드 기부, 병원에 이천만 골드 기부, 그러고도 한참 더 있었지."

나는 미간을 찌푸렸다. 취지가 좋다고는 하나, 그가 아무렇지 않게 입에 담는 금액은 일회성 기부금으로는 지나치게 컸다.

"들고 계신 상자도 기부하시는 거예요?"

"아, 이게 급했지."

집사는 다른 것들을 내려놓고 번쩍이는 보석이 박힌 상자 하나를 들어 보였다.

"마님, 은화는 지금 줄까요?"

"그래. 더 기다리게 하지 말게."

공작 부인이 침실에서 나오며 말했다.

며칠 못 본 사이에 그녀는 건강을 많이 회복했다. 말랐던 얼굴에는 살이 오르고, 창백했던 피부에 혈색이 돌았다. 공허했던 눈은 새로 차오른 의욕으로 넘치고 있었다.

나는 또다시 불안감을 느꼈다.

"포드 영지에서 부랑자들이 또 왔다고 하니 어서 돈을 뿌려 줘."

"예, 마님."

나는 벙찐 얼굴로 두 사람을 번갈아 보았다.

남의 영지의 부랑자에게 돈을 주라니, 이게 무슨 개소리야.

"영지의 부랑자들이 계속 우리 쪽으로 오는 걸 보면 포드 남작도 어지간히 가난한 모양이지?"

그녀는 진심으로 걱정 가득한 표정으로 집사에게 말했다.

"영주에게도 다이아몬드 열 상자를 보내게."

"예."

다이아? 다이아아아아?

헛소리 말라는 말이 목구멍까지 차올랐으나 나는 억지로 입을 막았다. 손에 든 황금도 무겁게만 느껴졌다.

"은화만 뿌리지 말고 황금도 조금 섞게. 겨우 은화로 뭘 사겠어."

"예, 마님."

"컬리번 영지에도 같은 선물을 보내고. 아니, 그쪽은 인구가 많으니 열다섯 상자를 보내게."

"예, 마님."

대책 없는 지시며 기계적인 대답을 뒤로하고 나는 공작 부인의 방을 빠져나갔다. 그제야 잊고 있었던 원작의 내용이 떠올랐다.

레너드, 마리안느, 클로에, 데스먼드……. 오페르니아의 일원들은 예외 없이 호구라고 할 수 있었다.

하지만 그 안에도 가장 큰 호구는 따로 있었으니, 바로 미르타 오페르니아, 즉 오페르니아 공작 부인이었다.

선의를 뭉쳐서 사람으로 만들면 아마 그녀와 같은 모습이었을 터. 그녀는 눈을 떠 잠들 때까지 기부와 선행을 했다.

창고에 재물이 얼마나 있는지는 고려하지 않았다. 그저 남에게 퍼 주고, 불필요한 인력을 고용하고, 달라고 한 적 없는 상여를 지급하는 것이 그녀의 기쁨이었다.

공작가에 어중이떠중이들이 꼬이는 것은 당연한 일이었다.

그랬지, 그랬던 거였어.

루시안이 집어준 과자를 와작 깨물며, 나는 지금의 상황을 천천히 곱씹었다.

공작 부인으로부터 황금을 받은 지 다시 이틀이 지난 지금, 상황은 더욱 악화되어 있었다.

"들었어? 레너드 님이 다시 사업권을 받았대."

알로가 눈치 없이 속을 긁었다.

"그래. 들었어."

"받자마자 친구들과 옷감 사업을 인수하겠다고 나섰다나."

"알아."

그거 망해.

"그 말을 들은 클로에 님이 자기도 와인 양조장을 하겠다고 하셔서……."

"그것도 알아."

나중에 남편이랑 헤어지면서 다 뜯겨.

나는 땅이 꺼져라 한숨을 내쉬었다.

"네가 돈 낭비 싫어하는 건 아는데, 여긴 원래 이래."

알로가 픽 웃으며 내 어깨를 두드렸다.

"넌 속도 좋다."

"나야 약초 같이 찾아온 걸로 상여를 받았으니 불만 없지."

그가 두둑한 주머니를 툭툭 두드렸다.

"그렇지만 도련님이 받은 거랑은 비교도 안 된다? 그렇죠, 도련님?"

열심히 내게 과자를 먹여 주던 루시안이 고개를 들었다.

"보석이 가득 든 상자를 받았어."

그가 가리킨 곳에는 집사의 손에 있던 것보다 두 배는 더 크고 화려한 크리스털 상자가 놓여 있었다.

"난 필요 없는데……. 리라, 나 저거 돌려드릴까?"

"무슨 말씀을!"

나는 세차게 고개를 저었다.

"도련님은 받으셔야죠."

"그럼 리라 줄까?"

"아, 도련님 거는 잘 챙겨야 한다니까요!"

이 집 사람들은 다들 어떻게 된 건지.

유일하게 재물을 긁어모아 미래를 대비해야 하는 것은 루시안인데, 그는 제 몫을 너무나 쉽게 내게 주려고 했다.

나는 그게 내미는 상자를 도로 루시안의 서랍 속에 잘 집어넣으며 단단하게 일렀다.

"잘 들어요, 도련님. 보물은 언젠가 유용하게 쓰이는 날이 와요."

"응."

"좋은 사람의 소양은 돈을 안 쓰는 것도, 과하게 쓰는 것도 아니랍니다."

"응."

전생의 나는 두 가지 잘못을 다 했었다. 나 자신에게는 돈을 안 썼고, 가족들에게는 과하게 썼으니까.

"돈을 필요한 곳에 적당히 쓰는 능력은 중요해요."

"알겠어, 리라."

루시안이 단호하게 고개를 끄덕였다. 내 말 한 글자 한 글자를 머리에 새기는 것이 보였다.

"리아넬라, 너 되게 멋지다."

나를 따라 루시안의 방에 와 있던 카밀이 얼굴을 붉히며 말했다.

"나도 상여를 조금 받았는데, 잘 아껴 둬야겠어."

"당연히 그래야……. 잠깐."

"응?"

"너도 상여를 받았어?"

나는 천천히 심호흡을 했다.

이놈의 돈 낭비는 어디서 끝인가. 카밀이 돈을 번 것이 싫은 게 아니었다. 다만 그녀가 받았다는 건…….

"응. 공작 부인이 건강을 회복하셔서 기쁘다고, 저택 사용인 전원에게……."

그녀가 말을 마치기도 전에, 루시안의 방문 밖에서 시끄러운 소리가 들려왔다.

"넌 얼마 받았는데?"

"남의 돈에 관심 그만 갖지? 너보다는 더 받았거든?"

"말도 안 돼. 변기 청소를 제일 열심히 한 내가 제일 많이 받는 게 맞단 말이야!"

얼간이 삼총사였다. 나는 방문을 열어 그들을 안으로 들였다.

"도련님을 뵙습니다."

"……너희도 받았니?"

"금화? 당연하지."

세 사람은 자신이 받은 보너스가 더 많다고 다시 자랑하기 시작했다.
"와아, 나보다 많다. 나 만져 봐도 돼?"
카밀은 특유의 무해한 얼굴로 추임새를 넣었고.
나는 이마를 탁, 하고 짚었다.
하나가 해결되니 더 큰 문제가…….
언뜻 보면 평화로운 일상이었다. 모두가 부유한 천국 같은 공작가, 후계에 한발 가까워진 루시안, 선하디선한 공작 부인.
하지만.
천국 같은 건 원래 없는걸.
나는 닥쳐올 미래가 뻔히 보였다.
공작가는 위태로웠고, 정작 루시안이 물려받을 부는 빠른 속도로 줄어들고 있었다. 이러다가 원작처럼 빈 깡통만 남을 판이었다.
안 돼.
나는 그 자리에서 다시 한번 결심했다. 뿌리 깊은 이놈의 병폐를 싹 고쳐 놓고, 그다음에 내 집으로 튀겠다고.
삼총사와 카밀이 방에서 나간 뒤, 나는 알로에게 물었다.
"알로, 공작가에서 포드 영지에 기부하기 시작한 게 언제야?"
"음, 기억 안 나."
알로는 머리를 긁적이며 대답했다.
"내가 기억하는 한 공작 부인은 항상 그쪽에 돈을 퍼 주셨는걸. 돌아가신 공작께서도 허용하셨고."
"그 돈은 어디에 쓰이는데? 지금쯤은 부자가 됐어야 하는 거 아니야?"
"몰라."
알로가 어깨를 으쓱했다.
"제대로 된 사업은 안 하는 걸로 알아. 적어도 겉보기에는 항상 가난하거든. 영주는 왕처럼 산다는 소문이 있긴 하지만……. 정확히 아는 사람은 없어."

헛웃음이 나왔다.

십 년이 넘게 보석과 돈을 퍼 줬는데도 변함이 없다면, 결론은 뻔하지 않은가.

포드 영지는 그 돈을 끌어다 사업을 하고 있었다. 당당히 밝힐 수 없는, 불법적인 어떤 일을.

“어떻게 하면 알 수 있을까?”

나는 반쯤 혼잣말로 물었다.

“글쎄.”

“음…….”

알로는 건성으로 대답했고, 루시안은 진지하게 생각에 잠겼다.

“……정보에 밝은 자, 기왕이면 암흑가의 소식을 알려 줄 수 있는 자가 필요하겠지.”

“소식이요?”

“포드 영주가 왕처럼 살고 있다면 분명 불법적인 사업이 진행된다는 뜻일 테니까.”

나를 똑바로 보는 눈은 예전에 비해 총기가 흘렀다.

“리라가 직접 포드 영지에 가볼 수는 없으니 내부 정보를 알려 줄 사람부터 물색해야 해.”

그는 나를 보며 조심스레 덧붙였다.

“그런 사람을 찾는 건 위험할 수도 있으니 내가 도와주면…….”

“맞는 말씀이에요.”

기특하다. 어린 나이에 어쩌면 이렇게 영특할까.

루시안의 말이 바로 내가 듣고 싶던 말이었다.

“잘했어요, 도련님! 하지만 도움은 다음번에 주세요.”

나는 습관처럼 루시안의 머리를 쓰다듬었다. 그의 볼이 미세하게 붉어졌다. 그리고 나는 결심했다. 그의 말처럼 내 정보통을 확보하기로.

대상은 이미 정해진 거나 마찬가지였다.

도둑이 있었지.

나는 속으로 누군가의 얼굴을 떠올렸다.

이제는 잡을 때가 됐어.

도둑의 정체는 이미 알고 있었으니까.

* * *

오페르니아 가문의 어린 사용인들은, 겉보기엔 꽤나 평탄한 세월을 보내고 있었다.

얼간이 삼총사가 3급으로 떨어지고 나서부터는 대놓고 다른 사용인의 돈을 빼앗는 이가 없었으니까. 윗물이야 더 깊이 썩어 있었지만, 그들에게 직접 와닿지 않았으니 예외라고 치고.

다만 어린 사용인들 사이에 한 가지 해결되지 않은 문제는, 지난 몇 달 동안 꾸준히 여러 주머니를 털었던 도둑이었다.

조용하고, 쏜살같고, 누구도 그 정체를 몰랐다. 특징이라면 얼간이 삼총사의 돈을 유독 자주 턴다는 것, 나머지 사용인들에게는 공평하다는 것, 그리고…….

내 돈은 첫날을 제외하고는 가만뒀었지.

나는 복도를 지나며 열심히 머리를 굴렸다.

내 짐작이 맞다면…….

복도 끝에 내가 찾던 방문이 보였다. 나는 문을 밀고 들어가 그 주인에게 고갯짓으로 인사했다.

"리아넬라!"

방 주인이 반갑게 내 이름을 불렀다.

"소식 들었어? 앨버트가 또 소매치기를 당했대."

"……!"

그녀의 말을 듣자마자 나는 확신할 수 있었다.

"카밀."

"응, 리라."

카밀이 반갑게 나를 향해 웃어 보였다. 호의로 가득 찬, 긴장을 탁 풀게 만드는 순진한 미소였다.

하지만.

"너지?"

"응?"

카밀은 큰 눈을 더 크게 뜨고 나를 바라보았다.

"도둑."

나는 쐐기를 박았다.

"사용인 사이의 소매치기, 그건 너였어."

카밀은 그저 아기 같은 얼굴로 나를 빤히 바라보았다.

"……무슨 얘기를 하는 건지 모르겠어."

하지만 나는 속지 않았다. 내 눈앞에 있는 것은 연기 천재, 보이지 않는 빠른 손, 눈 감으면 코를 베어 가는 치사한 범죄자.

녹번의 카밀라, 위장의 마법사, 미래의 대도 카밀라 바렐이었으니까.

"소매치기라니?"

상처 입은 사슴 같은 눈망울이 나를 바라보았다.

수천, 수만 번 지어 보았을 무해하고 억울한 표정.

그러나 숱한 거짓말쟁이들을 봐 왔던 내 눈에는, 그 너머에서 카밀이 하고 있을 계산들이 보였다.

"……왜 그런 말을 하는 거야?"

나는 빙긋 웃었다.

증거가 있나 없나 떠보겠다 이거지.

근거를 찾는 건 바로 나의 주특기였다.

"처음 널 의심한 건 네 손재주 때문이었어."

나는 믿을 수 없을 정도의 속도와 감쪽같은 실력으로 가짜 신성수를 만들던 그녀를 떠올리며 말했다.

"녹번 거리에서 그런 손재주를 가졌다면 소매치기가 되지 않는 게 더 이상하잖아."

정확하게 말하면, 나는 듀크와 볼튼이 그녀를 '카밀라'라고 불렀을 때부터 의심했었다.

그 이름은 원작에서 유독 기억에 남은 캐릭터의 이름과 같았으니까.

"그리고 생각했어. 오페르니아 저택에 온 지 이틀째, 내 십 골드를 펜섬의 소금으로 바꿔치기할 수 있었던 사람이 누군지."

정확한 정보를 생략한 채, 나는 계속 말을 이었다.

"조건은 세 가지였지. 내 방에 빨리 드나들 수 있는 사람, 손재주가 뛰어나서 허리에 찬 주머니 속의 물건을 바꿔치기할 수 있는 사람, 그리고 무엇을 어떤 물건으로 바꾸면 구분하기 어려운지 정확히 파악하는 사람. 그랬더니 네가 생각나더라."

가짜 신성수를 만들 재료를 너무나도 정확하게 찾아냈으니까.

"……너무해."

카밀이 입술을 달싹이며 말했다.

"난 그냥 도와준 거란 말이야."

동그란 눈동자가 충격을 받은 듯 떨렸다.

"나는, 그냥 도움이 되고 싶어서……."

"더 중요한 건 지금부터야."

나는 그녀의 말을 끊었다.

"앨버트가 소매치기를 당할 때마다 공통점이 뭐였을까?"

"……."

"너랑 접촉했었다는 거."

"……!"

나는 오페르니아의 하녀가 된 둘째 날부터 찬찬히 짚어 내려갔다.

처음 앨버트 삼총사를 만났을 때 카밀이 자신의 몸에 손대는 앨버트를 밀쳤던 것. 녀석들이 내 부하가 된 후, 청소를 가르친답시고 앨버트의 허리춤을 잡았던 것.

그리고 조금 전, 루시안의 방에서 앨버트의 돈주머니를 만져 보게 해 달라고 했던 것.

세 번 모두, 앨버트가 소매치기에게 털리는 것으로 마무리되었다.

"도둑은 다른 아이들에 비해 그 세 얼간이를 훨씬 집요하게 털었대."

"……."

"너, 보기보다 원한을 담아 두는 타입이었던 거지?"

가만히 내 말을 듣던 카밀과 나의 시선이 마주쳤다. 그녀의 눈에서 눈물이 툭 하고 떨어졌다.

"아니야……. 아니라고밖에 할 말이 없잖아."

나는 감탄했다.

현대에서도 훌륭한 범죄자가 되었겠네.

증거를 대라고 고래고래 소리치는 게 아니라 무력한 듯 억울함을 호소하는 태도.

웬만한 판사도 속아 넘어갈 연기였다. 그러나 연기는 증거 앞에 무력한 법.

"그럼 이건?"

쫘아악-

나는 카밀의 등 뒤에 있던 벽지의 한쪽 끝을 잡아 쭉 뜯었다. 원작 마지막 부분에 따르면 공작가의 벽지 뒤에는 몇몇 사용인들이 슬쩍한 금붙이가 숨어 있다고 했었다.

카밀의 벽지가 유독 너덜거리는 것은 우연일 수 없었다.

촤르르르르륵-

아니나 다를까, 수백, 수천 개의 금화가 발밑으로 쏟아져 나왔다.

"아앗!"

카밀이 외마디 비명을 내질렀다.

"그리고 여긴?"

투둑-

바닥의 튀어나온 판자를 뜯자 휘황찬란한 빛이 새어 나왔다. 뜯어진 판자 틈으로 갖은 금은보화가 저마다 자태를 뽐냈다.

"……이 정도였어?"

대체 얼마나 해 먹은 건데.

"안 돼!"

"베개 시트도……."

"그만! 너무해! 정말, 정말……."

울먹울먹 흐느끼던 그녀의 표정이 순간 서늘해졌다.

"아, 정말 더럽고 치사해서 못 해 먹겠네!"

나왔다.

"그래! 내가 그랬다, 이 새끼야! 됐냐?"

제국 최고의 악당 카밀라 바렐의 성깔이 튀어나오는 순간이었다.

* * *

대도 카밀라 바렐.

천사 같은 얼굴에 빛보다 빠른 손을 가졌다는 천재 범죄자.

원작에서 그녀는 누가 봐도 똑똑한 몇 안 되는 캐릭터 중 하나였다. 공작가의 재산은 물론 사용인들의 돈까지 미리 알차게 털어먹고, 나중에는 하녀

자리에 적만 걸어 둔 채 몰래 영지 한구석에서 도적단을 설립해 운영했으니까.

다만 공작가와 얽힌 기간이 너무 길어서인지, 아니면 도적단이 너무 번창해서인지, 그녀는 또 다른 도적단의 불만을 사 죽임당하고 만다. 죽은 후에 거처를 뒤졌더니 웬만한 백작령은 사고도 남을 정도의 재화가 있었다던가.

"말해."

"원하는 정보가 뭔데?"

조금 전까지 보이던 눈물은 온데간데없었다. 그녀는 날카로운 눈빛으로 나를 쏘아보고 있었다.

나는 바보 같고 눈치 없는 평소 그녀의 모습이 완벽한 연기였음을 다시 한번 확신했다. 귀여운 외모, 어눌하고 자신 없는 말투, 상황에 맞지 않는 질문과 대답.

모든 것은 치밀하게 계산된 행동이었다. 다른 이들의 의심을 피하기 위한 고도의 계획일 터였다.

"내 돈은 왜 가져갔는지부터. 나한테도 원한이 있어?"

"없어."

그녀는 딱 잘라 말했다.

"나도 양심이라는 게 있어."

"거짓말. 없잖아."

"맞아, 없어. 하지만 도와준 사람에게는 원한을 품지 않아. 그렇게 해서 도움될 게 없잖아."

"돈은 훔치고?"

"안 그랬으면 너나 나, 둘 중 하나는 의심을 받았을 테니까. 모두의 돈이 사라지는데 네 것만 멀쩡하면 뭐라고 생각했겠어?"

그녀가 빠르게 대꾸했다. 뻔뻔한 표정이었으나, 헛소리로 상황을 모면하는 것은 아니었다.

"……내가 도둑이거나, 나에게 도움받았던 네가 도둑이라는 의심을 받았을 거다?"

"바로 그거야."

"다른 이유는?"

"그야 십 골드를 보면 손이 움직이니까!"

카밀은 당연한 걸 말해야 아냐는 듯 소리쳤다. 두 눈이 돈 모양으로 변한 것 같은 착각이 들었다.

"하지만 빚졌던 건 신성수 건으로 다 갚았어. 계산은 철저하거든?"

"……미리 계획했던 거야?"

나는 듀크와 볼튼이 자연스레 카밀의 이름을 말하던 모습을 떠올렸다.

"그래. 내가 먼저 두 사람에게 말했어. 뭐가 필요한지 모르지만 되도록 너를 도우라고. 그래야 내 마음속에 빚이 없고, 그래야 나중에……."

"양심의 가책 없이 내 주머니를 털 수 있다?"

어이가 없어 되물었으나 그녀는 당연하다는 듯 대답했다.

"그거지. 돈을 보면 손이 저절로 움직인다고 했잖아."

나는 천천히 기억을 되짚었다.

"신성수 건으로 받은 돈은 너한테도 상당액을 나눠 줬던 걸로 기억하는데……."

"그 돈은 잘 썼어."

카밀은 바닥 틈 사이로 보이는 은잔 하나를 가리켰다.

"적당한 값에 산 장물이지만 언젠가 비싸게 팔 거야."

돈 귀신 같은 인간이라더니.

괘씸한 건 둘째 치고, 나는 카밀에게 감탄하지 않을 수 없었다. 무언가에 대해 이렇게 큰 열정을 가진 자를 본 기억은 거의 없었으니까. 그 대상이 돈이라고 해도, 집념만큼은 높이 사지 않을 수 없었다.

나는 그녀가 앉은 침대 맞은편 소파에 털썩 앉았다. 중요한 건 지금부터였다.

"이것도 말해 봐."
"뭘?"
"듀크와 볼튼 아저씨가 왜 네 지시를 듣는지."
"……."
"친구라고 할 수 있는 사이인 거야?"
또래가 아니라고는 하나 여긴 나이로 상하 관계가 결정되는 한국이 아니었다. 사연이 있으면 절친할 수도 있을 터.
그러나 카밀은 고개를 저었다.
"친구가 아니야."
"그럼?"
"두 사람은 내 부하야."
그녀는 짧고 단호하게 대답했다.
"부하?"
제 부모가 되고도 남을 나이의 아저씨들이?
카밀은 허세를 부리는 표정이 아니었다. 그저 사실을 있는 그대로 말하고 있는 듯한 말투였다.
순간, 원작 내용이 다시 머리를 스쳤다.

카밀라 바렐은 오페르니아 공작가에 몸담은 후부터 미래를 위한 인맥을 쌓았다.
이를 발판으로, 그녀는 가문이 멸문할 무렵 도적단 '카밀라의 손'을 운영했다.

나는 그녀가 앞으로 쌓을 인맥과 잠재력을 높이 사 일찌감치 개발시킬 계획이었다. 암흑가와 연이 닿으면 소식을 알아 오기도 쉬울 테니까. 하지만.
원작이 미묘하게 안 맞을 수도 있나? 공작가에 몸담은 후가 아니라, 그전에 이미 한 집단을 운영하고 있었다면?

"네 '부하'들은…… 무슨 일을 하는데?"

"그것까지 너한테 말해야 해?"

"당장 사람을 불러서 네 보물들을 보여 줘도 좋다면 마음대로 하고."

"알겠다고!"

그녀가 빽 소리치더니 말을 이었다.

"주로 하는 일은 정보상이야."

"……."

"비밀이다, 너."

카밀이 목소리를 낮추었다.

"뒷세계의 정보를 찾아내고, 끼워 맞추고, 해석해서 파는 게 내 일이야. 물론……."

그녀는 어깨를 으쓱했다.

"중간에 소매치기 같은 걸로 부수입을 올리기도 하지만."

하.

헛웃음이 나왔다.

애초에 이것이 '카밀라의 손'의 정체였던 것이다. 규모가 크다 해도 도적단 하나로 그렇게 큰 부를 쌓는 것은 이상하다고 생각했었다.

도적단은 대외적인 정체였던 거야.

앞으로는 도적단의 형태를 해 명성을 쌓으며 몸집을 불리고, 뒤로는 정보를 처리하는 기구였던 것이다.

일순 소름이 돋았다. 그 거대한 조직의 기초가 되는 집단은, 열여섯 살에 불과한 카밀의 손에서 벌써부터 굴려지고 있었다.

"카밀."

나는 눈앞에 앉아 있는 천재 범죄자를 보며 말했다.

"지금 네가 부리는 부하가 몇 명이야?"

"……열넷."

그녀는 순순히 대답했다.

"어떻게?"

"나는 그들의 약점도 알고 욕망도 아니까."

"사람 열넷의 약점을 쥐고 협박하면서, 욕망에 맞는 당근을 흔든다……."

"넌 참 이해가 빨라."

그녀는 간단하다는 듯 고개를 끄덕였다. 범죄자 집단을 운영하는 것이 숨 쉬는 듯 자연스러운 사람만이 보일 수 있는 태도였다.

이 애다.

입가를 스치는 사악한 미소를 보는 순간, 나는 마음을 정했다.

이 아이가 나의 정보망이라고. 암흑가의 조직을 운영하는 것에 있어서, 그녀를 뛰어넘는 인재는 없을 것이라고.

"……나 그 표정 알아. 못된 계획을 세울 때 내 얼굴이랑 닮았어."

"잘 아네."

나는 카밀의 말에 대답하며 빙긋 미소 지었다.

"무슨 생각을 하는 거……."

"카밀라 바렐. 약점은 알세스 지역에서 제 언니, 누나에 의지해 사는 동생들."

"뭐, 뭐야? 너 그걸 어떻게……."

그녀의 눈이 휘둥그레졌다.

"고급 정보는 너한테만 있는 게 아니니까. 그리고 네 욕망은 그저 돈."

"……."

"난 네 약점과 욕망을 알아. 그게 무슨 뜻인지는 설명 안 해도 알겠지?"

"너, 너 지금 나를……."

"맞아. 부하로 삼아서 부려 먹겠다는 거야."

"내가 들을 것 같아?"

"들어야 할 거야."

우리 둘의 시선이 공중에서 부딪혔다.

"내가 원하는 정보를 내놓으면 선불로 백 골드."

카밀의 얼굴이 엄청난 고뇌에 휩싸였다. 나는 내 유혹이 성공했음을 알 수 있었다.

"싫으면 지금 당장 사람을 부르고. 네가 잡혀가면 동생들은 굶든가 마음대로 하라지, 뭐."

이번에는 입술을 꽉 깨물었다. 내 협박도 성공이라는 뜻이었다.

"……망할, 어쩔 수 없지."

그녀가 낮게 지껄였다.

"마음대로 해. 정보는 확실하게 물어다 주겠지만 나중에 네가 후회해도 난 몰라."

"그런 일은 없어."

나는 만족스럽게 대답했다.

그렇게, 나에게는 부하가 하나 늘었다. 악랄하고, 두 얼굴을 가졌고, 언제든 나를 배신할 수 있을 부하가.

"원하는 정보가 있어?"

"포드 남작의 정체. 앞으로 일주일 안에……."

"일주일 같은 소리 하네."

그녀가 픽 웃으며 말했다.

"무슨 소리야?"

"포드 남작의 정체는 지금 당장도 말해 줄 수 있어. 너도 주변에 귀를 더 기울이고 살았으면 알 수 있었을 텐데. 네 배경이랑도 관련이 있거든."

카밀이 어깨를 으쓱했다.

"……그게 뭔데?"

"노예상."

"뭐?"

그녀가 다시 한번 힘주어 말했다.

"포드 영지는 인신매매 소굴이야."

* * *

"으하하하하하!"

호탕한 웃음소리가 포드 저택의 중앙 홀을 울렸다.

"다이아몬드 열 상자라. 그 할멈은 정말 머리에 구멍이 났나 보군."

그는 의자의 손잡이를 탕탕 치며 킬킬거렸다.

"그러게나 말입니다."

길고 마른 몸의 집사 트리스탄이 히죽 웃으며 맞장구를 쳤다.

"몸이 낫자마자 선물을 보내다니요. 제국의 호구라는 말이 사실인가 봅니다."

"죽어 버리면 어쩌나 했었는데 하늘이 우리를 도운 모양이지. 멍청한 할망구 덕에 앞으로 한동안 자금 걱정은 없겠어."

남작은 긴 콧수염 한쪽 끝을 쭉 잡아당기며 말했다.

"그럼 다음 경매는 차질 없이 준비할 수 있겠지?"

"물론입니다. 금고에 자리가 부족하니 하나 더 만들도록 합죠."

"하하하하. 그래야지, 암."

그는 세상에 걱정거리가 없다는 듯 의자에 몸을 기댔다.

"지난번처럼 근위대에 정보가 새어 나가지 않아야 할 것이야."

"철저히 관리하고 있으니 걱정 마십시오."

남작은 고개를 끄덕이고 지그시 눈을 감았다.

이번이 마지막이다. 지금까지 했던 것 중 가장 큰 규모의 노예 경매였다.

몸 좋은 놈들은 비싸게 팔고, 하자 있는 것들은……. 할망구처럼 마음 약한 바보들이 알아서 사 주겠지.

이번 경매가 끝나면 그는 그동안 모은 돈을 들고 한적한 섬으로 튈 생각이었다. 나중에 근위대에 알려져도 난 제국에 없을 거라고.

이 계획을 아는 이는 세상에 단둘, 트리스탄 집사와 포드 남작 자신뿐일 터였다.

귓가에 벌써 파도 소리가 들려오는 것 같았다. 그는 입꼬리를 실실 올리며 달콤한 꿈에 젖어 들었다.

* * *

"……딱 봐도 남해에 섬 하나 사서 튈 생각이던데?"

카밀이 설명을 마쳤다.

"남해의 섬……. 넌 대체 거기까지 어떻게 아는 건데?"

나는 혀를 내둘렀다. 정보에 밝을 거라곤 예상했지만 이렇게 자세하게 알 거라고는 조금도 상상하지 못했으니까.

"부하 중 한 명은 남해 섬나라 출신이라서."

그녀가 별거 아니라는 듯 건성으로 대답했다.

"남작의 집사가 해마다 남해로 휴양을 가거든. 남작 성격에 진짜 휴가를 그렇게 자주 보내 줄 것 같지는 않고……. 사전 답사라고 봐야겠지."

"도망 안 치고 오페르니아의 골수를 계속 빼먹는 방법도 있지 않아?"

"범죄자들은 안 그래. 시작부터 탈출구를 마련해 놓거든."

카밀은 자신 있다는 듯 대답했다.

"포드 남작은 애초에 암흑가 출신이야. 우연히 돈을 벌어서 영지와 작위를 샀고, 그 작위는 결국 다시 돈을 버는 수단으로 연결됐지."

"……."

"그런 자들에게 남작이라는 명예는 그저 스쳐 가는 유희일 뿐이야. 게다가 지난번 꾸렸던 노예상이 근위대에 털렸으니 그저 안일할 수는 없어."

나는 고개를 끄덕였다. 카밀이 언급한 포드 남작 휘하의 노예상은 나를 잡아 뒀던 바로 그 자들이었다.

노예 경매에 대한 소문을 들은 공작 부인이 우리를 불쌍히 여겨 전부 사 갔고, 받은 돈을 마구 써대던 노예상은 어느 날 술에 취해 서로 멱살을 잡았다가 근위대에게 붙잡혔다.

"뽑아 먹을 건 다 뽑아 먹었으니 남작은 어떻게 해서든 떠날 거야. 나라도 그럴 테니까."

그녀의 눈은 온전한 확신으로 빛나고 있었다. 나는 눈썹을 치켜올렸다.

"……너 설마 인신매매도 건드리니?"

"아니거든!"

카밀은 세차게 고개를 흔들었다.

"그렇게까지 위험한 건 안 건드려. 그저 건드리는 사람들과도 알고 지낼 뿐이야."

정체를 알고 난 후의 그녀는 지독하게 솔직하고 당당했다.

"그래야 할 거야. 난 나를 팔았던 노예상에 유감이 많거든."

빙의 전의 기억에 비추어 보나, 빙의 후에나, 나에 대한 그들의 대접은 지독하기 짝이 없었다. 음식을 제대로 안 주는 것은 물론, 말대꾸 몇 마디 했다고 몸이며 머리를 때리는 일도 다반사였으니까.

이제 어떡한다.

나는 고민에 빠졌다. 공작 부인의 자금이 노예 경매로 흘러 들어간다는 걸 얘기해 봤자 내 손에는 증거가 없었다. 특히 지금처럼 부인이 신이 나서 이리저리 돈을 뿌리고 다니는 시점에 찬물을 뿌린다면…….

"무슨 생각하는지 모르겠는데, 혹시라도 이런 얘기를 공작 부인에게 알릴 생각이라면 그만둬."

카밀은 내 마음을 읽기라도 하는 듯 말했다.

"말해도 부인은 믿지 않을 거야."

"……."

"공작 부인은 인간의 선의를 굳게 믿거든. 좋은 마음으로 베풀고 또 베풀면 좋은 세상이 온다고 착각하는 사람이야."

나는 그녀의 말을 곱씹으며 한숨을 내쉬었다. 공작 부인의 선의가 불러온 것은 횡령과 절도가 판치는 세상이었다.

원작대로 간다면, 절제 없는 무질서는 결국 그녀 자신을 사형장으로 보낼 터였다.

"보기에 따라서는 공작가에서 가장 위험한 인물이지. 나야 불만 없지만."

그녀는 아이러니하다는 듯 고개를 절레절레 흔들었다.

"……카밀."

나는 문득 한 가지 생각이 떠올라 입을 열었다.

"왜?"

"공작가는…… 장기 휴가를 얼마나 줄까?"

"네가 달라고 하면 많이 주겠지……? 넌 공작 부인의 은인이니까."

그렇군.

나는 속으로 빙긋 웃었다. 길이 보이는 것 같았다.

"뭘 계획하는 거야? 왜 또 사악하게 웃어?"

"말해서 듣지 않으면 보여 주면 되지."

내가 대답했다.

간만에 머리가 엄청난 속도로 돌아가는 것이 느껴졌다.

* * *

"……그렇게 하려고요."

루시안은 물을 머금은 듯한 눈동자로 나를 빤히 올려다보았다.

"리라."

"무슨 생각 하시는지 알아요. 위험하다고 하시려는 거죠?"

"……."

"하나만 해결하면 돼요. 집사님을 설득해서 노예상을 급습해 줄 병력을 조금만 마련하면 아무도 다치지 않고……."

"……말릴 생각 없었어."

루시안이 뜻밖의 대답을 내놓았다.

"정말요?"

"난 리라를 믿으니까."

신뢰로 가득 찬 얼굴이 나를 바라보았다.

가슴 한구석이 찌릿했다.

두 번의 인생을 사는 동안, 이렇게 조건 없는 신뢰를 보여 주는 사람은 없었다. 이 애를 행복하게 해 주고 싶다는 생각이 한층 더 확고해졌다.

"그리고 하나 더."

"뭔데요?"

"내가 도와줄게."

나는 루시안을 뚫어져라 바라보았다.

"정말 하실 수 있겠어요? 공작가의 기사단은 아까 얘기한 것처럼……."

"……공작가 기사단을 때맞춰서 준비시키는 건 어려워. 가문의 병력은 집사도 함부로 건드릴 수 없으니까."

"그럼 어떻게……. 아, 잘 빠져나올 수 있게 검을 쓰는 사용인 몇 명이라도 준비해 볼까요?"

"그걸로는 부족해. 기사단은 있어야만 해. 다만 공작가의 기사단이 아닐 뿐이야."

"……네?"

"할 수 있어. 이제 난 할머니의 가장 사랑받는 손자니까."

루시안이 나를 보며 빙긋 웃었다. 무언가를 계획하는 듯, 어린아이답지 않은 눈빛이었다.

"하지만 그걸로 어떻게……."

그는 새끼손가락을 내밀어 내 것에 걸었다.

"리라도 나를 믿어. 내가 지켜 줄게."

벌써 몇 번이나 지켰던 그 약속을 다시 한번 되뇌며, 그는 내 귀에 무언가를 속삭였다.

"……!"

나는 천천히 눈을 깜빡였다. 루시안의 얼굴은 다시 티 한 점 없이 순수한 소년으로 돌아와 있었다.

……미래의 별명 중 하나가 전략의 귀재였다던가.

그는 평범한 열두 살이 아니었다. 나는 그제야 루시안의 잠재력을 진지하게 생각하기 시작했다. 그의 계획은 내가 처음 생각한 것보다 위험했으나, 또 한편으로는 완벽했다.

그날, 루시안은 공작 부인을 찾아가 정식으로 청했다.

'놀이 친구를 구해 달라'고.

그것이, 루시안 오페르니아 휘하 흑기사단의 시작이었다.

* * *

"어이, 맥스, 이쪽 열 명 다 살펴봤나?"

"아직. 내가 곧 가서 보지."

얼굴에 흉터가 있는 맥스라는 남자는 사슬에 묶인 소년 소녀들에게 다가갔다.

"마지막에 추가된 네 명이 이 녀석들이야?"

그가 오른쪽 끝에 있는 세 명의 소년과 한 명의 소녀를 가리켰다.

"맞아. 녹번 골목에서 누가 팔아넘겼다더군. 꽤 멀쩡하지 않아?"

"헤헤, 정말인데?"

맥스가 실실 웃으며 그의 매물을 점검했다.

"두 놈은 키도 크고 체격이 좋고……. 너희들 이름이 뭐지? 혹시 검투를 해 본 적이 있나?"

"……칼이라 합니다. 있습니다."

"루입니다. 어려서 검을 잡아 본 적 있습니다."

맥스는 침을 꼴깍 삼켰다. 어리고 잘생긴 무투 노예가 요즘 중앙 귀족 사이에 유행이지 않은가.

"어디 나머지 두 놈들은……."

그가 더 오른쪽으로 시선을 돌렸다.

"밝은 금발의 계집도 나름대로 비싸게 팔리겠군그래."

흐흐, 하는 웃음이 그의 입에서 새어 나왔다.

"나머지 한 놈은 작고 약해 보이는구먼. 다른 녀석들 사이에 끼워 팔기라도 해 보자고."

"……이씨."

마지막 한 놈, 알로는 불만스러운 듯 입을 삐죽 내밀었다. 노예상들이 나가자 알로는 흥 하고 팔짱을 꼈다.

"난 굳이 왜 데려온 거야?"

"내가 데려왔니? 도련님이 오라고 했지."

나는 픽 웃으며 대답했다. 칼과 루로는 나를 호위하기에 충분하지 않다고 여겼는지, 루시안은 마지막에 알로를 무리에 집어넣었다.

"설마 끼워 팔기 한다고 해서 삐진 거야? 그럴 거면 장기자랑이라도 해서 몸값을 올리지 그랬어."

"필요 없거든!"

알로가 나를 찌릿 째려보았다.

“아무튼 여기까지 데려온 건 너야. 누가 내 잘생긴 얼굴에 반해서 사가기라도 하면 우리 아버지는 충격을 받아서…….”

“넌 팔려도 제일 마지막이니까 걱정 마. 일 다 끝나기 전에 입만 잘 다물면 돼.”

나는 알로와 티격태격하는 사이에도 유심히 주변을 둘러보았다.

역시 탈출구는 없고. 계획 그대로 진행해야겠네. 노예 시장에서 탈출은 쉬운 일이 아니었으니까.

빙의 직후 한번 시도했다가 심하게 얻어맞은 기억이 새록새록 떠올랐다.

“칼, 대장 얼굴 제대로 봤지?”

“뺨에 흉터가 있는 쪽이 맥스, 덩치가 더 큰 쪽이 대런이라고 했다.”

“루, 서류 어디 뒀는지 봤어?”

“북쪽 복도 첫 번째 방으로 들고 들어가는 걸 봤어. 열쇠는…….”

루가 잠시 머뭇거리자 알로가 틱 끼어들었다.

“열쇠는 맥스와 대런이 하나씩 바지 주머니에 넣어서 가지고 있었잖아.”

“좋아.”

나는 고개를 끄덕였다.

“너야말로 준비됐냐?”

알로가 소곤거리며 물었다.

“어머, 너 나 걱정하나 봐?”

“됐거든.”

나는 싱긋 웃으며 치맛자락을 만지작거렸다.

“준비됐지, 그럼.”

카밀이 마련해 와서 직접 치마 안쪽에 꿰매 준 ‘그 물건’이 만져졌다.

“이제 한 시간 남았나?”

나는 벽에 걸린 시계를 바라보았다.

한 여름밤의 노예 경매.

그 시작이 코앞에 닥쳐 있었다.

* * *

"오래 기다리셨습니다!"

맥스의 목소리가 콜로세움 형태의 원형 무대를 쩌렁쩌렁 울렸다.

객석을 가득 메운 이들이 웅성거림을 멈추고 맥스를 바라보았다. 나라에서 금지한 노예 경매라서인지, 그들의 얼굴에는 각양각색의 가면이 씌워져 있었다.

"오늘의 첫 번째 매물은 열두 살의 여아."

객석의 사람들 중 삼 분의 일 정도가 관심이 간다는 듯 고개를 끄덕였다.

"지금은 몰락했지만, 무려 기사 가문의 차녀였습니다! 검을 쓰는 어린 여기사 아멜리아! 검투에 출전시키면 좋은 성적을 거둘 겁니다!"

우리와 다른 감옥에 갇혀 있던 아이 하나가 뒤쪽에서부터 줄에 묶여 끌려 나갔다. 지나치게 어린 나이 때문인지 칼과 루, 알로가 동시에 얼굴을 찡그렸다.

나는 진행 상황을 더 지켜보기 위해 고개를 쭉 뺐다. 짙은 갈색의 머리칼을 가진 아이가 원형 무대에 발을 디뎠다.

가면 쓴 자들이 웅성거렸다. 몇몇은 입찰판을 만지작거렸다.

"……."

아이의 묶인 양손이 주먹을 만들었다. 그녀는 울컥하는 감정을 눌러 참듯 심호흡을 하더니, 맥스가 시키는 대로 관중을 향해 몸을 돌렸다.

"어……?"

나와 알로가 동시에 눈을 크게 떴다. 오밀조밀한 이목구비에 날카로운 눈매.

"쟤……. 산에서 키르시안 도련님이 데려왔던 그 여자랑 똑같이 생기지 않았어?"

"……알리사."

나는 마른침을 삼켰다.

키르시안이 사냥했던 거대 마물, 그것의 가죽을 벗겨 가져가던 시녀.

아이는 그녀와 똑같이 닮아 있었다.

"동생이 있었나……?"

머릿속에서 퍼즐 몇 조각이 맞추어지는 것 같았다.

지난번 노예상에게 나와 함께 붙잡혀 있었던 알리사.

이번 경매에 나가게 된 아멜리아.

두 자매가 함께 인신매매단에 붙잡혔고, 각각 경매에 부쳐진 것이었다.

그런데 기사 가문의 차녀라고……?

원작에서 알리사는 키르시안의 시녀이자 유흥 상대로 소개되는 작은 조연이었다.

그런 배경은 없었는데.

내가 머리를 굴리는 사이에도 경매는 계속 진행되었다.

"육십 골드에서 시작합니다!"

"육십 골드."

"육십오 골드."

가면 쓴 자들이 하나둘씩 입찰판을 들어 올리기 시작했다.

칠십, 팔십 골드에서 잠시 정적이 돌자 맥스가 한쪽 손을 들어 올렸다.

"팔십! 끝입니까? 하나, 둘……."

"백오십 골드."

객석 뒤편에서 나직한 목소리가 울렸다. 맥스가 활짝 웃으며 박수를 짝 쳤다.

"백오십! 백오십 골드 나왔습니다!"

나는 눈을 가늘게 떴다.

백오십 골드를 불렀던 자의 검은 가면 뒤에 독특한 은발이 반짝이는 것 같았다.

'설마……?'

다시 눈에 힘을 주자, 그 옆자리에 앉은 암갈색 머리칼을 한 키 큰 여자가 보였다. 마찬가지로 가면을 썼기에 잘 보이지는 않았지만, 그녀의 얼굴이 아멜리아를 향한 순간 두 주먹을 꽉 쥔 것은 확실했다.

알리사?

"백오십 골드! 그 이상은 없으십니까?"

맥스가 다시 한번 불렀다. 팔십 골드를 불렀던 노신사가 머뭇거리며 제 입찰판을 내렸고, 맥스는 멋스러운 목소리로 낙찰을 외쳤다.

"자자, 어서 데려가시죠!"

맥스의 부하들이 아멜리아를 묶은 줄을 잡고 은발의 청년에게 그녀를 데려갔다.

"……!"

그 순간, 나는 확신할 수 있었다.

자매가 맞아.

얼굴을 보지 않아도 알 수 있었다. 끌려온 에밀리아를 마주하는 순간, 암갈색 머리 여자, 그러니까 알리사의 온몸이 떨렸으니까.

여자를 본 에밀리아의 눈이 커졌고, 두 사람은 누가 먼저랄 것도 없이 서로를 껴안았으니까.

그 말은…….

조용히 값을 치르고 두 사람을 바라보는 은발의 늑대 가면은 키르시안일 터였다. 주인의 허락 없이 시녀가 이런 경매장에 올 수 있을 리 없었다.

아끼는 시녀라 동생까지 구해 준다……?

가능한 이야기였지만, 여전히 무언가 빠진 듯한 느낌이 들었다.

팟-

다음 순간, 무대에 조명이 돌아와 객석은 더 이상 잘 보이지 않았다.
"야, 방금 낙찰받은 사람이……."
"알아. 일단은 우리 일에 집중해."
나는 옆구리를 찌르는 알로에게 낮게 말하고 다시 경매에 집중했다. 지금은 다른 것에 신경 쓸 때가 아니었다.
두 번째, 세 번째, 네 번째도 아이들이었다. 그들은 아멜리아보다 조금 더 낮은 가격에 팔려 나갔다.
맥스는 무대 뒤에 있는 우리들을 힐끗 보더니 나를 손가락으로 가리켰다.
"다음은 너다."
옆에서 대기 중이던 그의 부하가 내 팔을 잡아끌었다.
"얌전히 시키는 대로 해야 할 거야."
나는 대답 대신 씩 웃었다. 아멜리아와 알리사가 문제가 아니었다. 조금 전 멀리서 날카로운 새소리 같은 것이 들렸으니까.
계획은 차질 없이 진행되고 있었다.
"다섯 번째, 황족이 부럽지 않은, 보기 드문 태양 빛 금발의 아이, 안젤라!"
맥스는 내가 아무렇게나 지어 낸 이름을 외치며 나를 무대 가운데로 끌어냈다.
"백 골드!"
"백이십!"
"백삼십 골드."
곧바로 몇몇 사람들이 외쳤다. 그러나 맥스는 내게 거는 기대가 컸던 모양인지 아직 만족스러운 얼굴이 아니었다.
"……너, 경매가 시작되면 보여 줄 재주가 있다고 아까 말했었지?"
맥스가 내게 물었다. 기회였다.
"무대 앞으로 보내 주면 보여 드릴게요."
그는 기특하다는 듯 무릎을 탁, 치며 나를 가운데로 데리고 나갔다.

순간 객석 뒤편, 은발의 남자, 즉 키르시안과 눈이 마주친 것 같은 착각이 들었다. 그는 나를 알아보기라도 한 듯, 상반신이 앞으로 잔뜩 기울어진 상태였다.

키르시안이 고개를 기울이며 입찰판을 만지작거렸다.

도와줄까 말까, 고민하는 것처럼.

나는 작게 고개를 젓고 목청을 가다듬었다.

"잠깐만 줄을 풀고 뒤로 물러 주세요, 아저씨."

"혹여라도 도망칠 수 있다는 생각은 말거라. 그 정도로 멍청하지는 않겠지."

대단한 것을 준비했다고 생각한 맥스는 입이 찢어져라 웃으며 내 손을 묶은 줄을 풀어 주었다.

"이 경매장에서 본 적 없는 것을 보여 드리겠습니다."

객석이 웅성거렸다. 나는 치맛자락을 붙잡고 살짝 묵례했다. 치맛자락 안감 속에서 작고 긴 물건이 잡혔다.

"자, 하나……."

나는 객석에서 보이지 않을 정도로 손을 움직여, 그 카밀이 가르쳐 준 대로 그 옆에 달린 버튼을 눌렀다.

치직-

무언가 타들어 가는 소리와 함께 뜨거운 열기가 느껴졌다.

"둘."

가면 쓴 얼굴들이 나를 향해 몸을 기울였다. 나는 심호흡을 하고 조심스럽게 치맛자락 한쪽을 찢었다.

"셋."

쉬익-

새빨간 불꽃이 찢어진 안감 틈으로 빠져나가 허공으로 날아갔다.

쉬이이익- 펑!

불꽃은 하늘 끝까지 치솟아 우렁찬 소리와 함께 터졌다. 작았던 붉은 점은 수만 개의 작은 점들로 바뀌어 쏟아져 내렸다.

순간, 객석은 대낮처럼 환하게 빛났다.

"뭐, 뭐야? 대체 무슨 짓을 한 거야?"

맥스가 당황한 얼굴로 외쳤다.

뭐긴 뭐야.

나는 다시 한번 씩 웃으며 숨기고 왔던 물건을 그에게 흔들어 보여 주었다.

한 달 월급을 다 털어 산 폭죽이지.

펑! 퍼펑!

몇 초 동안 하늘은 대낮처럼 환했다. 객석에 앉은 이들은 불안한 얼굴로 웅성거렸다.

노예 경매는 제국법에 따라 엄격하게 금지되어 있었다. 이곳에 얼굴을 비추었다는 사실만으로도 엄청난 벌을 받을 수 있었다.

그렇기에 모든 행사는 은밀하게 진행되었다. 황군이나 주요 가문의 기사단 눈에 띄면 버티는 건 의미가 없었다. 모든 것을 포기하고 해산해야 했다.

타인의 시선을 끄는 상황을 극도로 꺼릴 수밖에 없었다.

"이 녀석! 무슨 짓을 한 거냐! 여기가 어딘지 잊은 거야?"

맥스가 달려 나와 내 어깨를 붙잡았다.

"불꽃놀이를 보여 드리고 싶었어요."

나는 순진한 표정으로 눈을 동그랗게 떴다.

"예쁘지 않나요?"

인형 같은 얼굴은 이럴 때 도움이 된다.

"젠장. 입 다물고 가만히 있어. 바깥에서 보기라도 했으면……."

그는 몇 초 동안 긴장한 듯 주변을 두리번거렸다.

"으흠! 별거 아닙니다, 여러분."

별다른 동정이 없자 그는 분위기를 풀기 위해 말을 이었다.

"하하하, 어린 노예가 여러분을 즐겁게 해 드리기 위해 준비한 모양입니다. 이곳 변경 1km 내에는 황군이 없다는 사실은 이미 알고 계시겠지요. 확인하고 또 확인했습니다."

말은 그렇게 했지만, 맥스는 여전히 화가 풀리지 않은 듯, 양손으로 내 어깨를 강하게 파고들었다.

"경매를 계속하겠습니다! 조금 전 보셨던 불꽃보다 밝은 금빛 머리칼! 제국에서 보기 드문 황실의 색입니다."

"백오십."

"백칠십!"

"……이백!"

맥스의 선전 덕분인지 내 외모가 눈길을 끌었던 탓인지 나는 꽤 높은 가격에 낙찰되었다.

오, 사, 삼…….

나는 천천히 다음 신호를 기다렸다.

"자, 여기 있습니……."

맥스가 싱글벙글 웃으며 나를 어느 가문의 시녀장에게 넘겨주려던 참이었다.

이, 일.

"……으응?"

그는 눈을 몇 번 깜빡이더니 제 귀에 손을 가져다 댔다.

"이 소리는 대체……."

멀리서 발소리 같은 것이 들려오고 있었다. 그것도 묵직한 군화 소리가.

"그, 근위대?"

맥스와 시녀장의 얼굴이 동시에 싸늘해졌다.

"이게 무슨 소리죠?"

"황군인가? 이 근처에는 절대로 오지 않는다고 했는데."

"포털을 차단했다고 했는데!"

"몇 시간 전만 해도 근처에 기사로 보이는 자들은 없다고 했소!"

"순식간에 이쪽으로 올 기동력이라면 황군이나 대귀족의 기사단이 분명해!"

"하지만 대귀족이 대체 왜……?"

객석은 순식간에 아수라장이 되었다. 귀족과 거상들이 하나둘씩 자리에서 벌떡 일어나 출구를 찾았다.

대귀족이 맞기는 하지.

나는 속으로 빙긋 웃었다.

"너."

맥스가 무시무시한 얼굴로 나를 바라보았다.

"네 탓인 것이냐? 두고 봐라, 우리 마님이 아시면……."

여우 가면을 쓴 시녀장도 싸늘한 얼굴로 나를 노려보았다. 두 사람은 내 어깨를 각각 한 쪽씩 잡은 채 손에 힘을 주고 있었다.

지금이다.

획-

나는 아무 말도 하지 않고 시녀장을 향해 손을 뻗었다.

정확히는 그녀의 여우 가면을 향해.

"꺄악!"

내 손에 의해 그녀의 가면이 벗겨졌고, 얼굴이 드러나 버린 그녀가 비명을 지르며 내 어깨를 놓았다.

"뭐, 뭐야!"

무심코 그녀를 돕기 위해 손을 뻗은 맥스도 마찬가지였다.

슥

나는 맥스의 앞주머니에 삐져나온 열쇠를 끄집어낸 뒤, 두 사람의 손길을 빠져나와 냅다 뛰었다.

"알로! 칼! 루!"

대기 중이던 소년들이 내 신호에 고개를 끄덕였다. 세 사람을 묶은 줄은 미리 준비해 온 칼로 이미 끊어 놓은 상태였다.

"다른 아이들의 줄부터 풀어!"

나는 녀석들에게 지시하고 복도를 지나 계속 달렸다. 등 뒤에서 군화 신은 사람들이 우르르 쏟아져 들어오는 소리가 들려왔다.

"아악!"

"비켜! 내가 먼저야!"

"오, 오페르니아 가문의 문양? 어떻게……."

얼굴을 가린 자들이 뒤엉켜 도망치는 소리도.

좋았어.

나는 돌아보지 않고 계속해서 달렸다.

북쪽 복도 첫 번째 방…….

잡혀 오면서 눈여겨본 덕분에 방은 생각보다 쉽게 찾을 수 있었다.

달칵.

서랍은 열쇠 덕에 쉽게 열렸고, 나는 씨익 입꼬리를 올렸다.

"찾았다."

노예들의 이름이 적힌 두꺼운 서류와 장부로 보이는 공책 몇 권. 해석만 잘하면, 그간의 자금 흐름은 이걸로 알 수 있다.

이제 가 볼까.

서류와 공책들을 팔에 가득 안고 몸을 일으킨 순간이었다.

"감히 어딜 도망가려고."

소름 끼치는 목소리가 문 쪽에서 들려왔다.

"……맥스 아저씨, 대런 아저씨."

나는 어색하게 웃으며 뒤로 한 걸음 물러섰다. 험상궂은 두 남자의 그림자가 내 위로 그늘졌다.

"어떻게 여기 있는지 아셨어요?"

"우리를 바보로 보는 모양이구나."

맥스가 코웃음 쳤다.

"열쇠를 가져간 녀석이 어디로 향했는지는 뻔하지."

대런도 말했다.

첫, 바보이길 바랐는데 아닌 모양이었다.

"이번에는 네가 대답해 보실까?"

덩치 큰 쪽, 대런이 으르렁거렸다.

"뭘 말인가요?"

"포털은 차단했고, 경매 직전까지도 근처에 기사단은 없었어."

"……."

"쏟아져 들어온 기사들의 옷에는 오페르니아 가문의 문양이 그려져 있었다. 그 수는 백 명이 족히 되고도 남아!"

"……."

"네 녀석의 폭죽으로 신호한 거 다 알고 있다. 하지만 대체 어떻게 공작가의 기사단을 이동시킨 거냐? 대답해!"

나는 시간을 조금이라도 더 끌기 위해 후후, 하고 웃었다. 침착하게 두 사람의 모습을 훑으면서.

급히 도망이라도 친 듯, 옷가지가 조금씩 찢겨 있었다. 손에 검을 들고 있었으나 핏자국 같은 것은 보이지 않았다.

"기사들을 보자마자 도망친 모양이에요. 그렇죠?"

"뭐야?"

"그 검을 뽑아서 한 합이라도 붙어 봤으면 기사단의 정체를 알았을 텐데. 겁쟁이처럼 도망만 치셨나 봐요."

두 사람의 얼굴이 분노로 떨렸다.

"콜로세움 주변에 군인은 없었던 거 알아요. 그런데 놀러 나온 소년 소녀들이 평소보다 많은 건 못 보셨나요?"

"……공터에 빈민가 녀석들이 노는 것이 경매와 무슨 상관이란 말이냐?"

"그 '빈민가' 아이들이 장난감 칼을 하나씩 차고 있지 않았고요?"
맥스와 대런은 동시에 입을 쩍 벌렸다.
"알았나 보네요. 진짜 바보는 아니었나 봐."
나는 다시 한번 빙긋 웃었다.
그래, 그 소년, 소녀들은 빈민가 아이들이 아니었다. 공작가의 사용인은 물론, 몇몇 하위 귀족의 아이들까지 섞여 있었다. 전원이 루시안의 새로 생긴 놀이 친구들이었다.
물론, 그들 사이에는 루시안 본인도 함께 있었고.
빈민가 아이처럼 위장했던 그들은 밤이 될 때까지 경매장 근처에 숨어 있다가 내가 신호할 무렵, 숨겨 온 갑옷과 투구로 모습을 가린 채 쳐들어온 것이다.
"그러니까 누가 공작가 문양만 보고 도망치래요?"
그제야 진실을 깨닫고 이를 빠드득 가는 두 사람에게 내가 말했다.
"내, 내 이놈들을 당장……."
대런이 씩씩거렸지만 나는 한쪽 손바닥을 들어 올려 그를 만류했다.
"이미 늦었어요."
"늦다니! 겨우 아이들이라면 우리 손으로 모가지를 확……."
"나이는 십 대에 불과하지만, 그 수는 백. 그중 검술을 배운 이들이 절반 정도."
반면 노예상은 아무도 없었다. 손님들은 전부 도망쳤고, 경매장을 경호하던 남자들도 공작가 문양이 박힌 갑옷들을 보고 감히 진검을 뽑지 못한 채 흩어졌을 테니까.
"물론 두 사람은 도망칠 수 없어요."
나는 설명을 이었다.
"처음부터 흑기사단의 목표는 두 사람의 체포였으니까."
다른 모든 이들은 놔주고, 머리 둘만 붙잡는다. 정식 기사가 아니라도 그 정도는 수행할 수 있었다.

"곧 그들이 여기로 들이닥칠 거예요. 두 사람을 붙잡기 위해서."

포드 영주를 잡기 위한 증인은 둘, 증거는 한가득. 나는 팔에 든 서류를 더욱 꽉 껴안았다.

계획은 완벽하게 성공했다.

짝, 짝, 짝.

맥스가 삐뚜름하게 웃으며 박수를 쳤다.

"……?"

"총명한 아이로구나. 더 비싸게 팔 걸 그랬어."

"정신이 이상해졌다면 곤란한데요."

나는 본능적으로 물러서며 대꾸했다.

"하지만 네가 생각 못 한 게 있지."

대런도 징그러운 미소를 지으며 한 걸음 다가왔다.

"이 방에는 비밀 통로가 있다. 근위대가 들이닥쳤을 때를 대비한 탈출구지."

"이 방에……?"

"그래. 바로 네 등 뒤, 작은 창문 아래에 있지."

맥스가 가리킨 곳에는 작은 문 크기의 책장이 있었다. 건드리면 돌아가는 장치인 듯했다.

도망치겠다는 건가.

"그 얘기를 왜 저한테……."

"왜냐니."

맥스가 이를 득득 갈았다.

"네가 이 얘기를 발설할 수 없게 해 주겠다는 뜻이다."

두 사람은 손의 마디를 우두둑 꺾더니 허리춤에서 긴 검을 뽑았다. 그러고는 짐승처럼 이를 드러내고 나를 쏘아보았다.

"오는 길에 복도를 막아 뒀지."

"어디, 우리가 잡히는 게 먼저일지 네 녀석을 베는 게 먼저일지 볼까?"

나는 마른침을 꿀꺽 삼켰다.

막아 둔 복도를 뚫는다 해도, 백 명의 사람들이 좁은 길을 지나 이 방에 집결하려면 몇 분은 추가로 소요될 터.

식은땀이 목덜미를 타고 흘렀다.

'키 2m짜리 기사의 몸에 빙의했어야 했는데.'

안타깝게도 나는 몸 쓰는 일은 영 젬병이었다. 전생에서는 대한민국에서 알바와 공부만 하던 범생이였고, 이번 생에는 또래보다도 약한 아이였으니까.

"지금이라도 그 서류를 이리 내놔. 그럼 빠르게 죽여 주지."

나는 맥스로부터 다시 한발 물러섰다. 변호사의 자존심이 있지, 중요한 증거는 절대로 넘겨줄 수 없었다.

"……그럼 베든가."

나는 체념한 채 내뱉었다. 맥스와 대런의 얼굴이 굳었다.

"스스로 무슨 말을 하는지 아는 거냐?"

"죽지만 않으면 누가 치료해 주겠지."

심장이나 목만 조심하면, 몇 분만 도망 다니면 누군가 구해 줄지도 모른다. 심호흡을 하고 책상을 밀어 넘어뜨리려던 순간이었다.

쾅-

닫혔던 문이 벌컥 열리고, 청아한 목소리가 방을 울렸다.

"그 검 내려놔."

"……루시안 도련님?"

은빛으로 반짝이는 진검을 뽑아 든 루시안이, 이쪽을 향해 서 있었다.

"뭐, 뭐냐. 네놈은?"

"리라, 괜찮아?"

루시안은 두 사람의 말이 들리지 않는다는 듯 나를 향해 물었다.

"……혼자 오신 거예요?"

"응. 복도를 막은 벽이 아직 안 부서졌거든. 구멍을 뚫어서 나만 먼저 왔어. 넘어오자마자 구멍이 무너져서 다시 막혔지만."

나는 입술을 꽉 깨물었다.

"혼자 행동하지 말라고 했잖아요! 위험하게!"

내가 다치는 게 중요한 게 아니었다. 루시안은 소년의 몸으로 두 명의 성인을 상대해야 했다.

"어차피 곧 누가 올 거야. 그때까지……."

그는 맥스와 대런을 향해 검을 겨누었다.

"살아만 있으면 나중에 누가 치료해 주겠지."

누가 천재 아니랄까 봐.

내 곁에서 몇 달 시간 좀 보냈다고, 잔머리를 빨리도 배웠다.

"허, 황당한 꼬마로구나."

맥스가 살기 어린 목소리로 말했다.

"싸워 본 적도 없는 샌님 같은 게 어디서 뭘 배웠다고……."

"리라한테 배웠어. 그리고 이런 말도 가르쳐 줬지."

휙-

그가 말을 끝내기도 전에, 루시안은 두 사람 사이로 빠르게 파고들어 검을 휘둘렀다.

"'선빵필승'이었던가?"

"흐엇!"

맥스와 대런이 머리를 숙여 검을 피한 순간.

빡-

루시안의 발이 맥스의 얼굴에 작렬했다.

"아아악!"

맥스는 피투성이가 된 코와 입을 쥐고 쓰러졌고, 루시안은 검의 손잡이를 사용해 몇 차례나 그의 뒤통수를 내려쳤다.

"에잇!"

한참을 그렇게 패고 있는데 커다란 손 하나가 루시안의 옷깃을 뒤로 잡아챘다. 맥스와 비교도 안 되는 체구를 가진 대런이었다.

"꼬마, 장난은 여기까지다."

검을 고쳐 잡고 물러선 루시안에게 그가 말했다.

"이제 시작인 거겠지."

"아니, 몸 쓰는 건 내가 맥스보다 위거든. 그리고 넌 이미 간파당했고."

"……."

"너, 검으로 사람을 벤 적이 없구나."

루시안의 입술이 미세하게 떨렸다.

"필요해서 진검을 휘두르고는 있지만, 검 손잡이를 쓰는 것이 더 익숙한 게 보여."

"……거리가 짧았을 뿐이다. 네놈은 날로 베어 주지."

"쇠붙이로 뼈를 부수는 느낌을 아느냐?"

대런이 씩 웃으며 제 검으로 루시안의 검을 툭 쳤다.

"오늘 알게 되겠지."

루시안이 짧게 대답했다. 푸른 눈에는 대런 못지않은 살기가 어렸다.

안 돼.

미래의 루시안은 뛰어난 검사였다. 그러나 지금 그의 재능은 잠재력에 불과했다. 수도 없이 사람과 싸워 본, 덩치가 산 같은 성인 남자를 상대할 수 있을 리 없었다.

"와라."

그러거나 말거나, 루시안이 말했다. 한쪽 손으로는 나를 향해 도망치라고 손짓하면서.

나는 속으로 한숨을 쉬었다.

약속을 지키랬다고 이렇게까지 무리를 해?

아직도 기사단은 도착하지 않았다. 그렇다면 방법은 아마도 하나.

툭.

나는 서류 더미를 땅에 내려놓았다. 그리고 의자를 집어 들고 대런의 반대편에 섰다.

"그래, 와라."

루시안의 말을 따라 하면서.

어쨌거나 일대일보다는 이 대 일이 나을 테니까.

'살아남기만 하면 된다.'

"리라, 너무 위험……."

"이놈들이 아직까지 장난을 쳐?"

대런이 루시안의 말을 끊으며 검을 높이 치켜들었다.

"함께 죽여 주마."

쉭-

상상 이상의 속도로, 은빛 검날이 허공을 갈라 내가 치켜든 의자 위로 떨어졌다. 반대편에서 루시안의 얼굴이 새하얘졌다.

콰직-

둔탁한 소리가 들려왔고, 나는 충격을 예상한 채 눈을 감았다.

하지만 아무것도 느껴지지 않았다. 대신 날카로운 쇠붙이가 부딪히는 소리가 들려왔다.

챙-

"네, 네놈은 또 뭐야?"

대런의 고함에 눈을 뜨자, 내 눈에 들어온 것은 부서진 천장, 그리고 또 하나의 인영이었다.

"지나가던 사람."

달콤한 목소리에 그와 어울리는 은발. 보석 같은 자색의 눈동자. 소년임에도 매혹적인 입매.

"몇 번 와 봤더니 천장에도 통로가 있다는 걸 알게 됐거든."

오페르니아의 손님, 키르시안 세이든.

"시끄러워서 내려와 봤더니 이곳이더군."

그는 빙긋 웃으며 대런의 것과 마주했던 검을 뒤로 빼 내 앞을 막아섰다.

"다, 당황하지 마라, 대런. 조금 더 큰 꼬마일 뿐이다."

터진 입을 움켜쥐고 쓰러졌던 맥스가 몸을 일으키며 말했다.

"복도를 막은 벽이 부서지기 전에 모조리 죽여 버리면 돼."

위험하게 번뜩이는 그의 눈이 루시안, 나, 그리고 키르시안을 번갈아 보았다.

"무슨 소란인가 하고 와 본 건데, 귀찮은 일에 휘말린 것 같군."

키르시안이 픽 웃었다.

"그래도 참견 좀 하지. 오페르니아 꼬마가 죽게 내버려 두면 내가 저택에서 쫓겨날 것 같거든."

그는 내 쪽을 향해 한쪽 눈을 찡긋했다.

"나중에 미인이 될 게 뻔한 여자애가 죽으면 그것도 아쉽고 말이야."

말을 마치며 그는 맥스와 대런을 향해 검을 겨누었다.

"헛소리 그만하고……."

뭔가 더 말하려던 맥스의 얼굴이 딱딱하게 굳었다.

루시안과 나, 그리고 대런의 눈이 동시에 커졌다. 키르시안의 검날이 쉿 소리를 내며 새하얗게 빛났기 때문에.

"오…… 오러?"

미성년의 소년은 절대로 사용할 수 없어야 할, 오러의 빛이었다.

오러는 검을 든 자의 마력.

검이 가지고 있는 물리적 강도와 예리함을 상상 이상으로 배가시켜 거대한 바위와 쇠를 베고, 심지어 마법에도 버티는 힘이었다.

이 세계에서 오러를 사용하기 위해서는 적게는 십수 년, 많게는 수십 년의 수련이 필요했다.

대부분 기사는 죽기 전까지 오러를 끌어내지 못했다.

열여섯의 나이에 오러?

나는 놀라움을 감추지 못했다. 미성년임에도 불구하고 오러를 발현한 자는, 알려진 바에 따르면 제국에 단 두 명이었다.

핏줄은 못 속이는 건가? 아무리 그래도…….

제국의 검이라 불리는 세이든 공작가의 직계들도 대부분 스무 살이 넘어야 오러 사용의 경지에 다다랐다.

그런데 먼 방계에서 이런 재능이라니.

"오, 오러?"

맥스와 대런도 멈칫하며 물러섰다.

"물러서는 순간 진 거지, 안 그래?"

키르시안의 입매가 올라가는 듯하더니, 허공에 은빛이 몇 번 반짝였다.

채앵- 챙.

키르시안의 검은 빠르고 우아했다. 거의 아름답다고 할 수 있을 정도로.

검 끝이 몇 차례 허공에 그림을 그리는가 싶더니.

"허억!"

"으악!"

승부는 눈 깜짝할 사이에 끝나 버렸다. 맥스와 대런의 검은 한 합도 견디지 못하고 부러졌고, 키르시안은 보기 좋게 두 사람을 한쪽 구석으로 몰아 그들의 목에 검 날을 댔다.

"사, 살려 줘."

두 사람이 입을 모아 애원했다.

오러에서 뿜어져 나오는 살기는 조금 전 맥스나 대런의 기세와 비교할 수 없이 날카로웠다.

두 사람은 빌지 않으면 죽은 목숨이라는 사실을 본능적으로 깨달은 듯했다.

"글쎄, 어쩔까."

키르시안이 여유롭게 중얼거리며 나를 보았다.

"죽여?"

"절대 안 돼요."

정신을 차린 나는 고개를 휙휙 저었다. 중요한 증인들을 죽여서 어디다 쓰게.

"살려서 배후를 밝힐 거예요."

"그런 생각을 할 겨를이 있어?"

키르시안이 눈썹을 올렸다.

"보통 죽을 뻔하다 살아난 사람들은 더 넋이 빠져 있던데."

"넋을 쉽게 빼놓으면 그만큼 죽을 뻔할 일이 많아지겠죠."

"……."

"감사해요. 살려 주셔서."

내 말에 키르시안이 낮게 웃었다.

"인사성은 밝군. 네 주인보다 낫다고 봐야 할까."

그의 시선이 루시안을 향했다. 루시안은 입술을 꾹 다문 채 키르시안을 빤히 응시하고 있었다.

"고마워……. 리라를 구해 준 건."

그가 마침내 말하자 키르시안은 다시 한번 매혹적으로 웃었다.

"됐어. 지난번 멧돼지 마물을 끌어들인 빚을 갚은 셈 치지. 대신……."

복도에서 발소리가 들려왔다. 드디어 소년 기사단이 도착한 모양이었다. 키르시안은 제자리에서 휙 뛰어올라, 자신이 떨어졌던 구멍 양옆을 잡고 매달렸다.

"날 여기서 만난 건 비밀로 해 줘."

대답할 틈도 없이 그는 왔던 길을 통해 사라져 버렸다.

쾅!

그와 동시에 백 명의 소년, 소녀들이 방 안으로 들이닥쳤다.

"도련님!"

"공자님!"

"괜찮으십니까?"

쏟아져 들어온 그들 중 몇이 루시안을 향했다.

"도련님과 난 안 다쳤어. 노예상을 포박해."

루시안이 대답할 틈도 없이 내가 말했다. 칼과 루를 선두로 한 몇 명의 소년들이 고개를 끄덕이더니 꿇어앉은 두 노예상을 밧줄로 묶었다.

"야, 괜찮냐?"

알로가 내 곁으로 다가와 물었다.

"죽을 뻔했지."

"근데 어떻게……."

"나중에."

나는 키르시안과의 약속을 기억하고 입가에 검지를 댔다. 알로는 눈치 빠르게 고개를 끄덕였다.

"가자."

나는 내려놓았던 서류를 찾아 들고 빙긋 웃었다. 서류 중 한 장의 구석에 삐져나온 포드 영주의 이름이 보였다.

"임무는 끝났어."

포드 영주, 넌 독 안에 든 쥐다.

* * *

"마님, 또 영지민이 찾아왔습니다."

바인즈 집사가 보고했다.

"딩켈 마을에서 고아원을 운영하는 발레리아 부인이라 합니다."

"어서 들어오라고 하게."

공작 부인이 반색하며 말했다.

"오늘만 다섯 번째입니다."

바인즈 집사가 작게 한숨을 쉬었다. 부인의 건강 회복으로 밝아진 것은 잠시, 집사의 얼굴은 지난 며칠간 눈에 띄게 어두워져 있었다.

"미님, 무딕대고 찾아오는 자들을 모두 만나 청을 들어주면……."

"내가 괜찮다는데도."

공작 부인은 인자하게 웃으며 손짓해 발레리아 부인을 불러들였다.

"아네트 발레리아입니다."

"오 년째 고아원을 운영하고 있다던가. 올해도 보게 되어 반갑네."

"황송합니다, 마님."

"그래, 용건이 있다고?"

발레리아 부인은 준비라도 한 듯 눈물을 글썽이며 손을 모았다.

"부모에게 버림받은 아이들이 굶고 있습니다. 부디 온정을 베풀어 아이들에게 먹일 음식을 살 수 있도록 해 주시면 죽어서도 은혜 잊지 않겠습니다."

"저런, 밥을 먹지 못한다니."

공작 부인은 발레리아 부인을 따라 눈물을 글썽이며 고개를 끄덕였다.

"당연히 도와야지. 집사, 은화를 내오게."

"저, 마님."

바인즈 집사가 미간을 찌푸렸다.

"당장 주기보다, 하루 정도 생각해 보시는 건 어떻겠습니까?"

"생각하고 말고 할 게 뭐 있나?"

공작 부인은 의아한 듯 고개를 저었다.

"영지민은 오페르니아 가문의 근간이야. 고아들도 공작가의 영지민일세. 그들에게 손을 내밀지 않으면 공작가의 존재가 무슨 의미가 있어?"

"하지만 이미 오 년째 같은 곳에 은화를 내리셨습니다. 그럼에도 밥을 굶고 있다면…….”

“그럼 더더욱 도와야 하는 것 아니겠나. 자네는 마치 발레리아 부인을 돕는 게 잘못된 일인 것처럼 말하는군.”

“……잘못되지 않았다고 확신하기 어렵지 않습니까.”

집사가 안타까운 표정으로 대답했다.

“금고의 재화가 빠른 속도로 줄어들고 있습니다. 아직은 괜찮지만…….”

“금고가 빌수록 영지는 풍족해지겠지. 오페르니아가 그 정도의 손해도 감당하지 못한단 말인가.”

“…….”

“집사, 나는 저들의 미소가 좋아.”

공작 부인이 먼 기억을 떠올리는 듯한 표정으로 말했다.

“압니다, 마님.”

“내 영지민들, 아니 다른 영지민들이라도 굶고 있다는 말을 들으면 견디기 어려워.”

“따뜻하신 분이라서 그렇습니다.”

“내가 내민 손에 그들이 웃는 모습을 보면……. 잠시라도 잊을 수 있네.”

“…….”

“마리노가, 가스팔이, 엘리오노라가 곁에 없다는 걸.”

“…….”

“세상을 더 좋게 만들면, 그들을 지키지 못한 내 죄가 씻기는 것 같단 말일세.”

바인즈 집사는 더 이상 그녀를 말리지 못하고 한숨을 내쉬었다.

“……은화를 준비하겠습니다.”

바인즈 집사가 옆 사람에게 무언가 지시하려던 순간이었다.

쿵-

“마님!”

하인 한 명이 공작 부인의 접견실로 다급하게 뛰어 들어왔다.
"어찌 마님의 허락도 없이 들이닥치느냐!"
"죄송합니다. 하나 너무 급해서……. 지금 당장 중앙 홀로 가 보셔야겠습니다."
집사의 일갈에 하인은 덜덜 떨며 대답했다.
"루시안 도련님이……. 도련님이……."
"루시안이 왜! 놀이 상대들과 외출한다 하지 않았느냐."
하인의 태도에 안색이 창백해진 공작 부인이 자리에서 벌떡 일어났다.
"돌아오긴 하셨는데……."
하인이 마른침을 꿀꺽 삼키며 대답했다.
"사라졌던 영지민을 잔뜩 데리고 오셨습니다."
벌컥-
공작 부인은 집사의 도움도 받지 않고 중앙 홀의 문을 열어젖혔다.
"대체 어떻게 된 일이냐?"
홀에는 수십 명의 사람들이 한데 모여 웅성거리고 있었고, 공작가의 사용인들이 물이며 음식을 들고 그들 사이를 바쁘게 오갔다.
"루시안은, 내 손자는 어디 있느냐?"
"여기 있습니다."
사람들 틈에 섞여 있던 루시안이 공작 부인 앞으로 나섰다.
"무사히 돌아왔습니다, 할머니."
"……이게 무슨 일이냐, 루시안?"
공작 부인은 믿을 수 없다는 듯 고개를 흔들었다. 헝클어진 머리, 찢기고 더러워진 옷, 얼굴이며 목덜미의 상처들. 루시안의 모습은 '무사하다'는 말이 무색할 정도였다.
"내 아가, 괜찮은 것이냐?"
다급히 손자의 얼굴을 감싸며 그녀가 물었다.

“……괜찮지 않습니다.”

“뭐, 뭐라고? 어디를 또 다쳤느냐?”

“제 몸은 괜찮으나, 여기 있는 영지민들의 상황은 괜찮지 않습니다.”

“무슨 말이냐?”

루시안은 공작 부인의 손을 꼭 잡고 천천히 비켜섰다. 공작 부인은 그제야 홀의 풍경을 제대로 눈에 담았다. 한눈에 봐도 제대로 먹지 못한 사람들이 수십 명에, 심지어 절반 이상이 여기저기 상처를 달고 있었다.

“무, 물을 주시오.”

“아악, 아파요! 살살 좀 발라 주세요…….”

“내 아이, 아이가 삼 일 동안 아무것도 먹지 못했어요.”

애원과 비명으로 가득 찬, 아수라장을 방불케 하는 모습이었다.

“이들이…… 오페르니아의 영지민이냐?”

“그러합니다. 모두 같은 자들에게 당한 사람들입니다.”

“대체 누가 이런 짓을 해? 어서 말해라.”

“그건…….”

루시안의 시선이 사람들 틈의 한 소녀에게로 옮겨 갔다. 소녀는 한 손에 물통을, 다른 한 손에는 수건을 든 채 한 아이의 치료를 거들고 있었다.

“리라가 설명하는 게 나을 것 같습니다.”

“리라……. 내 병을 치료해 준 그 아이로구나.”

“이번에는 납치되었던 영지민들을 구했습니다. 여기 있는 모두를요.”

공작 부인의 눈이 커졌다.

“납치라고 했느냐?”

그녀는 어서 얘기해 보라는 듯 리아넬라를 손짓해 불렀다.

“누구냐? 누가 감히 오페르니아의 영지민에게 이런 짓을 했는지 어서 내게 말해다오.”

“정확하게 어떤 자들의 이름을 말씀드릴까요?”

물통과 수건을 놓고 다가온 리아넬라가 양손을 공손히 모으며 물었다.

"무슨 뜻이냐?"

"직접 저들을 끌고 가 묶고 가두었던 자들을 알려 드릴까요?"

"……."

"아니면 그 배후를 알려 드릴까요, 그것도 아니면……."

리아넬라는 잠시 뜸을 들이고 다시 입을 열었다.

"아니면 배후에 있는 자들에게 자금을 건넨 사람이 궁금하신가요?"

"모두 말해라."

치맛자락을 쥔 공작 부인의 손이 덜덜 떨렸다.

"말씀드리면, 책임을 물으시겠습니까?"

"당연한 것이 아니냐."

흔들리는 눈동자 속에는 복잡한 감정이 뒤섞여 있었다. 혼란, 걱정, 영지민에 대한 애정, 그리고 미약하지만 분명 거기 있는 분노까지도.

"어서 있었던 일을 전부 말해라."

리아넬라의 입가에 작은 미소가 떠올랐다.

"분부대로 하겠습니다."

그녀는 천천히, 지금까지 있었던 일을 공작 부인에게 설명했다. 약간의 각색을 덧붙여서.

우연히 노예 경매에 대한 소문을 들었다는 것. 그곳을 습격하고자 했으나 증거 없이 공작가의 기사단을 발동할 수 없었으며, 공작가의 사용인을 통해 노예상에게 정보가 새어 나갈 것이 무서웠다는 것.

루시안의 어린 기사단과 함께 영지민을 구하고 우두머리를 붙잡았다는 것.

"……배후가 있다고 하였느냐?"

조용히 듣던 공작 부인이 나직하게 묻자 리아넬라는 고개를 끄덕였다.

"범인들을 직접 신문하시지요."

리아넬라가 가리킨 홀의 한쪽 구석에는 밧줄에 묶인 두 명의 남자가 꿇어앉아 있었다.

"경매를 총괄하던 노예상들입니다."

두 남자, 맷과 대런은 연신 마른침을 삼키며 덜덜 몸을 떨고 있었다. 공작 부인의 눈동자 속에 다시 한번 분노가 스쳤다.

"누구의 지시냐?"

그녀의 목소리에 두 사람은 고개를 푹 숙이고 입을 다물었다.

"누구의 짓이냐고 물으시잖아요."

리아넬라가 두 사람 옆에 가지런히 놓여 있던 서류 더미를 집어 들었다.

"어차피 여기 다 있는 판국에, 자백이라도 먼저 하는 쪽이 처지가 더 나을 텐데."

"흐읍."

맷과 대런은 아차 하는 표정으로 서로를 마주 보더니 동시에 입을 열었다.

"포, 포드 영주……."

"아비나스 포드 남작입니다!"

순간, 홀에는 정적이 맴돌았다.

"……뭐라고?"

공작 부인의 얼굴이 충격으로 물들었다.

"포드 영주……. 내가 아는 포드 남작이 맞느냐?"

"사실입니다."

리아넬라는 서류 한 묶음을 뽑아 공작 부인에게 내밀었다. 노예상에게 자금을 제공하겠다고 약속하는 서류, 그 서명란에는 '아비나스 포드'라는 이름이 또렷하게 적혀 있었다.

"믿을 수가 없구나."

공작 부인이 눈을 지그시 감고 고개를 떨어뜨렸다.

"그 사람이 어찌……. 그 인심 좋은 사람이."

"수년 동안 노예 사업을 해 온 모양입니다."

곁에 서서 서류를 넘겨 보던 바인즈 집사가 혀를 차며 대답했다.

"말도 안 돼……."

머리를 절레절레 흔들던 공작 부인이 문득 고개를 들었다.

"이상하지 않은가, 집사."

"예?"

"포드 영주는 엉시빈을 먹여 살릴 돈도 부족하다고 내게 도움을 청했던 자야."

"……."

"대체 돈이 어디 있다고 노예상을 지원한단 말이야."

"……!"

바인즈 집사는 무언가 깨달은 듯 얼굴이 하얘졌다.

"어디선가 자금을 마련했다면 가능했겠지요."

리아넬라가 집사 대신 대답했다.

"수년 동안, 갚을 필요도 없이 금은보화를 지원해 주는 누군가를 이용했다면 가능했을 거예요."

"그게 무슨……."

혼란스러운 얼굴로 되물으려던 공작 부인이 순간 얼어붙었다.

"설마……."

그녀의 얼굴이 경악으로 물들었다.

"여기 두 사람이, 오페르니아 외에 다른 자금줄은 없었다고 했습니다."

"아아, 그럴 수가."

공작 부인의 몸이 덜덜 떨리기 시작했다.

"마님, 들어가서 잠시 쉬시는 게 어떻겠습니까."

그녀를 데리고 돌아가려던 바인즈 집사의 앞을 리아넬라가 막아섰다.

"얘기가 안 끝났어요. 끝까지 보고 들으셔야 해요."

"하지만……."

"마님, 서류를 보시면 아시겠지만, 포드 영주는 자기 영지에서 수백 명, 오페르니아에서 백여 명의 사람들의 인신매매를 주도했습니다."

리아넬라는 굽히지 않고 말을 이었다.

"여기 있는 모두가 그 피해자입니다. 물론."

"……."

"저 자신, 그리고 저를 구하다가 다친 루시안 도련님을 포함해서요."

공작 부인은 천천히 눈을 들어 홀에 모인 사람들을 바라보았다.

미처 다 풀리지 않은 밧줄이 손목에 감겨 있는 여자.

굶주림으로 뼈와 가죽이 달라붙은 노인.

여러 차례 탈출을 시도하고 실패했는지 온몸이 멍투성이인 남자.

어린 나이에 무투 연습을 강요당해 이곳저곳 피가 맺힌 소년과 소녀.

그들을 구하다가 목숨을 잃을 뻔했던 루시안까지.

공작 부인은 떨리는 입술을 꽉 깨물었다. 주먹을 말아 쥔 손은 새하얗게 질려 있었다.

"나였구나."

그녀가 조용히 중얼거렸다.

"선을 행한다 믿었던 내가…… 이 모든 일을 가능하게 했어."

공작 부인은 한참 동안 가만히 서서 움직이지 않았다. 보다 못한 바인즈 집사가 그녀를 향해 손을 뻗었으나 부인은 그 손을 잡지 않았다.

"내가 건넨 돈이었던 거야, 집사."

"마님."

"저들의 목줄을 죄는 돈을 건네며 가난한 이들을 구휼한다 믿었던 내가 얼마나 어리석었나."

"……."

한 줄기 눈물이 공작 부인의 볼을 타고 흘러내렸다.

"리라라고 했느냐?"

"예, 마님."

리아넬라가 담담하게 대답했다.

"이자들을 이곳에 모아 놓고 나를 불러 보도록 한 것이 너인 것이냐?"

"……."

"내게 깨달음을 주려 한 것이로구나."

리아넬라는 부정하지 않았다.

"더 얘기해 보거라."

눈물을 그친 공작 부인이 그녀에게 말했다.

"나의 과오를 더 얘기해다오."

루시안과 똑같은 물빛 눈동자에 작은 빛이 반짝이는 듯했다. 충격은 가시지 않았으나 결연해 보이는 눈빛이었다.

"들을 준비가 되었다."

"제가 아는 것은 모두 말씀드리겠습니다."

리아넬라가 그녀를 똑바로 바라보며 말했다.

"헌터 아저씨, 만델 아주머니, 게일."

그녀는 풀려난 노예들 중 몇 명의 이름을 불렀다.

"제게 했던 이야기를 마님께도 들려주세요."

그녀의 말에 수염이 듬성듬성한 사내가 공작 부인 앞에 무릎을 꿇었다.

"허, 헌터라 합니다."

"말해 보게."

"……노예상에게 붙잡히기 전, 저는 오페르니아 저택에서 멀지 않은 길거리에서 과일 수레를 놓고 장사를 했습니다."

"……."

"어느 날 웬 사내들이 제 길을 막고 있다며 수레를 부수고 쏟아진 과일을 짓밟았습니다. 수소문해 오페르니아의 사용인이라는 사실을 알고 문지기를 통해 전갈을 넣었으나……."

사내는 잠시 공작 부인의 눈치를 보다가 말을 이었다.

"마님의 넓은 아량으로 아무런 처벌도 받지 않았다는 사실만을 전해 들었습니다. 제게 위로금을 주셨다 들었으나 문지기가 빼돌리는 바람에 구경도 하지 못했습니다."

"……."

공작 부인이 천천히 한숨을 내쉬었다.

"마님, 저는 만델이라 합니다. 오페르니아와 인접한 컬리번 영지에서 왔습니다."

중년의 부인이 헌터의 뒤를 이어 말했다.

"컬리번 영주는 마님께서 지원하신 자금으로 매일 밤 연회를 열었습니다. 밤이면 술에 취한 귀족들이 마을까지 나와 행패를 부렸고, 다음 날 아침이면 저택으로 끌려가 청소를 해야 했습니다. 버려지는 음식과 술이 산을 이루었습니다."

"……."

"게일이라 합니다. 저는 장애가 있고 가난하여 공작가의 지원을 받고자 하였습니다."

다리를 저는 남자가 말했다.

"클로에 님이 맡아 진행하시던 지원 사업이 사기를 당해 엉뚱한 곳에 자금을 흘려 버렸다 들었고, 저는 지난 십 년 동안 아무런 지원도 받지 못해 스스로를 노예상에 팔았습니다."

"마님, 저는 오페르니아의 사용인 출신입니다. 매월 적지 않은 급여를 받았으나 모두 다른 사용인에게 빼앗겨 빈털터리로 쫓겨났습니다."

"제 아버지가 평생 모으신 돈을 사기당하고 목숨을 끊었습니다. 사기꾼들에게 속아 자금을 지원한 것은 레너드 님이라 들었습니다."

"저는……."

수많은 사람들이 공작 부인 앞으로 몰려들어 성토했다. 그 아우성과 외침 속에서, 공작 부인은 꼿꼿하게 선 채로 모든 이들의 말을 들었다.

이윽고 홀에 있던 모든 이들의 말이 끝났다.

"……내가 틀렸구나."

다시 찾아온 정적 속에서 공작 부인이 입을 열었다.

"선하게 살고자 한 노력이었으나, 결과적으로는 악한 사람이었어."

그녀가 눈을 지그시 감았다. 과거의 선택들이 어깨를 짓누르는 듯, 작아지고 약해진 모습이었다.

"나는 실패한 영주다."

"마님, 그렇게 생각하실 필요는……."

"지금까지는 실패하셨지요."

공작 부인을 위로하는 바인즈 집사의 말을, 리아넬라가 뚝 잘랐다.

"얘야, 슬퍼하시는 마님이 보이지 않느냐."

"집사님은 여기 이 사람들이 보이지 않나요?"

그녀는 물러서지 않고 말했다.

"삶이 무너지고, 자유를 잃고, 무질서와 공포 속에서 살고, 몸도 마음도 고통 속에 빠졌던 사람들이에요."

리아넬라가 쉬지 않고 말을 이었다.

"이들뿐만이 아닙니다. 비슷한 일을 겪은 오페르니아의 영지민은 저택 밖에도 수없이 많으니까요."

"……."

"영주라면, 영주의 1등 집사라면 그 사실을 똑바로 보세요. 비겁하게 회피하지 말고요."

집사가 고개를 떨구었다. 그의 눈에도 자책의 눈물이 맺히고 있었다. 공작 부인은 여전히 창백한 얼굴로 눈을 감고 있었다.

"하지만, 그건 마님께서 선하지 않다는 의미는 아니에요."

긴 정적이 지난 후, 리아넬라가 다시 입을 열었다.

"……뭐?"

공작 부인이 이해할 수 없다는 얼굴로 리아넬라를 바라보았다.

"나를 위로하려는 것이냐? 그런 거라면……."

"그저 다른 이들이 선하지 않음을 몰랐을 뿐이니까요. '악'이 아니라 '무지'예요."

"결과는 같지 않느냐?"

"하지만 앞으로 가야 할 길은 다른걸요."

그녀가 말했다.

"몰랐던 것을 알게 되셨으면, 가만히 후회할 것이 아니라 만회해야 한다고 생각해요."

"……."

"그것이 책임입니다. 영주로서의 책임, 가문에 대한 책임, 그리고……."

리아넬라는 쌓였던 말을 전부 토해 냈다. 자신이 가지지 못했던 엄청난 행운을 손에 쥐고도 이리저리 다 흘려 버리는 귀족들에 대한 답답함이 폭발해 버린 것 같았다.

"오페르니아가 가진 거대한 부에 대한 책임이요."

"……네 말이 맞다."

공작 부인이 천천히 대답했다.

"그것이 진정한 참회다, 이 말이구나."

그녀는 깊은숨을 들이마셨다.

"리아넬라, 집사, 그리고 내 아가, 루시안."

낮지만 또렷한 목소리가 홀을 울렸다.

"오늘 보고 들은 것을, 나는 평생 잊지 않을 것이다."

이윽고 고개를 들었을 때, 푸른 눈 속에는 단 한 번도 본 적 없던 단호함이 서려 있었다.

"되돌릴 것이다. 내 힘이 닿는 데까지. 그리고 다시는 오페르니아의 영지민이 이런 일을 겪지 않도록 할 것이야."

더 이상 목소리는 떨리지 않았다. 한층 맑아진 시선이 바인즈 집사를 향했다.

"지금부터 영주로서 명령을 내리겠네."

"예, 마님."

"오페르니아의 기사단에게 전하게. 제국법을 위반해 수백 명의 인신을 구속하고 노예 경매를 진행한 아비나스 포드를 붙잡아 끌고 오라고. 근위대에 넘기기 전에 내 손으로 신문할 것일세."

"예."

"여기 있는 두 명의 노예상은 집사가 직접 신문해 잔당을 실토하게 만들도록. 실토할 때까지 채찍으로 다스리게."

"명 받들겠습니다."

"그리고 가문 전체에 전하게."

그녀가 한 마디 한 마디 힘주어 말했다.

"오페르니아의 이름으로 진행 중이던 모든 사업을 중단하라고."

"……!"

"밤을 새워서라도 하나하나 검토할 걸세. 자금이 어디로 흐르는지, 거래처는 어떤 자들인지, 사업의 수익성이 어떠한지……. 가문의 자금이 한 푼도 허투루 새어 나가지 않게 할 것이야."

"마님……."

바인즈 집사는 잠시 할 말을 잃은 듯했다. 천천히, 그의 얼굴에 밝은 빛이 돌았다.

"모든 일을 되돌릴 것이야. 해를 입은 자들에게 보상을 하고, 부당하게 금전을 갈취한 자들을 벌할 것일세."

갑작스러운 공작 부인의 변화에 충격을 받았던 얼굴에는 점차 벅찬 감동이 번져 갔다.

"마리노의 이름을 걸고 맹세하겠네."

공작 부인이 죽은 남편의 이름을 말했다.

"내가 살아 있는 한, 나는 그이가 내게 맡긴 이 땅과 사람들에 대한 소임을 다할 것이라고. 앞으로는 그 어떤 회피도 하지 않겠노라고."

"예, 마님!"

바인즈 집사를 선두로, 홀에 모여 있던 이들이 하나둘씩 외쳤다. 그들의 눈에도 전에 없던 이채가 돌고 있었다.

"……감사합니다, 마님."

"마님의 맹세를 잊지 않겠습니다!"

"믿겠습니다, 마님!"

리아넬라는 등 뒤로 루시안의 손을 잡고 천천히 미소 지었다.

바야흐로, 오페르니아 공작가의 새로운 시작이었다.

* * *

보름의 시간이 흘렀다.

아비나스 포드의 처분은 순식간에 이루어졌다. 소식을 전해 듣고 남해로 도망치려던 그는 오페르니아의 기사단의 손에 붙잡혀 탈탈 털린 후 근위대에 넘겨졌다.

증거가 차고 넘치는 데다 근위대의 고문을 견디지 못한 그가 범행을 모두 털어놓았기에, 재판은 생략되었다. 아비나스 포드의 목을 자르라는 황제의 칙령이 내려지기까지 걸린 시간은 겨우 열흘이었다.

오페르니아의 사건은 여기서 끝이 아니었다.

"동부 마게프 백작의 경마장 사업에 투자하겠다! 그깟 초기 자금 십만 골드는 우리 가문이 대도록 하지."

"불가합니다."

"뭐야? 시종 주제에……."

"명분 없는 지출은 일절 금하라는 공작 부인의 명이 있었습니다. 도박장 사업도, 영상구 수입도 중단되었습니다."

"어, 어머니가……."

레너드가 물 쓰듯 쓰던 자금줄이 꽉 막혔고.

"호수를 파서 와인으로 가득 채워라! 기념일이 다가오고 있으니 남편에게 깜짝 선물을 할 거야!"

"송구하나, 반쯤 파낸 호수는 어제부로 다시 메워졌습니다."

"누구 마음대로?"

"쓸데없는 소비를 계속하면 따끔하게 벌하겠다는 공작 부인의 명입니다. 과수원과 보석 사업, 클로에 님의 이름으로 진행하던 자선 사업까지도 전부 취소입니다."

"딸의 체면은 고려조차 안 하신다는 말이냐!"

클로에의 손을 통해 사방으로 흩뿌려지던 오페르니아의 부(富)가 제자리를 찾았다.

"알폰스 집사, 어서 전시장을 열어! 보증서가 있든 없든, 난 사파이어 목걸이를 미엘라에게 선물해야겠으니까!"

"절대로 안 됩니다, 노르만 님."

"이익!"

"집사, 마력석 원석이 새로 들어왔다며? 어디 구경 좀……."

"그 손 떼십시오, 로잘린 님. 다시 건드리면 엄벌하겠다는 공작 부인의 명입니다."

"기사단까지 지키고 서 있을 필요는 없었잖아!"

가문의 재산을 이리저리 빼돌리려는 여러 사람들의 노력은 수포가 되었다.

하지만 가장 큰 변화는, 어쩌면 나의 신변이었다.

"너, 신입 하녀가 왜 이곳에 있지?"

"오랜만이네요, 니콜."

나는 입사 첫날 업무를 안내해 주었던 하녀에게 고개를 까딱했다. 그녀는 얼굴을 찌푸리며 쏘아붙였다.

"까마득한 선배의 말에 대답을 안 해? 같은 2급 사용인이라도 가문에 있었던 기간이 다르면 존경심을 보여."

"존경할 점이 보이지 않는걸요."

"너, 앨버트를 마음대로 부린다는 소문이 돌더니……."

"그게 그렇게 부러웠나 보네요."

내가 대답했다.

"아 참, 니콜은 예전에 앨버트가 다른 사용인을 등쳐 먹는 데 협조했었죠? 신입이 들어오면 타이밍 좋게 앨버트와 일당들이 지나다니는 길목에 데려가고 본인은 자리를 비웠다던가요."

나는 씩씩거리는 선배 하녀의 얼굴을 보며 싱긋 웃었다. 막 첫 진급을 했을 무렵, 식당에서 내게 발을 걸고 비웃어 댔던 모습이 떠올랐다.

"이게……."

"어쩌나, 이제 그 땃쥐 녀석은 내 종속 사용인인데."

"그 입 닥쳐."

"내 말 안 끝났어요."

나는 한 손을 들어 니콜의 말을 막았다. 그녀의 얼굴이 붉으락푸르락해졌다.

"난 어제부로……."

"입 닥치라고 했지!"

니콜의 손이 내 멱살을 거칠게 잡아 흔들었다.

"초고속 승진 좀 했다고 네가 뭐라도 되는 줄 아는 모양인데……."

탕!

복도 끝에서 누군가 문을 쾅 닫는 소리가 들려왔다. 나와 니콜은 동시에 그곳을 향해 고개를 돌렸다.

어깨까지 오는 머리를 내려 묶고 외 알 안경을 쓴 중년 남자가 위엄 있는 걸음걸이로 우리 두 사람을 향해 걸어왔다.

"바, 바인즈 집사님."

"니콜 펠던이라 했더냐. 내 집무실 앞에서 웬 소란이냐."

"그, 그게 아니라 여기 이 아이가 먼저……."

"그 입조심해라. 호칭을 제대로 배우지 못한 모양이구나."

바인즈 집사가 차갑게 일갈했다.

"하, 하지만 저희는 같은 2급 사용인인데요."

"틀렸다."

"예?"

나는 바인즈 집사와 눈을 마주치고 빙긋 웃었다.

"그러니까 사람 말을 끝까지 들었어야죠."

"어제부로, 리아넬라 셀레스는 1급 사용인이다."

"예?"

니콜의 안색이 흐려졌다.

"1급 사용인이라뇨! 말도 안 됩니다. 그 말은 즉……."

"리아넬라가 나와 같은 집사라는 의미이지."

그 또한 나를 보며 따스하게 미소 지었다.

"오페르니아의 4등 집사이자 네 상관이다."

니콜이 눈을 크게 떴다. 한참 동안 나와 바인즈 집사를 번갈아 보던 그녀는, 그제야 집사의 말이 농담이 아님을 깨달은 듯 두 손으로 입을 틀어막았다.

"알았으면 제대로 인사하도록. 다른 사용인들이 집사에게 어떻게 인사해야 하는지는 리아넬라가 알려 주거라."

"오페르니아의 내규상, 2급 사용인은 1급 사용인에게 허리를 굽혀야 하죠."

나는 그 자리에 가만히 서서 니콜을 바라보았다. 압박을 이기지 못한 그녀가, 자존심을 접고 천천히 내게 머리를 조아릴 때까지.

"……지, 집사님에게 인사드립니다."

고개는 숙이면서도 씩씩거리는 얼굴이 볼만했다.

"하급 사용인이 상급 사용인의 멱살을 잡으면 어떻게 되는지도 설명해 주어라."

"……!"

니콜의 안색이 새파랗게 질렸다. 당연했다. 급여를 모아 수도에 집을 샀다고 자랑하고 다니지만, 실제로는 절반이 대출일 테니까. 잘리기라도 하면 남은 대출을 전부 갚아야 할 터였다.

니콜의 눈동자가 빠르게 이리저리 굴렀다. 무너진 자존심을 챙길 때가 아님을 깨달은 듯했다.

"상급 사용인의 뜻에 따라 채찍으로 벌하고 쫓아낼 수 있습니다. 공작 부인께서 내부 위계질서를 엄격하게 관리하라 명하셨었죠."

"제, 제발. 그것만은……."

덜덜 떠는 그녀를 보며, 나는 천천히 덧붙였다.

"고민되네요. 일단 사과를 받아야 결정을 할 수 있을 것 같은데."

털썩.

그녀는 내 말이 끝나기도 전에 넙죽 무릎을 꿇었다.

"사죄드립니다. 다시는 같은 일을 반복하지 않겠습니다!"

"흐음."

"진심으로 사죄드립니다! 제발, 온정을 베풀어 주십시오, 집사님."

니콜은 아예 머리를 바닥에 대고 내게 용서를 구했다.

눈치는 빠른 편이네.

"삼 개월 정직, 20% 감봉."

나는 최종 결정을 통보했다. 니콜은 감봉이라는 말에 눈을 질끈 감았지만 차마 더 이상 대꾸하지는 못했다.

"우린 들어가서 이야기하자꾸나."

"예, 선배님."

나와 바인즈 집사는 나란히 그의 집무실로 들어갔다.

"공작 부인이 왜 너를 승진시켰는지 아느냐?"

그가 따스한 말투로 물었다. 조금 전 니콜에게 쏘아붙이던 것과는 전혀 다른 모습이었다.

나는 잠시 생각에 잠겼다. 공작 부인의 의도는 아마 한 가지가 아니었을 것이다.

자신에게 깨달음을 준 나에 대한 포상. 눈에 넣어도 아프지 않은 손자인 루시안과 친분 있는 사용인을 요직에 앉혀, 그를 보호하려는 생각.

하지만 뭐니, 뭐니 해도 제일 중요한 것은…….

"제가 오페르니아에 필요한 인재라고 판단하셨으니까요."

"정확하다."

내 대답에 바인즈 집사가 고개를 끄덕였다.

"지금 오페르니아에는 인재가 부족해."

그의 말은 사실이었다.

지금까지의 오페르니아 가문은 혼돈 그 자체였다. 공작 부인은 오래 병을 앓았던 데다 가문의 기강을 잡는 덴 관심이 없었고, 가주 대행 비슷했던 레너드는 한마디로 멍청했다.

탐욕스러운 사용인들은 능력보다는 자신에 대한 충성도, 그리고 손에 떨어지는 뇌물의 양으로 신입을 뽑고 또 승진시켰다. 지급된 급여를 이놈 저놈이 빼앗아 간 것은 물론이었다.

"능력 있는 자들이 간혹 가문에 들어오기도 했지만, 곧 현실을 깨닫고 뛰쳐나가 버렸지."

"탓할 생각은 안 드네요."

절이 싫으면 중이 떠나는 수밖에 없으니까.

"직언을 잘하는 것도 마음에 드는구나. 너 서류를 좀 볼 줄 아느냐?"

"물론이에요."

나는 고개를 끄덕였다. 전생에 내가 한 일이라고는 밥 먹듯 서류를 들여다보는 것이었다. 제국의 체계가 대한민국과 다르다고는 하나, 큰 틀에서 문서의 작성법은 비슷했다.

"그럴 거라 생각했다. 노예상의 서류를 보고 포드 영지와의 관련성을 순식간에 찾아냈었지."

바인즈 집사가 고개를 끄덕였다.

"그리고 또 어떤 능력이 있느냐?"

"예?"

나는 당황해서 되물었다.

외 알 안경 뒤에서, 바인즈 집사의 예리해진 시선이 나를 응시했다.

"신성수 사업의 속임수를 간파하고, 우연이라지만 공작 부인의 병을 치료하고, 이번에는 황실에서도 어쩌지 못하던 노예 경매 문제를 해결했지. 너는 특별한 아이야."

"노예상을 잡은 건 루시안 도련님도 함께한 일이에요."

"도련님의 공로를 무시하는 것이 아니라, 네 능력을 말하는 것이다."

"……."

"너는 네 또래의 다른 아이들과는 전혀 달라. 교육을 제대로 받지 못한 열네 살의 아이라는 사실을 믿기 어려울 정도로. 무슨 비밀을 품고 있는 것이냐?"

나는 마른침을 꿀꺽 삼켰다. 조금만 방심하면 내가 빙의자라는 사실까지 들킬 것만 같았다.

"……말하기 싫다면 알겠다."

날카롭게 나를 바라보던 집사가 피식 미소를 지었다.

"언젠가는 알게 될지도 모르지."

"……."

"하지만 앞으로 업무량을 각오해야 할 거야. 물론 보수도 적절하게 올라갈 것이다."

나는 양손의 주먹을 꾹 쥐었다. 흥분으로 온몸이 떨렸다.

급여 인상이다. 승진에 따라오는 것은 역시 짭짤한 연봉. 심지어 집사 자리는 분기마다 주어지는 보너스가 따로 있었다.

"앞으로 오페르니아의 모든 주요 사업은 너와 상의하겠다. 하루에 다섯 시간 이상은 자기 어려울 것이다."

"맡겨 주세요."

나는 자신 있게 대답했다. 야근이 일상인 전직 대형 로펌 변호사를 뭐로 보고.

"좋다, 그럼 시작하지."

촤락-

그는 벽에 붙어 있던 종이를 떼서 탁자 위에 펼쳤다.

"이 지도에서, 오페르니아가 투자할 만한 곳을 골라 보거라."

너무나도 쉬운 질문에, 내 눈이 반짝 빛났다.

"그래서, 리라는 뭐라고 대답했어?"

루시안이 물었다. 얼굴이며 목의 상처는 말끔하게 사라져 있었다. 도자기 인형처럼 고운 얼굴이 나를 향해 기울어졌다.

"흑기사단 훈련 시간 안 늦으셨어요?"

"오늘은 오후에 시작해."

루시안이 빙긋 웃었다. 노예상의 일이 있고 난 뒤, 놀이 친구로 시작했던 흑기사단의 백 명의 아이들은 루시안 휘하의 정식 소년 기사단이 되었다.

소정의 급료를 받았으며, 나이가 차면 오페르니아의 정식 기사단 입문 시험을 우선적으로 볼 권리를 수여받는 자리였다.

"온갖 예산을 삭감했는데, 흑기사단은 오히려 키워 주신다고 할머니가 말씀하셨어.”

“축하드려요. 노르만 님은 도련님이 부러워 죽을 지경이겠네요.”

“리라가 말을 넣어 줬다는 거 다 알아.”

루시안이 속삭이듯 중얼거렸다.

“똑똑하시네요.”

나는 부정하지 않고 고개를 끄덕였다.

어린 나이에 가장 큰 힘이 돼 주는 것은 뭐니 뭐니 해도 완력.

가검이라 해도 무기를 가진 백 명의 부하가 있다는 사실은, 루시안이 또래 아이들에게 절대로 무시당할 수 없게 했다.

“바인즈 집사와의 이야기를 더 말해 줘.”

루시안이 말했다. 중요한 이야기를 나눌 때면 으레 그렇듯, 푸른 눈은 내게 집중한 채 빈짝이고 있었다.

나는 다시 집사와의 대화를 떠올렸다.

“비에든산, 노르평야, 발탄 광산, 그리고 앙테론 숲이에요.”

나는 지도에 널리 퍼진 네 개 지역을 차례로 짚었다.

집사는 한동안 내 말을 곱씹다가 다시 입을 열었다.

“비에든산은 금맥 때문이냐?”

“맞아요. 마르지 않는 금맥만큼 안전한 자산은 없으니까요. 산 주인인 칼스턴 후작가가 마침 저렴한 값을 불렀다면서요.”

“미리 자료를 전달한 보람이 있구나. 다 공부해 온 걸 보니.”

집사가 고개를 끄덕였다.

그가 전해 준 자료는 생각했던 것보다 훨씬 쓸모가 많았다. 제국 내 주요 가문의 이름과 얼굴은 물론, 세부적인 가족 관계와 야사, 그리고 그 모든 것들과 그들이 시행 중인 사업의 연관성까지 적혀 있었으니까.

“사생아가 재산을 떼 달라는 재판을 걸었다니, 머리 좀 아프겠어요.”

"아마 비에든산을 팔아 돈을 마련하면 합의금으로 지불하려는 거겠지."

"현명한 판단이에요."

나는 며칠 전 공작가 대도서관에서 읽은 제국법의 내용을 떠올리며 대답했다. 일부일처제인 제국에서, 귀족들이 가장 머리 아파 하는 문제 중 하나가 사생아였다.

현 황제 펠리사드 르벨리안 3세는 아이들의 인권 문제에 꽤 엄격한 편이라, 일단 친자 확인이 되면 재산 한 토막이 뚝 떨어져 나가는 건 순식간이었다.

"오페르니아에서는 작년에 금맥이 흐르는 강변을 레너드 님의 도박으로 날렸다면서요. 비에든산은 필요해요."

단순히 금이 좋아서가 아니었다. 원작에 따르면 앞으로 몇 년 후, 비에든산을 제외한 제국의 금맥은 눈에 띄게 말라붙는다. 금값이 뛰는 것은 당연한 결과였다.

"노르평야는 풍요로운 곡창 지대. 비싸긴 하지만 몇 년 안에 그 값어치를 하고도 남겠지."

나는 동의의 뜻으로 지도 위의 노르 지역을 톡톡 두드렸다.

"하지만 나머지 둘은 이해가 안 가는구나. 발탄 광산은 애초에 고려 대상도 아니었다. 아니, 발탄 광산과 앙테론 숲은 애초에 매물로 나와 있지도 않아."

"……."

나는 잠시 입을 다물었다. 집사의 말이 옳았다. 지금으로서는 두 지역에 투자해야 하는 뚜렷한 이유가 없었다.

"사겠다고 하면 팔 거예요. 땅 주인은 그 쓸모를 모르니까요."

"너는 안단 말이냐?"

"……그냥 지형이 마음에 든다고 하면, 믿어 주시겠어요?"

차마 광산에서 다이아몬드가 날 것 같은 느낌이 든다는 대답은 하지 못한 내가 말했다.

바인즈 집사가 의아한 표정으로 눈썹을 올렸다. 나는 다른 대답을 하지 않고 그를 빤히 응시했다.
"나는 너를 믿는다."
이윽고 그가 대답했다.
"설령 네 판단이 틀렸다 한들 두 지역의 땅값은 귀여운 정도지. 오페르니아가 감당 못 할 리스크는 아니야."
그가 단단한 눈빛으로 나를 마주 보았다. 가슴 한구석이 따뜻해졌다. 루시안을 제외하면, 이렇게 나를 신뢰해 주는 사람은 처음이었다.
"말이 나와서 말인데, 한 가지 부탁이 더 있어요."
"무엇이냐."
"앙테론 숲의 가격은 겨우 천 골드 정도겠죠."
"그 이하이겠지. 아무런 쓸모도 없는 작은 숲이니까."
"공작 부인께서는 루시안 도련님이 노예 경매를 습격한 공로로 선물을 주겠다고 하셨어요."
"물론이다. 루시안 도련님은 가문은 물론, 황실에도 엄청난 공을 세우셨으니까."
"앙테론 숲을, 루시안 도련님에게 선물로 주세요. 도련님의 개인 재산으로요."
"겨우 그것을?"
바인즈 집사가 곤란한 얼굴로 되물었다.
"공작 부인께서는 그보다 훨씬 값지고 화려한 선물을 골라 놓으라 하셨다."
"그럼 다른 선물과 함께 앙테론 숲을 내리라고 말씀드려 주세요."
나는 숲의 언저리를 소중하게 쓰다듬으며 바인즈 집사에게 말했다.
"네가 그리 말한다면 그렇게 하겠다."
"감사합니다."
나는 터져 나오려는 웃음을 참으며 대답했다.

"어떤 선택도 후회하지 않으실 거예요."

루시안은 오페르니아의 차기 가주이니까.

가주에게 '제국의 동력'이라 불리게 되는 자산이 있다면, 사용인들도 다들 행복할 일이 아니겠는가.

제국의 마력석 생산량의 절반 이상을 차지하게 될 땅이니까.

저도 모르는 사이에 소년 갑부가 된 루시안을 생각하며, 나는 만족한 얼굴로 지도를 접었다.

"앙테론 숲은 조심해서 관리하셔야 해요. 마력의 흐름이 독특해서 함부로 들어가면 위험할 수 있답니다."

"알고 있어. 마물이 많이 산다며."

루시안이 고개를 끄덕였다.

"잘 아시네요."

"리라가 바인즈 집사에게 받은 자료, 나도 공부했으니까."

나는 밤하늘처럼 검은 그의 머리칼을 쓰다듬었다.

아, 예뻐. 아, 성실해. 어쩜 이렇게 잘 크고 있을까.

가문을 살려 놓고 수도의 내 집에서 편안히 살 날이 성큼 다가온 기분이었다.

"관리 잘할 거야."

그가 나직하게 말했다.

"리라는 자산을 잘 관리하는 사람을 좋아하니까. 숙부나 노르만처럼 낭비하지 않을 거야."

"맞아요. 저는 현명한 사람을 좋아해요."

미련한 사람들에게 당한 게 많은 나는 본능적으로 똑 부러진 사람들을 좋아했다. 〈오페르니아의 눈물〉을 보고 유독 고구마 먹은 듯 가슴이 답답했던 이유에는 그런 것도 있었다.

그래서 지금은 뿌듯했다. 당하기만 하던 루시안이 이렇게 잘 크고 있었으니까.

"바인즈 집사님처럼 말이죠. 중앙 홀에서는 공작 부인께서도 똑 부러지셨어요."

"그리고 또?"

루시안이 내 손을 꼭 잡으며 물었다.

"음…… 강한 사람도 좋아요. 예를 들면……. 황제 폐하나 황태자 전하처럼?"

나는 원작의 묘사를 떠올리며 말했다. 직계 황족 특유의 이능, 세상의 순리를 역행하는 힘을 가졌다는 두 사람은 단신으로 군부대 하나를 상대할 만큼 강하다고 했었다.

"……그리고 키르시안도 있지."

"맞아요. 놀라울 만큼 강했죠."

순수하게 감탄한 내 말에 루시안이 눈에 띄게 조용해졌다.

"도련님?"

"……나도 현명해질 거야. 강해질 거야."

무심코 그의 얼굴을 보니 상처 입은 강아지 같은 표정이었다.

"흑기사단 훈련도 열심히 시킬 거야. 리라가 좋아하는 모든 것이 될래."

물을 머금은 듯한 눈동자가 나를 빤히 바라보았다. 작은 입술이 망설이듯 떨리더니 마침내 한마디 덧붙였다.

"리라의 입에서 내 이름이 나올 때까지."

"……."

어린 나이에, 괜히 비교당한다고 생각했나 봐.

가슴 한구석이 아릿했다. 강한 사람이 좋다는 말이 무색할 정도로, 루시안의 안쓰러운 표정은 내 심장을 크게 두드렸다.

인터넷에서 짤로 보던 비 맞은 멍멍이 같아.

"물론, 저는 도련님도 좋아한답니다."
나는 환하게 웃으며 그를 달랬다.
"아시잖아요. 제가 도련님을 제일 많이 좋아하는 거."
루시안의 입가에 비로소 미소가 번졌다. 나는 다시 한번 그의 머리를 쓰다듬었다.
"잠깐만."
잠시 시간이 지난 후, 루시안은 다시 거두려는 내 손을 붙잡아 제 머리에 그대로 대고 눌렀다.
"잠깐만 더 쓰다듬어 줘. 훈련 갈 때까지만."
눈을 감고 내 손에 머리를 기대며, 그가 속삭였다.
결심했어.
마음이 녹아내리는 기분을 느끼며 나는 속으로 말했다.
공작가를 나가면, 강아지를 한 마리 키워야겠어.

* * *

루시안이 기사단 훈련을 위해 떠난 뒤, 나는 천천히 그의 방을 나섰다.
'지금 공작가에는 인재가 부족해.'
바인즈 지사의 말이 내 머리를 맴돌았다.
인재.
사실 나는 이미 루시안을 위한 인재를 키우고 있었다. 칼, 루, 알로, 그리고 새로 생긴 백 명의 흑기사단.
부족해.
그들은 모두 루시안의 아랫사람들이었다. 그와 대등하게 서거나, 오히려 그보다 한 수 앞서나가며 그를 가르치기에는 부족했다.
성장 속도는 빨라 가지고.

루시안의 배움이 느리기라도 했으면 칼이나 루가 그의 훈련을 책임질 수도 있었을 것이다. 그러나 겨우 몇 달 만에 루시안의 검술은 일취월장했고, 조금 있으면 칼이나 루는 가볍게 뛰어넘을 터였다.

루시안에게 밀리지 않을 사람, 루시안을 자극할 수 있는 사람, 루시안이 모르는 것을 보여 줄 수 있는 사람.

그런 사람이 필요했다.

"떠오르는 게 딱 한 사람이네."

나는 작게 한숨을 내쉬었다.

"가망이 있기는 하려나."

늑대 가면 뒤의 은발, 검날을 감쌌던 선명한 오러, 예술적이라 할 만큼 빠르고 정확했던 검의 궤도. 한쪽 눈을 찡긋하던, 오만해 보이는 그 태도며 원작의 난봉꾼 설정.

동일 인물의 상반되는 여러 모습들이 내 머릿속을 돌아다녔다.

* * *

"모두 모였느냐?"

공작 부인이 천천히 자리에서 일어났다. 병이 나은 후로 겨우 두어 달의 시간이 흘렀으나, 그녀의 모습은 몰라보게 달라져 있었다. 걸음걸이와 자세에 힘이 있었고, 목소리에 위엄이 서렸다.

밤새워 서류를 보고 결재한 탓인지 눈 아래 다크서클이 짙어져 있었으나, 눈빛은 전에 없이 예리했다.

"가문 내부의 일이 어느 정도 정리가 되었으니, 오늘은 미뤄 두었던 다른 중요한 업무를 처리하고자 한다."

홀에는 가신과 사용인은 물론 오페르니아의 주인들까지 모여 있었다.

"포상하겠다."

공작 부인이 말을 이었다.

"제국의 질서를 무너뜨리고, 백성을 유린하고, 나와 가문을 속인 죄인들을 앞장서서 추포한 자들에게 포상을 내릴 것이야."

홀 중앙에 서 있던 백 명의 흑기사단, 그리고 가장 앞에 선 루시안이 한쪽 무릎을 꿇었다.

"여기 있는 백 명은 이미 오페르니아의 소년 기사단이 되었으나, 오늘 비로소 오페르니아의 상징인 활을 내린다."

사용인들이 가문의 이름이 새겨진 백 개의 활, 그리고 흑색 수련복을 가져왔다.

"그들을 이끈 루시안에게는 선대의 검, 루비 반지, 앙테론 숲과 비세나크 영지를 내리겠다."

루시안과 내가 동시에 미소를 지었다. 앙테론 숲은 미래 제국의 동력이라 부르는 마력석 생산지였고, 비세나크 영지는 작물이 잘 자라는 것은 물론 가축을 키우기에도 알맞은 축복의 땅이었다.

무엇보다 이것은 공개적인 거대한 포상. 죽은 가스팔을 제외하면, 공작 부인의 자손들 중 누구도 누린 적 없는 영예였다.

"……젠장."

오른편에 서 있던 노르만이 잇새로 욕을 지껄였다. 그 옆에 서 있던 레너드와 그 부인 마리안느, 공작 부인의 딸 클로에, 그 딸 로잘린도 벌레 씹은 표정으로 루시안을 쏘아보고 있었다.

펑펑 쓰던 돈줄이 꽉 막혔으니 그럴 만도 하지.

나는 픽 웃고는 다시 루시안을 바라보았다.

예쁘다, 내 새끼.

몇 달 사이에 커진 키, 단단해진 몸, 당당해진 태도까지.

앨버트 일당에게 당해 눈물을 보이던 때와는 너무나도 달라 보였다.

"한 가지 소식을 더 전하겠다."

루시안과 흑기사단이 인사를 마치고 일어서자 공작 부인이 다시 입을 열었다.

"황실에서 사자가 올 것이다."

조용하던 홀이 웅성거리기 시작했다. 레너드와 클로에도 눈을 크게 뜨고 공작 부인의 다음 말을 기다렸다.

"황제 폐하께서는 지난번 귀족 회의에서 포드 영주의 비리를 밝히고 제국 전역에서 노예상의 잔당들을 추포하는 데 공을 세운 오페르니아를 크게 칭찬하셨다."

그녀의 입가에 작은 미소가 떠올랐다. 홀에 모인 노예들 앞에서 눈물 어린 맹세를 한 뒤로 처음 보이는 미소였다.

"세이든 공작가의 장남이자 황실 제1 기사단의 단장, 루칸 세이든 경과 그 아들이 손님으로 올 터이니 여기 있는 모두가 차질 없이 준비하도록 하라."

공작 부인은 간략하게 말을 마치고 자리에 앉았다.

저벅, 저벅.

흥분 섞인 웅성거림 사이에서, 점차 멀어져 가는 조용한 발소리가 들려왔다. 뒤를 돌아보자, 허리에 검을 여러 자루 찬 은발의 소년이 빠른 걸음으로 자리를 뜨고 있었다. 곁에는 두 명의 하녀가 붙어 있었다.

'키르시안 세이든.'

나는 눈을 가늘게 뜨고 그의 뒷모습을 바라보았다.

'루칸 세이든'의 이름이 불리는 순간 돌아서서 나가 버린 것 같았다.

잠시 생각에 잠겼던 나는 눈을 마주친 루시안을 향해 고개를 끄덕이고는 키르시안의 뒤를 따라갔다.

* * *

저벅, 저벅, 저벅.

키르시안과 두 명의 하녀는 놀라울 만큼 빠른 걸음걸이로 정원을 가로질렀다.

한참 동안 그렇게 걷더니, 그는 척 하고 정원 중앙에 멈춰 섰다.

"너, 계속 따라올 거냐?"

뒤를 돌아 나를 바라보던 그의 눈이 조금 커졌다.

"헉……."

"숨소리가 왜 그래? 여기까지 뛰어온 거야?"

"걸음이 빠르니까 뛸 수밖에요."

내가 대답했다. 이놈의 거지 같은 체력이며 또래보다 작은 몸으로는 세 사람의 걸음을 따라가기가 벅찬 탓에, 나는 거의 호흡 곤란이 올 지경이었다.

"누가 따라오라던? 우린 사냥을 하러 갈 거다."

"……."

"나와 알리사의 데이트에 따라올 생각이 아니라면 들어가지 그래?"

나는 잠시 숨을 고르고 고개를 들었다.

"용건이 없는 거라면……."

"일단, 괜찮은지 물어보고 싶어서 따라왔습니다."

"뭐?"

그가 의아한 표정으로 나를 보았다.

"그날 루시안은 다쳤어요. 저도 위험했었고."

"그래서?"

"저희를 직접 검을 맞댄 공자님이 괜찮은지 확인하고 싶었어요. 그날 빠르게 사라졌으니까요."

내 말은 진심이었다.

호기심은 호기심대로 있었지만, 나는 일이 끝난 후 키르시안에게 제대로 인사하지 못한 것도 신경 쓰였다.

"스스로 죽을 뻔한 걸 알면서 나를 걱정한다……. 이상한 아이로구나."

키르시안이 어이없다는 듯 말했다.

"난 괜찮아. 네가 신경 쓸 문제가 아니다."

그가 딱 잘라 말했다. 여유 넘치던 평소보다 예민한 모습이었다.

"왜 이야기하지 않아요?"

"뭘 말이지?"

"그날, 노예상을 체포한 건 실질적으로 공자님이라는 사실을요."

"……."

"포상을 원하지 않으세요?"

"그날의 일은 입에 담지 않겠다고 했을 텐데."

"다른 사람들에게 비밀이라고 하셔서 말하지 않았어요. 하지만 공자님에게 묻지 말라고는 안 하셨습니다."

"포상은 필요 없어. 술 마시고 여자에게 선물을 사다 줄 돈은 있으니까. 그 이상의 돈은 관심 없다."

그가 씩 웃으며 말했다. 다만 그 미소는 어딘가 억지스러워 보였다.

"미성년자가 그렇게 놀면 못 써요."

"……누가 보면 넌 어른인 줄 알겠구나. 꼬마 주제에."

나는 시선을 돌려 양옆의 두 하녀를 바라보았다. 알리사, 그리고 그와 꼭 닮은 얼굴을 한 에밀리아.

"……에밀리아를 왜 구했냐고 묻고 싶은 거야?"

"잘 아시네요."

"뻔하지 않나. 난 알리사의 환심을 사고 싶으니까. 보다시피 그녀는 예쁘잖아?"

그가 알리사를 향해 눈 한쪽을 찡긋하며 대답했다. 알리사는 또 저러네, 하는 얼굴로 시선을 피했다.

"이래도 설명이 더 필요해?"

그가 나를 향해 고개를 기울이며 말했다.

"어린 아가씨가 내게 관심이 생겼다면 접는 걸 권고하지."

"왜 그래야 하나요?"

"세이든 가문의 수치, 망나니 키르시안에 대한 소문을 못 들은 모양이군."

그는 나와 자신의 이마가 거의 맞닿을 때까지 몸을 숙이며 말했다.

"공자님이 생각하시는 것보다 그 소문에 대해서는 많이 알고 있답니다."

나는 물러서지 않고 대답했다.

"한데?"

"소문 뒤에, 종종 다른 진실이 숨어 있다는 사실도 잘 알고 있을 뿐이죠."

키르시안 세이든.

세이든 공작가의 방계인 그는 어린 나이부터 이미 난봉꾼으로 정평이 나 있었다.

열두 살에는 도박장에 출입하기 시작해 내탕금을 전부 탕진했다.

열네 살에 어머니의 시녀를 꾀어내 함께 도망치려 했다가 덜미를 잡혔다.

성년이 된 후에는 유부녀만 골라서 유혹했고, 함께 놀아나고 난 후에는 두 번 다시 거들떠보지 않았다.

여자를 사이에 두고 다른 사내와 다툼을 벌인 것은 수십 차례라 전해졌으며, 세이든의 직계들처럼 검에 재능을 보이지도 않았다.

그는 젊은 나이에 살해당했는데, 혹자는 그로 인한 수치를 견디지 못한 세이든 공작가에서 암살자를 보냈다고 말하기도 했다. 적이 워낙 많았으니 알 수 없는 일이었다.

연인이자 전속 시녀였던 알리사는 그보다 먼저 비극적인 운명을 맞았고, 그녀를 무척 아꼈던 키르시안 세이든은…….

이것이 〈오페르니아의 눈물〉 속 키르시안 세이든에 대한 묘사였다.

"나는 전해 듣는 모든 것을 믿지는 않아요."

변호사의 제1 덕목은 의심.

의뢰인이 거짓말을 하지 않는지 파악해야 하고, 상대방의 거침없는 주장 속에서 모순과 빈틈을 찾아내야 한다. 남이 던진 정보를 덥석 믿는 사람은 절대로 할 수 없는 직업이 법조인이다.

그 정보의 출처가 원작이라 할지라도.

이곳이 소설 속 세계인 만큼, 원작은 꽤 정확했다.

덕분에 나는 여러 인물들의 과거와 미래를 알았고, 멀리 수도며 타국에서 발생하는 일에 대해서도 빠삭한 편이었다.

그러나 〈오페르니아의 눈물〉은 어디까지나 여주를 중심으로 전개된 소설.

그녀와 먼 사람들에 대해서는 소설 속에서 알려진 소문의 이야기를 기반으로, 대략적인 묘사 정도만 있을 뿐이었다.

카밀의 과거에 대한 설명이 정확하지 않았다는 점이 바로 그 예시였다.

"……재미있는 이야기를 하는군."

키르시안이 한쪽 입꼬리를 올리며 말했다. 다만 조금 전까지 곱게 접혔던 자색의 눈은 미소를 지운 채 나를 경계하고 있었다.

"하지만 네 추측은 틀렸어. 난 검을 잘 쓰는 망나니일 뿐이다."

"망나니의 검에는 방향이 없습니다. 하지만 공자께서는 그 검을 약자를 구하는 데 쓰셨죠."

"매력적으로 봐주니 고맙지만 난 연상을 좋아해."

"……."

"이제 됐나? 하녀 아가씨와는 더 이상 할 말이 없군."

나는 작게 한숨을 쉬었다. 인사말은 여기까지인 듯했다.

"하면 집사로서 본론을 말씀드리겠어요."

나는 돌아서려는 그를 불러세웠다. 전할 말이 따로 있는 것은 사실이었다.

"……아, 승진을 했다고 했던가."

"오페르니아의 4등 집사로서 마님의 명을 전합니다."

나는 키르시안을 똑바로 올려다보며 말했다.

"오페르니아에 머무르는 모든 사람들은 루칸 세이든 경의 손님맞이를 준비하라고 하셨어요. 황실의 사자를 맞이하는 데 부족함이 없도록 하라셨습니다."

"……."

"그러니 루칸 경의 조카뻘 되는 공자님은……."

"질대로 싫어."

그가 딱 잘라 말했다.

"이모할머님이 어떤 명을 전했든, 나는 따르지 않을 것이다."

더 이상 그의 얼굴에서는 웃음기를 찾아볼 수 없었다.

"하지만……."

"마음대로 해. 날 쫓아내도 상관없다."

"……."

"난 누구의 명령도 듣지 않아. 오페르니아에 요즘 희한한 바람이 불어 집사들이 엄격해졌다는 말은 들었지만 내게는 의미 없는 이야기야."

"……위험한 사고방식을 가지고 계시네요."

내가 반쯤 혼잣말로 중얼거렸다.

"위험이라, 오페르니아에서 쫓겨나는 것을 내가 두려워할 것 같아?"

"두려워하지 않는 것이 문제겠지요. 공자님은 오페르니아의 보호를 받는 사람이니까요."

키르시안이 내 말에 코웃음 쳤다.

"건방지구나."

"저는 건방지나, 공자께서는 오만하십니다."

"뭐?"

"집 한 채도 받지 못하고 가문에서 나온 데다 쉴 틈 없이 사고를 쳐 적이 많은 공자께서, 오페르니아에서도 내쳐지면 어떻게 될지 생각하지 못하시나요?"

"……."

"가난이 문제가 아닙니다. 공자의 어머님, 그리고 사랑스러워 마지않은 애첩의 안전도 보장받지 못한답니다."

원작의 흐름이 바로 그랬다. 키르시안은 오페르니아 가문을 나온 지 얼마 안 되어 죽어 버렸으니까.

모친의 혈연으로 이어진 이곳에 손님으로 있는 것은 부유함을 누리는 것을 넘어 가장 안전한 선택지였다.

키르시안의 눈동자가 흔들렸고, 다음 순간 그는 얼굴을 일그러뜨렸다.

"지금까지의 무례는 내 검술에 반한 소녀의 기행으로 이해하지."

그가 억지로 웃으며 말했다.

"소문 너머에 진실이 있다라……. 다음에도 그런 궤변을 하려거든 근거를 찾아서 와. 얼마든지 들어 주지."

잠시 나를 노려보던 그가 휙 하고 시선을 돌렸다.

그는 알리사의 어깨를 끌어당기더니 빠르게 몸을 돌려 내 시야 밖으로 사라졌다.

에밀리아가 빠른 걸음으로 두 사람의 뒤를 따랐다.

……그렇단 말이지.

나는 빙긋 웃었다.

근거를 찾는 게 내 전공인 건 어떻게 알고.

얼마든지 들어주겠다는 약속도 받았겠다, 나는 곧바로 정보 수집에 착수했다.

제국 최고의 정보통은 어차피 내 손 안에 있었다.

* * *

"왜 관심을 못 끊는 건데?"

카밀이 한숨을 푹 쉬며 물었다. 그녀의 손에는 오늘만 스무 번째로 뒤져 본 제국의 귀족 가문 대장이 들려 있었다.

나는 비슷한 다른 책을 탁 하고 덮으며 말을 받았다.

"말했잖아. 아깝다고."

"뭐가?"

"그냥, 재능이."

나는 노예 경매 날 본 일은 다 말하지 않으며 애매하게 대답했다.

"하긴, 얼굴 잘생긴 것도 재능이긴 해."

카밀이 어깨를 으쓱하며 대답했다.

"루시안 도련님이나 키르시안 공자가 좀 그런 쪽으로 특별하긴 하지."

"……썩힐 수 없어, 도저히."

나는 혼잣말처럼 중얼거렸다. 키르시안은 인재였다. 제국을 다 뒤져도 찾기 어려울 정도의 인재.

"돈 낭비만 낭비가 아니란 말이야."

세상에서 돈 다음으로 귀하고 아까운 것이 재능이었다.

십 대에 오러를 만들어 내 자유자재로 사용까지 하는 키르시안을 죽게 두는 것은, 거의 신성수 사기 사건에 버금갈 정도로 안타까운 일이었다.

"말했듯이 키르시안 공자는 가문에서 쫓겨나다시피 한 골칫덩어리로만 알려져 있어."

카밀이 말했다.

"세이든의 방계이지만 그 어머니와 함께 오페르니아에서 머무르는 이유지. 외가가 공작 부인의 친정 가문인 바나스 후작가니까."

"알아. 공작 부인이 거둬 먹이는 친척 중 하나인 거."

나는 순순히 그녀의 설명을 따라갔다.

"매력적이지만 괴팍한 성격이라, 건드렸다가 주먹질에 얻어맞은 사용인들도 있다고 했어. 조심해야 할 사람이지."

"그것도 알아."

"그걸 아는 애가, 위협은 왜 했니?"

카밀은 진심으로 궁금하다는 표정이었다.

"애첩이 안전하네, 마네 하는 이야기는……."

"반은 진심이었고, 반은 어떻게 나오나 궁금해서."

"얻은 게 있어?"

"있지."

나는 고개를 끄덕였다.

"짙은 확신."

"짙은 확신?"

카밀은 황당해하며 내 말을 따라 했지만 나는 정정하지 않았다.

"두 사람의 관계가…… 키르시안 공자가 말하는 것과는 다르다는 확신이 생겼어."

"어떻게?"

카밀이 눈을 빛냈다. 쓸모가 있든 없든, 그녀는 알려지지 않은 정보를 파악하는 데 본능적인 열정을 발휘했다.

"내가 알리사를 '애첩'이라고 지칭했을 때……. 키르시안 공자는 불편해했어."

"……."

"순간적으로나마 여유가 사라지고 알리사의 안색을 살폈어."

"……열네 살짜리가 함부로 말할 만큼 가벼운 애정이 아니어서일지도 모르지."

나는 카밀의 추측에 고개를 저었다.

"그럼 굳이 억지로 가벼운 관계인 척할 필요가 없는걸."

"……."

"애초부터 가벼운 애정이었다면, 겨우 그런 상대를 내가 뭐라고 부르든 신경 쓰지 않았을 거야. 반면 진지한 애정이라면 다른 여인들에게 억지스러울 정도로 흘리고 다니지 않았을 거고."

나는 눈은 웃지 않으면서도 억지로 날 보며 입꼬리를 올리던 그를 떠올렸다.

"마치 가면을 쓴 것처럼, 뭔가 숨기고 있어."

"느낌이잖아. 그걸로는 부족해."

카밀이 잘라 말했다.

"단순히 감으로 때려 맞추는 정보상은 이류야. 난 일류고. 다른 근거를 말해 봐."

냉정한 판단력이었다. 나는 다시 한번 고개를 끄덕였다.

"확신은 알리사를 봤을 때 했어."

"왜?"

"그 애 눈에는……."

나는 한쪽 손으로 턱을 괴며 조금 전 보았던 알리사의 표정을 떠올렸다.

"알리사가 키르시안 공자를 보는 눈에, 연정 같은 것은 조금도 없어 보였거든."

"알리사가 키르시안 공자를 싫어한다는 뜻이야?"

"아니, 전혀."

나는 단호하게 고개를 저었다.

"오히려 반대야. 알리사의 시선은 항상 키르시안 공자를 향해 있었으니까. 다만……."

나는 잠시 말을 골랐다.

"그게 연인의 느낌이 아닐 뿐이야."

전생의 나는 연인이면서 그 관계를 다르게 포장하는 이들을 수없이 많이 봐 왔었다.

불륜을 저지르면서도 아닌 척하는 남녀를 지켜보다 결정적인 증거를 찾아낸 것만 수차례였다.

그들의 태도며 눈빛에는 숨길 수 없는 애틋함과 끈적임이 있었다. 떨어져 있으면서도 틈만 나면 서로에게 은근한 미소와 추파를 던졌다.

"……두 사람의 태도는 완전히 반대였달까."

나는 반쯤 혼잣말로 중얼거렸다.

"분명 두 사람은 한 편인데, 분명 키르시안 공자는 그 애를 첩이라 부르면서 수준 낮은 농담을 하고 있는데, 태도는 미묘하게 서로 거리를 두는 것 같았거든."

알리사의 어깨를 끌어당기는 키르시안의 손은 어딘지 모르게 조심스러웠다.

키르시안을 보는 알리사의 눈빛은 연인 사이라기에는 지나치게 날카로웠다. 마치 매 순간 그를 평가하고 있는 것처럼.

단순히 연인이 아니라, 노예상으로부터 구해 준 남자라 다르다?

나는 고개를 저었다.

"그런 느낌도 아니었는데……."

"어쨌든 제국의 귀족은 아니야."

카밀이 결론지었다.

"알리사와 에밀리아 자매의 성은 벤슨, 하지만 원래의 성은 아트란이지."

그녀는 다시 한번 정리했다.

"거기까지는 확실해. 내가 과거를 싹싹 뒤져서 찾은 정보니까."

"알아. 그런데 아트란이라는 귀족 가문은 제국에 없었다는 거."

카밀이 고개를 끄덕였다.

"이름 없는 용병 출신으로 기사가 됐는지는 모르지만, 제국에서 유명한 무인 가문은 분명 아니야."

"그 이름을 어디서 들어 본 것 같기도 한데."

기억을 더듬어 보았지만 카밀의 말은 틀리지 않았다.

〈오페르니아의 눈물〉에 등장하는 수많은 실력 있는 기사들 중, 아트란이라는 이름은 없었다.

"아트람, 아트람……. 아, 아트란이라고 했지."

나는 무심코 편한 대로 중얼거리다가 발음을 정정했다.

"아트람? 왜 그렇게 발음해?"

카밀이 순간 고개를 갸웃했다.

"뭐가?"

"철자만 놓고 보면, 아트람은 아트란의 말바론식 발음이야. 너 말바론어를 알아? 그런 사람 드문데."

"……아니?"

제국 끝에 붙어 있는 자그마한 나라에 대해 내가 뭘 안다고 그 언어를 사용하겠는가.

하지만 이상했다. '아트람'이라는 이름은 분명 아트란보다 익숙하게 느껴졌으니까.

"아트람……? 잠깐만."

머리를 쥐어짜 원작을 떠올리던 나는 멍하게 책장으로 걸어가 먼지투성이 책 한 권을 뽑아 들었다.

"엥? 귀족 이름을 찾는 거 아니었어? 검법서는 왜?"

"아트람 검법."

내가 중얼거렸다.

"그런 것이 있었어."

그것이었다. 내 귀에 그 이름이 익숙한 이유는.

주요 인물에 대한 묘사가 꽤 철저했던 원작은, 제국의 황태자가 사용하는 검법의 이름들까지도 하나하나 나열하고 있었던 것이다.

그중 아트람 검법은 워낙 어려워, 제대로 구사하는 사람이 제국에 몇 명 없다는 묘사가 있었다.

"……여기 있다."

나는 책상 한가운데 검법서를 펼쳤다.

내 손가락이 향한 위치에는 한 남자의 그림과 함께, '카인 아트람'이라는 이름이 쓰여 있었다.

"제국력 246년에 사망한 말바론 출신의 기사로, 검술 실력은 대단치 않으나, 검법에 대한 연구의 깊이는 흥미로웠다."

나는 검법서의 내용을 읽어 나갔다.

"특히 이른 나이에 오러를 터득하는 이론을 연구했으나, 그 후손들은 타고난 마력이 부족해 검법을 꽃피우지 못했다. 모든 후손들이 검법 연구에만 인생을 쏟았기에, 불행하게도 아트람의 가문은……."

나는 책을 탁, 하고 덮었다.

"이거였어."

르벨리안의 황태자가 구사하던 희귀한 검법. 제국에 널리 퍼지지는 못했으나, 접하는 이에 따라서는 잠재력을 폭발시킬 수도 있는 비책.

이를 연구한 가문의 이름이 아트람, 아니 아트란이었던 것이다.

"이제 알 것 같아."

도저히 맞추어지지 않던 퍼즐 조각이 제자리를 찾은 기분이었다.

서로를 향한 애정보다는 존중이 담긴 눈빛.

사용하는 검은 한 자루인데, 허리에는 두어 자루의 검을 지닌 키르시안의 모습.

타고난 검사들의 가문, 세이든.

"……리아넬라?"

카밀이 어리둥절한 얼굴로 나를 바라보았다.

"미안, 나중에 설명할게."

"나, 나중에 언제? 나 궁금한 건 못 참아!"

"이론을 뒷받침할 확실한 증거를 잡은 다음에."

나는 빙긋 웃으며 그녀를 뒤로하고 도서관을 나섰다.

* * *

링클산.

쉬-

검을 든 하나의 그림자가 춤추듯 움직였다. 은빛 검날은 그의 손에서 아름답고도 날카로운 선을 그었다가 지우기를 반복했다.

스스슥-

그림자는 산등성이에 서 있는 커다란 느티나무를 향해 움직였다.

"잘 보고 따라 하십시오. 단, 저기 있는 바위로."

말이 끝남과 동시에 검이 대각선으로 움직였고, 느티나무는 깨끗하게 잘려 한쪽으로 쓰러졌다.

쿵-

"헉!"

"이 각도로 베는 거……. 방금 뭐지?"

나무가 쓰러지는 소리에 잡음이 섞였다는 사실을 깨달은 그림자가 뒤를 돌자, 녹색으로 반짝이는 한 쌍의 눈동자가 정면으로 보였다.

"뭐, 뭐야?"

"……미안합니다."

나는 제자리에 굳은 채로 사과했다.

위험한 곳에 멍청하게 서 있으려던 건 아니었는데.

검법이 워낙 화려해서인지, 순간 홀려서 움직이는 걸 까먹은 게 문제였다.

조금만 빗나갔으면 내 몸이 대각선으로 잘릴 뻔했네.

챙-

그림자, 아니 알리사 아트란은 당황한 얼굴로 들고 있던 검을 내던져 버렸다.

"리, 리아넬라 집사님이 잘못 보셨습니다!"

그녀가 말을 더듬었다.

"저는 검을 가지고 별것을 한 게 아니라……."

"……거대한 느티나무를 쓰러뜨렸을 뿐이라고요?"

"바로 그거……. 아니, 그게 아니라."

알리사의 시선이 이리저리 움직였다.

"거짓말은 썩 잘하는 사람이 아니군요."

내가 신기함을 숨기지 않고 대답했다.

"역시 한 우물만 판 검법 연구가의 후예다워요."

"……!"

그녀가 말을 고르는 사이, 우리 두 사람의 옆으로 두 쌍의 발소리가 들려왔다.

"……너 뭐야?"

"안녕하세요, 키르시안 공자님, 또 만났네, 에밀리아."

고개를 돌리자 동그랗게 커진 키르시안의 눈이 나를 향해 있었다.

"……뭘 보았지?"

알리사만큼이나 당혹스러워하는 자안이 나를 향해 흔들렸다.

"전에 말씀하셨던 일을 하고 있었지요."

나는 몸에 묻은 느티나무의 가루를 툭툭 털며 대답했다.

"무슨 말이냐?"

"근거를 찾으라면서요. 그래야 제 말을 들어 주겠다고."

"……."

"저는 근거를 찾았는데, 궤변을 들을 준비는 되셨나요?"

키르시안이 입술을 꽉 깨물었다.

"키르시안 세이든 공자, 그리고 알리사 아트란. 두 사람의 관계는 연인이 아니라……."

나는 그의 대답을 기다리지 않고 말을 이었다.

"스승과 제자."

키르시안의 표정이 일그러졌다. 나는 내 생각이 들어맞았음을 완벽하게 확신할 수 있었다.

이론의 천재인 스승과, 타고난 마력을 가진 제자의 만남이라.

감탄스러웠다. 서로를 찾아낸 두 사람이.

"어렵고 복잡한 길을 가시네요, 검술 수련을 위해 거짓 연인 행세를 해야 하다니."

"……."

"그 말은 그만큼 소중하다는 뜻이겠죠."

나는 고개를 들어 키르시안의 눈을 똑바로 들여다보았다.

"제국의 망나니라는 키르시안 세이든은, 사실 검을 위해 모든 것을 바칠 수 있는 진정한 기사니까요."

키르시안의 하녀, 알리사는 그 주인 대신 검을 맞고 한발 먼저 저승으로 떠났다.

키르시안은 암살자들에게 쫓기는 와중에도 그녀의 시신을 버리지 않았다.

인적 없는 작은 숲에 도달한 그는 알리사의 시신을 불에 태웠다. 시신의 이마에는 작은 마력석을 놓아, 다음 세상으로 가는 그녀의 혼을 축복해 주고자 했다.

이는 르벨리안 제국에서는 망자에 대한 최대한의 존중을 담는 의미를 가지고 있었다.

초라하지만 엄숙했던 장례가 끝난 지 얼마 되지 않아, 키르시안 자신도 암살자에게 붙잡혀 죽었다.

그게 원작에서 두 사람의 마지막이었다.

하녀에게 이러한 예를 갖추는 주인은 드물었다. 오히려 제자가 스승에

대한 예를 갖출 때 흔히 따르는 절차였다.

나는 원작의 표현을 다시 되짚었다.

책을 읽었을 때는 단순히 '망나니에게도 심장이 있고 애인에 대해서는 진심이었다' 정도의 의미로 이해했는데, 지금 보니 원작의 의미는 글자 그대로였다.

"방계임에도 세이든의 핏줄을 진하게 이어받은 공자는, 어려서부터 검에 관심을 가졌지만."

나는 눈이 동그래진 키르시안 앞에서 내가 짜 맞춘 퍼즐을 읊어 주었다.

"어떤 이유로든 남들 앞에서는 검술 실력을 숨겨 왔고, 남들이 보는 앞에서 도박장에 드나드는 등 일부러 망나니짓을 하면서도 뒤로는 수련에 몰두했고."

"……."

"독학으로는 한계가 있다고 판단할 무렵 아트람 검법에 대해 접했으며, 검법 창시자의 후예를 노예 경매에서 찾게 되었다. 운명처럼 만난 최고의 이론가와 실전의 강자, 두 사람은……."

"……."

"겉으로는 연인인 듯, 가벼운 관계인 듯 포장하면서 함께 수련을 해 왔다. 바로 지금 하고 있는 것처럼."

나는 깨끗하게 잘린 느티나무를 가리키며 말을 이었다.

"아, 그리고 겉은 차갑지만, 속마음은 따뜻한 세이든 공자께서는, 스승의 여동생까지 경매에서 구해 냈고, 둘이서 해오던 검술 수련에도 끼워 주었다."

나는 에밀리아 쪽을 향해 고개를 돌리며 빙긋 웃었다.

"맞나요?"

"겁도 없구나."

키르시안이 미간을 찌푸리며 들고 있던 검을 고쳐 잡았다.

"네 말대로 '실전의 강자'인 내가 숨기려던 사실을 알게 되었으면 그냥 모른 척해야겠다는 생각은 하지 못했고?"

"말씀드렸잖아요. 지금 두 분이 가려는 길은 위험하다고."

검술 명가의 힘없는 방계, 거기다 아버지를 일찍 잃은 소년이 검술 실력을 숨긴 이유는 짐작할 수 있었다.

그 실력을 알아본 어느 직계로부터의 견제.

나는 어렴풋이, 원작에서 그의 죽음 또한 같은 이유 때문일 것이라고 추측했다.

"겉으로는 쓰레기처럼 행동해 적을 만들고, 비밀리에는 가문의 누군가가 견제할 정도의 실력을 쌓고. 공자를 싫어하는 이가 몰래 공자를 암살하고 평소 행실 때문이라고 덮어씌우기 딱 좋다고 할까요."

"비밀을 아는 자가 누설하지 못하도록 하면 해결되겠군."

그가 한쪽 입꼬리를 올렸다. 검날에 전에 보았던 것과 비슷한 흰 빛이 떠올랐다.

"멈추세요, 키르시안 님."

그의 뒤에 서 있던 알리사가 한숨을 내쉬며 그의 어깨에 손을 얹었다.

"기사는 기사도를 따른다고 했습니다. 검을 들지도 않은 아이에게 오러를 사용하는 것은 기사도가 아니에요."

"……겁은 줘야 하지 않겠어?"

"저는 키르시안 님을 그렇게 가르치지 않았습니다."

알리사는 냉엄한 시선으로 키르시안을 바라보았다. 키르시안은 입술을 한 번 깨물더니 검을 다시 검집에 넣었다.

"원하는 게 뭐지?"

"청이 있습니다."

키르시안이 한쪽 눈썹을 올렸다.

"……혹 오페르니아의 막내 꼬맹이와 관련된 거냐?"

"어찌 아셨나요."

"너만 정보가 있는 게 아니니까. 루시안이 먹는 것, 읽는 책, 그를 돌보는 호위까지 네 손이 닿지 않은 것이 없다는 건 비밀이 아니지."

"……."

"그 꼬맹이가 검술에 관심을 갖는다며? 그럼……."

키르시안이 냉소하며 말을 이었다.

"내게 녀석의 검술 파트너라도 되어 달라는 거냐?"

"아니요."

내가 딱 잘라서 대답하자 키르시안의 얼굴에 당황스러운 기색이 비쳤다.

"아, 아니야?"

"애초에 저는 공자께 청을 드리려던 게 아니라서요."

나는 시선을 살짝 틀어, 우리 대화를 듣고 있던 알리사를 바라보았다.

"알리사에게 청합니다. 루시안 도련님의 스승이 되어 주세요."

알리사와 키르시안, 그리고 가만히 대화를 듣고 있던 에밀리아까지도 눈을 크게 떴다.

"제자 하나를 더 받아 달라는 뜻이에요. 그것도 아주 천재적인 제자를."

"……결국 키르시안 님의 동문이 되겠다는 거군요."

알리사는 내 마음을 꿰뚫어 본다는 듯 말했다.

"좋은 선배이자 라이벌을 만들어 주겠다는 결심인 걸 알겠어요."

"둘 다예요."

나는 당당하게 말했다.

"잠깐만 봐도 알겠거든요. 스승도, 제자도 나무랄 데 없이 훌륭하다는 걸요."

나는 조금 전 나를 위협하려던 키르시안을 말리는 알리사의 모습을 떠올렸다. 노예상으로부터 데려온 알리사를 완전한 스승으로 인정한 키르시안의 모습도.

"둘 다에게 감탄했으니까 두 사람 모두를 탐내는 거예요."

"탐내긴 무슨……."

키르시안의 눈동자가 흔들렸다.

"네까짓 게 훌륭한 검이 어떤지 평가할 수는 있어?"

"그래서 감탄이라고 하잖아요. 두 사람 모두, 검을 쓸 때 눈부시게 아름다워서 감탄했다고."

"……."

"자유롭고 행복해 보였다고요."

그는 순간적으로 얼굴을 붉히더니 다시 입을 열었다.

"네 말은 나더러 오페르니아저의 연무장에서 공개적으로 훈련하라는 거냐."

"맞아요."

나는 고개를 끄덕였다.

"우리 루시안 도련님이 얼마나 빨리 느는지 세상이 다 알았으면 좋겠거든요. 공자와 함께 훈련하면서요."

"……거절하겠어."

키르시안이 잠시 망설이다가 대답했다.

그와 나의 시선이 허공에서 부딪혔다. 조금 전의 예민함이 가라앉은 자색 눈동자는, 잠시 나를 마주 보다가 슬쩍 옆으로 시선을 피했다.

"알고 있잖아. 난 다른 이들 앞에서 검술을 보여 줄 생각이 없어."

"그럼 계속 연습을 위한 연습만 하시려고요?"

"……."

"억지로 망나니 행세를 하면서, 세이든 가문의 눈치를 보면서, 언제 어떻게 삶이 끝날지 모르는 상태로 살고 싶으신 거예요?"

나는 과하다 싶을 정도로 몰아붙였지만 키르시안은 아무런 대답도 하지 않았다.

"공자는, 원한다면 그냥 자기 자신으로 살 수도 있다는 말을 하고 있는 거예요."

"……."

"검술에 자부심을 갖고, 누가 뭐라 해도 계속해서 검법을 탐구하고, 피부가 찢어지도록 연습하고, 자기 못지않게 천재적인 동료를 만나 겨루고. 별거 아닌 성취에 당당하게 기뻐하고, 세상에 자랑하고, 어머니의 자랑이 되고."

나는 원작의 키르시안이 갖지 못한 삶에 대해 이야기했다.

갖지는 못했으나, 평생 원했을 평범한 기사의 인생에 대해서.

"……그만해."

그는 기어이 고개를 저으며 대답했다.

"그만……. 그만 듣고 싶다."

"……공자."

그는 내 말을 더 이상 듣지 않겠다는 듯, 몸을 돌려 멀찍이 걸어가기 시작했다.

알리사와 에밀리아도 잠시 망설이다가 그의 뒤를 좇았다.

"……이대로 포기할 줄 알고?"

나는 조용히 뇌까렸다.

"절대 못 놓쳐."

돈보다 귀한 인재가 둘이었다. 그냥 보내 줄 생각은 없었다.

링클산 중턱에서, 나는 혼자 뒷일을 계획하며 사악한 웃음을 지었다.

* * *

"짜잔, 진한 초콜릿 크림이 든 크로와상! 그리고 알폰스 집사님보다 한발 앞서서 가져온 로베니아산 초콜릿!"

"됐어."

"그럼 설탕을 입힌 황금 포도와 구름 같은 솜사탕!"

"거절한다니까."

"체리 잼이 가득 든 도넛, 그리고 블루베리 잼이 꽉 찬……."

"내 방에서 꺼지지 못해?"

키르시안이 팔짱을 끼며 나를 내려다보았다. 먼저 와 있던 알리사는 픽 웃으면서도 나를 도와주지 않았다.

"이깟 먹을 것에 내가 넘어갈 것 같아?"

"애초에 나와 알리사는 단 음식을 싫어해."

키르시안이 이마를 짚으며 말했다.

"이런 걸 가져다 나른다고 네 청을 들어줄 일은 없다."

"하지만……."

"루시안과 함께 수련하지 않겠다고 했잖아."

리아넬라는 알리사를 향해 시선을 돌렸지만, 그녀도 고개를 절레절레 저을 뿐이었다.

"키르시안 님의 뜻이 그렇다면 저도 어떻게 할 수가 없답니다. 그리고 단 음식을 좋아하지 않는 것은 사실이에요."

"단 것이 싫다면……."

리아넬라가 주섬주섬 주머니를 뒤졌다.

"상큼한 레몬 파이도 있는데요. 루시안 도련님은 이걸 앉은 자리에서……."

"레몬 향만 추가됐지, 실질은 설탕 덩어리잖아. 난 그 설탕 맛을 싫어한다는 말이다."

리아넬라는 충격받은 얼굴로 그 자리에 얼어붙었다.

"설탕 맛이 싫다니……. 돌연변이 같은 사람들."

다만 결연한 한 쌍의 녹안에 포기의 기색은 조금도 보이지 않았다. 그녀가 다시 뭐라고 말하려던 순간, 문 뒤에서 하인 한 명의 목소리가 들려왔다.

"집사님, 여기 계셨습니까?"

"으응."

리아넬라가 레몬 파이를 다시 주머니에 넣고 돌아서며 대답했다.

"오페르니아의 손님께서 지내시는 데 불편함이 없는지 집사로서 확인하고 있었어."

"곧 황실의 사자께서 도착하신다고 합니다."

"먼저 가 봐. 따라갈게."

하인은 공손하게 그녀를 향해 고개를 숙이고는 사라졌다.

"루칸 세이든 경이 거의 도착했다고 해요."

리아넬라의 말에 키르시안의 어깨가 움찔했다.

"일단은 가 보겠지만, 저는 포기 안 해요. 돌아올 거니까 다시 잘 생각해 보세요."

"달라질 일 없다. 그리고 이 음식들은……."

"음식은 두고 갈 거예요."

리아넬라가 딱 잘라 말했다.

"두 사람은 싫어할지 몰라도, 매일 산으로 두 사람을 따라다니는 에밀리아는 에너지가 필요하니까요."

그녀의 시선이 에밀리아를 향했다.

한참 전부터 초콜릿과 솜사탕을 빤히 바라보고 있던 에밀리아가 흠칫 시선을 돌렸다.

"……에밀리아."

뒤늦게 그 사실을 깨달은 알리사가 당혹스러워하는 사이, 리아넬라는 휙 하고 몸을 돌려 복도를 따라 사라졌다.

"하……. 뭐라고 더 하기도 어렵고."

키르시안이 관자놀이를 문지르며 한숨을 내쉬었다.

"에밀리아, 이것들은 먹고 싶으면 네가 먹어라. 앞으로 단것이 먹고 싶으면 그때그때 네 누이에게 말해도 좋아."

"……감사합니다."

에밀리아가 눈을 빛내며 크로와상을 먹어 치우는 사이, 키르시안과 알리사는 대화를 계속했다.

"루칸과 그 아들이 돌아갈 때까지 수련은 쉬겠어."

키르시안이 굳은 얼굴로 말했다.

"……."

"왜?"

"그저 수련일 뿐인데, 루칸 경이 온다 해서 포기하시는 것이 안타까워서요."

알리사가 쓰게 웃었다.

"무슨 말이 하고 싶은 거야?"

"……일고의 가치도 없다고 생각하시나요?"

"리아넬라의 제안에 대해 말하는 거야?"

알리사가 고개를 끄덕였다.

"고려는 해 볼 수도 있다고 생각해요."

"너답지 않게 왜 그런 말을 하지?"

키르시안이 미간을 찌푸리며 물었다.

졸졸 따라다니며 귀찮게 하는 리아넬라는 그렇다고 쳐도, 알리사는 평소 검법 외의 분야에서는 제 주장을 잘 하지 않는 사람이었다.

"그야, 키르시안 님은 제가 본 최고의 천재이니까요."

"……."

"그런 천재를 세상에 내보이고 싶어 하지 않는 스승은 없답니다."

"알리사."

"루시안 도련님에 대한 리아넬라의 생각과 키르시안 님에 대한 제 생각은, 어찌 보면 비슷해요."

"그만해."

"무엇보다, 키르시안 님이 당당하게 검을 잡기를 바라고요."

"듣고 싶지 않아."

키르시안은 더 이상 들을 가치가 없다는 듯, 몸을 돌려 제 방에서 나가 버렸다.

남겨진 알리사가 낮은 한숨을 내쉬었다.

* * *

“황명입니다.”

황실의 사자는 다소 거만한 모습으로 공작 부인을 향해 고개를 까딱했다. 공작 부인은 온화하게 웃으며 루시안을 데리고 사자의 앞으로 다가가 한쪽 무릎을 꿇었다.

“짐은 일찍이, 인신을 구속하고 거래하여 르벨리안 제국의 질서를 무너뜨리는 무리를 엄벌하리라고 천하에 고하였다. 오페르니아 가문은 짐의 뜻을 받들어…….”

길고 복잡한 말이었지만, 요약하면 대충 이런 뜻이었다.

오페르니아는 노예상과 그 잔당들까지 싹 쓸어 버림으로써 황실이 할 일을 대신하였으므로, 공개적으로 칭찬하고 상도 주겠다.

“……하여, 루시안 오페르니아와 그 기사단 전원에게 금화와 훈장을 수여한다. 그들 앞에 영광 있으라.”

“영광 있으라.”

홀에 모인 모두가 한목소리로 말했다. 루시안은 정중하게 두 손을 뻗어 훈장을 받았다.

귀티가 흐른다, 흘러.

눈에 씐 콩깍지를 감안해도, 루시안의 태도는 귀공자의 정석이 따로 없었다.

입가에 흐뭇한 미소가 떠오르는 것은 어쩔 수가 없었다.

“칫!”

노르만이 낮게 구시렁거리는 소리가 들려왔다.

나는 아무도 몰래 그를 향해 혀를 쏙 내밀어 보이고 다시 황실에서 보낸 두 명의 사자를 바라보았다.

"한 가지 더."

사자 중 한 명, 세이든 공작가의 장남인 루칸 세이든이 다시 입을 열었다.

곁에 서 있던 그 아들, 메이슨 세이든이 들고 있던 또 하나의 칙서를 꺼내 제 아버지에게 건넸다.

"폐하께서는 오페르니아의 사용인, 리아넬라 셀레스의 활약에 대해 들으시고 특별히 언급을 하셨습니다."

홀에 있던 모두의 눈이 커졌다. 멀리서 니콜이 경악한 얼굴로 나를 노려보는 것이 보였다.

황제가 나를?

공작 부인과 바인즈 집사가 황실에 보낸 보고서에 내 이름도 명시돼 있다는 사실은 알고 있었다.

노예상의 위치며 경매 날짜를 파악한 것도, 루시안과 함께 습격을 계획한 것도, 스스로 노예 중 하나가 되어 사지로 걸어 들어간 것도, 포드 영주의 이름이 들어간 서류를 찾은 것도 나라는 사실은 익히 알려져 있었다.

그러나 그 모든 것을 감안해도 귀족 가문의 이름으로 진행된 일에 대해 평민을 콕 찍어 치하하는 경우는 드물었다.

나는 얼떨떨한 표정으로 천천히 루시안과 공작 부인의 뒤로 다가가 한쪽 무릎을 꿇었다.

"오페르니아의 리아넬라 셀레스를, 귀족과 다름없는 자격으로, 돌아오는 '황실의 보물찾기'에 초대한다."

"……!"

헉 하는 소리가 홀 이곳저곳을 울렸다.

나는 멍해진 얼굴로 그 자리에 굳었다.

황실의 보물찾기라니.

어린 귀족 영애, 그중에서도 황실과 특별한 친분을 가진 고위 귀족 영애들이 사교계에 첫발을 내딛는 행사였다.

'실질적인 데뷔탕트'라고 불리기도 했다.

매년 극성 부모들은 제 딸을 황실의 보물찾기에 밀어 넣기 위해 갖은 수를 썼다. 스승을 붙이고, 외모를 가꾸게 하고, 조금만 연줄이 닿는다 싶으면 뇌물을 쓰면서.

평민이 끼기도 한다더니.

다만 이 행사가 독특한 것은, 약 사 년쯤 전부터 황제의 명으로 한 명의 평민 소녀를 숙녀들 사이에 끼워 준다는 것이었다.

애빈 정신을 일깨우고, 귀족에게 겸양을 기르라는 메시지를 던지고, 무엇보다 황제의 뜻은 귀족뿐 아니라 평민에게도 미친다는 사실을 알린다는 취지였다.

그 선별 기준은 매년 달랐지만, 보통 어디 한 부분이 뛰어난 아이가 선정되었다.

의술에 천재적인 재능을 가졌다는 열 살짜리 아이가 선정된 적도 있었고, 어린 나이에 전문가 수준의 논문을 쓴 학자 가문의 여아가 뽑힌 적도 있었다.

한 번은 외모가 독특한 빈민가의 소녀가 뽑히기도 했었다.

올해는 내가 그 한 명의 평민이구나.

나는 속으로 한숨을 내쉬었다. 명예롭기는 했으나 단순히 기뻐할 일이 아니었다. 평민의 대표로 뽑힌 소녀는 황실의 보물찾기에서 귀족 영애들의 질시를 받기 일쑤였으니까.

"리아넬라 셀레스, 황명을 받들겠습니다."

나는 복잡한 생각을 접어 두고 루칸 세이든 앞에 공손히 머리를 숙였다.

* * *

루칸과 메이슨은 효율을 추구하는 세이든 가문의 사람답게, 공작가에 하염없이 머무르지 않았다.

칙서를 전달한 지 얼마 지나지 않아, 두 사람은 공작 부인의 권유를 뿌리치고 방문을 마무리했다.

"더 계시지 않겠습니까?"

노르만이 개처럼 쫄래쫄래 두 사람 뒤를 좇으며 물었다.

제국 삼대 검사 중 하나인 루칸, 그리고 황태자와 겨룰 만큼 뛰어나다 알려진 메이슨을 본 그는 마치 척추가 고장 난 사람처럼 굽신거렸다.

집사로서 그들을 배웅 나온 나는 쓸데없는 걸 봤다는 생각에 얼굴이 찌푸려졌다.

"우린 괜찮소. 바쁜 사람들이라 말이지."

루칸이 거만하게 대답했다.

"바쁘시다니요. 황명을 전하는 것 말고 또 무슨 일이……."

"온 김에 사냥을 하러 갈까 합니다. 오페르니아 영지의 링클산에는 마물이 꽤 발견된다고 들었습니다."

메이슨이 저택의 북쪽을 가리키며 말했다.

"북문으로 나가면 곧장 산과 이어져 있다고 들었습니다."

나는 고개를 돌려 북문과 가까이 있는 공작가의 건물을 바라보았다.

키르시안의 처소가, 바로 그 건물에 있었다.

'마주치기 싫겠지.'

루칸의 이름만 들어도 진저리치던 키르시안의 모습이 떠올랐다.

마주쳐서 불편한 상황이라도 생기면 집사인 나까지 귀찮아질 수 있었다.

"황실의 손님들이니 정문으로 나가시는 것이 예법에 맞습니다. 번거로우시더라도 정문으로……."

"어허!"

노르만이 호통을 치며 끼어들었다.

"일개 집사가 황실의 사자에게 예법을 논해?"

"원래 집사의 업무 중 하나가 예법에 따라 일이 처리되는지 확인하는 것입니다."

"세이든 공작가 앞에서 내 말에 토 달지 말아. 게다가……."

노르만이 배려심 많은 척 웃더니 루칸을 보며 말했다.

"북문 쪽에는 경의 오촌 조카 키르시안이 거주하고 있다. 마침 가시는 길이니 인사라도 주고받을 수 있지 않겠어?"

루칸의 얼굴이 순간적으로 굳었다. 메이슨도 한쪽 입꼬리를 올렸다.

"그 녀석이 아직 이곳에 거주하고 있었군요."

"예?"

"안내해 주시니 북문 쪽으로 가겠습니다마는, 저희와 그 녀석이 인사를 하는지는 신경 안 쓰셔도 괜찮습니다, 공자."

"아……."

노르만이 무언가 생각난 얼굴로 어색하게 웃었다.

"제가 깜빡 잊었습니다. 경께서는 키르시안 그자를……."

"조카라고 부르지 않습니다."

루칸이 차갑게 잘라 말했다.

"세이든에서 태어나 가문의 영광이 되기는커녕 오페르니아에 민폐만 끼치고 있다고 하니……."

"그리 말씀 마십시오, 아버지."

메이슨이 고개를 저었다.

"녀석은 애초에 세이든의 이름을 주기 아까운 자입니다. 연락도 끊겼으니 남이나 마찬가지입니다."

그는 코웃음을 치며 덧붙였다.

"오페르니아의 공자 앞에서 말하기 민망하지만, 녀석을 거두어 먹이는 것은 아마 또 다른 공작 부인의 돈 낭비일 겁니다."

듣고 있던 내가 미간을 찌푸렸다.

"메이슨 공자는 말씀을 조심……."

"입 다물라니까. 메이슨 공자의 말이 맞습니다, 하하."

내가 입을 열었으나 노르만이 또다시 끼어들었다.

'이 멍청이가.'

메이슨의 말은 단순히 키르시안에 대한 뒷담이 아니었다. 노골적으로 오페르니아 공작 부인, 그러니까 노르만의 할머니를 욕보이는 언사였다.

그 사실을 깨닫지 못하는지, 노르만은 나에게 눈을 부라리다가 메이슨을 보며 헤실거렸다.

"할머니께서 좀 그런 경향이 있으시지요. 다른 곳에서는 갑자기 돈을 아끼기 시작해 놓고……."

"저기 있는 석조 대문이 아마도 북문인 게지요?"

노르만에게 관심이 없던 루칸이 손가락으로 북문을 가리켰다.

어느새 후원을 다 지났는지, 그가 가리킨 곳에는 북문이, 그리고 문 뒤편으로 링켈산의 산등성이가 보였다.

"여기부터는 배웅해 주지 않으셔도 됩니다."

"사람을 더 붙여 드릴까요? 위험할지도 모릅니다."

"사냥꾼이 어찌 짐승을 두려워하겠습니까. 그리고 함께 온 일행이 있으니 걱정할 것 없습니다."

메이슨이 호기롭게 웃으며 고개를 저었다. 실제로 그들 뒤로는 열 명 정도의 기사들이 함께 있었다.

"그럼 저라도……."

"하면 여기까지 배웅하겠습니다. 날이 저물기 전에 어서 올라가시지요."

이왕 이렇게 된 거, 나는 빠르게 손님들을 보내 버릴 생각이었다.

“황실의 사자께 인사드립니다. 황제 폐하께 영광을…….”

저벅.

말을 채 마치기 전, 익숙한 발소리가 왼편에서 들려왔다.

‘망했다.’

나는 눈을 지그시 감았다. 고개를 돌리지 않아도 누가 그곳에 서 있는지는 알 것 같았다.

“키르시안.”

루칸의 눈동자가 차갑게 빛났다.

메이슨의 눈썹이 꿈틀하고 움직였다.

“……당숙.”

은발과 자안, 비슷한 외견을 가진 세 사람이 서로를 바라보았다. 키르시안은 소리 없이 두 사람을 노려보았다. 함께 있던 알리사도 미동 없이 서 있었다.

“가자, 알리사.”

긴 정적 끝에 두 사람은 오던 길을 돌아섰다.

“버르장머리 없는 태도는 그대로구나.”

루칸이 낮게 읊조렸다.

“척 보면 모르십니까, 아버지.”

메이슨도 이죽거렸다.

“옆에 계집을 끼고 있는 모습을 보십시오, 개는 제 습성을 못 고치는 법입니다.”

키르시안이 자리에 우뚝 섰다. 표정이 보이지는 않았지만 불안한 알리사의 눈빛에서, 그가 무언가 참고 있음을 알 수 있었다.

“씨는 숨기지 못하는 법이지. 하는 짓이 제 아비와 비슷하구나.”

“아들이 저 지경이니…… 친정이라 보기도 어려운 오페르니아에 몸을 의탁하는 그 어미가 불쌍할 지경입니다.”

두 사람을 따라온 기사단이 낄낄거리는 소리가 들려왔다. 키르시안의 어깨가 미세하게 떨렸다.

천천히, 그가 몸을 돌려 두 사람을 마주했다.

“왜, 할 말이 있느냐?”

메이슨이 싱긋 웃으며 키르시안에게 한 걸음 다가섰다.

“……별로.”

“빼지 말고, 어디 들어나 보자.”

키르시안은 심호흡을 하는 듯하더니 다시 입을 열었다.

“그냥, 당숙의 말에 공감했을 뿐이야. 아비와 아들이 쓰레기를 뱉어 내는 모습이 참 닮았구나 싶어서.”

메이슨과 루칸이 동시에 얼굴을 찌푸렸다.

“입조심해.”

“말뿐이 아니지. 하는 짓도 닮았다.”

“…….”

“제국의 검을 자칭하는 것도 우스운데, 하는 짓이라고는 가문의 며느리를 괴롭히고 축출하는 거라니.”

“내가 네 어미를 괴롭혀 쫓아냈다는 것이냐! 나는 루아나에게 친절을 베풀었다!”

루칸이 버럭 고함을 쳤다.

“싫다는 사람에게 끊임없이 찾아와 자신과 재혼하자고 조르는 게 괴롭힘이 아니면 무엇입니까.”

키르시안이 조소했다.

“이 배은망덕한…….”

“은혜를 입은 것이 있어야 배은망덕하지요. 설마 선물 몇 개 쥐여 줬다고 생색을 내시는 겁니까?”

“…….”

"매일같이 찾아와 전달한 패물들을, 어머니는 참 못생긴 것만 골라 왔구나, 하시며 태워 버리셨지요."

"닥쳐라!"

"심지어 그때는 첫 번째 부인과 이혼하기 전 아니었습니까? 메이슨은 비위도 좋군요. 이런 아비를 개처럼 따르며 사냥을 하러 다닌다니."

"네 이놈!"

루칸이 다시 한번 고함을 쳤다. 그러나 그보다 한발 빠른 것은 메이슨이었다.

쉬익-

허리에 찬 장검이 순식간에 뽑혔다. 메이슨은 순식간에 키르시안과 거리를 좁히더니 그의 목에 검을 들이댔다.

"감히 내 아버지를 욕되게 하느냐."

자색 사파이어가 박힌 손잡이에 힘을 한 번 주자, 검날 주변으로 새하얀 빛이 일었다.

'역시, 오러구나.'

메이슨 세이든, 세이든 가문의 장손.

원작에 따르면 그는 열일곱의 나이에 오러 사용을 터득한 천재였다.

성년이 된 루시안이 등장하기 전까지는, 검술에 있어 황태자의 유일한 라이벌이라 불리기도 했었다.

"빌어라."

메이슨이 오만하게 명령했다.

"무릎을 꿇고 머리를 조아려라. 그런 다음 개처럼 짖어라. 그럼 목숨을 살려 주겠다."

키르시안은 그 자리에 얼어붙은 채 메이슨과 그가 든 검을 노려보았다.

"……기억이 나나 보지?"

메이슨이 입꼬리를 올리며 속삭였다.

"……."

"맞아, 네게서 빼앗은 검이다."

"……."

"그때처럼 엉엉 울어 봐. 그럼 검을 거두어 주지."

"……싫어."

"어디까지 버티나 볼까?"

오러의 빛이 키르시안의 목에 닿았다. 그는 여전히 아무런 움직임이 없었다. 그런데도 한 줄기 피가 키르시안의 하얀 목을 타고 흘렀다.

알리사가 주먹을 꽉 쥐었다. 그러나 내가 더 빨랐다.

"메이슨 공자께서는 검을 거두십시오."

나는 기둥처럼 서 있는 키르시안의 곁으로 다가가 말했다.

"뭐?"

"지금 당장, 검을 거두시라고 말씀드렸습니다."

"……."

"그리고 사과하십시오. 조금 전 공자께서 말씀하신 그대로, 무릎을 꿇고 말이에요."

"미친 건가? 겨우 집사가 무슨 자격과 이름으로 나를 막아?"

메이슨이 하, 하고 웃으며 되물었다. 나는 천천히, 내 가슴에 달고 있는 오페르니아 문장의 브로치를 가리켰다.

"오페르니아의 이름으로요."

"가문 내부의 일이다."

루칸이 근엄한 얼굴로 나를 노려보았다.

"그대가 끼어들 곳이 아니야."

"루칸 경의 말이 옳아! 어서 빠지지 못해?"

노르만이 펄펄 뛰든 말든, 나는 비켜서지 않았다.

"여기 계신 세 분은 모두 오페르니아의 손님입니다."

"그것이 어떻다는 말인가?"

"모르시겠어요? 지금 메이슨 공자께서는 오페르니아의 땅에서, 오페르니아에 기거하는 손님의 목에 검을 겨누신 겁니다."

"……."

"객을 가족처럼 환대하고 지키는 것이 오페르니아의 신조. 손님의 목숨이 위협받는 상황이 어떻게 오페르니아의 일이 아니라고 할 수 있습니까?"

루칸과 메이슨의 얼굴이 흐려졌다.

내 말에는 틀린 것이 없었다. 그럼에도 메이슨은 빨리 검을 물리지 않았다.

자존심이 허락하지 않는 듯했다.

"……우리는 황실의 사자다."

루칸이 눈을 부릅떴다.

"황명을 받고 온 우리에게, 오페르니아의 이름이 위협될 거라 믿는가?"

"오페르니아의 손님을 겁박하라는 것이 황실의 명입니까?"

"……!"

"오페르니아의 저택에서 검을 뽑아 휘두르라는 것이 황제 폐하의 뜻입니까?"

"그건……."

루칸은 씩씩거리면서도 아무런 대꾸를 하지 못했다.

"그런 거라면, 황제 폐하께서 제게 내리신 특권은 거부하겠습니다."

"어찌 마음대로 그런 결정을 한단 말인가!"

"선물을 전달하는 분들이 무례하니, 선물은 의미가 없습니다."

나는 한 박자도 쉬지 않고 계속해서 말했다.

"돌아가서 그리 전하시지요. 영광을 전하라는 폐하의 명을, 세이든 가문의 일을 처리하는 데 바빠 제대로 수행하지 못하셨다고요."

이번에는 메이슨의 얼굴이 파랗게 질렸다. 오페르니아에게 영광을 돌리라는 황실의 명을 받고 찾아온 사자가 행패를 부리는 것 자체가 황제의 얼굴에 먹칠하는 것이나 다름없었다.

오페르니아의 선택에 따라서는 황실에 항의할 수도 있는 문제였다. 그 와중에 선물 전달이라는 간단한 명도 수행하지 못하고 돌아간다면 황제는 진노할 터.

그렇게 되면 세이든 공작가의 체면이 말이 아닐 것이었다. 루칸 세이든은 황실 세1 기사단장이라는 직위를 잃을 수도 있었다.

"……그래."

메이슨은 천천히 검을 든 손을 내렸다.

"내가 참겠다."

"오페르니아는 참지 않겠습니다. 당장 사과하지 않으신다면요."

"집사!"

메이슨과 루칸이 입술을 잘근잘근 씹었지만 나는 물러서지 않았다.

"사과를 받아 내지 못하면, 저희는 손님의 목이 검에 상처를 입는 모습을 보고도 손님을 보호하지 못하는 주인이라는 오명을 뒤집어쓰게 됩니다."

그렇게 되면 이 가문은 영원히 '제국의 호구'라는 별명을 벗어나지 못하게 될 거다.

'그렇게 내버려 둘 수는 없잖아.'

"……메이슨, 사과해라."

"아버지!"

"어서."

메이슨은 이를 꽉 깨물고는 키르시안과 눈을 맞추었다.

"……사과하겠다."

"……."

"네게 한 말을 취소하고, 목에 난 상처를 치료할 약을 주겠다."

"쓰레기가 주는 약은 필요 없어."

키르시안이 내뱉었다.

"너……!"

"하면, 여기서 배웅하겠습니다."

나는 다시 한번 두 사람 사이로 뛰어들어 인사했다.

주변에 서 있던 오페르니아의 다른 사용인들도 얼떨결에 루칸의 일행에게 허리를 굽혔다.

"……언젠가 또 보기로 하지, 건방진 집사."

메이슨 세이든이 꽉 다문 이 사이로 나에게 으르렁거렸다. 그것을 끝으로, 황실의 사자들은 북문을 통해 떠나갔다.

"이, 이 멍청한……!"

계속해서 무시를 당해 벙쪄 있던 노르만이 뒤늦게 내게 왈왈거렸으나, 내 귀에는 그의 말이 잘 들어오지 않았다.

'집사가 되기를 잘했네.'

합리적인 선에서는 어린 주인의 말 정도는 무시해도 되는 편리한 지위였다.

"배웅이 끝났으니 들어가 보시지요, 노르만 님."

"누구에게 명령이냐!"

"들어가지 않으신다면, 조금 전 공작 부인을 욕되게 하는 메이슨 공자에게 맞장구를 치던 모습을 그대로 공작 부인께 전달해 드리겠습니다."

"뭣!"

노르만의 얼굴이 조금 전 메이슨과 비슷한 모습으로 희게 질렸다.

최근 공작 부인의 이미지는 전과 많이 달라져 있었다. 더 이상 한없이 자애롭던 그녀는 없었다. 경제적인 것뿐 아니라 모든 면에서, 가문의 기강을 잡고 있었던 것이다.

"근신령이 내려지기를 바라지 않으신다면 셋을 셀 동안 돌아서십시오."

"집사 주제에!"

"하나, 둘."

"간다고! 내가 가고 싶어서 가는 거야!"

노르만은 결국 빽 하고 소리를 지르더니 서둘러서 제 처소를 향해 사라졌다.

나는 그제야 조금 전 키르시안이 서 있던 곳을 향해 다시 고개를 돌렸다. 그는 자리에 없었다. 고개를 더 빼 들자, 벌써 멀어진 은발과 적갈색 머리의 인영이 눈에 들어왔다.

"……!"

키르시안의 걸음걸이는 평소보다도 빨랐다. 마치 루칸과 메이슨의 그림자로부터 도망치는 것처럼.

나는 잠시 고민하다가 두 사람의 뒤를 따라가기로 했다.

* * *

"헉……."

"키르시안 님."

키르시안은 숨을 내뱉었다. 참아 왔던 감정이 울컥하고 올라왔다.

"다 끝났습니다. 어서 잊으십시오."

두 눈을 지그시 감고 목의 상처를 감싸 쥐었다. 깊게 묻었던 기억들이 사정없이 그의 뇌리를 강타했다.

'이 쓸모없는 것.'

낮게 울리는 메이슨의 목소리.

'네까짓 게 가문의 보검을 잡는다고? 어디 그걸 들면 나를 이길 수 있는지 보자.'

눈 깜짝할 사이에 들어오던 공격, 어린아이로서는 감당하기도 어려웠던 진검의 무게, 챙 하고 쇠가 부딪히는 소리.

쉭-

목을 스치는 날카로운 통증과 후드득 떨어지던 붉은 피.

'끝이다!'

퍽 하는 소리와 함께 느껴진 복부의 통증, 입 안으로 연무장의 모래가 들어오는, 많이 당해 익숙해진 느낌.

'하하하, 꼴이 볼만하구나!'

'으윽…….'

'다시 붙을 생각 따위는 말아. 그땐 더 잘근잘근 밟아 줄 테니까.'

'메이슨 형…… 내가 뭘 어떻게 해야…….'

'보검을 내놔. 나한테 더 어울리는 검이야.'

'그건 아버지가…….'

'네 아버지는 죽었어.'

귓가에 속삭이던 잔인한 목소리.

'그리고 네 어미에게 전해. 이제 너와 네 어미는 쓸모가 없고, 세이든 가문은 쓸모없는 자들을 거두어 먹이지 않는다고.'

'…….'

'내 아버지를 홀려서 붙어 있을 생각이었나 본데, 아버지는 속지 않아.'

멀리서 두 사람을 보고만 있던, 뼈를 에일 것처럼 차가운 루칸의 시선.

"자요."

"후우……."

키르시안은 무심코 누군가가 내민 손수건을 받아 땀을 닦았다.

"……뭐야?"

고개를 돌리자 익숙한 금발과 녹안이 보였다. 눈동자는 그를 똑바로 바라보고 있었으나, 그 안에 담긴 감정은 동정심도, 연민도 아니었다.

"넌…… 무슨 말이 하고 싶은 거냐?"

"저는 알리사와 생각이 다르다는 거요."

"그게 무슨……."

"잊지 말았으면 해요."

리아넬라가 말했다.

“아니, 잊지 못하는 걸 알아요.”

“무엇을?”

“공자가, 세이든 가문의 사람이라는 것. 아니, 그 이상의 자질을 타고났다는 것.”

“…….”

“공자가 그 가문에서 겪어야 했던 일.”

“…….”

“당한 만큼 갚아 주고 싶은 마음, 그 모든 걸 기억하길 바라요.”

키르시안은 하, 하고 헛웃음을 지었다.

“……잊을 거다. 포기할 거야. 아니, 이미 포기했다.”

그는 고개를 저었다.

그의 머릿속에, 다시 루칸의 목소리가 울려 퍼졌다.

'잘했다, 내 아들.'

'예, 아버지.'

'명심해라. 키르시안이 절대로 너를 넘지 못하게 해.'

'예.'

'일어서려 하면 넘어뜨리고, 고개를 들려 하면 밟아 주어라.'

'예.'

메이슨이 즐겁게 고개를 끄덕였다.

'잘근잘근 밟아서, 저를 상대로 힘을 쓰지 못하도록 만들어 주겠습니다.'

키르시안의 자안은 복잡하게 뒤섞인 감정을 품고 있었다.

공포, 분노, 충격, 그리고 애써 스스로 훈련한 인내.

하지만 나는 어렴풋이 알 것 같았다. 어린 그가 어떤 일을 당해 왔을지.

나를 지켜 주지 않는 어른들, 의지할 곳 없는 외로움, 나를 괴롭히는 또래 아이, 절대로 그를 이길 수 없을 거라는 무력감.

'전생의 나도 그랬지.'

나도 잊어 보려 했었다. 복수심을 누르고도 싶었고, 그냥 없는 듯 살자고 스스로를 다그쳤다.

그러나 전생에서 죽기 전까지 결국 잊지 못했다.

'그들 앞에 당당히 서 본 적이 없었으니까.'

부모님과 동생 앞에서, 나는 오랫동안 죄인처럼 굴었다. 어린 시절 당한 세뇌는 그렇게 지독했다.

보란 듯이 당한 것을 갚아 주는 것은 더더욱 못했다.

'하지만 키르시안은 할 수 있어.'

"메이슨은…… 그냥 메이슨이 아니다."

키르시안은 한참 후 다시 입을 열었다.

"알아요. 그는 세이든 가문 그 자체라는 거."

"나더러 세이든 가문에 대항하라는 말이냐?"

그는 어이없다는 듯 웃었다. 그럼에도 나는 그의 목소리에서 어떤 절박함을 읽어 낼 수 있었다.

내가 할 수 있다고 해 줘.

누군가 그를 믿고 있음을 바라는 마음.

"나는 이미 많은 것을 빼앗겼어."

"……아버지의 검이었나요?"

나는 자색 사파이어가 박힌, 메이슨의 검을 떠올리며 물었다.

"마물 토벌에 공을 세웠다는 이유로 아버지가 황실로부터 받은, '카누스의 울음'이다."

키르시안이 입술을 짓씹었다.

"카누스의 울음……."

원작에서도 메이슨 세이든이 들던 검이었다. 카누스라 불린 마물의 뼈를 갈아 강철과 섞어 만들었다는, 제국에서 가장 단단하고 예리한 보검.

"……난 메이슨을 항상 올려다봐야 했다."

"……."

"그리고 매번 무릎을 꿇었다. 이유도 모른 채로."

나는 고개를 끄덕였다.

알 것 같았다.

키르시안의 검술 실력을 가장 먼저 알아본 이들이 누구였는지. 키르시안이 왜 자신을 숨겨야 했는지. 왜 두 모자가 가문을 두고 도망치듯 나와 오페르니아에 몸을 의탁했는지.

불합리한 소비를 모두 차단하던 공작 부인이, 왜 이 두 사람에게 베푸는 대접만큼은 거두지 않았는지까지도.

"앞으로는 꿇을 일이 없을 거예요."

내가 천천히 말했다.

"네가 뭔데 그런 말을 해?"

키르시안이 날카롭게 반문했다. 평소의 유유한 모습과 달리, 복잡한 감정이 그의 안에서 소용돌이치는 것이 보였다.

"그리고 네가 뭔데…… 네가 뭔데 나를 도와줘?"

"저는 키르시안 님을 믿으니까요. 다만 앞으로 달라지는 건 저 때문이 아니에요."

"……."

"공자께서 포기하지 않을 거라서예요. '카누스의 울음'을 손에 쥘 때까지."

"……현실성 없는 소리 말아. 나는 이미 세이든 가문의 사람이라 볼 수도 없어."

"그럴까요?"

"황실에서 가문에 하사한 검이다. 가문에서 내놓은 내가 빼앗을 명분도 없어."

그가 낮게 덧붙였다.

"원하지도 않아."

"그거 아세요? '카누스의 울음'은 원래 한 쌍인 거."

내가 내뱉듯 얘기하자 키르시안이 눈을 동그랗게 떴다.

"너도 그런 것을 알아? 쌍둥이 검의 다른 한쪽은……."

"'더 강한' 한쪽은 황궁에 있어요."

"그걸 왜……."

"그 검을 가질 수 있다면, 포기하지 않으시겠어요?"

키르시안은 입술만 달싹일 뿐, 뭐라고 대답하지 못했다.

"약속해 주세요. 그 검을 쥘 때까지, 알리사와 계속해서 검술을 연습하겠다고. 마음속으로 메이슨을 쓰러뜨리는 상상을 계속하겠다고."

"……내가 어떻게."

"묻지 말고 그냥 하세요."

"리아넬라!"

키르시안이 처음으로 내 이름을 소리쳐 불렀다.

"너는…… 네 말이 잔인하다는 걸 알고 있어?"

"공자가 스스로를 대하는 것만큼 잔인하지는 않아요."

나는 키르시안의 양쪽 뺨을 꽉 잡고 그의 눈을 똑바로 들여다보았다.

"포기 못 했잖아요. 말은 잊었다고 해도, 하나도 잊지 않았잖아요."

나는 거침없이 말했다.

"초연해 보이지만 공자에게도 분노가 있고, 사랑도 있고, 복수심이 타오르잖아요."

"……."

"검을 버릴 생각은 차마 못 하고 숨어서 훈련하잖아요. 살기 위해 망나니인 척하면서도 진짜 망나니가 되지는 못하잖아요."

알고 있다. 아무리 천재라도 술과 도박에 빠진 사람은 그런 검술을 구사할 수 없다는 사실을.

눈을 뜨고 있는 모든 시간 동안 검에 매달리지 않으면, 지금의 경지에 다다르는 건 불가능했을 것임을.

알리사가 단순히 검술만이 아니라 기사도를 가르치는 것을 받아들였다는 것은, 당당한 기사로 살고 싶은 마음이라는 것도.

"그러니까, 앞으로는 스스로에게 희망을 주세요."

나는 여전히 그의 얼굴을 잡은 채로 말을 이었다.

"약속해 주세요."

"……정말이지."

조각상이라도 된 듯 얼어붙어 있던 키르시안이 천천히 입을 뗐다.

"'카누스의 울음', 그 다른 한쪽을 가져다줄 수 있다는 말, 정말이야?"

"믿어 주세요."

키르시안은 허공을 바라보며 깊은숨을 내뱉었다.

"……좋아."

"……."

"네가 그런 기적을 일으킨다면, 정말 그렇게 한다면."

"……."

"나는 희망을 가져 볼 거야."

언뜻 오만한 말투처럼 들렸으나, 나를 뚫어져라 바라보는 자안은 마치 간절한 애원을 하는 듯했다.

내가 희망을 갖게 해 줘.

* * *

황실의 보물찾기.

이는 매년 여름 황실에서 주최하는 행사였으며, 진행 방식은 간단했다.

황제가 낸 수수께끼를 풀어, 황궁 안에 숨겨진 보물을 찾는 것.

각 가문에서 총명하다고 소문 난 영애들은 다 모아 놓고 치르는 대회인데, 여기서 우승하면 황제에게 소원을 빌 수 있었는데. 이, 삼등만 해도 가문에 엄청난 영광이 되었다.

"작년이랑 재작년처럼 우승자가 없는 해도 많아."

루시안이 어깨를 으쓱하며 내가 먹여 주는 과자를 냠, 하고 받아먹었다.

"오페르니아에서도 누굴 내보낸 적이 있나요?"

"원래대로면 로잘린이 나가야 하지. 하지만 매년 아프다는 이유로 참가하지 않고 있어."

나는 고개를 끄덕였다.

클로에의 딸, 로잘린이 아프다는 것은 거짓이 아니었다. 어려서부터 청소년기까지 꽤 심한 두통을 달고 살았던 인물이니까.

"그러니 리라가 수십 년 만에 처음인 셈이지."

"그거 영광이네요."

나는 빙긋 웃었다.

처음에는 그다지 내키지 않았던 도전이었으나, 지금은 상황이 달라졌다.

"리라, 가지고 싶은 게 있어?"

루시안이 물었다. 이번에는 그가 내 입가로 과자를 가져다주면서.

"아니요, 도련님."

내가 대답했다.

"대신 제가 드리고 싶은 게 있답니다."

"주고 싶은 거?"

"네. 최고의 기사요."

나는 미래의 계획을 떠올리며 루시안의 손을 꼭 잡았다.

"조금만 기다리세요. 그 엄청난 인재를, 꼭 도련님 앞에 세워 드릴게요."

루시안은 조용히 맞잡은 손을 내려다보았다.

"……전에도 말했지만, 언젠가는 내가 되고 싶어."

"네?"

"최고의 기사든, 리라가 감탄하는 다른 무엇이든."

그는 다시 고개를 올려 나를 바라보았다.

"리라야말로 기다려."

"……."

"리라가 나를 걱정하지 않도록, 내가 빨리 자랄 거니까."

나를 잡은 손에 힘이 들어갔다.

"리라가 내게 무언가를 주는 대신, 리라도 나에게서 계속 뭔가를 받게 될 거야."

무조건적인 애정, 신뢰 같은 것들이 푸른 눈에 깃들었다.

나는 다시 한번 미소 지으며 그를 꼬옥 안아 주었다.

'아, 귀엽다.'

루시안은 잠시 긴장한 듯하더니 천천히 내 등에 제 손을 가져다 대고 나를 토닥여 주었다.

"리라는 잘할 거야."

"고마워요, 도련님."

"우승하지 못해도 돼. 리라가 원하는 소원은 내가 들어줄래."

"제 소원은 도련님이 행복하게 자라는 거랍니다."

말은 그렇게 하면서도, 나는 머리를 굴려 원작의 내용을 떠올렸다.

'또 한 번 원작을 비틀어야겠구나.'

우승자가 없었던, 올해의 보물찾기에 대해서.

4. 르벨리안

"이쪽입니다."

시종장의 안내에 따라, 리아넬라와 수십 명의 영애가 황후궁의 복도에 발을 디뎠다. 웅장한 황금빛 기둥들 사이에는 오래된 벽화가 그려져 있었다.

'건국 전설이구나.'

글로만 접했던 황궁의 모습을 직접 보는 게 신기해 여기저기 살피던 나는, 이번에는 벽화를 향해 눈을 돌렸다. 벽화에 그려진 것은 세 명의 기사에게 세 개의 축복을 내려 주는 신의 모습이었다.

세이든에겐 천재적인 검술을, 르벨리안에게는 세상의 질서를 바꾸는 힘을, 그리고 파벨에게는 흐트러진 것을 회복시키는 힘을.

다음으로 이어지는 그림은, 가장 강한 힘을 받은 베르니트 르벨리안 1세가 제국을 세우고 황제로 즉위하는 것이었다.

'오페르니아는 역시 없구나.'

원작에서도 그랬다. 오페르니아는 건국 당시부터 존재했던 가문이지만

신의 축복을 받지 못했으니까.

대신 그들은 사후에 쌓아 올린 말도 안 되는 부귀로 공작위를 거머쥐었다.

'나중에는 말아먹었지만.'

이런저런 생각에 잠긴 사이 벽화는 다 끝나 있었다. 그 후로 이어지는 것은 텅 빈 하얀 벽이었다.

"여긴 아무것도 없네요?"

내 옆에서 걷던 어려 보이는 소녀가 고개를 갸웃했다.

"주인이 없는 궁이니, 벽에도 초상화를 걸지 않는 거 않겠어요?"

그 옆에 있던 빨간 머리의 소녀가 턱을 치켜들며 대답했다.

"그야 황후께서 출산 중 돌아가셨으니 주인이 없는 궁이지만……."

처음 말을 꺼낸 소녀가 머뭇머뭇 덧붙였다.

"다른 주인을 찾지 않고 계속 비워 두는 건 신기하네요."

"소문에는 폐하께서 지금까지도 사라진 황녀 전하를 찾으신다고 해요."

빨간 머리 소녀가 목소리를 낮추며 말했다. 다만 많이 낮춘 것은 아니고, 주변에 있던 다른 영애들의 시선을 끌 수 있는 정도였다. 덕분에 그녀는 순식간에 관심의 중심이 되었다.

"어머, 황녀 전하께서는 태어나자마자 돌아가신 거 아니었나요?"

"글쎄, 결국 시체를 찾지는 못했으니까요."

그녀가 어깨를 으쓱했다.

"황제 폐하께서는 재혼 생각도 없으시고, 그저 어느 날 혹시라도 딸을 찾게 되면 이 궁을 물려주실 생각이라고, 어머니께 들었어요."

"어머, 안타까워라!"

"지금까지 못 찾았다면 돌아가셨을 것이 분명한데……."

'알려지지 않은 소식을 잘도 아네.'

가십을 좋아하는 빨간 머리이니 아마도 루리엔 백작가일 거라 생각하며,

나는 원작의 내용을 떠올렸다.

빨간 머리 소녀의 말은 대충 맞았다.

황태자를 낳은 지 얼마 되지 않아 바로 다시 임신했던 딜라네 황후는, 안타깝게도 딸을 출산하던 중 숨졌다.

엎친 데 덮친 격으로 어렵게 낳은 딸은 어느 날 시녀가 눈을 뗀 사이 사라져 버렸다.

식음을 전폐한 황제는 그 후 수많은 공주, 공녀, 심지어는 이런저런 귀족 유부녀들로부터도 청혼을 받았으나 거들떠보지도 않았다.

그는 황후궁을 쭉 비워 두었다. 언젠가 돌아올 딸을 그리며.

'원작에서는 그런 일은 없었지.'

사라진 딸은 끝내 등장하지 않았다. 그저 애정 결핍 가득한 황태자와 트라우마로 시달리는 황제의 갈등을 유발하는 도구 정도였달까.

"……하지만 현실적으로는 다른 가능성이 크겠죠?"

뒤편에 서 있던 검은 머리 영애가 불쑥 수다에 끼어들었다.

나는 눈을 가늘게 떴다. 목소리의 주인공이 미엘라 르웰린이었던 탓이었다. 나처럼 황실의 보물찾기에 참가한 그녀는, 물 만난 고기처럼 빨간 머리 영애의 수다에 맞장구를 치고 있었다.

"물론이에요. 황태자 전하께선 이미 열다섯이잖아요?"

"그렇죠."

"약혼을 해도 이상하지 않을 나이니까……."

"그럼 설마!"

"맞아요. 황태자 전하와 결혼하게 되는 여자가 이 궁의 주인이 되겠죠."

미엘라가 두 손으로 입을 막았다. 이야기를 듣던 다른 영애들도 마찬가지였다.

"호, 혹시 이번 보물찾기는……."

"뭐, 뻔한 거 아니겠어요? 작년, 재작년에 계속 우승자가 없었으니……."

이번에는 미엘라의 옆에 서 있던 마르고 키가 큰 소녀가 끼어들었다.

"올해 우승자가 나온다면 그 가문은 큰 영광을 안는 셈이고, 폐하께서는 그 사람을 황태자비로 점찍으실 수도 있겠죠!"

"어머, 어머!"

수십 명의 소녀들이 동시에 꺅꺅거렸다. 너무 흥분한 나머지, 그들 앞에 있는 육중한 문이 열리는 것도 알지 못할 정도였다.

끼익- 쿵.

"흠!"

뾰족한 수염이 달린, 고급스러운 로브 차림의 중년 남자가 헛기침을 했다. 모두의 시선이 곧 그에게 집중되었다.

"여기까지 오시느라 수고가 많으셨습니다. 저는 시종장 테스마라고 합니다."

그는 날카로운 눈으로 소녀들을 둘러보더니, 문 옆으로 비켜서며 말했다.

"티룸으로 입장하시지요."

황금으로 장식된 문이 열리자 동화 속 세상처럼 아름답게 꾸며진 티 테이블 몇 개가 보였다. 시종장은 소녀 한 명 한 명과 눈을 맞추며 그들의 이름을 불러 주었다.

"캐롤 루리엔 백작 영애."

빨간 머리 소녀가 고개를 끄덕하고 티룸으로 입장했다.

"카트린 발레리 자작 영애."

키가 큰 소녀가 들뜬 표정으로 캐롤의 뒤를 따랐다. 수십 명의 이름이 쭉 불린 후, 시종장은 마지막으로 남은 나를 바라보았다.

"그리고…… 리아넬라 셀레스 양."

어머, 하는 소리와 함께 수많은 시선이 나를 향했다.

"그…… 평민이라던?"

"그냥 평민이 아니던데."

"그럼?"

"노예 시장에서……."

내 출신에 대해 토론하는 건지, 술렁이는 소리는 한참 동안 멈추지 않았다. 입을 가리고 웃는 이들도 몇 명 보였다.

유일하게 아는 사이라 볼 수 있는 미엘라 르웰린은 헛기침을 하며 은근슬쩍 시선을 돌렸다.

"들어가서 자리에 앉으시지요."

시종장만은 술렁이는 소리를 신경 쓰지 않는 듯, 정중하게 나를 테이블로 안내했다. 같은 테이블에 먼저 앉아 있던 몇몇 소녀들이 얼굴을 찌푸리는 것이 눈에 들어왔다.

여기까지 온 거 맛있는 음식이나 먹자 싶어서 쿠키로 손을 뻗는 순간이었다.

"……신경 쓰지 마세요."

오른편에서 차분한 목소리가 들려왔다.

쪼륵-

새하얀 손이 내 잔에 차를 따라 주고 있었다.

"누구……."

"폐하께서 직접 선별한 손님이라, 벌써부터 견제하는 거예요."

고개를 돌리자 내 또래로 보이는 귀족 영애 한 명이 나를 보고 있었다.

"노예 출신이 자신들과 함께 앉은 게 불쾌한 건 아니고요?"

내가 직설적으로 묻자 그녀는 소탈하게 웃으며 어깨를 으쓱했다.

"그런 뉘앙스가 없다고는 못 하겠네요. 다들 자존심이 대단한 사람들이니까요."

각 가문에서 한 명만 보낼 수 있는 자리였다. 여식이 많은 가문은 치열하게 경쟁까지 해서 올라온 자리였을 터, 나 같은 불순 분자가 아니꼬운 것도 당연했다. 오히려 나를 친절하게 대하는 이 소녀가 더 신기할 지경이었다.

"영애는 제가 싫지 않으세요?"

"오히려 대단하다고 생각하고 있어요."

소녀가 맑게 웃으며 대답했다.

"리아넬라 양 덕분에 오페르니아 근방의 영지는 물론 제국 전역에서 불법 인신매매를 하던 노예상들을 일망타진했다고 들었는걸요."

"……."

"기록에 나오는 영웅 같아요. 귀족 신분이었다면 역사책에 이름이 남았을 거예요."

역사서를 언급하는 그녀의 하늘빛 눈동자가 반짝 빛났다.

"별게 다 감탄스럽나 봐요, 저 영애는."

건너편에 앉아 있던 캐롤 루리엔 백작 영애가 눈을 흘기며 옆자리의 카트린 발레리를 향해 중얼거렸다.

"영웅이니 역사니, 대화 주제가 참 특이해요, 가문에서 그런 것만 가르치나……."

"파벨 공작가가 뒤를 봐주지 않았다면 저 영애의 가문으로는 황궁에 초대도 못 받았을 테죠."

두 사람은 하늘색 눈의 소녀와 나를 힐끗힐끗 보며 다 들리게 속닥거렸다. 내게 말을 걸었던 소녀는 얼굴을 굳히고 입을 다물었다.

"노예 출신과 말을 섞는 건 친절을 베푸는 걸까요?"

"자존심 때문이겠죠. 자신보다 못한 사람과 어울리면 자기가 돋보일 테니……."

"그냥 수준 맞는 사람끼리 어울리는 걸지도 모르겠어요."

까르르하는 웃음소리가 다시 한번 귀를 간지럽혔다.

가십의 대상이 되어 버린 소녀는 의연한 척하려 애쓰며 시선을 돌렸다. 그러나 내 눈에는 그녀의 두 손이 떨리는 것이 보였다.

"와, 신기하네요."

나는 픽 웃으며 그녀를 향해 말했다.
"귀족 영애들도 의외로 일반인과 비슷한 것 같아요."
캐롤과 카트린의 귀에 충분히 들릴 정도로 큰 목소리였다.
"네?"
"바로 앞에 앉아 있는 사람을 투명 인간 취급하며 옆 사람과 키득거리는 거 말이에요."
"……."
"저는 귀족 가문에서는 그런 천박한 행동은 못 하게 할 줄 알았거든요."
캐롤과 카트린이 동시에 나를 향해 고개를 돌렸다. 두 사람의 얼굴이 붉어져 있었다.
"하긴, 가문마다 교육 방식에는 차이가 있는 법이죠."
"리아넬라 양……."
"걱정은 안 하셔도 돼요. 사실 익숙하답니다."
"익숙……해요?"
"아시다시피 전 노예 시장에서 팔렸던 몸이라서요."
나는 아무렇지 않게 말을 이었다.
"노예들을 모아 놓고, 누구는 잘났다 누구는 못났다 품평하는 일은 노예상들이 자주 하는 짓이었답니다."
"……."
"그 노예상들의 말투가 딱 저기 두 영애와 비슷했거든요. 체취가 지독한 사람들이었는데, 방금 딱 연상되지 뭐예요."
"풋!"
내 옆의 영애가 참지 못하고 웃음을 터뜨렸고, 캐롤과 카트린은 이를 으득 갈며 내 쪽을 노려보았다.
"지금 우리 이야기를 하는 건가?"
캐롤이 날카롭게 쏘아붙였다.

"예, 그렇답니다."

나는 아무렇지 않게 대답했다.

"한낱 귀족가의 사용인이, 루리엔 백작가를 모욕했다고?"

황제가 인신매매를 엄히 단속하라고 특명까지 내린 이 시점에서, 사람에 대해 할 수 있는 가장 심한 욕은 '노예상 같다'는 것이었다.

"아, 귀족 가문을 모욕하면 안 되는 거였을까요?"

나는 고개를 갸웃하며 되물었다.

"몇 초 전에 두 분께서 제 옆자리에 앉은 분의 가문을 모욕하시기에, 이 정도 말은 해도 괜찮은 줄 알았답니다."

"루리엔 백작가와 발레리 자작가가 어떤 곳인 줄은 알고 하는 이야기야?"

카트린이 테이블을 탕 하고 쳤다.

"어떤 가문은 욕해도 되고, 어떤 가문은 안 되는 건가요?"

나는 감탄하듯 두 사람을 번갈아 보았다.

"강한 자에게는 약하게, 약한 자에게는 강하게 나가는 품행까지도 그들과 비슷하네요."

"뭐, 뭐라고……."

"그런 와중에 누가 강하고 누가 약한지를 파악하는 능력은 좋지 않은 것 같고요."

나는 평민이지만 제국 3대 공작가의 집사 신분이었다. 어린 두 영애와 투닥거렸다는 이유로 해고될 일은 없었다. 애초에 이 정도의 일로 두 사람의 부모가 공작가에 따지러 올 수도 없을 테니까.

게다가 난 귀족이 아닌지라 품행에 제약을 덜 받았다. 이 정도 말싸움은 해가 저물 때까지 계속할 수 있었다.

황궁에서 대놓고 평민과 입씨름을 했다는 이유만으로 체면이 손상될 두 사람과는 상황이 달랐다.

"두 분은 이길 수도 없으면서 유치한 싸움을 시작하셨다는 뜻이랍니다."

머리끝까지 새빨개진 두 사람이 씩씩거리며 나를 노려보았다. 나도 시선을 피하지 않고 빙글빙글 웃어 주었다.

"그만하죠."

캐롤이 온몸의 분노를 내리누르며 말했다. 더 이상 나와 말싸움을 해 봤자 못 이긴다는 사실을 깨달았는지, 그녀의 시선이 내 옆자리의 영애에게 꽂혔다.

"두고 보죠, 엘로딘 영애. 보물찾기가 끝나도 내 앞에서 떳떳하게 고개를 들 수 있을지."

두 사람은 자리를 박차고 일어서서 다른 테이블로 가 버렸다.

'……엘로딘 영애?'

익숙한 이름에 나는 눈을 동그랗게 떴다.

'설마…….'

순간적으로 원작의 한 인물이 떠오른 나는 천천히 옆자리에 앉은 소녀의 얼굴을 뜯어보았다.

"……고마워요."

그녀는 수줍게 웃으며 자신을 소개했다.

"저는 엘로딘 자작가에서 왔어요."

순간, 멍해진 나는 아무런 대답도 하지 못했다.

"아스트리드 엘로딘이라고 합니다."

은방울이 흔들리는 듯한 목소리가 대답했다.

"그냥 아스트리드라고 불러도 돼요. 여기 함께 들어온 이상, 우린 동등한 경쟁자니까요."

아스트리드 엘로딘, 그녀였다. 말간 얼굴, 우유처럼 부드러운 피부, 하늘빛 눈동자와 나보다 짙은 금발. 역사를 말하는 눈에 띈 이채며 호기심 넘치는 태도.

'바로 옆자리일 줄이야.'

나는 원작 여주의 설정을 떠올렸다.

파벨 공작가의 끄나풀인 엘로딘 자작 가문의 외동딸. 곧은 심지에도 불구하고, 가문의 입김을 못 이기고 루시안에게 접근해 그와 약혼했던 그녀.

약혼자와 가문, 그리고 자신의 신념 사이에서 계속 갈등하다, 결국 루시안과 함께 비극적인 죽음을 맞는 원작의 주인공.

원작에서 그랬듯, 아스트리드도 황실의 보물찾기에 참여하게 된 것이었다.

"엘로딘 영애를 뵙습니다."

다시 정신 줄을 붙잡은 내가 정중한 인사를 건넸다. 아스트리드는 예절은 상관없다는 듯 내 손을 맞잡았다.

"만나서 반가워요, 리아넬라 양."

순수한 친절이 넘치는 하늘색 눈동자가 눈에 들어왔다. 올곧은 루시안과 함께 서 있으면 아마 퍽 잘 어울릴 것 같은 모습이었다.

"아까는 도와줘서 고마웠어요. 리아넬라 양은 생각한 것보다 더 멋져요."

'아직 어려서 더 순수하구나.'

"에헴."

원작 속 두 사람의 미래를 안타까워하는 사이, 시종장은 티룸 한가운데에 자리하고 목을 가다듬었다.

"그럼, 다과를 들며 올해 보물찾기에 대한 제 설명을 들어 주십시오."

과자를 먹고 차를 마시던 소녀들의 손이 일제히 멎었다. 긴장감이 방 전체에 감돌고, 모두의 시선이 시종장의 일거수일투족을 살폈다.

"여느 해와 마찬가지로, 황실에서는 제국 최고의 지혜를 찾고자 이 자리를 마련했습니다."

그는 무게 있는 목소리로 천천히 말을 이었다.

"지난 몇 년 동안도 여러 우수한 영애들이 이 자리에 참석해 주셨으나, 그중 누구도 제국의 지혜가 되는 영광을 차지하지 못했습니다. 다만 모든 참여자가 즐거운 경험을 간직하였던 것으로 알고 있습니다."

몇몇 소녀들이 코웃음 쳤다.

좋게 말해서 '즐거운 경험'이지, 실패하고 돌아간 모든 영애들은 가문의 등쌀과 압박, 잔소리에 시달렸을 것이다. 여기 있는 모두는 제 자매며 사촌들의 시달림을 간접적으로 겪었을 테고.

"오늘 과제를 푸는 데 성공하는 분이 나오는 경우, 황제 폐하 앞에서 직접 한 가지 소원을 말씀드릴 수 있습니다. 또한 가을에 있을 검술 대회에서 황태자 전하의 에스코트를 받는 영광을 누리실 수 있습니다."

시종장의 마지막 말 때문인지, 청중의 얼굴이 미묘하게 들뜬 것 같았다. 몇몇 사람들은 옆 사람과 귓속말을 주고받기도 했다.

"물론, 찾은 보물 또한 가져가실 수 있습니다. 올해의 상품은 그 어느 때보다도 귀하다는 말씀을 미리 드립니다."

"어, 어서 문제를 주세요."

캐롤 루리엔이 다급하게 말했다.

"다과를 다 마치셨습니까? 그럼 올해의 문제를 읽겠습니다."

촤륵-

시종장은 들고 있던 스크롤을 펼쳤다.

그러고는 한 자 한 자 힘주어 읽어 내려갔다.

"손안에 들어오는 분홍빛의 기적. 태양과 함께 떠올랐다 바람이 불면 사라진다. 천년의 왕국이 그 앞에서 세워지고, 스러지고."

긴 정적이 흘렀다. 짧은 만큼 애매모호한 수수께끼를 듣고 바로 반응하는 사람은 없었다.

"그럼, 즐거운 시간 되십시오. 황제 폐하의 집무실을 제외하면 어디든 가실 수 있습니다."

시종장은 옅은 미소를 띠고 스크롤을 다시 말더니 그대로 자리를 떴다.

"시, 시작인가 봐요!"

누군가 찻잔을 내려놓으며 말했다. 시종장이 자리를 뜬 것은 보물찾기를 시작하라는 신호였다. 어디를 가든 자유, 시간은 해가 저물 때까지.

그럼에도 소녀들은 쉽게 자리에서 일어나지 못했다.

"전혀 모르겠잖아! 가정 교사가 다른 문제가 나올 거라고 했는데!"

누군가가 실망한 투로 외쳤다.

"침착해요. 머리를 맞대고 생각을 해 보자고요."

다른 소녀가 집중하듯 눈을 질끈 감았다.

"분홍빛의 기적…… 기적이라면 분명 무척 희귀한 물건이겠죠?"

"설마! 핑크 다이아몬드라든가! 아니면 마력석이라든가!"

중앙의 테이블을 차지하고 앉은 푸른 리본의 영애가 테이블을 탕, 하고 치며 일어섰다. 같은 테이블의 몇몇 사람들도 그녀를 따라 일어섰다.

"다이아몬드라면, 아무래도 황실의 보고에 숨겨져 있겠죠."

"그렇게 뻔할 리가요! 황후궁부터 철저하게 뒤져야 해요. 몇 년 전에는 보물이 정원에 있었다면서요."

모두가 웅성거리는 사이, 푸른 리본의 영애가 훗, 하고 웃으며 품속에서 원형의 무언가를 꺼냈다.

"여러분, 올해는 미안하게 됐어요. 제게는 희귀한 보석과 마력석을 찾아 주는 아티팩트가 있으니까요."

"앗!"

"치사하다! 아버지가 광산을 운영하는 걸 이용해서 그런 물건을 챙겨 오고!"

"우리 아버지는 왜 저런 것도 안 챙겨 주신 거야?"

푸른 리본의 영애가 밖으로 달려 나가고, 열 몇 명의 소녀들이 그녀 뒤를 따랐다. 나머지 소녀들도 눈치를 보며 후원으로 이동하기 시작했다.

"우리도 보석을 찾아야 하지 않을까요?"

카트린 발레리 남작 영애에게 캐롤 루리엔 백작 영애에게 물었다.

"물론 우리도 움직여야죠."

캐롤이 말했다.

"하지만 이번 문제의 답은 보석 따위가 아니에요."

그녀의 입꼬리가 씩 하고 올라갔다. 캐롤 루리엔의 주변에 있던 소녀들이 눈을 빛내며 몰려들었다.

"뭔가 더 알고 있나요?"

"너무 단순하잖아요. 문제와도 맞지 않아요."

그녀가 곰곰이 생각하며 말했다.

"분홍빛 기적, 태양과 함께 떠오르고 바람이 불면 사라지고……."

"가격이 변동한다는 뜻일 수도 있잖아요?"

"핑크 다이아몬드의 가격이 떨어진다는 말을 들어 보셨나요?"

"그건 그래요…… 떠오르고 사라진다니. 움직이는 무언가일까요?"

카트린의 말에 모두가 후원을 두리번거렸다. 황실의 후원이라 그런지, 꽃과 나무 외에 공작새를 비롯한 희귀한 동물들도 여기저기 보였다. 어린 손님들을 위해 일부러 풀어 놓은 듯한 신비한 생명체들도 끼어 있었다.

"……아하!"

캐롤이 손뼉을 짝, 하고 쳤다.

"뭐죠?"

"아버지를 따라서 황실 동물 사육장에 가 본 적이 있어요. 그 안에…… 명마 라베누스가 있었다고요."

"라베누스? 그거 분홍빛 갈기를 가진 희귀종이잖아요?"

헉 하는 소리가 여기저기서 울려 퍼졌다. 라베누스는 아름답기로 이름난 말이었다. 귀족 영애들은 그 모습만 한 번 봐도 마음을 빼앗겨 라베누스를 타고 싶다며 부모를 조르고는 했다.

엄청난 희귀종이었기에 가치가 어마어마했다. 오페르니아에도 겨우 두 마리가 있을 뿐이었다.

"라베누스가 점프하는 모습을 본 적 있나요? 마치 하늘에 뜬 태양처럼 높이 뛰어요."

"바람처럼 빠르게 달린다고 들었어요. 그렇다면……."

"확실해요."

캐롤은 의기양양하게 허리에 손을 짚었다.

"천년의 왕국이 세워지고, 스러진다는 건 아주 아주 오래 존재해 왔던 짐승이라는 걸 거예요. 라베누스는 건국 이전부터 대륙에 있었던 종이잖아요?"

"저기!"

카트린이 멀리, 정원 한구석을 향해 손짓했다.

"분홍 갈기를 가진 말이에요!"

동화책에서 튀어나온 듯 아름다운 말 한 마리가 우리를 등지고 뛰어가고 있었다.

"분명해! 폐하께서는 저 말을 잡아타는 이가 우승하도록 문제를 내신 거예요!"

"너무 예뻐! 라베누스를 가질 수 있다면 다른 소원은 필요하지도 않아요."

"비켜! 내가 잡아서 길들일 거야!"

캐롤을 선두로, 수십 명의 소녀들이 우르르 말이 있는 방향으로 뛰어가기 시작했다. 어느 쪽으로도 몰려가지 않은 사람은 단둘이었다.

나, 그리고.

저벅-

조용히 다른 건물을 향해 사라지고 있는 아스트리드.

나는 시간을 낭비하지 않고 아스트리드가 간 방향으로 몸을 돌렸다. 그녀가 어디로 갈지는 이미 알고 있었다.

'황궁 중앙 도서관.'

원작에서와 마찬가지였다.

'그곳에 실마리가 있어.'

원작에서는 올해의 보물찾기에도 우승자가 나오지 않았었다. 그 답이 무엇이었는지도 서술되지 않았다. 일부 귀족들은 실패하고 돌아온 딸들을 크게 질책하기도 했다는 설명이 있을 뿐이었다.

'하지만 단 한 명, 정답에 가까이 간 사람은 있었지.'

바로 아스트리드.

자세한 설명은 없었다. 아스트리드는 영애들 중 유일하게 정답에 접근하는 방향을 맞추었으나, 결국 찾지는 못했다는 말뿐.

'그 말은, 라베누스도 보석도 아니라는 거겠지.'

당연한 이야기였다.

푸른 리본 영애는 그저 보물은 즉 값진 보석일 거라는 제 상식에 따라 행동한 것이었고, 그나마 머리를 더 굴린 캐롤도 제가 본 라베누스와 수수께끼를 억지로 끼워 맞춘 것이었으니까.

'애초에 손안에 들어온다는 말과 맞지 않으니까.'

다른 영애들은 무시한 듯했으나, 황제의 수수께끼에 의미 없는 문구란 없었다.

'하지만 동물이라는 접근은…… 떠오르고 사라지는 동물은…… 새?'

나는 생각을 거듭하며 황실 중앙 도서관의 무거운 문 앞에 섰다. 사전에 명령을 받은 듯, 문지기는 정중하게 양쪽으로 문을 열어 주었다.

쿵-

닫힌 문을 뒤로하고 벽을 따라 잠시 걷자, 동쪽 벽 앞 책상에 자리를 잡고 앉아 있는 짙은 금발의 소녀가 눈에 들어왔다.

"……리아넬라 양?"

두꺼운 책을 잔뜩 쌓아 놓고 무언가 읽고 있던 그녀가 눈을 들어 나를 보았다. 당혹스러운 빛이 그녀의 눈동자를 스쳤다.

"저, 저는 수수께끼의 힌트를 찾으러 왔어요!"

묻지도 않았는데 그녀는 책을 탁 덮으며 대답했다.

"알고 있어요."

"그, 그렇죠?"

아스트리드가 내 눈치를 보며 천천히 다시 책을 폈다. 그제야 그녀의 손에 들린 책의 제목이 눈에 들어왔다.

"대륙의 고대사를 보시나요?"

"……맞아요."

나는 눈썹을 들어 올렸다.

"이천 년 전, 대륙이 시작한 시기부터 한 페이지씩?"

그녀는 머뭇거리며 대답했다.

"그러니까…… 보물찾기를 위해 펼쳤는데 보다 보니 흥미로워서요."

거짓이 아닌 듯, 그녀의 손은 나와 얘기를 하는 중에도 다시 책을 펴고 있었다.

"저희 집에는 없는 책이거든요. 황실 도서관에 발을 들여놓는 건 처음이에요. 조금만 자세히 읽어 보려고……."

'원작에 나오는 그대로구나.'

원작에서 아스트리드의 별명은 '역사 광인'.

그녀는 말 그대로 역사와 기록에 미친 듯 몰입하는 어린 학자였다. 쓸데없는 것에 심취했다고 아버지에게 구박을 받을 정도로.

황실의 보물찾기라는 일생일대의 기회를 눈앞에 두고 독서에 빠져 버릴 정도로.

"다, 다른 사람에게 얘기하는 건……."

오랜 기간 체화된 듯한 공포심이 그녀의 얼굴에 떠올랐다.

"……그럴 생각 없어요."

원작에서 아스트리드의 아버지가 얼마나 잔인했는지 기억하고 있던 내가 말했다.

"하아, 다행이에요."

그녀는 안심한 얼굴로 다시 시선을 책으로 돌렸다.

"모든 수수께끼는 역사 속에 답이 있다고 생각하거든요."

해맑은 미소를 띠며 아스트리드가 말했다.

"다른 어떤 학문도 이만큼의 깊이는 없다고 생각해요. 그래서 책을 펼칠 수밖에 없었답니다."

"다른 어떤 학문에도 이 정도의 깊이는 없다라……."

지나치게 맑은 표정 때문인지, 자신도 모르게 미간이 살짝 찌푸려졌다.

"뜻은 이해하겠어요."

"맞아요. 역사학자야말로 누구보다도 위대한 직업인걸요. 힘든 연구가 필요하지만……."

내가 동조해 주고 있다고 여겨서인지 그녀의 들뜬 목소리로 말을 이어갔다.

"……동의는 안 하지만요."

"네?"

'이놈의 입.'

책장에서 두꺼운 동물도감을 빼 들며 나는 한숨을 내쉬었다. 어려진 나이 때문인지, 나는 여전히 불쑥불쑥 차오르는 충동을 잘 조절하지 못했다.

그 결과, 답답할 때는 마음속에 있는 말이 툭툭 튀어나오고는 했다.

아스트리드가 눈썹을 들어 올렸다.

"무슨 의미인가요?"

"수많은 학문들 중, 당장 실생활에 도움이 되지도 않는 학문을 '가장 위대하다'고 평가하는 것도."

"……."

"……제한된 시간 안에 보물찾기를 하는데, 영웅담으로 가득 찬 수천 페이지짜리 고대사 책을 펼칠 여유가 있다는 것도, 동의하기 어려운 판단이라는 의미예요."

물론 접근은 맞았다. 답은 도서관의 책 속에 있었다고 그녀가 회고했으니까. 하지만 답답하게 왜 역사책으로 접근하느냐, 이거다.

그렇게 기초부터 더듬었다가 실패했던 그녀는, 가문에 돌아가 꽤 잔인한 벌을 받았었다.

어두운 지하실에서 몇 날 며칠을 울었다던가.

"역사에는, 기록에는 모든 이야기가 들어 있으니까요."

그녀가 두 주먹을 꾹 쥐며 내 말에 대답했다.

"……역사에 담긴 것은 그저 과거가 아닌가요?"

나는 동물도감에서 눈을 떼지 않으며 되물었다.

"역사는 반복된다는 말이 있죠. 지나온 과거, 그로부터 얻은 경험, 쌓인 기록, 그 안에 모든 진리가 있다는 게 제 생각이에요. 학문이란 그런 거예요."

하늘색 눈이 반짝하고 빛났다.

"세상에는 훨씬 실용적인 학문들이 있어요."

내가 대답했다.

쓸데없는 논쟁이다 싶으면서도 나는 물러서고 싶지 않았다.

전생의 내 모습이 머리를 스쳤다. 어린 시절에는 역사와 문학, 예술에도 관심을 가졌지만, 어른이 되기도 전에 그런 공부는 사치임을 깨달았던 내 모습이.

공부에 쏟는 모든 시간은 투자고, 그로부터 어떻게든 결과를 얻어 내야 한다고 스스로를 채찍질하던 모습도.

그렇게 대형 로펌의 변호사가 됐다. 학문은 결국 써먹어야 의미가 있다.

그게 내가 배운 진리였다.

나는 다시 아스트리드를 향해 고개를 돌렸다. 말간 눈빛에, 어렸던 전생의 내 모습이 겹쳐 보였다. 그녀에게 여유롭게 학문을 탐구할 시간은 없었다. 특히 지금은.

'원작에서는 끝까지 그러다가 사지로 내몰렸었지.'

그때, 고구마를 너무 많이 먹은 탓인지, 이놈의 입은 말을 멈추지 않았다.

"국가의 질서 체계를 이해하고, 권력의 흐름을 연구하는 법학, 사람을 살리는 의학, 쓸모 있는 발명 같은 것으로 인류의 편의에 기여하는 공학, 그리고 생물학 같은 것이 있어요."

나는 손안에 든 책을 흔들며 말했다.

삽화와 개괄적인 설명 위주로 읽어 내려간 덕분에 이미 책의 1/3 정도를 넘기고 있었다.

"실용 학문은 언제 어디서나 도움이 돼요. 깊이 파면 그만큼 성과가 생기죠. 적재적소에 필요한 지식을 활용하는 것은 중요해요."

나는 연분홍빛 줄무늬를 가진 고대 전서구의 그림을 유심히 보며 말했다.

'떠오르고, 사라지고…… 긴 시간 왕국들의 시작과 몰락을 지켜봤다면 고대 전쟁터에 있었을 거고.'

아직 정답은 아니지만, 어느 정도 근접하고 있다는 느낌이 들었다.

'이거 봐, 성과가 생기잖아.'

"역사 연구는 의미가 없다고 생각하시나요?"

"상식선에서만 알면 된다고 생각해요. 지나가 버린 이야기에 의미를 담다가 의미 있는 것을 놓치기 쉽죠."

몇 가지 분홍색 빛을 띤 다른 동물 이름을 머릿속에 담은 채 속독을 마친 내가 다음 책을 뽑아 들며 말했다.

"무엇보다, 바쁜 사람들은 그런 이야기 같은 것에 심취할 여유가 없어요."

"아니."

아스트리드가 자리에서 일어서며 나와 시선을 마주했다.

"역사는 가장 순수한 학문이에요."

"……."

"다툴 수 없는 진실을, 진리를 찾는 학문이죠."

그녀가 또렷하게 말을 이었다.

"그 자체로 의미가 있어요. 어떤 지식보다도 매력적인 분야임이 분명해요."

우리 두 사람은 한동안 서로를 마주 보았다.

실용 학문파와 순수 학문파.

닳고 닳은 변호사와 책을 유일한 벗으로 삼은 외로운 귀족 영애.

두 사람의 성격은 완전히 대척점에 있었다. 그럼에도 미묘하게 닮은 느낌이 들었다. 고집이 세 양쪽 다 물러서지 않는다는 점이 그랬다.

"……고대사에, 보물찾기에 도움 되는 게 있던가요?"

"수천 년 전, 고대의 왕국들에 대해 시작부터 끝까지 보면 힌트가 있을 거라고요."

한참 동안 나를 바라보던 그녀가 딱 잘라 대답하고는 다시 책을 펼쳤다. 나는 작게 한숨을 내쉬었다.

르벨리안 제국이 등장하기 전, 대륙은 수백 조각으로 쪼개져 수천 년 동안 싸우고 찢어지고 합쳐져 왔었다. 하나하나 다 훑는 건 불가능할 정도로.

'천년의 왕국이 그 앞에서 세워지고, 스러지고.'

나는 다시 한번 수수께끼의 마지막 마디를 떠올렸다. 수천 년 역사에 세워지고 스러진 왕국은 셀 수도 없었다.

천 년 이상의 역사를 가진 왕국도 많아서, 어떻게 특정할 방법이 없었다.

'천 년의 왕국…… 잠깐만, 천 년?'

다시 한번 문장을 읊던 내가 눈을 깜빡였다. 원작의 시작 부분, 그러니까 지루한 대륙의 역사에 대한 설명 부분이 뇌리를 스치고 지나갔다.

1왕국과 8왕국, 4왕국과 18왕국…… 천하를 통일하는 이가 없으니 그들은 계속해서 싸웠다.

혼란 속에서도 상당수의 왕국이 계승자를 통해 명맥을 이어 갔다.

수백 년 역사가 땅에 묻히면, 천 년의 왕국이 새로이 떠올랐다. 천 년의 왕국이 저물면, 그다음 왕국이 또다시 떠올라 긴 역사를 이어 갔다.

"엘로딘 영애."

나는 멍한 얼굴로 아스트리드를 불렀다.

"네?"

"대륙에서…… 딱 천 년의 역사를 가진 왕국들도 있었겠죠?"

"정확한 연도가 나와 있진 않지만…… 비슷한 나라들은 몇 개 있어요."

그녀는 당황해서인지 너무나 솔직하게 대답했다.

"그럼 혹시."

나는 침을 꿀꺽 삼켰다. 어쩌면 수수께끼는 힌트를 많이 주고 있는지도 몰랐다.

"천 년의 역사를 가진 왕국이 멸망하면서, '그와 동시에' 천 년 동안 지속될 왕국이 새로 생겨난 전쟁이 있었나요?"

"무슨……."

"예를 들어, 하나의 전쟁에서 천 년의 왕국이 소멸하고, 여기서 이긴 다른 왕국이 천 년의 역사를 이어 가는 거라면요."

아스트리드의 표정도 멍해졌다. 그녀는 곧 내 말의 의미를 이해한 듯했다.

"세워지고 스러지는 게…… 동시에 일어난 일이라는 얘기인가요? 한 천 년의 왕국이 스러지고, 같은 전쟁에서 또 다른 천년의 왕국이 세워지고?"

"바로 그거예요. 그리고 운명이 교차되는 그 순간에 어떤 기적이 있었겠죠."

분홍빛이든 뭐든, '기적'은 본질적으로 수천 년 동안 쭉 이어지는 것이 아니다. 한순간에 시작했다가 끝난다고 보는 것이 어울린다. 그렇다면 수수께끼의 모든 말은 하나의 특정한 사건을 가리킨다고 볼 수도 있었다.

몇 초의 정적이 흐르고, 아스트리드가 입을 열었다.

"내전."

"예?"

"스트라의 내전…… 스트라 왕국이 멸망하고, 반란군이 새 왕국을 건설했어요. 새로운 왕국은……."

실마리를 찾았다는 듯, 그녀는 갑자기 고대사 책을 미친 듯이 넘기기 시작했다.

아스트리드의 검지가 어느 한 페이지에 멈추었다.

"스트라의 반란군이 건설한 겔투스 왕국은…… 약 천 년의 역사를 이어갔다."

"……!"

우리 두 사람은 누가 먼저랄 것도 없이 책을 한 쪽씩 붙잡아 이 잡듯 뒤졌다.

"스트라 내전과 연관된 요소 중 분홍색은 안 보여요."

그녀가 고개를 저었다.

"있었다면 책을 뒤질 것도 없이 제가 알았을 거예요. 다른 책에서도 읽었던 부분이니까요."

"……왕국은 왜 패전했다고 하던가요?"

"기밀이 샜으니까요."

그녀가 책의 한 부분을 가리키며 말했다.

"이유는 정확하지 않지만…… 야사에 따르면 반란군이 '검은 마물'의 도움을 받았다고 알려져 있다……."

"……마물."

나는 입 속으로 중얼거리며 다시 책장을 향해 돌아섰다.

'떠오르고 사라지는 마물.'

"리아넬라 양, 분홍색이 아니라 검은……."

"분홍색 털이 한 가닥이라도 있을지 누가 알아요?"

대꾸를 하면서도 내 손은 움직이고 있었다. 작은 모순점들은 상관없었다. 일단은 찾는 것이 중요했다. 나는 분석가나 학자가 아니라 행동가였으니까.

촤라락-

색이 입혀진 삽화를 중심으로, 내 눈이 바쁘게 마물 도감을 훑었다.

"……!"

도감의 한구석에 내 시선이 멎었다. 아스트리드도 같은 곳을 보고 있었다.

반짝이는 분홍빛 몸체.

손에 들어올 듯한 작은 크기.

발견하는 것이 '기적'이라 일컬어질 정도로 희귀하다는 설명.

한곳에서 제가 보고 들은 모습을, 그대로 다른 이에게 전달할 수 있다는 설명.

즉, 군사 기밀 유출에 최적화된 능력.

그리고 그 이름.

"블랙차이."

나는 나직하게 읊조렸다.

"몸체는 분홍빛이었으나 입 속에 검은색의 독을 품어…… 블랙차이라 불렸다."

아스트리드가 내 말을 완성했다.

"……검은 마물이 아니었군요. 이름 때문에 착오가 생긴 거였어요."

우리 두 사람은 다시 한참 동안 서로를 마주 보았다.

답을 찾았다.

원작에는 나오지 않았던 그 답을, 수십 명의 영애들이 고심해도 찾지 못했던 그 답을.

"역사 속에…… 답이 있었어요."

내가 중얼거렸다.

"마물 도감…… 그런 것을 볼 생각은 하지도 못했어요."

아스트리드도 말했다. 조금 전까지 투닥거리던 것은 까맣게 잊은 채, 우리는 서로를 완전히 인정하고 있었다.

"그럼…… 이제 잡을까요?"

"네?"

내 말에 아스트리드가 깜짝 놀란 듯 대답했다.

자신에게 한 말이 맞느냐는 듯한 표정이었다.

"보물이 '뭔지' 알았으니, 그 보물을 잡으러 가자는 말이에요."

나는 마물 도감의 가장 아래, 블랙차이의 습성이 나와 있는 부분을 가리키며 말했다.

"아직 과제가 남았어요."

"하지만…… 멸종 상태나 다름없는 생물을, 저희가 잡을 수 있을까요?"

"역사에서 필요한 부분을 찾았으니, 이제는 다른 학문을 활용해야죠."

나는 빙긋 웃으며 책의 한 부분을 읽어 내려갔다.

"블랙차이가 멸종 직전까지 간 것은, 유일한 서식지인 유투리 나무가 거의 사라졌기 때문이다."

"그렇다면……."

"맞아요. '거의' 사라졌다면, 온갖 희귀한 것들이 모인 황궁에는 한 그루쯤 있겠죠."

"……."

"그게 정답이 있는 장소고요."

"황실의 식물원…… 황태자궁에 있어요!"

아스트리드가 튕기듯 자리에서 일어났다.

"가요."

"네?"

나는 기다릴 틈 없이 그녀의 손을 잡아끌었다.

"마물 사냥하러.".

* * *

아스트리드와 나는 날 듯이 도서관을 빠져나와 다시 황후궁을 지났다.

영애들은 이미 사방으로 흩어져 있었다. 건물 앞의 정원에는 구석에 쪼그려 앉은 단 한 명의 영애만 남아 있었다.

정원을 빠져나가려던 순간, 무심코 구석의 영애를 본 내 눈이 커졌다.

"……미엘라 르웰린 영애?"

"어?"

검은 곱슬머리를 풀어 내린 그녀가 휙 하고 나를 향해 고개를 돌렸다.

"너, 아니, 그…… 집사로 승진했다고 했던가?"

미엘라가 당황해서 버벅거렸다. 머리를 쓸어 넘기자 손에 묻은 흙이 뺨에 검은 자국을 남겼다.

"……땅 파고 계셨어요?"

"그, 그게……."

잔뜩 헝클어진 머리에 땀 범벅이 된 그녀가 우물거렸다.

"설마…… 핑크 다이아몬드를 찾느라?"

"어쩔 수 없잖아!"

그녀가 빽 소리쳤다. 자존심이 상했는지 얼굴이 붉게 달아올라 있었다.

"명색이 보물찾기인데 정답을 뻔히 보이는 보고에 숨겼을 리도 없고…… 여기에 최근 뭔가 파헤친 흔적이 보였단 말이야."

"봄이니 새로운 작물을 많이 심었겠죠."

"누가 그걸 모른대? 심는 김에 보석을 숨겼을지도 모르잖아. 작년에도 땅

속에 있었다고 했어."

보석에 대한 집착은 여전했는지, 그녀는 나와 말을 하면서도 정원 바닥을 뚫어져라 살피고 있었다.

"계속 파세요. 그럼."

무심하게 그녀를 지나치려던 순간이었다.

"……잠깐."

미엘라의 목소리가 우리 두 사람을 붙잡았다. 뒤를 돌아보자 미엘라가 고개를 살짝 기울이고 우리를 뚫어져라 바라보고 있었다.

"엘로딘 영애와 어디 가는 거지?"

"보물 찾으러 가죠. 다 그렇지 않나요?"

"……."

"보다시피 저희가 늦어서요."

나는 아무렇지 않게 웃어 보였으나, 순수한 아스트리드는 순간적으로 얼굴이 굳었다. 미엘라의 눈빛이 날카로워졌다.

"두 사람은 도서관 방향에서 왔었지."

"……."

"급한 걸음에, 방향을 정확히 정해서 가는 걸 보니까……."

그녀의 눈매는 점점 가늘게 찢어졌다.

"설마 답을 찾은 건가요, 엘로딘 영애?"

'눈치 빠른 건 여전하네.'

상황을 파악한 것으로 모자라, 미엘라는 본능적으로 누구의 얼굴을 살펴야 답이 나오는지도 알고 있었다. 아스트리드의 얼굴이 더욱 딱딱하게 굳었다.

미엘라는 한 움큼 집어 들었던 흙을 바닥에 내팽개쳤다.

"날 데려가요."

"네?"

나와 아스트리드가 동시에 외쳤지만, 미엘라는 개의치 않는다는 듯 우리를 향해 성큼성큼 걸어왔다.

"난 머리가 좋진 않지만, 본능은 예민하거든요."

"……."

"정답이 라베누스 따위가 아니라는 건 진작 알았어요. 너무 뻔한 장소와 뻔한 타이밍에 우리를 스치고 지나갔어. 관심을 돌리려는 것처럼."

"……."

"그래서 오히려 단순하게 보석을 의미하는 거라고 생각했지만…… 두 사람을 보니 생각이 바뀌었어요."

그녀는 나와 아스트리드를 번갈아 보며 말했다.

"뭔가 찾은 확신이 보여요. 두 사람을 따라가면 분명히 이득이 나올 것 같달까요."

나는 입술을 꾹 깨물었다.

어찌 보면 참으로 드문 인재였다.

이런 눈치는 돈 주고도 못 배우는 거니까.

"그리고 너, 오페르니아의 집사, 넌 나한테 빚진 게 있잖아. 신록의 빛을 잊었어?"

나는 한숨을 내쉬었다.

'값이 오를 땅이나 좀 짚어 주려고 했었는데.'

"겨우 돈이나 조금 마련해 주고 퉁 칠 생각이었다면 다시 생각해."

미엘라의 눈빛은 먹잇감을 포착한 맹수처럼 내게 붙어 떨어지지 않았다.

"……힘세요?"

"뭐?"

그녀는 내 질문에 눈썹을 들어 올리더니 이내 고개를 끄덕였다.

"우리 자매들 중에 힘으로 날 이기는 사람은 없었어. 나 꽤 험하게 자랐다고."

"그럼 좋아요."

나는 고개를 끄덕이며 결심했다.

"황태자궁으로 가요."

이렇게 된 거, 미엘라를 머슴처럼 써먹겠노라고.

* * *

유투리 나무는, 마치 우리를 기다리고 있었다는 듯 황태자궁 입구에 떡하니 서 있었다.

둥그런 잎사귀와 거대한 크기, 여러 갈래로 뻗은 가지와 뿌리로 바로 알아볼 수 있었다.

"이제 그 블랙차이라는 걸 잡아야 하는 거지?"

미엘라가 확신 없는 목소리로 물었다. 우리가 발견한 단서에 대해서는 오는 길에 모두 설명한 참이었다.

"마물 잡아 본 사람?"

그녀가 나와 아스트리드를 보며 물었고, 우리 두 사람은 고개를 저었다. 미엘라가 고개를 갸웃거리며 다시 물었다.

"덫을 놓을까……?"

"지능이 높은 데다 혼자 사는 녀석들은 제 서식지를 떠나고 싶어 하지 않아서 덫으로는 못 잡는댔어요."

"그럼 활이라도 쏴?"

"쏠 줄 아세요?"

이번에도 우리 세 사람은 서로를 마주 보며 고개를 저었다.

"서둘러야 해. 카트린 발레리는 타고난 활의 명수야. 여기에 정답이 있다는 걸 들키면 끝이야."

나는 나무로 한 걸음 다가서며 한숨을 내쉬었다.

'잠시라도 서식지를 떠나는 걸 싫어한다.'

녀석의 서식지는 유투리 나무, 정확히는 풍성한 그 가지들 틈.

그렇다면 답은 하나였다.

"미엘라 영애, 두 손을 모아서 내밀어요."

"뭐?"

"딛고 올라갈 거니까."

"이 나무 꼭대기까지?"

그녀가 경악한 듯 물었다. 나무는 눈대중으로 봐도 6-7미터는 되어 보였다.

"아스트리드 영애는 딱 봐도 몸이 약해 보이잖아요. 서둘러요."

나는 대답을 기다리지 않고 소매를 걷어붙였다. 천만다행으로 여기저기 굵은 나뭇가지가 많이 뻗어 있어 발을 디딜 곳은 많았다.

미엘라의 얼굴이 잠시 당혹스러운 빛으로 물들었으나, 빠른 판단력 덕분인지 곧 고개를 끄덕였다. 그녀는 양손을 모아 손바닥을 앞으로 해서 내게 내밀었다.

"다른 방법이 없으니 좋아. 발 이리 줘."

나는 거침없이 그녀의 손바닥에 한쪽 발을 딛고 나무 위로 몸을 올렸다. 아스트리드도 내 등과 다리를 밀어서 몸을 들어 올려 주었다.

'됐어.'

두꺼운 나뭇가지 위에서 중심을 잡은 나는 다음, 그다음 가지를 향해 팔을 뻗으며 나무를 기어올랐다.

바스락-

부러진 나뭇가지가 팔을 스쳤다. 그다음에는 다리가 미끄러지면서 기둥에 긁혔다. 손에는 물집이 잡히고, 여기저기서 피가 났지만 멈출 수는 없었다.

우승이 필요했다.

키르시안을 위해서. 루시안을 위해서.

소설의 결말을 바꾸기 위해서.

'실패하면 오페르니아의 성장은 먼 길을 돌아가야 해.'

나는 타고나기를 계산적이고, 효율을 추구하는 성격이었다.

떨어져 봤자 다치는 건 겨우 내 몸. 우승해서 얻는 가치는 책정 불가.

답은 하나뿐이있다. 위로 계속 올라가야 했다.

"조, 조심해요."

"너…… 그냥 내려와야 하는 거 아니야? 그러다 죽기라도 하면……."

아래에 있던 두 사람의 목소리가 희미해지고, 상처의 고통에 익숙해지고, 숨이 턱까지 차올랐을 때쯤, 나는 나무 꼭대기에 다다랐다.

그와 동시에, 발아래에서 무언가가 반짝 빛났다.

"……!"

털이 복슬복슬한 동그란 물체가 발 주변을 떠다니고 있었다.

나는 눈을 가늘게 뜨고 녀석을 살폈다.

분홍빛 몸체에 같은 색의 날개.

병아리를 닮은 생김새.

유일하게 흰색인 날카로운 부리.

"삐-"

얼굴과는 어울리지 않는, 무서울 정도로 새까만 입 속.

'블랙차이.'

책 속의 그 녀석이었다.

나는 한 손으로 나무를 붙잡은 채, 녀석을 향해 손을 쭉 뻗었다.

"삐-"

손은 아슬아슬하게 닿지 않았고, 녀석은 나를 놀리는 듯 살짝 떨어진 곳으로 자리를 옮겼다.

다른 쪽 손을 뻗어 보았지만, 결과는 같았다.

"젠장."

몇 차례 시도한 결과, 나는 깨달았다.

매달린 나무에서 안전하게 블랙차이를 잡는 방법은 없다는 것을.

녀석도 그 사실을 알고 있었다. 그렇기에 마음 놓고 내 주변을 왔다 갔다 날아다니는 것이었다.

"합리적인 사고를 하는 마물이라 이거지."

작게 중얼거린 후, 나는 차분하게 아래를 내려다보았다. 높이는 아찔했지만, 나뭇가지와 잎은 풍성했다. 여기까지 온 이상, 방법은 하나뿐이었다.

"합리적인 자의 약점은, 상대방도 자기처럼 합리적일 거라 착각하는 거지."

나는 왼편에서 나를 응시하는 블랙차이를 향해 몸을 틀고 심호흡을 했다.

"하지만 난 너보다 무모하거든."

그리고 나무를 감았던 손을 떼고 다리를 사용해 기둥을 박찼다.

"삐-"

말 그대로, 나는 블랙차이를 향해서 몸을 날렸다.

"일단 잡는다."

잡은 다음의 일까지 고려할 여유는 없었다. 보들보들한 털 뭉치 같은 것이 손아귀에 들어왔다. 작은 파닥거림이 느껴졌다.

"삐-"

나는 녀석이 탈출할 수 없도록 양손에 힘을 꽉 주었다. 즉, 나뭇가지를 다시 붙잡을 손이 없었다.

스스스슥-

몸이 뒤로 휙 젖혀지고, 아스트리드와 미엘라의 비명이 들리고, 수십 개의 날카로운 가지들이 내 몸을 스쳤다.

나뭇잎이 충격을 줄여 주기는 했지만, 내 몸은 꽤 빠른 속도로 땅을 향해 떨어지고 있었다.

'하, 죽었다.'

나는 곧 닥쳐올 고통에 대비해 온몸에 힘을 주었다.

'진짜 이렇게 죽으려던 건 아니었는데.'

운이 아주 좋다면, 뼈 한두 개 부러지는 걸로 끝날지도 몰랐다.

'3, 2, 1.'

눈을 질끈 감은 채 우둑 소리를 기다렸으나, 아무리 기다려도 고통은 느껴지지 않았다.

나는 천천히 눈을 떴다.

손안에는 여전히 파닥거리는 블랙차이가 있었고, 발아래는…….

"……?"

땅에서 약 일 미터 떨어진 허공이었다. 내 몸은 땅에 닿기 직전 공중으로 둥실 떠오른 것이었다.

"……대담하군."

생소한 목소리가 귓가에 들려왔다. 나는 소리가 들리는 방향으로 고개를 돌렸다. 대각선 아래 방향에서, 열다섯쯤 되어 보이는 소년 한 명이 나를 응시하고 있었다.

나와 비슷한 톤의 밝은 금발, 그와 비슷한 황금색 눈동자, 섬세하게 세공된 이목구비.

처음 보는 화려한 생김새의 소년이었다.

매혹적인 여우를 연상시키는 키르시안과 달리 타고난 당당함이 있었고, 청순한 강아지 같은 루시안보다는 성숙했다.

나는 재빨리 시선을 내려 그의 차림새를 훑었다.

백색의 제복, 황금색 실.

그리고 가슴에 달린 황가의 문장.

"……!"

그가 누군지에 대해서는 더 이상의 설명이 필요하지 않았다.

"……황태자 전하?"

"나를 아는가?"

소년은 다정하게 웃더니 고개를 끄덕였다.

나는 원작에서의 설정을 떠올렸다.

제국의 자랑, 황태자 아르테스 르벨리안.

황제를 똑 닮은 아름다운 생김새는 물론, 세이든 공작가와 대적할 만한 검술 실력에 한 번 보면 뭐든 외우는 두뇌의 소유자.

워낙 유명한 인사라 원작에서도 자꾸 언급됐던 인물이었다.

막바지에는 황제를 대신해 오페르니아와 얽혀서 일어났던 수많은 부정부패를 척결한 인물이기도 했다.

"늦지 않아 다행이야."

아르테스가 말했다. 그의 눈짓에 맞추어 내 몸이 다시 둥실 떠올랐다가 천천히 땅으로 내려앉았다. 순간적으로 머리가 울리는 느낌이 들었다.

'염력이구나.'

황실 직계답게, 황태자 아르테스에게는 세상의 규칙을 거스르는 이능이 있었다.

그의 이능은 중력을 거스르는 염력.

즉, 사람과 물체를 허공으로 떠오르게 해 움직이는 능력이었다.

"……리아넬라 셀레스라 합니다."

겨우 땅에 발을 딛은 내가 머리를 숙였다.

"너로구나, 올해의 특별 선발."

아르테스가 황금색 눈을 휘며 웃었다.

"노예 시장 한복판에 잠입해 인신매매범을 소탕했다더니, 들은 대로 무모하구나."

"송구합니다."

"칭찬이었다."

"……언제부터 여기 계셨습니까?"

나는 주변을 둘러보았다. 황태자를 기다리는 시종들이 보이지 않았다. 일부러 사람을 대동하지 않고 이곳에 있었던 것 같았다.

"보물찾기가 시작한 직후부터, 혹시라도 블랙차이를 잡기 위해 몸을 던지는 자가 있을까 봐 말이다."

아르테스가 순순히 대답해 주었다.

"처음부터요?"

"황실에서 보물찾기를 하다가 사람이 죽으면 부황께서도 곤란해지시지 않겠느냐."

"……황태자 전하께서 보물찾기의 안전장치였군요."

그는 고개를 끄덕였다.

"그럼 보물찾기의 정답은 역시……."

"축하한다, 리아넬라 셀레스."

아르테스가 아직도 다물어진 내 양손을 가리켰다.

"제국에 몇 마리 남지 않은 블랙차이다. 황실에도 단 한 마리뿐이었지."

나는 속으로 깊은 한숨을 뱉었다.

'찾았다.'

보물찾기가 끝났다.

황제가 숨긴 보물은 내 손안에 있었다.

파득-

분홍빛 마물이 다시 한번 몸을 비트는 것이 느껴졌다.

나는 살짝 손을 벌려서 녀석의 생김새를 관찰했다.

약이 오른 듯 심술궂은 표정을 짓고 있었지만, 부드러운 털이 보송보송한 동그란 몸은 꽤 귀여웠다.

"이제 네 것이다."

아르테스가 부드럽게 말했다.

"블랙차이는 상성이 맞는 자가 많은 시간을 투자하면 훈련도 가능한 마물이다. 흔히 알려진 이야기는 아니지만, 이 녀석이 바로 스트라 내전에서 반란군이 승리한 비결이지."

"……."

"너를 만나 반갑구나. 떨어질 때 다치지는 않았느냐?"

따스한 미소에서 진심이 느껴졌다. 제국의 자랑이라는 별명이 이해가 갔다. 그는 보고만 있어도 사람을 훈훈하게 만드는 능력이 있는 듯했다.

내가 가볍게 고개를 흔들자 그는 안심이라는 듯 작게 한숨을 내쉬었다.

"또 보도록 하지, 리아넬라 셀레스."

아르테스는 오랜 벗을 대하는 듯한 말투로 내 이름을 불렀다. 그러고는 그대로 몸을 돌려 궁을 빠져나갔다.

황태자가 사라지고, 그를 본 미엘라가 뒤늦게 더듬거리며 입을 열고, 아스트리드가 걱정 가득한 표정으로 나를 향해 다가올 때.

뎅-

보물찾기의 종료를 알리는 종이 울렸다.

* * *

쿠웅-

티룸으로 향하는 문이 다시 열렸다.

문 안쪽에는 먼저 도착한 영애들이 쭉 둘러서서 우리를 기다리고 있었다. 나는 그새 잠든 블랙차이를 품에 안고 그들 사이로 걸음을 내디뎠다. 미엘라와 아스트리드도 나의 양쪽에서 함께 걸어 들어갔다.

우리 셋이 등장한 순간, 티 룸에 있던 모두가 수군거리기 시작했다.

"나무를 기어올랐대요, 세상에."

"결국 귀족적인 방법으로는 찾을 수 없던 거 아닌가요? 저 꼴을 좀 봐요."

"다른 두 명은 그렇다 치더라도, 르웰린 영애는 의외예요. 하인이라도 된 듯 손으로 저 평민 아이를 받쳐 올렸대요."

"그렇게까지 해야 했나⋯⋯ 나라면 그냥 품위를 지켰을 것 같아요."

웅성거리는 소리는 우리 귀에까지 들렸다. 미엘라가 어이없다는 듯 작게 코웃음 쳤다.

"⋯⋯겨우 이거군."

누군가 우리 앞을 가로막으며 말했다. 고개를 들자 불길처럼 빨간 머리칼이 눈에 들어왔다.

"캐롤 루리엔 영애."

캐롤은 블랙차이를 힐끗 보더니 턱을 치켜올렸다.

"별것도 아닌 걸 잡았네. 작은 데다 길도 안 들어서 아무짝에도 못 쓰는 보물이라니."

그녀는 못마땅한 표정으로 우리 세 사람을 차례차례 바라보았다.

"명마 라베누스와는 비교도 되지 않는군요."

"분홍빛 갈기를 가진 라베누스 말이군요. 아까 잠시 보니 참 신기하고 예쁜 말이었어요."

나는 싱긋 웃으며 대답했다.

"그래서, 영애께서는 결국 라베누스를 잡으신 건가요?"

"⋯⋯."

"머리칼이 저 못지않게 헝클어지고, 옷도 구겨진 걸 보면 말 위에 올라타려고 애쓰신 것 같은데⋯⋯ 품위를 벗어던지고 뛰어들었다면 분명 성공하셨겠죠?"

캐롤의 얼굴이 새빨개졌고, 미엘라가 작게 비웃는 소리가 들려왔다.

"라베누스를 잡는 데 성공이라도 했다면 지금쯤 시종장 앞에서 정답으로 인정해 달라고 떼를 쓰고 있었겠지."

"미엘라 영애! 어떻게 그런 말을…… 우린 친구가 아니었던가요?"

"황후궁에서 땅을 파는 제게 황궁 하녀처럼 보인다고 말한 게 누군데요?"

캐롤은 한동안 미엘라를 노려보다가 흥, 하는 소리와 함께 다시 내게 시선을 돌렸다.

"거기, 오페르니아의 집사, 리아넬라라고 했던가?"

"네, 영애."

"제안을 한 가지 하지."

"제안이라니요?"

그녀는 목소리를 낮추며 내게 몸을 기울였다.

"지금 손에 들고 있는 그 마물을 내게 넘기면, 태어나서 구경도 못 해 본 금은보화를 주겠어."

그녀는 내가 태어나서 이런 제안은 받아 본 적 없을 거라 믿는 듯, 꽤 자신 있는 미소로 말했다.

"……보물을 넘겨달라고요?"

"아직 폐하께서 오시지 않았잖아? 거래로 인해 보물찾기의 승자가 바뀐 선례가 있어. 보물이 네 손에 있으니 너와 거래하고자 한다."

어이가 없어 쉽게 입을 열지 않는 내게, 그녀는 계속해서 말을 이었다.

"황제 폐하께 바랄 것은 어차피 먹고 살 수 있는 돈 아니야? 그 정도는 맞춰주겠다는 거야. 게다가."

그녀는 내 귓가에 속삭이며 덧붙였다.

"내가 평민 따위에게 졌다는 사실을 알게 되면, 우리 가문에서 널 가만두지 않을지도 모르거든. 꽤 위험해질지도 몰라."

"……."

"그럴 바에는 나와 거래하지. 부모님께 말씀드려서 돈은 물론이고 평생 루리엔 영지에서 배불리 먹고 살 수 있게 해 주겠어."

그녀는 말을 마치고 다시 한 걸음 물러섰다.

"대답은?"

거절할 수 없는 제안을 했다는 듯 의기양양한 표정을 보며, 나는 예의 바르게 대답해 주었다.

"영애."

"왜 그러지?"

"영애께서는 혹시, 계산을 심각하게 못 하시는 것은 아닌지요?"

"지금 내게 하는 말이야?"

캐롤은 단번에 얼굴을 굳히고 나를 노려보았다.

"루리엔 백작의 입장에서는 저를 가만두지 않을 이유가 없답니다."

나는 그녀를 향해 한 걸음 다가서며 설명했다.

"보물찾기가 끝난 이상, 저를 해쳐 보았자 백작가가 얻을 것은 아무것도 없어요. 반면 저를 해하기 위해 들여야 하는 비용은 적지 않겠지요. 저는 오페르니아의 사용인이고, 경계가 삼엄한 저택 밖으로 잘 나가지 않으니까요."

"……."

"보물찾기의 결과 때문에 저를 해쳤다는 사실을 들킬 위험은 또 어떻지요? 처벌은 면하더라도 백작가의 체면은 살리지 못할 겁니다."

나는 어린아이를 가르치듯 하나하나 짚어 주었다.

"그 모든 계산을 거치고도 결과를 감수할 정도로 저에 대한 백작의 분노가 클까요?"

"……."

"아니면 영애께서 스스로에 대한 백작의 애정을 과대평가하신 걸까요?"

"가, 감히 누구를 입에 올리는 거야?"

캐롤이 소리를 빽 질렀다.

"그래서 대가를 주겠다고 하지 않았어?"

"그 또한 무모한 제안이지요. 제가 가격을 얼마나 부를 줄 알고요."

"얼마든 불러 보라니까. 루리엔 가문의 재력은 겨우 사용인 따위의 요구를 못 들어줄 정도가 아니……."

"루리엔 백작가의 영지 전체를 주시면 생각해 보지요."

나는 알아들을 수 있도록 또박또박 그녀에게 말해 주었다. 그녀는 새빨개진 얼굴로 부들부들 떨었다.

"머리가 돌았나 보군. 할 말과 못 할 말을 가리지 못하는 걸 보니 미친 거야."

"스스로를 돌아보라 말씀드리고 싶습니다."

"천한 출신은 어쩔 수 없는 게지. 감히 평민이 귀족의 영지를 욕심내다니!"

캐롤은 목소리를 낮추는 것도 잊고 나를 손가락질하며 외쳤다.

"어울리지 않는 노예 계집을 보물찾기에 초대한 것부터 납득이 안 되더라니."

"영애."

"네가 황궁에 발을 들인 순간부터, 이 행사는 틀어졌던 거야. 사교계의 에티켓도, 귀족을 대하는 방법도, 예의범절도 아무것도 모르는 주제에!"

화가 머리끝까지 난 건지, 그녀는 티룸의 분위기가 조금 전과 전혀 달라졌다는 사실을 눈치채지 못하고 있었다.

그녀 뒤편에 있던 또 하나의 문을 통해 누군가가 들어섰고, 웅성거리던 사람들이 조용히 그를 향해 고개를 숙였다는 사실도.

"영애, 입을 다무시지요."

아스트리드가 조용히 그녀를 타일렀지만 캐롤은 멈추지 않았다.

"노예 계집이 우승자인 대회라니, 참석한 모두에게 수치야! 이런 행사는 애초에 오지 말았어야……."

"……이건 예상 밖이군."

낮게 울리는 목소리가 캐롤의 말을 끊었다. 일부러 힘을 주지 않아도 방

전체에 위압감을 주는, 타고난 지배자의 목소리였다.

나와 아스트리드, 그리고 미엘라는 동시에 목소리의 주인을 향해 머리를 숙였다.

누구도 소개해 주지 않았고, 눈을 마주치지도 못했지만, 얼핏 본 형체만 가지고도 남자의 정체는 쉽게 알 수 있었다.

태어나서 본 적 없는 고급스러운 옷감, 제국 최고의 장인이 한땀 한땀 바느질한 듯한 자수. 그 위로 보이는, 아르테스 황태자를 꼭 닮은 얼굴이며 황금빛 머리칼과 눈동자.

황궁의 모든 인간들이 자신에게 머리를 숙이는 것이 익숙하다는 듯 무심한 표정.

르벨리안 제국의 황제, 바일레스 르벨리안이었다.

"제국의 태양을 뵙습니다."

캐롤을 제외하고, 티 룸에 있는 모든 이들이 동시에 말했다. 캐롤의 눈동자가 커지고, 온몸이 순간적으로 얼어붙었다.

"제, 제, 제국의 태양을 뵙습니다."

눈도 들지 못하고 엉거주춤 돌아선 그녀가 황제를 향해 말했다. 황제는 반듯하게 선 채, 얼음처럼 차가운 눈으로 그녀를 내려다보았다.

"어느 가문의 여식이냐?"

"루, 루리엔 가문의 장녀 캐롤입니다."

"황궁의 울타리 안에서, 이토록 대담하게 나를 욕보이는 이를 볼 줄은 몰랐군."

캐롤이 헉, 하고 숨을 들이쉬었다. 황제와 마주한 그녀의 몸은 여전히 굳은 채였다. 황제가 그녀를 향해 한 걸음 다가서서 고개를 살짝 기울였다.

"루리엔 가문의 장녀는, 황궁의 보물찾기에 평민을 초대한 나의 선택을 비난하는가?"

"그, 그렇지 않사옵니다! 제가 어찌 감히……."

"하면 황실의 손님으로 참석한 이 자리가 수치스럽다 여기는가?"

"아닙니다!"

"제국에는 인신매매의 피해자는 있어도 '노예'는 없다고 말한 나의 뜻에 대해서는, 루리엔 백작이 가르치지 않았던가?"

"그, 그런 것이 아닙니다. 절대로 그런 뜻이 아니라……."

황제는 단정하게 자리 잡은 입술의 한쪽 꼬리를 올렸다. 눈빛은 여전히 살을 엘 것처럼 차가웠다.

"테스마."

황제가 시종장의 이름을 불렀다.

"예, 폐하."

"루리엔 가문의 장녀 캐롤 루리엔을 황궁 밖으로 쫓아내어라."

"폐, 폐하!"

캐롤이 덜덜 떨며 황제를 올려다보았으나 더 이상 그의 시선은 그녀를 향하지도 않았다.

"살아 숨 쉬는 한 수도에 발을 들일 수 없도록 하라."

"폐하! 잘못했습니다! 잘못했습니다!"

"그리고 루리엔 백작에게 전하라. 여식을 잘못 가르친 죄는 추후에 묻겠노라고."

"예, 폐하."

시종장이 손짓하자 밖에서 대기하던 황실 근위대의 기사 몇 명이 들어와 캐롤의 양팔을 붙잡았다.

"폐하! 제가 다 잘못했습니다! 제발 명을 거두어 주십시오! 수도에 발을 들이지 못하면 제 인생은……."

그러나 누구도 그녀의 말을 들어 주지 않았다.

그녀는 눈 깜짝할 사이에 질질 끌려 나가 시야에서 사라졌다.

시종장 테스마는 아무 일도 없었다는 듯 티룸의 문을 닫고 황제 앞으로 돌아왔다.

"처리하였습니다, 폐하."

황제는 티룸 한쪽 벽에 놓인 벨벳 의자로 걸어가 앉더니 고저 없는 목소리로 말했다.

"계속 진행하라."

티룸에 흐르던 적막이 비로소 걷히고, 몇몇 사람들이 안도의 한숨을 내쉬었다.

"올해는 승자가 있다고 했느냐?"

"예, 폐하."

나와 황제 사이에 서 있던 시종장이 몸을 비켰다.

"눈을 들어라."

황제가 짧게 명령했다. 고개를 들자, 사람을 꿰뚫는 듯한 황금빛 눈동자가 나를 응시하고 있었다. 숨조차 함부로 쉬지 못하게 하는 위압감도, 이 세상 사람이 아닌 듯한 외모며 분위기도, 원작에서 묘사된 그대로였다.

가만히 있어도 느껴지는 압력 때문인지 머릿속이 미약하게 울리는 느낌이 들었다.

"가까이 오너라."

나는 그의 명에 따라 황제가 앉아 있는 의자를 향해 몇 걸음 다가갔다.

"이름이 무엇이냐."

"리아넬라 셀레스라 합니다."

황제는 천천히 나를 위아래로 훑었다.

"블랙차이를 잡았구나."

"예, 폐하."

"어떤 방법으로 잡았느냐?"

"책 속의 지식으로 보물을 찾고, 팔과 다리로 보물을 잡았습니다."

"……내가 낸 문제를 지식과 팔다리만으로 푸는 것이 가능했더냐."

황제는 혼잣말처럼 중얼거리다가 다시 나를 바라보았다.
둘러선 사람들은 숨조차 마음대로 쉬지 못하고 우리 두 사람을 지켜보고 있었다.
"좋다, 너를 올해의 우승자로 발표하겠다."
"폐하."
나는 황급히 고개를 숙이며 말했다.
"보물을 찾은 것은 저 혼자가 아닙니다."
"무슨 의미냐?"
"제 뒤에 서 있는 영애 두 명의 도움이 있었습니다."
"……어떻게?"
"한 명은 역사 속에서 답을 찾아 주었고, 다른 한 명은 제가 필요로 할 때 몸을 사리지 않고 도움을 주었습니다."
나는 아스트리드와 미엘라를 가리키며, 보물을 찾은 과정을 짧게 설명했다.
"……함께 과제를 수행했으니, 함께 상을 받을 수 있도록 해 주십시오."
"재미있구나. 두 사람도 앞으로 오라."
아스트리드와 미엘라가 주춤거리며 내 옆으로 다가와 섰다.
두 사람의 어깨가 긴장한 듯 떨리는 것이 보였다.
"지혜와 힘을 모아서 내가 낸 문제를 함께 풀었다라……."
황제의 입가에 작은 미소가 보였다.
"황제에 대한 소원은 가벼운 것이 아니기에, 황궁의 보물찾기에는 단 한 명의 우승자만 있을 수 있다."
"……!"
두 사람의 얼굴에 실망한 빛이 스쳤다. 미엘라는 무언가 말을 해 보려 입을 열었다가 분위기에 눌린 탓인지 다시 입을 닫았다.
"하지만 준우승을 뽑지 말라는 법은 없지."

아스트리드와 미엘라가 동시에 고개를 치켜들었다. 나도 마찬가지였다.

"리아넬라 셀레스를 우승자로, 미엘라 르웰린과 아스트리드 엘로딘을 준우승자로 공표한다. 두 사람에게는 포상으로……."

황제는 잠시 생각에 잠겼다가 말을 이었다.

"황실 보고에서 보관 중인 핑크 다이아몬드를 내리지."

"꺅!"

미엘라가 환희에 차 소리쳤다가 제 입을 막았다. 아스트리드도 손을 모아 쥐고 작은 미소를 띠었다.

"하면, 이제 말해 보아라."

황제는 곧 나를 향해 다시 시선을 돌리며 입을 뗐다.

"원하는 상이 있느냐?"

"폐하가 가진 물건 중 하나를 원합니다."

나는 기다렸다는 듯 대답했다.

"이미 정해 놓았다?"

황제가 눈썹을 들어 올렸다.

의외라는 표정이었다.

"말해라."

"'카누스의 울음' 중 더 강한 한쪽입니다."

헉, 하는 소리가 여기저기서 들려왔다. 시종장조차도 놀란 얼굴로 나를 바라보았다.

"여, 영애, 보검을 원하신다면 보석이 박힌 다른 화려한 검도 있습니다."

"제가 원하는 것은 이미 말씀드렸습니다."

"……검을 배우려느냐?"

한참 동안 나를 바라보던 황제가 물었다.

"'카누스의 울음'이 네게 어울리는 검이라 여기느냐."

"아닙니다, 폐하."

"하면?"
"보검을 내려 주시되, 그 검을 제가 원하는 이에게 선물할 수 있도록 허락해 주십시오."
"겨우 얻은 황제의 보검을 다른 이에게 주겠다?"
황제는 의아하다는 표정으로 물었다. 황제의 하사품을 남에게 넘기는 것은 예외적인 상황이 아닌 이상 허락되지 않았다.
"네, 폐하. 한 기사에게 주려 합니다."
"누구나 휘두를 수 있는 검이 아니다. 아무에게나 어울리는 검도 아니야."
"그는 검에 어울리는 주인입니다."
나는 빙긋 웃으며 대답했다.
"제국에서 가장 뛰어난 기사가 될 테니까요."
여기저기서 다시 한번 술렁이는 소리가 들려왔다. 나는 그들이 무슨 말을 하고 있는지 짐작할 수 있었다.
'제국에서 가장 강한 기사는 세이든의 직계라는 거겠지.'
노예 신분을 벗어난 후로는 오페르니아에서만 지낸 내가, 세이든의 직계와 특별한 친분이 있을 리가 없었다.
즉, 나는 감히 세이든의 후계가 다른 어떤 기사보다 뒤처질 거라고 공개적으로 말하고 있는 것이었다.
"흥미로운 이야기로구나."
황제가 입꼬리를 씩 올리며 말했다.
"그 기사의 이름이 무엇이냐?"
"곧 알게 되실 겁니다, 폐하."
내가 대답했다.
"'카누스의 울음'은, 그로 인해 세상에 위명을 떨치게 될 테니까요."
"당돌한 아이야."
황제는 의자에서 일어나 나를 향해 한 걸음 다가서며 말했다. 시선이며 몸짓 하나에도 사람을 긴장시키는 힘이 있었다.

"네가 방금 한 말이 세이든 공작가에 대한 결투 신청이나 마찬가지라는 사실을 알고 있느냐?"

"알고 있습니다. 그리고……."

나는 그의 시선을 피하지 않고 말했다.

"그 결투에서, 저는 이길 겁니다."

"……테스마."

한참 동안 나를 바라보던 그가 천천히 입을 열었다.

"예, 폐하."

"아이의 소원을 들어주어라."

"……예, 폐하."

"나는 네 말을 믿기가 어렵구나, 리아넬라 셀레스."

그가 나를 보며 조용히 말했다.

"하지만 지켜보겠다. 맨손으로 블랙차이를 찾아내 붙잡은 자라면, 또 다른 흥미로운 볼거리를 제공할지 모르는 일이니."

"감사합니다, 폐하."

나, 아스트리드와 미엘라가 동시에 무릎을 굽혔다.

그렇게, 황궁의 보물찾기가 끝났다.

나는 수십 명의 귀족 영애들을 이기고 보물찾기의 승자가 되었다.

* * *

"돌아왔습니다, 아버지."

아스트리드는 언제나처럼 격식을 갖추어 엘로딘 자작에게 인사했다. 자작의 냉정한 시선이 그녀에게 꽂혔다.

"소식은 들었다. 우승은 하지 못했다고."

아스트리드의 얼굴이 긴장으로 굳었다.

"……폐하께서는 우승자를 지원한 공을 인정해 저를 준우승자로 선포하셨습니다."

"다른 이를 지원했다라. 심지어 힘이 될 귀족도 아니고 노예 출신 계집이었다지?"

자작이 코웃음 쳤다.

"갈수록 쓸데없는 짓만 하는구나."

"아버지, 이번 보물찾기에서는 역사학이 많은 도움이 되었어요. 제가 알고 있던 지식으로……."

"입 다물어라."

고저 없는 자작의 목소리에 아스트리드가 어깨를 움찔 떨며 고개를 숙였다.

"우승했더라면 대귀족 회의 참석자 명단에 내 이름을 올릴 수도 있었는데 말이다. 파벨 공작 각하를 볼 낯이 없어."

"아, 아무리 우승자라도 정치적인 소원은……."

탕!

자작의 손이 짜증스럽게 테이블을 내리쳤다. 아스트리드는 그 경고를 알아듣고 다시 입을 다물었다.

"……다른 가문에 밀리지 않았으니 벌은 내리지 않겠다."

"감사합니다, 아버지."

"폐하께서 상을 내리셨다 들었다. 이리 내라."

그는 아스트리드가 손에 쥐고 있던, 정교하게 세공된 핑크 다이아몬드를 집어 들고 이리저리 살폈다.

"황제 폐하께서 내리신 물건입니다. 함부로 타인에게 넘길 수는……."

"가문의 이름으로 나가 가문의 이름으로 받아 온 상이다. 겨우 준우승을 했다고 네게 어떤 권한이라도 생긴 듯싶으냐?"

익숙한 비아냥에 아스트리드는 입술을 꾹 깨물었다.

"딸아, 너는 아무것도 아니다."

자작이 냉혹하게 웃으며 말했다.

"이 세상에서 너 혼자의 힘으로 죽 한 그릇이라도 벌어먹을 수 있을 거라 생각하느냐?"

"……."

"너는 가문이 없으면 아무것도 아니며, 가문 또한 파벨 공작 각하의 지원이 없다면 정계에서 아무런 존재감이 없었겠지."

파벨 공작가를 언급하는 그의 말투에는 진심 어린 존경이 담겨 있었다.

"그러니 너의 인생은 모두 그분의 것이다. 네가 일생 동안 이룬 것도 그분을 위해 써야 한다. 그것이 가문을 위하는 길이야."

"하지만……."

"이 다이아몬드는 황제의 하사품이니 그분께 드릴 수는 없겠구나. 하면 장식장에 두어 가문의 위엄을 더하겠다."

그는 다른 설명 없이 보석을 제 탁자 위에 올려 두었다. 아스트리드는 더 이상 제 손으로는 핑크 다이아몬드를 만져 볼 수 없을 것이라는 사실을 깨달았다.

"방으로 가거라. 나는 공작 각하를 알현해야 하니."

"……예, 아버지."

아스트리드는 소리 지르고 싶은 마음을 꾹 눌러 참고 방으로 향했다.

'역사 속에…… 답이 있다.'

캄캄한 방의 의자에 앉아 책상에 턱을 괸 아스트리드의 귓가에, 낮에 만났던 아이의 말이 다시 울렸다.

'한 명은 역사 속에서 답을 찾아 주었고, 다른 한 명은 몸을 사리지 않고 도움을 주었습니다.'

처음이었다. 역사와 기록에 대한 자신의 고집스러운 집착을 이해해 주는 사람은.

"리아넬라 셀레스."

아스트리드는 서랍 속에서 두꺼운 노트 한 권과 깃펜을 꺼내 들었다. 괴로울 때마다 써 왔던 일기였다. 의미 없는 문서였지만, 그녀는 본능처럼 노트 속에 주변의 일을 기록해 왔다.

감정을 배제하고 건조하면서도 빡빡한 기록을 써 내려가다 보면, 일상의 괴로움은 별것이 아닌 것처럼 느껴지고는 했다.

약하게 미소 지은 아스트리드는, 노트 속에 '리아넬라 셀레스'라는 이름을 적고 하루의 기록을 써 내려갔다.

일기 속의 수많은 등장인물 중, 소중하게 여겨지는 사람은 처음이었다.

* * *

"공작 각하를 뵙습니다."

자작가의 접견실에서, 엘로딘 자작은 제 의자를 방문객에게 내준 채 깊숙이 고개를 숙였다.

"귀한 분이 친히 방문을 해 주시니 몸 둘 바를 모르……."

"앉게."

파벨 공작이 자작의 장황한 인사를 끊고 손짓했다. 공작은 마른 체구의 자작과 대조되는 큰 키의 남자였다. 중년을 넘긴 나이에도 단단한 몸에, 온몸에서 위험한 기운이 흐르고 있었다.

"수도에 온 김에 잠시 들렀지. 딸의 소식은 들었네."

그는 손님이라는 자각이 없는 듯, 편안하게 자작의 의자에 기대며 말했다.

"송구합니다. 우승을 명하셨으나 아스트리드가 많이 부족하여……."

"수십 명의 아가씨들 중 준우승을 하는 것 또한 쉽지 않은 일이지."

공작은 짐짓 사람 좋은 미소를 지으며 손을 저었다.

"적어도 내가 후원한 가문들 중에서는 유일하게 성과를 낸 것 아닌가."

"그, 그렇게 생각해 주신다니 감읍합니다."

"사교의 기술보다는 책에 파묻혀 산다더니, 생각과는 다른 방향으로 쓸모가 있었던 모양이야."

그는 재미있다는 듯 웃으며 자작을 바라보았다.

"부족한 여식입니다, 각하."

자작은 연신 고개를 주억거리며 말했다.

"아직 어리니 제가 기필코 쓸데없는 짓은 하지 않도록 가르치겠습니다. 공작 각하께 필시 도움이 될 수 있도록……."

"아니지."

파벨 공작이 고개를 저었다.

"나뭇가지를 이리저리 잘라 봤자, 나무는 제가 원하는 방향으로 자랄 걸세."

그는 생각에 잠긴 듯한 표정으로 말을 이었다.

"기록과 역사에 능한 자라면, 재주에 맞게 부리는 것도 방법이 아니겠는가."

그의 입꼬리가 미세하게 올라갔다.

"잘 이해가 가지 않습니다."

"누구도 의심하지 않을 순수한 얼굴에, 총명한 머리, 아버지에게 순종적인 성격, 거기에 습관적으로 기록하는 영애를 어디에 써야겠는가?"

"……."

공작은 고개를 살짝 기울이며 제 질문에 스스로 답했다.

"좋은 밀정이 될 수 있지 않겠나?"

자작은 무언가 깨달은 듯 고개를 끄덕였다.

"무엇이든 명하시면 따르겠습니다."

"일단 오페르니아와 척지지 말라고 말해 두지."

공작이 음흉한 웃음을 지으며 말했다.

"모래처럼 새어 나갈 재화를, 그리고 그 밀실에 묻혀있는 성물을 우리 가문으로 흡수하려면 좋은 밀정이 필요하니까."

자작이 복종의 의미로 고개를 숙이자, 공작은 인자한 얼굴로 제 수염을 한 번 쓸었다.

"이만 가 보도록 하지. 더 머리 아픈 일이 있어서 말이야."

"제 도움이 필요하시다면……."

"알고 있네. 자네의 공을 잊을 리가 없지."

그는 신이라도 된 듯 오만하게 한쪽 손을 내밀었다. 자작의 눈이 보석이라도 발견한 듯 번뜩였다.

"설마…… 축복을 내려 주시는 겁니까?"

"옛날에 다친 오른쪽 팔의 통증이 심해졌다고 들었네."

공작은 왼손으로 자작의 팔을 잡고 오른손을 그 위에 놓았다. 손끝에서 희미한 은색 빛이 흘러나와 자작의 오른팔로 스며들어 갔다.

자작은 감탄과 감격이 섞인 얼굴로 그 모습을 바라보았다. 이것은 파벨 공작가 직계를 통해 대대로 전해지는 '복구'의 힘, 그중에서도 치유의 힘이었다.

황실의 이능, 세이든 공작가의 검술과 마찬가지로, 건국 초기 신으로부터 수여 받은 기적적인 능력이었다.

희미한 은빛은 긴 시간 동안 천천히 자작의 팔로 스며들었다. 오른팔의 통증이 완전히 사라질 때까지.

"은총에 감읍합니다, 각하."

자작은 한쪽 무릎을 꿇고 공작에게 예를 갖추었다. 그의 눈에는 벅찬 경외심이 가득했다. 공작은 다시 한번 인자하게 웃더니 대답 없이 스르르 접견실을 나섰다.

"오래 걸리셨습니다."

저택 바깥에서 기다리던 그의 심복이 말했다. 공작은 이마에 흐르는 한 줄기 땀을 닦아 냈다.

"힘이 예전 같지 않군."

찰나의 순간, 미간에 작은 골이 팼다가 다시 사라졌다.

"피곤하신 게지요. 주무시고 나면 회복이 될 겁니다."

"뻔한 거짓말로 내 심기를 거스르는 자들이 어떻게 되는지 모르지 않을 텐데, 게일."

공작이 냉정한 시선으로 제 심복을 바라보았다. 심복은 마른침을 꿀꺽 삼키고 입을 다물었다. 공작은 다시 한번 검지손가락에 힘을 실어 보았다.

옅은 은색의 빛이 잠시 떠올랐다가 사라졌다. 잠을 자면서도 밝은 빛을 유지하던 과거는 확연하게 달랐다.

공작의 얼굴이 사납게 일그러졌다.

"내가 늙었다, 이거군."

그는 신경질적으로 허공에 손을 내저었다.

파벨의 능력은 황실이나 세이든과 달랐다. 황실처럼 갈래가 나뉘어 여러 직계들이 각기 다른 이능을 품는 것이 불가능했다.

그렇다고 세이든 가문처럼 여러 후손들이 잠재력을 품고 시작해, 좋은 스승과 환경 속에서 경쟁하며 강해질 수 있는 구조도 아니었다. 파벨의 능력은 오직 한 명에게만 집중되고, 선천적으로 계승되었다.

공작의 능력이 미약해졌다는 것은, 파벨의 피를 물려받은 다른 이가 '복구'의 힘을 흡수하고 있다는 의미였다.

"고, 공자님들이 계시니 걱정하실 필요가 없습니다, 각하."

"녀석들을 가까이서 지켜보아라, 게일. 그중 어떤 녀석이 나를 계승할지 모르니."

공작이 나직하게 일렀다. 이럴 때를 대비해 자식들의 목을 죄다시피 하며 가까이에서 키웠으나, 막상 힘이 자신의 몸을 빠져나간다고 생각하니 영 반갑지 않았다.

"명 받들겠습니다, 각하."

"벨로아를 데려와라."

"예."

게일은 마차에 오르더니 비늘로 뒤덮인 작고 검은 짐승을 안아 왔다. 날개 달린 도롱뇽을 닮은 짐승은 공작을 보자 반갑다는 듯 혀를 날름거렸다.

"내 힘이 남아 있을 때 아이를 찾아라."

공작이 속삭였다.

"캬악-"

"다시 돌아올 수 없도록, 찾아서 죽여라."

"캬악-"

벨로아는 박쥐와 비슷한 날개를 펼쳐 검은 상공으로 자취를 감추었다.

* * *

내가 보물찾기를 끝내고 포털을 지나 공작저에 도착한 것은 한밤중이었다. 환영 행사는 다음 날로 미뤄졌는지, 저택은 쥐 죽은 듯 고요했다.

나는 곧바로 내 방 오리털 침대로 기어들어 가 폭신한 베개에 머리를 대고 눈을 감았다. 황궁의가 약간의 치료를 해 주긴 했지만, 여기저기 긁힌 데다 지친 몸으로는 손가락 하나 까딱할 수가 없었다.

"이봐."

그렇기에, 눈을 감자마자 귓가에 들려온 목소리가 거슬리는 것은 어쩔 수 없었다.

"……."

"오, 이제 내 말은 듣지도 않나 봐? 야."

천근 같은 눈꺼풀을 겨우 들자, 눈앞에 보이는 것은 익숙한 미역 머리 남자와 새하얀 공간이었다.

"……신?"

"용케 기억하는군."

"왜 또 왔어요?"

비릇없는 말투가 거슬리는지, 신이 입을 삐죽거렸다.

"내가 오는 게 아니야, 네가 나를 찾아오는 거지."

"찾으려고 한 적은 없는데."

"어차피 조금 있으면 사라질 거다. 네 힘이 갈피를 못 잡아서 내가 여기 있는 거니까."

"제가 다른 곳으로 가는 건가요?"

"……내가 알 수는 없단다. 너는 네가 가고 싶은 곳으로 가겠지. 오늘은 그럴 힘이 있으니까."

남자는 조금 떨어진 곳에서 가만히 선 채 나를 보고 작게 미소 지었다.

"오늘은……? 어떨 때 힘이 생기는데요?"

나는 몸을 일으키며 말했다. 잠들기 전까지 나를 괴롭혔던 크고 작은 고통은 이 이상한 공간에서는 느껴지지 않았다.

"신이 모든 것을 가르쳐 줄 수는 없다. 운이 좋다면 깨닫게 되겠지. 많은 것을 보고 난 후에 말이야."

말도 안 해 줄 거면 왜 나타난 거지.

나는 짜증을 참고 다시 한번 물었다.

"뭘 보게 되는데요?"

"무엇이 궁금할까?"

그의 질문에 나는 순간적으로 루시안을 떠올렸다. 그를 궁금해하는 건 나의 습관이었으니까.

며칠 떨어져 있는 사이에 별 탈은 없었는지. 그사이에도 잘 자라고 있었는지. 그리고 항상 머릿속 한구석에 드는 의문.

미래의 그는 어떤 모습으로 자랄까.

"오지 않은 미래는 안 되지만, 지나간 미래는 볼 수 있지."

남자는 빙긋 웃으며 속삭였다. 그 순간, 내 몸은 붕 하고 떠올랐고, 하얀 방과 남자의 모습이 희미하게 사라졌다.

쏴아-

다음으로 눈 앞에 펼쳐진 것은 검푸른 바다, 그리고 그 위에 아찔하게 뻗은 절벽이었다.

"뭐…… 뭐지?"

입을 열어 보았으나 내 목소리가 잘 들리지 않았다. 무심코 아래를 내려다보니 내 몸은 유령이라도 된 듯 투명해져 있었다.

휘청거리는 몸을 겨우 일으키고 고개를 들자, 몇 미터 앞에 두 개의 실루엣이 보였다. 젊은 남녀로 보이는 그들은, 위험하게 바람이 부는 절벽 위에서 허공을 응시하고 있었다.

내 모습은 그들의 눈에 보이지 않는 듯했다.

"……루시안?"

나는 눈을 가늘게 뜨고 남자의 얼굴을 바라보았다. 자세히 보니 그는 완전한 성인이라기보다는 열여섯, 일곱 정도의 소년으로 보였다.

칠흑같이 검은 머리칼, 바다보다 깊고 푸른 눈동자. 선이 선명하고 강해졌지만, 한층 더 짙어진 그 얼굴의 아름다움.

키도, 몸도 훨씬 크고 단단해졌지만, 그는 분명 내가 아는 루시안이었다.

"물러서."

성인 루시안이 옆에 있던 여자에게 말했다. 여자는 루시안의 등 뒤로 물러서는 대신 아예 그와 거리를 벌리며 오른편으로 훌쩍 뛰었다.

여자의 얼굴을 본 순간, 나는 숨이 멎는 것 같았다.

강한 바람에 아무렇게나 휘날리는 긴 금발, 머리칼에 가려 언뜻언뜻 보이는 녹안, 그리고 나와 꼭 닮은, 소녀와 숙녀의 경계쯤에 있는 얼굴.

'어른이 된 나?'

"뒤로 물러서라고 했잖아!"

"그럼 도련님을 공격할 거잖아요! 그냥 빨리 죽게 두라니까요!"

두 사람이 알 수 없는 말을 주고받는 순간, 상공에서 거대한 무언가가 그들을 향해 날아왔다.

"이쪽이야!"

용이라고밖에 할 수 없는 거대한 짐승은, 루시안의 외침에도 불구하고 금발의 여자를 덮치며 발톱을 세웠다.

"캬악-"

용이 괴성을 지르며 여자를 덮치려던 순간, 루시안이 용의 등 뒤에서 번개처럼 달려들어 목덜미에 검을 꽂아 넣었다.

용의 목에서 푸른색의 피가 쏟아져 나오고, 육중한 몸이 지진이 난 것처럼 흔들렸다.

그 바람에 튕겨 나온 루시안이 여자의 몸을 감싸며 굴렀다.

"캭-"

용은 다시 한번 소름 끼치는 울음소리를 내지르더니 날개를 펼쳐 절벽 너머로 사라졌다.

"괜찮아?"

"안 괜찮아요!"

루시안의 물음에 여자가 꽥 소리를 질렀다.

"다쳐서 피가 나잖아요!"

"……내가 괜찮은지 물은 게 아니야. 네가 괜찮은지 물은 거야."

여자는 루시안의 말을 들은 척도 안 하고 제 옷을 찢어 피투성이가 된 그의 어깨에 감았다. 바삐 움직이는 와중에 그녀의 등에도 피가 번지고 있었지만, 루시안은 그 사실을 보지 못한 듯했다.

"용이 계속 찾아와서…… 전 죽을 준비 다 했었거든요?"

"……."

"먹고 싶은 것도 실컷 먹어 놨는데…… 그냥 이렇게 끝나나 보다 했는데……."

"……울고 있어?"

루시안의 말처럼, 여자의 얼굴은 눈물로 범벅이 되어 있었다.

"일부러 아무도 안 다치게 하려고 휴가도 길게 내고 바닷가까지 내려와 있었는데…… 왜 자꾸 근처에 있어요?"

루시안은 대답 대신 어깨를 으쓱했다. 여자는 답답하다는 듯 한숨을 푹푹 쉬었다.

"……너는 왜 계속 쫓기는 거지?"

"도련님은 왜 계속 저를 지켜 주세요?"

"그야……."

루시안은 살짝 고개를 돌려 시선을 피하며 대답했다.

"너를 지키면…… 내가 가치 있는 사람이 되는 것 같아서."

"바보 같아요."

"바……보?"

"이렇게 목숨을 걸지 않는다고 가치 없는 사람이 되는 게 아니니까 그래요."

"……."

"도련님은 충분히 가치 있어요. 그러니까 앞으로는 몸을 아끼……."

여자의 등에 번지던 붉은 얼룩이 걷잡을 수 없이 커졌고, 그녀는 컥, 하는 소리와 함께 기침을 토했다.

"리아넬라!"

'윽…….'

루시안이 그녀를 감싸 안는 순간, 유령처럼 둘의 모습을 지켜보던 나의 등과 가슴에 타는 듯한 고통이 느껴졌다. 마치 내가 저 여자고, 저 여자가 나인 것처럼.

"리아넬라!"

이번에는 그의 목소리가 귓가에서 울렸다. 바람 소리도, 파도 소리도 섞이지 않은 청아하고 또렷한 아이의 목소리였다.

"……루시안 도련님?"

"리아넬라, 악몽을 꿨어?"

조심스레 내 몸을 흔드는 느낌에 나는 다시 눈을 떴다. 넓고도 아늑한 내 침실의 천장이 보였다. 온몸을 조여 오던 고통은 더 이상 느껴지지 않았다.

"다 꿈이야, 리라."

루시안이 허공을 휘젓던 내 손을 꾹 쥐며 말했다. 눈을 크게 뜨고 그를 살피자, 아직 볼살이 말랑말랑한 아이의 얼굴이 눈에 들어왔다.

'꿈?'

꿈이라기에는 내가 보았던 광경이 너무나도 생생했다.

"도련님은…… 왜 여기 계세요?"

"다쳐서 돌아왔다고 해서 약을 가져다주러 왔어."

"아."

나는 그제야 양손을 내려다보았다. 황실에서 나무를 타다가 다친 상처가 아직 다 낫지 않은 상태였다.

"잠들었다고 해서 약을 두고 가려다가 비명 소리가 들리는 것 같아서……."

루시안의 푸른 눈동자가 쉴 새 없이 나를 살폈다. 내가 다쳐 돌아왔다는 소식에 곧바로 달려온 듯, 그는 얇디얇은 잠옷 차림으로 떨고 있었다.

그럼에도 불구하고 그는 나만을 보고 있었다. 선의로 가득 찬 소년의 눈빛은, 꿈에서 봤던 루시안의 눈빛과 똑 닮아 있었다.

포옥-

나는 천천히 팔을 뻗어 루시안을 꼭 껴안았다. 꿈에서 벗어나 밀려오는 안도 때문인지, 아니면 꿈속에서 본 루시안을 향한 걱정이 남아 있어서인지 스스로도 알 수 없었다.

잠시 후, 그의 팔이 나의 등을 마주 감싸는 것이 느껴졌다.

"……리라."

루시안은 나를 껴안은 제 팔에 힘을 주어 내게 매달리듯 안겨 왔다.

꿈속에서, 청년 루시안이 다친 '나'를 감쌌던 것처럼.

* * *

휙-

키르시안이 들고 있던 검을 털고 검집에 꽂았다.

"잠시 몸을 쉬세요, 키르시안 님."

그와 대련하던 알리사가 땀을 닦으며 말했다. 두 사람은 커다란 나무 둥치에 몸을 기대고 앉았다. 키르시안의 눈이 멍하게 허공을 응시했다.

"키르시안 님."

"……."

"왜 집중을 못 하십니까?"

"……오지 않겠지?"

그가 앞도 뒤도 없이 중얼거렸다.

"리아넬라 집사를 말씀하시는 거라면…… 조금 더 기다려 보시죠."

키르시안은 작게 한숨을 쉬고 다시 허공을 바라보았다. 리아넬라가 황궁의 보물찾기에 참여한다는 사실은 알고 있었다.

그러나 큰 기대는 하지 않았다. 매년 하나씩 끼워 넣는 평민, 그 이상도 이하도 아니었다. 그렇게 들어간 소녀가 쟁쟁한 귀족 영애들을 제치고 우승했다는 말은 들어 보지도 못했다. 정보력도, 준비도, 황궁 지리에 대한 익숙함도 너무나 부족할 테니까.

만분의 일의 확률로 우승한들, 그녀가 황제에게 '카누스의 울음'을 달라고 요청할지는 상상할 수 없는 일이었다.

인생 역전의 기회를 눈앞에 두고, 뭐 하러 제 이익 하나 챙기지 않고 키르시안을 돕겠느냔 말인가.

'순간의 충동으로 한 약속이다.'

그는 그렇게 마음을 다스렸다. 그 후로 키르시안과 알리사는 날마다 링클산에 틀어박히다시피 했다. 괜한 소식을 전해 듣고 쓸데없는 기대를 하고 싶지 않았으니까.

그럼에도 불쑥불쑥 그 아이가 생각나는 것은 어쩔 도리가 없었다.

'그 검을 가질 수 있다면, 포기하지 않으시겠어요?'

'……'

'약속해 주세요. 그 검을 쥘 때까지, 알리사와 계속해서 검술을 연습하겠다고. 마음속으로 메이슨을 쓰러뜨리는 상상을 계속하겠다고.'

키르시안은 눈을 꽉 감았다. 사념을 떨치기 위해 머리를 휙 하고 흔들었다.

"알리사, 대련 한 번 더……."

이윽고 다시 눈을 뜬 그는 하던 말도 잊고 멍하게 앞을 바라보았다. 눈앞에 서서 숨을 몰아쉬는 소녀는 알리사가 아니었다.

"헉…… 전에도 물어보고 싶었는데…… 왜 이렇게 깊숙한 곳에서 훈련해요?"

"……리아넬라?"

"이거 들고 올라오는 게 얼마나 힘들었는지 알아요?"

툭.

리아넬라가 들고 있던 무언가를 그의 앞에 내밀었다. 키르시안의 눈이 천천히 위에서 아래로 움직였다.

힘겹게 산을 오르느라 헝클어진 머리에서, 땀으로 범벅이 된 목과 어깨로. 어깨에서 다시 멍투성이가 된 팔과 손으로.

그리고 그 손에 쥐인, 검게 빛나는 장검으로.

"……카누스의 울음."

키르시안이 천천히 검의 이름을 불렀다.

틀림없었다.

자색 사파이어가 박힌 손잡이도, 검집에 음각된 섬세한 문양도, 곧게 뻗은 검의 모양이며 그 크기마저도.

한때 아버지의 것이었던 명검, 지금은 메이슨의 손에 들어간 카누스의 울음과 똑같은 모양이었다.

"맞아요."

리아넬라가 작게 미소 지으며 대답했다.

"쌍둥이의 더 강한 한쪽이에요."

"어떻게, 어떻게……."

그는 떨리는 손으로 검을 받아 들었다.

"말했잖아요. 이 검은 공자의 것이라고."

리아넬라가 다시 한번 숨을 몰아쉬며 대답했다. 키르시안은 저도 모르게 멈추었던 숨을 천천히 내뱉었다. 손에 마력을 흘려 넣자, 검은 주인을 만나 반갑다는 듯 작게 공명했다.

뜨거운 무언가가 가슴속에서 차올랐다. 셀 수 없이 많은 감정들이 그의 안에서 소용돌이쳤다.

검을 빼앗겼던 순간의 분노, 복수를 상상하며 이를 갈았다가 다시 체념하기를 반복했던 수년의 세월, 몰래 울던 어머니를 보며 입술을 짓씹던 고통.

그리고 그 모든 것을 덮을 정도의 벅참.

키르시안은 한쪽 손을 들어 제 눈을 덮었다.

지금 스스로가 어떤 표정을 하고 있을지 상상조차 되지 않았다.

"약속, 지켜 주셔야 해요."

밝은 목소리가 들려왔다.

"기사로서의 자신을 포기하지 말아 주세요."

키르시안은 고개를 끄덕였다.

"루시안 도련님이 그 모습을 보고 배울 수 있게 해 주세요. 좋은 동료이자 친구가 되어 주세요."

그가 다시 한번 고개를 끄덕였다.

"같은 스승을 둘 수 있게 해 주세요."

여전히 손으로 눈을 가린 채, 키르시안의 목이 끄덕끄덕 움직였다.

"……."

"……그게 다냐, 리아넬라 셀레스?"

리아넬라가 더 이상 말을 잇지 않자, 그가 천천히 입을 열었다.

"다른 것이 또 있나요?"

나는 의아한 얼굴로 물었다.

"혹시 돈이라도 주겠다는 의미라면……."

키르시안은 천천히 제 눈을 가렸던 손을 얼굴에서 뗐다. 거세게 흔들리던 깊은 자색 눈동자가 나를 향해 고정되었다.

"카누스의 울음의 가치는, 겨우 그 정도가 아니야."

"그럼요?"

"내 인생만큼이나 의미 있는 검이다, 리아넬라 셀레스. 겨우 루시안의 훈련 동료가 되는 정도로 값을 매기는 건 검과 나에 대한 모욕이다."

"……."

키르시안은 천천히 자리에서 일어나, 들고 있던 검을 검집에서 뽑았다.

쇡-

은빛 검신이 햇빛을 받아 눈부시게 반짝였다.

"그러니 다른 것을 주지."

그는 내 바로 앞까지 다가오더니, 들고 있던 검의 끝부분을 발치에 꽂았다.

"나는 아직 아무것도 아니야. 세이든이라는 성은 이름뿐이고, 출신은 귀족이라지만 물려받은 작위도 없고, 알리사나 너를 제외하면 나를 기사로 인정해 주는 이는 없을 거다."

"……."

"하지만 이런 나라도 괜찮다면……."

내가 말릴 겨를도 없이, 그는 내 앞에서 한쪽 무릎을 꿇었다.

"너의 기사가 되겠다, 리아넬라 셀레스."

나는 눈을 크게 뜨고 그를 바라보았다. 조금 떨어진 곳에서, 알리사가 반쯤 놀라고 반쯤 뿌듯한 표정으로 우리 두 사람을 번갈아 바라보고 있었다. 딱히 제자를 말려 줄 생각은 없어 보였다.

"……공자, 제게는 기사가 필요하지 않아요."

"네가 나를 필요로 하도록 노력하겠다."

그가 숙였던 고개를 들어 나를 마주 보았다.

"내게 희망을 심어 주고, 나아갈 방향이 되어 준 건 너야. 너 외의 주군은 있을 수 없다."

"……."

"너의 뜻이 향하는 곳에 내 검도 향하도록 하겠다. 숨을 거두는 순간까지 너를 지키겠다. 누구도 너를 해하지 못하도록 내 모든 것을 걸겠다."

이것은 서약이었다.

절대로 깨뜨릴 수 없는, 성스러운 기사의 서약.

나는 그의 말을 끊지 못하고 가만히 서 있었다.

"네가 아니었다면 나는 기사로 존재할 희망도 없었을 거야. 책임을 진다고 생각해라."

순식간에 서약을 마쳐 버린 그는, 내가 거절할 타이밍을 놓쳤다는 사실을 안 듯, 눈꼬리를 접으며 웃음을 흘렸다.

원작에서 저 눈웃음으로 여러 여자 울렸다고 했지.

이제는 돌이킬 수 없었다. 진심을 담아 내 앞에서 서약을 하는 귀족 기사님을 뻥 차 버릴 자신감 따위는 내게 없었다.

"……좋아요."

나는 작게 한숨을 내쉬었다.

"제 뜻이 향하는 곳에 검이 향할 거라고 하셨죠?"

"물론."

"그럼 앞으로 삼 개월."

나는 나의 기사가 된 키르시안에게 말했다.

계획에는 없었지만, 차라리 잘됐다 싶었다. 이제 내 말을 거절할 수는 없을 테니까.

"삼 개월 후 황실에서 있을 검술 대회에 참가해 주세요."

키르시안은 그 말의 의미를 곱씹는 것처럼, 몇 초 동안 나를 바라볼 뿐이었다.

"……황실에서 있을 검술 대회라면."

"어린 영애들에게 보물찾기가 있다면, 영식들에게는 검술 대회가 있다고 하죠."

"……."

"출전하세요, 나의 기사님."

나는 빙긋 웃으며 명령했다.

"지난번 대회의 우승자는……."

"메이슨 세이든이었죠. 작년에도, 재작년에도."

귀족 영식을 위한 대회였기에, 황족은 출전하지 않았다. 황태자가 없는 미성년자들의 검술 시합에서 세이든 가문의 직계를 꺾을 자는 없었다.

"카누스의 울음을 들고 출전해서, 메이슨 세이든을 무릎 꿇리세요."

지금까지는.

"……."

키르시안은 한참 동안 나를 응시하다가 천천히 고개를 끄덕였다.

"검술 시합에 출전하겠다."

그가 말했다. 주인의 뜻을 알고 있는 듯, 카누스의 울음이 작게 진동했다.

"내 모든 것을 걸고, 메이슨을 꺾고 우승하겠다."

나는 다시 한번 빙긋 웃으며 그를 향해 손을 내밀었다. 키르시안은 망설이지 않고 나의 손을 맞잡았다.

그렇게, 대륙 최고의 천재 검사와 나의 연대가 완성되었다.

* * *

"하하하, 리아넬라를 위해 건배!"

공작가의 소형 홀 한가운데서, 얼굴이 벌게진 바인즈 집사가 잔을 들며 외쳤다.

"건배!"

모여 있던 사용인들이 커다란 목소리로 그의 선창을 따라 했다.

오페르니아의 분위기는 과거에 비해 훨씬 산뜻해져 있었다. 혈연은 아니지만, 가문의 사용인인 내가 보물찾기에서 우승했다는 사실 덕분에 휘청거리던 가문의 명성이 회복됐다는 사실이 컸다.

내 상처가 다 낫고 제국 전체에 내 이름이 알려질 무렵, 공작 부인은 크게 기뻐하며, 나를 위해 작은 파티를 열어 준 참이었다.

"평민 출신으로 우승하는 건 처음이라며?"

알폰스가 나의 어깨를 두드리며 큰 소리로 말했다.

"그야 평민 출신을 참여시킨 지 얼마 안 됐으니까……."

내가 최대한 겸손하게 대답해 보려 했지만, 초콜릿을 잔뜩 먹고 들뜬 알폰스는 들을 생각이 없는 듯했다.

"뭐 어떠냐? 리아넬라가 최초라는 게 중요하지!"

"전설 속의 마검을 상으로 받았다면서? 팔면 얼마나 받을까?"

입사 동기인 미리엄 아주머니가 들뜬 목소리로 물어 왔다.

"황실에서 받은 건데 예의상 팔아 치우기는 좀……."

"아무튼! 원래도 부자였는데 더 큰 부자가 되었구나!"

"리아넬라는 원래 특별했다고!"

"이봐, 원래 친했던 건 나거든? 안 그러냐, 리라?"

왁자지껄 떠드는 사람들 틈에서, 익숙하게 거슬리는 목소리가 끼어들었다.

"……이래 봬도 내가 리아넬라 집사의 오른팔이라니까."

앨버트가 또래 사용인들을 상대로 턱을 치켜들며 입을 털고 있었다.

"보물찾기를 하러 간다고 해서 내가 딱! 조언을 했지. 여기 여기를 뒤져 보면 좋은 결과가 있을 것 같다, 난 귀족의 핏줄이라 딱 보면……."

"어디 갔나 했더니, 여기서 헛소리를 하고 있었구나."

심드렁한 내 목소리에, 눈을 반짝이며 듣던 아이들이 실망한 표정을 지었다.

"아까부터 개소리를 짖어 대고 있었지."

카밀이 내게만 들리는 목소리로 작게 중얼거렸다. 앨버트는 얼굴을 붉히며 어물어물 입을 다물었다.

"리아넬…… 아니, 집사님."

"담당 구역 청소는 다 하고 온 거야?"

"저, 절반은 했습니다! 기한이 내일까지라고 하셔서 나머지는 내일 오전에 하려고……."

"봐줬다. 내일 열 시까지야."

군기가 바짝 들어간 대답에, 나는 픽 웃으며 어깨를 으쓱했다.

"감사합니다!"

앨버트가 양옆에 서 있던 알렌, 로이와 함께 머리를 구십 도로 숙였다.

그렇게 한참 동안 작은 연회가 계속되던 중이었다.

쿵.

닫혀 있던 홀의 문 쪽에서 묵직한 소리가 들려왔다.

"……뭐지?"

쾅!

누군가 발로 차기라도 한 듯, 홀의 문이 양쪽으로 활짝 열렸다. 홀 안에 있던 모두가 고개를 돌려 소리가 난 방향을 바라보았다.

"도, 도련님!"

"노르만 도련님?"

흑발에 흑안을 가진 소년이, 심술궂은 미소를 띤 채 문 앞에 버티고 서 있었다.

"팔자가 아주 좋네? 주인들은 다 근검절약을 하는데, 사용인들이 감히 사치를 부려?"

그가 홀 안을 쭉 둘러보며 비아냥거렸다. 순식간에 파티장은 쥐 죽은 듯 조용해졌다. 몇몇 사람들이 마른침을 삼키는 소리만 들려올 뿐이었다.

"어쩐 일이세요, 노르만 도련님?"

나는 그에게 다가가 침착하게 예를 갖추었다.

"급한 명을 수행할 인력은 남겨 둔 걸로 아는데, 여기까지 오신 것은 특별한 요청 사항이 있는 걸까요?"

"내가 못 올 곳이라도 온 것 같은 말투로군."

그가 내게 얼굴을 가까이 들이밀며 으르렁거렸다. 근 몇 달 동안 노르만은 기분이 좋지 않았다. 가문의 보석은 공작 부인의 명으로 손도 대지 못했고, 그간 사치한 흔적을 잡히는 바람에 몇 차례 근신령까지 받은 참이었다.

"꼴이 참 같잖구나, 4등 집사."

"……."

"별것도 아닌 계집애들의 대회에서, 별것도 아닌 상품을 받아 온 주제에 말이다."

홀의 분위기가 차갑게 얼어붙었다.

모두가 노르만의 눈치를 보느라 숨을 죽였다.

"그리 생각하실 수도 있겠지요. 황실에 상품이 걸린 행사가 보물찾기만 있는 것은 아니니까요."

나는 침착하게 웃으며 대답했다.

"영애들이 지혜를 겨루는 보물찾기보다, 영식들이 힘을 겨루는 검술 대회를 더 중시하는 분들이 많은 것으로 알고 있습니다."

"알긴 아는구나."

"그럼 노르만 님께서는 검술 대회를 준비하고 계신가요?"

노르만의 얼굴이 순간 딱딱하게 굳었다. 나이로 보나, 신분으로 보나, 그는 분명 검술 대회에 참가해야 했지만, 이는 노르만이 환영할 만한 주제는 아니었다.

"네까짓 게 참견할 일이 아니다. 내 훈련은 내가 알아서 하고 있으니."

"분명 그러실 거라 믿습니다."

나는 밝게 고개를 끄덕였다.

"작년, 재작년에는 예선 탈락을 면치 못하셨으니, 올해에는 좋은 결과가 있겠지요."

"이게……!"

노르만은 발을 탕! 하고 구르더니 내 옷깃을 향해 손을 뻗었다.

"오냐오냐했더니, 사사건건 내게 시비를 걸어?"

나는 몸을 피하기 위해 발끝에 단단하게 힘을 주었다. 내 등 뒤에는 앨버트가 있으니, 잘만 피하면 두 사람이 서로 부딪힐 터였다.

'그 후에는 둘이 알아서 싸우든가 하겠지.'

휙-

그러나 내가 미처 움직이기도 전, 노르만의 발이 먼저 그 자리에 멈추었다.

"뭐, 뭐야!"

무언가에 고정된 듯, 그는 제자리에서 팔을 허우적거릴 뿐이었다.

"어떤 놈이야!"

그는 씩씩거리며 등 뒤를 돌아보았다. 노르만의 옷깃은 과연 누군가의 손에 단단히 잡혀 있었다.

"……그만해, 노르만."

너무나도 익숙한 목소리가 들려왔고, 목소리의 주인을 확인한 노르만의 얼굴이 한층 더 일그러졌다.

"루시안."

그가 이를 드러내며 으르렁거렸다.

"이거 안 놔?"

"응, 안 놓을 거야."

루시안은 손에 힘을 주어 한쪽으로 휙 당겼다. 돌아서려 버둥거리던 노르만이 우스꽝스러운 방향으로 움직이며 휘청거렸다.

"놔!"

"좋아."

노르만이 다시 한번 몸부림치기 직전, 루시안은 먼저 손을 놓아 버렸다.

"으헉!"

억지로 힘을 주었던 노르만은 발을 잘못 디뎌 미끄러지고, 쿵 하는 소리와 함께 땅에 주저앉았다.

"이제 가."

"가, 감히 나를 넘어뜨렸어? 네가 뭔데……."

"넌 이유 없이 나를 몇 번이나 넘어뜨렸는데?"

루시안이 어깨를 으쓱하며 물었다. 억울함을 토해 내는 게 아니었다. 루시안은 애초에 노르만을 그리 중요하게 보고 있지 않았다.

아무런 감정 없이, 그저 노르만의 입을 막기 위한 질문을 하고 있었다. 그것이 노르만을 더욱 화나게 하는 듯했다.

"네, 네가 약해 빠져서 맞고 다니던 걸 이제 와서 나한테……."

"이제 네가 약해 빠졌네."

루시안이 픽 웃으며 대꾸했다.

"어, 어머니에게 말씀드릴 거야!"

"할머니가 특별히 아끼시는 집사를 때리려다가 혼자 넘어졌다고 말하고 싶으면 그렇게 해."

"이 자식이……."

"이르는 게 싫으면 지금 내게 결투를 신청하든가. 난 어느 쪽이든 좋아."

'많이 늘었네, 내 새끼.'

노르만의 벌게진 얼굴을 보며, 나는 속으로 루시안의 화술에 감탄했다.

반박 못 할 옳은 말만 하면서 상대방을 미치게 만드는 화법.

물론 이는 어느 정도의 배경과 자신감이 있어야 가능한 말투였다.

공작 부인의 밀린 사랑을 받는 지금의 루시안에게는, 그 어떤 것도 부족하지 않았다.

"하, 하라면 못 할 줄 알아?"

노르만이 주먹을 꾹 쥔 채 몸을 일으켰다.

"결투하면 뭐, 네가 날 다치게라도 할 수 있어? 할머니가 그건 허용하실 거 같아?"

"안 다치게 조심할게."

루시안은 양손을 뒤로 모은 채 가만히 서서 그의 말을 받았다.

"물론, 네가 지면 저택의 모든 사용인들이 그 모습을 보게 되겠지. 수도까지 알려지는 건 금방일 거고."

"……."

"싫으면 이제 가 버려. 난 리라와 할 말이 있으니까."

노르만은 잠시 루시안을 노려보다가 먼저 시선을 피해 버렸다. 그러고는 신경질적으로 문 쪽에 서 있던 사용인을 밀치고 쿵쾅거리며 복도를 따라 사라졌다.

"괜찮아, 리라?"

"당연하죠, 도련님."

나는 싱긋 웃으며 대답했다. 루시안의 입꼬리도 나를 따라 살짝 올라갔다.

"잠깐 방에서 얘기해도 될까?"

나는 고개를 끄덕이고 그의 손을 잡은 채 홀을 빠져나갔다. 노르만이 자리를 떠난 덕분인지, 등 뒤에서는 끊겼던 대화가 왁자지껄 다시 이어지는 소리가 들려왔다.

"이번 주는 평화롭게 지나갔나요?"

루시안의 방 안으로 들어온 나는 자연스럽게 침대에 걸터앉으며 그의 안부를 물었다.

"흑기사단과 키르시안 님의 합동 훈련에서요."

키르시안과 알리사는 한 달째 연무장에서 루시안의 흑기사단과 함께 검을 연습하고 있었다. 에밀리아 또한 기사단으로 들어간 참이었다.

"……."

루시안의 침묵에서, 나는 그 대답이 부정적이라는 사실을 읽어 냈다.

"또 대련하셨군요."

"다른 녀석들은 키르시안과 붙기를 꺼려 해서 어쩔 수 없었어."

"이번에는 몇 분 버티셨어요?"

"십이 분."

나는 눈을 크게 떴다. 지난번 결투보다 두 배로 늘어난 시간이었다. 두 사람의 나이 차이는 네 살, 검을 잡은 세월만 놓고 생각해도 루시안은 그와 너무 많은 차이가 났다.

그럼에도 불구하고 루시안은 날마다 키르시안을 상대로 검을 휘둘렀다. 몇 번이나 검을 빼앗기고 넘어져도, 다시 일어나서 덤벼들었다.

키르시안도 피하거나 무시하지 않았다. 일부러 몇 마디 시비를 걸어 루시안에게 싸움을 걸기도 했고, 대련 도중에 오러를 사용해 그를 자극하기도 했다.

대련이 끝나고 나면 스승인 알리사가 모두를 상대로 두 사람의 문제점을 하나하나 짚어 주며 훈련을 마무리했다.

"다음번에는 이길 거야."

분한 표정이었지만, 그 안에는 전에 없었던 강한 의욕이 보였다. 알로나 기사단의 다른 소년들을 상대했을 때는 본 적 없는 강인한 눈빛이었다.

나는 조금 전 악력만으로 자신보다 훨씬 큰 노르만을 제압하던 루시안의 모습을 떠올렸다. 급속도로 빨라진 성장이 아마도 키르시안과 알리사의 등장 덕분이라 생각하니 마음 한구석이 뿌듯해졌다.

"그 이야기를 하려던 건 아니야."

루시안이 검술에 대한 생각을 떨치려는 듯 고개를 휙 저었다.

"네게 보여 주고 싶은 게 있어."

그는 방 한쪽 구석을 향해 오른팔을 쭉 뻗었다.

"삐-"

분홍색 털 뭉치 같은 것이 휙 하고 날아올라 그의 팔에 앉았다.

"……블랙차이?"

방 안에 새장을 걸어 둘 곳이 없어서 임시로 루시안에게 맡겨 두었던 마물이었다.

"'블리'라고 부르고 있어."

얼마 전까지만 해도 틈만 나면 새장을 벗어나려고 파닥거리던 녀석은, 루시안의 손가락에 얼굴을 비비며 애교를 부리고 있었다.

"친해졌네요?"

"응, 조금."

루시안은 블리를 가볍게 쓰다듬어 주더니 조심스레 녀석을 내 손바닥 위로 옮겨 주었다.

"잠깐만 기다려."

그는 나와 블리가 눈을 맞추도록 내 손 위치를 조정하더니, 입 속으로 작은 휘파람 소리를 냈다.

"삐-"

그것이 신호라도 된 듯, 블리는 뒤뚱뒤뚱 내 얼굴 가까이 걸어와서 작은 날개를 펼쳤다.

툭-

녀석의 날개가 내 코에 닿은 순간이었다. 직전까지 보였던 하얀 벽, 높은 천장과 샹들리에의 모습이 흐려지고, 눈앞에는 완전히 새로운 풍경이 펼쳐졌다.

처음 보인 것은 끝도 없는 하늘이었다. 마치 내가 날고 있는 듯, 구름들이 내 곁을 휙휙 스쳐 지나갔다.

시선을 아래로 조금 내리자, 푸르른 하늘과 대조되는 드넓은 초원이 보였다.

"이게 대체……."

내가 뭐라고 말하기도 전에, 눈앞의 풍경이 휙 전환되었다.

이번에는 화원이었다. 흐드러지게 핀 붉은색 장미로 가득 찬 화려한 정원이 나를 감싸고 있는 듯한 착각이 들었다.

"눈을 떼지 마."

루시안이 나직하게 속삭였다. 마지막으로 펼쳐진 것은 호수, 그것도 밑바닥이 들여다보이는 청록빛의 맑은 호수였다. 보는 것만으로도 영혼이 정화되는 느낌이었다.

"삐-"

넋을 놓고 감상을 계속하던 나는 문득 보드라운 무언가가 뺨을 톡 하고 건드리는 감촉에 정신을 차렸다.

"……블리?"

녹아내리는 분홍 덩어리처럼 보이는 블리가, 힘이 다 빠졌다는 듯 헥헥 숨을 몰아쉬며 내 손 위에 주저앉아 있었다.

"블랙차이의 능력이야. 자기가 다녀온 곳을 보여 주는 거. 재미있었어?"

루시안이 작게 웃었다.

"설마……."

나는 천천히 그의 얼굴을 마주 보았다.

"도련님, 한 달 사이에 블랙차이를 훈련시킨 거예요?"

"응."

루시안은 뭐가 어렵냐는 듯 고개를 끄덕였다.

"아직 훈련 중이기는 하지만…… 나중에는 더 먼 곳까지 보낼 수 있을 거야."

"책에는…… 책에는 길들이기가 거의 불가능하다고 했는데."

"그래? 아직 어려서 쉬웠나?"

루시안이 고개를 갸웃하며 말했다.

"시간과 노력을 어마어마하게 투자해야 한다고 했는데."

"공부 중간중간에 짬짬이 해도 괜찮던걸. 말을 잘 알아들어."

'상성이 맞는다는 건 이런 거구나.'

나는 속으로 혀를 내둘렀다. 순식간에 마물을 길들인 루시안의 능력은 제국에서 들어 본 적이 없을 정도였다.

원작에서도 그가 거대 마물을 사냥했다는 이야기는 몇 번 나왔지만, 길들여서 데리고 다녔다는 설정은 없었다.

"별거 없었어. 싫어하는 건 안 하고, 잘하면 좋아하는 걸 주고."

그러니까 뭘 좋아하고 뭘 싫어하는지 무슨 수로 파악하냐고.

루시안은 경악한 내 얼굴이 보이지 않는 듯, 휫 하고 휘파람을 불어 블리를 다시 새장 안으로 보냈다.

"조금만 더 나한테 맡겨 줄래? 언젠가는 훈련을 완성할 거야."

그가 내 옆에 앉으며 중얼거렸다.

"세상에 있는 모든 아름다움을 보고 오도록 해서……."

아무런 대답도 하지 않았는데, 루시안의 목소리가 조금씩 작아졌다.

"……네게 그 풍경을 선물할 거야."

루시안이 뭐라고 말을 마쳤으나, 나는 그의 빠른 발전에 감탄하느라 제대로 듣지 못했다.

* * *

루시안은 빤한 시선으로 리아넬라를 바라보았다. 그녀는 미소를 띠고 있었으나, 다시 생각에 잠긴 듯 그와 눈을 마주치지 않았다.

'너는 무엇을 좋아할까.'

그가 속마음으로 질문했다.

'무엇에 흔들릴까.'

블리는 쉬웠다. 눈의 움직임, 날갯짓을 하는 방향, 울음소리와 발 구르는 것만 관찰해도 어렵지 않게 파악할 수 있었다.

어떤 방향으로 접근하면 쉽게 마음을 여는지, 어떤 음식을 어떤 순간에 줘야 명령을 따르게 되는지.

하지만 리아넬라는 달랐다. 하루 종일 생각해 보아도 답은 쉽게 보이지 않았다.

돈을 좋아하는 것 같지만, 거기에 목숨을 걸지는 않았다. 무언가를 얻으면 혼자 갖는 대신 루시안에게 이득이 되는 방향으로 썼다.

황제 앞에서 소원을 빌 기회가 왔는데, 쓰지도 못하는 보검을 달라고 하더니 미련 없이 키르시안에게 줘 버렸다. 그러더니 키르시안과 루시안을 붙여 놓고 뿌듯해했다.

몇 달 사이에 말도 안 되는 것을 해냈으면서도 여전히 만족하지 않았다. 반짝이는 녹안은, 언제나 조금 더 먼 곳을 바라보고 있었으니까.

문득, 리아넬라가 블리를 다시 한번 보기 위해 고개를 휙 돌렸다. 그 바람에 그녀의 한쪽 어깨가 루시안의 목덜미를 스쳤다.

"아야……."

루시안이 순간적으로 작은 신음 소리를 냈다. 옷에 가려져서 잘 보이지 않았지만, 두 사람의 몸이 스친 곳은 낮에 있던 대련으로 상처가 난 곳이었다.

"어?"

리아넬라가 눈을 동그랗게 뜨고 그를 바라보았다.

"다치셨어요?"

그녀는 곧바로 그의 상처를 발견하고 손으로 루시안의 목을 감쌌다.

"다쳤으면 약부터 발랐어야죠! 누가 방치하랬어요?"

"……미안."

리아넬라는 한숨을 푹푹 쉬며 주머니 속에서 약을 꺼내 그의 목에 발라주었다.

루시안은 천천히 리아넬라의 표정을 살폈다. 걱정과 미안함이 섞인 눈빛, 안타깝게 찌푸려진 눈썹, 작게 쉬는 한숨, 집중해서 상처를 보느라 꾹 다물어진 입술.

그 모든 것이, 루시안을 향한 애정과 관심을 나타내고 있었다.

'……그렇구나.'

그는 리아넬라가 보지 못할 정도로 작게 미소 지었다. 한때는 그저 강한 사람이 되면 그녀의 사랑을 받을 거라 생각했지만, 그런 것이 아니었다.

그는 확실하게 알 수 있었다.

'리아넬라, 너는 내 상처에 약해.'

그가 넘어지면 달려와 일으켜 주었고, 그가 눈물을 흘리자 위로하며 볼을 닦아 주었다.

'내가 약해지면 네 마음이 흔들려.'

그것이 리아넬라를 움직이고 멈춰 서게 했다.

'잊지 않을 거야.'

루시안은 겨우 상처를 치료하고 약을 집어넣는 리아넬라를 보며 마음속으로 다짐했다.

'지금도, 앞으로도, 네가 나를 봐줬으면 하니까.'

지금 같은 순간이 계속된다면, 더 많이 다쳐도 아프지 않을 것 같았다.

* * *

3개월 후.

챙-

"와아아아아아!"

또 한 번의 함성이 터졌다. 주인의 손을 빠져나간 검은 허공에서 몇 번을 돌다가 멀리 떨어진 땅에 꽂혔다.

휙-

키르시안은 맨손이 된 상대방의 목에 검날을 가져다 댔다.

"키르시안 세이든! 준준결승 진출!"

심판이 들고 있던 두 개의 깃발 중 하나를 높이 치켜들었다.

관중석 전체가 지진이 난 듯 흔들렸다.

"꺄아아아악! 키르시안 님!"

여성들은 환호하며 꽃을 던졌다.

남성들은 믿을 수 없다는 듯 연신 손으로 제 눈을 비벼댔다. 또래의 영애를 둔 귀족들은 촉을 곤두세우고 키르시안에 대한 정보를 수집하고 있었다.

"하, 또 이겼군!"

"젠장, 믿었던 알렉산더가……."

이번 시합의 승패를 놓고 도박을 벌인 몇몇 귀족들은 서로 돈을 주고받기도 했다.

"대체 저 기사는 어디서 나타났답니까?"

앞선 경기를 보지 못했던 한 부인이 옆 사람에게 물었다.

"저도 처음 보는 소년입니다만…… 은발 자안에 이름이 세이든이니 알 만하지 않소?"

옆자리에 있던 남자 귀족이 대답했다.

"세이든 가문에서 꽁꽁 숨겨 두었던 실력자인 게지! 1회전부터 상처 하나 안 입고 단숨에 준준결승까지 치고 올라오지 않았소?"

"남작은 아무것도 모르는군. 내가 들은 얘기는 다르다오."

반대편에 앉았던 노부인이 끼어들었다.

"예? 저 소년이 세이든 가문의 사람이 아니라는 얘깁니까?"

남작이라 불린 젊은 남자 귀족이 눈을 껌뻑거렸다.

"그게 아니라, 죽은 사일러스 세이든의 자식이라고 하더라니까."

"사일러스 세이든이라면…… 루칸 경의 사촌쯤 되는 자였던가요? 마물 토벌전에서 얻은 병으로 죽은 것이 그자였던가?"

"그래. 바로 그 아들!"

노부인이 박수를 짝 쳤다.

"아비도 일찍 병을 얻지 않았더라면 이름깨나 날렸을 거예요."

"그럼 결국 세이든 가문 사람이 맞지 않습니까?"

"허, 어디 시골에서 왔는데 이렇게 소식을 모르는 건가?"

노부인은 답답하다는 듯 가슴을 퍽퍽 쳤다.

"아비가 죽은 후, 그 모자는 축출당하다시피 가문을 나왔다고요. 오페르니아에 몸을 의탁했다고 하지."

"예? 방계라고는 해도, 가문의 며느리인데요? 그럼 그동안 존재감이 없었던 것도……."

"자세한 건 모르지. 한동안 망나니처럼 지냈다는 말도 있고. 다만 확실한 정보 하나는……."

노부인이 목소리를 낮추자 처음 말을 꺼낸 젊은 부인과 남자 귀족이 동시에 그녀를 향해 몸을 기울였다.

"이번 시합에서 저 청년의 후원자로 서명한 사람은, 세이든 공작이 아닌 오페르니아 공작 부인이라더군."

"예에?"

이야기를 듣던 두 사람의 눈이 휘둥그레졌다. 소속 가문, 그것도 세이든이라는 어마어마한 가문이 있음에도 다른 가문의 대표를 후원자로 두는 경우는 무척이나 드물었다.

제 가문에서 내쳐졌거나, 스스로 제 가문을 버린 경우, 또는 결혼을 통해 다른 가문과 더 가까운 사이가 됐다고 여겨지는 경우 정도였다.

물론 이번 검술 대회는 미성년자들의 대결이었기에 마지막 경우는 불가능했다.

"그럼 키르시안이라는 저 소년은…… 과연 무슨 생각으로 이번 대회에 나온 걸까요?"

남작은 고개를 가로저으며 신비로운 외모의 은발 자안 청년을 바라보았다.

"그 속이야 누구도 알 수 없겠지. 무슨 사연이 있는지, 무슨 한을 품었는지, 마음속에 세이든과 오페르니아 중 뭐가 있는지 말이오."

노부인이 부채로 입을 가리며 호호 웃었다.

"우승이라도 하면 모를까, 탈락하는 자는 제 가문에 영광을 돌릴 기회가 없으니."

"흐음."

남작은 턱수염을 한번 쓸며 고개를 갸웃했다.

"그거라면 어렵겠지요. 메이슨 세이든이 버티고 있으니."

"그렇지, 아무래도 천재 메이슨이 우승할 가능성이 크겠지. 세이든의 직계인 데다 오러 사용자니까."

노부인은 안타깝다는 표정으로 고개를 끄덕였다.

"나이와 경험이 조금만 더 많았다면, 그래서 결승까지 진출할 수 있었다면…… 우린 정말 재미있는 결승전을 봤을 텐데 말이야."

그녀가 혀를 끌끌 차는 사이, 키르시안 세이든은 무감한 표정으로 땀을 닦았다.

"심판."

그가 한쪽 손을 들었다.

"준결승을 바로 시작하고 싶습니다."

"고, 공자, 하지만 준준결승이 끝난 지 오 분도 채 되지 않았습니다."

"알고 있습니다."

"쉬거나 상처를 살필 시간이 필요하지 않으십니까?"

"상처는 없습니다. 쉴 필요도 없습니다."

키르시안은 흐트러진 연무복을 바로잡으며 검을 고쳐 잡았다.

"빨리 결승에 진출하고 싶을 뿐입니다."

그의 시선은 관중석 높이 자리한 의자를 향해 있었다. 정확히는, 그 의자에 앉은 한 소녀를 향해 있었다.

'조금만 더 기다려, 리아넬라.'

반짝이는 녹안과 시선이 마주친 순간 그가 속으로 중얼거렸다.

'기필코 메이슨을 무릎 꿇려, 너와의 약속을 지키겠다.'

세이든도, 오페르니아도 아니었다. 그의 마음 한구석을 차지하고 있는 것은.

황제와 황태자의 옆자리에서, 그를 향해 있는 힘껏 환호하는 작은 소녀였다.

"대단하군."

아르테스 황태자가 순수한 감탄을 뱉었다.

"검에 군더더기가 없어. 정확하고 강해서 거의 예술적이야."

"제가 말했죠?"

기가 펄펄 산 리아넬라가 말했다.

"저런 자가 올라올 줄은 몰랐다."

아르테스가 픽 웃으며 말했다. 리아넬라는 보물찾기 우승자 자격으로 황태자의 에스코트를 받아, 원형의 관중석 가장 상석에서 경기를 지켜보고 있었다.

덕분에 여러 사람의 질투 어린 시선을 받았지만, 1회전이 시작된 후로는 그녀를 신경 쓰는 이는 없었다. 키르시안이라는 천재가 혜성처럼 등장했으니까.

남녀노소를 가리지 않고 그에게 열광했다. 누군가는 갑작스럽게 그와 사랑에 빠졌고, 누군가는 자신과 접점도 없는 키르시안을 향해 이를 갈았다.

'까와 빠를 둘 다 미치게 한다고나 할까.'

상대방은 안중에도 없다는 듯 휘두르지만 정확하고 우아한 검, 그것이 매력적이 외모며 신비한 배경과 딱 맞아떨어졌기에, 그는 모든 이의 관심의 대상이 되었다.

"부황께서는 어떠십니까?"

황태자가 고개를 들어 황제의 얼굴을 살폈다.

"저 나이에 저 정도의 검술을 구사하는 인재는, 세이든 가문에서도 드물지 않겠습니까?"

"……굶주린 호랑이 새끼 같구나."

황제가 키르시안을 응시하며 대답했다.

"확실히, 세이든 공작의 젊은 시절보다 낫군."

"제게는 참가 자격이 없어서 다행입니다. 저자와 메이슨 세이든 중 누굴 만나도 크게 다칠 뻔했습니다."

아르테스는 실력 있는 검사의 등장이 진심으로 반갑다는 듯 말했다.

"너는?"

황제가 갑자기 리아넬라를 향해 고개를 돌렸다.

"예?"

"너는 알고 있었느냐? 저자가 여기까지 올라올 것이란 걸."

그가 툭 내뱉듯이 물었다.

"나로부터 저 검을 받아 가면서 네가 말했다. 검의 새 주인은, 제국에서 가장 뛰어난 기사가 될 거라고."

"……."

"아비가 사일러스 세이든이라고 했던가. 너는 사일러스가 가진 검의 다른 한쪽을 받아서 저 자에게 주었지."

"……."

"하면 이번 시합에 그가 출전한 것도 너의 영향이냐?"

그는 순식간에 리아넬라와 키르시안의 관계를 꿰뚫어 보았다. 예리한 금안을 똑바로 바라보면, 웬만한 자는 거짓을 고하지 못할 것 같다는 생각이 들었다.

"예, 폐하."

그래서 리아넬라는 솔직하게 대답했다.

"일단 참가하면, 키르시안 세이든 공자는 무난히 결승에 진출할 것이라 믿었습니다."

황제의 입꼬리가 미세하게 올라갔다.

"글쎄, 아직 판단하기엔 이르지 않느냐."

그의 시선이 반으로 갈라진 경기장의 다른 한편을 향했다.

"와아아아아!"

그 근방에 앉은 관중들도 만만찮은 함성을 지르고 있었다.

"오러! 메이슨 세이든이 또 오러를 사용한다!"

메이슨의 검이 새하얗게 빛나며 상대를 파고들었고, 상대는 그 기세에 눌려 맥없이 들고 있던 검을 놓쳐 버렸다.

"메이슨 세이든! 결승 진출!"

심판의 우렁찬 목소리와 함께, 관중석에서는 다시 한번 힘찬 박수가 쏟아져 나왔다.

황제가 메이슨을 향해 눈짓하며 말했다.

"검의 정확도만으로 승부하는 건 한계가 있다, 그렇지 않느냐, 아르테스?"

"맞는 말씀이다, 리아넬라."

아르테스가 부드럽게 웃으며 설명해 주었다.

"오러 사용자의 검은 조금 다른 무기라고 생각하면 돼."

"그런가요?"

"지금 준결승에서 키르시안 세이든을 상대하고 있는 카를 보레아스 경은 오러를 사용하는 경지에 거의 가까이 갔어. 봐."

"……."

리아넬라는 아르테스가 손짓하는 방향으로 고개를 돌렸다. 그곳에선 키르시안의 준결승이 한창 계속되고 있었고, 상대편 청년이 예리한 장검으로 그를 압박하고 있었다.

"카누스의 울음을 든 저 검사는 분명 놀랍지만 아마 준결승전의 결과는……."

"어어엇!"

누군가의 외침이 아르테스의 말을 끊었다.

"오러! 오러 사용자가 또 있다!"

"키르시안 세이든이 오러를 사용했어!"

카를 보레아스에게 잠시 밀리는가 싶던 키르시안이 미소 짓는가 싶더니, 조금 전 메이슨이 그랬던 것처럼 검신에 오러를 띄웠다.

"뭐, 뭐야, 이 자식? 아까는 이런 거 못 했잖아?"

카를 보레아스의 낯빛이 창백해졌다.

"네 스승은 가르치지 않던가? 알리사는 가르쳐 줬는데."

주춤거리며 물러서는 그를 향해 뛰어들며 키르시안이 말했다.

"모든 순간에 모든 힘을 다하는 것은 불가능하다고. 힘을 아끼는 것은 중요한 기술이라고."

"그게 무슨…… 지금까지는 힘을 아꼈다는 얘긴가?"

"결승 전에 패를 다 보여 줄 수는 없으니까. 하지만 너를 상대하려면 필요한 것 같군."

키르시안이 싱긋 웃으며 검에 힘을 주었다. 검날이 다시 한번 새하얗게 빛났다.

카를 보레아스가 다시 대여섯 걸음을 물러났다. 맞댄 검날에서 오러의 힘이 느껴졌다.

'뭐야, 모양새만 따라 하는 게 아니잖아.'

"자, 잠깐, 내가 지금 들고나온 검은 아버지가 내게 맡긴 가보야!"

그가 정신없이 검을 피하며 외쳤다.

"시합에서 손상되기라도 하면……."

"결승에 가도 부러질 검이었다."

"나, 난 결승에 가는 게 목적이었단 말이야! 가기만 하면 다시 원래 쓰던 장검을 들 생각으로……."

"가보의 소중함을 모르지 않지만, 나도 사정을 봐줄 여유가 없군."

두 사람의 검이 허공에서 다시 한번 부딪히려는 순간이었다.
"으, 으아앗!"
짧은 순간 백만 가지의 고민을 하던 카를 보레아스는, 결국 제 검을 허공으로 던져 버렸다.
"하, 항복, 항복이다."
그는 선택을 한 것이었다. 가문의 현금을 다 동원해도 회복할 수 없는 손해를 입느니, 제 손으로 경기를 포기하기로.
"키르시안 세이든!"
심판이 다시 한번 우렁차게 외쳤다.
"결승 진출!"
"우와아아아아!"
수천 개의 목소리가 미친 듯이 환호했다.
"세이든 대 세이든의 대결이다!"
"결승이야! 가 보자고!"
"두 오러 사용자의 대결은 처음 봐! 뒷돈을 주고 관람권을 사길 잘했어!"
도저히 끝나지 않을 것 같은 함성 속에서, 가장 높은 자리에 앉은 황제는 한 손에 턱을 괸 채 모든 상황을 관조하고 있었다.
"이것까지는 예상하지 못했구나, 아이야."
나는 아무 대답도 하지 않고 그와 시선을 마주했다.
"네 호랑이는, 의외로 완전히 새끼가 아니었던 모양이야."
"황공합니다, 폐하."
"다음 경기는 어떻게 될 거라 생각하느냐?"
황제가 아르테스에게 물었다.
"맞춰 보아라, 아르테스. 네 말이 맞으면 다음 마물 사냥에 너를 데리고 가도록 하지."
아르테스는 특유의 햇살 같은 웃음을 짓더니 나를 바라보았다.

"리아넬라, 네가 대답해 봐."
"예?"
"방금 키르시안 세이든이 탈락할 거라던 내 추측이 보기 좋게 빗나갔잖아."
"그건 그렇지만……."
"네가 뭐라고 하든, 나는 그쪽에 걸겠어."
호의와 신뢰가 넘치는 눈빛이었다. 동시에 본능적으로 호감과 신뢰가 가는 눈빛이기도 했다.
정을 베푸는 것도, 받는 것도 익숙한 얼굴.
기사들도, 대신들도 당연하게 받들고 따르는 타고난 재목만이 보일 수 있는 태도였다.
"좋다, 그럼 네가 말해 보거라."
황제는 다시 시선을 돌리더니 나를 향해 몸을 기울였다.
"너는 키르시안 세이든이 우승할 거라 믿느냐?"
"……."
"수십, 수백 차례 검증된 메이슨 세이든을 꺾고?"
"폐하, 저는 검술에 대해 아무것도 알지 못합니다."
리아넬라는 공손하게 머리를 숙이며 대답했다.
"메이슨 세이든이 어떤 검술을 구사하는지도 감히 평가할 수 없습니다."
"모른다는 것이구나."
"비슷한 두 사람 가운데 선택하라 하신다면 객관적인 기준으로 판단하겠습니다."
"객관적인 기준이 있느냐?"
"첫째는 상대에 대해 얼마나 파악하고 있는가."
리아넬라는 빙긋 웃으며 황제와 시선을 맞추었다.
"둘째는, 누가 더 강한 검을 들었는가."
황제가 흥미롭다는 듯 미세하게 입꼬리를 올렸다.

"그렇기에, 제 답은 정해졌습니다."

그녀는 경기장의 양쪽 끝에서 서로를 마주 보는 두 사람을 번갈아 보았다. 빛나는 녹안이 경기장 동쪽에 반듯하게 서서 그녀를 보는 소년을 향했다.

"키르시안 세이든, 그것이 올해 우승자의 이름입니다.".

"……."

황제의 자리로부터 조금 아래에 위치한 귀빈석에서, 세이든 공작은 커다란 고목처럼 움직이지 않고 있었다.

그를 둘러싸고 앉은 귀족들이 하나둘씩 공작에게 말을 붙였다.

"정말 대단합니다! 역시 세이든 가문이군요!"

"세이든 성을 가진 두 사람이 결승에서 맞붙는 것은 오십 년 만에 처음 있는 일 아닙니까?"

"불세출의 천재인 메이슨 세이든 공자의 위명은 들었소만, 그만한 인재가 한 명 더 있는 줄은 몰랐습니다."

"저 청년의 아버지는 공의 조카였다지요. 왜 그간 키르시안 세이든을 꽁꽁 숨기셨습니까? 혹시 정혼자는 있습니까?"

"어린 나이에 도박이며 여자에 빠졌다는 소문을 들었었는데……. 지금 보니 완전히 헛소문이었군!"

공작은 단단히 팔짱을 낀 채 아무런 대답도 하지 않았다. 날카로운 눈매 위에 자리한 짙은 눈썹만 미세하게 꿈틀거릴 뿐이었다.

"으흠."

그 옆에 자리한 세이든 가문의 장자, 루칸 세이든이 불편한 듯 헛기침을 했다.

"저희 가문에서는 흔한 재능입니다. 너무 호들갑 떨 일은 아니지요."

"그래요?"

공작에게 말을 걸던 자들이 루칸의 말에 시선을 돌렸다.

"하지만 조금 전에 분명히 오러를……."

"잔재주를 부렸을 뿐이지요."
루칸이 딱 잘라 대답했다.
"기본에 충실하지 않으니 오히려 쓸데없는 데 집중하는 것 아니겠습니까? 반면 메이슨의 아우들, 그리고 제 다른 조카들은 지금 이 시간에도 연무장에서 기본기를 익히고 있습니다."
"그, 그렇습니까?"
가까이에 앉았던 귀족이 불편한 그의 심경을 읽은 듯 어색하게 웃었다.
"아, 뭐, 물론 루칸 경의 아들들, 그것도 장자인 메이슨 공자와 비할 바는 못 되겠지요."
"저, 저도 그렇게 생각했습니다. 비밀이긴 하지만, 사실 메이슨 공자가 이긴다는 데 돈을 조금 걸었지요."
"결승에 온 거야 대단하지만, 두 살부터 검을 잡은 메이슨 공자만은 못하겠지요."
그들은 루칸의 눈치를 살피며 슬슬 태도를 바꾸었다.
루칸은 다시 한번 흠, 하고 헛기침을 하더니 이글거리는 눈으로 경기장에 선 제 아들을 노려보았다.
'이겨라, 메이슨.'
꽉 쥔 주먹에서 약간의 땀이 나는 것 같았다.
'네 조부 앞에서 실수가 있어서는 안 될 것이야.'
시끌벅적한 대화 속에서, 세이든 공작은 여전히 눈 한번 깜빡이지 않고 경기장의 두 사람만을 응시하고 있었다.
"양측 준비!"
심판이 두 개의 깃발을 높이 치켜들었다. 두 소년은 똑같이 생긴 두 개의 검을 동시에 뽑아 서로에게 겨누었다.
"결승 시작!"
심판이 깃발을 흔든 순간, 두 소년은 누가 먼저랄 것도 없이 서로에게 죽일 것처럼 달려들었다.

* * *

채애앵-

두 개의 검날 사이에 불꽃이 튀었다.

휘익- 챙-

두 사람은 쉴 새 없이 서로의 약점을 향해 파고들고 부딪히고 다시 빠지기를 반복했다.

'젠장.'

메이슨이 입 속으로 욕설을 지껄였다. 처음 검을 부딪친 순간, 경기를 끝내 버리고자 온 힘을 실었건만, 키르시안은 그럴 줄 알았다는 듯 간발의 차이로 그의 공격을 피했다.

'정신 차릴 틈을 주지 않겠다.'

메이슨은 번개 같은 속도로 눈앞의 형체를 베고 찔렀다. 그러나 키르시안의 몸은 매번 아슬아슬하게 그의 검을 비껴가며 움직였다.

"내 검을 꽤 연구했나 보구나."

잠시 서로에게서 떨어져 숨을 고르는 사이, 그가 비릿한 웃음을 띠고 키르시안을 자극했다.

'기술이 비등하다면, 심리전을 지배하는 자가 이기겠지.'

"하긴, 넌 원래 쥐새끼 같고 음침한 자식이었지."

"……."

"비밀리에 훈련을 계속한 걸 보면 억울했나 보지? 네 아비의 검을 내게 빼앗기고 말이야."

메이슨은 일부러 검신을 키르시안의 눈앞에 들이대며 말했다.

"오랜만에 내 앞에 무릎을 꿇고 머리를 조아리는 경험을 다시 하게 해 주마."

"……."

'뭐야?'

메이슨은 얼굴을 찌푸렸다. 예상보다 키르시안이 너무나도 평온해 보인 까닭이었다.

슥-

키르시안은 대답 대신 한 발 앞으로 다가서며 메이슨의 검을 옆으로 쳐냈다. 그리고 빈틈을 노린 듯 그의 얼굴을 향해 팔을 뻗었다.

"기, 기습이냐!"

그러나 그의 팔은 메이슨의 얼굴에 닿기 전 척 하고 멈추었다.

"……뭐?"

물러서던 메이슨의 눈이 동그래졌다. 키르시안의 손은 주먹을 쥐고 있지 않았다. 주먹과 비슷했지만, 중지를 펼친 모양이었다. 즉, 키르시안은 시합 도중 메이슨의 코앞에 가운뎃손가락을 세운 것이었다.

"지, 지금 보셨습니까?"

"살기가 등등했는데, 중지를 세우는 여유는 뭐죠?"

"크핫! 시합 도중 상대를 조롱하다니, 처음 보는 전술입니다!"

관중석이 요란하게 들썩였다. 몇몇 사람들은 품위가 없다며 혀를 찼지만, 웃음을 터뜨리며 키르시안에게 박수를 보내는 이들도 적지 않았다.

메이슨의 콧구멍이 순간 벌렁거렸고, 입술이 분노로 부르르 떨렸다.

"쫄았구나. 약도 올랐고."

"뭐야?"

"심리전에서 말리면 못 이긴다고 네 아버지가 안 가르쳐 주던?"

키르시안이 피식 웃더니 뻗었던 주먹을 거두었다. 동시에 오른발을 뻗어 메이슨의 정강이를 두 번 걷어찼다.

빡- 빠악-

"으윽!"

메이슨이 비틀거리며 몇 걸음 물러섰다.
“……어디서 같잖은 수작질만 배워 왔구나.”
그가 이를 으득 갈며 중얼거렸다.
“그 수작질에 당하는 네가 한심한 거다.”
“이 자식이!”
메이슨이 검을 높이 치켜들었다. 새하얀 오러의 빛이 검날을 둘러쌌다.
“주제를 가르쳐 줄 테니, 계속해서 쥐새끼처럼 살아. 음지에서 말이야.”
“글쎄, 이미 너보다 인기가 많은 몸이 돼 버려서 말이지.”
“에잇!”
오러를 두른 두 사람의 검이 거세게 부딪혔다. 비슷한 듯 다른 두 쌍의 자안이 서로를 노려보았다.
“신기하나, 메이슨.”
“무슨 헛소리야?”
“네가 작아 보여.”
키르시안이 씩 웃었다.
“……지금 든 검까지 빼앗겨야 정신을 차릴까?”
메이슨이 억지로 입꼬리를 비틀어 올리며 말했다.
“아버지의 검을 돌려달라며 엉엉 울던 자식이, 좀 컸다고 맞먹으려 들어?”
“이제는 필요하지 않아.”
“……뭐?”
“네가 든 그 검, 내 아버지의 검, 이제는 조금도 미련이 없거든.”
메이슨의 얼굴이 당혹스러움으로 물들었다.
“더 의미가 깊은 검이 생겼으니까.”
“나를 꺾겠다고 이를 갈고 시합에 참가한 주제에 건방 떨지 마!”
챙-
메이슨이 힘겹게 키르시안의 검을 쳐내며 외쳤다. 키르시안은 그럴 줄 알았다는 듯 여유롭게 비켜섰다.

"그래, 나는 너를 꺾기 위해 시합에 참가했지. 상상 속에서 너를 백 번, 천 번 쓰러뜨렸다."

무언가 떠오른 듯, 그의 목소리가 순간 싸늘해졌다. 메이슨은 등골이 서늘했다. 또래와 검을 맞대면서 느껴 본 적 없는 위압감이었다.

"약속했거든. 나 자신과도, 그리고 그 아이와도."

"뭐……?"

"너를 내 앞에 무릎 꿇리겠다고. 그 모습을 꼭 보여 주겠다고 말이야."

쉬이이익-

묵직하게 버티고만 있던 키르시안의 검이 순식간에 두 사람 사이에 있던 허공을 갈랐다.

"헉!"

쉬이익- 챙-

한번 속도가 붙은 검은 엄청난 속도로 메이슨을 몰아붙였다. 예상치 못한 공격 패턴에, 어느새 그는 경기장 가장자리까지 물러나고 말았다.

채앵-

메이슨은 젖 먹던 힘까지 동원해 키르시안의 검을 멈춰 세웠다. 꽉 깨문 이는 부러질 것처럼 떨렸다.

"……오러 사용이 더 익숙한 건 내 쪽이다."

메이슨이 이 사이로 으르렁거렸다.

"너는 나를 이길 수 없어!"

"네 말처럼 난 오러 사용을 터득한 지 얼마 안 됐어."

키르시안이 낮게 그의 말을 받아쳤다. 그 또한 온몸의 힘을 다 실었는지 양팔이 떨리고 있었다.

"하지만 붙어 보니 알겠다. 그거 별로 의미 없네. 네가 하는 거 나도 다 할 수 있는 것 같거든."

"뭐?"

"맞혀 볼래, 메이슨? 쌍둥이 검이 비슷한 조건에서 맞붙으면."

"……."

"어느 쪽이 부러질까?"

키르시안의 말이 끝나기가 무섭게, 날카로운 파열음이 경기장을 울렸다.

채애애앵-

단단한 강철이 부러지는 소리였다.

챙-

부러진 검 끝이 공중에서 휘리릭 돌더니 몇 미터 떨어진 곳에 푹 하고 꽂혔다.

"허억!"

메이슨의 얼굴이 귀신이라도 본 듯 하얗게 질렸고, 그는 본능적으로 다음 공격을 피하기 위해 몸을 돌렸다. 그러나 때는 늦어 있었다.

뻐억-

키르시안의 오른발이, 돌아서는 그의 등에 정확하게 꽂혔기 때문에.

"우웁!"

메이슨은 일 미터쯤 날아가 앞으로 쓰러지더니, 무릎을 꿇은 상태로 경기장 바닥에 얼굴을 박았다. 고통과 수치스러움으로 당황한 그가 다시 고개를 들려던 순간, 뒷목에 서늘하고 날카로운 금속이 닿았다.

"죽기 싫으면 고개 들지 마."

키르시안이 차갑게 조언했다.

"부러진 검이라도 네놈이 손에 쥐고 있으니, 시합이 완전히 끝나려면 이대로 오 초 있어야 되거든."

"우우웁……."

"사, 삼……."

메이슨이 흙을 한 움큼 입에 문 채 양팔을 허우적거리는 사이 심판이 큰 소리로 숫자를 셌다.

"이…… 일. 경기 끝!"

우렁찬 나팔 소리가 다시 한번 울려 퍼졌다.

"우승자는 키르시안 세이든입니다!"

키르시안은 천천히 메이슨의 목에서 검을 치우고, 여전히 고개를 땅에 처박고 있는 메이슨을 발로 툭 밀었다.

동시에 관중석에서 엄청난 함성이 터져 나왔다.

"와아아아아아아!"

"이변! 이변이다!"

"미친 시합이야! 새로운 우승자가 탄생하다니!"

"크으으으! 천재 검사 메이슨 세이든이 처절하게 당할 줄이야!"

"숱한 검술 시합을 봐 왔어도, 이렇게 처음 등장해서 화려하게 다 쓸어버리는 검사는 처음 봤지 뭐요!"

여인들이 하나둘씩 들고 있던 장미꽃을 던졌다. 가지각색의 꽃잎이 비가 되어 내리는 경기장에서, 키르시안은 조용히 고개를 들어 한 소녀를 찾았다.

'해냈구나.'

그가 입 속으로 중얼거렸다.

'이 모든 걸 네가 해낸 거야.'

수천, 수만 명의 사람들 틈에서, 있는 힘껏 그를 응원하는 그녀의 모습이 보였다.

'나의 주군, 리아넬라 셀레스.'

* * *

"키르시안 세이든."

그의 이름이 다시 불린 것은, 함성이 잦아들고, 경기장이 정리되고, 메이슨이 다른 기사들에게 질질 끌려 경기장 밖으로 치워진 후였다.

"앞으로 나오라."

키르시안은 천천히 계단을 올라 황제가 앉은 최상석의 앞으로 가 머리를 숙였다.

"키르시안 세이든, 제국의 태양을 뵙습니다."

"훌륭한 시합이었다. 기대를 넘어서는 역량이구나."

황제가 더 가까이 오도록 손짓하며 말했다.

"그대와 같은 인재가 있으니 제국의 미래가 밝은 듯해 나 또한 즐겁군."

"황송합니다, 폐하."

키르시안이 공손하게 머리를 숙이며 대답했다.

"첫 출진이라고 하더구나. 내가 지금 어떤 상을 내리려 하는지 아느냐."

"그것은……."

황제는 대답을 기다리지 않고 시종들에게 손짓했다. 여러 명의 시종들이 각각 무언가를 들고 오더니 황제 앞에 머리를 조아렸다.

황제는 물건들 중 긴 검을 받아 들고 자리에서 일어섰다.

"무릎을 꿇어라. 지금 당장, 황제의 이름으로 그대를 기사로 임명할 것이니."

"……!"

키르시안을 목울대가 크게 움직였다.

황제가 직접 임명한 기사.

검을 잡은 이로서 누릴 수 있는 최고의 영예였다. 정식 서임을 받는 것도 큰일이었지만, 키르시안은 그냥 기사가 아닌 '황제의 기사'라 불리게 되는 것이었다.

"키르시안 세이든, 그대는 그 어떤 순간에도 제국과 주군의 명예와 안위를 위해 몸과 마음을 바칠 것을 맹세하는가?"

"……죽는 순간까지 그리하겠습니다."

황제는 검신을 가로로 눕혀 키르시안의 양쪽 어깨를 가볍게 건드리며 그의 새로운 신분을 선언했다.

"기사 키르시안 세이든, 제국의 영광이 될지니. 고개를 들라."

"……."

"그대가 받을 포상은 세 가지. 하나는 그대가 직접 걸칠 망토다."

시종 한 명이 부드러운 자색 벨벳 망토를 그에게 둘러주었다.

"두 번째는 마력으로 피웠기에 지지 않는 장미. 그대가 원하는 여인에게 주어라."

두 번째 시종이 새빨간 장미 한 송이를 벨벳 쿠션에 바쳐 올렸다.

"세 번째는 황금으로 된 우승컵. 이는 그대의 가문에 전시되어 오늘의 영광을 기릴 것이다."

키르시안은 꽃과 트로피를 천천히 받아 들고 자리에서 일어났다.

꿀꺽.

관중석에서 누군가가 침을 삼키는 소리가 들리는 것 같았다.

모든 시선이 그의 동작을 주목하고 있었다. 그가 장미와 트로피를 지정된 상대에게 전달하는 것을 기다리는 시선이었다.

"……."

쥐 죽은 듯 고요해진 관중석 가운데에서, 세이든 공작이 천천히 팔짱을 풀었다.

"……아버님."

루칸이 깨물었던 입술을 겨우 열었다. 시합이 끝난 순간부터, 그의 얼굴은 한껏 구겨져 있었다.

"죄송합니……."

"사일러스의 아들이었지, 저 아이가 말이다."

"……."

"돌아가거든, 저 아이를 다시 데려올 준비부터 하거라."

"예?"

"아니, 아예 함께 돌아가는 게 좋겠구나."

"아버님, 아직 메이슨의 상처도……."

"황제 폐하께서 직접 기사 작위를 내리셨다. 메이슨은 작년, 재작년에 우승을 했어도 그런 영예를 받지는 못했지. 폐하께서 저 아이를 무척 특별하게 보신 것이 아니냐."

"그것은 사실입니다마는……."

"세이든 가문의 영광이다. 잘된 일이야."

"아버님, 메이슨이 다쳤습니다."

"그래, 저 아이가 무려 메이슨에게 부상을 입히고 폐하의 칭찬을 받은 것이 아니냐."

시합이 시작된 후 단 한 번도 감정을 드러내지 않았던 공작이 보일 듯 말 듯 입꼬리를 올렸다.

"오래 준비한 모양이구나. 우리 가문에 당당히 돌아오기 위해 모든 것을 바쳤던 게야. 실로 엄청난 근성이다. 지금 세이든 가문에 저만한 아이가 있느냐?"

그는 호박이 넝쿨째 굴러왔다는 듯 흡족한 얼굴로 키르시안을 바라보았다.

"……."

"너도, 네 아내도, 당장 얼굴을 펴지 못하겠느냐, 루칸."

순간적으로 미간을 찌푸리던 루칸에게 공작이 경고했다. 루칸의 옆에 앉아 있던 그의 후처, 팔라에나가 흠칫 떨며 자세를 바로 했다.

"약혼자가 없는 아이다. 그렇다면 장미는 세이든 가문의 여인인 팔라에나에게 바쳐야 할 터. 그것이 우리 가문의 새로운 인재가 정식으로 탄생하는 순간인 것이다."

짙디짙어 거의 푸르른 자안이 번쩍 빛났다.

“가문의 품위와 위엄을 모두에게 보여 줘야 할 순간이다. 네 아들의 자잘한 부상 따위는 잊어라. 그리고 돌아가면 당장 키르시안의 방을 준비해 주어라.”

“예, 아버님.”

팔라에나가 입술을 깨물며 고개를 끄덕였다. 세 사람이 동시에 키르시안을 향해 몸을 기울였다.

‘그래, 네놈이 이겼구나. 이것이 네놈의 복수였던 거야.’

루칸이 속으로 이를 갈았다.

‘가문에서 입지를 단단히 했다 이거지. 일단은 가문으로 받아 주되, 다음에는…….’

그가 속으로 중얼거리는 사이, 장미를 든 키르시안의 시선이 누군가에게 멎었다.

“……?”

세 사람이 동시에 눈을 동그랗게 떴다.

“제게 승리를 가져다준 여인에게, 장미를 바칩니다.”

키르시안은 팔라에나를 보고 있지 않았다. 아니, 그는 세이든 가문의 좌석 근처에도 와 있지 않았다. 그는 거의 걸음을 떼지 않은 채, 황제의 옆옆자리를 향해 손을 내밀고 있었다.

“……저 주시는 건가요?”

그의 시선이 향한 곳에 서 있던 소녀가 어색하게 꽃을 받아 들었다.

“나의 승리는 그대의 덕분입니다, 리아넬라 셀레스 양.”

키르시안이 리아넬라의 손등에 입을 맞추며 말했다.

“앞으로도 나의 여신이 되어 주시길.”

술렁거리는 소리가 관중석을 휩쓸었다. 리아넬라를 바라보는 귀족 소녀들의 얼굴에는 부러움과 질투가 가득했다. 몇몇 소녀들은 그런 리아넬라가 어떻게 생겼는지 다시 한번 보기 위해 고개를 길게 뽑기도 했다.

모든 이들이 그녀가 귀족 신분이 아님을 알았기에, 이곳저곳에서 경악한 표정이 보였다. 그러거나 말거나 키르시안은 리아넬라와 눈을 맞추며 싱긋 웃을 뿐이었다.

"이게 무슨……."

세이든 공작이 낮게 중얼거렸다. 오늘 처음으로, 그는 언짢은 심기를 드러내고 있었다. 팔라에나도 주먹을 꽉 말아 쥔 채 부들부들 떨고 있었다.

"저, 저 녀석이 감히 팔라에나를 두고……."

루칸이 붉어진 얼굴로 씩씩거렸다.

"누구에게 예의를 돌리는 것이 경우에 맞는지 모르는 걸 보니, 역시 그 어미가 교육을 제대로 시키지 않은 모양입니다."

"……."

공작이 제 수염을 지그시 잡아당겼다. 언짢을 때 나오는 습관이었다.

"……그래. 겨우 꽃 한 송이에 무슨 의미가 있겠느냐."

그가 이를 꽉 깨물며 중얼거렸다.

"저 트로피가 세이든 가문의 홀에 장식되는 것이 중요하지."

리아넬라에게 장미를 건넨 후, 키르시안은 다시 황금 트로피를 들어 올렸다. 세이든 공작은 근엄한 표정을 유지하며 수염을 쓰다듬었다.

"폐하의 명을 받아, 저를 있게 한 가문에 우승 트로피를 바치겠습니다."

그는 조금의 망설임도 없이 세이든 공작의 자리로 뚜벅뚜벅 다가왔다.

"으흠!"

공작이 위엄을 갖추고 손을 내미려던 순간이었다.

슥

키르시안은 그에게 눈길도 주지 않고 세이든 가문을 스쳐 지나갔다.

"……뭐?"

세이든 공작이 눈을 부릅떴다. 루칸도 놀라 눈을 끔뻑거렸다.

"저 녀석 눈이 멀었나? 길을 잘못 든 것 아닌가?"

그러나 키르시안은 돌아보지 않았다. 조금 전 장미를 전달했던 때와 같이, 그의 시선은 한 곳을 향해 고정되어 있었다.

"바칩니다."

이윽고 목적지에 도착한 그가 한쪽 무릎을 꿇고 누군가에게 트로피를 바쳐 올렸다.

"세이든 공자."

"오페르니아가 아니었다면, 저는 감히 사람들 앞에서 검을 잡을 생각을 하지 못했을 겁니다."

인자한 얼굴로 키르시안을 내려다보는 것은 오페르니아 공작 부인이었다.

"갈 곳 없던 저와 어머니를 거두어 주신 것은 오페르니아 공작 부인이십니다."

"……."

"다시 사람들 앞에서 검을 잡을 수 있도록 해 준 이 또한 오페르니아의 사용인입니다."

"그것은 사실이지만……."

"연무장에서 저와 검을 맞대며, 저를 자극해 한 발 더 성장시킨 저의 동료 또한 오페르니아의 이름을 가졌습니다."

그의 시선이 공작 부인의 옆자리에 앉아 있던 루시안을 향했다. 루시안은 지그시 그를 바라볼 뿐 아무런 대답도 하지 않았다.

"그러니 다시 말씀드립니다. 이 우승컵이, 오페르니아의 회랑을 장식할 수 있도록 허락해 주십시오. 그리고……."

그가 공작 부인을 향해 고개를 숙이며 말을 맺었다.

"저, 키르시안 세이든과 어머니가 오페르니아로부터 입은 은혜를 앞으로 갚아 나갈 수 있도록 해 주십시오."

헉, 하는 소리가 관중석 여기저기서 터져 나왔다.

"세이든이 아니라 오페르니아라고……?"

"오페르니아에 몸을 의탁했다는 말은 들었었는데…… 당연히 가문으로 돌아가려는 거 아니었나? 다른 곳도 아닌 세이든인데."

"오페르니아 가문에 검술 트로피라…… 몇십 년만의 일인가? 장남이 죽은 후로 검술로는 도통 두각을 못 드러냈었는데."

"오페르니아 공작 부인 입장에서는 호박이 넝쿨째 굴러온 셈이로구먼."

관중석 여기저기에서 수군거리는 소리가 들려왔다.

"일어나거라, 키르시안."

잠시 침묵하던 공작 부인이 입을 열었다.

"너는 내 친정 조카의 아들이 아니냐. 그렇게 예를 차릴 필요가 없다."

"……."

"너와 루아나를 가까이 두기로 한 것은 은혜를 갚으라는 의미가 아니었다. 내 기쁨이었지."

그녀는 키르시안이 내민 트로피를 소중하게 받아 들었다.

"이렇게 훌륭한 선물을 받을 줄은 생각도 못 했구나."

"……."

"앞으로도 계속 오페르니아에 머물러 다오."

"예, 공작 부인."

"그리고 여기 있는 루시안의 좋은 선배가 되어 다오."

"그리하겠습니다."

"그럼 함께 집으로 돌아가자."

"……."

"돌아가서, 루아나에게 네 활약을 이야기해 주자꾸나."

키르시안은 다시 한번 고개를 숙이고는 공작 부인의 손을 잡았다.

"돌아가겠습니다…… 집으로요."

두 사람이 동시에 작게 미소 지었다.

"이거…… 좀 감동적이지 않나?"

관중석이 다시 한번 술렁였다.

"감동은 모르겠고 재미있는데? 세이든의 이름을 가진 새로운 천재가, 오페르니아를 가족이라 부른다니."

"그리고 아까 들었어? 자기 실력을 한 발 더 성장시켜 준 라이벌이 루시안 오페르니아 공자래."

"어려서 대회에는 참가를 못 한 모양인데…… 예선에서 탈락한 노르만 오페르니아와는 다른가 보지? 혹시 저쪽도 천재가?"

"돈만 많지, 인물은 없는 줄 알았더니……. 가문에 희망이 있는 모양이야."

몇몇 이들은 키르시안의 말을 듣고 루시안에게 주목하고 있었다. 공식 석상에 얼굴을 잘 비추지 않았던 그를 제대로 보기 위해 눈을 비비는 이들도 많았다.

루시안은 그들의 말을 한 귀로 흘리며 다시 눈을 위로 들었다.

'리아넬라.'

그가 속으로 중얼거렸다.

'너는 이번에도 약속을 지켜 주었구나.'

키르시안은 가장 영광스러운 자리에서, 공식적으로 루시안과의 연대를 선언했다. 루시안이나 오페르니아를 적대하는 이 앞에서 참지 않겠다는 맹세나 다름없었다.

이 모든 것의 뒤에는 리아넬라의 주문이 있었을 터. 그녀는 정말로, 모든 이에게 필요한 것을 가져다주었다.

키르시안에게는 승리를.

오페르니아에게는 영광을.

그리고 루시안에게는, 그녀가 약속했던 최고의 기사를.

그렇게, 루시안은 아버지의 죽음 후로 가져 본 적 없는 입지를 다졌다.

'너를 보면, 나는 마음이 급해져.'

기뻐하며 박수를 치던 그녀가 갑자기 루시안이 있는 방향으로 고개를 돌렸다.

에메랄드 같은 녹안이 그를 향해 예쁘게 반짝였다. 루시안은 순간적으로 그 모습이 눈부시다고 생각했다.

'빨리 너와 어울리는 사람으로 자라고 싶어져.'

"……이런 미련한."

쉬지 않고 떠드는 이들을 멀리서 지켜보며, 수염을 잡아당기는 이가 있었다.

"아, 아버지, 고정하십시오."

"고정하라는 말이 나오느냐?"

세이든 공작이 제 아들을 향해 조소했다.

"나는 내 손안에 있던 인재를 잃는 것을 가장 싫어한다."

"아버지……."

"저택으로 돌아가는 즉시, 키르시안과 루아나가 가문을 나간 경위를 조사할 것이다."

루칸의 얼굴이 새파랗게 질렸다.

"단순히 오페르니아가 편하다는 판단으로 나간 거라면 무슨 수를 쓰든 다시 데려올 것이다. 그러나……."

그가 날카로운 눈으로 아들을 바라보았다.

"만약 가문 내부의 누군가가 의도적으로 두 사람에게 불편을 초래했던 거라면…… 나는 가만있지 않을 것이야."

"……예, 아버지."

뼛속까지 얼릴 듯 차가운 세이든 공작의 말에, 루칸이 절로 고개를 숙였다.

한 줄기 식은땀이 그의 목을 타고 흘렀다.

* * *

"…… 어떻게 해낸 거지?"

아르테스가 나를 향해 물었다. 나는 의아한 표정으로 그를 바라보았다.

"무엇을요?"

"모든 것을."

그가 내 눈을 들여다보며 빙긋 웃었다.

"이제 알겠어. 너는 단순히 우승자를 맞춘 게 아니야."

"……."

"우승자를 만들어 낸 거야."

그가 틀림없다는 듯 말했다.

"보물찾기에 참가하던 순간부터 카누스의 울음을 키르시안 세이든에게 주려 했던 거지?"

"…… 제가 무슨 수로 우승자를 만들어 내겠어요."

나는 웃으며 그를 향해 대답했다.

"저는 그저, 아주 특별한 사람을 우연히 발견했고, 그 사람을 있어야 할 자리에 세워 주려고 노력했을 뿐이랍니다."

"있어야 할 자리라……."

그는 내 대답이 재미있다는 듯 다시 한번 피식 웃었다. 보는 이를 편안하게 만드는 따뜻한 웃음이었다.

"너는?"

"네?"

"네가 있어야 할 자리는 어디라고 생각하지?"

아르테스의 질문 때문인지, 앞을 보고 있던 황제가 우리 두 사람을 향해 고개를 돌렸다. 내 대답이 궁금하다는 듯한 얼굴이었다.

"……모르겠어요, 전하."

나는 솔직하게 대답했다.

"누구도 제게 그런 질문을 한 적이 없어요."

사실이었다.

노예로 팔렸다가, 오페르니아의 하녀를 거쳐 집사가 되었다가, 이제는 평민 주제에 사교계의 시선을 한 몸에 받게 되었지만, 나는 스스로의 자리가 어딘지에 대해서 고민해 본 적이 없었다.

루시안을, 키르시안을, 오페르니아 가문을 제 위치에 가져다 놓고 싶었을 뿐.

"너는 신기한 아이다."

아르테스가 나를 향해 상체를 숙이며 말했다.

"나와 친구가 되지 않겠니?"

"전하와 제가요?"

"그래."

그는 티 없이 맑게 웃으며 말했다.

"남들이 하지 않는 질문을 해 주는 친구. 내게는 그런 친구가 필요하거든."

그는 내 대답을 기다리듯 고개를 살짝 기울였다.

"……좋아요."

신분의 벽도, 편견도 모두 허물 것 같은 미소에, 나는 고개를 끄덕일 수밖에 없었다.

"전하와 친구가 되겠어요."

그렇게, 내게는 부담스러운 친구가 하나 생겼다.

5. 오페르니아의 주인들

“얼마나 멋졌는지 몰라요!”

갈색 머리칼을 깔끔하게 틀어 올린 어느 백작 영애가 손뼉을 짝 하고 치며 키르시안을 향해 말했다.

“저는 공자께서 우승하실 줄 알았답니다.”

“감사한 말씀이군요, 영애.”

키르시안이 매력적으로 웃으며 그녀에게 대답했다.

“글쎄, 제가 듣기로 영애는 메이슨 세이든 공자가 우승한다는 데 반년 치 내탕금을 거셨다던데요? 우승자가 나오니까 이제 와서…….”

근처에 서 있던 다른 귀족 영애가 코웃음을 치며 중얼거렸다. 그녀의 얼굴이 새빨개졌다.

“그, 그건 예선 때의 일이라고요. 시합을 지켜보다 보면 생각이 달라질 수도 있는 거잖아요!”

“하하! 검을 안 잡아 본 분이라면 그리 생각할 수도 있겠지요. 저는 예선 때부터 키르시안 공자가 우승할 것 같다고 주변에 말하고 다녔답니다."

키르시안과 비슷한 나이의 영식이 헛기침을 하며 대화에 끼어들었다. 대회에 참가했지만 그다지 두각을 드러내지 못했던 그는 어떻게든 키르시안에게 한마디라도 걸어 보려 기회를 노리던 중이었다.

다만, 그의 경쟁자는 한둘이 아니었다. 여름의 보물찾기, 그리고 가을의 검술 대회. 제국 내 어린 귀족들을 둘러싼 두 개의 큰 행사를 마무리하는 연회에서, 대회 우승자인 키르시안에게 쏟아진 관심이 대단했기 때문이었다.

"그나저나 오페르니아 공자께서는 검술을 어느 정도 배우신 건가요?"

또 다른 자작 영애가 방긋 웃음을 지으며 키르시안의 옆에 서 있던 루시안을 향해 물었다. 그녀는 보물찾기에 참가했다가 성공하지 못했던 카트린 발레리였다.

"배우다 말다 해서……."

"정식으로 배운 지는 겨우 몇 달이나, 벌써 저와 호각으로 싸울 정도입니다."

시큰둥한 얼굴로 대충 대답하는 루시안의 말을 끊으며 키르시안이 말했다.

"그야말로 천재인 거죠."

"어머나!"

"그럴 수가!"

여기저기서 감탄사가 쏟아져 나왔다. 루시안이 눈썹을 찌푸리며 키르시안을 바라보았다.

'뭐냐?'

'리아넬라한테 따져. 난 시킨 대로 했어.'

'…….'

'거짓말도 아니잖아.'

키르시안이 눈을 찡긋하며 리아넬라가 있는 방향으로 고갯짓을 했다. 루시안은 어쩔 수 없이 표정을 풀었다.

연회장 동쪽에 사람이 잔뜩 몰린 것은 꼭 키르시안 때문만은 아니었다. 옆에 서 있는 루시안의 존재도 만만찮게 사람들의 관심을 끌어들이고 있었다.

푸른색과 짙은 자색의 제복을 각각 갖춰 입은 두 사람의 모습은, 마치 장인이 정성껏 만든 인형처럼 예뻤다.

호리호리한 체격에 얼핏 여자처럼 고운 얼굴의 키르시안.

아직 제대로 된 성장기를 맞이하지도 않은, 그렇기에 보호본능을 자극하는 루시안.

외모도 차림새도, 일부러 맞춘 듯 어울리는 조합이었다.

"두 분이 계시니, 제국의 보고인 오페르니아의 미래가 눈부실 것 같군요."

카트린이 은근슬쩍 루시안의 차림을 훑으며 말했다.

"제국 최고의 부를 가진 가문은 역시 달라요."

"호호, 예선 때는 노르만 오페르니아 공자를 보고 오페르니아의 미래가 어둡다고 하셨었는데."

"시, 시끄러워요! 헛소문 퍼뜨리지 말라고요!"

"헛소문이라뇨? 보물찾기 때 오페르니아의 이름으로 나온 리아넬라 양을 노예라고 불렀던 건 잊으셨나……."

"미, 미엘라 영애는 대체 언제 적 얘기를 하는 거예요? 보물찾기 준우승자라고 잘난 척은……."

두 사람을 둘러싼 소년, 소녀들이 언성을 높이며 옥신각신하는 사이, 연회장 반대편에서는 리아넬라가 한숨을 쉬고 있었다.

"리아넬라 양, 저를 기억하십니까? 저는 발트리 남작가의 사남으로, 지난번 건국제에서 뵈었던 것도 같은……."

"건국제 때, 저는 오페르니아에서 장부 정리를 하고 있었답니다."

"장부를 잘 보시는군요, 리아넬라 양. 저는 상단을 가진 아베나 자작가의 오남입니다. 리아넬라 양의 위명을 들은 저희 아버지께서 초대를……."

"업무가 과중해 갈 수 없다고 정중히 전해 주세요."

리아넬라는 기계적으로 같은 답변을 반복했다. 루시안이나 키르시안 못지않게, 그녀 주변에도 적지 않은 남자들이 몰리고 있었다. 이름난 가문의 영식들, 검술 대회에서 성적을 낸 기사 가문의 후계자들 등도 가까이에서 그녀를 지켜보고 있었다.

제국 최고의 재벌인 오페르니아의 재무를 책임진 집사, 보물찾기의 우승자, 검술 대회의 포상인 장미의 주인, 상당한 미인.

심지어 소문에 의하면 대회가 끝난 후 황태자 아르테스가 그녀를 '친구'라고 불렀다. 그러니 가문이 중요한 것이 아니었다. 그녀는 이미 사교계의 중심에 서 있었다.

"리아넬라 양, 저는 게스턴 가문의 칠남입니다. 그대의 아름다움은 익히 들어 알고 있었으나, 역시 소문은 실물을 따라가지 못하는……."

수많은 소년들이 그녀에게 힐끔힐끔 시선을 보냈으나, 필사적으로 말을 거는 이들은 주로 한미한 가문의 아들들, 그중에서도 작위 계승과 거리가 먼 자들이었다.

어차피 대단한 가문과의 결혼을 바라보기 어려운 그들의 입장에서, 리아넬라의 인맥이라면 평민의 신분임에도 결혼할 실익이 충분하겠다는 계산을 이미 끝낸 것이었다.

즉, 그들은 이미 구혼을 염두에 두고 그녀에게 접근하고 있었다.

"네, 네. 맞아요. 제가 좀 예쁘죠."

리아넬라는 게스턴 가문의 칠남에게 시큰둥하게 대답했다. 물론 그녀는 그들에게 관심이 없었다. 그녀의 관심사는 두 가지뿐이었으니까.

첫째, 루시안은 잘 있는가.

둘째, 황궁 연회에서 먹을 수 있는 음식을 다 맛보았는가.

안타깝게도 두 번째 관심사는 몰려든 소년들에 의해 방해를 받는 중이었다.

"죄송하지만, 이만 실례해도 될까요?"

그녀는 막 자신에게 춤을 청하려던 어느 젊은 기사를 슥 하고 지나쳤다.

"하지만 지금 음악이 시작되는……."

"춤 못 춰요!"

'정원에 초콜릿 분수가 있었단 말이야!'

리아넬라는 자신을 향해 말을 거는 남자들을 휙휙 피하며 연회장의 문을 나섰다. 연회를 위해 일부러 점심도 먹지 않고 왔는데, 쓸데없이 관심을 받는 바람에 배를 채우지도 못했다.

게다가 공작 부인이 선물한 드레스는 평소에 입던 일상복에 비해 훨씬 불편했다. 치맛자락을 장식한 보석만 떼서 팔아 버릴까 고민이 될 정도였다.

'에너지, 에너지가 필요해.'

복도를 지나 후원으로 향하는 그녀의 눈앞에 초콜릿 분수가 어른거리는 듯했다.

마침내 황궁 후원이 눈에 들어왔다. 산책을 나온 손님들을 위해 후원 한가운데 차려진 먹음직스러운 음식들이며 초콜릿과 치즈가 뿜어져 나오는 두 개의 분수도.

리아넬라가 침을 꿀꺽 하고 삼킨 순간이었다.

휙-

누군가의 손이 그녀의 두 팔을 거칠게 끌어당겼다.

"윽……!"

쿵.

리아넬라의 등이 연회장 뒤편 벽에 아프게 부딪혔다.

"누구……?"

"목소리를 높일 생각 마라. 당장 목을 비틀어 버릴 수도 있으니까. 이쪽에는 사람이 오지 않거든."

낮은 목소리가 으르렁댔다. 그녀는 천천히 고개를 들어 목소리의 주인을 바라보았다.

키르시안과 비슷하지만, 결이 다른 은발과 자안. 날카롭게 찢어진 눈매와 잔뜩 찌푸린 눈썹.

"메이슨 세이든 공자?"

"오랜만이군, 집사."

메이슨의 독기 어린 시선이 그녀를 내려다보고 있었다.

"무슨…… 무슨 일이세요?"

"글쎄, 무슨 일일까."

메이슨이 비아냥거리듯 그녀의 말을 따라 했다. 그 태도에서 명백한 적개심을 읽은 리아넬라가 몸을 뒤로 빼려 했다.

"도망칠 곳은 없다. 네 뒤에는 벽밖에 없으니까."

메이슨이 비릿하게 웃으며 말했다.

"이거 놓고 말로 하시죠, 공자."

"참 당당하구나."

그가 리아넬라의 어깨를 잡은 손에 힘을 주며 말했다. 리아넬라의 미간도 미세하게 찌푸려졌다.

"다 너 때문인데 말이야."

"무엇이요?"

"이 대회, 키르시안 그 자식의 태도, 그 자식이 들고 있던 검, 그 자식이 오페르니아로 영광을 돌린 것, 조부님의 태도……."

"……."

"그 자식이 네게 장미를 안긴 순간 알 수 있었다. 어떻게 했는지는 몰라도, 다 네가 시작한 일이겠지?"

"대답할 필요가 없을 것 같군요."

리아넬라가 차갑게 대답했지만 메이슨은 그녀를 잡은 손을 놓지 않았다.

"넌 여기서 못 움직여. 아직 할 말이 남았거든."

그가 형형하게 눈을 빛내며 윽박질렀다.

'검사라 다른가?'

어깨를 파고드는 손아귀의 힘이 너무 강해서, 나는 마치 핀으로 고정된 인형이 된 것처럼 꼼짝할 수 없었다.

"……할 말이 뭔데요?"

나는 빠져나가기를 포기하고 그에게 물었다.

"나와 아버지의 체면이 어떻게 됐는지 모르지 않겠지?"

메이슨이 이를 꽉 깨물며 내게 말했다.

"공자도 준우승자로서 상을 받은 걸로 알고 있는데요."

"그딴 것 필요 없어!"

나는 메이슨의 얼굴을 살피며 상황을 파악하려 애썼다. 감정을 잘 조절하지 못하는 자인 것은 알았지만, 단순히 우승을 놓쳤다고 이렇게까지 나오는 것은 예상 밖의 일이었다.

"세이든 가문에서 입지를 유지하는 것이 얼마나 어려운 일인지 너 따위가 알아?"

"……."

"세이든의 이름을 짊어지고 대외 행사에 참가하려면 얼마나 경쟁을 해야 하는지 아냐? 고작 준우승 따위로 끝날 일이 아니란 말이다."

세이든 공작이 손주들을 강하게 경쟁시킨다는 사실은 원작에서 보아 알고 있었다. 대외적인 체면보다, 아마 가문 내에서 루칸과 메이슨 자신의 지위가 흔들리는 것이 더 큰 문제일 터였다.

"세이든 가문의 세 번 연속 우승. 올해로 다 이루고 내가 기사 서임을 받았어야 했다. 그런데 하필 그 녀석이 나타나 조부님과 가문의 얼굴에……."

"아하."

나는 그제야 메이슨이 왜 이러는지 알 수 있었다. 장미를 내게, 트로피를 공작 부인에게 건네는 키르시안을 보며, 세이든 공작이 어떤 표정을 지었는지 생각났으니까.

"조부께서 뒤늦게 키르시안 공자를 탐내셨군요. 세이든 가문은 인재를 잃어버리는 것을 제일 싫어하니까요."

메이슨의 눈썹이 다시 한번 꿈틀거렸다.

맞다는 뜻이었다.

"상식적인 사람이라면 원래 세이든 가문에 있던 키르시안 공자와 그 어머니가 왜 다른 곳으로 가야 했는지 생각하게 될 테고…… 모든 것이 밝혀지면 메이슨 공자와 루칸 경은 책임을 피할 수 없는 거겠네요?"

나는 두 눈을 깜빡이며 메이슨의 표정을 살폈다. 그는 변함없이 흉포한 얼굴로 나를 노려보고 있었다.

"……두 사람은 제 발로 세이든을 나갔다. 나는 잘못한 게 없어."

"정말 그렇게 생각하신다면 두려울 게 없으시겠네요."

나는 참지 못하고 조소했다.

"세이든 공작께 그렇게 아뢰시지 그러세요. 나와 아버지는 틈만 나면 두 모자를 괴롭혔을 뿐이다, 검술을 제대로 배우지 못하도록 방해했을 뿐이다, 때리고, 수치를 주고, 도저히 견딜 수 없을 때까지 몰아붙였을 뿐이다."

"……."

"아버지가 유품으로 남긴 검을 좀 빼앗았을 뿐인데, 두 사람이 어느 날 이유 없이 저택을 나갔다."

"닥쳐."

"사촌 동생들 중에도 곧 오러를 발현하려는 사람이 있나 보군요. 그렇게 불안해하는 걸 보니."

"닥치라는 말이 안 들려?"

메이슨은 한 손으로 내 목을 누르며 윽박질렀다. 아직은 입을 다물게 하기 위한 협박이었지만, 여기서 힘 한번 주면 내 목은 똑 하고 부러질 터였다.

"……제게 원하는 게 뭐예요?"

"그래, 잘 물어보았다."

내가 순순히 말을 듣는 듯하자 그는 고개를 끄덕이며 말을 이었다.

"돌아가면 키르시안에게 전해라. 조부님이 호출하면 두말하지 말고 찾아오라고."

"……."

"가문으로 돌아오는 것은 사양하되, 왜 떠났는지 하문하시면 그저 가문의 경쟁이 부담스러웠다고 대답하라고."

"……."

"한적하게 살 수 있는 오페르니아의 환경이 딱 맞았고, 앞으로도 출세할 생각이 없으니 세이든의 이름을 빛내지는 못할 거라고, 이 대회가 그에게는 처음이자 마지막이라고 아뢰라고 전해라. 그러지 않으면 그는 세이든의 모든 이를 적으로 돌리게 될 거라고 말이야."

메이슨이 대답을 듣기 위해 내 목을 눌렀던 손에서 반쯤 힘을 풀었다.

"대답해."

"공자께서는 검을 배우셨으나 협상은 배우지 못하셨군요."

나는 켁 기침을 토하며 대답했다. 메이슨의 눈썹이 불쾌한 듯 꿈틀거렸다.

"뭐?"

"제게 원하는 것이 있다면, 제가 좋아하는 것을 찾아서 가지고 와 머리를 조아리며 부탁을 하셨어야지요."

나는 아픈 목을 문지르며 조목조목 대답했다.

"보물찾기 때도 상품을 내놓으라고 종용하던 어느 영애는, 최소한 그에 상응하는 돈을 주겠다고 제안이라도 했었는데 말이에요."

"감히…… 세이든의 직계에게 머리를 숙이라고? 고작 평민 집사 따위에게?"

"간절한 사람은 집사에게도 머리를 숙이고, 뇌물을 바치고, 무릎도 꿇고, 발에 입을 맞출 수도 있는 법이랍니다. 물론……."

나는 싱긋 웃으며 덧붙였다.

"그 꼴을 다 보더라도, 공자의 같잖은 부탁을 들어주지 않을 거지만요."

"말을 조심해. 그 혀를 베어 버리는 수가 있으니."

메이슨이 이를 드러내며 다시 협박했다.

"키르시안 공자에게 직접 말씀하세요. 저는 전하지 않을 테니까요."

나는 다시 한번 고개를 저었다.

"굳이 저를 통해 안 되는 말씀을 전달하라고 하시니, 공자의 곁에는 다른 사람이 아무도 없나, 생각하게 된답니다."

"키르시안은 네게 장미를 바쳤지."

메이슨이 내 목을 잡은 손에 다시 힘을 주며 말했다.

"시합이 끝날 때마다 네가 있는 방향을 바라보았고."

"……."

"작년까지만 해도 염문이나 퍼뜨리며 공식 석상에 나올 생각이 없어 보였던 놈이 이제는 정말 기사처럼 행동한다. 게다가 그 자식이 들고나온 검은 네가 선물한 거라지."

"그래서요?"

"내가 그 말의 의미를 모를 것 같아? 멍청한 그놈이 너를 주군으로 생각한다는 의미다."

그는 제 말을 확신한다는 듯, 비릿하게 웃었다.

"귀족도 아닌 여자에게 충성하기로 했다면, 그에 따라오는 단점을 받아들여야겠지."

"컥."

목덜미를 누르는 압박이 순간 강해졌다.

"그만큼 지키기 어려운 여자라는 사실을, 네가 곧 그 녀석의 약점이 된다는 사실을 말이야."

"……."

"다시 말하겠다, 리아넬라 셀레스. 내 말을 키르시안에게 그대로 전해. 그리고 네 멍든 목을 보여 줘라."

"커헉!"

그의 손가락이 내 목을 깊이 파고들었다. 숨이 막히고 눈물이 차올랐다.

"듣지 않으면 이런 일을 다시 생길 거라고도 전해. 내 입장에서 너 따위에게 접근해 목을 꺾는 일은 너무나도 쉬우니까."

내 몸은 반쯤 허공에 떠 있었다. 팔을 밀어 내도, 발을 버둥거려 보아도 메이슨은 꿈쩍도 하지 않았다.

"알겠으면 고개를 끄덕여. 어서."

정신이 혼미해졌다. 모든 저항을 포기하고 일단 그의 말을 따르는 척이라도 할까 고민하던 순간이었다.

저벅.

메이슨의 뒤편으로 그림자 하나가 나타났다.

"……이건 또 뭔지."

시야가 흐릿해 누군지 보이지 않았으나, 위압적인 목소리만큼은 어딘가 익숙했다.

"누구……?"

"나의 궁에서 보기 드문 추태로구나."

뒤를 돌아보는 메이슨의 눈이 커졌다. 내 목을 붙잡은 손이 공포로 굳는 것이 느껴졌다.

"자, 자, 잠시 오해가……."

"변명은 듣지 않겠다, 세이든의 직계."

목소리의 주인이 천천히 손을 올렸다.
“즉결 처벌이다.”
“잠깐, 잠깐만 기다려 주십시오! 제발…….”
파앗-
날카로운 황금빛이 목소리 주인의 손끝으로부터 뻗어 나와 메이슨의 어깨와 팔을 휘감았다.
우두둑-
“아아아아악!”
무시무시한 소리가 들리며, 내 목을 압박하던 힘이 풀리고, 메이슨의 몸이 힘없이 땅으로 주저앉았다.
“아흐흐흐흑!”
흐려졌던 시야를 회복하자, 너덜거리는 양팔을 붙잡고 괴로워하는 그의 모습이 먼저 눈에 띄었다.
“역시 너로구나.”
그다음으로 눈에 띈 것은, 황금빛 머리칼, 같은 색의 눈동자.
“보이지 않아 걱정하였다.”
그리고 나를 살피는 황제의 얼굴이었다.
“흐으으읍!”
메이슨은 거친 숨을 몰아쉬며 계속 비명을 질렀다. 다친 어깨를 감싸 보려 했으나 양쪽 팔이 둘 다 말을 듣지 않는 듯했다.
‘황제의 이능이구나.’
원작에 따르면 그의 이능은 ‘파괴’.
말 그대로, 물리적으로 적의 몸에 부상을 입히는 능력이었다. 뼈를 부수거나, 힘줄을 끊어 놓거나.
정확하게 사용하면 손을 대지 않고 목숨까지 빼앗을 수 있다고도 했다. 평소 황제에게 많은 호위가 필요하지 않은 이유이자, 전장에서 황제가 무적인 이유였다.

"테스마, 이자를 내 눈앞에서 치워라."

"예, 폐하."

뒤따라온 시종장과 근위병들이 눈짓을 주고받더니 메이슨을 끌어냈다. 그는 끌려가면서도 울음을 멈추지 않았다.

"……감사합니다, 폐하."

멍한 얼굴로 인사하는 내게, 황제는 가볍게 고개를 저어 보였다.

"이곳에 머무는 이상, 너 또한 나의 손님이다. 손님의 안전을 지키는 것은 주인의 의무가 아니겠느냐."

"……어떻게 여기까지 오셨어요?"

"네가 보이지 않아서."

나는 눈을 깜빡였다. 하고 많은 손님들 사이에서, 황제가 굳이 나를 찾을 이유가 있었나?

"연회장 중심에 있다가 갑자기 사라졌기에, 혹여라도 문제가 있을까 싶어 나와 보았다."

"직접…… 말입니까?"

"오면 안 되느냐? 여긴 나의 황궁이다."

황제는 뭐가 잘못됐냐는 듯한 표정으로 나를 바라보았다.

"목을 다쳤구나."

"별거 아닙니다."

"멍이 심하게 들었다. 테스마."

"예, 폐하."

시종장이 재빨리 황제 앞으로 튀어나왔다.

"약을 가져오거라."

"예, 폐하."

황제의 손짓에 나이 지긋한 시녀 한 명이 약과 붕대를 들고 나타났다.

"앉거라. 치료해 주마. 어린아이에게 이런 상처가 남아서는 안 된다."

그가 황궁 벽 뒤의 작은 벤치를 가리켰다. 나이 지긋한 시녀는 내가 뭐라고 하기도 전에 벤치에 나를 앉히고 목에 약을 발라 주었다.

간신히 버텼던 몸에 힘이 다 빠져나가는 기분이었다. 동시에 묘한 감정이 밀려왔다. 지금까지 다친 나를 이렇게까지 살펴 주는 어른은 없었다.

혼자 먹고사는 데 급급했던 전생은 물론이고, 이번 생에도 나는 험한 삶을 살다가 어린 나이에 집사라는 무거운 책임을 졌다. 조금 다치거나 몸이 불편하다고 해서 일을 쉬자니, 오페르니아의 미래가 너무나 아슬아슬했다.

보물찾기가 끝나고 부상당한 몸을 공작가에서 치료받기는 했으나, 그 또한 바인즈 집사가 상사로서 부하의 치료를 명령한 것뿐이었다. 단순히 부상당한 어린아이라는 이유로 보살핌을 받는 경험은 무척이나 생소했다.

묵묵히 내게 다른 상처가 없는지 살피는 황제의 걱정 어린 시선도 마찬가지였다.

'진짜 부모가 있었다면 이런 눈으로 나를 봐줬을까.'

나도 모르게 쓸데없는 상상을 하는 사이, 황제는 나이 많은 시녀에게 다시 명했다.

"끝났으며 물러가라. 나는 잠시 있다가 가겠다."

황실의 사용인들이 물러가자, 벽 뒤에서 들리는 은은한 음악 외에는 아무 소리도 들리지 않았다. 황제는 그때까지도 조용히 나를 바라보며 쉽게 입을 열지 않았다.

"폐하."

침묵을 참지 못한 내가 먼저 말을 꺼냈다.

"…… 왜."

"왜 저를 이렇게까지 신경 써 주세요?"

"말하지 않았느냐. 너는 내 손님이다."

"……손님이 아니라면요?"

나는 황제의 얼굴을 똑바로 마주 보며 물었다.

"황제는 백성의 어버이이니, 네가 제국민이라는 것도 좋은 이유가 되겠지."

황제는 내 옆으로 와 털썩 앉으며 대답했다. 그의 얼굴에는 여전히 나를 향한 걱정이 어려 있었다. 검술 대회에 참가한 이들이 부상을 당할 때는 보이지 않았던 표정이었다.

단순히 한 명의 국민을 향한 마음이라기에는, 그 시선이 너무나 따뜻하게 느껴졌다.

"다른 건……."

"다만 너는 조금 더 특별하다."

그가 내 시선을 마주하며 툭 내뱉듯 말했다.

"……왜요?"

"내 딸을 연상시키니까."

"……!"

생각지도 못한 대답에 나는 눈을 동그랗게 떴다. 긴 침묵이 우리 두 사람을 맴돌았다.

"소문으로 들었을지 모르겠구나. 나에게는 딸이 있었다. 어려서 잃어버렸지."

황제가 작게 한숨을 내쉬고 말을 이었다.

"그 아이가 살아 있었다면 딱 네 나이였을 거다. 네 또래 여아를 보면 간혹 생각이 나는구나."

"……."

"그중에서도 너는 더욱 그렇다. 대회가 끝나니 그런 생각이 들더구나."

"왜…… 왜요?"

"글쎄, 네가 황후를 닮았나."

나는 황실 벽에 있던 황후의 초상화를 떠올려 보았다. 따스한 미소를 가진, 조각 같은 미인이었다. 이목구비가 아르테스와 비슷했지만, 나와 특별히 닮았다는 생각은 들지 않았다.

"황후도 검술 시합을 즐겨 봤거든. 본인은 검술을 못하면서도, 우승자를 기가 막히게 알아보았다. 나와 내기를 하면 매번 그녀가 이기고는 했지."

"……."

"수수께끼를 좋아했고, 주의력이 깊어 상황을 잘 간파했고, 배짱도 좋았다. 감히 황태자와 친구가 되기로 한 너처럼."

황제의 금안은 밤하늘을 올려다보고 있었다. 누군가를 향한 깊은 그리움을 눌러 참고 있는 듯했다.

'괴로워하고 있구나.'

죽은 황후, 잃어버린 딸, 티 없이 행복했던 시간.

황제는 그 모든 기억을 마음 한곳에 담아 둔 채 살고 있었다. 황태자 앞에서는 엄한 아버지로, 신하들 앞에서는 위엄 있는 군주로. 제국민들 앞에서는 강인한 황제로.

"……보물찾기의 우승자가 고아라는 말을 듣고, 네 모습을 처음 보고, 말도 안 되는 기대를 가졌었다."

그가 다시 입을 열었다.

"혹시라도, 혹시라도……."

끝까지 듣지 않아도 나는 그의 말뜻을 알 수 있었다.

시체도 찾지 못한 딸, 그녀와 동갑이면서 고아인 나.

심지어 내 머리칼은 황실 밖에서는 보기 드문 밝은 톤의 금발이었다.

"어쩌면 내가 찾던 아이가……."

"찾고 계셨던 거군요."

내가 문득 생각나 말했다.

"매년 보물찾기에 평민 한 명을 넣은 건, 혹시라도 딸을 찾을 수 있을까 하는 생각이셨던 거예요."

"……현명하구나. 그 이유도 있는 것이 사실이다."

그제야 알 수 있었다. 보물찾기에 초대되는 특별 참가자의 존재가 어떤 의미였는지. 그리고 왜, 한 분야에 특별히 두각을 드러내는 여아를 찾았는지도 짐작할 수 있었다.

"황실 직계답게, 이능을 가진 아이를 찾고 계셨군요."

"……그래. 애초에 보물찾기에 성공하기 위해서는 이능이 필요할 거라 생각했지. 너처럼 순수하게 지혜와 대담함으로 블랙차이를 잡아 오는 아이가 있을 거라고는 생각하기 어려웠다."

황제는 천천히 다시 내게로 시선을 돌렸다.

"리아넬라."

"예, 폐하."

"다시 한번만 묻겠다. 너는……."

슬픔이 깊게 서린 눈빛은, 어떤 답을 간절히 바라고 있었다.

안타깝게도 나는 그 답을 줄 수 없었다.

"폐하, 제게는 세상을 거스르는 이능이 없습니다."

나는 딱 잘라 대답했다. 의미 없는 희망으로 황제의 마음을 흔들어놓고 싶지 않았다.

"……이능을 가지고도 그 사실을 깨닫지 못하는 자도 있다. 뒤늦게 발현하는 자들도 있지. 핏줄을 만나면 마력이 서로 공명해 폭발력을 얻기도 한다."

"저는 아니에요."

원작을 끝까지 읽은 나는 안다. 리아넬라 셀레스에게 그런 특별한 능력은 없다.

황제의 동공이 몇 초간 흔들렸다. 그러나 다음 순간, 그는 그럴 줄 알았다는 듯 작게 한숨을 내쉬었다.

"그렇구나. 알겠다. 다시 부담 주지 않으마."

"……죄송합니다."

"너의 잘못이 아니다."

황제는 슬픔과 충격을 싹 지워 버린 듯 아무렇지 않게 말했다.

"너의 재능은 여전히 귀하다. 잊지 말거라."

"예, 폐하."

나는 작게 대답했다. 미안한 마음은 가시지 않았으나, 더 얘기한들 의미가 없을 것 같았다.

"아르테스가 너를 마음에 들어 했으니, 그 아이와 친하게 지내 주어라. 신하는 많아도 친구는 적은 아이니까. 다른 것은 바라지 않겠다."

"……폐하."

나는 잠시 망설이다가 다시 그를 불렀다.

"무엇이냐?"

황제가 눈썹을 들어 올렸다.

"폐하와도…… 가끔 안부를 주고받아도 될까요?"

"나와?"

나는 고개를 끄덕였다. 어떤 이득을 취하려는 것이 아니었다. 다만 애써 품었던 기대를 접는 그 표정이 순간 쓸쓸해 보였다. 무엇보다 제 딸을 연상시키는 나를 바라보는 것이 괴로워 보였다.

이대로 가면, 앞으로 내 이름을 들을 때마다, 나와 마주칠 때마다 그는 마음 한구석이 쓰라릴 터였다.

"재미있는 말을 하는구나. 나와도 친구가 되겠다는 것이냐?"

"허락해 주신다면요."

"제왕은 함부로 사람을 사귀지 않는다. 백성을 돌보고 다스릴 뿐이다."

"그렇다면 제가 노력할게요."

"……."

"제가 좋아하는 것을 폐하께 알려 드리고, 폐하께서 좋아하는 것을 제가 알 수 있도록."

"……."

"그렇게 시간이 지나면 폐하께서는 저를 보고 다른 이를 떠올리지 않게 되실 거예요. 저를 그저 저로서 보시게 되면, 그때는 마주쳐도 반가운 마음이 괴로운 마음보다 클 거예요."

"……내 마음을 걱정하는 것이냐."

"폐하께서 먼저 저를 걱정해 주셨으니까요."

그 말은 사실이었다. 딸이 연상된다는 이유 때문이라 해도, 나는 메이슨으로부터 나를 구해 주고 내 상처를 치료해 주던 황제의 태도에 감사하는 마음이 있었다.

그렇기에 그를 도와주고 싶었다. 진심으로.

"대담하구나. 황제에게 친분을 요구하는 것은 어지간한 영주들도 하지 못하는 일이다."

황제는 여전히 눈썹을 들어 올린 채 나를 향해 몸을 기울였다.

모든 것을 꿰뚫어 보는 듯한 눈빛.

처음 만났던 때와 같은 위압감이 다시 몸속에 스며들었다. 그리고 다음 순간, 얼핏 냉정해 보였던 입꼬리가 작게 말려 올라갔다.

"알겠다. 네 뜻대로 하자."

"……폐하."

"네게만 허락하는 특권이다. 특별한 아이야."

황제는 작은 헛웃음을 뱉으며 내 머리를 향해 손을 뻗었다.

우리 둘의 시선이 허공에서 마주쳤다.

나와 그 사이에 묘한 연대감이 형성되고 있었다.

슥

황제의 손이 부드럽게 내 머리를 쓸었다.

'……어?'

처음 그를 만났을 때와 비슷한, 머리 한구석이 울리는 듯한 느낌이었다. 다만, 그때보다 심한 어지러움이 동반되었다.

"리아넬라."

다급하게 내 이름을 부르는 황제의 목소리가 멀리서 들리듯 희미했다.

"리아넬라!"

다음 순간, 나는 기절해 버렸다.

* * *

"리아넬라."

몽롱한 시야, 멍한 머리, 기억나지 않지만, 현실도 아닌 장면.

'다시 꿈속이구나.'

이번에는 신이라는 남자가 말해 주지 않아도 알 수 있었다. 다만 지난번과 달리 나는 누군가의 몸속에 들어가 있었고, 그만큼 감각은 더 생생했다.

"설명할 수 있어."

나보다 짙은 금발에 하늘색 눈동자를 한 미인이 내 팔을 붙잡았다.

'아스트리드……?'

분명히 그녀였는데, 내가 아는 모습은 아니었다. 한 뼘 정도 더 자란 키, 젖살이 다 빠져서 성숙하고 아름다워진 얼굴, 조금 더 차분해진 목소리.

그러니까, 성인이 된 아스트리드였다.

"설명하지 않아도 돼요, 아리."

의도한 게 아닌데 내 입이 저절로 움직였다. 아스트리드는 다시 내게 무언가를 말하려 입을 벌렸고, 나는 다시 그녀의 말을 끊었다.

"나와 파벨 공작가는……."

"이미 늦었다는 걸 알아요. 아리가 오페르니아에서 기록한 모든 것을 파벨 공작가에 전달해 왔다는 것도."

"아, 알고 있었어?"

"아리가 나쁜 사람이 아니라는 것도 알아요. 어쩔 수 없는 선택이라는 것도 알고요. 난 아무것도 하지 않을 거예요."

"리아넬라……."

"하지만 루시안 도련님을 살려 줘요. 오페르니아는 끝났고, 지금 제가 아리에게 할 수 있는 부탁은 이게 다인 것 같아요."

아스트리드의 눈 속에 투명한 액체가 고였다.

"아니야, 리아넬라."

그녀가 작게 고개를 저었다.

"기록은 다 전하지 않았어. 오페르니아의 가장 깊은 보고도, 루시안과 네가 나갈 수 있는 비밀 통로도, 파벨 공작가에 전달하지 않았어."

심장이 쿵쾅거리는 것이 느껴졌다. 마치 이 순간을 내가 직접 겪고 있는 듯한 느낌이었다.

"……왜요? 지시대로 하지 않으면 아리의 가문이……."

"너를 알게 됐으니까. 너는 나를 역사가로 봐주었으니까."

그녀가 단호하게 말했다.

"의무로 맺어졌던 가족보다, 너와 루시안이 더 소중하니까. 내가 남긴 소중한 기록들을 파벨 공작가에 넘기는 것은 아까운 일이라는 걸 네가 알려 줬으니까."

그녀는 빽빽하게 무언가 적혀 있는 두꺼운 공책 한 권을 내 손에 쥐여 주었다.

"여기 있어. 진짜 기록은."

"아리."

"오페르니아에 대한 모든 정보는 여기 있어. 네가 가져가. 난 필요하지 않아."

나는 떨리는 손으로 공책을 받아 들었다.

"시간이 없어. 언제든 파벨의 기사단이 들이닥칠 거야. 루시안과 함께 가."

"아리는요?"

"나는 여기가 마지막인 것 같아."

아스트리드는 자신이 걸고 있던 목걸이를 빼서 보여 주었다. 은으로 된 줄의 끝에는 작은 약병이 걸려 있었다.

가슴이 답답했다. 뜨거운 무언가가 차오르는 것 같았다.

"아리."

"빨리 가. 루시안이 기다리고 있을 거야."

아스트리드는 우리가 서 있던 방 한쪽 벽을 두드렸다. 그러자 벽이 밀리며 지하로 이어지는 비밀 통로가 드러났다.

"아리!"

내가 자신의 이름을 부르건 말건, 아스트리드는 통로를 향해 내 등을 힘껏 밀쳤다.

"어서 가."

고통스러웠다. 계단과 벽 여기저기에 부딪히는 팔다리가, 끊임없이 아스트리드를 부르는 목이. 나를 따라오지 않는 그녀를 지켜보면서, 심장이 쿵 하고 떨어지는 것을 느꼈다.

잘 보이지 않는 그녀의 입술이 중얼거렸다.

"다른 사람들에게는, 나와 루시안이 함께 죽은 걸로 하지, 뭐."

* * *

"헉!"

나는 튕기듯 침대에서 몸을 일으켰다. 식은땀이 등줄기를 타고 흘렀다.

'정말 꿈이었나……?'

내가 본 것이 무엇인지 도무지 짐작하기가 어려웠다.

과거가 아닌 미래의 모습, 하지만 원작에는 없는 이야기. 그저 꿈이라기에는 너무나도 생생한 감각.

마치 잃어버린 기억을 찾은 것처럼.

"깨어났느냐."

한 남자의 목소리가 들려왔다. 나는 그제야 주변을 둘러보았다.

"여긴…… 어디입니까?"

내 몸이 뉘인 곳은 낯선 방의 푹신한 침대 한가운데였다. 침대 기둥에는 고급스러운 휘장이 걸려 있었고, 벽에 걸린 그림들 또한 꽤 값이 나가는 것처럼 보였다.

"황제궁의 손님용 침실이다."

고저 없는 목소리가 대답했다. 나는 고개를 들어 그 주인을 찾았다. 키가 크고 체격이 좋은 중년 남자의 얼굴이 눈에 들어왔다.

한 땀 한 땀 공들여 수놓아진, 황제가 부럽지 않을 정도의 실크 제복에, 잘 다듬어진 수염이며 위엄 넘치는 목소리가 인상적인 자였다. 그러나 지그시 나를 보는 진갈색의 눈동자에서는 무언가 설명하기 어려운 불편함이 느껴졌다.

"검술 대회 준우승자 메이슨 세이든으로부터 폭행을 당해 쓰러졌다더군. 폐하께서는 내게 너의 치유를 명하셨다."

"……누구신데요?"

남자는 천천히 나를 위아래로 훑으며 대답했다. 가슴께에 착용한 공작새 모양의 문장이 그제야 눈에 들어왔다.

"설마……."

"각하라고 불러라."

남자는 조금의 미소도 띠지 않은 채 말했다.

"파벨 공작 각하라고 말이야."

지아모크 파벨.

'제국의 가호'라 불리는 파벨 공작가의 가주.

그의 가문이 가진 능력은 '흐트러진 것을 회복시키는 힘'이었다. 다친 자를 치유하고, 잃은 것을 찾고, 폐허가 된 곳을 되살렸다.

황실이나 세이든과 달리, 파벨 가문의 능력은 직계 중 한 명에게 집약되는 것이 특징이었다.

그것이 지금은 파벨 공작이었고.

다시 말하면, 눈앞의 남자는 제국에서 제일가는 의사이자, 신의 능력을 가진 성자(聖子)나 마찬가지였다.

"치유해 주마. 손을 다오."

"괜찮습니다."

나는 본능적으로 손을 뒤로 뺐다. 남자의 정체를 안 순간 팔에 쫙 돋는 소름 때문이었다.

'오페르니아를 망하게 한 주역이었지.'

성인이라 알려진 인자한 가면 뒤에 탐욕이 도사리고 있다는 사실을 나는 알고 있었다.

원작에서 그는 오페르니아 공작가의 멸문을 지켜보다가, 기회가 왔을 때 남은 재물을 손에 넣기 위해 공작가를 공격하기도 했던 인물이었다.

노르만이 반역을 꿈꾸도록 헛바람을 불어넣은 것도 파벨 공작가의 사람이었다.

무엇보다, 그는 아스트리드를 루시안 곁에 심은 사람이었다. 세심한 기록에 능한 그녀가, 오페르니아의 비밀을 파벨 공작가에게 전달할 수 있도록.

문득, 조금 전 꿈속에서 보았던 아스트리드의 모습이 떠올랐다. 곧 파벨 공작가의 기사들이 올 거라며 나를 떠밀던 모습도, 그리고…….

'난 여기가 마지막인 것 같아.'

반쯤 포기한 듯, 눈물이 고인 채 나를 내려다보던 얼굴도.

등줄기에 다시 한번 식은땀이 흘렀다.

"괜찮아 보이지 않는구나."

파벨 공작이 눈썹을 치켜올리며 말했다.

"식사를 하지 못해 피곤할 뿐입니다. 폐하께서 하문하시면 공작 각하께서 돌봐 주신 덕분에 금방 회복되었다고 아뢰겠습니다."

파벨 공작은 내 어깨를 붙잡더니 한참 동안 내 눈을 들여다보았다. 부담스러운 시선이었지만 나는 피하지 않고 마주 보는 것을 선택했다.

"폐하께서 너를 참으로 아끼시는 모양이더구나."

"그런가요?"

나는 억지로 웃어 보이며 대답했다.

"황제 폐하께서는 제국민의 어버이가 아닙니까? 자식 된 자를 아끼는 것은 명군으로서 당연한 일이겠지요."

"……그리 생각하느냐."

그는 입꼬리를 작게 말아 올리더니 내 어깨를 놓았다.

"계속 사양한다면 나도 더 이상 강요하지 않겠다. 몸이 회복되면 연회장으로 돌아가거라."

그는 내 대답을 기다리지 않고 일어서서 복도로 나갔다.

"하아……."

혼자 남은 나는 피가 식어 차가워진 손으로 이마의 땀을 닦았다.

'무엇이었을까, 그 꿈은?'

몇 번이나 머리를 흔들어 보아도, 그 감각만큼은 생생했다.

한참 동안 침대에 앉아 있던 나는 혼자서 고개를 끄덕였다. 답답하게 고민을 안고 있는 것은 나와 맞지 않았다.

'……아스트리드를 만나야겠어.'

나는 간단하게 결론 내렸다.

'그냥 물어보자.'

* * *

파벨 공작은 뚜벅뚜벅 황제궁의 복도를 지났다.

몇 개의 방을 지나치자, 복도 중간에서 그림자처럼 서 있던 그의 부하가 소리 없이 곁으로 다가왔다.

"여기, 데려왔습니다, 각하."

파벨 공작이 멈춰 서서 눈을 위아래로 움직였다. 짙은 금발의 소녀가 그 앞에 고개를 숙였다.

"오랜만이군, 아스트리드 자작 영애."

"……아버지의 명을 받아 왔습니다."

공작은 빙긋 웃으며 그녀를 향해 고개를 끄덕였다. 하늘빛 눈동자가 두려움으로 흔들렸다.

"네 부친이 너를 조금 거칠게 대하는 모양이군."

"……."

아스트리드는 입술을 깨물며 손을 부은 뺨으로 가져갔다.

파벨 공작의 말처럼, 조금 전 그녀의 아버지 엘로딘 자작은 연회에 참석한 그녀를 옆으로 불러 다짜고짜 공작의 수하에게 떠넘겼다.

그러고는 그녀가 머뭇거리자 뺨에 손을 올렸다.

'요즘 들어 말이 많구나, 아스트리드. 공작 각하와 관련된 일에서는 두 번 말하게 하지 말라고 했다.'

"괜찮다. 내가 해결해 주지."

파벨 공작은 천천히 손을 뻗어 아스트리드의 이마에 얹었다. 그녀가 뭐라고 말할 새도 없이, 은빛의 무언가가 공작의 손을 통해 아스트리드의 이마로, 뺨으로 번졌다.

"……아."

다음 순간, 아스트리드의 부은 뺨은 말끔하게 돌아가 있었다. 자작이 노래를 부르듯 말하는 '은총'이었다.

"감읍합니다."

"엘로딘 자작이 뭐라고 지시하더냐?"

"……두 번 묻지 말고, 각하의 지시를 들으라고 하셨습니다."

"잘 가르쳤구나. 그렇게 하면 다시 네가 아플 일은 없을 것이다. 앞으로도 쭉."

아스트리드는 머리를 숙인 채 생각에 잠겼다.

'이것이 공작이 사람을 복종시키는 방법이구나.'

그녀는 바보가 아니었다. 엘로딘 자작이 그녀의 얼굴에 손을 댄 것도, 그 전부터 자작이 그녀를 험하게 대한 것도, 공작에게 그녀를 치료하는 은총을 내릴 기회를 만든다는 계산이 있었을 터였다.

학대받던 이는, 자신에게 도움의 손을 뻗는 이를 쉽게 떠받드는 법이니까.

그리고 '은총'은 과연 효과적이었다. 몸 전체를 편안하게 만드는 효과가 있었고, 본능적으로 파벨 공작에게 의지하게 만들었다.

평소에도 파벨 공작을 신처럼 떠받드는 엘로딘 자작의 말을 들어 왔던 그녀였다. 공작의 위대함은 그녀의 머릿속에 거의 세뇌되다시피 했다.

그 이면엔 사람을 멋대로 조종하려는 의도가 있다는 사실을 알아도, 파벨 공작의 편에 섬으로써 자작가의 어두운 방에서 나갈 길을 찾을 수 있다는 희망이 마음 한구석에서 고개를 드는 기분이었다.

"……접근해라."

"예?"

파벨 공작의 말에, 아스트리드는 혼란스러운 표정으로 고개를 들었다.

"방금 뭐라고……."

"리아넬라 셀레스에게 접근해."

공작이 나직하게 명령했다. 아스트리드는 조금 전까지 하던 생각을 멈추고 눈을 동그랗게 떴다.

"리아넬라 양은 귀족이 아니라……."

"귀족이 아니나, 또래의 어떤 귀족보다도 영향력이 있는 아이지."

공작이 말을 이었다.

"황제의 총애를 받고, 황태자와 우정을 나누고, 최고의 기사가 충정을 맹세한 데다, 오페르니아 가문의 재정 사정을 꿰고 있지."

"……."

"그러니 그 아이에게 접근해라. 보물찾기 때 말을 섞었다고 들었다."

공작이 빙긋 웃으며 그녀에게 말했다.

"그 아이의 일거수일투족을, 그리고 그 아이가 아는 오페르니아 가문의 모든 사실을 기록해서 내게 넘기거라. 다음 일은 그때 다시 지시하겠다."

말을 마친 공작은 슥 하고 아스트리드를 스쳐 지나갔다.

그녀는 한참 동안 얼어붙은 듯 복도에 서 있었다. 파벨 공작을 위해 무언가를 해야 할 날이 올 거라는 사실은 알고 있었다.

그러나 그녀가 예상했던 것은 원치 않는 약혼, 아니면 다른 귀족과의 친목을 다지고 소식을 전하는 일 정도였다. 평민인 리아넬라 셀레스를 콕 집어서 감시하라는 명령은 생각하지 못했다.

"하필 리아넬라 셀레스를……."

그녀는 멍하게 생각에 잠겼다. 짧은 만남이었으나, 리아넬라가 그녀에게 남긴 인상은 강렬했었다.

혼자서 책을 잡고 끙끙거릴 땐 보이지 않던 수수께끼의 답을 빠르게 풀어내던 능력. 역사에 대한 아스트리드의 열정을 보고 진지하게 논쟁에 임해주던 모습.

함께 답을 찾은 후, 깨끗하게 아스트리드를 인정했던 태도.

아스트리드는 리아넬라와 이야기하는 것이 즐거웠다. 그녀는 연회장에서 리아넬라를 언젠가 다시 만나기를 기대하고 있었다.

'……쓸데없는 생각이었나.'

그녀가 쓰게 웃었다.

애초에 아스트리드는 엘로딘 자작이 파벨 공작가에 충성하는 수단으로 길러졌다. 공작을 위해서 누군가에게 접근하고, 그 사람을 배신하게 되는 날이 올 거라는 사실도 잘 알고 있었다.

그녀는 가문 외에 갈 곳이 없었고, 반항할 생각도 당연히 하지 못했다.

아스트리드가 심호흡을 했다.

'리아넬라를 찾아볼까.'

불필요한 잡념은 접어 두고 명을 수행해야 했다.

그녀는 고개를 들고 허공을 향해 활짝 웃어 보였다. 자작이 언젠가 쓸모가 있겠다며 유일하게 좋아했던 그녀의 특징, 즉, 남의 경계심을 풀게 하는 해맑은 미소였다.

다음 순간.

"아스트리드 영애?"

복도 반대편에서, 예상치 못한 소녀의 얼굴이 보였다.

"……리아넬라 양."

드디어 찾았다는 듯, 반가운 얼굴을 하고 이쪽을 향해 다가오는 리아넬라였다.

"한참 찾았잖아요, 영애."

"……저를요?"

아스트리드는 놀란 눈으로 리아넬라를 바라보았다. 리아넬라는 아무렇지 않다는 듯 고개를 끄덕였다.

"연회장에서 영애가 보이지 않아서요."

"……."

"방금 파벨 공작 각하와 인사를 나누셨죠?"

아스트리드는 꿀꺽 침을 삼켰다. 이제부터는 리아넬라에게 거짓말을 해야 했다. 앞으로도 쭉.

"……맞아요. 별다른 이야기는 하지 않았고, 그저 안색이 좋지 않아 보인다며 저를 걱정해 주셨답니다. 그분은 제국의 성자이니까요."

그녀는 맑게 웃으며 대답했다. 아마 이 아이는 그녀의 의도를 의심하지 않을 것이다. 첫 만남에서는 진심이었으니까.

리아넬라는 직접 황제를 설득해 아스트리드에게 준우승이라는 결과를 쥐여 주었고, 그런 호의를 배신하는 사람은 흔치 않으니까.

드물게 총명하다고는 하나 평민인 리아넬라는, 사교계에서 얼마나 많은 사람들이 앞에선 가면을 쓰고 뒤에선 서로를 배신하는지 모를 터였다.

귀족 사회의 경험이 없는, 어리고 순진한 이 아이는 파벨 공작가가 오페르니아 공작가에 대해 어떤 야심을 품고 있는지 모를 터였다.

"원래 종종 부친을 통해 안부를 전해 오던 분이에요. 황궁에서 마주칠 일은 흔치 않아서……."

"감시하라고 하시던가요?"

한동안 아스트리드의 말을 들어 주던 리아넬라가 그녀의 말을 뚝 끊었다.

"……네?"

"파벨 공작 각하께서요, 혹시 저를 감시하라고 하시던가요?"

아스트리드는 벙찐 얼굴로 말을 멈추었다.

잘못 들었나? 아니면 내가 뭘 착각했나?

하지만 몇 번이나 눈을 깜빡여 보아도 상황은 그대로였다. 리아넬라는 흔한 질문을 했다는 듯, 아스트리드의 눈을 바라보며 답을 기다리고 있었다.

"그, 그런 질문을 왜……."

"추측해 봤어요. 파벨 공작가는 오페르니아를 오랫동안 경쟁 상대로 여겨 왔고, 오페르니아 공작가에는 파벨 공작 각하가 탐내는 것들이 많으니까요."

"……."

"엘로딘 자작가는 파벨 공작가의 영향권 안에 있고, 영애는 마침 저와 친분이 있고, 시키면 거절하기 어려운 위치일 것 같고."

"……."

"저는 오페르니아의 재정을 관리하는 실무자 중 하나인 데다 최근에 주목을 받았죠. 아까 보니 공작 각하께서는 제게 관심이 있으시고, 그럼 누군가를 접근시킬 법하고요."

아스트리드는 당황해서 말이 나오지 않았다. 조금 전까지 머릿속으로 했던 계산들이 바보처럼 느껴졌다.

뭐야, 얘는?

사교계 안에서도 암암리에만 알려졌던 파벨 공작가의 야심.

파벨 공작가와 엘로딘 자작가의 관계.

파벨 공작의 성격이며 그 특유의 사고방식과 상황에 대한 접근법.

그걸 왜 이 아이가 파악하고 있단 말인가?

부모도, 스승도 없는 열넷의 평민 소녀가 대체 어떻게?

게다가 그걸 왜 아무렇지 않게 아스트리드의 앞에서 술술 읊어 주고 있단 말인가?

교묘하게 포장하고, 비틀고, 자신에게 유리하게 써먹기는커녕 말이다.

'설마 했더니, 맞네.'

당혹스러워하는 아스트리드를 보며, 리아넬라는 속으로 고개를 끄덕였다.

처음에는 원작에 맞춰서만 생각했었다.

아스트리드가 어느 순간 루시안에게 접근할 거라고. 사교계에 이름을 알리기 시작한 그와 어쩌면 원작보다 조금 더 일찍 만남이 이루어질지도 모르겠다고.

하지만 파벨 공작이 먼저 떠난 후 잠시 생각해 보니 다음 수는 그게 아니었다.

'루시안보다 내가 더 먼저 보이겠구나.'

그리고 아스트리드의 반응을 본 순간, 리아넬라는 자신의 생각이 옳았음을 알 수 있었다. 아무리 가면을 써도, 당황한 십 대 중반 소녀의 표정 정도는 읽을 수 있었다.

'원작에서 아스트리드는 오페르니아에서 일어난 모든 일을 기록해 파벨 공작가에 전달했지.'

아스트리드는 오페르니아의 멸문에 적지 않게 기여한 인물이었다. 크고 작은 정보들을 전부 넘겼고, 파벨 공작가에서 부패한 가문을 처단한다는 미명하에 기사단을 보내도록 지원했고, 마지막에는 루시안을 암살하면서 죄책감을 이기지 못하고 스스로 목숨을 끊었다.

원작에 따르면 그랬다.

'하지만 꿈속에서는…….'

리아넬라는 다시 생각에 잠겼다.

'다른 사람들에게는, 나와 루시안이 함께 죽은 걸로 하지, 뭐.'

아스트리드의 슬픈 미소가 눈앞에 어른거렸다. 꿈속과 원작에서 그녀의 모습이 머릿속에서 교차되는 듯했다.

'어느 쪽이 맞는 걸까?'

"……어, 어떻게 할 건가요?"

"네?"

아스트리드의 떨리는 목소리가 리아넬라의 정신을 현실로 돌려놓았다.

"모든 것을 알았으니……. 나에 대해 오페르니아의 공작 부인께 말씀드릴 건가요? 나를 피하겠죠? 할 말은 없……."

"아니요."

리아넬라는 빙긋 웃으며 고개를 저었다.

"상관없어요."

"뭐……라고요?"

"영애는 할 일을 하세요. 파벨 공작에게 반항할 수 있는 상황은 아닌 것 같으니까요."

아스트리드는 이해가 가지 않는다는 얼굴로 리아넬라를 바라보았다.

"연락하세요. 자주 어울리자고요."

"하지만……."

"저에 대한 정보를 단속하는 건 제 책임이에요. 중요한 이야기를 흘릴 일 없을 테니 영애는 부담을 갖지 않아도 된답니다."

리아넬라는 아스트리드를 향해 한 걸음 다가서며 말했다.

"어쩌면, 영애와 저는 잘 맞는 친구일지도 모르니까요."

"……."

"그렇게 교류하다가, 언젠가 저와의 관계가 가문보다 소중해진다면……. 파벨 공작에게 저에 대한 이야기를 전하는 게 싫어진다면, 그때는 다시 얘기해 주세요."

"왜 그렇게까지 하려는 거예요?"

"저는 영애가 좋으니까요."

리아넬라가 어깨를 으쓱하며 말했다. 한 치의 거짓도 없는 솔직한 대답이었다.

그녀는 아스트리드가 마음에 들었다. 보기 드문 학구열도, 좋은 머리도, 아버지의 훈계에도 잘 꺾이지 않는 고집도, 파벨 공작의 지시 앞에서 깊이 갈등하는 성정도.

원작에서도 아스트리드를 별로 싫어하지 않았다. 사연 있는 악역 겸 여주인공이라는 독특한 설정이 나쁘지 않다고 생각했으니까.

아직 오페르니아 가문과 루시안에게 아무런 피해를 끼치지 않은 지금의 삶에서는 더더욱 싫지 않았다.

그래서 한번 지켜보고 싶었다.

루시안 말고, 아스트리드의 미래까지도.

"……당신 같은 사람이 존재한다는 걸 믿기가 어렵네요."

한참 동안 침묵하던 아스트리드가 겨우 말했다.

그녀는 리아넬라 같은 사람을 처음 보았다. 그녀는 순식간에 자신의 밑바닥을 꿰뚫어 보았으면서, 멀어지기는커녕 한 발 더 다가오겠다고 말하고 있었다.

아니, 애초에 아스트리드는 그녀를 그 자체로 좋아해 주는 사람을 만난 적이 없었다.

자작가에서의 삶, 파벨 공작에게 무조건 복종하라던 자작의 가르침, 그 외에 그녀에게 주어진 것은 없었으니까.

그녀를 똑바로 바라보는 보석 같은 녹색 눈동자에서, 아스트리드는 설명하기 어려운 희망을 느꼈다.

"……좋아요."

아스트리드가 들릴 듯 말 듯 한 목소리로 말했다.

"정말 이런 저를 좋아한다면……. 정말 그렇다면 리아넬라 양의 말대로 하겠어요."

리아넬라의 속셈을 완전히 파악하긴 어려웠지만, 한편으로는 다른 답이 떠오르지 않았다.

당장 파벨 공작과 엘로딘 자작을 버리겠다, 리아넬라와 우정을 맹세하겠다는 답이 나오지는 않았다.

다만 마음 한구석에서, 리아넬라가 뻗은 손을 잡지 않으면 안 된다는 목소리가 들리는 것 같았다.

"그럼 나중에 저를 엘로딘 자작가로 초대해 주세요, 아리."

리아넬라가 활짝 웃으며 대답했다.

아스트리드의 눈이 다시 한번 커졌다.

"지금 나를 '아리'라고 불렀나요?"

"아, 죄송해요, 말이 잘못 나와서."

"아니요, 그건 제 별명이었어요."

이번에는 리아넬라가 눈을 크게 떴다.

"보통은 '아스트리드'의 애칭은 '리드'라고 하지만……. 어린 시절 제 애칭은 '아리'였어요. 어머니가 돌아가신 후로 누구도 저를 그렇게 부르지는 않았지만요."

"……."

'……진짜였구나.'

시험 삼아 꿈에서 나온 애칭을 불러 봤는데, 아스트리드의 대답은 예상 밖이었다.

"괜찮다면……. 리아넬라 양이 저를 그렇게 불러 주세요."

아스트리드가 작은 목소리로 말을 이었다.

"나는 그 애칭이 좋아요."

"……그렇게 할게요, 아리."

리아넬라가 기쁘게 고개를 끄덕였다. 동시에 그녀는 가진 정보를 정리했다. 그리고 확신했다.

'그런 거였어.'

원작에서 드러나지 않은 일들이 있었다는 것을.

꿈에서 자꾸 보이는 장면들은, 원작의 숨겨진 이면이라는 것을.

루시안과 리아넬라, 아스트리드.

이 세 사람 사이에는 다른 이야기가 있었다.

'뭐, 다 상관없어.'

리아넬라는 작게 웃었다.

원작이 어떻게 됐든, 이제는 중요하지 않았다. 그녀가 이 세상으로 뛰어든 이상, 원작의 흐름은 어차피 바뀌었으니까.

"리아넬라 양! 어딜 다녀오셨습니까? 다시 이야기를 하고 싶어 찾아다녔습니다."

연회장으로 돌아오자 그녀를 맞이한 것은 어느 거상의 셋째 아들이라고 스스로를 소개했던 이십 대의 남자였다.

"어린 나이에 공작가에서 초고속 승진을 하신 노하우를 제게도 좀……."

"리라."

남자는 작심한 듯 그녀에게 말을 걸었으나, 옆에서 빠르게 다가온 누군가가 그의 말을 뚝 잘랐다.

"루시안 도련님?"

자신을 둘러싼 사람들 틈을 빠져나온 루시안이었다. 그는 남자가 보이지 않는 듯, 리라만을 보며 다시 말했다.

"잠깐 나가자, 리라."

"하, 하지만 제가 먼저 리아넬라 양에게……."

이십 대의 남자가 당황하며 두 사람 사이에 끼어들었다. 리아넬라가 남자를 보며 난처한 얼굴로 망설이자, 루시안이 결심한 듯 심호흡을 하고 그녀의 손을 꼬옥 잡았다.

"……나 배고파."

"아니, 도련님도 음식을 못 드신 거예요?"

그녀가 걱정스러운 표정으로 루시안을 보며 묻자 그는 더욱 이마를 찌푸리며 고개를 끄덕였다.

"바깥쪽 테이블로 같이 가자. 연회장에는 사람이 너무 많은걸."

리아넬라의 시선이 자신에게 머무른 틈을 타, 루시안은 재빨리 그녀의 손을 잡아 정원으로 향했다.

"하, 하지만……."

거상의 셋째 아들은 아쉬운 표정으로 두 사람의 뒷모습을 바라볼 수밖에 없었다. 정원에는 아직 시종들이 차려 놓은 만찬이 그대로 있었으나, 손님들은 춤을 추기 위해 연회장으로 돌아간 듯, 거의 보이지 않았다.

두 사람은 자연스럽게 초콜릿 분수와 치즈 분수 사이에 자리를 잡고 앉았다.

"와, 드디어!"

리아넬라는 감격스러운 마음으로 과자 하나를 집어 초콜릿 분수에 담갔다가 입으로 가져갔다.

루시안은 그녀의 모습을 보며 말없이 빙긋 웃었다.

조금 전까지는 스스로 배가 고프다고 했으면서, 막상 음식 앞에서는 리아넬라가 먹는 것을 보기만 해도 만족하는 표정이었다.

"저 없는 사이에 무슨 일이라도 있었나요? 황실 연회 구경을 놓쳤나 싶어서 빨리 돌아왔는데."

"별거 없었어. 하지만……."

루시안이 하늘을 향해 고개를 들며 대답했다.

"정말 궁금하면 보여 줄까?"

그가 나직하게 휘파람을 불자, 하늘 위에 떠 있던 작은 점 같은 물체가 푸드덕하고 두 사람을 향해 날아왔다.

"……블랙차이?"

"응. 블리를 데려왔거든. 아까 연회장에서부터 있었어."

분홍색 공 같은 새는 루시안의 눈짓에 따라 리아넬라의 무릎에 자리 잡았다.

몇 달 전에 비해 훨씬 소통이 빠르고 자연스러워 보였다.

"삐이-"

루시안이 다시 손짓하자, 녀석은 푸드덕하고 리아넬라의 얼굴까지 날아올랐다.

새의 검은 눈동자를 똑바로 본 순간, 리아넬라의 눈앞에는 조금 전 떠나온 연회장의 전경이 펼쳐졌다.

흥겨운 음악을 연주하는 악사들. 여러 소녀들의 부탁에 못 이겨 춤을 추는 키르시안, 그의 춤 실력에 더욱 감탄하는 사람들.

소년, 소녀들에게 둘러싸인 채, 피곤한 표정으로 연회장 문 쪽을 바라보는 루시안.

편안한 자리에 앉아 감격스러운 얼굴로 연회를 구경하는 오페르니아 공작 부인.

과거 블리가 보여 주었던 풍경들보다 한층 더 선명한 모습이었다. 전달력이 높아졌다는 의미이자, 루시안의 훈련이 더 정교해졌다는 의미이기도 했다.

"……멋진 능력이에요."

전달이 끝난 뒤 리아넬라가 입을 열었다. 루시안은 작게 웃으며 블리를 다시 허공으로 날려 보냈다.

"전시에 어떻게 무시무시한 무기가 되었는지 알 것 같아요."

성 내의 모습을 눈에 담았다가, 성 밖의 주인에게 전달한다.

그것만으로도 엄청난 힘이 될 터였다.

"대단해요, 도련님은."

리아넬라가 진심으로 감탄하며 루시안을 바라보았다. 새삼, 푸른 제복을 갖춰 입은 그의 모습이 잘 어울린다는 생각이 들었다.

평소와 달리 쓸어 넘긴 머리, 단정하고 곧은 자세, 가슴께에 착용한 오페르니아의 문장.

'가문의 후계가 되면 지금과 비슷한 모습이겠지.'

루시안의 미래를 떠올리지 않을 수가 없었다. 화려하게 성장해, 공작 부인의 인정을 받고, 레너드나 노르만, 클로에를 모두 제치고 작위를 물려받을 그를.

루시안은 내 칭찬이 만족스러운 듯한 표정으로 나를 향해 물었다.

"리라는? 누군가를 만난 거야?"

메이슨의 일은 빠르고 조용히 처리되어 연회장 안까지 알려지지도 않은 듯, 루시안은 순수하게 호기심 어린 얼굴로 물었다.

"저는 친구를 만났답니다."

리아넬라가 빙긋 웃으며 대답했다.

"친구?"

"네. 그리고 많은 생각을 했어요."

그녀가 허공을 바라보며 대답했다.

"생각이랄까, 결심이랄까……."

반쯤 혼잣말로 중얼거린 이야기에, 루시안은 대답 대신 고개를 끄덕였다.

리아넬라는 다시 그를 보며 가볍게 머리를 쓰다듬었다. 루시안이 기분 좋은 듯 천천히 눈을 감았다.

힘들고 바쁜 하루 끝에 찾아온 편안한 순간이었다.

'흐트러뜨리지 않을 거야.'

리아넬라는 다시 한번 마음을 다잡았다.

지금과 같은 평화가, 미래에도 꼭 있게 할 거라고.

그녀는 이번 생의 결말을 직접 써 볼 생각이었다.

루시안도, 키르시안도, 아스트리드도, 그리고 리아넬라 자신도 죽지 않는, 그런 완벽한 결말을.

* * *

삼 년 후.

쉬이이익-

루시안의 검이 길게 허공을 가로질렀다.

"크아아아앙-"

흑곰과 비슷하나 덩치가 다섯 배가량 되는 마물이 포효했고, 다음 순간 루시안의 검이 녀석의 심장을 꿰뚫었다.

쿠우웅-

후드득 피가 튀고, 마물이 잠시 뒤척거리는 듯하더니 움직임을 멈추었다.

루시안은 무심한 표정으로 검을 한 번 털더니 검집에 다시 집어넣었다.

"잘하셨습니다, 루시안 님. 지금처럼 빠르게 약점을 노리셔야 합니다."

멀리서 나와 함께 지켜보던 알리사가 말하자, 루시안은 알아들었다는 듯 고개를 끄덕였다.

"축하해, 이 거대한 걸 기어코 혼자 쓰러뜨렸군."

키르시안도 마지못한 것처럼 천천히 박수를 쳤다.

이번에도 루시안은 짧게 고개를 끄덕일 뿐이었다.

"……."

그걸로 끝인가 했는데, 루시안의 시선은 이제 나를 보고 있었다. 바다처럼 깊은 눈동자로 나를 빤히 쳐다보는 시선, 나는 그가 뭘 기대하는 건지 잘 알고 있었다.

"우와아아아아! 너무너무너무 멋져요, 도련님!"

나는 최대한의 힘을 발휘해 호들갑을 떨고 칭찬을 해 주었다.

"정말 멋있었어?"

루시안은 그제야 이를 드러내며 환하게 웃었다. 조금 전의 살벌하던 모습은 온데간데없고, 천진한 어린아이 같은 미소가 그의 얼굴 전체에 퍼졌다.

"녀석의 이빨로 목걸이를 만들어 줄게. 호신의 힘이 있다고 했어."

"고마워요, 도련님!"

멀쩡한 이빨 수십 개를 가지고도 루시안의 검을 피하지 못한 걸 보면 거대한 흑곰 마물이 가진 호신의 힘도 별 볼 일이 없을 것 같다는 생각이 들었으나, 나는 일단 받아 두자는 생각으로 웃으며 대답했다.

"오늘은 리아넬라 님이 있어서 그런지 루시안 님이 평소보다 힘이 넘쳐 보이는군요."

알리사가 픽 웃으며 말했다.

"혹시 방해가 되나요? 오랜만에 구경 온 건데."

"전혀요. 리아넬라 님의 존재는 두 분 모두에게 자극이 됩니다. 리아넬라 님의 잔소리 덕분인지 평소보다 더 협력을 잘하기도 하죠."

알리사의 말을 증명하기라도 하듯, 키르시안은 루시안의 곁으로 가 마물의 가죽 벗기는 것을 돕고 있었다.

"요즘 도련님은 어떤 것 같아요?"

"전에도 말씀드렸지만 루시안 님은 천재입니다. 키르시안 님과 비슷하지만 조금 다른 방면으로요."

내가 묻자 알리사는 기다렸다는 듯 술술 대답했다. 루시안의 훈련을 구경하는 것은 오랜만이라, 그녀에게 들을 말이 많았다.

"검술만 봤을 때는 여전히 키르시안 공자가 우위라고 하셨던가요?"

"맞아요. 물론 최근 루시안 님의 오러가 발현되고 마력 운용이 자연스러워지면서 그 차이가 더 줄어들었지만요."

나는 뿌듯한 학부모가 된 기분으로 루시안을 바라보았다. 알리사의 가르침과 키르시안의 자극으로, 루시안은 얼마 전 겨우 열다섯의 나이에 오러 사용자가 되었다.

나와 그는 그 길로 알폰스를 찾아가 가이아네스의 눈동자를 받아 루시안의 목에 걸었다.

그 덕분인지 루시안이 운용할 수 있는 마력은 순식간에 증폭되었다. 수십 년 경력의 전쟁 영웅들을 상대해도 밀리지 않을 정도로.

"하지만 루시안 님이 천재라는 건 단순히 검술 때문만이 아니에요. 마력 운용 능력을 말하는 것도 아니고요."

알리사가 말을 이었다.

"루시안 님은 관찰력과 직감이 말도 안 되게 뛰어나요."

"관찰력과 직감?"

"한마디로, 상대를 쉽게 간파한다고나 할까요. 그 상대가 사람이든, 아니면 마물이든 간에요."

"……."

"조금의 시간만 있으면 상대의 강점과 약점을 파악해서 그 틈을 파고들어요. 따라서 한 번 진 상대에게 같은 방법으로 다시 지는 일이 없죠. 키르시안 님은 예외지만요."

나는 고개를 끄덕였다.

알리사의 분석은 정확했다. 루시안은 대련 상대 외에도 모든 생명체를 향한 관찰력이 좋았다.

마물 사냥에 능한 것도 같은 이유였다. 인간이 아닌 것을 상대할 때도, 상대가 어느 시점에 어떻게 움직일지를 미리 파악했던 것이다.

심지어 그는 공격하기 위한 약점을 파악할 뿐 아니라, 무엇을 주면 쉽게 상대를 굴복시킬 수 있는지도 잘 알았다.

"대련할 때 상대를 파악하는 능력이, 마물을 길들이는 능력과 결국 같은가 보군요."

"맞아요. 그 능력 덕분에 루시안 님에게는 남들에게 없는 무기들이 생겼죠. 저기 오네요."

알리사가 가리킨 방향에서 독특한 한 무리의 생명체들이 튀어나와 루시안에게 향했다.

"끼이이이-"

눈이 세 개 달린, 주인을 위해 무엇이든 사냥하는 황금빛 독수리.

"으릉-"

평소에는 작은 크기로 변형되어 있지만, 원형으로 돌아가면 살인 병기가 될 수 있는 거대한 검은 늑대.

"삐이이이-"

딸기를 잘 찾는다는 것 외에 아직 다른 쓸모를 발견하지 못했지만, 어쨌든 말랑말랑하고 무척 귀여운 흰 토끼 마물. 그리고 심부름을 하지 않을 때면 언제나 루시안의 머리 위를 떠도는 블리까지.

모두가 루시안이 길들인 마물이었다.

녀석들은 한꺼번에 루시안을 향해 달려들어 얼굴이며 이마를 비벼댔다.

"적당히 해, 너희들. 훈련 다 끝날 때까지 오지 말라고 했잖아."

루시안은 녀석들을 밀어 내려다가 할 수 없다는 듯 몇 번 쓰다듬어 주었다. 그럼에도 마물들은 말을 듣지 않고 경쟁적으로 루시안의 주변을 맴돌았다.

"어느새 한 마리 늘었냐? 늑대는 부러웠는데 이런 것도 키워?"

키르시안이 신기해하며 토끼의 엉덩이를 쿡쿡 찌르자, 토끼는 사납게 눈을 부라리며 키르시안의 손가락을 물었다.

"악!"

"멍청이. 물려도 싸."

흑곰 마물의 이빨을 채취하는 데 성공한 루시안이 키르시안을 무시하고 나와 알리사가 있는 곳으로 저벅저벅 다가왔다.

"저 자식은 정나미가 없어……. 리아넬라, 나 다친 거 보여?"

키르시안이 휙 하고 루시안을 앞질러 내 앞으로 다가와 손가락을 내밀었다.

"피가 나요, 키르시안 공자. 하필 검을 잡는 오른손 검지가……."

내가 한숨을 쉬며 가지고 온 약을 키르시안의 손가락에 발라 주려던 순간, 루시안이 미간을 찌푸리며 우리 둘 사이로 슥 끼어들었다.

"내가 발라 줄게."

"뭐? 이 자식이……. 내가 네 애완동물이냐?"

"닥치고 손이나 줘."

루시안은 내 손에서 연고를 가져가더니 키르시안의 손에 처덕처덕 약을 묻혔다.

"이럴 거면 그냥 리아넬라가 하게 내버려 두라고."

"리아넬라는 바빠. 나랑 얘기해야 하거든."

치료가 제대로 끝나기도 전에, 루시안이 나를 보며 돌아섰다.

나는 천천히 고개를 들어 그를 바라보았다. 새삼 그가 얼마나 성장했는지가 체감되었다.

이제는 나를 내려다볼 정도로 커진 키, 날렵해진 콧대와 턱선, 깊어진 눈매, 단단해진 몸이며 낮아진 목소리.

삼 년 전의 그 아이라고는 믿기 어려울 정도로 훌쩍 커 있었다.

다만 마물을 상대하느라 땀으로 젖은 새까만 머리칼이며 그와 대조되는 새하얀 피부, 맑은 바다색의 눈동자만큼은 예전과 다르지 않았다.

"하실 말씀이 있으셨어요?"

나를 빤히 응시하던 루시안의 눈매가 한순간 예쁘게 접혔다.

"아니, 듣고 싶은 말."

"듣고 싶은 말?"

"아까 멀어서 잘 못 들었어."

"아."

내가 무언가 깨닫자, 루시안이 장난스럽게 나를 향해 몸을 숙였다.

"너무너무너무 멋지다고요?"

"응."

싱거운 목소리로 말했지만 루시안은 진심으로 기쁜 듯 고개를 끄덕였다.

"그리고 또."

그가 머리를 조금 더 숙였다. 나는 픽 웃으며 그의 머리를 쓰다듬어 주었다. 루시안이 기분 좋다는 듯 눈을 지그시 감았다가 떴다.

"아니다. 내가 아니라 네가 애완동물이었네."

키르시안이 손가락을 감싼 채 투덜거렸으나, 루시안은 들은 척도 하지 않고 나와 시선을 맞추었다.

"오늘도 업무가 많아, 리라? 내가 도와줄까?"

"오늘은 비워 놨어요."

내가 대답했다.

"그럼 나랑……."

"중요한 다른 일정이 있어서요."

반색하던 루시안의 얼굴이 순간 흐려졌다.

"설마 오늘이……."

"맞아요. 황궁에 초대받았답니다."

나는 빙긋 웃으며 말했다. 오늘은 황제와 황태자가 직접 나를 황궁으로 초대한 중요한 날이었다.

"이제 돌아가서 옷을 갈아입고 준비해야 해요."

"……황태자 자식은 자주도 부르는군."

"네?"

"아무것도 아니야, 리라."

무언가 중얼거리던 루시안이 내 말에 별거 아니라는 듯 다시 한번 눈매를 접었다.

'잘 컸다, 진짜 잘 컸어.'

예쁘게 휘어지는 눈을 보자 심장 한구석이 찌릿해지는 기분이었다.

"집까지 같이 가자, 리라."

"저야 좋은데……. 저건요?"

내가 흑곰 마물의 남은 사체를 가리켰다. 루시안이 죽인 마물은 근 한 달 동안 링클산의 생태계를 파괴하던 녀석으로, 희귀한 만큼 가죽과 고기의 값어치가 상당했다. 이빨만 취하고 버려두는 것은 집사의 절약 정신이 허락하지 않았다.

"걱정 마, 다 방법이 있으니까."

루시안은 어깨를 으쓱하며 대답했다.

"알로가 대기하고 있어."

루시안이 멀리 떨어진 몇몇 그림자를 향해 손짓했다. 알로로 추정되는 실루엣이 알겠다는 신호를 하더니 불만스러운 걸음걸이로 이쪽을 향해 다가오기 시작했다.

"하나 부탁드려도 될까요?"

무언가 떠오른 내가 물었다. 루시안은 내 부탁을 들을 때면 언제나 그렇듯 반갑게 눈을 빛냈다.

"뭐든."

"로키를 태워 주세요. 시간이 많지 않아서요."

내가 검은 늑대를 가리키며 말했다. 녀석은 사람을 태워도 바람보다 빠르게 움직이지만, 루시안이 없을 때 나만 혼자 태워 주는 경우는 절대로 없었다.

그것만큼은 루시안도 로키에게 훈련시킬 수 없는 재주인 듯했다. 갖은 수를 동원해 나 혼자 태우는 것을 시도했던 루시안도 이제는 포기한 상태였다.

"좋은 생각이야."

루시안이 새하얀 치아를 드러내며 웃었다.

"나도 둘이서 가자고 하려고 했거든."

"야, 우린 안 태워 주고……."

"방해 말고 걸어가."

키르시안이 황당하다는 표정으로 말을 시작했지만 루시안이 딱 잘라 말했다.

"고마워요, 도련님."

나는 두 사람의 흔한 티격태격을 무시하고 인사했다.

"황궁에 가려면 지금보다는 멀쩡한 차림이어야 할 것 같아서 말이에요."

"……글쎄."

루시안이 고개를 살짝 기울이고 나를 지그시 바라보았다.

"리아넬라는 지금도 예쁜데."

"그런가요?"

나는 굳이 그의 말을 부정하지 않고 웃었다.

사실 루시안의 말은 틀리지 않았다. 삼 년 사이 거의 성인에 가까워진 나는 전보다도 더 예뻐졌으니까.

마치 가졌던 잠재력이 폭발하기라도 한 듯, 내 이목구비는 한층 화려하고 뚜렷해졌다. 황금빛 머리칼은 더욱 풍성해진 채 반짝반짝 윤기가 흘렀고, 눈동자의 에메랄드빛은 더 짙어졌다.

"누구든 반할 거야."

루시안이 다시 한번 말했다.

그러고는 내게 거의 들리지 않는 목소리로 작게 덧붙였다.

"그래서 걱정인 거고."

* * *

나는 황태자궁의 접견실에 앉아 방 안을 죽 둘러보았다.

몇 개 안 되는 초상화들과 벽에 걸린 무기, 따스한 색감과 편안한 온도. 몇 년 사이 너무 자주 와서 그런지 내 집처럼 편안한 기분이었다.

나는 소파에 몸을 기대며 습관처럼 이마에 손을 댔다.

'오늘은 괜찮으려나?'

미세해서 착각일 수 있으나, 황제나 황태자를 만나는 날에는 간혹 이마에 어떤 울림이 느껴질 때가 있었다.

그런 날이면 나는 또 그 꿈을 꿨다. 원작을 다른 시각에서 보여 주는 꿈.

다만 삼 년 전 황제 앞에서 쓰러진 날 이후로 꿨던 꿈들은 환상처럼 스쳐 지나간 장면들이 전부였기에 큰 의미를 두지는 않았다.

보통 보이는 것은 루시안이나 아스트리드였고, 가끔 노르만의 재수 없는 얼굴이 나타나기도 했다.

한 번도 보이지 않은 것은 황제와 황태자였다. 원작에서든, 꿈에서든, 두 사람은 나와 조금의 접점도 없는 것 같았다.

"리아넬라, 무슨 생각해?"

언제 왔는지 아르테스가 내게 불쑥 물었다.

"전하! 오셨군요."

나는 활짝 미소 지으며 그에게 인사했다.

"그냥 전에 꾼 꿈이 떠올라서……."

"중요한 꿈이었던 모양이구나. 내가 들어오는데 반가워하지도 않는 걸 보니."

아르테스의 뒤에서 들어온 황제가 툭 내뱉었다.

'또 이런다.'

몇 년 동안 관찰한 결과, 겉과 속이 완벽해 보이는 황제는 의외의 순간에 삐치는 경우가 있었다.

오찬에 초대를 받았지만 바빠서 짧은 식사만 하고 돌아갔던 때. 작년에 있었던 황실 검술 대회에서, 귀빈으로 초대된 내가 루시안의 우승에 환호하느라 황제가 내게 하는 말을 못 들었던 때. 나 먹으라고 들려 주는 선물을 루시안과 키르시안에게 나누어 먹겠다고 말했을 때.

황제는 마치 딸을 빼앗긴 친정아버지라도 된 듯 팔짱을 끼고 눈썹을 찌푸렸다.

"제 주의력이 부족한 탓입니다, 폐하. 제국의 태양과 작은 태양을 뵙습니다."

"그런 대단한 인사를 받겠다는 소리가 아니다."

황제가 됐다는 듯, 내게 다시 앉으라고 손짓했다.

"아르테스가 너를 초대하자고 나를 계속 졸라서 그렇지. 나는 아무래도 상관없다."

"전하가 저를요?"

아르테스는 틀린 말이 아니라는 듯 빙긋 웃으며 테이블을 가리켰다.

"네 평을 듣고 싶어서 말이야."

그가 가리킨 곳에는 수십 접시의 과자와 케이크들이 화려하게 차려져 있었다.

"과자를 구웠는데 네가 좋아할 것 같더구나."

"와아!"

나는 본능적으로 흐르는 침을 삼켰다. 베이킹은 얼마 전부터 아르테스가 시작한 취미였다.

그의 실력은 놀라웠다. 그가 만든 촉촉하고 부드러운 마들렌을 먹어 보고서야, 나는 비로소 황태자 아르테스가 '제국의 자랑'이라는 사실에 온전히 동의했다.

"많이 먹거라. 부황께서는 단것을 안 좋아하시거든. 너 말고는 줄 사람도 없어. 궁인들도 이제 물린 것 같더구나."

"그거 신기하네요."

나는 가장 앞에 있는 초콜릿케이크를 한입 먹으며 말했다.

"물릴 것 같은 맛이 아닌데요."

"이번에 사용한 향신료는 조금 독특해서……. 너랑 나만 좋아할 것 같아."

그의 말대로, 케이크에서는 매콤하면서 새로운 맛이 느껴졌다.

다만 질리는 맛이 아니라, 먹을수록 중독되는 오묘한 맛이었다.

"두 사람의 입맛이 유독 비슷한 모양이다."

황제가 무심하게 말했다. 그의 말은 사실이었다. 우리 두 사람은 입맛이 완전히 같았다. 과할 정도로 단것을 좋아하기도 하고, 그때그때 꽂히는 식감이나 향료까지 같았다.

아르테스가 매번 내게 먹을 것을 주며 뿌듯해하는 이유였다.

"그러니 말입니다, 마치 동생 같아요."

아르테스의 말에 황제의 손이 움찔하고 떨렸다.

아차.

그가 누구를 떠올렸는지 예상이 갔기에, 나는 순간적으로 삼키던 과자를 뱉어 낼 뻔했다.

"콜록!"

"조심하거라."

황제는 순간적인 감정이 이미 정리된 듯, 낮게 웃으며 내게 손수건을 건네주었다.

"급히 먹으니 기침을 하는 것 아니냐. 오페르니아에서는 사용인에게 먹을 것을 제대로 주지 않느냐?"

"그럴 리가요. 루시안 도련님과 같은 음식을 먹고 있답니다."

실제로는 내가 더 먹고 있었다. 루시안은 내가 먹는 모습을 보는 것을 워낙 좋아했으니까.

"그러고 보니 루시안 영식은 함께 오지 않았군. 그쪽도 단것을 좋아하는 편이라 평을 듣고 싶었는데."

아르테스가 고개를 갸웃하며 말했다.

"공작 부인께서 새로운 스승을 구해 주신 후로 공부가 더 바빠지셨답니다."

내가 웃으며 말했지만, 아르테스는 다 안다는 듯 한숨을 쉬었다.

"그냥 나를 별로 안 좋아하는 것 같던데."

나는 부정하지 않았다. 루시안은 실제로 아르테스를 싫어했다. 특별한 이유는 없었다. 그저 나를 너무 자주 불러낸다는 것, 그리고 웃는 모습이 너무 밝아서 조금 짜증 난다는 것이었다.

정작 사람을 좋아하는 아르테스는 순수하게 루시안에게도 호감을 보이고 있었는데.

"괜찮아요. 제가 전하를 좋아하니까요. 황제 폐하도."

거짓 없이 대답하는 나를 향해 황제가 눈썹을 치켜올렸다.

"가끔 보면 참으로 용감한 말을 하는구나."

그가 헛웃음을 지으며 나를 빤히 바라보았다.

나는 긍정도 부정도 하지 않았다.

"넌 내가 무섭지도 않으냐?"

"또 물으시는군요."

내가 과자를 삼키고 대답했다. 황제는 이런 식으로 나를 떠보는 것을 좋아했다. 처음에는 긴장했으나 워낙 자주 생기는 일이라 어느 순간부터는 나도 자연스러워졌다.

"황좌에 앉으신 분이니 두렵기도 하지만……."

나는 홍차 가루를 섞고 캐러멜을 입혀 구운 말랑한 과자를 집으며 말을 이었다.

"그럼에도 폐하가 좋답니다. 폐하께서 먼저 저가 특별하다고 말씀해 주셨으니까요. 오랫동안, 스스로 특별하다는 생각을 못 하고 살았거든요."

나는 과자를 황제의 입가로 내밀며 말했다.

"……."

황제의 눈동자가 순간 흔들렸다. 이번에도 나는 그 이유를 알았다. 내가 간혹 어두운 과거를 언급할 때면 보이는 반응이었다.

"그래서, 루시안 도련님과 두 분을 만난 지금이 행복하답니다."

활짝 웃으며 덧붙이자 황제는 비로소 얼굴을 조금 풀고 내가 내민 과자를 바라보았다.

"……지존의 몸은 이런 것을 먹지 않아도 튼튼하다."

"질리셨군요."

"아르테스의 음식은 내 입맛에 맞지 않다."

말은 그렇게 하면서도, 황제는 내 손에 들린 과자를 가져가 입에 넣었다.

"그나저나 오페르니아 공작가로도 소식이 갔어? 마물 사냥제에 대한 거."

반쯤 억지로 제 음식을 먹는 부황을 뿌듯하게 바라보던 아르테스가 나를 향해 물었다.

"열린다는 이야기는 들었어요. 오 년만이던가요?"

"맞아. 이번에는 아주 크게 할 거야. 나도 참가할 거고."

마물 사냥제는 제국에서 비정기적으로 열리는 가장 큰 이벤트 중 하나였다. 단순히 오락이 아니라 민심을 달래기 위해 하는 마물 토벌이었기에, 마물이 잘 보이지 않는 시기에는 굳이 열지 않았다.

그러나 최근 수도 근방까지 마물의 습격이 심해지면서, 황제는 오 년 만에 황실 차원에서의 마물 사냥제를 선언했다. 황실에서 직접 주관하는 사냥제는 제국 전역의 마물 토벌의 시작을 알렸다.

"주요 가문들은 모두 누군가를 참여시키겠네요?"

"물론. 파벨 공작가에서 아들들을 전부 내보낸다고 하고, 세이든 공작가에서는 아예 직계들을 전부 참여시켜서 경쟁하게 만드는 모양이야."

아르테스와 비슷한 또래인 파벨 공작의 세 아들들은 아직까지 누구도 정식 후계로 임명되지 않았다.

아마 사냥제에서 공을 세우기 위해 꽤나 안달일 터였다.

세이든의 경우, 안달이 난 것은 공작이었다. 몇 년 전 가문에서 자랑하던 천재 검사인 메이슨 세이든이 황제의 노여움을 사고 은둔에 들어간 후로, 그들은 매년 새로운 소년 검사를 공식 석상에 선보였다.

그러나 그중 누구도 검술 대회에서 우승을 하지는 못했다. 작년에 그중 한 명으로부터 우승의 기회를 빼앗은 것은 가장 어린 참가자였던 루시안이었다.

그렇게 가문의 얼굴에 먹칠을 당하던 와중에, 키르시안 세이든이 몇 번이나 가문으로 돌아와 달라는 간청을 거절했으니 공작의 마음이 급해진 것은 당연한 일이었다.

"두 공작가에서 적극적으로 참여한다는 말은……."

"오페르니아 공작 부인은 루시안 오페르니아를 내보내야 한다는 의미겠지."

황제가 내 말을 받아서 정리해 주었다.

"하긴, 도련님을 빼면 다른 사람이 없죠."

나는 팔짱을 끼고 오페르니아 공작가의 사람들을 하나하나 떠올려 보았다.

죽어 버린 장남, 가스펠.

검을 쥐여 주면 실수로 제 발등부터 찍을 것 같은 차남, 레너드.

무기에는 관심이 전혀 없는 클로에와 술에 빠져 사느라 나와 얼굴을 마주칠 일이 없는 클로에의 쌍둥이, 데스먼드.

쓸모없는 노르만, 클로에의 병약한 딸 로잘린…….

키르시안은 공식적으로 오페르니아의 사람이라고 선언했지만, 아무래도 성이 다르니 혼자 참여시키기는 애매했다.

"아직 어리지만, 루시안에게 이건 기회야."

아르테스가 나를 안심시키듯 말했다.

"다른 기사들이 있으니 힘든 일은 하지 않아도 될 거고, 참여하는 것만으로도 배우는 건 많을 테니까."

나는 빙긋 웃으며 아르테스의 말을 들었다.

루시안의 실력이 어느 정도 증명이 된 지금도, 성인인 아르테스나 다른 귀족들의 눈에 그는 아직 소년이었다.

어쩌면, 후계를 고민하고 있을 공작 부인의 눈에도.

"전하의 말씀이 옳아요."

나는 조용히 그의 말에 맞장구를 쳤다.

시간이 그리 많지 않았다. 후계가 없는 오페르니아 가문은 여전히 불안했고, 루시안은 지금보다 더 확실히 입지를 다져야 했다.

"사냥제는, 도련님에게 확실히 기회가 될 거예요."

공작 부인 앞에서, 누가 오페르니아의 작위에 어울리는지 확인시켜 줄 기회.

"언제라고 했죠?"

"앞으로 육 개월 후."

나는 고개를 끄덕였다.

그 안에, 루시안은 더 성장해야 했다. 다른 이들에게 공을 빼앗기지 않고, 오페르니아 가문의 위상을 세우는 역할을 혼자서 해낼 수 있도록.

* * *

황제와 아르테스가 포장해 준 과자를 양손에 가득 들고, 포털을 지나 오페르니아 저택에 도착했을 때는 이미 저녁이었다.

"왔니?"

내 방 침대에 걸터앉은 채 나를 기다린 것은 카밀이었다.

"2급으로 승진시켜 줬으면 일을 해야지, 왜 여기 있어?"

내가 묻자 그녀는 어깨를 으쓱하며 대답했다.

"시켜 달라던 승진도 아닌걸. 급여가 뭐 얼마나 차이가 난다고."

"이제 부자다 이거야?"

"아무래도 돈을 버는 것보다 굴리는 게 더 중요하긴 하지."

카밀이 씩 웃으며 내 말을 받았다.

삼 년이 지나는 사이, 카밀은 이미 상당한 부를 축적해 놓았다. 저택 안의 부정부패를 유리하게 이용하거나 남의 돈을 훔치는 것은 하지 않았지만, 꽤나 탄탄한 정보상을 굴리고 있었으니까.

그 최대 이용 고객은 나였고, 그녀의 정보를 최대한 오페르니아 가문에 유리하게 사용한 나는 집사의 권한으로 그녀에게 상당한 대가를 지급해 왔다.

"굴리는 건 내 도움 없이 할 만하고?"

"안 되지. 네가 오페르니아의 이름으로 투자하는 사업에 나도 투자해야 하는데.”

카밀이 고개를 저었다.

“어떻게 매번 투자처를 잘 찾는지 모르겠어. 바인즈 집사와 공작 부인이 널 보물처럼 아끼는 것도 당연해.”

그녀의 말처럼, 몇 년 사이 오페르니아 가문의 부는 과거에 비해 훨씬 더 불어났다.

내 고집으로 매수했던 비에든산의 금맥이며, 노르펑아에서 거둬들이는 곡식은 가문의 기반을 탄탄하게 만들었다. 거기다 최근 발탄 광산에서 다이아몬드가 발견되기 시작하면서, 오페르니아 공작 부인은 ‘신의 손’을 가졌다며 부러움을 사기도 했다.

물론 그사이에 투자한 다른 사업도 마찬가지였다. 건드리는 것마다 큰 수익을 냈고, 결국 공작가는 영지 부근의 몰락한 백작가의 땅 절반을 사들이며 영토를 확장했으니까.

공작 부인이 매의 눈으로 쓸데없는 낭비를 막고 있는 것은 물론이었다.

이제 오페르니아를 ‘제국의 호구’라 부르는 이들은 많지 않았다. 오히려 ‘제국의 축복’이니, ‘미래를 보는 가문’이니 하는 별명들이 척척 붙었다.

“참고로 나 심부름하러 온 거거든? 매번 구박하지 마.”

내 잔소리가 듣기 싫었는지, 그녀가 자세를 바로 하며 말했다.

“루시안 도련님이 너한테 뭐 좀 전해 주라고 하셔서.”

그녀가 내민 것은 아기자기한 그림이 그려진 커다란 상자였다.

“이거…….”

“맞아. 과자야.”

카밀은 픽 웃으며 상자를 열어서 보여 주었다. 수도의 유명한 상점을 다 돈 듯, 그 안에는 화려하게 장식된 가지각색의 디저트가 꽉 채워져 있었다.

“황태자가 준 것 말고 자기가 준 걸 먹으라는 거겠지, 뭐.”

나는 반가운 얼굴로 그중 하나를 꺼내 먹었다. 가장 좋은 것으로 골라 온 듯, 진한 크림이 입 안을 가득 채웠다.

"요리 실력으로는 못 이기겠으니 다른 정성으로 이긴다, 뭐 이런 거?"

카밀이 쏙 하고 디저트 하나를 빼 가며 덧붙였다.

"주방에 있는 사용인들은 지금도 도련님이 가까이 오는 걸 두려워한다지."

내가 아르테스의 과자를 좋아한다는 말을 들었을 때, 루시안의 첫 반응은 주방에 쳐들어가 베이킹을 배우는 것이었다.

결과는 처참했다. 학문과 검술, 마물 길들이기에 천재적이었던 그는, 주방에서는 도통 쓸모가 없었던 것이다.

다 타 버린 과자를 든 그가 너무 의기소침해 보여서, 내가 위로랍시고 꼭 안아 주며 '저는 파는 과자를 좋아해요'라고 한마디 한 것이 화근이었다.

그는 나와 종종 갖는 티타임을 위해, 주기적으로 제국 각지의 상점을 싹 쓸어 디저트를 사 오고는 했던 것이다.

"타고난 성격이 다정한가 봐."

내가 혼잣말처럼 중얼거리자 카밀이 미간을 찌푸렸다.

"타고나? 다정한 성격을? 루시안 도련님이?"

"나중에 약혼이라도 하게 되면, 약혼녀에게는 이보다 훨씬 더 잘하시겠지?"

나는 원작에서 그가 아스트리드에게 꽤 많은 선물을 했다는 사실을 알고 있었다. 험난한 어린 시절로 인해 영혼이 피폐해졌음에도 불구하고 그랬다.

이번 생의 약혼 상대는 어쩌면 그녀가 아니라 다른 사람일 테지만, 루시안은 누굴 만나든 훌륭한 연인일 것 같았다.

"너 이런 얘기 도련님 앞에서도 하니?"

카밀이 어이없다는 표정으로 물었다.

"아직은 그럴 나이가 아닌걸. 아직 아이잖아."

"……넌 참 신기해, 리아넬라."

카밀이 잠시 침묵하다가 말했다.

“가끔은 제국에서 제일 똑똑한 것 같은데, 가끔 보면 진짜 바보 같아.”

“무슨 소리를 하고 싶은 거야?”

“그러니까……. 아니, 됐다. 내가 말해서 뭐 해. 둘이 알아서들 해.”

카밀은 답답한 듯 한숨을 쉬며 입을 다물었다.

“아무튼 난 전했다? 다 먹기 어려우면 언제든 부르고.”

“잠깐만, 카밀.”

할 일 다 했다며 돌아서는 그녀에게 내가 말했다.

“새롭게 알아봐 줬으면 하는 게 있어.”

“뭔데?”

“루시안 도련님을 가르칠 만한 마물 전문가가 있어?”

“마물 전문가?”

나는 고개를 끄덕였다.

“……학자라면 황실을 통해서 찾는 게 빠르지 않아?”

“학자를 찾는 게 아니야. 실전에 능한 사람이 필요해. 사냥제가 얼마 안 남았으니까.”

내가 설명했다.

“탁자에서 연구만 하는 사람은 도움이 안 되니까 너한테 묻는 거야. 희귀 마물은 뒷골목에서 거래되는 경우가 많잖아.”

“…….”

“직업이 사냥꾼이어도 좋고, 불법으로 마물 사육이나 밀수를 하는 사람이어도 상관없어. 도련님이 모르는 지식을 줄 수만 있으면.”

내가 툭 까고 말했다.

“이런 기회는 앞으로 오 년은 다시 오지 않을 거고, 난 성격이 급하거든.”

“마물의 특성을 잘 아는 사람이라……. 네가 무슨 말을 하는 건지는 알겠어.”

"그래?"

"응. 그런데……."

카밀이 천천히 나를 올려다보며 말했다.

"떠오르는 이름이 딱 하나 있거든? 근데 말을 해 주는 게 의미가 있는지 모르겠네."

그녀는 뭔가 확신이 서지 않는다는 듯 조심스러운 얼굴이었다.

"뭐든 좋으니까 말해. 정보만 주면 이번에는 마력석으로 지불할 거야."

"약속이다! 이 사람 못 데려와도 내 탓 아니야."

무해해 보였던 그녀의 두 눈이 번쩍 빛났다.

"십 년쯤 전에 마물 사냥꾼들 사이에서 좀 유명했던 이름이야."

"사냥꾼이야?"

"아니, 몸을 잘 쓰는 사람은 아니라고 들었어. 하지만 사냥꾼들이 일이 풀리지 않을 때 찾아가는 사람이었대. 흔한 마물부터 희귀한 품종까지 특성을 다 파악하고 있었다고 해."

그녀가 생각에 잠긴 표정으로 말했다. 머릿속에 정리된 오래된 정보를 떠올릴 때 항상 짓는 표정이었다.

"그 당시에 유명한 사냥꾼들 중 그 사람을 거치지 않은 사람이 없다고 했어. 실제로 그 무렵에 제국에서 거대 마물이 많이 잡힌 건 확실한 사실이고."

"……."

"내가 아는 술집 주인이 그 연락책이었어."

나는 입꼬리가 나도 모르게 올라가는 것이 느껴졌다.

이거였다. 루시안에게 필요한 스승.

"젊고 다른 직업이 없었으니 본인에게는 취미 활동쯤 됐던 모양이야. 심지어는 마물을 길들이기도 했다던가……."

"이름 말해 줘."

내가 독촉했다.

"나머지는 알아서 할 테니까. 멀리 사는 사람이야?"

나는 고개를 갸웃하며 물었다.

공작 부인은 손자들의 교육에는 돈을 아끼지 않았다. 루시안은 물론, 노르만과 로잘린도 수많은 스승을 두고 학문이며 악기를 배웠다.

멀리 살든, 자존심이 높든, 숨어 사는 사정이 있든, 성격이 괴팍하든, 웬만한 문제라면 돈으로 해결이 가능했다.

"아니, 가까워."

"더 쉽네, 그럼."

"근데 이 사람은 돈으로는 섭외 못 해."

"왜?"

"뭐랄까, 본인도 부잣집 아들이라서?"

내가 어이없다는 얼굴로 카밀을 바라보았다.

"오페르니아 가문에서 지출할 수 있는 금액이 얼마인지 몰라?"

"알지. 그러니까 하는 말이고."

카밀이 빙긋 웃으며 내게 한 걸음 다가왔다.

"그때 사용하던 이름은 '오페란 데이먼'이야. 물론 실명은 따로 있고."

나는 눈썹을 치켜올렸다. 분명히 처음 듣는 이름인데, 어딘가 익숙하게 느껴지는 어감 때문이었다.

"전에 다른 정보를 캐느라 그 술집 주인한테 술을 먹였을 때 들은 바로는……."

그녀가 목소리를 낮추며 말을 이었다.

"남자의 실명은 데스먼드 오페르니아."

"……뭐?"

"오페르니아 가문의 삼남이자 막내."

나는 믿기지 않는다는 얼굴로 그녀를 바라보았다. 카밀의 얼굴에 장난기는 없었다.

"너 지금 무슨 말을……."

"원한다면 바인즈 집사나 공작 부인에게 확인해 봐. 어려서부터 마물 연구를 많이 했다는 이야기 정도는 해 줄 거야. 실제로 그 능력으로 사냥꾼들과 거래를 했다는 사실은 모르고 있겠지만."

"데스먼드 오페르니아는 마물 토벌전이나 사냥제에는 단 한 번도 참여한 적이 없어."

"몸은 못 쓴다고 했잖아. 몸을 잘 쓰는 건 가스팔 오페르니아였고."

카밀이 차분하게 대꾸했다.

"한편으로는 자연스럽게 느껴지지 않아?"

"……."

"루시안 도련님이 누굴 닮은 거라고 생각해?"

나는 땅이 푹 꺼지도록 한숨을 내쉬었다. 카밀이 이 정도로 확신하는 정보라면, 그것은 이미 확실한 사실이었다.

데스먼드 오페르니아라니.

나는 카밀을 방에서 내보낸 뒤 머리를 감싸고 생각에 잠겼다.

오페르니아 가문의 사람들 중 나와 마주칠 일이 가장 없는 것이 바로 그였다. 어린 시절에는 얌전하고 착했다던 그는 누이인 클로에가 지금의 남편과 결혼할 무렵 가족들과 조금씩 멀어졌고, 아버지와 큰형의 죽음 이후에는 완전히 사람이 바뀌었다고 했다.

둘째인 레너드와는 다른 종류의 골칫덩어리로, 사업에는 관심이 전혀 없지만, 술과 도박에 푹 빠져서 사는 남자라던가.

가끔 술집에서 쓸데없는 일로 싸움에 휘말렸기에, 공작 부인은 종종 비싼 배상금을 내줘야 하기도 했다. 그것이 그가 원작에서 오페르니아의 명문에 기여한 방법이었다고나 할까.

원작에서 그는 한겨울에 술을 마시다가 호수에 빠져 죽어 버렸다.

'다른 문제가 다 해결되면, 대충 공작 부인을 설득해서 영지 한쪽을 떼 주고 사용인이 돌보게 하려고 했는데.'

그는 내가 쉽게 해결할 수 있는 문제가 아니었다. 그렇다고 공작 부인의 말을 듣지도 않았다. 큰형의 죽음 후로는 루시안과도 얼굴을 보지 않아 두 사람 사이에 어떤 애착이 형성되었다고 보기도 어려웠다.

유일하게 그가 말을 들었던 인물은…….

'쌍둥이 누이인 클로에.'

나는 오래전, 공작 부인이 지나가듯 한 말을 떠올렸다. 클로에가 지금의 남편과 결혼하기 전까지, 두 사람은 상당히 친했었다고.

그들이 한때는 서로를 무척이나 아꼈고, 데스먼드는 클로에를 위해 뭐든 했었다고.

하지만 지금은 아니었다. 데스먼드는 사람 만나는 것 자체를 꺼렸지만, 그중에서도 팔라스와는 얼굴조차 보기 싫어했다. 반면 클로에는 남편을 향한 사랑으로 눈이 멀어 있었고.

한참 동안이나, 나는 같은 자리에 가만히 앉아 고민을 계속했다.

그리고 마침내 결심했다. 답은 의외로 간단했다.

"두 사람을 붙여 놓자. 그럼 답이 나오겠지."

나는 두 손에 묻었던 얼굴을 들며 혼잣말로 중얼거렸다.

지금껏 공작가에서 일하는 동안, 두 사람이 서로 말을 섞는 모습을 본 적이 없었다.

그러니 피할 수 없게 한 공간에 넣어 볼 생각이었다.

한때 영혼을 반씩 나눠 가졌다고 칭해졌던 두 사람이 지금은 어떤 관계인 건지.

클로에가 데스먼드에게 어떤 의미가 있는지.

아직도 그를 바꿔 놓을 힘이 있는지.

그 모든 것을 알 수 있도록.

* * *

"데스먼드 삼촌?"

함께 장미 정원을 걷던 루시안이 잘 기억나지 않는다는 듯 말했다.

"제대로 대화를 해 본 건 너무 오래전인데. 너도 알겠지만, 요즘은 행사에도 얼굴을 잘 비추지 않고. 솔직히 말하면 얼굴도 잘 기억이 안 나."

"가스팔 님이 살아 계셨을 때는 어떠셨어요?"

"조금은 더 친했어. 간혹 와서 선물을 주기도 했고, 같이 동물을 관찰하기도 하고……. 다만 델프스가 죽은 후로는 항상 조금 외로워 보였던 것 같아."

"델프스요?"

처음 듣는 이름에 내가 의아한 얼굴로 물었다.

데스먼드에게 여자 친구가 있었다는 말은 못 들었는데.

"삼촌이 키우던 마물 이름이야. 로키처럼 변신이 가능한 마물이었고, 원형은 아마 숫사슴이었을걸."

"마물을 길들였다는 게 사실이군요."

"응. 항상 저택 안에만 있어서 외부에는 알려지지 않았지만……. 나도 마물을 길들일 수 있다는 걸 삼촌을 보고 알았어."

"데이지는 어떻게 죽었는데요?"

"글쎄. 클로에 고모의 결혼식에서 있었던 일인 건 아는데, 정확한 사인은 삼촌이 말을 하지 않았던 걸로 알아."

"십 년 전이네요?"

"응. 나랑 로잘린이 다섯 살이었으니까."

클로에의 남편은 로잘린의 친부가 아니었다.

결혼하지 않은 채로 이 남자, 저 남자 정부를 갈아 치우던 클로에는, 이름 모를 남자와의 사이에서 로잘린을 낳았다.

로잘린의 성이 오페르니아인 것은 그 이유였다.

그 후, 오 년 동안 또다시 여러 남자를 만났던 그녀는, 마침내 세기의 사랑을 찾았다며 한미한 남작가의 차남, 팔라스 악타온과 결혼했다.

사랑에 꽤나 진심이었는지, 그녀는 결혼 후에도 아주 오랫동안 남편에게 온갖 선물을 퍼 주었다.

제국에 단 하나밖에 없는 보석으로 만든 약혼반지.

팔라스의 모습을 본떠서 만든 황금상.

그의 명의로 되어 있는 여러 사업체와 수 채의 별장.

삼 년 전 공작 부인이 정신을 차렸기에 불발되었으나, 클로에는 팔라스를 위해 와인으로 채운 호수를 선물할 계획까지 했었다.

"그럼 팔라스 님은……."

"아야."

루시안의 얼굴을 보고 얘기하는 사이, 앞에서 빠른 걸음으로 다가오던 누군가가 나와 어깨를 부딪쳤다. 루시안이 재빨리 손을 뻗어 나를 잡아줬기에 망정이지, 안 그랬다면 넘어졌을 정도로 거친 마찰이었다.

"아프잖아!"

그녀가 날카롭게 소리쳤다. 나는 그제야 고개를 돌리고 소녀의 얼굴을 확인했다. 오페르니아 가문 특유의 새까만 머리칼에 피처럼 붉은 눈동자가 눈에 들어왔다.

"집사 따위가……. 앞을 제대로 보지도 못해?"

예민한 얼굴로 소리치는 그녀에게, 나는 고개를 숙이며 인사했다.

"오랜만입니다, 로잘린 아가씨."

머리부터 발끝까지 예민한 열다섯의 소녀는, 아직 화가 풀리지 않았다는 듯 나를 노려보았다.

"죄송하다는 말이 먼저 아닌가? 바인즈 집사가 제대로 교육을 안 했나 보지?"

로잘린이 헛웃음을 치며 나를 올려다보았다. 나는 부드럽게 웃으며 대답해 주었다.

“먼저 부딪혀 온 것도, 폭언을 한 것도 제가 아니라서요. 사과할 명분이 없답니다, 아가씨.”

“너는 언제나 입만 살았구나.”

“입으로 먹고살았던 시절이 있어서요.”

로잘린은 눈을 가늘게 뜨고 나를 올려다보았다.

익숙한 일이었다. 그녀는 원래 나를 좋아하지 않았으니까.

공작저로 온 지 삼 년 하고도 몇 개월, 그사이 나는 로잘린의 삶을 조금 힘들게 만들어 놓았다.

어머니의 과소비를 제약함으로써 로잘린도 함부로 물건을 사지 못하게 했고, 필요하면 가져가던 공작가의 마력석을 금고에 꽉 잠가 놓고 손을 못 대게 했고.

자신보다 겨우 두 살 많은 아이가 집사랍시고 이래저래 자유를 제한해 놓았으니 좋아할 이유가 없었을 것이다.

얼굴을 찌푸리고 지나가려는 그녀를 루시안이 막아섰다.

“길 막지 말고 비켜, 루시안.”

“사과하기 전에는 못 비키겠는데.”

루시안이 가라앉은 목소리로 그녀에게 말했다.

조금 전, 나와 쾌활하게 얘기하던 사람이 맞나 싶을 정도로, 그의 얼굴은 딱딱하게 굳어 있었다.

“사과? 내가?”

“정확히 들었네, 리아넬라에게 사과해. 앞도 안 보고 다가와 부딪힌 것도, 교육 운운하며 폭언한 것도.”

“할머니가 너를 싸고도니까 보이는 게 없니? 누가 주인이고 누가 하인인지 안 보여?”

“리아넬라는 네 하인이 아니야.”

루시안이 로잘린을 향해 한 걸음 다가섰다.

동갑이지만 유독 키가 큰 루시안과 유독 작은 로잘린은 머리 하나 정도의 키 차이가 났다. 그녀가 입술을 깨물며 한 걸음 뒤로 물러섰다.

“너……. 나 협박하는 거야? 할머니가 너를 좀 예뻐하신다고…….”

“응. 협박이야.”

루시안이 조금의 웃음기도 없이 말했다. 조금 전 나와 이야기를 나눌 때와는 완전히 다른 분위기였다.

“잘못했다고 사과해. 그리고 다신 리아넬라와 부딪히지 마.”

“뭐?”

“멀리서 리아넬라가 보이면 네가 피해. 그리고 리아넬라를 하인으로 취급하지 마.”

“안 그러면 네가 어쩔 건데?”

“…….”

루시안은 대답 대신 싸늘한 표정으로 로잘린을 응시했다. 열다섯의 소년에게는 어울리지 않는 날 선 안광이었다. 순간적으로 주변의 공기까지 무거워질 정도로.

로잘린이 흠칫 놀라 그 자리에 굳는 것이 보였다.

“……실수로 말이 잘못 나왔죠, 아가씨?”

내가 두 사람 사이에 끼어들며 빙긋 웃었다. 로잘린이 뻣뻣한 동작으로 나를 향해 고개를 돌렸다.

“저를 욕할 생각은 절대로 없었는데, 순간적으로 당황하신 거죠?”

“…….”

나는 목소리를 낮추고 그녀를 내려다보며 말했다.

“내탕금이 줄었다고 클로에 님의 돈에 손을 대는 걸, 제가 넘어가 주기를 바라시죠? 그러니 조금 전의 일은 반성하고 계실 거예요, 그렇죠?”

로잘린의 얼굴이 한층 더 창백해졌다.

"……."

"저뿐 아니라 다른 사용인들에 대해서도, 다시 함부로 얘기하지 않으실 생각이시죠? 그건 아가씨께서 잘못하신 일이니까요."

"……."

"제 말 맞나요?"

"……그래."

한참 동안 나를 노려보기만 하던 로잘린이 억지로 목소리를 쥐어짜 내 대답했다.

"네?"

"내가……. 잘못했다고."

자존심 높은 그녀의 얼굴이 새빨개졌고, 속으로 온갖 욕설을 하는 것이 눈에 보였다.

이쯤에서 보내 줘야지.

"그럼, 이만 들어가세요. 다른 사람들과 부딪히지 않도록 조심하시고요."

로잘린은 더 이상 내 말에 토를 달지 못하고 휙 돌아서서 제 방으로 돌아갔다.

"……전에도 이랬어?"

루시안이 걱정스러운 얼굴로 나를 바라보았다. 나는 아무렇지 않게 고개를 끄덕였다.

"마주칠 때면 항상 비슷하지만, 너무 걱정 안 하셔도 돼요. 저는 괜찮기도 하고……."

나는 그녀의 뒷모습을 보며 덧붙였다.

"로잘린 아가씨는, 원래 사람을 안 좋아하시니까요."

지난 삼 년간 지켜본 바로는, 로잘린은 나뿐 아니라 그 누구도 좋아하지 않았다.

자신과 그 어머니의 내탕금에 왈가왈부하는 나를 유독 싫어하긴 하지만, 다른 사람들이라고 딱히 다르게 대하지도 않았다.

강한 자에게 약하다거나, 약한 자에게 강한 태도가 아니었다. 그녀는 제 새아버지인 팔라스와도 썩 잘 지내지 못했고, 노르만과 다르게 공작 부인에게 알랑거리지도 않았다.

한마디로, 예민하고 까칠했다.

"기분이 나쁘지 않아? 그런 식으로 너를 대하는데?"

루시안이 다시 물었다. 나는 솔직하게 고개를 저었다.

"전혀요."

"노르만에게는 그렇게 무르지 않았잖아."

루시안의 말처럼, 나는 몇 년 동안 노르만을 몇 번이나 물 먹인 전적이 있었다.

개처럼 데리고 다니던 삼총사를 빼앗아 온 것은 물론이고, 내 입지를 다진 후로는 말 한 번만 잘못해도 바인즈 집사나 공작 부인의 귀에 들어가게 했다.

나중에 공작 부인은 한숨을 몇 번 쉬더니 그의 버릇을 고칠 수 있도록 필요한 모든 권한을 위임해 주었다.

"연무장을 서른 바퀴씩 뛰게 만들어서 울리기도 했고."

"그랬죠."

"도박한 자금을 다 뱉어 낼 때까지 내탕금을 주지 않아 주방에서 구걸하게 만들기도 했고."

"절약 정신을 가르쳐 드렸죠. 하지만 로잘린 아가씨는……. 아직 어리달까요."

나는 자세한 설명을 하지 않고 대답했다. 실제로 나는 그녀에게 조금 더 물렀다. 원작을 읽은 입장에서, 동정심을 갖지 않기가 어려웠으니까.

로잘린 오페르니아.

그녀는 자신도 어떻게 할 수 없는 이유로 예민한 기질을 타고난 채, 자신과 주변을 괴롭히며 사춘기를 보낸다. 그리고 소설의 막바지에 가서는, 어머니를 먼저 잃은 뒤 모든 등장인물을 통틀어 가장 고통스러운 최후를 맞이하게 된다.

'이번에는 달라질 수 있으려나?'

원작에서 그녀가 가지고 있던 비밀은 이번 생에도 여전할 터였다.

'고민하지 말고 할 일을 하자.'

시간이 많지 않다는 생각에, 나는 다음 계획의 실행을 위해 루시안과 함께 발걸음을 옮겼다.

* * *

다음 날, 나는 내 전용 집무실에서 닫혀 있는 문을 바라보고 있었다.

똑똑-

'왔다.'

어린 사용인이 나 대신 문을 열어 주었고, 문틈으로 화려한 치맛자락이 슥 하고 들어왔다.

"클로에 님을 뵙습니다."

"오랜만이야, 리아넬라 집사."

공작 부인의 유일한 딸, 클로에 오페르니아가 우아하게 웃으며 집무실로 들어섰다.

나이만 달랐지, 로잘린과 거의 판박이인 그녀는 상당한 미인이었다.

짙은 검은 머리칼에 보석처럼 붉은 눈동자, 여리여리한 몸에 나른한 눈매.

한때 재물을 미끼로 애인을 여러 명 갈아 치웠다는 소문이 있었으나, 아마 그녀의 외모는 재력 이상의 매력으로 작용했을 터였다.

"무슨 일로 오셨나요, 클로에 님?"

나는 아무것도 모른다는 듯 사람 좋은 미소를 지으며 그녀를 맞이했다.

클로에는 당연한 듯 집무실에서 가장 폭신한 소파를 찾아 털썩 앉았다.

"집사는 알 것 같아서 왔어. 어머니가 내 와인 사업까지 거둬들이려고 한다는 게 사실이야?"

"와인 사업이요?"

"그래! 내가 몇 년 동안 그렇게 열심히 만들었던 와이너리 말이야!"

그녀가 흥분한 듯 소파의 손잡이를 탁 쳤다.

"누가 그러더라. 어머니가 나를 완전히 못 믿으신다고. 다른 직책을 다 거둔 걸로 부족해서, 그나마 남은 와인까지 빼앗아 버릴 생각이시라고."

"어머, 누가 그런 말씀을 드렸을까요?"

눈을 동그랗게 뜨고 물었지만, 정답은 나였다. 내가 클로에의 심복을 통해 그 소문을 흘린 것이다.

성질이 급한 그녀는, 미리 약속을 정하고 오라며 깐깐하게 나오는 바인즈 집사 대신 나부터 찾아올 것 같았으니까.

"나도 노력하고 있는데……. 팔라스 말처럼 그냥 팔아 버릴까."

그녀가 푸념하듯 중얼거렸다. 나는 눈썹을 치켜올렸다.

"팔라스 님이 그런 말씀을 하셨어요?"

와인 사업을 팔아 버리라는 팔라스의 말이 놀라운 것은 아니었다.

원작에서도 다르지 않았으니까.

레너드에 버금갈 정도의 사고를 치다가 건드리던 사업을 다 빼앗긴 클로에에게 남은 것은 와인 사업 하나였다.

뒤늦게, 아주 느리게 각성한 그녀는 사실 와인 사업에 대한 애정이 상당했고, 그만큼 실패하지 않기 위해 나름대로 노력하고 있었다.

팔라스는 내심 생각이 달랐고, 그렇기에 어느 순간 와인 사업을 매각해 버리라고 설득을 할 거라는 건 알고 있었는데.

그 시기가 생각보다 빨랐다.

'그쪽은 벌써부터……?'

잠시 생각을 정리하는 사이, 다시 한번 노크 소리가 들려왔다.

'왔구나.'

어린 사용인이 뭐라고 말하기도 전에, 누군가가 제 손으로 문을 밀고 들어왔다.

"4등 집사의 집무실이 여기라던가?"

나는 새로운 손님을 맞이하기 위해 자리에서 일어났다.

클로에도 의아한 표정으로 목소리의 주인을 향해 고개를 돌렸다.

"귀찮게 내가 직접 여기까지 와야만 했던 거야?"

검은 곱슬머리의 남자가 비틀비틀 방 안으로 들어서고 있었다.

잔뜩 헝클어진 머리칼에, 멀리서도 느껴지는 알코올 냄새.

클로에와 닮아 타고난 신은 곱지만, 조금도 관리를 하지 않아 거칠어진 외모.

초점이 흔들리는 붉은 눈동자.

데스먼드 오페르니아였다.

"……데스먼드?"

클로에가 눈을 동그랗게 뜬 채 천천히 그를 불렀다.

"너, 꼴이 그게 뭐……."

"뭐야, 클로에?"

데스먼드가 피식 웃으며 제 누이를 바라보았다.

"공식 석상 이외의 자리에서 보는 건 좀 오랜만인가? 난 원래 이 모습인데."

"이 멍청이가! 대낮부터 술 마셨니?"

"와인 속에서 수영하겠다고 날뛰던 네가 할 소리야?"

"이 녀석이 누나한테!"

"헛소리는 여전하군."

두 사람은 서로를 보자마자 으르렁거리기 시작했다.

"최근에 팔라스도 네 걱정을 하더라. 넌 왜 아직도……."

"입 좀 닥치라고 전해 줄래?"

말투는 거칠어도 어느 선을 지키는 듯하던 데스먼드의 얼굴이 순간 싸늘해졌다.

"뭐, 뭐야? 그이는 네가 걱정돼서……."

"클로에, 진지하게 말하는데……."

데스먼드가 클로에의 얼굴을 빤히 들여다보며 말했다.

"내 귀에 그 새끼 이름이 안 들리게 좀 해 줘. 이름이 멍청하잖아."

"야!"

클로에가 얼굴을 붉히며 소파에서 일어섰다.

"대체 뭐가, 뭐가 그렇게 싫은 건데? 나한테 잘해 주는 그 사람이 그렇게 마음에 안 들어?"

그녀는 데스먼드의 멱살을 잡더니 한번 말이라도 해 보라는 듯 그를 노려보았다.

"말해 봐. 내가 불행하기를 바라냐고? 아니면 다른 이유가 있어?"

"……."

"이거 봐, 아무 이유도 없잖아. 어쩜 십 년 전이랑 변한 게 하나도 없어?"

클로에는 조소하며 그를 놓아주었다. 데스먼드는 여전히 그녀를 노려볼 뿐 아무 대답도 하지 않았다.

"클로에 님, 말씀하신 이야기는 알아볼게요. 오늘은 돌아가시는 게 좋을 듯합니다."

"……내 생각도 그래."

클로에는 한 걸음 물러서더니 순순히 문을 향해 걸어갔다.

"너, 똑바로 좀 살아."

"남의 인생에 관심 끄고 너나 눈 똑바로 뜨고 살아."

끝까지 서로에게 날 선 말을 던져 대던 두 사람은, 클로에가 문을 쾅 하고 닫으면서 비로소 만남을 끝냈다.

"음."

나는 한 손에 얼굴을 괴고 생각에 잠겼다.

상황은 알겠는데, 이제 어떻게 처리한다?

"못 볼 꼴을 보였군. 뭐, 우리 가문 집사라면 하루 이틀 봐 온 꼴이 아니겠지만."

"겸손한 말씀을 하시는군요, 데스먼드 님."

나는 방긋 웃으며 그에게 클로에가 앉았던 자리를 권했다.

"공작 부인께서 밤새 서류를 보시는 덕분에, 오페르니아 가문은 꽤 청렴하게 굴러가고 있답니다."

"그럼 내 술값 정도는 간단하게 대 줄 수 있겠군."

그가 다리를 꼬며 소파 등받이에 몸을 기댔다.

"난 그것 때문에 왔거든."

"그건 어렵고요."

데스먼드가 눈썹을 치켜올렸다.

"원래도 그 정도는 해 줬는데……. 아, 알겠다."

빈정거리는 말투에 따라, 그의 한쪽 입꼬리가 올라갔다.

"어머니가 드디어 나를 내치겠다고 결심하신 건가?"

"그럴 리가요. 공작 부인께서는 쉽게 자식을 내치지 않으신답니다."

나는 혹 덩어리 같은 레너드와 노르만을 떠올리며 대답했다.

"그런 지시는 전혀 하지 않으셨어요."

"그럼 왜 날 여기까지 오게 만들어서……."

"뵙고 싶었으니까요."

데스먼드는 이해가 가지 않는다는 듯한 표정으로 잠시 나를 보더니 헛웃음을 지었다.

"나를 일부러 오게 한 거라고?"

"처소에 잘 붙어 계시지 않으니까요. 자금은 준비해 놓았답니다."

"건방지구나."

"예, 자주 듣는 얘기예요."

나는 준비해 둔 현금을 건네며 그와 눈을 마주쳤다.

데스먼드는 의심 가득한 얼굴로 천천히 돈을 받아 들었다.

파악은 끝났다. 이제 협상만 남았을 뿐.

"쉽지 않게 걸음 해 주셨으니, 단도직입적으로 묻겠습니다."

"넌 또 무슨 소리를 하려고……."

"백수 생활을 때려치우고, 취직하세요."

"뭐?"

당혹스러운 표정이 그의 얼굴을 스쳤다.

"오페르니아 가문의 삼남인 내게, 지금 뭐라고……."

"오페르니아 가문의 일원으로서 매월 막대한 내탕금을 받고 계시니, 이젠 밥값을 하라는 말씀입니다."

"허, 참!"

그는 기가 찬다는 듯 소파 팔걸이를 탕탕 쳤다.

"공작 부인께서는 매일 밤 서류를 보고 계세요. 클로에 님도 와인 사업에는 진심이시죠. 루시안 도련님도 조금만 더 크면 역할을 부여받게 될 거고요."

"레너드 형님은 돈을 가져다 쓸 궁리만 한다던데."

"……그분은 논외로 하죠."

레너드에 대해서는 할 말이 없던 나는 다시 주제를 돌렸다.

"우리 가문의 4등 집사가 황제 폐하와도 친분이 있다더니, 혹시 그걸 믿고 오만한 거냐?"

데스먼드가 일그러진 미소를 지으며 물었다.

"너도 어머니나 클로에처럼 나더러 이렇게 살아라, 저렇게 살아라, 잔소리를 하고 싶은 거야? 아, 어머니가 네게 시킨 일인가 보구나. 이미 사람이라면 일을 해야 한다며 나를 들들 볶고 있으니."

"그렇지 않습니다."

"백날 술만 마시지 말고, 어느 상단주 아래라도 들어가서 일을 배워라, 잘 배워 오면 가문의 작은 사업을 떼 주겠다, 또 이런 시답잖은 제안을……."

"착각 마세요. 지금의 데스먼드 님을 받아 줄 상단은 없으니까."

나도 모르게, 진심이 툭 튀어나왔다.

"뭐……?"

한참 떠들던 데스먼드가 충격을 받은 얼굴로 되물었다.

어려서부터 봐 온 바인즈 집사도 아니고, 내 입에서 이런 말이 나올 거라고는 생각하지 못한 듯했다.

"그런 상단이 있다면 아마 일 년 내로 망하겠죠. 데스먼드 님에게 간단한 사무 처리라도 맡겼다가는 말도 안 되는 실수로 책임만 잔뜩 뒤집어쓰게 될 테니까요."

"너, 너 지금 나한테……."

"술을 좋아하고, 가끔 도박도 하고, 이력서에 쓸 말은 없고, 성실하지 못한 태도에 신입다운 패기도 없으면서…… 오페르니아 사용인으로 지원하셨다면 서류에서 첫 번째로 탈락이에요."

말을 시원하게 내뱉고 나자 경악한 데스먼드의 얼굴이 눈에 들어왔다.

태어나서 이 정도의 쓴소리는 처음 듣는 듯, 그는 입을 몇 번 열었다 닫을 뿐, 쉽게 대답을 하지 못했다.

그래, 찔렸을 거다. 솔직히 다 맞는 말이니까.

하지만 마음속 깊은 곳에서는, 내 말에 반박하고 싶겠지.

십 년 동안 폐인으로 지냈다 한들, 집사의 입에서 누구도 자신을 필요로 하지 않는다는 말을 듣고 싶지는 않을 테니까.

"하, 하, 하고 싶은 말이 대체 뭐야!"

그가 울컥하는 얼굴로 외쳤다.

"그럼에도 불구하고, 누군가는 데스먼드 님을 필요로 한다는 얘기예요."

겨우 정신을 차리고 냅다 소리 지르는 그에게, 내가 대답했다.

"다른 누구도 못 하지만, 데스먼드 님은 할 수 있는 일이 있으니까요. 그래서 부탁드리는 거예요."

나는 책상 뒤에서 일어나 천천히 방을 가로질렀다.

그러고는 데스먼드의 맞은편에 놓은 의자에 앉으며 그를 바라보았다.

"간곡히, 부탁드립니다."

"……."

"루시안 도련님의 스승이 되어 주세요."

전혀 예상치 못한 말인 듯, 데스먼드의 눈이 천천히 커졌다.

"루시안에게 뭘……."

"앞으로 반년 후, 루시안 도련님은 가문을 대표해서 마물 사냥제에 참여할 거예요."

내가 말을 계속했다.

"검술 대회와 달리, 나이를 불문한 제국 최고의 인재들이 참여하겠죠. 내로라하는 사냥꾼도, 명망 있는 가문의 귀족들도."

"……."

"그곳에서, 저는 루시안 도련님이 용을 잡기를 바라요."

방 안에는 한참 동안 정적이 흘렀다. 데스먼드는 한참 동안 눈을 끔뻑이다가 겨우 입을 열었다.

"내가……. 내가 대체 뭘 들은 거지?"

비아냥이 아니라, 진심으로 당황한 말투였다.

"용을 잡아? 겨우 열다섯 살짜리가?"

"반년 후에는 열여섯이 되지요."

"그거나 그거나……. 너 용이 뭔지 알고는 있나?"

"종류가 다양하다고 들었어요. 새나 박쥐로 위장했다가 실체를 드러내는 변신체, 높은 산의 동굴 속에서 살다가 간혹 사냥을 하러 내려오는 고산 지대의 용, 물에서 서식하는 수룡……."

"종류를 말하는 게 아니야. 성체 용 한 마리를 잡기 위해서는 무장한 기사 백 명은 필요할 거다. 그 경우에도 성공률은 극히 낮아. 다른 마물과는 다르다."

"아주 잘 아시네요."

나는 히죽 웃으며 그를 응시했다.

"마치 마물 사냥법을 오래 연구한 사람처럼."

"너……!"

데스먼드가 한 방 먹었다는 듯 얼굴을 붉히더니 이내 한숨을 쉬었다.

"어디서 무슨 말을 들었는지 모르겠는데, 난……."

"오페란 데이먼."

내 입에서 자신이 과거에 쓰던 가명이 튀어나오자 데스먼드의 입매가 씰룩거렸다.

한때는 정체를 숨기는 데 익숙했어도, 십 년 동안 신경 쓸 일이 없었다면 포커페이스 능력도 녹이 슬 법했다.

다시 한번 긴 정적이 맴돌고, 데스먼드가 눈을 지그시 감았다가 떴다.

"……그래, 뒷조사 능력은 대단하군."

"부인하지 않으시네요?"

"소용이 없는 건 알겠다. 내가 생각만큼 조심하지 않았었다는 것도."

그가 심호흡을 했다.

숙취로 헤롱거리던 눈에는 초점이 온전히 돌아왔고, 말투는 한층 차분해져 있었다.

"하지만 그건 십 년 전의 일이야. 지금 와서 내가 왜 그런 일을 하고 싶을 거라 생각하지?"

"적성에 맞으니까요."

나는 고민 없이 대답했다.

"네가 내 적성에 대해 뭘 안다는 거냐?"

"희귀 마물을 길들일 정도로 마물 연구에 관심이 많지만, 직접 사냥하는 건 안 맞았던 거잖아요? 기초 검술 말고는 아무런 무예를 배우지 않았다고 들었어요."

"……."

"돈 때문에 한 것도 아니고, 그렇다고 직접 마물 사냥꾼으로 이름을 떨치고 싶었던 것도 아니고……. 그렇다면 답은 하나라고 생각했어요."

"네가 생각한 답이 뭔데?"

"연구하는 것, 그렇게 얻은 지식을 타인에게 전수하고 그 지식이 현실에서 활용되는 것을 지켜보는 것, 그로 인해 자신의 영향력을 확인하는 것. 데스먼드 님이 좋아하는 건 그런 것이었겠죠. 한마디로……."

나는 손뼉을 짝! 하고 마주치며 말을 맺었다.

"데스먼드 님은, 제국 최고의 과외 선생님이에요."

데스먼드는 내 말을 끝까지 들었다.

마지막 말을 할 때는 눈썹이 꿈틀, 하고 움직였다.

"하……."

그는 천천히 한쪽 손을 이마로 올려 제 관자놀이를 문질렀다.

'칭찬이 통했나?'

침착한 듯 보이려 애쓰면서도, 나는 슬쩍 그의 눈치를 살폈다.

"얘기는 들었지만, 너 정말 대단한 아이구나."

"열일곱이 어린아이는 아닌걸요."

"내 눈에는 아이가 맞아. 내 어머니도 몰랐던 내 비밀을 알아내고, 타고난 추리력으로 빈칸을 채우는 현명함 갖췄지만."

그가 픽 웃으며 대답했다.

"그렇게 내린 결론을 밀고 나가는 무모함도 아이 같구나."

"……."

"적성이든 뭐든, 난 루시안의 과외 선생님을 할 생각이 없다."

그가 내 시선을 정확하게 마주 보며 말했다.

"루시안 도련님은 지금껏 만난 사람들 중 최고의……."

"그 애가 최고의 제자가 될 거라는 건 알아."

데스먼드가 내 말을 자르며 말을 이었다.

"루시안의 재능을 누가 제일 먼저 알아봤다고 생각해?"

가족 모임 자리에서 술에 취해 정신을 못 차리던 사람이 맞나 싶을 정도로, 지금의 눈빛은 예리해 보였다.

"작은 짐승부터 말, 대형 마물, 심지어는 사람까지, 그 애는 생명체의 기질을 완벽하게 읽어 내는 아이다. 자기가 관심을 가진다면 말이야."

"……."

"제 어머니가 어떤 선물을 받으면 기뻐할지, 일로 지친 아버지가 무슨 말을 듣고 싶어 할지도 정확하게 파악했지. 그런 능력이 마물을 길들이는 데도 작용하는 거야. 언제, 어떤 먹이를 주고, 어떻게 훈육하고 언제 쓰다듬을지 본능적으로 아니까."

루시안을 떠올리는 그의 표정이 미묘하게 씁쓸해 보였다.

"지금은 블랙차이를 데리고 다닌다지. 그걸 선물한 건 너고."

"의외로 소식을 잘 아시네요."

나는 빙긋 웃으며 고개를 끄덕였다.

"하지만 의미 없다."

"네?"

그가 한숨을 푹 내쉬더니 고개를 절레절레 흔들었다.

"마물을 길들이든, 사냥하든, 이제 나랑은 상관없는 이야기야."

"하지만……."

"루시안의 기질은 알아서 키워 내라. 난…… 더 이상 이 가문의 일에 끼고 싶지 않으니까. 백수라고 불러도……. 할 말이 없구나."

나는 입술을 깨물었다.

말을 해도 들어 먹지 않는 벽을 바라보는 기분이었다.

"루시안을 교육해서 어떤 성과를 내든, 난 그 축하연에 기쁘게 참석하지 못할 거다. 이해할 수 없겠지만 그런 건……."

"……델프스 때문에요?"

뭔가 더 얘기하려던 데스먼드의 얼굴이 순간 굳어졌다.

루시안을 떠올리며 작게나마 빛나던 눈동자도 무겁게 가라앉았다.

"루시안이 기억하던?"

"……아끼셨다고 들었어요."

데스먼드는 잠시 말을 아끼다가 고개를 돌려 버렸다.

"어떻게 된 일인지, 더 얘기하고 싶으세요?"

"말해도 의미 없어."

그가 낮게 중얼거렸다.

"이미 늦은 일이다."

어느새 꽉 말아 쥔 그의 주먹이 조금씩 떨리는 것이 보였다. 무언가 괴로운 기억을 떠올리고 있다는 사실을 알 수 있었다.

나는 조심스럽게 그에게 다시 물었다. 어찌 보면, 가장 중요한 질문이었다.

"가족 연회에 참석하면……. 델프스가 생각나는 건가요?"

"……!"

데스먼드의 눈썹이 있는 대로 찌푸려졌다.

감정을 누르려는 듯, 그는 양손으로 마른세수를 하고 다시 나를 보았다.

"델프스의 죽음과 연관된 사람이 있는 거죠?"

데스먼드는 입을 꾹 닫고 대답을 피했지만, 나는 정답을 알 수 있었다.

"팔라스 님인가요? 델프스를 죽인 것이?"

나는 더 시간을 끌지 않고 물었다.

팔라스 악타온.

데스먼드가 기를 쓰고 피하려는 한 사람.

떠올리기만 해도 괴로운 기억을 남겨 주었을 남자.

그가 결혼을 통해 가문으로 들어올 무렵, 데스먼드의 절친인 델프스가 죽었다.

그 후로 데스먼드는 사람을 피하기 시작했다.

그가 완전히 변해 버린 건 그 큰형과 아버지의 죽음 이후라지만, 그건 정신을 잡게 해 주었던 마지막 끈이 끊어진 것에 불과했다.

게다가 외부로 돌며 악타온 남작가의 사업만 신경 쓰던 팔라스가 가문 행사에 얼굴을 자주 비추기 시작한 시기는 가스팔과 공작의 죽음 직후, 겨우 그와 마주치지 않고 살던 데스먼드가 가족과의 연을 끊다시피 한 것은 그의 등장 때문이었다.

클로에와의 관계를 망쳐 버리는 한이 있어도 그 남편과 얼굴을 마주하고 싶지 않은 이유에는 델프스의 죽음이 연관되어 있던 것이 분명했다.

"……."

내 말을 들은 데스먼드는 다시 한번 주먹에 힘을 주었다. 돋아난 핏줄이 터질 것만 같았다.

호흡은 거칠어졌고, 입술은 잘근잘근 씹혀서 피가 나고 있었다.

"맞군요."

"……그렇다면 뭐 어쩔 거냐?"

그가 허탈하게 웃으며 중얼거렸다.

"클로에는 그를 사랑해. 평생의 사랑이라고 하더구나. 로잘린의 양부이기도 하지."

"……."

"가문에서 쫓아낼 방법이 있는 것도 아니다."

그는 자포자기한 얼굴로 고개를 푹 숙였다.

"좋든 싫든, 어머니도 나보다는 녀석을 더 의지하고 있을 거다."

"……있어요."

"그러니 여기서 시간 낭비 그만하고……."

"가문에서 쫓아낼 방법이 있다고요."

내가 힘주어 말했다.

데스먼드는 순간 움직임을 멈추더니 천천히 고개를 들어 나를 바라보았다.

"네가…… 팔라스 악타온을 가문에서 쫓아낼 수 있다고?"

"글쎄, 정확히는 제가 그 사람을 축출하겠다는 건 아니고요."

나는 어깨를 으쓱하며 대답했다.

"그럼 대체……."

"앞으로 육 개월 안에."

나는 동그래진 데스먼드의 눈을 들여다보며 말을 이었다.

"클로에 님과 팔라스 악타온, 두 사람을 이혼시키려고 해요."

"뭐……."

믿기 어렵다는 듯, 데스먼드는 말을 더듬었다.

피처럼 붉은 눈동자가 거칠게 요동쳤다.

"제정신으로 하는 말이냐?"

"그럼요. 이혼은 흔한 일인걸요."

나는 아무렇지 않게 대답했다. 대한민국만큼은 아니지만, 르벨리안 제국에서도 이혼이 그리 드문 일은 아니었다.

제대로 된 증거만 있으면, 한쪽이 원하지 않더라도 법원을 통해 결혼 생활을 끝낼 수 있었다.

"그게 중요한가? 클로에는 팔라스에게 돌아 있어. 언제나 그렇듯, 기다리면 마음이 식을 거라고도 생각해 봤지만 그런 일은 일어나지 않았다. 팔라스는 팔라스대로 절대로 클로에를 놓지 않을 거고. 본인들이 원하지 않는 이혼을……."

"틀렸어요, 데스먼드 님."

나는 단호하게 고개를 저었다.

"두 가지 전제가 다 틀렸어요."

"……뭐?"

"팔라스 악타온은 클로에 님을 놓을 거예요."

원작에서 그랬다. 두 사람은 제국 역사상 가장 지저분한 이혼을 했고, 팔라스는 한때 영혼까지 바치겠다던 여인을 상대로 꽤 잔인한 조치들을 취했다.

"당장은 아니더라도 몇 년 안에요. 두 사람의 이혼은 이미 정해진 일이랍니다."

데스먼드는 입을 닫을 생각도 못 한 채 나를 바라보았다.

반박하고 싶은 얼굴이었지만, 나와 눈을 마주치는 시간이 길어질수록 그 의지가 사라지는 듯했다.

"너 뭔가 알고 있구나."

그가 나지막이 내뱉었다.

"거짓말도, 무턱대고 추측하는 것도 아니야."

"집사는 원래 많은 것을 안답니다. 저는 그중에서도 특별히 그렇지만요."

"……."

"이혼 시기를 팔라스가 원하는 대로 정하게 두는 건 위험해요. 클로에 님에게도, 가문에도."

나는 머릿속으로 이런저런 계산을 했다. 원작에서 그가 이혼 소송을 시작하는 것은 앞으로 이 년 뒤, 오페르니아가 반 정도 무너졌을 때다.

그는 클로에를 통해 오페르니아 가문의 사업을 헐값에 인수했고, 단물이 다 빠졌을 때쯤 간단하게 이혼을 청구해 자유의 몸이 된다.

클로에 이름으로 된 남은 자산들을 위자료니, 뭐니 하는 명목으로 싹싹 긁어 간 것은 물론이었다.

"최악의 상황을 막기 위해서는 선수를 치는 게 나아요."

"아직 한 가지가 더 남았다."

데스먼드가 말했다.

"클로에가……. 클로에의 마음이 바뀔 거라고?"

"잔인하게 이혼당하면, 마음이 바뀌는 건 당연한 거겠죠?"

나는 고개를 살짝 기울이며 대답했다.

원작에서 그녀는 이혼 소장을 받는 순간까지 팔라스의 바짓가랑이를 잡고 매달렸다. 다만 소송이 진행되면서는 집 나간 정신이 돌아오기라도 한 듯 그를 향한 애정이 줄어들었다고 했다.

"물론, 전 그전에 클로에 님의 마음을 돌릴 수 있다고 생각하고 있어요."

나는 내가 끌어모은 정보를 이리저리 조합해 보았다. ……약간의 추측이 섞여 있었지만, 내가 내린 결론에는 어느 정도의 확신이 있었다.

"대체 어떻게……."

"데스먼드 님께 뭐 하나 물어봐도 될까요? 마물에 관한 질문이에요."

데스먼드가 눈을 깜빡였다.

마물이 지금 대화와 무슨 상관이냐고 묻는 듯했다.

"이 세상에, 없는 사랑을 생겨나게 하는 마법은 없다고 들었어요."

"……그렇다. 사랑은 인간 마음속 깊은 곳에서 생겨나는 감정이라, 마력으로 강제할 수는 없으니까."

그가 순순히 대답했다.

"그럼 이미 생겨난 사랑을 유지시키는 약물은 있을까요?"

"이론상으로는 가능하다. 마력은 기존의 상태를 유지시키는 데는 유용하니까. 그것이 감정의 문제라고 해도 말이야. 다만……."

그가 천천히 턱을 쓰다듬으며 말했다.

"제조법이 있다는 말을 들어 본 적도 없고, 있다고 해도 재료가 어마어마하게 희귀할 거다."

"저는 들어 봤어요."

"뭐?"

"제조법이 있다는 말이요."

나는 카밀이 며칠 전 제 소식통을 탈탈 털어서 전해 준 정보 한 조각을 떠올렸다.

리아넬라의 말을 믿을 수 없다는 듯, 데스먼드는 계속해서 반박했다.

"그런 약이 발표됐다면 제국은 꽤나 떠들썩했을 거다. 그 분야는 잘 다뤄지지 않았으니까."

"학자가 정식으로 연구한 게 아니라면 발표되지 않았을 수도 있겠죠."

학술지에는 없지만, 시장에는 돌아다니는 약물이 꽤 많았다.

"저는 이렇게 들었어요. 오래전, 제국 각지의 암시장에서 '연인의 마음을 머무르게 하는 약'을 팔았다고요."

"'연인의 마음을 머무르게 하는 약……?'"

"값은 비싸고, 보관 방법은 복잡하고, 제조법도 알기 어렵고, 한 달에 한 번은 복용해야 하는 데다, 이미 식어 버린 사람에게는 사용할 수 없다는 점이 치명적이어서, 그렇게 많이 팔리지 못하고 금세 사라졌다고 해요. 반응이 빨리 오지 않으니 상인들도 접었다고 하고요. 사기라는 소문도 많았다더군요."

"약물이라도 써서 마음을 붙잡고자 하는 이들이라면, 대다수는 식은 연인의 마음을 돌리려는 자들이었겠지."

"부부나 연인이라면 그렇지요."

나는 고개를 끄덕이며 데스먼드를 보았다.

"하지만 계획적으로 상대에게 접근한 입장이라면요?"

여기부터는 내 추측이었다.

"목적을 가지고 접근해서 상대의 마음을 얻고, 계속 옆에서 머무르며 상대를 이용하고자 하는 사람이라면?"

"……!"

무언가 떠오른 듯, 데스먼드의 얼굴이 순간 창백해졌다.

"바람둥이 왕의 관심을 산 정부라든가, 아니면……."

나는 말을 계속했다.

"아니면 엄청난 부를 가진 여자를 얻고자 하는 하급 귀족이라든가?"

의자에 기댔던 데스먼드의 몸이 비틀거렸다.

그는 침착함을 유지하려 애쓰며 다시 나를 향해 입을 열었다.

"……그 정도 추측으로는 부족하다. 팔라스가 그렇게까지……."

"그 약물을 처음 들여온 상인들이 어디 출신이었는지 말씀드릴까요?"

내가 조용히 묻자, 그는 마른침을 한번 삼키더니 고개를 끄덕였다.

"카텔라 왕국. 카텔라 왕국에서 넘어온 집시들이었다고 해요."

데스먼드는 숨을 쉬는 것조차 잊은 듯 멍하게 나를 바라보았다.

"카텔라 왕국이라면 분명……."

"맞아요. 국경을 접하고 있지만 교역로가 없다시피 해서 거의 제국과 교류가 없는 나라죠. 작고, 문화도 다르고요. 그곳과 왕래가 있는 곳이라고는 경계를 맞대고 있는……."

"……악타온 남작가."

그가 천천히 한숨을 내쉬듯 말했다.

"악타온 남작가에서 카텔라 왕국을 통해 약물을 입수해, 팔라스에게 보냈다는 의미가 되겠구나. 물론……."

그는 망설이다가 덧붙였다.

"아직까지는 추측에 불과하지만."

"네, 하지만 한 가지가 더 있어요."

내가 다시 말했다.

"아까 그랬잖아요? 약물의 제조법은 알려지지 않았다고. 하지만 상인들의 입을 통해 일부 재료가 흘러나오기는 했대요. 약물이 비싼 이유가 있다고 설득하는 과정에서요."

"그게 뭐냐?"

나는 작게 심호흡을 하고 데스먼드를 바라보았다.

어쩌면 나의 이야기 중 가장 잔인한 부분이 될지도 모를, 마지막 퍼즐 조각이었다.

"뭐가 됐든 내게 말을……."

"초식 마물의 뿔."

나는 내가 가진 정보를, 또렷하게 한 자, 한 자 데스먼드에게 전달했다.

"그중에서도 변신체의 것이 필요했다고 해요."

오해의 여지를 남기지 않기 위해서.

잔인한 사실일수록 있는 그대로 전달해야 하니까.

"……."

길고 긴 정적이 흘렀다.

데스먼드는 흙으로 빚어 만든 인형이라도 된 듯 그 자리에 얼어붙었다.

"……하."

몇 분이나 지났을까, 그가 작은 소리로 헛웃음을 뱉어 냈다.

"하, 그랬던 거였나. 델프스가……."

얼굴이 엉망으로 찌푸려지고, 루비 같던 눈동자는 핏빛으로 보였다.

"짐작은 했지만, 역시 실수가 아니었구나."

"……."

"델프스가 죽은 것은, 술에 취한 팔라스의 실수가 아니라 계획이었던 거야."

분노를 못 이기고 꽉 깨문 입술이 새하얗게 변하고 있었다.

"그 쓰레기 같은 놈이, 내 누이와 친구를 동시에 빼앗았구나."

우리 두 사람은 한동안 말없이 접견실에 앉아 있었다. 그에게 충분한 시간을 주기 위해, 나는 먼저 말을 꺼내지 않았다.

"……리아넬라 집사."

한참 동안 전신을 떨다가 간신히 숨을 고른 데스먼드가 먼저 내게 말을 걸었다.

"예, 데스먼드 님."

"팔라스와 클로에를 그대로 놔두면…… 가문에 치명적일 거라고 했나?"

"팔라스가 원하는 방식의 이혼이 될 테니까요. 클로에 님은 비참해질 거예요."

"너는 그걸 바꿀 방법이 있고?"

"……있다고 생각해요."

"협조하겠어."

나는 놀라서 그를 향해 고개를 들었다.

"뭐든 하겠다. 루시안을 가르치라면 가르치고, 술을 끊으라면 끊고, 도박장은 출입도 하지 않겠어."

나를 보며 다짐하는 그의 목소리는 더 이상 흔들리지 않았다. 흐렸던 안광은 또렷하게 나를 향하고 있었다.

"약속하마, 네가 시키는 건 다 하겠다고. 불가능한 거라면 가능하게 만들 수 있도록 죽어라 노력하겠다고. 그러니……."

그는 테이블 위로 몸을 기울여 내 손을 꾹 잡았다.

"도와줘."

"예?"

"나, 내 어머니, 내 누이, 그리고 가문의 모두에게, 네 도움이 필요하다."

"……."

"죽은 델프스를 봐서라도, 나는 더 이상……."

그가 쓴웃음을 지으며 말을 이었다.

"팔라스가 내 누이와 한 침대에서 생활하는 것을 볼 수가 없거든."

"그렇군요."

천천히, 나는 그의 손을 맞잡으며 작게 미소 지었다.

"좋아요, 데스먼드 님. 이건 약속이에요."

우리 둘의 시선이 허공에서 부딪혔다.

데스먼드의 얼굴에 미약한 희망이 비치는 듯했다.

"술을 끊으세요. 도박도. 규칙적으로 일어나고, 잠들고, 운동하고, 공작 부인께 날마다 인사를 드리세요."

나는 기다렸다는 듯 그에게 지시했다.

데스먼드는 예상치 못했다는 듯 고개를 비스듬히 기울였다.

"……나를 걱정하는 건가."

"물론이에요. 루시안 도련님에게는 건강한 스승이 필요하니까요."

"……좋아."

"머릿속에 있는 용에 대한 모든 지식을, 반년 안에 루시안 도련님에게 전수하세요."

"모두 약속한다."

"그리고 한 가지 더."

"말해."

"루시안 도련님에게 든든한 삼촌이 돼 주세요. 진심으로 아껴 주세요."

"……."

"도련님에게 데스먼드 님이 필요해서만이 아니에요. 데스먼드 님에게도 애정을 줄 대상이 필요하죠."

내 말을 예상하지 못하나 듯, 그의 눈이 조금 커졌다.

"델프스를 잃고, 가족을 잃고, 그 후로는 공허하게 지내셨으니까요. 그 빈자리를 루시안 도련님으로 채워 주세요. 두 사람 모두를 위해서."

그의 미간이 움찔하고 움직였다.

"우리 둘 모두를 위해서라……."

나는 데스먼드를 향해 단호하게 말했다.

"그렇게 해 준다면, 저도 약속할게요."

그러고는 단호하게 선언했다.

"팔라스는 비참하게 이혼당하고, 클로에 님은 예전 모습으로 가족 곁에 남을 거라고요."

* * *

"4등 집사를 직접 찾아갔다고요?"

팔라스가 의아한 표정으로 클로에에게 물었다.

"그래서 무슨 얘기를 하셨습니까?"

"별 얘기도 안 했는데 어떤 녀석 때문에 대화를 망쳤지 뭐야. 그 쓰레기 같은 녀석 때문에."

"어떤 자가 감히 부인을 화나게 한 겁니까?"

"누구겠어? 데스먼드지."

팔라스의 다정한 미소가 순한 흐려졌다.

"처남과 마주쳤나 보군요."

"오랜만이라 내심 반가운 마음도 있었는데."

클로에가 한숨을 푹 내쉬었다.

"대뜸 당신 욕을 하지 뭐야."

"제 욕을요?"

"이유도 뭣도 없이 다짜고짜……. 내가 정말 답답해서."

"부인, 내가 미안합니다."

팔라스는 클로에의 손을 끌어당겨 그녀를 품에 안았다.

"다 내 잘못일 겁니다. 아무래도 처남은 십 년 전의 일을 가슴에 담아 두고 있는 모양입니다."

"십 년 전? 델프스 얘기를 하는 거야?"

클로에가 팔라스의 가슴에서 얼굴을 떼며 물었다.

"술에 취해서 녀석을 밖으로 내보낸 거였잖아! 평소에는 혼자서도 잘 돌아다니는 녀석이었어. 나도 그 애를 좋아했지만……."

클로에는 속상하다는 듯 다시 팔라스를 꼭 끌어안았다.

"사냥터였으니 제가 더 조심했어야 합니다. 바로 그날 밤 육식형 상급 마물을 만나 사라질 거라고는……."

"거듭 사과했다며. 몇 년 동안 계속. 단둘이 있을 기회만 되면 항상 미안하다고 했다며."

"……."

"당신은 내 남편이야. 난 당신을 사랑하고. 근데 왜 데스먼드는 받아들이지 않을까?"

"제가 부족한 탓입니다."

팔라스가 클로에의 머리칼을 쓰다듬으며 속삭였다.

"처남의 마음을 얻기 위해 더 노력하겠습니다. 부인이 속상한 걸 보니 가슴이 아픕니다."

"당신은 다정해."

클로에는 스르륵 눈을 감고 팔라스에게 더 달라붙었다.

"다음 생일을 기대해. 마차 한 대를 보석으로 채워서 선물할 거니까."

"저, 정말입니까?"

팔라스가 눈을 크게 뜨며 물었다.

"당연하지."

"뭐……. 저야 마차 안에 부인이 타고 있다면, 나머지 공간이 비어 있어도 상관없습니다만."

말은 그렇게 해도, 팔라스의 입은 이미 잔뜩 벌어져 있었다.

클로에가 장난스럽게 다시 물었다.

"그럼, 주지 말까?"

"부인의 마음이 깃든 선물을 어찌 마다하겠습니까."

그는 사랑스러워 못 견디겠다는 듯 그녀의 이마에 입을 맞추었다.

한동안 그녀를 달콤하게 바라보던 팔라스가 다시 입을 열었다.

"사랑하는 부인, 혹시 집사에게 와인 사업에 대해서도 물어보았습니까?"

"응. 모르겠다던데? 어머니가 와인 사업에 대해서는 별말씀을 안 하셨나 봐. 나한테서 그것까지 빼앗아 버리겠다던 건 헛소문인가."

그는 잠시 생각하는 듯하더니 사르르 눈웃음을 지었다.

"그럴 수도 있겠지요. 아니면 리아넬라 집사가 어리니 그쪽한테만 얘기를 안 했을지도 모르고요."

"뭐야……. 당신은 그 소문이 사실이라고 믿은 거야?"

클로에가 투정 부리듯 말했다.

"어머니가 나를 못 믿어서 내가 사업을 못 하게 하실 거라고?"

"저야 누구보다도 부인을 믿습니다."

팔라스는 그녀를 폭신한 소파에 걸터앉게 하더니 발치에서 한쪽 무릎을 꿇었다.

"하지만 공작 부인은 다릅니다. 삼 년 전부터, 그분은 집사들을 통해 매와 같은 눈으로 가문이 하는 사업 하나하나의 수익성을 따지셨죠. 안 되는 건 과감하게 접으라고 하셨습니다."

그는 그녀의 발에서 구두를 한 쪽씩 벗겨 주며 말을 이었다.

"요즘 위태로웠다고는 해도, 예전에는 잘됐었단 말이야. 매출은 계속 괜찮았는데……."

"수익은 잘 나지 않았지요. 하지만 상관없습니다."

그는 클로에의 맨발을 천천히 마사지했다.

클로에는 편안하다는 표정으로 눈을 감았다.

팔라스의 시선이 순간 싸늘하게 빛났다.

다만 그의 목소리는 여전히 꿀처럼 달콤했다.

"머리 아픈 사업은 그냥 잊어버리세요, 부인. 귀찮은 일은 남에게 넘기면 그만입니다. 제가 말씀드렸던 매각은 생각해 보았습니까? 믿을 만한 사람들입니다. 제시한 가격도 나쁘지 않고요."

"매각은…… 사실 안 하고 싶어."

그녀는 미간을 살짝 찌푸리며 말했다.

"아무리 그래도, 내가 시작했으니까……."

"……예, 부인. 저는 그저 걱정이 될 뿐입니다."

팔라스가 달래 주듯 부드럽게 대답했다.

"자선 사업, 그전에 있었던 보석 사업, 그보다 더 먼저였던 화장수……. 하필 부인께서 책임지셨던 건들이 모두 결과가 좋지 않았으니까요."

"그건 그렇지……. 난 사업이 안 맞는 걸까?"

"사업이 적성에 맞는 사람은 원래 많지 않습니다. 오페르니아 가문에는 더더욱 드물지요."

팔라스가 조심스레 그녀의 발등을 쓸며 대답했다.

"한 번 더 그런 일이 생기게 해 사업을 통째로 빼앗기기보다, 지금 매각해서 그 돈으로 아름다운 별장을 하나 더 사는 것도 방법이지요. 남쪽 해안가에는 별장이 없지 않습니까?"

그는 클로에의 눈치를 슬쩍 보더니 다시금 미소를 지었다.

"물론, 저는 부인이 어떤 선택을 하든 부인을 믿겠지만요."

"어머니가 또 내게 실망하실까 봐 그래?"

"조심할 필요는 있다는 말입니다. 레너드 형님처럼 완전히 눈 밖에 나면,

이 저택에서 부인의 입지도 줄어들까 봐요. 그럼 로잘린의 미래도……."

"……."

로잘린의 이름을 들은 클로에의 얼굴이 불안으로 물들었다.

"아, 아닙니다."

팔라스는 어색하게 웃으며 고개를 흔들었다.

"물론 부인은 잘해 나갈 겁니다. 제가 괜한 걱정을……."

"더 생각해 볼게. 매각하는 것도."

클로에가 의기소침해진 모습으로 대답했다. 다정한 미소가 다시 팔라스의 얼굴에 돌아왔다.

"차를 한 잔 드리지요. 마음이 편안해질 겁니다."

팔라스는 침대 옆의 설렁줄을 당겼다.

곧이어 키가 크고 마른 남자 한 명이 들어왔다. 그의 손에는 미리 준비한 듯한 찻주전자와 잔 하나가 들려 있었다.

"페피토 집사, 부인에게 차를 따르게."

"예, 팔라스 님. 말씀하신 차를 준비해 왔습니다."

반쯤 잠들었던 클로에가 실눈을 뜨고 찻잔을 받아 입가에 가져갔다.

"……원래 이렇게 달았던가?"

"가끔 드리는 특별한 차입니다, 부인."

"아아, 그거."

그녀는 상관없다는 듯 다시 눈을 감았다.

몇 분이나 지났을까, 그녀는 아예 소파에 기댄 채 완전히 잠들어 버렸다.

그 모습을 확인한 팔라스가 조용히 침실을 나왔다.

"약은 확실히 넣었겠지?"

"물론입니다. 몇 년째 해 오던 일인데요."

팔라스가 빙긋 웃었다.

클로에의 마음을 자신에게 붙들어 두는 것은 이렇게나 간단했다.

그녀는 원래 쉽게 사람에게 반하는 여자였다.

처음 만난 그날, 머리부터 발끝까지 클로에의 취향에 맞춰 입고 나타난 그가 새하얀 치아를 드러내며 웃은 순간, 그녀는 이미 팔라스에게 반쯤 빠져 버렸다.

미리 매수한 몇몇 불량배들에게서 클로에를 구해 줬던 날, 그녀는 눈물을 흘리며 그를 연인으로 맞았다.

항상 딸이 가지고 싶었다며 커다란 인형을 로잘린에게 선물하던 날, 상황은 종료되었다.

많은 남자를 만나면서도 결혼은 조심스러웠던 클로에가 그에게 청혼했으니까.

신이 그의 편이었던 건지, 그를 향한 클로에의 사랑이 가장 컸던 무렵 그는 드디어 묘약의 재료를 전부 손에 넣기까지 했다.

그 후로는 쉬웠다.

한 달에 한 번, 그녀의 차에 약물을 넣는 것만으로, 클로에는 처음 만난 날처럼 그를 사랑할 수밖에 없었으니까.

거기다 다정한 남편답게 그녀를 옆에서 어르고 달래기만 하면 금은보화가 마구 쏟아졌다.

주변에서 훌륭한 남편이라며 그를 극찬하는 것은 물론이었다.

"레나 아가씨의 전갈이 있었습니다."

"오, 그래?"

팔라스의 얼굴이 환하게 밝아졌다.

"예, 평소 만나는 그 장소에서 기다린다고 하더군요."

"이거 아주 기대되는군."

젊은 정부를 떠올리는 그의 입가에 흐뭇한 미소가 맴돌았다.

"페피토, 내 방에서 지난번 기념일에 클로에에게서 받은 오팔 반지를 가져와."

"아가씨께 선물하시려고 그러십니까?"

"물론이지."

그가 페피토를 향해 히죽 웃었다.

"클로에는 보석 보는 눈이 정확하니까, 분명히 레나가 좋아할 거라고."

"나중에 찾으시면……."

"하하, 클로에가 내게 준 보석이 한두 개던가."

그가 호탕하게 웃으며 2등 집사의 어깨를 두드렸다.

"정 할 말이 없으면 잃어버렸다고 하면 될 일이네. 지난번처럼 말이야."

페피토도 나직하게 웃으며 맞장구를 쳤다.

"복이 많으십니다, 팔라스 님."

"복은. 다 내가 열심히 클로에의 비위를 맞춰서 얻어 낸 거지."

그가 말했다.

"하지만 이 일도 좀 지치려고 하는군. 망할 늙은이가 요즘 사사건건 방해를 해서 나와 클로에의 유동 자금이 확 줄었지 뭔가."

"공작 부인 말씀이십니까?"

"가문에 나를 방해할 만한 다른 늙은이가 있나? 아, 한 명 더 있군. 바인즈 집사."

싫어하는 사람들을 떠올린 탓인지, 조금 전까지는 벙긋벙긋 웃던 팔라스의 얼굴이 조금 흐려졌다. 사치품이야 넘쳐났지만, 몇 년 전에 비하면 클로에의 선물은 빈도가 낮아져 있었다.

와인으로 된 호수에 배를 띄우고 황제 부럽지 않게 놀아 보려던 꿈도 날아가지 않았나.

그뿐인가, 클로에와 함께 이런저런 가문의 사업에 손을 대며 중간에서 돈을 빼돌릴 기회도 확 줄어들어 버렸다.

가문은 점점 부자가 되는데, 팔라스의 불만은 은근히 쌓이고 있었던 것이다.

페피토 집사가 동의의 표시로 고개를 끄덕였다.

"맞는 말씀입니다. 하지만 진짜 골칫거리는 리아넬라 셀레스라는 그 꼬맹이지요."

그가 이를 꽉 깨물며 눈을 가늘게 떴다.

"두 분의 내탕금을 줄이라고 공작 부인을 설득한 것도 그 아이입니다. 사용인들을 대폭 물갈이한 것도……."

페피토가 한숨을 내쉬었다.

그는 그대로 고충이 있었다.

지난 삼 년간, 2등 집사인 그의 입지는 상당히 좁아져 있었다.

가문의 물건을 슬쩍해서 밖에다 파는 부업을 할 수 없게 된 것도 타격이 컸는데, 하필 과거에 장부로 장난을 쳤던 사실을 리아넬라에게 들키고 말았다.

실수라고 빌고 애원해 넘어가기는 했으나, 그는 이미 주인의 신뢰를 잃어버렸다.

중요한 일을 자신에게 맡기던 바인즈 집사도 이제는 리아넬라를 더 신뢰했다.

이제 팔라스를 제외하면 그에게 뒷돈을 주는 이는 가문에 없었다.

"급여를 제외하면 따로 돈을 융통할 방법이 없어 생활이 예전 같지 않군요."

"걱정 말게, 자네는 내 오른팔이 아닌가."

팔라스가 친근하게 그의 어깨에 팔을 둘렀다. 그의 손에는 황금이 잔뜩 든 주머니가 들려 있었다.

주머니를 페피토의 품 속으로 슬쩍 넣어 주며, 팔라스가 말을 이었다.

"다른 사업을 억지로 접어 버린 마당이니, 와인 사업만 계획대로 정리되면 나도 클로에와 정리할 거니까."

"드, 드디어 계획이 생긴 겁니까?"

페피토가 눈을 크게 뜨며 물었다.

“물론. 팔지 않고는 못 배기게 할 생각이네.”

팔라스가 눈을 찡긋했다.

“매각만 생각대로 되면 더 이상 클로에와는 볼 일이 없어. 나도 이제 나 가정을 꾸려야 하지 않겠나?”

“레나 아가씨와 말입니까?”

“그럴 수도 있고, 다른 사람일 수도 있고.”

그는 어깨를 으쓱하며 말했다.

“그 정도 돈이면 웬만한 여자는 날 거부할 수 없을 테니까. 그리고 그때가 되면…….”

팔라스가 은근한 목소리로 페피토에게 말했다.

“자네에게도 한몫 단단히 챙겨 주겠어. 미녀 여럿을 끼고 밤마다 고급 술집에서 놀 수 있게 해 주겠다고.”

그 말에 페피토의 눈이 번뜩였다.

“팔라스 님께 충성할 수 있어서 영광입니다.”

그는 품속의 금화를 더듬으며 허리를 깊이 숙여 인사했다.

인사를 하는 자, 그리고 받는 자. 두 사람의 입가에 똑 닮은 비릿한 미소가 번졌다.

* * *

“지금쯤 페피토 집사와 작당을 하고 있으려나.”

나는 집무실 소파에 기대앉아 생각에 잠겼다.

“아니면 와인 사업을 매각하려고 부인을 설득하고 있으려나.”

선한 척, 다정한 척, 웃는 팔라스의 얼굴은 생각만 해도 역겨웠다.

동시에 클로에의 안목에 한숨이 나왔다.

빤질빤질한 면상에 다정한 연하남이라는 점이 클로에의 취향이긴 했지만, 그렇게까지 깊이 빠질 일인가.

"얼굴이 뭐가 중요하다고……."

혼잣말을 중얼거리는데, 작은 노크 소리가 들리고 집무실의 문이 열렸다.

"리아넬라."

얼굴을 내민 것은 루시안이었다.

급하게 걸어왔는지, 평소에는 뽀얀 얼굴이 조금 상기되어 있었다.

언제나처럼 단정한 그의 이목구비를 본 순간, 나는 조금 전 하던 생각에 스스로 반박할 수밖에 없었다.

'……얼굴이 중요한 건 맞지.'

"오랜만이에요, 도련님."

나는 빙긋 웃으며 그에게 자리를 권했다.

루시안은 성큼성큼 걸어와 내 옆자리에 털썩 앉았다.

"나 보고 싶었어?"

나를 향해 묻는 그의 눈이 오늘따라 조금 더 반짝이는 듯했다.

나는 계획한 일이 잘 처리되었음을 알 수 있었다.

"저야 항상 도련님이 보고 싶답니다."

"다행이다."

루시안은 내가 묻기도 전에 주머니 속에서 무언가를 꺼내 내게 내밀었다.

"말한 걸 가져왔어."

역시.

입가에 미소가 번지는 것이 느껴졌다.

당연한 일이었다. 몇 년 만의 수확인데.

펼쳐진 루시안의 손바닥에 놓인 것은 황홀하게 반짝이는 세 개의 돌이었다.

"앙테론 숲에 직접 가서 가져온 마력석이야."

내 표정을 보고 만족한 듯 작게 웃으며, 루시안이 말했다.

삼 년 전, 공작 부인이 루시안에게 선물한 앙테론 숲은, 그 당시에는 그저 쓸모없는 땅에 버려진 숲이었다.

물도 흐르지 않고 먹을 만한 식물이 자라지도 않는 데다, 주변이 번화할 가능성도 전혀 없어 애물단지나 마찬가지였다.

하지만 그 안에 묻혀 있는 건 어마어마한 양의 마력석.

즉, 다이아몬드 같은 것과 비교도 되지 않을 정도로 값진 광물이었다.

제국 마력석 생산량의 절반을 차지할 정도였기에, 앙테론 숲은 추후 '제국의 동력'이라 불리게 된다.

아직까지 이 비밀을 아는 사람은 나와 루시안, 그리고 심부름을 해 주는 몇몇 사람들뿐이었다. 그 사실은 곧 바뀔 예정이었지만.

"이게 고유의 힘을 배가시키는 증폭석이군요."

나는 세 개의 돌 중 피처럼 붉은 것을 먼저 집어 들었다.

"맞아. 알로가 찾느라 고생했다고 해."

붉은 증폭석은 희귀한 데다 그 효력이 엄청나서, 마력석 중에서도 유독 값이 비쌌다.

"그리고 이건 투명 마력석."

나는 유리처럼 속이 들여다보이는 원석을 집어 들고 감탄했다.

이 정도 투명도에 이 정도의 크기는, 오페르니아 가문의 집사인 나조차도 처음 보는 것이었다.

루시안이 빙긋 웃었다.

"나머지 하나도 봐봐."

"나머지 하나는 뭐예요?"

나는 의아한 얼굴로 황금색의 구형 돌을 집어 들었다.

황금과 비슷하지만, 색채가 좀 더 오묘한, 처음 보는 모양의 것이었다.

"시중에 비슷한 것이 없어서 정확하진 않지만……. 아마도 혼합형 변신체인 것 같아."

그의 손이 닿는 순간, 돌은 반짝 빛나더니 황금색 장미가 되어 피어났다.

"마력석에도 변신체가 있어요?"

눈이 동그래진 내가 묻자 루시안이 어깨를 으쓱했다.

"고대에 있었대. 나도 책에서만 보고 실물은 처음이야. 변신하는 거 외에도, 다른 사물의 힘을 빨아들이는 성질이 있다고 해. 위험하지는 않을 거야."

그가 다시 한번 장미를 건드리자, 장미는 이번에 작게 줄어들며 목걸이의 형태를 갖추었다.

"이건 리아넬라 거야. 나머지 두 개는 왠지 따로 쓸 곳이 있는 것 같아서."

내가 비싸게 팔자고 제안하기도 전에, 루시안은 나를 돌려 앉히고 목걸이를 걸어주었다.

차가운 돌이 기분 좋게 목에 닿았다.

"……어디 갈 때마다 선물 가져오지 않아도 된다고 했는데."

"앙테론 숲을 얻은 건 리아넬라 덕분인걸."

루시안은 만족스러운 표정으로 말했다.

"나머지는 어떻게 하셨어요?"

"일단 소량만 채굴해서 다섯 개 상단에 나눠서 팔기로 계약했어. 일부는 갈데아, 팔트, 나아겐으로 수출할 예정이고."

루시안이 싱긋 웃었다.

"네가 말한 것처럼, 가문이 아닌 내 이름으로 진행할 거야."

나는 고개를 끄덕였다.

이때를 위해 공작 부인을 설득해 루시안에게 상업을 교육할 스승까지 붙였었다.

덕분에 루시안은 어린 나이에도 제국의 사업에 대해 많은 지식과 간접 경험을 쌓았다.

미성년인 조카를 돕는답시고 레너드 같은 인간이 달려들지 않도록.

어떤 사기꾼의 속임수에도 넘어가지 않고 혼자의 힘으로 앙테론 숲에서 최대의 수익을 낼 수 있도록.

각 상단을 통해 말이 퍼지고 나면, 제국에서 그를 모르는 이는 없게 될 터였다.

지금껏 그가 '검술 대회의 최연소 우승자', '블랙차이를 길들인 귀공자' 정도로 알려졌었다면, 앞으로 그는 '제국을 움직이는 한 축'이 되는 것이다.

가문의 힘을 업은 게 아니라, 가문이 그의 힘을 업게 되겠지.

그렇게 재력을 취하고, 그다음 사냥제로 영웅이 되면…….

나는 히죽 웃었다.

오페르니아의 공작위가 곧 손에 잡힐 것만 같았다.

"알로는요?"

"곧바로 상점가의 케이크 가게로 보냈어."

피곤하다며 투덜거릴 알로의 얼굴이 눈에 선했으나, 나는 칭찬의 의미로 루시안의 머리를 쓰다듬었다.

"타이밍이 딱 좋네요."

루시안은 기분 좋은 듯 눈을 천천히 감았다가 떴다.

'이럴 때 보면 주인한테 예쁨받는 게 제일 중요한 강아지 같단 말이야.'

"고마워요, 도련님. 증폭석이랑 투명 마력석은 잘 쓸게요. 그리고."

나는 목에 걸린 황금색 마력석을 만지작거렸다.

"이런 거는 잘 간직했다가, 나중에 도련님이 다른 사람에게 주고 싶어지면……."

"리라."

루시안이 고개를 살며시 기울이며 나를 바라보았다.

그의 미간이 보일 듯 말 듯 찌푸려져 있었다.

"그런 말 듣고 싶지 않아."

"……왜요?"

"몇 번이나 말했으니까."

그의 얼굴이 순간 진지해졌다.

나는 침을 꿀꺽 삼켰다.

당황할 필요가 없다는 건 알지만, 루시안이 이런 표정을 지을 때는 나조차도 순간적인 긴장감을 느꼈다.

부드럽다가도, 필요에 따라 위험해질 수 있다는 느낌이랄까.

아주 어릴 때는 그저 귀여웠는데, 언제부턴가 그는 쉽게 꺾이지 않았다.

다른 사람은 물론이고, 가끔은 내게도.

"내가 가진 건, 다 너한테만 줄 거라고."

머리를 쓰다듬을 때면 강아지처럼 유순하다가도, 어떨 때는 놀라울 정도로 강직했다.

"다른 사람 말고, 리아넬라에게만."

다정하게 웃던 입매는 심각한 듯 일자를 그리고 있었다.

나는 작게 한숨을 쉬었다.

"죄송해요, 도련님."

"사과를 듣고 싶은 것도 아니야. 난 그저……."

그는 내 손을 꼭 잡으며 말을 이었다.

"그냥, 네가 나를 정말 '도련님'으로 대하는 것 같을 때마다 가슴이 아파."

딱딱했던 얼굴이, 이번에는 다시 세상에서 제일 여린 모습으로 변했다.

나를 바라보는 맑은 눈동자가 가늘게 떨렸다.

울고 있진 않은데, 과거에 딱 두 번 보았던 그의 눈물이 겹쳐 보였다.

동시에 가슴 한구석이 묵직하게 울렸다.

그의 표정 변화에 내 감정이 따라가는 것 같은 묘한 느낌이 들었다.

"알겠어요, 도련님."

나는 본능적으로 대답했다.

"도련님이 가진 건 다 제 거예요."

"……정말이지?"

"그럼요."

루시안은 그제야 다시 환하게 웃었다.

"몇 년이 지나도 잊으면 안 돼."

그가 말했다.

"내가 가진 건 다 리아넬라 거고, 그렇기 때문에 리아넬라의 것은 모두 오페르니아에 있다는걸."

다정하게 내 어깨에 머리를 기대며, 그가 속삭이듯 중얼거렸다.

〈다음 권에 계속〉